当代浙江学术文库
DANGDAI ZHEJIANG XUESHU WENKU

浙江省社科联省级社会科学学术著作出版资金资助出版（编号：2016CBQ02）

希腊神话传说中的
复仇主题探究

杨德煜 著

浙江工商大学出版社
ZHEJIANG GONGSHANG UNIVERSITY PRESS

图书在版编目(CIP)数据

希腊神话传说中的复仇主题探究 / 杨德煜著. — 杭
州 : 浙江工商大学出版社,2016.9
　　ISBN 978-7-5178-1823-6

　　Ⅰ. ①希… Ⅱ. ①杨… Ⅲ. ①神话－文学研究－古希
腊 Ⅳ. ①I545.077

中国版本图书馆 CIP 数据核字(2016)第 209511 号

希腊神话传说中的复仇主题探究

杨德煜 著

出 品 人	鲍观明	
策划编辑	任晓燕	
责任编辑	贺　然　何小玲	
封面设计	蔡　庆	
责任校对	郑梅珍	
责任印制	包建辉	
出版发行	浙江工商大学出版社	

（杭州市教工路 198 号　邮政编码 310012）
（E-mail:zjgsupress@163.com）
（网址:http://www.zjgsupress.com）
电话:0571-88904980,88831806(传真)

排　　版	杭州朝曦图文设计有限公司
印　　刷	杭州五象印务有限公司
开　　本	710mm×1000mm　1/16
印　　张	21.25
字　　数	370 千
版 印 次	2016 年 9 月第 1 版　2016 年 9 月第 1 次印刷
书　　号	ISBN 978-7-5178-1823-6
定　　价	58.00 元

前　言

　　在国外，尚未发现有人对文学中的复仇主题做过专门系统的研究，前人的研究各有侧重，他们虽然只是零星地附带性地提到了复仇，但这些研究对本书的写作还是具有重要的参考价值。

　　以约翰斯顿（Johnston，Ian C.）所著《战争的反讽：荷马〈伊利亚特〉导言》（*The Ironies of War：An Introduction to Homer's Iliad*）一书为例，此书不是从复仇的角度而是从战争的角度来研究荷马史诗的，作者说道，"《伊利亚特》与《战争与和平》《丧钟为谁而鸣》《西线无战事》及《第二十二条军规》都同样是关于战争的作品"。[①]

　　其中只有在写到阿喀琉斯的时候作者才提到了复仇：

　　"阿喀琉斯在布里塞伊斯被夺走之后做出了任何别的一个战争中的将领都会做出的反应：这个女孩被夺走意味着他的公共形象遭到了毁损，对此他异常震怒，他做出使自己和自己的军队退出战斗这种不寻常的决定，虽然有点极端，但这是对阿伽门农的愚蠢符合逻辑的反应。他的退出就是要当着其他人的面来羞辱阿伽门农……他要复仇……"[②]

　　"当阿喀琉斯从尘土中爬起的时候，他的身上发生了变化。他起身的时候已经知道他要做的事情：他必须直面自己的英雄命运，为帕特洛克罗斯复仇，同时走向自己的灭亡。"[③]

　　"现在阿喀琉斯终于可以（向普里阿摩）交还赫克托耳的尸体了，再向尸体复仇已没有任何意义。"[④]

　　他所看重的这些复仇片段和他在书中所论述的古希腊英雄的悲剧命运在后世的意义对笔者起到了重要的启迪作用。正如作者所说的，"把《伊

[①] I. C. Johnston, *The Ironies of War：An Introduction to Homer's Iliad*, University Press of America, 1988, p. 12.

[②] 同上，pp. 103—104.

[③] 同上，p. 115.

[④] 同上，p. 120.

利亚特》与莎士比亚的《亨利四世》或者托尔斯泰的《战争与和平》或者任何其他的反映战争中的敏感人物的作品进行比较性阅读能使我们获得对这部史诗的现代性的完美理解"。①

作品所参考的其他英文著述无不如此,可以说,没有这些英文著述,这部著作便难以产生。在这些英文著述中,使我获益最多的当是由法国格里玛尔(Pierre Grimal)所著、由英国马克思威尔(A. R. Maxwell-Hyslop)译出的《古代神话辞典》(*The Dictionary of Classical Mythology*)一书,其中的有些观点颇具学术价值。

在国内,笔者也尚未发现有人曾对外国文学中的复仇主题做过系统研究,而王立所著《中国古代复仇文学主题》一书对中西方的复仇进行了比较式的主题性研究,读后使人很受启发。此书在提到西方文学中的复仇时偶有让人无法苟同之说,如把忒拉蒙的儿子埃阿斯疯狂之后的行为说成是无充分理由的复仇和滥杀的源头,说哈姆雷特的犹豫是对叔父克劳狄斯的另一种方式的复仇即精神折磨等;另外,他对复仇并没有给出严格的定义,这样,他举的例子有的就与复仇无关。但王立提出了复仇过当等概念,还划分出了西方"原始人"复仇发展的三阶段(歼灭对方、同态复仇和以赎金代替杀人复仇),这些颇具学术性价值的观点都使笔者大受裨益。

外国文学作品林林总总,浩瀚如海,本书把研究的目标锁定在希腊神话传说这一狭小的区域,苦心孤诣,希望在探讨复仇主题方面能略有所得。

本书行文有的依承前人体例,有的自成规格,下面略做一简要说明。

希腊神话传说时代其各部落至多是处在高级野蛮社会状态,还未产生政治性的国家,所以神话传说中"国王"的提法是不科学的,而被认作国王的那些人只是各部落军事民主制度下的最高军事统帅而已,这些人平时的地位往往低于酋长,他们的作用是战争爆发时率军打仗,往往被称为酋帅,也有酋长身兼酋帅之职的,一般称作巴西琉斯(basileus),民众对这一职位享有选举权的同时也享有罢免权。摩尔根(Lewis H. Morgan)说:"如果把每一个巴赛勒斯(即巴西琉斯)都称为国王,那么,(雅典的)四个部落将各有一个国王,而同时它们又同受另一个国王(指部落联盟的统帅)的统治,这就讲不通了。一旦我们了解了雅典人当时的制度基本上是民主制度,这种说法就成了对希腊社会的一种讽刺。由此可见,我们最好将国王这个误称废弃不用。君主制度同氏族制度是不相容的,因为氏族制度本质上是民

---

① I. C. Johnston,*The Ironies of War: An Introduction to Homer's Iliad*, p. 13.

主制度。"①"第一批的希腊著述者们都用这个职位的名称来标志政府，而称
政府为巴赛勒亚。近代的著作家则几乎一律把巴赛勒斯译作'国王'，把巴
赛勒亚译作'王国'，也不另加脚注，好像这两个译名同原名十分吻合似的。
我希望唤起人们注意希腊部落中所存在的巴赛勒斯一职，并对上面所举的
这种译法的正确性提出疑问。古代雅典人的巴赛勒亚同近代的王国或君
主政治毫无相似之处；使用同一个名词来称呼这两种制度显然没有充足的
理由。"②而且这条标准对古代希腊的各组成部落同样适用，所以我们在本
书中也放弃"国王"的提法而采用"首领"这一称呼。考虑到"王"与"国王"
的提法会混淆不清，我们也放弃"王"的称呼。这样，原来译作《俄狄浦斯
王》(*Oedipus Rex*)的索福克勒斯(Sophocles)的悲剧，我们经过多方比较改
译为现在的《俄狄浦斯》，罗马人的勒克斯(Rex)是对由民主选举而产生的
最高行政官的称谓，而在希腊的俄狄浦斯身上，除了民选最高领袖的身份
外，还有着后人所加上去的执政官兼僭主的色彩。所以把 Rex 一词译为英
语的 king 是不恰当的，摩尔根说："倘若把他称为国王，按照'国王'这个名
词所必然得到的理解来看，那就是对勒克斯所隶属的人民性的政府及其所
依据的制度做出歪曲和谬误的描写。这是一种特殊的官制，在近代社会中
找不到可以与之比拟的职位，我们不能用君主政治制度所采用的名称来表
达它的意义。"③在这一点上，可谓是亡羊补牢，尚为时不晚。

本书所引用的《伊利亚特》的章节数与行数采用阿拉伯数字的表达方
式，如 22.99、22.305；《奥德赛》则采用罗马数字与阿拉伯数字联合的表达
方式，如 viii.23。

相同的两个人名首先出现的用某某 1 标识，后出现的用某某 2 标识，如
琉喀波斯 1(Leucippus)，琉喀波斯 2。

本书所用英文资料未注明译者的，全部出于笔者自译，翻译时在依承
传统惯例的基础上使用了一些自己的标准，如特洛伊(Troy，现土耳其希萨
耳利克，Hissarlik in Turkey)是一城名，那么我们就把这城里的人叫特洛
伊人(the Trojans)更好一些，在这里发生的战争我们也叫作特洛伊战争
(the Trojan War)，为了统一，我们这里不采用特洛亚(Troja)的说法，所以
也就不出现特洛亚人和特洛亚战争的说法，因为对任何其他地方的人和战
争的称呼都往往是与城名一致的。特洛伊战争时期的特洛伊首领我们

---

① 摩尔根：《古代社会》，杨东莼、马雍、马巨译，商务印书馆 1977 年版，第 242 页。
② 同上，第 246 页。
③ 同上，第 315 页。

按英语直译为普里阿摩,因为现在惯用的是 Priam,而不是 Priams,至于普里阿摩斯(Priamus)是普里阿摩的一个孙子的名字。传统上称为忒拜(Thebes)的城市,近年来人们按照英语直译为底比斯,但对照"雅典"(Athens)的译法,我们还是维持原来"忒拜"的译法,否则"雅典"也要改译为"阿忒恩斯"了,忒拜地方的人(the Thebans)我们也仍称作忒拜人,而不是底比斯人;同时,采用这种译法也是为了避免与埃及的同名城市相混淆。波吕尼克斯(Polynices)原译波吕涅克斯,提瑞西阿斯(Tiresias)原译忒瑞西阿斯,这里都根据英文在译法上做了相应的改动;阿喀琉斯(Achilles)以前经常被译作阿基琉斯,参照马人喀戎(Chiron)、喀泰戎(Chitaeron)山的译法,本文采用阿喀琉斯的译法。另外,书中所涉及的外国人名和地名,能查到的我们就在正文(不包括标题)中首次提到之时给出其英文,之后不再赘述。

　　正如顾纯所言,从英文着眼比照从希腊文着眼还存在一定的差距,进一步的完善留待后来者完成。

目　　录

第一章　复仇概说 ……………………………………………… 001

　第一节　复仇是人们在法律成熟之前所奉行的解决仇恨的通行

　　　　　法则 ………………………………………………… 001

　第二节　复仇是人的一种本能性反应 ……………………… 009

　第三节　从现实到神话传说的演变 ………………………… 017

　第四节　复仇情节的构成四要素 …………………………… 055

　第五节　复仇概念的界定与分类 …………………………… 058

第二章　血亲复仇主题 ………………………………………… 069

　第一节　血亲复仇的特征 …………………………………… 069

　第二节　俄狄浦斯的复仇主题 ……………………………… 088

　第三节　俄瑞斯忒斯的复仇主题 …………………………… 105

第三章　荣誉复仇主题 ………………………………………… 134

　第一节　凛然不容侵犯的神权 ……………………………… 134

　第二节　古希腊英雄的荣誉观 ……………………………… 187

第四章　爱情复仇主题 ················· 238

第一节　女性复仇与男性复仇 ················· 238

第二节　宙斯的爱情与赫拉的嫉妒复仇 ················· 247

第三节　夺妻之恨引起的人间复仇 ················· 255

第五章　余　论 ················· 283

第一节　希腊神话传说中的复仇情节异变 ················· 283

第二节　来自埃及和巴比伦的影响 ················· 294

第三节　复仇主题对后世的意义 ················· 312

参考文献 ················· 323

第一章　复仇概说

　　复仇是人们在法律成熟之前所奉行的解决仇恨的通行法则,这是人的一种本能性反应,而现实生活中的复仇到了神话传说中不可避免地要发生一定程度的变形。为了尽可能精确地探讨复仇主题,对复仇概念进行定义实属必要。

第一节　复仇是人们在法律成熟之前所奉行的解决仇恨的通行法则

　　复仇的历史演变往往要经历三个阶段,即最早的个体复仇,这完全是无组织的个人行为;之后是由氏族和胞族代替个人进行复仇,这是法律草创时期的初步组织行为;最后产生了成熟的法律,此时便由城邦(国家的早期形式)依照法律对犯罪行为进行干涉,复仇变成了惩处,从而在很大程度上废止了个人或其所在组织私下进行扩大化血腥复仇的传统。

一、从个体复仇到集体复仇

　　最原初的复仇是早期人类对同伴或亲人被杀死的本能性反应,他们以血腥的方式杀死杀人者,对亲人被杀的仇恨不报不休,被杀的人的亲属可以选择适当的时间以任何方式杀死杀人者,甚至在杀死后把他残忍地吃掉。这种血族复仇的方式在人类早期历史上持续了相当长的时间,复仇完全是个人自发的行为。詹姆斯·艾德尔在《美洲印第安人史》一书中所记载的情况对早期人类来说普遍适用:"他们在没有以血讨还血债之前,心中有如火烧一般,日日夜夜,永不安宁。当他们的亲戚,或本部落、本家族中的一个成员被人杀害时,哪怕被害者是一个老妇人,这仇恨也会父子相传地永世不忘。"①摩尔根也说过:"自从有人类社会,就有谋杀这种罪行;自从有谋杀这种罪行,就有亲属报仇来对这种罪行进行惩罚。……为一个被杀害的亲属报仇是一项公认的义务。"②这里的"谋杀",是指所有的杀人行为,可以是故意杀人,也可以是非故意的即意外的杀人事件,只要这样的事情发生,就会引发复仇行为。布留尔则说:"他们首先必须让死者得到满足,要是不给他报仇,他们有一切理由应当害怕;所以他们无论如何有义务要杀死什么人,而这次灾难的肇事者(有意的或无意的这没什么要紧)自然是最适宜的报仇对象了。"③

　　个体复仇在人类史上持续的时间最长,在氏族组织逐渐走向成熟时,它就主要表现为团体内部的复仇。坎普斯在《荷马导言》一书中说:"团体内的复仇,不管是自愿还是不自愿,都要由被杀的人的家庭来完成。他们或者杀死杀人者来实现这种复仇,或者杀人者以被流放的方式逃避了被杀死的可能,或者有时这些家庭会同意接受一笔赔偿金。"④这时,复仇行为仍未脱离个体性,但复仇的结果已有了一定的回旋余地。提到早期的贝壳等货币时,杜恩瓦尔德说:"这种货币用于两个主要目的:第一,购买妻子;第二,用于战争中获得同盟者和向那些不论由于普通的杀害还是在战斗中被杀的死者的亲属支付应给的赔偿。""它是专用于完成某些社会职能的。"⑤

　　待到氏族组织进一步成熟后,就由氏族集体开始对杀人事件进行处理,这时社会就更显现出了一定的进步性。"在氏族社会中,个人安全依靠他的氏族来保护。"⑥"为血亲报仇这种古老的习俗在人类各部落中流行得非常广,……氏族的一个成员被杀害,就要由氏族去为他报仇。"⑦

　　我们看到,血亲复仇在氏族形成前就已长期存在,氏族形成后又存在了相当长的时间。氏族形成后的社会进步性在于,如果杀人者与被杀的人分别属于两个不同的氏族,那么,"在采取非常手段以前,杀人者和被杀者双方的氏族有责任设法使这件罪行得到调解。双方氏族的成员分别举行

---

① 摩尔根:《古代社会》,杨东莼、马雍、马巨译,第 85 页。
② 同上,第 75 页。
③ 列维-布留尔:《原始思维》,丁由译,商务印书馆 1981 年版,第 359—360 页。
④ W. A. Camps, *An Introduction to Homer*. Published in the United States by Oxford University Press, New York 1980, p.7.
⑤ R. Thumwald, *Forschungen auf den Salomo-Inseln und dem Bismarck-Archipel*, iii. p.38. 见布留尔:《原始思维》,第 415 页。
⑥ 同①,第 74 页。
⑦ 同①,第 75 页。

会议,为对杀人犯的行为从宽处理而提出一些条件,通常采取的方式是赔偿相当价值的礼物并道歉。如果罪行有辩护的理由或具备减轻罪行的条件,调解一般可达成协议;但如果被杀者氏族中的亲属不肯和解,则由本氏族从成员中指派一个或多个报仇者,他们负责追踪该杀人犯,直到发现了他并就地将他杀死才算了结"①。此时,血亲复仇从总体上已经超出早先的纯粹个人行为的范畴了。后来产生了更大的组织——胞族,胞族会议可以在本胞族成员被杀害时决定宽宥或报仇。胞族组织的作用,到法律建立了之后便发展成可以代本胞族被杀害的成员向法庭起诉。胞族指控凶手的特权甚至一直保持到氏族制度衰落之后的一段时期。

在禁止血亲复仇的法律诞生之前,希腊(Hellas)团体干预复仇的行为往往表现为集体裁定的形式。待后来氏族组成了部落或更大的部落联盟,对杀人者或其他犯重罪者的处罚便往往通过部落或部落联盟的公民大会或首领大会(当时与会的任何人都不是专门的法律工作者)以陶片上刻字即陶片放逐法(Ostracism)或贝壳放逐法等方式投票表决,表决的结果有:

首先,对一些出于正义性的目的而杀人的罪犯,表决结果往往是流放他乡,最初是终身流放,之后渐渐发展成定期流放。有的杀人者在犯罪行为发生后还会选择自愿流放。对正义的杀人者,投票的结果还可能是将其留在城内,只是做一些象征性的处罚,但这时因传统复仇习俗因袭所致,血族复仇并不被禁止,不完善的法律只是在这样的复仇发生后才起到惩处作用。

如忒修斯(Theseus,生活于公元前 13 世纪左右)②在杀死了五十个表兄帕兰提代(Pallantidae)之后自愿与妻子淮德拉(Phaedra)一起流放一年。一说忒修斯被带上了一个雅典(Athens)法庭来审判这项罪行,但这显然是后人的敷衍之说。他后来继承了雅典首领之位,做了多方面的社会改革,

---

① 摩尔根:《古代社会》,杨东莼、马雍、马巨译,第 75 页。

② 据赫丽生说:"忒修斯并不是土生土长的英雄。一心要歌颂这位英雄的诗人会把雅典人称为'忒修底人',但忒修斯并非真正的名祖。他是从外地传入的,他的出现意味着人们与部落制度、氏族及其头领的决裂;忒修斯是民主的象征。他生活的时代是人们开始过聚居生活的时代。在此之前,阿提刻人生活在分散的城邦里,每个城邦都有自己的头领或执政官……每个城邦都有自己的公共会堂。忒修斯打破了古老的划分城邦的方法,取消对命运女神的崇拜,因为她们扰乱了人们对许多古老神祇的崇拜。他规定一个聚居区只有一个女神;为了纪念这个女神,他创立了聚居节,庆祝人们的聚居生活。"这里关于忒修斯是引人的说法与传说中的英雄忒修斯到雅典寻父在某种程度上是吻合的。赫丽生又说:"忒修斯的传说已经被他(指普鲁塔克,Plutarch)和他的前辈们随心所欲地加工过。"引文分别见赫丽生:《古希腊宗教的社会起源》,谢世坚译,广西师范大学出版社 2004年版,第 306、307 页。

也完善了法律制度。在征讨阿玛宗人（Amazons）回来的路上，忒修斯在尼凯亚地区（Nicaean region）建立了皮托波利斯（Pythopolis）镇，他留下了赫耳摩斯（Hermus）和另外两个同伴在这里建立法律法规。这说明最初的粗线条的法律在雅典已较希腊其他许多地方更早地产生了，但可以肯定的是，忒修斯并未建立有效的关于血亲复仇的法律，这种法律直到很晚才有，至于取缔血亲复仇的法律产生得就更晚了。忒修斯制定的法律并不是成文法，它们只是一些调整人们相互关系的习惯法而已。直到公元前621年，雅典执政官德拉古（Draco）制定了"德拉古法"，成文法才正式产生。

而在较早文明的克里特（Crete，希腊大陆的文明就是从那里传入的），粗线条的法律在更早的时候就产生了，那里有著名的执法者弥诺斯（Minos）和拉达曼提斯（Rhadamanthys）兄弟（在传说中他们被当成了与忒修斯几乎同时代的人，事实上他们生活的年代应该早得多）。赫剌克勒斯（Heracles）"不喜欢音乐，他便经常挨打，于是他用石头（或琴拨）杀死了他的音乐老师利诺斯1（Linus）。他被带到法庭上，被指控为杀人犯，他成功地进行了自我辩护，他援引拉达曼提斯的观点说，一个人杀死了挑衅者属自卫行为，于是他被无罪释放"①。这是自卫式复仇的例子，我们从中看到了早期的指控、审判与自我辩护，这从一个侧面证明：几代人之后的雅典战神山（Mars' Hill）法庭对俄瑞斯忒斯（Orestes）杀母为父复仇案的审判并非是希腊法制社会的开端。而据默雷（Gilbert Murray）的记载，"雅典的最高法院（Areopagus）的创立，并没有宗教的现实意义，而对埃斯库罗斯（Aeschy-lus）来说，却有宗教的现实意义"。②也就是说，一直到了俄瑞斯忒斯的时代，战神山法庭还没有用来进行实际审判，这就进一步证明了希腊大陆早期的法律还极不完善。

其次，性质恶劣的罪犯往往会被投票表决为公民集体用乱石打死，如果他是杀人者，被杀的人的亲属因为肩负着复仇的义务，往往要投下第一块石头。

如特洛伊战争（the Trojan War）期间，俄底修斯（Odysseus）向帕拉墨得斯（Palamedes）复仇就采用了联军首领集体公判的方式（最初的战地法庭的审判），最后以叛国罪之名用石头将帕拉墨得斯打死而告结束，俄底修斯

---

① Pierre Grimal, *The Dictionary of Classical Mythology*, translated by A·R·Maxwell-Hyslop, Basil Blackwell Publisher Ltd,1985,p. 194.

② 吉尔伯特·默雷：《古希腊文学史》，孙席珍、蒋炳贤、郭智石译，上海译文出版社1988年版，第236页。

投下了第一块石头(因为他心里是在为自己儿子忒勒玛科斯〔Telemachus〕的生命曾受到帕拉墨得斯的威胁而复仇),这种审判保留着更多的氏族民主时期的特色。俄瑞斯忒斯杀死母亲后由雅典战神山法庭审判之前,他与姐姐厄勒克特拉(Electra)也险些被公民大会判决由民众以乱石击毙。

严格地说,荷马(Homer)所描绘的阿喀琉斯(Achilles)盾牌上长老审判的场景并不标志着成熟的法律已正式产生,这里明显是荷马加入了他本人生活时代(公元前 9 世纪)的内容,古希腊法律的明显发展是在公元前 9 世纪城邦建立以后,在这之前只能存在着一些被后世称为习惯法的日常法规。传说中特洛伊战争结束时阿提卡(Attica)首领得摩福翁(Demophoon)骑马时无意中撞死了一个人,他因此以杀人罪被带到神像法庭。这个法庭一直到很晚的时期还存在着,专门审理这种案件。这说明至少在特洛伊战争结束的时候对杀人现象已经出现了以法律审理代替血族复仇的现象,至少这是这方面法律形成的开端,只是那时还没有形成太大的声势而已。

二、城邦惩处

可以说,直到法律日趋成熟之时,血族仇杀才被绝对明令禁止,具体是在希腊城邦制度建立以后。为了城邦的安宁,人们不再提倡充满凶杀的个人英雄主义,而是要为自由的喜好争斗的社会加上种种限制,于是产生了"把血族复仇的古代惯例,转化为国家负责惩处犯罪行为的刑法"[1]。此后,追究杀人罪责的法律才开始日趋成熟起来。摩尔根说:"在文明社会中,国家负保护人身和财产之责。既习惯于依靠这种力量来维护个人的权利,亲属团结的力量自然就相应地减弱了。"[2]而在希腊,国家的早期形式体现为城邦制度,其中,斯巴达和雅典是较早获得突出发展的城邦。

在希腊人中,除了早期的忒修斯立法外,从公元前 9 世纪开始相继出现了来库古立法、德拉古立法(公元前 624 年或前 621 年)、梭伦(Solon)立法(公元前 594 年)和克莱斯瑟尼斯(Cleisthenes)立法(公元前 509 年)。这是氏族制度逐渐覆灭、政治社会逐渐建立过程中的一条法律日趋成熟的线索。

---

① 顾准:《希腊城邦制度》,中国社会科学出版社 1982 年版,第 19 页。
② 摩尔根:《古代社会》,杨东莼、马雍、马巨译,第 74 页。

（一）来库古立法

公元前 9 世纪前后，斯巴达曾实行过来库古的"口传约章"，"希腊城邦制度中的法治传统，遂于此奠定"①。来库古法"对于犯罪做了应受惩罚的规定，刑罚轻重全由法官决定。刑罚有死刑（绞死或从山崖上推下去）、褫夺权利（即'阿斯米亚'）、驱逐出境与罚金。褫夺权利是一种严重的刑罚，被处者将被置于法律之外，得不到法律的保护，无权申诉"②。这里处死刑的方法似乎比原来的由集体用石头将罪犯砸死降低了一些残忍程度，但被褫夺权利者既然已不再受法律保护，便可以被一些寻报私仇者毫无顾忌地杀掉，即使是对那些被驱逐出境者，复仇的人也可以到境外去追杀，对这一点法律并不予以干涉。

（二）德拉古立法

由于雅典社会的动荡不安，"当政的贵族阶级所能想到的是制定成文法典加以公布，借以限制不法分子，所以有了德拉孔（即德拉古）法典的颁布。德拉孔是当时的执政官之一，他的法典以对犯罪者严峻著称，唯一具有进步意义的地方，是反对血族复仇制度，以及把当时已经存在的关于故杀、非故杀和自卫杀人三者加以区别的惯例，做了成文的规定"③。这是雅典历史上第一部成文法。"该法广泛采用重刑，对犯杀人罪、亵渎圣物罪、盗窃罪者均处死刑，甚至对一切游手好闲者、偷窃蔬菜和水果者，都要判处死刑。"④"这部法典证明在希腊人的历史过程中，以成文法代替陈规陋习的时刻即将来临了。"⑤但这种立法还不属于成熟法律的范畴，它只是以个人的名义制定的一种初步的大纲或方案而已。

（三）梭伦立法

公元前 594 年，出身于富裕商人家庭的雅典执政官梭伦所颁布的"梭伦法典，在财产、继承、犯罪的惩罚等方面都有革新，……法典原文保存于雅典议事会堂，并在市场上立柱公布。从此以后，雅典进入'法律'统治……"⑥梭

---

① 顾准：《希腊城邦制度》，第 125 页。
② 徐轶民：《简明外国法制史》，中央广播电视大学出版社 1987 年版，第 33 页。
③ 同①，第 119 页。
④ 同②，第 35 页。
⑤ 摩尔根：《古代社会》，杨东莼、马雍、马巨译，第 262 页。
⑥ 同①，第 125 页。

伦法典"废止德拉孔的大部分法律,仅保留有关凶杀罪的一部分;以刑罚代替血亲复仇,嗣后所有杀人罪案件均由法院审理……"①其社会性前提,就是梭伦在某种程度上打破了氏族制度而对其成员进行阶级划分。"严格意义上讲,法是以社会群体利益为本位的,它约束着社会每一成员,也给每一成员的权益以保护。"②即便到了这时,"各城邦多有成文法规,其中有的罗列了诉讼程序和供司法部门援用的具体条例,并且定得相当详细完备,但同后来的罗马法相比较,却缺乏完整的法律体系"③。据摩尔根说,"在梭伦时代,已经出现了由卸任执政官组成的阿里奥帕古斯院,掌握审讯罪犯和检察风俗之权"④。这应该就是比较正规的早期法律工作者。"上溯到瑟秀斯(忒修斯)时代,尤其是在梭伦时代,除开奴隶不算,无所隶属的这一阶级的人数已经很多了。他们既不属于任何氏族或胞族,也就没有任何直接的宗教特权,因为这是氏族和胞族所固有的和垄断的特权。在这个阶级的身上不难看出一种危及社会安全的不满情绪正在滋长。"⑤这也是促成一部比较成熟的法典诞生的部分原因。

"一般来说,刑罚具有使犯罪者震慑畏惧,促使其更审慎地选择人生道路、行为方式,防止犯罪及抚慰被害者等社会效应。"⑥因为对任何杀人者都规定了惩处,所以出现了被杀的人的亲属有的不再以杀死杀人者的方式来复仇,而是私下接受杀人者给予的相应数量的赔偿金的现象,可以肯定,那时金、银和铜等金属已很普遍,铁作为稀罕之物则刚刚才发现了其熔炼之法。所以赔偿金往往就以金、银和铜的方式出现,后来这种赔偿的方式在法律上也得到了体现,但有的人不愿接受这种赔偿金,还是以最原始的方式进行血族复仇,这在复仇行为已成事实之前法律是很少有约束力的。

(四)克莱斯瑟尼斯立法

克莱斯瑟尼斯(公元前509年)被视为第一位真正的立法者,在他的时代,选举出"三十名审判员来审讯本乡区内部所发生的一切诉讼案件,在一个乡区之内,全部案件的总数已下降到一定数量限度以下"⑦。克莱斯瑟尼

---

① 徐轶民:《简明外国法制史》,第36页。
② 王立:《中国古代复仇文学主题》,东北师范大学出版社1998年版,第178页。
③ 同①,第28页。
④ 摩尔根:《古代社会》,杨东莼、马雍、马巨译,第261页。
⑤ 同上,第266页。
⑥ 同②,第175页。
⑦ 同④,第269页。

斯改革的最成功之处在于,它"完全摧毁了过去以血亲关系为依托的社会模式,而代之以相连地域为基础的新型(社会)关系"①。这就使先前的血亲复仇习俗受到了极大程度的遏制。"由于克莱斯瑟尼斯的立法,氏族、胞族和部落的势力已被剥夺,因为现在已经把它们的权力移交给乡区、乡部和国家了,乡区、乡部和国家从此成为一切政治权力的根源。"②这时,已有七位执政官和庞大的审判员团体来一道执行司法上的职务。"自从建立政治社会以后,氏族成员都成了公民,他们就会把先前由本氏族负责保障的事项转而依靠法律和国家了。"③

　　然而我们看到,在许多世纪里以牙还牙的最原始的血族复仇方式只是在不断地减少,直到现在也没有从现实生活中被完全地根绝,因为人在极端冲动之时往往会置法律甚至生命于不顾。"氏族整体组织要对其内部的家族、家族间复仇,采取种种限制和统一的规定。但是,这种限制却不能有效地阻止血族复仇所建构的个体深层复仇情结的固化。"④但从总的趋势看来,复仇还是发生了由先前的急于毁灭肉体到后世的重在精神折磨的转化,一方面是复仇程度的加剧,要使仇人忍受更为长期的痛苦;另一方面也是法律制约使然,在法律明令禁止血腥仇杀的情况下,能利用法律的手段达到复仇目的的就没必要再去付出与敌同归于尽的代价了。

三、希腊神话传说中的秩序维护者——复仇女神

　　希腊神话传说中的复仇主题所集中描述的复仇事件,正是对人类社会早期法律尚未成熟之时的复仇事件进行了文学加工的结果。神话中的复仇女神(the Furies)⑤,后来也被称作欧墨尼德斯(Eumenides),意思是降福神祇,这是人们对她们带有奉承性的称呼,以免可恨的称呼会招来女神致命的愤怒。这些复仇女神,可以说是希腊神话传说中秩序维护者的形象。

---

　　① D. Brendan Nagle, *The Ancient World*, New Jersey : Prentice Hall, Englewood Cliffs, 1979, p. 89.
　　② 摩尔根:《古代社会》,杨东莼、马雍、马巨译,第 271 页。
　　③ 同上,289—290 页。
　　④ 王立:《中国古代复仇文学主题》,第 47 页。
　　⑤ 复仇女神(又称厄里尼尼斯〔Erinyes〕后来变成了降福女神欧墨尼得斯〔Eumenides〕)包括提西福涅(Tisiphone)、阿莱克托(Alecto)和墨伽俄拉(Megaera),意思分别是报复(Vengeance)、陌生者(Strange One)和黑暗的记忆(Dark Memory),她们彼此互称为提丝(Tiss)、阿莉(Ally)和墨格(Meg)。see Bernard Evslin, *The Furies*, New York, Philadelphia: Chelsea House Publishers, 1989, p. 12.

复仇女神从乌拉诺斯(Uranus)被阉割时溅在地上的血滴中诞生,她们手持鞭子或火把,当抓到牺牲品的时候,她们使他们痛苦并且发疯。她们住在地狱中最黑暗的厄瑞玻斯(Erebus)深沟之中。她们在阿伽门农(Agamemnon)将伊菲革尼亚(Iphigenia)献祭之后开始为他家带来不幸,她们驱使克吕泰涅斯特拉(Clytaemnestra 或 Clytemestra)将丈夫阿伽门农杀死,之后她们使她被自己的儿子俄瑞斯忒斯杀死,然后又把俄瑞斯忒斯判处为弑母的凶手。据埃斯库罗斯的悲剧《俄瑞斯提亚》(The Oresteia)三部曲所说,复仇女神是雅典娜(Athena)在雅典战神山法庭对俄瑞斯忒斯的杀母案件进行审理后才改名为欧墨尼德斯,从此变成了福佑雅典城的神祇。据说是从这之后雅典才从人治进入到法治的时代。

复仇女神对俄狄浦斯(Oedipus)加于儿子们的诅咒也同样负有责任。作为社会秩序的保护神,复仇女神惩罚一切可能扰乱这种秩序的犯罪行为;她们也惩罚过分的骄傲和狂妄自大,因为这种情绪会使人们忘记自己是必死的凡人。她们禁止先知者和预言家过分精确地告知人们的未来,以免人们会从不确定的生存中摆脱出来而过于像神了。

复仇女神代表着希腊人对世界基本秩序的观念,这种秩序可以防止无政府状态的产生。她们的根本职责之一是惩处杀人者,因为杀人会危及社会群体的稳定性。杀人者被从城邦中驱逐,从此四处游荡,直到有人愿意为他净罪为止[①];复仇女神经常会使杀人者发疯。她们促使血亲复仇的完成,她们的复仇准则更为宽泛:杀死同桌吃过饭的人的杀人者必受惩处。至少,直到公元前 6 世纪的埃斯库罗斯时代,人们对这种复仇观念还是很笃信不渝的。

第二节　复仇是人的一种本能性反应

在《哈姆莱特》(Hamlet,原译《王子复仇记》)的引言《复仇或者把你的东西夺回来》中,莎士比亚(Shakespeare)这样描写了复仇的本能属性:"你若打了我,我就对你回击,这是再自然不过的事情! 不管我们是孩子在操场上争吵,还是国家之间发生世界大战,情形都是一样。以牙还牙的报复

---

①　传说宙斯(Zeus)就为坦塔罗斯 2(Tantalus)净过罪,赫剌克勒斯在疯狂中杀死伊菲托斯(Iphitus)后也到处求人为他净罪,阿喀琉斯用拳头将忒耳西忒斯(Thersites)打死后自愿为此去勒斯玻斯(Lesbos)净罪。

冲动是强烈的,是原始性的,也是符合人性的。"[①]我们知道复仇未必都能"把你的东西夺回来",但起码从复仇者主观意图上说,他是要给复仇的对象以相应程度或更大程度的重创,当然,这种意图有的最终能实现,有的则无从遂愿,便只得抱憾遗恨了,在这一点上,人类和动物并没有根本性的差别。

一、攻击本能与复仇

在古代,如果一个人"他自己、他的家庭或者他的部落遭到暴力的威胁,那么很自然地,他便会以暴力来反抗暴力"[②]。复仇从深层次上来说源自动物的攻击本能,这种攻击本能部分地表现为面临威胁时的自卫行为,它有着自发性,即使没有外界刺激它也与生俱来地存在着。有时,外界条件刺激可能会部分地抑制攻击冲动,有时则会加剧这种冲动。按照洛伦兹的说法,正在孵蛋的母鸡,对放到它身边去的小鸡存在着本能性的攻击行为,只有小鸡的吱吱叫声才能使母鸡产生明显而强烈的抑制力而令其突然停止攻击,它把攻击的怒气发泄到其他接近巢的物体上。这也就解释了为什么在古希腊的复仇举动中,屈服者跪地求饶或者抱住对方膝盖、手摸对方下颏的动作在某种情况下能使对方停止杀戮,这是被仪式化了的过程,这些动作和求乞饶恕的声音对复仇者的攻击行为能产生一定程度的抑制作用,这是护幼或护弱功能的自然表现,但他的攻击冲动往往还要找寻其他攻击目标以求发泄。

有时,轻微的骚扰就会造成对攻击本能抑制力的丧失,如意外声音的介入、引发刺激的武器的存在、极端的愤怒而急于找寻发泄对象等。因极端的愤怒而急于找寻发泄对象,这就是阿喀琉斯在第二次碰到吕卡翁1(Lycaon)时把他杀死了的原因。阿喀琉斯没有办法马上杀死赫克托耳,软弱的吕卡翁便充当了替罪羊,成了阿喀琉斯攻击性转向之后的发泄目标,这种攻击性转向的行为现在常被人们形象地称为"办公室杂役踢猫"。

在动物的本能中,攻击的结果很少能造成弱者毁灭,而人类却超出了这一限制,"人是屠杀者,这是他与其他动物不同的地方"[③]。杀人工具的出

---

① Shakespeare,*Hamlet*,外语教学与研究出版社 1997 年版,第 viii 页,*Revenge! or Getting Your Own Back*.

② 德斯蒙德・莫里斯:《人类动物园》,周邦宪译,陈维正校,贵州人民出版社 1987 年版,第 89—90 页。

③ E.弗洛姆:《人类的破坏性剖析》,孟禅森译,中央民族大学出版社 2000 年版,第 15 页。

现对人造成了误导，使动物中存在的对攻击性有效的抑制力遭到了破坏，或完全丧失，所以往往会造成攻击对象的毁灭（随着武器的逐渐进化，杀人速度越来越快，杀伤程度日益加强，伤害范围在迅速扩大），复仇就是这种攻击的极端形式。在复仇中将对象毁灭，本来已是超出了本能的限制，而为了避免反复仇的发生，在复仇中往往要消灭对象家族中的最后一员以及与这个家族有着密切关联的所有成员①，这就是复仇的扩大化形态。

　　洛伦兹认为，大部分攻击冲动都缘于饥饿、爱情、打斗、逃亡等本能性反应，这在动物和人身上从最深层的意义上来说都是一样的。为什么在希腊英雄传说中赫剌克勒斯和俄狄浦斯吃不到牺牲身上最好的肉就觉得自己的荣誉受到了莫大的伤害呢？这些都是缘于对饥饿本能的满足。同时他们身上又都有攻击（即打斗）本能，所以赫剌克勒斯被给了较差的肉之后杀死了欧律斯透斯（Eurystheus）的两个儿子。俄狄浦斯则对以这种方式虐待他的两个儿子波吕尼克斯（Polynices，原译波吕涅克斯）和厄忒俄克勒斯（Eteocles）施以诅咒，最后导致了他们的毁灭；俄狄浦斯的自我流放应该是逃亡本能的一种表现，不然他就要在忒拜（Thebes）城中继续受辱，这总比立刻毁灭自己要好一些，这也可以认为是人的偷生本能引发的一种反应；为什么这两个儿子要如此虐待父亲呢？因为他们想让父亲早些毁灭或者远离他们，以免他们继续与他一起受辱，这是一种变相的逃亡本能的表现。而俄狄浦斯当初在十字路口把父亲拉伊俄斯（Laius）当作陌生人杀死则是出于一种好斗本能和一种自卫性求生本能的反应。赫克托耳最后见到阿喀琉斯为什么要逃跑呢？这也该是一种本能性的反应。"战与逃走都是防御反应。""逃走比战斗更有益于自我生存。"②赫克托耳在极欲复仇的阿喀琉斯面前只有逃走才可能保留性命。但这一本能性反应遇到了阻碍，雅典娜幻化成赫克托耳的兄弟得伊福玻斯（Deiphobus）的模样欺骗他，使他停了下来，于是他被阿喀琉斯杀死了。

二、护种本能与复仇

　　这种攻击性最初是发自动物的护种本能，洛伦兹以希屈里得鱼的嘴战

---

　　①　复仇甚至会因一人之祸而牵连到所有居民，如特洛伊（Troy）城因帕里斯（Paris）一人之祸而惨遭屠戮，连赫克托耳（Hector）还在襁褓中的儿子阿斯提阿纳克斯（Astyanax，或名斯卡曼德里俄斯，Scamandrius）也未能幸免。

　　②　E. 弗洛姆：《人类的破坏性剖析》，孟禅森译，第126页。

为例,指出"大部分(人)借争战选择较强者,以完成护种作用,所以根本没有伤亡。只有很少数的例子,实力完全相当的争战者必须以流血才能决定胜负。"①洛伦兹在《老鼠的社会组织》一章里阐明,老鼠从来不进行部族内的攻击,它们的攻击都是对外的。其他动物即使进行种内攻击,也只限于较强的一员挫败其他的个体而获得种内较高阶级的地位。而人类中珀罗普斯(Pelops)②的后代却进行了强烈的族内攻击,或者这里该进一步细分,即组织以家庭为单位,分成阿特柔斯(Atreus)家庭和堤厄斯忒斯(Thyestes)家庭,两个家庭间进行了两代人循环式的激烈复仇,每个家庭都想消灭对方而胜出,这也是护种竞争的进一步细化。

洛伦兹说:"即使对邻居减少一丁点的攻击都必须付出失去领土的代价,和失去供养子孙的食物来源。"③在力量相当的两个邻近部落④、部族或早期阶段的家族之间,这种护种本能时常会有所体现,这也就解释了人类社会早期小规模的局部战争何以会那样频繁地爆发。在当代,法院会经常受理邻里争端的案件,但长期诉讼未果之后,两个邻居之间就可能以最原始的殴斗方式来求得问题的最终解决,这表面上可以归入我们所说的财产复仇,骨子里却是护种本能在当代的延续。

三、护雌本能与复仇

与护种本能密切相关的就是护雌本能。"整个动物界,在自然情况下,雄性从不严打雌性。"⑤宙斯尽力保护伊俄(Io)以逃避赫拉(Hera)的报复、赫剌克勒斯为了保护妻子得伊阿尼拉(Deianira)而射死了马人涅索斯(Nessus)等行为都是护雌本能的表现。伊阿宋(Jason)当初如约把美狄亚(Medea)从她父亲埃俄忒斯(Aeetes)的部落带走也是这种本能的体现,否则,那连自己外孙都不肯饶过的埃俄忒斯又怎能放过女儿美狄亚呢? 忒修斯在向弥诺斯复仇时将阿里阿德涅(Ariadne)带离克里特岛也是出于同一

---

① 康罗·洛伦兹:《攻击与人性》,王守珍、吴雪娇译,作家出版社1987年版,第118页。
② 珀罗普斯,奥林匹克运动会的首创者,伯罗奔尼撒(Peloponnese)就是以他的名字命名的。后来在传说中他又演变为一种年神,即任期为八年的太阳王(the Sun King),而"奥林匹克竞技会原本是'争夺王位'的赛跑,比赛的优胜者就是氏族的头领"。引文见简·艾伦·赫丽生:《古希腊宗教的社会起源》,第249页。
③ 同①,第181页。
④ 部落一词源于希腊语Φυλου的音译,现在英语中的tribe来源于拉丁语tribus一词,此词本来是指第三部分人民,即外族分子。
⑤ 同①,第128页。

目的,所以他中途又抛弃了她便无论如何也无法逃脱责咎,他这一举动又是受神意所逼而被迫做出的,于是人们又会对他的无奈寄予一份深深的同情。

　　换个角度看,护雌本能也从某种程度上解释了古希腊的复仇中失败方的女性往往被掳为奴隶而不是被杀死的现象,后来涅俄普托勒摩斯 1(Neoptolemus,这里即指皮吕斯,Pyrrhus)为了保护安德洛玛克(Andromache)不惜与自己的同胞希腊人发生冲突,这更是这种本能的直接体现。在希腊现实生活中,即使到了希波战争期间,希罗多德(Herodotus)所记载的斯奇提亚人(Scythians)的做法也是护雌本能的一种反应:"当国王处死一个人的时候,他也不许这个人的儿子们活着,而是把他一家的男性一律杀死。但是女性的家属,他是不加伤害的。"①公元前 416 年,雅典向墨罗斯(Melos)岛复仇的时候,还与传说中的特洛伊战争一样"杀死了那里的所有男性公民,妇女们则被掳为奴隶"②。有时孩子也偶尔会有与妇女一样被保全下来的可能,赫刺克勒斯进攻特洛伊时留下了普里阿摩(Priam)的性命,就是这方面的证据。摩尔根说:"从战争中捉来的俘虏或者被杀死,或者被某个氏族收养。被俘虏的妇女和小孩通常都是得到被收养这种宽大待遇的。"③对孩子来说,这里的"通常"改作"偶尔",就会更接近历史事实了。

　　在讨论男人和女人的差别时,黑格尔对男人的心理是这样分析的:"个人,在他为他的个体享受寻求快乐时,发现快乐是在家庭之中,而个人快乐之所以消逝的必然性则在于他自己意识到自己是他的民族(国家)的公民。"④黑格尔认为男性是普遍精神的现实体现,而女性追求的仅限于家庭快乐,她不承担对民族国家的责任,所以构不成对其他民族国家的威胁。这种说法虽到现代愈益与社会现实出现了割裂,但却有着大部分的合理内核,那就是说出了男性和女性在重大的责任和义务面前心态上的普遍差别性。在当代,我们最熟知的一句话"战争,让女人走开",也可以从这个道理中获得比较充分的解释。

四、荣誉本能与复仇

　　有违社会行为习惯的行为就会冒丧失荣誉的危险,而人类又是天生热

①　希罗多德:《历史》,王以铸译,商务印书馆 1959 年版,第 291—292 页。
②　Ruth Scodel, *Sophocles*, Twayne Publishers, 1984, p. 3.
③　摩尔根:《古代社会》,杨东莼、马雍、马巨译,第 78 页。
④　黑格尔:《精神现象学》(下卷),贺麟、王久兴译,商务印书馆 1979 年版,第 17 页。

爱荣誉的,这就是一种荣誉本能。可见,社会行为习惯是迫使人焕发荣誉本能的外部原因,"社会群体通过身份习惯来组织和控制它内部成员的行为举止"①。"经验与文化背景对本能会产生塑造力。"②俄瑞斯忒斯的父亲阿伽门农被杀死了,而其凶手就是俄瑞斯忒斯的母亲克吕泰涅斯特拉和她的情夫埃癸斯托斯(Aegisthus)。长大以后的俄瑞斯忒斯强烈地感受到为父亲复仇是他责无旁贷的义务和责任(就像后来的哈姆莱特,Hamlet),因为他必须按照早就已经形成了的社会行为习惯行事,否则人们就会认为他对父亲不孝;继之,他终生都要忍受这种不孝与怯懦所带来的侮辱,那将是一种生不如死的状况,所以出于求生(免受侮辱的生)本能和荣誉本能的支配,俄瑞斯忒斯最后选择了复仇,他与朋友兼表兄皮拉得斯(Pylades)一起杀死了母亲和她的情夫。可见,在个体心灵深层的本能发生反应之后社会行为习惯的约束力才能真正发挥作用,而这种深层本能中较为突出的就是荣誉本能。

在希腊大军向特洛伊城复仇的战争中,赫克托耳认识到自己由于未听从波吕达玛斯(Polydamas)的劝告结果给部队带来了灾难,他感到羞愧无比,于是他无颜返回城中,只好单独留下来与阿喀琉斯决斗,宁可毁灭自己也不愿意不荣誉地苟活下去,这同样是受一种荣誉本能的驱使。"如果一个人已经尽力了,他还是发现战斗对自己不利,这时他也没有向神挑衅,而是另找别的办法。但是赫克托耳留在特洛伊城外,他没有这种选择权。阿喀琉斯只是一个人,赫克托耳还没有与他直面相对。传统习俗要求他停留下来,退入城中以逃避他所肩负的责任就违反了他所接受的道德规范,就像萨耳珀冬 2(Sarpedon)对格劳科斯(Glaucus)说过的,特洛伊人最以赫克托耳为骄傲。"③但当他一看到自己真的在与神样的光辉所笼罩着的阿喀琉斯相对峙时,求生的本能驱使他立刻逃跑了,之后是雅典娜的诱骗使他停止了逃跑。若去掉神话因素,应该是他在逃跑的过程中发生了荣誉感的复归,他敏锐地感觉到了逃跑为自己带来的屈辱,这种行为习惯的约束力终于使他强迫自己停了下来,其结果就是勇敢地去接受死亡的命运。

荣誉本能在古希腊的英雄身上也表现出了十分鲜明的特征。"对一个战士来说,最大的伤害就是羞辱,团体里的人都会知道是这个人毁了整个群体。阿喀琉斯和阿伽门农之间的最初争吵就是为了身份和羞辱的问题。

---

① I. C. Johnston, *The Ironies of War: An Introduction to Homer's Iliad*, p.61.

② E. 弗洛姆:《人类的破坏性剖析》,孟禅森译,第28页。

③ I. C. Johnston, *The Ironies of War: An Introduction to Homer's Iliad*, p.67.

布里塞伊斯(Briseis,意思是布里塞斯〔Brises〕的女儿,她的原名叫希波达米亚 1〔Hippodamia〕)本身相对来说并没有多少价值,关键在于拥有她就代表着对自身价值的确认,失去了她则会因自己丧失了公共价值而蒙羞。阿伽门农通过公开地剥夺阿喀琉斯的军事荣誉羞辱了阿喀琉斯,以致他放弃了战斗。这时个人所受的侮辱远远地胜过了对公共事业的考虑;没有人质问阿喀琉斯的举止是否合适;阿开亚人(Achaeans,希腊人的早期称呼)依据传统力量来说服他返回战斗,因为他们需要他和他的部队,但他们并未对阿伽门农的错误行为予以指责。"①社会传统已经约定俗成了什么样的行为是荣誉性的,什么样的行为是羞辱性的,英雄们在选择自己行为方式的时候受着荣誉本能和社会行为习惯两方面因素的制约,其中社会行为习惯是表层的东西,不荣誉毋宁死的荣誉观才是更为重要的本能性的基本制约因素,这种本能来源于求生本能,舍此他的生活就会郁悒难捱。正如王立在论述中国少年复仇时所说:"尤其是亲人横遭不幸,不管其主观上愿意与否,命运都将巨大的人生变故连同复仇使命摆在他的面前。……他不会轻易地容忍这亲仇或友仇之耻作为巨大的阴影笼罩他心头、遮盖他一生;何况,对于社会来说,伦理文化氛围下的公众舆论也不会宽恕其不孝行为。"②

五、本能的泄导

对于攻击冲动,正确的途径应该是找到办法使这种无法消灭的本能在无法正常发挥之时得到有效的泄导,即改变其攻击方向,从而避免恶劣的后果发生。赫剌克勒斯的这种攻击本能在疯狂中没有被转向泄导,于是他杀死了自己的孩子和最好的朋友。

洛伦兹说:"当一个动物从一段距离接近敌人,在更近的距离时,它注意到敌人是如何可怕,但是,现在既然无法抑制已发动的攻击,就只好发泄在一些无辜的旁观者上,或甚至找一些无生命的代替物。"③当阿喀琉斯发现了自己的对手是阿波罗(Apollo)时,他就转向特洛伊人来发泄他的怒气,但他发泄的程度要远远超出动物的攻击,他杀死了无数的特洛伊人。人类在转向发泄怒气时表现出的颇具破坏性的丑行与其他动物相比可以说是

---

① I. C. Johnston,*The Ironies of War:An Introduction to Homer's Iliad*,p.65.
② 王立:《中国古代复仇文学主题》,第120页。
③ 康罗·洛伦兹:《攻击与人性》,王守珍、吴雪娇译,第177页。

独一无二的,在现代,人们"为了出气而踢狗,打骂孩子,迫害下属,虐待弱者,残杀敌人,因压抑的攻击情绪无处发泄而害病、而绞尽脑汁等等"①,都可以看作这方面丑行的表现,而这些表现也都属于对攻击本能的转向泄导行为。

提到泄导时,洛伦兹说道:"想要无害地发泄攻击性,简便而有效的方式是,把它重导至一个替代物上。……甚至相当易怒的人们,在失去控制地发脾气时,也会避免摔坏真正有价值的物品,而选择那些较廉价的陶器来发泄。但是,假若以为只要他们有足够的努力,必能防止这些东西被摔坏,那就完全错了。明了饱和驱力的生理影响及它的重导释放,对攻击性的控制当然有很大的帮助。"②就目前而言,人类的攻击本能在很大的程度上通过文化仪式的方式使泄导的途径得到了抑制,如运动会等体育竞赛活动,就成功地使这种攻击本能得到了较为合理的泄导。动物如非洲珍珠鱼往往通过进化而把有危险性和伤害性的战争转化为高贵的仪式化动作。人类的拳击赛也是类似这种转化的结果,这是为了"在不破坏打斗的重要功能的前提下来避免残杀行为",运动"被一些文化发展出来的规则严格限制"③。人们还通过扩展仪式范围的方式使攻击性得到了控制,并且使群体间的约束力得到了增强,"与我们主题最有关的是求和或欢迎(Greeting)的仪式,那是从重新修正的攻击动作中来的"④。

但泄导的方法并不是全能的,有时复仇的冲动是无法通过泄导的方式得到变相的排解的。在克吕泰涅斯特拉对阿伽门农的欢迎仪式中,这种欢迎最后转变成了彻底的攻击,她与情夫埃癸斯托斯杀死了阿伽门农和女俘卡珊德拉(Cassandra)及御者欧律墨冬 1(Eurymedon)。这个复仇事件我们能从动物的从攻击到仪式的转变中反向地找出其深层原因。而就目前世界局势而言,人类逐渐物化的过程又使人的人性逐渐丧失,后天形成的约束力会在极端的情况下丧失,这就是攻击冲动在目前以超级毁灭的方式时刻威胁着人类的可怕悲剧的深层原因。

---

① 德斯蒙德·莫里斯:《人类动物园》,周邦宪译,陈维正校,第 63 页。
② 康罗·洛伦兹:《攻击与人性》,王守珍、吴雪娇译,第 291—292 页。
③ 同上,第 292—293 页。
④ 同上,第 142 页。

第三节 从现实到神话传说的演变

早期人类社会距我们似乎很遥远,但对于神话传说的形成过程我们还是可以努力探得其一些踪迹的。列维-布留尔说:"原始思维的趋向是根本不同的。它的过程是以截然不同的方式进行着。凡是在我们寻找第二性原因的地方,凡是在我们力图找到稳固的前行因素(前件)的地方,原始思维却专门注意神秘原因,它无处不感到神秘原因的作用。"[①]事实上,在现实因素和想象的神秘因素二者之中,前者还是处于核心地位的,后者则是包裹住这一核心的厚厚的一层外衣。它们的关系可以借用布留尔的"互渗"一词来形容,希腊神话传说中的现实因素和想象因素总是相互交混、难分难解的。希腊人"把祭神的观念和祖先的观念掺和在一起,或者说,把某些特殊宗教仪式上的集体关系和血统上的关系(真正的或设想的)掺和在一起。这些集体成员供奉祭品所祭祀的神或英雄,被他们视为自身所出之始祖"[②]。正如布留尔提到非洲人时所说到的:"过了一定的时期,灵魂渐渐失去了人的特征而变成神灵。这时,这些神灵就变成了真正崇拜的对象,人们根据他们的性情把他们想象成善的或恶的。……它是产生一切灾难而且非加以安抚不可的力量。"[③]在人们的想象中,他们是与先人们的鬼魂生活在一起的。"土人们说:我们的祖先看得见我们。他们洞察我们的一切行为;假如我们是坏人,假如我们不忠实地遵守他们留下的圣训,他们就把柯姆波(Kombo)派到我们这里来。柯姆波就是饥饿、战争,是一切预见不到的灾难。"[④]在探讨神话传说中的复仇主题时,我们同样会发现现实因素和想象因素交融在一处的鲜明特征,其中现实因素是根基,神话传说是以现实为依托,通过想象的提升作用才得以最终形成的。最后,神话传说终于形成了一个成熟的系统,它与现实脱离得越来越远,其中神祇的生命力也就因为这种脱离而很快衰萎枯竭了。

---

① 列维-布留尔:《原始思维》,丁由译,第2页。

② 摩尔根:《古代社会》,杨东莼、马雍、马巨译,第228页。

③ Meinhof, Carl, *Afrikanische Religionen*, pp.39—40. 见列维-布留尔:《原始思维》,第400页。

④ P. Jeanneret, *"Les Ma-Khaca"*, *Bulletin de la Société de Géographie de Neuchâtel*, Ⅷ, p.138. 见列维-布留尔:《原始思维》,第401页。

一、从半神到神的演变

希腊神话传说经历了一个从现实生活逐渐演变而来的发展轨迹,即人们先是由于畏惧等原因祭奠死者,再到因有所求而祭奠半神或英雄,最后才形成了对纯粹的神的崇拜。

希腊的早期祭祀"并不是献祭奥(俄)林波斯(Olympus)神,而只是郑重其事地倒出一点新酒,目的是让所有的新酒从禁忌中解脱出来。开始的时候,这种新酒'祭品'并不是献给什么东西,也不是献给什么人;但是,渐渐地,在这种献祭活动中,人们把新酒敬献给一个半神"①,即一种模糊的守护神。到后来,"在花月节的第一天——'天坛日'是人们'献祭'的日子;人们从酒罐中汲取新酒,向神祇祭酒"②。这一天被称为"酒盅日",每一个家长都可以分到一盅酒,"据佛提俄斯说,酒盅日是'污秽的一天',因为人们认为死人的魂灵会从坟墓中出来;……这一天到处都有鬼神,而且人们害怕这些鬼神"。这种状况大有愈演愈烈的趋势。"年复一年,每当花月节到来,鬼神在开坛日便可以为所欲为。在花月节这三天时间里,他们飘荡在城市的各个角落,使人们心里充满莫名的恐惧,人们不得不嚼起王紫萁,给门涂上沥青,还要关闭所有神庙;然后,到了第三天,按照庄严的约定,人们要求鬼神离开城市。"③这里,人们的想象是与现实生活融为一体、难解难分的,由于这种想象的威慑,人们设法摆脱恐惧,于是便嚼起了王紫萁以"避邪"。

希腊人对死者遵循着从畏惧到崇拜的发展历程。"像许多远古民族一样,希腊人似乎先是畏惧死者,然后才出现对死者的崇拜。"④即使到了最高兴的收获季节,人们也没有办法将鬼魂的观念从想象中挥去,只不过是别有所图罢了。"秋天是活人的大好时光。每到这个时候,他可以收获大多数的水果和谷类,吃掉一些后,把其余的贮藏起来;但即使是在这个时候,他也要给死者留下一点果实,把这些果实当作祭品献给死者,因为只有这样他的种子才能发芽、成长。"⑤

在他们的想象中,他们要与死者或半神达成一种默契关系,只有这样,

---

① 赫丽生:《古希腊宗教的社会起源》,谢世坚译,第 268 页。
② 同上,第 279 页。
③ 同上,第 280 页。
④ 同上,第 281 页。
⑤ 同上,第 283 页。

他们才会心安理得地认为鬼魂不会与自己为难。在过瓦钵节时，"他们有祭祀的风俗，但他们祭祀的不是任何一个奥（俄）林波斯神，而是赫耳墨斯·刻托尼俄斯"①。这时的赫耳墨斯还只是一个半神，这是对一个半神的祭祀。希腊人在祭祀半神时心思是非常复杂的，以对半神狄俄倪索斯的祭祀为例，"库罗斯（Kouros）们正在给他（狄俄倪索斯·顿德里提斯，Diony-sos Dendrites）这个恩尼奥托斯（Eniautos）半神献上小牛犊和一只新月形的船；献上这种祭品的目的不是为了说服他，而是为了引诱他，这种诱导具有巫术性质：鸟和树的新生"②。他们的逻辑很简单，只有肯于付出，才能顺利地得到收获。

正如默里在《英语词典》中所说："纯虚构的叙述通常涉及超自然的人物、情节或事件，而且体现某种关于自然或历史现象的普遍观念。"赫丽生就此总结道："神话实质上是'普遍的'，也就是说，它是集体创作而不是个体创作的产物；它与半神有关，也就是说，它涉及'超自然'的因素；神话把历史和自然融合在一起。"③事实上，人类社会的发展正是经历了一个从集体观念向个体意识演变的漫长的过程，在这个过程中，富有个性的神的形象逐渐清晰起来。

出于各种本能，早期人类是以集体观念占绝对优势的方式生活着的。赫丽生说："在为了获得食物而组合起来的群体中，人们的思维里普遍存在一致性的意识，而个体意识相当淡薄。"④这种意识的一致性明显地表现在他们的早期宗教崇拜活动之中。"图腾崇拜和源于图腾崇拜思维方式的模糊的半神就是这种集体思维或者集体生活状态的反映。"这种生活状态直接影响到了他们对神灵形象的构拟方式。"在人类学会明确地把自己看成一个个体之前，也就是说，在群体对个体的控制受到削弱之前，人类是不会让他崇拜的神具有个性的。这些神祇没有明确的人格，他们只是执行某种职能的半神。"⑤经过漫长的演变之后，从自然世界、从人类集体中脱离出来的个体才得以产生，神的形象也随之慢慢地向着个性化的方向发展了。"随着部落集体制度的瓦解，有个人意识的个体出现了。此外，不仅个体从群体中分离出来，而且作为个体的人也越来越意识到自己与动植物以及他周围的大自然之间的鲜明区别。由于个体脱离了群体，有个体意识的人脱

①　赫丽生：《古希腊宗教的社会起源》，谢世坚译，第 285 页。
②　同上，第 328 页。
③　同上，第 316 页注③。
④　同上，第 467 页。
⑤　同上，第 468 页。

离了大自然,这就不可避免地导致具有人格和个性的奥(俄)林波斯神的产生。"①这里,我想,人类应该先是意识到自己与动植物的区别,然后才意识到在人类群体中自己与他人的区别。

荷马史诗就是这种个体意识觉醒的反映和产物。"荷马史诗标志着集体思维和巫术仪式正在消亡——如果说还没有死亡的话。它表明当时人们的理性主义和个人主义的思维方式发展到了跟伯里克利时代的情形不相上下的水平。"②在这之后,半神便逐渐演变成富有个性的神或英雄了,当然,这种发展并非直线形的,后来的神或英雄是在时间和地域上经过多方整合才得以最终形成的。"贝特博士(在《荷马与古代英雄传说》《特洛亚(伊)战争的传说》中)已经证明,《伊利亚特》(*The Iliad*)中频频出现的杀人场面实际上并不是特洛亚(伊)的英雄之间的争斗,而是希腊本土上各个部落之间的冲突,这一结论毋庸置疑。……赫克托耳在来到特洛亚(伊)之前是皮奥夏人居住的底比斯(即忒拜)的英雄——半神;他的同伴墨兰尼波斯(Melanippos)在底比斯受到崇拜,而被他杀死的帕特洛克罗斯(Patroclus)是他的近邻,同他一样也是一个地方英雄。这些英雄的生平故事在经过部落迁徙后和本土上的崇拜切断了联系,摆脱了宗教仪式单调的周期性。"③

地域上的整合并不是必然的。赫丽生说:"以阿伽门农为例,原先他在自己的诞生地是一个部落半神,但当他来到特洛亚(伊)后便成了一个有个性的英雄。"④这里,我想,赫丽生对阿伽门农形象演化顺序的描述是有些模糊不清的,阿伽门农在其本土就应该已经形成了个性,他既是密刻奈人的著名首领,后来又慢慢变成了英雄和半神,半神其实有时就是蜕变的民族英雄,最后他的形象终于分裂出了宙斯的独立的首要的神的形象。同时,宙斯的形象还有其他来源:"阿斯克勒庇俄斯(Asclepius)是神,但并不是奥(俄)林波斯神。在美术作品中,他的形象很像宙斯:脸上长满了胡子,面目慈祥,可亲可敬。事实上,他是半神英雄中的宙斯。"⑤英雄的个性在本土也是可以产生的,"即使是那些没有经历迁徙的部落的半神也会失去其半神的特征,也会被人们赋予个性。忒修斯之子希波吕托斯就是一个非常有代表性的例子。他在特洛曾(Trozen)受到当地人的崇拜,后来又受到一些迁入雅典的移民的崇拜;但在戏剧里,他已完全具有人的特征,变成了一个流

---

① 赫丽生:《古希腊宗教的社会起源》,谢世坚译,第466页。
② 同上,第323页。
③ 同上,第324页。
④ 同上,第324—325页。
⑤ 同上,第378—379页。

行广泛的民间故事里的英雄。然而,即使是在戏剧里,人们也没有彻底忘记他曾经是一个执行某种职能的半神,欧里庇得斯在《希波吕托斯》(*Hip-polytus*)里让阿耳忒弥斯(Artemis)说出了人们是如何崇拜他的"[①]。

这样,有一条线索我们就清楚了,那就是人们在很大程度上是出于对自然世界的反应才虚构出了神或半神的形象的。"所有的神在某种意义上都是自然神;而且,由于所有的神都源于人类对外部世界的反应,因此他们都是具有人性的神。事实上,他们只是发展程度、发展阶段不同,并没有本质上的差别。"[②]神的最后形象是从自然意义慢慢向人自身的特征倾斜才得以形成的。"神不是人也不是自然力,而是两者融合的结果,是人对自然的关注的一种表达方式。"[③]待到人性占了绝对的上风时,神也就终于蜕变成空虚的玩偶了。

半神变成了神之后,其动物或植物特征有时还依稀可辨。"奥(俄)林波斯神脱掉了植物或动物的外表。……宙斯·克忒西俄斯(Zeus Ktesios)曾经是一条蛇。在地方崇拜中,宙斯·奥尔比俄斯(Zeus Olbios)长期保持自己牛头人身的形象。……他所具有的牛的特性从来没有在人们的记忆中消失。这种记忆残留在神话里。"[④]如他化作牛引诱欧罗巴,他把伊俄化成一头牝牛等。"神脱掉了植物和动物形象,当然标志着图腾崇拜的思维和感觉方式的彻底结束。"[⑤]

但是,我们看到,半神变成了神,其代价是惨重的。"在荷马和赫西奥(俄)德之前,有神的存在,但他们没有称号,人们不区分他们所起的作用,他们的形象也没有区别。……他们是年半神,形象和作用完全一样,都倾向于以植物或动物的形象出现,他们的作用只有一个,那就是给人带来食物和丰产,并且让年周而复始地循环。但奥(俄)林波斯神对此不屑一顾,他摆脱了年的束缚,和年的果实了结了关系。他不再执行自己古老的职能,反而提出一个新的要求,要人们给他献上祭品。""这一转变表明了奥(俄)林波斯神的彻底堕落。像人一样,以特权取代职能和义务的神注定是自取灭亡。'如果谁也不工作,那么也不该给他吃的。'情感和传统也许能够短暂地延续献祭的风俗,但崇拜者真心崇敬并甘愿为之献出生命的是那些为人们工作和生活的神祇,而不是那些逍遥自在地住在奥(俄)林波斯山

---

① 赫丽生:《古希腊宗教的社会起源》,谢世坚译,第 325 页。
② 同上,第 444 页。
③ 同上,第 445 页。
④ 同上,第 446 页。
⑤ 同上,第 447 页。

上的神。"①也就是说,在半神成了纯粹的神之后,人们还继续献祭,主要是传统和生活习惯使然,到后来就完全变成了为献祭而献祭。终有一日,人们彻底地认识到这些神不再与自己的生活密切相关,抱怨之余,人们最后便结束了这种自欺欺人的无益行为,神话时代也就此寿终正寝了。

半神虽不能永生,但其生活要远比神富有质量。"真正的神——恩尼奥托斯半神的生活和工作都是为了他的人民;他甚至可以为他们而死。在新的神学理论中,让人感到最难以忍受的是,奥(俄)林波斯神声称自己是永生的。在考察圣餐和献祭时,我们已经看到,以公牛形象出现的年半神在活了一年后就死去了,他是为了复活而死去的。他的本质全部体现在周期性的复活转世上。他那多种多样而又单调的生命历程都源自这种周期性,他的生命历程包括无数次出生、再生、出现与消失、显现、死亡、埋葬、复活,还有无穷无尽的变化和机会。"这些是人们创造出来为自己所用的神,是对动植物生命周期的一种模拟。"然而,奥(俄)林波斯神抛弃了所有这一切,抛弃了所有的生命和现实——变化和运动。他选择的却是不死和永恒——这种表面上的永生实际上是对生命的否定,因为生命意味着变化。"②对于神付出生气勃勃的代价而选择了死气沉沉的永生这种不明智之举,赫丽生看得很准确,她说:"在无知、笨拙的奥(俄)林波斯神看来,'重复'已经成了'无果'的代名词;生命的秩序被看成是固定的、毫无结果的,因此对其可以全然不顾。"③

这样,神与人们的现实生活也就越来越相去甚远。"伴随着这种死气沉沉的永生的观念,一种灾难性的观念产生了:人与神之间被一条巨大的鸿沟隔开了,人神交流从此不再可能。企图跨越这条鸿沟就意味着傲睨神明,是对神的冒犯。"④既然神已高高在上,不再关注人们的生活与生命,对神进行冒犯的"傲睨神明"的行为也就在所难免,于是希腊神话传说中产生了大量的反抗神祇的英雄行为,他们往往是付出了生命的代价来证明神的存在的虚妄。

神越来越走向了人们的反面,人们的抗逆情绪在与日俱增。"我们对奥(俄)林波斯神的评价基本上是负面的。他拒绝执行具有图腾崇拜性质的半神的职能,并且抛弃了原有的植物或动物的形象。他不愿意成为大地

---

① 赫丽生:《古希腊宗教的社会起源》,谢世坚译,第463页。
② 同上,第464页。
③ 同上,第526—527页。
④ 同上,第464页。

的半神，甚至不愿意成为天上的半神；最重要的是，他拒绝充当无休止地操劳的年半神。他不愿意为了复活而死去，而是选择了沉闷的永生。他远离了人类而居，成为'好妒忌的神'。"神具有了人的七情六欲，其中最能显现神的弱处的就是他们的妒忌。"众神生性妒忌，他们无法忍受人类享有任何光荣，因为这会使他们自己的光辉黯然失色。"①神变得越来越偏狭，越来越乖戾，最后人们只好弃他们而去。

二、希腊神话传说的现实来源

下面我们看一下希腊神话传说的具体现实来源。事实上，希腊神话体系的建立"与希腊人的历史谱系相关。……历史谱系，即以王族为核心，通过编制王权者的更替顺序，描绘历史的基本面貌。……部落首领拥有特殊的权力，这种特殊权力的确立，就有神话化因素在内。由于他们相信部落首领或文化英雄是神的儿子，部落民既不把他看作普通人，而把他看作神异之人。因而，英雄很早就从神那里为自己找到了光荣的祖先。……历史谱系法奠定了希腊神话体系的基础。希腊原始神学信仰系统的建立，正是利用了人的历史谱系经验。"②这些神话"鲜明地将神融合于自然之中。在对诸神的描述中，更多地表现了对外在宇宙和自然现象的想象和猜测，并且用人间的社会秩序、人的品格来想象诸神的体系——自然体系的幻化"③。同时，这种幻化是一种主观与客观的复杂结合。"神话、葬礼仪式、土地崇拜仪式、感应巫术不象（像）是为了合理解释的需要而产生的：它们是原始人对集体需要、对集体情感的回答。"④也就是说，早期先民并不是在追寻现象的客观原因时产生了神话和各种仪式，而主要是对现象进行主观神秘的解释的结果，在他们的意识中，一切存在着的东西都具有一种神秘的属性，其解释的依据就是世代积淀下来的这种集体性的神秘意识，布留尔不精确地称之为"集体表象"，而且他也意识到了这个概念的不精确。

希腊神话后来所有的仇恨都有其明确的产生原因，但最早的一桩仇恨——地母该亚（Gaea）与天神乌拉诺斯所生的子女对父亲的憎恨，其产生的原因往往在有的神话中并未获得解释，这些神话只是直接叙述道："天地

---

① 赫丽生：《古希腊宗教的社会起源》，谢世坚译，第 465 页。

② 李咏吟：《原初智慧形态》，上海人民出版社 1999 年版，第 34—35 页。

③ 汪子嵩、范明生、陈村富等：《希腊哲学史》，人民出版社 1997 年版，第 69 页。

④ 列维-布留尔：《原始思维》，丁由译，第 17 页。

神的儿女们都有一个特点,那就是非常憎恨他们的父亲乌拉诺斯。"①关于这一点,假如我们无法用其他理论去得出比较满意的解释,最令人觉得合理的说法当推弗洛伊德(Sigmund Freud)的恋母情结了。按照弗氏理论,男孩和女孩都有其恋母阶段,在这一特定阶段他们必然憎恨自己的父亲,只是男孩对父亲的仇恨要更持久更强烈些,这些提坦神仇恨父亲的结果就应该能证明这一点:儿子克洛诺斯(Cronos)②阉割了父亲乌拉诺斯③,从而取代他登上了统治地位。但通过更多的查阅,我们得知,天神乌拉诺斯仇视与地母该亚生下的六个巨人儿子(这比较容易理解一些,主要是这些孩子力大无穷,这会直接威胁他的统治地位),他将他们关在该亚腹内的黑暗中,不许他们见天日,该亚不堪忍受腹内的沉重负担(一说该亚讨厌无穷无尽地生孩子,于是想逃离乌拉诺斯充满暴力的性行为),她请求提坦(Titans)儿子们保护她,但除了最小的克洛诺斯以外,其他儿子因惧怕父亲乌拉诺斯都拒绝帮助她,克洛诺斯用该亚给予的镰刀阉割了乌拉诺斯,把他的生殖器扔进了海里,淮阿喀亚人(The Phaeacians)就是从后者被阉割时流的血液里诞生的。之后克洛诺斯取代了乌拉诺斯的统治地位。

这位旧神神系中残暴的天神乌拉诺斯,其现实来源居然是一位性格没有什么缺憾的人间首领。据狄俄多洛斯·西科罗斯(Diodorus Siculus)说,乌拉诺斯是住在大洋边上的特别虔诚而公正的种族阿特兰忒斯人(the Atlantes)的第一任首领,他是第一个教给人民文明与文化的人。他自己是一个杰出的天文学家,他通过星星的运动设置了第一份日历,并且预言世界上将会发生的主要事件。他被阉割的神话应该是反映了争于力时代部落首领的一种嬗递过程,一位首领一旦丧失了繁殖能力他就没有资格继续在任。他死后享有神圣的荣誉,最后他演化成了天空本身。他有四十五个孩子,其中有十八个是提泰(Titae)为他生的,提泰后来用了该亚的名字,这些孩子按照母亲的名字被叫作提坦族,提坦是提泰的形容词形式,按理说应该按照名词的形式叫作提泰族才对,只是时间弥久,叫提坦族早已形成惯例,改之实非易事。再加上《泰坦尼克号》影片上映后,就使这问题进一步复杂化了。而在神话中,据赫西俄德(Hesiod)说:"伟大的乌兰(拉)诺斯父神在责骂自己生的这些孩子时,常常用浑名称他们为提坦(紧张者)。他说

---

① 赛宁、沈彬、乙可:《希腊神话故事》,中国社会科学出版社1994年版,第3页。

② 据赫丽生说:"人们常常把克洛诺斯称为氏族头领;在奥林匹亚,克洛诺斯似乎是巴西雷这个群体中的头领。"见赫丽生:《古希腊宗教的社会起源》,谢世坚译,第248页。

③ 按照俄耳甫斯的《神谱》(*the Orphic Theogony*),乌拉诺斯与该亚同是夜(Night)的孩子,更普遍的说法认为乌拉诺斯为该亚所生。

他们曾在紧张中犯过一个可怕的罪恶,将来要受到报应的。"①两种说法相差如此悬殊,应该能从词源学上找到解释,那就是神话作者们把提泰的名字根据其词意发挥了想象,于是便通过其"紧张"的意思来解释一代神族的命名,他们或者是为了神话的统一而有意回避"提泰"这个名字,而把所有子女都说成是该亚所生,或者他们根本不知道"提泰"这个名字,从而对提坦神族进行了望文生义的解释。乌拉诺斯的女儿叫瑞亚(Rhea),她也叫潘德拉(Pandra),这在神话中也发生了些许的变化。

　　神话传说本来就不是无源之水、无本之木,其中的复仇主题自然也不例外,它们毕竟来源于现实生活,所以不只是从新神神系开始,神祇们身上便具有了与人同形同性的特征(他们外形已是完全的人类形象,他们的性格也与人类无异,只是略有夸张而已);而且只要深入地观察,我们就会发现,不管是神祇还是半神英雄,由他们演绎出的复仇主题也确实与现实生活相去不远。如他们为痛失亲子而进行的复仇、他们因荣誉受到损害而进行的复仇、他们因爱情嫉妒而进行的复仇等,都含有典型的现实特征。传说中有的复仇主题甚至没有添加一点点的神幻色彩,可谓是现实生活中复仇事件的直接搬演。如克吕泰涅斯特拉伙同情夫埃癸斯托斯杀死阿伽门农的过程,这一流血事件不只在传说中存在,而且在古希腊社会现实生活中就能丝毫无爽地发生,甚至在现当代社会,这种复仇事件我们也是时有耳闻。正因如此,很多现实生活中的复仇原则在我们对神话传说中的复仇主题进行研究分析时也同样适用。

　　最早的一批神祇身上有着更多的自然特征,随着神系的进一步发展演化,神祇们才逐渐脱离了自然特征而增强了其社会性特征。到了新神神系中,宙斯基本上是光(Light)、明亮的天空(clear skies)和霹雳(thunder)的儿子,但阿波罗就明确地是太阳(the Sun),波赛冬就明确地是海洋(the Sea),而宙斯并不明确地就是天空(the Sky)。新神的形象在很大程度上失去了自然特征,即在早期发展过程中被赋予的宇宙的价值,从而体现出明显的社会性趋势,宙斯后来变成了早期杰出英雄的形象。他维持着世界的秩序与正义,他负责为杀人者净罪,他保证人们遵守誓言与为主尽责。他保护统治阶级的权利,更维护社会等级,他对人和众神都享有特权,他是一位知道自己职责的福禄之神:他并不单靠任性行事,虽然他在爱情上表现出明显的任性,但这些也是出于他对未来具有先见性的、长远的考虑。他既散发善良也散发罪恶,荷马在《伊利亚特》中通过阿喀琉斯之口说宙斯的

---

① 赫西俄德:《工作与时日·神谱》,张竹明、蒋平译,商务印书馆 1991 年版,第 32—33 页。

宫殿前有两个坛子,分别装有善良与罪恶,他对每一个凡人往往从每个坛子中取一部分,但有时他也只使用其中一只坛子,其结果就是全好或是全坏。世界的规律不是别的,就是宙斯的思想,但正是这位神被发展到了极端的产物,这已超出了神话向神学和哲学史过渡的应有界限。"宙斯·克忒西俄斯就是一个以蛇的形象出现的丰产半神——还不是神。宙斯的这种职能让正统的神学家不知所措,但神秘主义者和一神论者对此却十分高兴。我们高兴地看到,即使登上至高无上的天堂后,他也并不鄙视人们用果实作为祭品这种原始的方式来祭祀他。""对希腊人来说,宙斯·克忒西俄斯是一条家蛇,贮藏室里的坛坛罐罐就是他主要的圣所。"①新神神系中的宙斯生在克里特,母亲瑞亚用毯子包裹一块石头代替宙斯给克洛诺斯吞下了,以"让他将来推翻强大狡猾的克洛诺斯,为天神乌兰(拉)诺斯和被吞食的孩子们报仇"②。他的保姆是仙女或山羊阿迈尔忒亚(Amalthea),这个保姆给他喂奶,他也吃蜂蜜。一说这只山羊死后,宙斯用它的皮做成了盾牌。墨提斯(Metis)给了宙斯一种呕吐药,宙斯用这种药使克洛诺斯吐出了所有他吞下的孩子。他推翻父亲的战斗持续了十年,库克罗普斯(Cyclops)给宙斯提供了霹雳和闪电,同时给了哈得斯(Hades)隐身头盔,给了波赛冬三叉戟。战后这三位弟兄以抓阄的方式分配权力,宙斯统治天空,波赛冬统治海洋,哈得斯统治地府。仔细分析一下,他们三人应分别是三个兄弟部落的首领,而宙斯是由这三个部落组成的部落联盟的统帅。分配完权力之后他们进行了抵抗巨人(the Giants,宙斯"战胜巨人象征着太阳战胜了冬天的寒冷"③。"神祇——巨人战争代表着人格化的奥林波斯神战胜了大地威力、战胜了长着尾巴的怪物;神祇——提坦战争仅仅在某种程度上代表奥林波斯神崇拜战胜了自然神崇拜的较高形式——乌剌〔拉〕诺斯崇拜。"④)进攻的战斗。海伦的诞生意在通过引起战争而减少希腊和亚洲过剩的人口,赫剌克勒斯出世是为了剪除横行世上的强盗和怪兽,他们应该都是作为首领的宙斯婚外恋的产物。宙斯经常以动物或其他物件的方式出现,那是早期拜物宗教的结果,至于他幻化成动物与人间女子发生爱情以躲避赫拉复仇的神话,那是后来的发明。克里特人(the Cretans)不只能指出宙斯是在哪里诞生的,他们还能指出宙斯的坟墓所在地,这令那些相

---

① 　赫丽生:《古希腊宗教的社会起源》,谢世坚译,第290页。
② 　赫西俄德:《工作与时日·神谱》,张竹明、蒋平译,第41页。
③ 　同①,第249页。
④ 　同①,第455页。

信宙斯是一位不死的天神的神话学家和诗人们十分气愤,但这却可能是历史事实,证明他原本不过是克里特人的一代比较杰出的首领,他对人类复仇的神话反映了他作为一个统治者心胸狭隘的一面。也有人说宙斯的形象来源于北方的一个原本并不怎么出名的雷电之神,同时在他身上也有来自埃及(Egypt)的特征,这些都是宙斯形象来源极其复杂的又一例证。

有人认为阿特拉斯(Atlas)是一位天文学家,他教人们掌握天体运行规律,因此被神化,他在巨人向宙斯复仇失败后被罚为扛天者,在神话中后来被化作了石柱。从这一说法中我们基本上可以窥得阿特拉斯这一神话形象的现实来源。同时,神话中阿特拉斯的弟兄普罗米修斯(Prometheus)因为帮助人类的缘故遭到了宙斯的无情复仇,宙斯派一只鹰每日啄食他的肝脏,据希罗多洛斯(Herodorus)说,“事实上,普罗米修斯是一个叫做(作)‘鹰’的河流附近的锡森部族的酋长,众所周知,这条‘鹰’河时时洪水为患”,于是就被人们当作神对普罗米修斯过错的惩罚,“据说他的救主赫拉(刺)克勒斯从阿特拉斯那里得到了‘天地之柱’——即天文学、地理学和实用科学的基础知识——随即疏导河道,排水出海”[①]。这应该就是赫刺克勒斯最后射死了鹰解救了普罗米修斯的说法的现实来源,那日夜啄食肝脏的鹰该是鹰河水流泛滥一直是普罗米修斯的一块心病的形象性说法。

默雷说:“希腊神话中有好些名字,似乎就是博加兹-基韦(Boghaz-Kewi)的泥板中的真正历史人物。不过历史与纯粹的神话相结合,差不多混为一体了。”[②]他这里的“神话”概念是广义的,它也包括一切传说在内,这一点从他所举的例子就可以看出。俄诺玛俄斯(Oenomaus)的御者密耳提罗斯(Myrtilus,或名密西拉俄斯〔Mysilaus〕,赫耳墨斯的儿子)在传说中被过河拆桥的珀罗普斯杀死了,而在历史上密耳提罗斯却是一位伟大的希泰(Hittite)首领。

在关于纳西索斯(Narcissus)的溯源性传说中,被纳西索斯所拒绝的姑娘们请求天神为她们复仇。涅墨西斯(Nemesis)听到了她们的请求,于是安排了复仇。一天天气很热,纳西索斯打完猎之后在一条溪水边弯腰去喝水,这时他从溪水里看到了自己的面影,这个面影太美了,纳西索斯立刻爱上了它。从此他对世间的一切都开始了无兴趣,每天就待在溪边看自己的影子。这样,他很快就死掉了,甚至在去地府路过冥河(the Styx)时他还努力想从河中辨识出自己的容貌。在他死去的地方后来长出一种以他的名

---

① 吉尔伯特·默雷:《古希腊文学史》,孙席珍、蒋炳贤、郭智石译,第135—136页。
② 同上,序言第13页。

字命名的花,这就是水仙花。这是奥维德(Ovid)的说法。而根据波俄提亚的传说(the Boeotian version),纳西索斯被一个叫作阿梅尼阿斯(Ameinias)的年轻人爱着,但他并不爱这个年轻人。最后纳西索斯送给这个年轻人一把剑作为礼物,阿梅尼阿斯十分顺从地用这把剑在纳西索斯的门口自杀了。但在临死前,阿梅尼阿斯向众神诅咒纳西索斯的残酷无情。于是一天当纳西索斯在泉水中看到自己的影子之后就自恋上了,最后他绝望地自杀了。在纳西索斯自杀的地方,从他的血所浸染的草中长出了以他的名字命名的水仙花。而根据包萨尼阿斯(Pausanias)的说法,纳西索斯有一个孪生妹妹,她与他容貌酷像,二人都非常漂亮。后来这个妹妹死了,深深地爱着她的纳西索斯十分苦恼。一天他在溪流中看到了自己的影子,他觉得好像看到了妹妹,这减轻了他的痛苦。虽然他完全知道自己所看到的根本不是妹妹,但是他还是养成了向溪流里看自己影子的习惯,以此来减轻他失去妹妹的痛楚。包萨尼阿斯说,这可能就是关于纳西索斯的习惯性传说的最初来源。这一说法应该是比较可信的。正如李咏吟所说:"任何神话都不会无缘无故地凭空想象出来。神话的创作总有其历史的事实作为一种文化投射的根基。……在神话的背后,总有其历史的现实的文化的基础。神话思维总是立足于一种历史现实。无论它是以夸张的形式、想象的形式或变异的形式,从根本上说,希腊神话总是其民族文化的一种独特的投射方式。神话成了民族文化创造者对于神秘的自然世界和文化世界的一种合理构造。"①

　　传说中特洛伊老首领拉俄墨冬(Laomedon)在波赛冬帮助他修建完城墙、阿波罗替他放牧完牛群后却拒绝向两位神祇支付当初答应过的报酬,于是遭到了他们的多方复仇。据希罗多洛斯说,拉俄墨冬的"手法十分简单,他从他们庙里取钱来修建城墙,事后并不归还"②。这种说法虽然也未能净脱神话因素,但几乎揭示出了这则传说的现实来源,也就是说,所谓的两位神祇帮助拉俄墨冬修建城墙和放牧牛群,也就是拉俄墨冬打着他们的旗号动用了神庙中的财物而已。

　　传说中忒修斯在从特洛曾(Troezen)去雅典的路上杀死了强盗斯喀戎(Sciron),而墨伽拉的历史学家们(Historians of Megara)认为这个传说是不真实的,斯喀戎事实上是一位善良的英雄,忒修斯不是在去雅典认父的路上杀的他,而是在当了雅典首领之后去攻打厄琉西斯(Eleusis)的路上杀

---

① 　李咏吟:《原初智慧形态》,第42页。
② 　吉尔伯特·默雷:《古希腊文学史》,孙席珍、蒋炳贤、郭智石译,第136页。

死了斯喀戎；一说忒修斯与斯喀戎是表兄弟。看来，神话学家们为了突出英雄出少年的意图，把忒修斯的绝大多数英雄事迹都集中在了他初出茅庐之时，而历史学家们却坚持要还原历史的本来面目。

传说中忒修斯与朋友庇里托俄斯（Pirithous）曾下地狱欲绑架珀耳塞福涅（Persephone），他们的阴谋被冥王哈得斯及早发现，所以他们二人被锁在了地府里，后来赫剌克勒斯解救了忒修斯。但据包萨尼阿斯说，二人事实上去的是厄庇洛斯（Epirus）首领海多纽斯（Haedoneus）的宫廷，海多纽斯的名字被混淆成了哈得斯。海多纽斯的妻子也叫珀耳塞福涅，他们的女儿叫科瑞（Core）。他们有一条很凶猛的狗叫刻耳柏洛斯1（Cerberus，传说中地狱的看门狗也随之变成了叫这个名字）。忒修斯与庇里托俄斯说他们是来向科瑞求婚的，事实上他们是想把母女俩一起绑架。海多纽斯许诺，他们二人谁战胜了刻耳柏洛斯1，科瑞就将嫁给谁，之后海多纽斯猜出了他们的真正心思，就把他们拘禁起来。庇里托俄斯是罪魁祸首，他被刻耳柏洛斯1吃掉了，忒修斯被关押着，直到海多纽斯的朋友赫剌克勒斯来到之后请求这位首领放了忒修斯，他才被释放。这应该就是忒修斯与庇里托俄斯二人冒险传说的事实来源。

据传说，宙斯与欧罗巴（Europa）的儿子之一弥诺斯曾答应把那一年从海中收获的最美的东西献给波赛冬，为了考验他，波赛冬就派一只美丽异常的公牛陶洛斯（Taurus）出海，弥诺斯太喜欢这只公牛了，他舍不得把它献祭，就把它混在了自己的牛群里，找另一头普通的公牛代替献了祭。弥诺斯的妻子帕西淮（Pasiphae）爱上了陶洛斯，代达罗斯（Daedalus）就为她用木头制作了一头母牛的身形，帕西淮钻到它的腹中与陶洛斯交配，遂生下了牛首人身的怪物弥诺陶耳（Minotaur，原译米诺陶洛斯）。为了遮羞，弥诺斯让代达罗斯建了一处迷宫，把弥诺陶耳关在了里面，每年把雅典进贡来的童男童女给它吃，直到忒修斯杀死了它。而历史学家们说，陶洛斯并不是一只从海中走出的公牛的名字，它是克诺索斯（Cnossus）一位首领之子的名字，他领导了一次对提瑞（Tyre）的远征，在带回的俘虏中就有欧罗巴，他据说是克里特戈耳提恩城（Gortyn）的建立者和弥诺斯真正的父亲。弥诺陶耳也不是牛首人身的怪物，而是弥诺斯军队里一位叫陶洛斯的残酷将领所获得的绰号。雅典进贡来的童男童女也并不是被弥诺斯扔进了迷宫，而是作为为纪念他被埃勾斯（Aegeus）杀死的儿子安德罗戈俄斯（Androgeous）而设的葬礼竞赛上的奖品，这些竞赛的第一个获胜者就是那个残酷的陶洛斯，他极其残酷地虐待着他所赢得的人，忒修斯发动了一次征讨向陶洛斯复了仇。弥诺斯很高兴忒修斯为自己除去了陶洛斯，因为他已经变成了他军队里的祸害,而且还爱上了帕西淮,所以他支持忒修斯的征讨,事后又让女儿阿里阿德涅嫁给忒修斯。一说陶洛斯是帕西淮所爱着的一位非常漂亮的年轻人的名字,她曾在弥诺斯患了一种丧失生殖能力的神秘的病的时候与陶洛斯睡过觉,之后帕西淮怀了孕,弥诺斯知道孩子不是他的,但孩子出生后他又不敢把这孩子处死,于是就把他送给了山里的牧羊人,孩子长大后因为与陶洛斯十分相像,就起名叫弥诺陶洛斯(Minotaurus)。弥诺陶洛斯拒绝听从牧羊人的话,他们决定把他绑起来,但他逃到了一个很深的山洞里,在这里他能很容易地击退来追捕他的人。之后人们就开始给他送各种各样吃的东西,其中有山羊和绵羊,有时弥诺斯也把罪犯交给他处死。就是在这种情况下忒修斯被派去杀死他,阿里阿德涅给了忒修斯一把剑(而不是一个线团),他就是用这把剑杀死了弥诺陶洛斯的。这里,不仅牛首人身怪物的事实来源得到了说明,而且也从侧面交代了掠走欧罗巴的并不是神话中的宙斯,而是现实生活中的陶洛斯。而传说中的有关神牛陶洛斯的内容就是将弥诺斯的父亲陶洛斯和弥诺斯军队中的陶洛斯二人故事合成的结果。看来,从历史事实发展到神话,很多主观想象的因素被添加了进去,而神话的一部分魅力便由此而来。

萨耳珀冬 1(Sarpedon)是宙斯与欧罗巴的儿子,是弥诺斯和拉达曼提斯的弟弟,他后来与弥诺斯发生了争吵,或是为了争夺克里特的统治权,或是因为他们俩都爱着同一个男孩米勒托斯(Miletus),结果萨耳珀冬 1 离开了克里特,也许和欧罗巴一起,米勒托斯也跟着他逃跑了。特洛伊战争中的萨耳珀冬 2 是宙斯与柏勒洛丰的女儿拉俄达米亚(Laodamia)生的儿子,他被帕特洛克罗斯(Patroclus)杀死了,围绕着他的尸体发生了激烈的战斗,宙斯为儿子的死降下了一阵血雨。而据狄俄多洛斯说,萨耳珀冬 2 是萨耳珀冬 1 的孙子,是厄万得耳(Evander)和得伊达米亚(Deidamia)的儿子,这样就把萨耳珀冬 2 从神的儿子降到了人的儿子,这可能就是萨耳珀冬 2 的真正身份。

关于神话中帕里斯为三位女神裁判的故事,持怀疑论的神话学者认为是三个乡村姑娘要帕里斯裁判她们谁美,这可能就是神话中这个细节的最初事实,有的则说他裁判的事完全是他在山上放羊时所梦见的。但到了神话中,这个裁判的细节却成了爆发特洛伊战争的导火索。历史上密刻奈(Mycenae)的宫廷文明、官僚机构和文字记述约公元前 1100 年被毁,据人类学家考证,特洛伊 VIIa 发掘层曾于公元前 1220 年左右遭遇过一次剧烈的袭击,这与希腊古典时期认为特洛伊被围发生在公元前 1184 年的时间相差不多,但我们却无法证明特洛伊 VIIa 的毁灭就是荷马史诗里面所记述的事件,我们也无法确定其摧毁力量就是来自密刻奈,然而有一点可以肯定,荷马写的是史诗,而不是历史,其所记录的战争规模和所描述的人与物无疑都"已经被大大地夸张了"①,就是其中掺和进了很多超自然的因素。"把背景置于一个遥远的英雄时代,《伊利亚特》的世界是一个复杂的虚构世界,它有的成分来源于不同的传说和回忆,有的则来源于不同的时期和地区,有的则纯粹出于想象。这部史诗最明显的非历史性特征是它所描述的战绩和行动所具有的不可能的规模,特洛伊的巨大财富和阿开亚人的大规模远征都是非历史性的,就像它里面的英雄所具有的巨大体力一样是不可能存在的"②。因为荷马等吟游诗人所描述的事件距他们生活的年代已过去了约四百年,于是他们的描述中有着很多的想象成分,"他们用言语描绘出了辉煌的宫殿,然而这些宫殿他们并没有目睹过,于是所描绘出的就与迈锡尼(即密刻奈)的宫殿越来越相去甚远(因为他们自己的社会中并没有宫殿);或者他们努力地去描绘战争中战车的使用,而在他们的时代战车早已荒废不用,他们对其也知之甚少;或者他们描述迈锡尼人对铜制武器的使用,却情不自禁地把自己时代的铁写了进去,因为他们生活的年代里铁制武器已经代替了铜制武器"③。但我们知道,不管这些吟游诗人加进去了多少想象成分,他们所叙说的宫殿、战车等主要对象都是密刻奈时代曾经存在过的事实,他们在史诗中虽然提到了铁,却未达到喧宾夺主的程度,他们所提到的武器绝大部分还都是铜制品,铁则作为竞赛的奖品,主要用于打制农具。

关于引起战端的被帕里斯抢走的海伦,默雷说:"海伦的故事,有些批评家认为是有历史根据的,现在证明那不过是一个斯巴达婚姻女神的仪式。斯巴达的婚礼必须包括抢亲,海伦的主要任务就是被人抢走。……但是明白得很,她的庙宇不能让它空着,……必须将她取回,恢复原位,那么,强夺者所劫走的,实际上只是女神的偶像,并不是真正的海伦。"④在传说中,海伦不只被帕里斯一人抢走过,她还曾被忒修斯、阿法瑞提代(Apharetidae,即阿法柔斯〔Aphareus〕的儿子伊达斯〔Idas〕和林叩斯〔Lynceus〕的合称)抢走过,这些几乎可以证明默雷所获得的泥板上的说法,而到了传说中,海伦被屡次抢走的原因就是她超常的美丽。

---

① M. S. Silk, *Homer: The Iliad*, Cambridge University Press, 1987, p. 2.

② 同上,p. 28.

③ M. I. Finley, *The Ancient Greeks*, Published in Pelican Books in the United States of America, 1977, p. 21.

④ 吉尔伯特·默雷:《古希腊文学史》,孙席珍、蒋炳贤、郭智石译,序言第13—14页。

关于传说中阿喀琉斯之死,一个说法是阿喀琉斯爱上了普里阿摩的女儿波吕克塞娜(Polyxena),为此他想背叛希腊军队,他甚至想为特洛伊一方作战,正是利用了这一点,特洛伊人把他引进了埋伏圈,帕里斯把他杀死了。这场埋伏发生在提姆布拉亚的阿波罗(Thymbraean Apollo)神庙里,帕里斯躲在阿波罗神像后面射死了阿喀琉斯,这就解释了传说中赫克托耳的临终预言:阿喀琉斯将被帕里斯和阿波罗联合杀死。这可能就是作为历史事实的特洛伊战争中的英雄阿喀琉斯之死的实况。

关于神话传说的具体现实来源我们这里只能挂一漏万地略陈这般,在本书的其他部分里也可散见这方面的内容。而从这些神话与现实的对比中,我们对神祇与人类的真实关系能达到进一步清晰的认识。

具有典型的人类特征几乎是所有神祇身上的属性,"神祇同样吃、喝、睡、说谎、盗窃、骂人、战斗,他们也会受到伤害,也有痛苦的感觉,也有人的七情六欲和品德上的缺陷。神与人唯一不同之处就在于神是永生的。神人同性同形论是几乎所有的宗教在发展的一定阶段上所具有的"①。他们行事像人,而他们与人类在总体关系上又是敌对的,就像统治者与被统治者之间的关系一样。也与统治者一样,他们的内部也会有内讧式的对抗,但他们的对抗总是不会像普通人类的对抗那样严肃而真挚,毕竟,这些人类的对抗是他们的基本生存方式之一。"《伊利亚特》的第一部以地上英雄的争吵开始,以奥(俄)林波斯山上的神祇争吵而结束。两次争吵的根本原因都关涉到荣誉问题。阿喀琉斯感到自己的荣誉受到了阿伽门农的损害,赫拉则觉得宙斯答应了忒提斯的请求伤害了自己的荣誉。这两组争吵又马上形成了对照,人类的争吵导致的是死亡和毁灭;相比之下,神的争吵就显得毫无目的而且琐屑。"②地上的争吵直到造成了重大损失之后才得以化解,而天上的争吵只因赫淮斯托斯(Hephaestus)出面说了几句话矛盾便烟消云散了。可见,在神之间是缺少普通人类之间的那种严肃性质的,这也是现实人类中阶级的分野在神话传说中所留下的难以完全净除的印迹。

古希腊神话传说中的神祇,正是一些统治者的形象经过时间长河的淘沥,最终所获得的一种变形反映。《神话辞典》中记载,按照欧赫墨洛斯学说(Euhemerism):"神祇和英雄无非是过去的一些伟人,他们被后代尊奉为神,并赋予各种超自然的品质,正如同在欧赫墨洛斯(Euhemerus)所处时代

---

① 鲍特文尼克、科甘、帕宾诺维奇等编著:《神话辞典》,黄鸿森、温乃铮译,商务印书馆 1985 年版,第 272—273 页。

② M. S. Silk, *Homer*: *The Iliad*, p. 79.

希腊化国家的君主被尊奉为神一样。"[1]神话的本质就是变了形的人话。[2]

弗雷泽(Frazer, J. G.)在《金枝》(*The Golden Bough*)中的详细叙说进一步印证了神是人类社会早期的统治者形象的转型之观点。在人类的早期社会,一个部落往往有两个首领,其中一个是专司神职的,有的小部落则是一个首领身兼世俗与宗教两种职能。这些神职人员在活着的时候就往往被尊称为神,大致上古希腊的神的前身也多是这些人神的化身,所以这些神的身上就表现出了早有定论的神人同形同性的特征,分析起来,这些神除了具有超自然能力之外,剩下的便是一个个人间享有特权的统治者的形象了,也就是说除此之外便无其他超升之处了,所以他们的行事准则表现更多的是人的特征,因此我们在分析的时候把他们当作凡人看待也就更见理性一些。神话传说当是这些人神为了便于统治而发明出来的,其用意就在于对被统治者造成恐吓之势,以告诫他们不要擅越雷池。我们知道,早期社会的统治者是靠蛮力决斗产生的,后继者只有杀死现任的统治者才可能继位,而在决斗中被击败就是现任统治者体力上已经出现了衰竭的证明,为了推迟危险的到来,统治者就发明了一些人类与神祇比赛,最后终遭毁灭的神话,以告诫人们不要轻易有僭越之想。

三、神祇与人类关系的实质

神祇是当时人们对自然力量和社会生活的形象性概括,人们按照人间统治者的样子去塑造这些神祇,使他们身上有了很多统治者的特征。布留尔说:"原始人的思维本质上是神秘的和原逻辑的思维,它趋向于其他一些客体,走着和我们的思维不同的道路。"[3]由于当时人类对自然世界的认识和控制还十分有限,现实社会中的统治者也不是什么良善之辈,于是神祇敌视人类的特征在神话传说中十分突出;同时,神祇身上与缺点伴生的又有许多可悲的方面。

(一)神祇间的游戏式关系

神祇是人们想象出的高高在上的群体。赫拉克利特(Heraclitus)在残

---

① 鲍特文尼克、科甘、帕宾诺维奇等编著:《神话辞典》,黄鸿森、温乃铮译,第224页。

② M. I. Finley, *The Ancient Greeks*, p. 21.

③ 列维-布留尔:《原始思维》,丁由译,第423页。

篇第五十二中说:"生命的时间就像儿童玩棋,王权是掌握在儿童手里的。"①神与神之间的复仇和对抗只是一种带有谐谑性质的儿童般的游戏,未必会真正结仇。

特洛伊战争中《人和神祇的战争》一节写道:"现在神祇们已经动起手来:阿波罗箭射波赛冬(Poseidon),雅典娜力战阿瑞斯(Ares),阿耳忒弥斯弯弓搭箭正瞄准着赫拉,赫耳墨斯(Hermes)和勒托(Leto)交锋;赫淮斯托斯和斯卡曼德洛斯(Scamander)厮杀。"②这里,神祇之间的战斗只是表明他们各自的立场而已,与其说他们是在真正战斗,不如说他们是在人类战争中以亲身参与在凑热闹,他们在这次战斗中都未过分地伤害对方就是这方面的证明,而且这样的战斗也不会促成其中的敌对者之间转眼就可能出现的友好关系。

后来河神斯卡曼德洛斯用上涨的河水去追逐阿喀琉斯,想要毁灭他,这时赫淮斯托斯奉赫拉之命前来击退斯卡曼德洛斯,斯卡曼德洛斯深受火烧之苦,便从河流的深处叫道:"火神呀,我并不想和你作战!毕竟特洛伊人与阿喀琉斯的相争与我有甚么关系呢?"继而他又哀求赫拉,于是赫拉对她的儿子赫淮斯托斯说:"住手,赫淮斯托斯!你不能因为偏爱一个人(而)继续使一个神祇吃苦。"③于是赫淮斯托斯熄灭了火焰,斯卡曼德洛斯也让河水退回了河床,双方便从此相安无事了。这说明神祇们并不愿意全力参与人类的战争,若因为人类的缘故而引起两个神祇之争,他们很快就会罢手。

之后在《神祇与神祇的战斗》一节中,当波赛冬要与阿波罗一较长短时,阿波罗说道:"如果为了那些像树叶一样轻易死亡的凡人的原故,我就和你这样一个令人尊敬的神祇战斗,那我便算是丧失了理智。"④说着,阿波罗离开了他,不愿意举手反对他父亲的哥哥。阿波罗的话代表了神祇对人类的普遍观点,阿波罗认为为了凡人而与自己的伯父作战绝非明智之举,这与众神大战时旁观者宙斯的大笑一样都表现出了神绝对高高在上的优越感,人类在他们的心里就像树叶一样无足轻重。

在特洛伊传说《木马计》里,趁宙斯到大地极边去旅行的机会,支持双方的神祇便互相又展开了战斗,"他们的黄金的铠甲响震着,海浪汹涌到沙地上。在神祇的足下,大地震动,他们的战叫甚至远达地府,使在塔耳塔洛

---

① 转引自汪子嵩、范明生、陈村富等:《希腊哲学史》,第482页。
② 古斯塔夫·斯威布:《希腊的神话和传说》,楚图南译,人民文学出版社1959年版,第479页。
③ 同上,第488页。
④ 同上,第490页。

斯（Tartarus）的提坦们也为之战栗。"[1]但只要宙斯发觉后派了忒弥斯（Themis）[2]让他们停止战斗，神祇们也就立刻都回到自己的来处了。他们的战斗总体上更像小孩子们闲来无事时的打架游戏，是很少能真正地动怒或结仇的，而且和好起来又特别容易。

从现实的角度来说，"奥（俄）林波斯众神家族是氏族显贵统治时代贵族家庭在天上的投影"[3]。这些氏族显贵们高高在上，养尊处优，他们之间并不会为了普通人的事情而引起任何严肃的纷争。

约翰斯顿在《战争的反讽——荷马〈伊利亚特〉导言》中对众神的关系作了精当的概括："我们可以从认识神祇的体形和他们在一个大家庭中内部关系的重要性入手。……他们之间或爱或恨，他们通常并没有什么明确的原因就不断地发生口角，之后便又和好；他们相互欺骗，转而又会建立联盟；他们相互揶揄，侮辱，谩骂，也有尊敬；他们为权利区域、家庭朋友、荣誉以及在为任何有过大家庭生活经验的人所熟知的其他问题中做一个主角而时常相争不下。"[4]简言之，这就是一个典型的人间大家庭各成员之间复杂关系的变相反映，神是人创造的，神的家庭关系也只能是与人的家庭关系相去不远的，神与人在这方面存在很多的共通之处。进一步说，这些神都是氏族贵族形象的再塑，他们是错综复杂的利益的拥有者，他们的言行往往都与各自切身的利益相关，这是他们在争吵之后又很快和好的真正原因。

（二）与人类为敌的神祇

神祇有时亲临战斗，有时则以一个旁观者的姿态出现，不管怎样，凡

---

[1] 古斯塔夫·斯威布：《希腊的神话和传说》，楚图南译，第576页。

[2] 据赫丽生《古希腊宗教的社会起源》中说，在某种意义上，忒弥斯是预言的化身。但这里的"预言"是古老意义上的"预言"，意为"宣布、神的规条"，而不是后来所说的对未来的预言。从语文学的角度看，希腊词"忒弥斯"和英语词"判决"表达的是同一个意思。从许多判决、许多公众舆论、许多审判当中诞生出一个女神的形象；从许多惯例（themistes）中诞生出忒弥斯这一形象。在希腊人看来，这些固定的惯例代表一切他认为是文明的东西。……这些惯例是人们必须遵守的法令，是社会强迫人们遵守的规范。"忒弥斯"是成人、市民的惯例，这些惯例经市民会议商讨而生效。她是社会的规则。这种社会规则对一个原始群体来说是模糊的、不成熟的，然而它具有绝对的约束力。后来，这种规则演变成了固定的惯例、部落的正式习俗。最后，到了城邦时代它就以法律和公正的形式出现。在众神各自形成自己的形象之前，忒弥斯就已经存在了。忒弥斯是群体本能、习俗、惯例，这些东西慢慢演变成法律和抽象的正义。她自己从来没有成为一个成熟的神。见第477—481页。

[3] 鲍特文尼克、科甘、帕宾诺维奇等编著：《神话辞典》，黄鸿森、温乃铮译，第50页。

[4] I. C. Johnston, *The Ironies of War: An Introduction to Homer's Iliad*, p. 39.

人的生命在神祇的眼里与草芥无异。对于特洛伊战争来说，"神一直像在观看一部戏剧演出，或一场体育比赛。当神与人共同观看阿喀琉斯绕着特洛伊城墙追逐赫克托耳的时候，全心全意的感觉是不一样的，神好像是在看一场赛跑，只是获胜者的奖品不是葬礼比赛上的一只三脚鼎或者一个女人，而是赫克托耳的生命。神在观看之时对人类的遭遇也能产生同情之感，但他们绝对不会感受到普里阿摩等人所感到的强烈悲怆之情。在帕里斯的裁判中落败的两位女神——赫拉和雅典娜只有在看到特洛伊被毁灭时才能感到一些抚慰。这是宙斯与她们做的一场交易，她们达到目的之后，赫拉同意宙斯可以随时毁灭她所喜欢的阿耳戈斯（Argos）、斯巴达（Sparta）和密刻奈等区域。宙斯认为他们没必要为一座城市的命运争吵。同样，当忒提斯（Thetis）为了阿喀琉斯的缘故恳求宙斯答应先让希腊军队失利时，赫拉本欲与宙斯争吵，但赫淮斯托斯劝阻了她，认为他们不值得为了凡人争吵，也不应该因此坏了他们飨宴的兴致，于是众神就又饮酒作乐了……他们总能改变自己的观点，而从所观赏的景致中获得娱悦。最后他们也能一齐放弃这种关注"。[①] 这种残酷的观赏，无异于高高在上的贵族们在观看奴隶们相互角斗或奴隶在与猛兽角斗，而这种角斗又是这些贵族们一手策划安排的，他们把自己的快乐建立在他人的痛苦和死亡的基础之上。所明显不同的是，一旦机会来临，奴隶们是可以像斯巴达克斯（Spartacus）那样起义杀死贵族，而受苦的人类却没有任何机会来向那些作恶的神祇复仇。我们只能说，人为鱼肉，而神为刀俎，人只有任神宰割的份。最终人类对神的报复就是对不义的神彻底抛弃。

　　与作为旁观者相比，神祇更有着明确的与人类为敌的一面，"我们不能忘记，这个宇宙家庭的当务之急就是他们像在战场上战斗的战士一样在不停地摧毁人类"[②]。神祇中的阿瑞斯到处挑起战争，不和女神厄里斯（Eris）伴随在他的左右，此外其他的许多神祇也十分好斗，人类对他们稍有得罪，就很可能会在心胸狭隘的神祇的复仇中遭受到灭顶之灾。这些神祇似乎像猎鹰一样时刻在高空中窥视着、准备着，一发现人类有所冒犯，便急不可待地俯冲下来，对人类重创以致毁灭的程度表明他们实在是已经怒不可遏，在盛怒之下，他们丝毫不会顾惜得罪者以往对神祇所可能表现过的极度虔诚。

　　"对奥（俄）林波斯山上这个家庭的生活首先进行一下细节上的窥视，

① Jasper Griffin, *Homer on Life and Death*, Clarendon Press 1980, p. 197.
② I. C. Johnston, *The Ironies of War: An Introduction to Homer's Iliad*, p. 42.

就会发现这些神祇在进行人身攻击的琐屑争斗中的强暴、自私和无情,另外他们为了某一种轻谩就会毁灭掉虔敬的人类。……这些神祇不像耶和华(Johovah,Jehovah or Yahveh,Yahweh)那样不可预测地行动,他们有着非常确定的神格与激情,他们的行为动机就是他们从不试图掩饰最直接的情绪。……明显地,这些神祇的信念就是对非理智宇宙的不可预见性和对人类不断使用暴力之结果的明确接受,根本不存在更高的神秘力量根据人类的利益或道德契约所制定的神祇们的议程。"①既然没有制约,便可以为所欲为了。他们唯有的一点约束就是宙斯的态度,假如与宙斯没有很大的利害关系的话,宙斯很少会予以干预,这样那仅有的一点约束便也就丧失了,再说宙斯本人在绝大多数情况下也是率性而为的,他自己名义上是神人之父,但实际上他可以算作暴君中的暴君。柏勒洛丰(Bellerophon 或 Bellerophontes)的遭遇就是这方面极好的例子,这位英雄在备受磨难之后对事物安排的不公平感到迷惑不解,于是他企图到宙斯那里去消除疑虑,但宙斯根本不愿做出任何解释,并直截了当地以雷电击倒了他。

神祇的性格是乖戾的,他们的心思是凡人无法琢磨的。"在《伊利亚特》中我们看到,宙斯接受了阿开亚人奉献的牺牲,却拒绝他们要早些获胜的请求,他也拒绝双方要进行和谈的请求,他根本不管阿西俄斯(Asius)的热情祈祷,也不顾阿开亚人整夜都在喷洒充满渴盼的祭神的奠酒,他还是计划向他们降下灾难;雅典娜也同样拒绝了特洛伊妇女们的请求。促使神祇干预人间事务的动机完全是个人性质的,而且他们是任意而专断的……"②人类在神祇面前是极其软弱无力的,一旦神祇降罪,就任你怎般补救,也是无济于事的,神祇的意志如铁石般坚硬,他们要远较人类难以感动得多。

极其强烈的复仇心在神祇身上有着普遍的反映。当阿伽门农拒绝交还阿波罗祭司克律塞斯(Chryses)的女儿克律塞伊斯(Chryseis,意思是克律塞斯的女儿,她的原名叫阿斯提诺墨,Astynome)的时候,"阿波罗(对希腊军队)进行了不成比例的严酷的大规模杀戮,一连九天,到处是'被射穿的痛苦'和死亡,所有这些就是为了满足一位神祇的盛怒。……这位神祇摧毁了成百上千的动物和人,是他因所受的侮辱产生的失去理性的愤怒促使他这样去做的。他的行为让读者感到了《伊利亚特》中神祇们最明显的莫名其妙的方面,那就是为了满足他们自己的情感嗜好而很有特征地释放

---

① I. C. Johnston, *The Ironies of War:An Introduction to Homer's Iliad*, pp. 43—44.

② Jasper Griffin, *Homer on Life and Death*, p. 89.

出来的非理智激情和全面摧毁的力量"①。这又体现了神对人的得罪之处是很少原谅的,想要他们忘记这种得罪真是难上加难,他们不仅睚眦必报,而且往往还要夸张地牵连上无辜。

神与人之间的复仇主要是神对人的复仇,人类往往在这样的复仇中丧生,被变形,至少也是失明或发疯或受到其他灾难,而发疯的结果也往往是较早地死亡。普通人类几乎没有向神复仇的机会,即使有这样的机会,由于力量对比悬殊,其结果也很难成功。如普绪罗斯(Psyllus)是库瑞奈卡(Cyrenaica)一个部落的酋长,南风诺托斯(Notus,女性神)的呼吸毁坏了他的庄稼,于是他带领一支利比亚船队(a Libyan fleet)去向南风复仇,但到了埃俄罗斯(Aeolus)岛附近船队就被一阵暴风雨摧毁了。复仇虽然没有成功,但这也已经是很难得的人类所能有的向神复仇的机会了。

向神复仇获得成功的可谓少而又少,其中被战胜的神也不会是有力量的主神,而其中的人也不可能是普通的人类。如波吕斐摩斯(Polyphemus)和河神阿西斯(Acis)都爱着仙女戈拉提亚(Galatea),但是波吕斐摩斯没有成功的希望,因为阿西斯远远比他漂亮。波吕斐摩斯受强烈的嫉妒所驱使,欲以巨石压碎阿西斯,阿西斯变成了河流才得以逃脱;一说波吕斐摩斯有一天看见阿西斯正与戈拉提亚躺在海边,他就用巨大的石头把阿西斯砸死,是戈拉提亚把阿西斯变成了一条溪流。有的说她爱波吕斐摩斯,并与他生了孩子。这里的波吕斐摩斯不是普通的人类,他是一个独眼巨人,而且是波赛冬的儿子,精确地说应该把他归入怪物一类,阿西斯则是一个小河神,也有的说他本是一位首领,是被波吕斐摩斯砸死后才被变成河神的,这些就是波吕斐摩斯能在爱情复仇中获胜的两方面原因。

神祇参与英雄事件,也就更加衬托出了英雄身上所具有的神性特征,但英雄仍然是人类,他们的命运与其他人类一样仍免除不了在整体上受神意所敌对。伊多墨纽斯(Idomeneus)在特洛伊战争结束后回国途中,遇上暴风雨,因此向波赛冬许愿:如果得救,一定把他到克里特岛后遇见的第一个生物作为祭品奉献。他回国时最先碰到的却是他的儿子。为了履行誓言,他杀子祭神。众神不喜欢这一祭品,降灾惩罚克里特岛。他被驱逐离岛,出走科罗丰(Colophon),死于该地。这一方面反映了神的意志是难以迎合的,另一种可能是暗示此时已较弥诺斯时代进步了,杀人祭祀的风俗已经过时。

对于人类的不幸,宙斯慨叹道:"在大地上呼吸和行动的所有生物中

---

① I. C. Johnston, *The Ironies of War : An Introduction to Homer's Iliad*, p. 38.

间,没有比人类更悲惨的了。"(17.446)但这话并不表明他对人类有着真正的同情,他只是很庆幸自己是高高在上的神而不是那悲惨的人类,"他被阿喀琉斯的不死的马的悲哀感动而产生了怜悯,那些马正在哀悼帕特洛克罗斯之死。这些马是属于天上的神马,它们的悲哀似乎比帕特洛克罗斯的死更让宙斯动情"①。与人类比起来,来自神的世界的任何东西与神都要更亲密一些。人类由此而陷入了悲惨的命运,他们生命短促,饱经痛苦,又往往不得善终,但神对此并不会表现出多少怜惜,就像剧场中的悲剧观众一样,其同情和悲悯毕竟是十分有限的。

我们看到,除了英雄以外,传说与史诗中即使是信使、传令官、御者、英雄的父亲和母亲等次要人物也都有名字,他们中许多人存在的意义就是要在战争中被杀死。在安逸、严苛、专断而残酷的神祇面前,人类是不幸、悲惨而软弱无力的。"我们很少能获得关于人类痛苦的解释。宙斯随自己高兴分配福祸,他不会给任何人以纯粹的幸福,那就是神祇们为人类设置的生活,其中充满了痛苦,而他们自己却过得无忧无虑。"②

(三)为神祇所喜爱的人类

为神祇所喜爱的人类往往会在短暂的光荣之后极其壮烈地死去,这就是神祇为人类所安排的命运。

"宙斯喜爱赫克托耳和萨耳珀冬,帕特洛克罗斯和阿喀琉斯,但是到了《伊利亚特》结束的时候,他们四个人中有三个死掉了,第四个也将很快被杀。他喜爱特洛伊,但特洛伊注定要陷落。他喜爱阿伽门农,但是他托一个假梦来欺骗和击败他。俄底修斯,也为宙斯和雅典娜所喜爱,他确实活了下来,但那是超出了荷马史诗规律的一个例外,甚至他也在悲苦地抱怨他的保护女神没有能使他免除苦难。阿佛洛狄忒(Aphrodite,最初为成长和增产女神,后来才固定为爱与美女神)声称她特别喜爱海伦(Helen),但是她却违背海伦的意志让她去接受帕里斯无耻的拥抱……这就是被一个神祇喜爱所可能有的样子。"③我们只能把被神所喜爱称作人类的不幸中尤其突出的不幸了。越为神祇所瞩目,神祇越容易从这些人身上发现缺点,神祇对人类复仇的许多例子都说明了这一点。即使没有缺点,只要神喜欢,他们就会百般捉弄这些人类。实质上,神只是把自己宠爱的可悲的人

---

① I. C. Johnston, *The Ironies of War: An Introduction to Homer's Iliad*, p. 190.

② 同上,p. 170.

③ 同上,pp. 86—87.

类当作自己游戏中的一个个玩偶或棋子而已。"神祇喜爱伟大的英雄,但是这种喜爱并不能保护他们使其免除被击败和死亡。……他(宙斯)怜爱他们是因为他们被噩运笼罩着。他们以凡人的盲目不可能知晓,这位神允许他们获得短暂的胜利,但是在他的长期计划中他们必须死去;赫克托耳和帕特洛克罗斯的胜利表明了宙斯对他们的喜爱,但这只是他们要被击败和死亡的注定前途中的一个阶段。"①

"甚至宙斯最伟大的儿子赫剌克勒斯本人,'他是人类中宙斯所最喜爱的',也没能因此而逃脱苦楚与灾难。赫拉告诉我们,珀琉斯(Peleus)比其他任何人类都更为众神所爱,众神都来参加他与忒提斯的婚礼,但是现在他孤独而悲惨,与唯一的儿子相隔遥遥,而这个儿子已没有返乡的希望了。安菲阿剌俄斯(Amphiaraus)特别为持羊皮盾的宙斯和阿波罗所加倍地喜爱,但是他却未能跨入老年的门槛,而是由于一个女人——他的妻子——受了贿而死在了忒拜城下。《奥德赛》(The Odyssey)的诗人以无比的客观向我们表明,歌者得摩多科斯(Demodocus)眼盲,因为'缪斯(Muse)特别喜爱他,于是同时给了他好处和坏处,她剥夺了他的视力,却又给了他甜美的歌喉'。"②(关于得摩多科斯,参见 viii. 63-4)赫剌克勒斯本名是阿尔喀得斯(Alcides),赫剌克勒斯是得尔斐(Delphi)神庙赐给他的别名,意思是"因受赫拉迫害而建立功绩者"③。在受神祇所喜爱的人类中,赫剌克勒斯还可算作不幸中的幸运者,他毕竟是宙斯最喜爱的儿子,最终能苦尽甘来,死后成了天神。阿喀琉斯死后则在地狱中做了鬼魂的领袖,一说他被接到了福地与海伦结了婚,这也要算作幸运的了。其他人类便没有这样的幸运,他们除了壮烈而悲惨的死亡之外便别无它有。

我们看到,传说中的英雄都是神的后裔,他们身上都有一定的神性特征,这与神身上具有人类特征是一组逆反性的类概念。英雄又因他们是不同神祇的后裔而表现出了不同的特征。宙斯的孩子大多数是善良的英雄,波赛冬的孩子与阿瑞斯的孩子一样,一般都是罪恶而且暴力的,如他与图萨(Thoosa)生的库克罗普斯中的波吕斐摩斯,与伊菲墨狄亚(Iphimedia)生的阿罗阿代兄弟(Aloadae),还有被忒修斯杀死的斯喀戎强盗刻耳库翁

---

① Jasper Griffin, *Homer on Life and Death*, pp. 87—88.

② 同上, p. 87.

③ 鲍特文尼克、科甘、帕宾诺维奇等编著:《神话辞典》,黄鸿森、温乃铮译,第141页。

(Cercyon)①。波赛冬与哈利亚（Halia）生的儿子们也干了各种各样过分的事，他不得不把他们埋藏在地下以躲避惩罚。这些在一定程度上暴露了神祇身上所具有的邪恶与可悲性质。

（四）可悲的神祇

神祇也有其不及人类的可悲方面。"由于必死的命运的压迫，人们强制自己去拥有美德，而神祇没有这种压迫，他们是永生的，所以他们便不如人类那样具有美德。他们不需要人类至高的勇敢美德，因为他们即使在战斗中受伤，他们也能立刻痊愈；因为他们不会像赫克托耳和俄底修斯那样与妻子和孩子之间彼此做出牺牲，所以他们的婚姻也就似乎缺乏人类婚姻的那种深度与真实。我们在俄林波斯山上找不到像赫克托耳及俄底修斯那样富有质量的婚姻结合。"②如赫淮斯托斯与阿佛洛狄忒的婚姻就绝少真诚可言，这位火神对阿佛洛狄忒和阿瑞斯的复仇也无严肃之感，从而成了众神的笑谈。"这让我们感到那些在天上过着安逸生活的奥（俄）林波斯神是多么的冷漠（尽管他们看起来是多么的风光）；同时也让我们感到当他们的双脚离开了大地母亲从而获得永生的资格后，他们要失去多少东西。"③这进一步阐明了神成为神后所付出的惨重代价。

"他们是'有福的神祇'，'生活安逸'。他们的物质条件是快乐无忧的；在俄林波斯山上，'有福的神祇永远享受着快乐'。（vi. 46）他们在那里饮宴，同时有阿波罗和缪斯们的音乐来愉悦他们。（i. 603）为了完善他们的极乐，他们只需要再增加一件事情：那就是能引起他们兴趣的一个主题。……这个主题就是凡人的存在与不幸。"④"……闲暇，音乐，安逸的生活，不必付出代价……当缪斯唱响他们自己不朽的快乐和凡人的悲惨的时候，众神就跳起舞来。"⑤"但是神的生活无忧无虑，他们远离死亡。结果他们就不具有人们必须通过接受命运而学习到的英雄品质，他们无忧无虑的生活有着险恶的一面。'无忧无虑的生活'（'life of ease'）这个短语出现过

---

① 有的版本就把这个强盗叫作斯喀戎。赫丽生说："普卢（鲁）塔克郑重其事地申明，强盗斯喀戎并不像人们所说的那样是一个臭名昭著的恶棍，因为他是库克柔斯（Kychreus）的女婿，而库克柔斯在雅典有着神圣的地位。"见赫丽生：《古希腊宗教的社会起源》，谢世坚译，第 278 页。库克柔斯是一个声誉很高的英雄。

② Jasper Griffin, *Homer on Life and Death*, p. 93.

③ 赫丽生：《古希腊宗教的社会起源》，谢世坚译，第 382 页。

④ Jasper Griffin, *Homer on Life and Death*, p. 189.

⑤ 同上，p. 192.

三次,其中有两次是这些'生活无忧无虑的神祇'('gods who live at ease')杀死了想跨越自己的界限而侵犯神圣世界的凡人。"①这里是指吕枯耳戈斯(Lycurgus,6.138)和俄里翁(Orion,v.122),但我们知道,神为了维护高高在上的权力界限,绝不止这样两次杀死人类,他们远比作者所估计的要更险恶得多,这也从另一方面衬托出了他们形象的可悲性。

"珀涅罗珀的忠贞,俄底修斯的苦难与决心,帕特洛克罗斯的自我牺牲,甚至有罪的海伦的富于悲剧性的尊严,所有这些都向我们显示了在痛苦和灾难中人类仍然能保持着高贵的天性,他们几乎就像神一样。从这个角度去看,就连阿伽门农的愚蠢和阿喀琉斯的冲天愤怒也满含意义而当它是一种光荣了。"②"神并不具有英雄们那样的尊严。他们比人更有力量、更美(赫淮斯托斯除外),他们是不死的,也不会因为年龄和疾病而伤损了容貌;但是用人类的价值标准去衡量,他们身上更少英雄气。英雄们有能力也愿意冒着生命的危险去追求光荣,而这些永恒的神祇,他们没有什么可损失的,也同样没有什么可以赢得的。"③"神是辉煌的,同时又是琐屑的,我们死亡是为了避免我们也沦落到神那种琐屑的地步。这是第一章争吵场面所给出的最关键的暗示。人类的争吵能导致灾难和死亡,神的争吵却毫无结果,人的存在比神更有意义。"④从这个角度来说,英雄们是优越于神祇的,朗吉努斯(Longinus)在《论崇高》(*On the Sublime*)中认为荷马尽力在把史诗中的人写成神,同时在把神贬为人不是没有道理的。

在神祇的诸多缺点之中还要再加上欺骗性。"神祇也进行欺骗,从(宙斯)托给阿伽门农的假梦,到雅典娜对潘达洛斯(Pandarus)的怂恿,一直到这位女神以致命的欺骗诱捕了赫克托耳。"⑤宙斯借助梦境欺骗阿伽门农,结果阿伽门农盲目出击,最终损兵折将,他自己也受了伤;雅典娜最后变成得伊福玻斯对赫克托耳进行欺骗,这最终导致赫克托耳被阿喀琉斯杀死。可见,这些神的行事有着很不光明磊落的一面,令人不禁怀疑这究竟是神祇的一种游戏方式呢,还是他们对自己缺乏自信,从而不敢以真面目示人呢?在提到神灵的欺骗性时黑格尔说:"那有力量解答斯芬克斯(Sphinx)之谜的人俄狄浦斯和那天真地信赖神灵的人都由于神灵所启示给他们的话而导致毁灭。那美丽的神借以宣示意旨的女祭司并无异于用双关的话

---

① Jasper Griffin, *Homer on Life and Death*, pp. 168—169.

② 同上, pp. 177—178.

③ M. S. Silk, *Homer: The Iliad*, p. 79.

④ 同上, p. 82.

⑤ Jasper Griffin, *Homer on Life and Death*, pp. 169—170.

预言命运的女巫,这些女巫用她们的预言导致人犯罪,她们说出好象(像)有确定性的话,由于其双关性或可以容许两种不同的解释,就欺骗了那个信赖其表面意义的人。因此有一种意识,它比那相信女巫的意识更为纯洁,比那信赖女祭司和美丽的神的意识更为清醒、更为彻底,它对于父亲自身的鬼魂所作的关于杀他的罪行的启示,不忙于立即采取报仇行动,而还须寻求别的证据,——所以这样做是因为这个启示的鬼魂也可能是魔鬼。"①是的,得尔斐神庙里给出的预言和神示总是用模棱两可的言辞,其客观结果就是造成人类的误解,从而导致俄狄浦斯悲剧的发生,黑格尔因此把阿波罗的女祭司比作《麦克白》里面的女巫也不无道理,这种表达神意语言的模棱两可其实与我们现在街边上骗钱的算卦先生所说的"两头堵"的话无异。黑格尔认为哈姆雷特的所作所为要审慎得多,这里面饱含着黑格尔对神灵所具有的欺骗性的否定。两相比较,黑格尔得出结论说,"女祭师的谶语、女巫的非人的形象、树的声响、鸟的语音、梦中的暗示等并不是真理赖以表达的方式,反而是令人警惕的欺骗的信号,也是缺乏清醒头脑和信赖零碎和偶然知识的标志"②。这些都是难得的深刻而正确的分析。而黑格尔把听从阿波罗的命令为父复仇的俄瑞斯忒斯说成是"天真地信赖神灵的人"并不完全符合神话事实,即使这里没有阿波罗的神示,为父复仇也是俄瑞斯忒斯义不容辞的责任,所以他最终受到复仇女神的苦苦纠缠是无论如何也无法避免的。

美国叙事学的研究者 J. 希利斯·米勒(Hillis Miller)在提到叙事中的道德变奏时说:"叙事线条还有一个奇特之处,即道德上的正直与叙事情趣的难以调和。一个完全'符合道德标准'的故事会成为一根毫无特色的直线,枯燥乏味,就像是一次平淡无奇的旅行。斯特恩暗示,一个故事中每一个与众不同的特征都会同时造成道德上的违规,因为它偏离了那根笔直狭窄的线条。"③从这个角度去看,我们就很容易理解希腊神话传说中的神祇们身上的诸多道德缺陷了,神话传说也往往正是因此而获得了其文学上的价值。

美男子许阿铿托斯(Hyacinthus),又称风信子,他是阿米克拉斯(Amy-clas)和狄俄墨得斯(Diomedes)的儿子,他喜欢阿波罗,而不喜欢西风仄费

---

① 黑格尔:《精神现象学》下卷,贺麟、王久兴译,第 221 页。

② 同上,第 223 页。

③ J. 希利斯·米勒:《解读叙事》(*Reading Narrative*),申丹译,北京大学出版社 2002 年版,第 66 页。

洛斯(Zephyrus)。结果在一次许阿铿托斯与阿波罗掷铁饼时,仄费洛斯使阿波罗掷出的铁饼砸死了许阿铿托斯,一说铁饼打在了岩石上反弹回来打死了许阿铿托斯。阿波罗无力救活他,只好把他变成了一种花。一说许阿铿托斯是被北风玻瑞阿斯(Boreas)打死的,他也爱着许阿铿托斯。在希腊神话传说中,宙斯、波赛冬和阿波罗等神都有同性恋的故事,但像仄费洛斯这样因同性恋而嫉妒杀人的,还属少有,合乎道德的做法应该是默默争取或公开抢夺,而不该是蓄意谋杀。这个故事既解释了风信子这种花的由来,同时也因为仄费洛斯存在着道德上的缺陷而使这个故事出现了冲突与波折,正因为他行为的不合常规,从某种意义上说,才使这故事具有了意义。一直到希波战争期间,斯巴达人还在每年的六七月份于阿米克拉伊(Amiclay)这个地方举行许阿铿托斯的祭日,而且对这个祭日还特别看重。

神总体上是邪恶的,是与人类为敌的,但这也不排除神祇会有偶发善心之时。"……当然,史诗也证明了神祇并不总是对人类怀着恶意态度的。俄林波斯山上的众神也会对个别人提供决定性的支持和切实可行的建议,他们也能把一个一般的战士变成其所在时代的伟大英雄。"①如斯敏透斯(Smintheus)的女儿的例子就不容回避地反映了神具有善良的一面。早有神谕告知,斯敏透斯的女儿将被海水淹死,她的情人厄那罗斯(Enalus)就与她一起跳进了海里自尽,神被这种舍我精神所感动,就改变了他们的心思,他们两人都获救了。神这样在意多情人类的死活也许正是因为神中间绝少有为这种真挚而深刻的感情付出行为的。

这里的神是善良的,但命运仍是邪恶的。为什么那么多的人甚至在出生之前都已然被注定要命途多舛呢?这一点反映出了早期人类通过神话表达出自己的宿命论思想,他们通过宿命论把过错归于神祇:特洛伊的陷落早在波赛冬、阿波罗和埃阿科斯(Aeacus)为其修筑城墙时的三条蛇中的两条就已预定(将被赫剌克勒斯和涅俄普托勒摩斯1分别攻陷),帕里斯诞生前赫卡柏(Hecaba 或 Hecuba)的梦通过埃萨科斯(Aesacus,一说是埃阿科斯〔Aeacus〕)的解析又进一步预示了其陷落的必然。这样,之后帕里斯对金苹果的裁判和赫拉与雅典娜的复仇的意义就位居其后了。

神毕竟是人们根据现实生活凭借想象予以升华出来的,所以神的行事作为从总体上还必然地要有受卑微的人的行动所左右和制约的一面。黑格尔对此有着极为深刻的认识:"那些神圣的力量象(像)煞有介事地进行活动的严肃态度,实际上是可笑而无必要的,因为事实上神圣的力量是行

---

① I. C. Johnston,*The Ironies of War:An Introduction to Homer's Iliad*,pp. 42—44.

动着的个人的推动力量。而个人的紧张和劳作也同样是无用的努力,因为神圣的力量在支配主宰一切。——那些过分紧张努力的、注定要死的凡人,虽说算不得什么东西,但同时都是坚强有力的自我,能够制服那普遍的本质、冒犯那些神灵,并且使得神灵好象(像)具有现实性并有所作为。正与此相反,那些没有力量的普遍性、神灵,要依赖人们的献礼来养活自己,并且要通过人们才有事可作(做)。"①这就从另一个角度道出了神与人类的关系就像统治者与普通群众的关系一样,统治者位高权重,在很大程度上可以随时随地地任性妄为,使群众会经常感到无能为力,甚至苦不堪言;但这种情势发展到了极致,人们认识到了这些飞扬跋扈的统治者原来却是人们自己供养成患的,于是他们便断绝了这种供养,甚或是在实际行动中消灭了这些统治者,这样,他们至少是能够暂时地感受到真正自我的完全确认。神话传说中的神也一样,当人们发现这些神的存在有百害而无一利之时,人们也就不再相信和信任这些神了,这就意味着人类本体意识的觉醒。于是,神话也就停止了继续创造和生产,已有的诸神则从人们谨尊慎奉的高位跌进了文学作品中的言行可鄙、性格乖戾的丑角。实际上,这些神也就是人类在其寂寞、艰苦而又无奈的童年时期所想象出来又寄予了依赖和喜爱的玩偶而已。以此类推,当人们对本体力量达到了充分认识之时,他们终有一天会认识到人间统治阶级的存在纯属无聊而毫无必要,他们也就会釜底抽薪,从此将这垃圾一样的阶层彻底从自己的生活中予以铲除净尽。

"奥林匹斯诸神都是有缺点的'人',如他们很任性,爱享乐,虚荣心、嫉妒心和复仇心都很强,好争权夺利,还不时溜下山来和人间的美貌男女偷情;不像中国诸神那样品行端庄,道德高尚,十全十美,至圣至尊。但希腊诸神在人们心目中并未因之减色,反而显得有血有肉,更加丰满;相形之下,倒是我国诸神因其尽善尽美,美玉无瑕,而显得有些苍白。"②也就是说,希腊诸神身上有着更多的人性特征。据希罗多德记载,梭伦曾经说过,"神是非常嫉妒的,并且是很喜欢干扰人间的事情的。……神往往不过是叫许多人看到幸福的一个影子,随后便把他们推上了毁灭的道路"③。就嫉妒这一点而言,尤其突出地显示出了神祇身上的人类特征。后来希波战争中吕底亚(Lydia)首领克洛伊索斯(Croesus)被居鲁士(Cyrus)放在柴堆上准备烧死时所说的话正暴露出了神的邪恶的喜好:"没有一个人愚蠢到爱好战

---

① 黑格尔:《精神现象学》(下卷),贺麟、王久兴译,第215—216页。
② 霍然:《唐代美学思潮》,长春出版社1997年版,第318页。
③ 希罗多德:《历史》,王以铸译,第15—16页。

争甚于和平,而在战争中,不是象(像)平时那样儿子埋葬父亲,而是父亲埋葬儿子。但是我相信,诸神恐怕是欢喜这样的。"①他继而又指责神是"惯于欺骗那些经常向他进行奉献的人""惯于干这种忘恩负义的事情",质问"这样做神是不是感到可耻"。② 在神的面前,人类只有悲惨的份。据希罗多德记载,波斯(Persia)人阿尔塔巴诺斯(Artabanus)曾说:"尽管我们的生命是短促的,……还没有一个人幸福到这样的程度,即他不会不只是一次,而是多次,不由得产生与其生勿(毋)宁死的念头。我们遭到各种不幸的事故,我们又受到疾病的折磨,以致它竟使短促的人生看来都会是漫长的。结果生存变成了这样一种可悲的事物,而死亡竟成了一个人逃避生存的一个求之不得的避难所。神不过只是让我们尝到生存的一点点的甜味,不过就是在这一点上,它显然都是嫉妒的。"③

四、神话传说中的超自然力量

在神话时代的人类意识中,并没有自然的和超自然的区别,他们与神的关系,就像与死者的关系一样是抱着与我们迥异的看法的,在他们的心目中,"彼世和现世是没有区别的。活人求助于死人,正如死人需要活人一样。关于死人就在近处、他们的力量、他们对其他人的命运或者对自然现象的影响的集体表象,是如此经常活现在每个人的意识中,并占有如此巨大的地位,以至这些集体表象竟变成了他的生命的一部分"④。可见,他们与死者、与神是相互利用、相互供养的关系,而且共处一世,中间并没有非常明显的生活分界线。而现在看来,"超自然"一词该是脱离了神话时代的后来人们的界定。神话传说的复仇主题中所出现的神祇和英雄身上往往通过当时人们夸张性的想象而被赋予了这种超自然的特征。如本是人间英雄的宙斯,到了神话里便可以使用雷电和霹雳为其武器。为了满足一己的爱欲,宙斯还可以随处变形——他迷恋达那厄(Danae)的美色,便化作金雨去与她幽会。他还化作牡牛,带走了欧罗巴。他还化作白天鹅,引诱了正在池中沐浴的勒达(Leda,据说她是一名以养禽类为乐的妇女,这可能是她与宙斯的神话的事实来源)。为了满足塞墨勒(Semele)的愿望,他显露

---

① 希罗多德:《历史》,王以铸译,第 45 页。
② 同上,第 46—47 页。
③ 同上,第 487 页。
④ 列维-布留尔:《原始思维》,丁由译,第 404 页。

了带着闪电和霹雳的真身,结果电火把塞墨勒烧成灰烬。他还化作人间女子的丈夫,从而骗得了阿尔克墨涅(Alcmene)的爱情。所有这些都是对宙斯超自然特征的描绘,更重要的是他能够宏观地掌控可怜人类的命运。那要求帕里斯裁判的三位村姑,到了传说中就变成了主神赫拉、雅典娜和阿佛洛狄忒,阿佛洛狄忒能够运用超自然能力去兑现对帕里斯许下的诺言,使他获得了世界上最美的女人的爱情,之后赫拉和雅典娜更不甘示弱,她们同样拥有这种超自然能力,正是由于她们的坚持与参与,特洛伊城终被毁灭。同样,传说中的英雄如赫剌克勒斯、珀耳修斯(Perseus)、阿喀琉斯等也无一不被赋予了超自然特征,可以说这些英雄三分之二是人,三分之一则更像神。

正像纳骚(Nassau)提到非洲土人时所说:"非洲土人的智力对一切不同寻常的事物都是以巫术的观点来看待的。他的思维不去在文明人叫作自然原因的那种东西里面寻求解释,而是立刻转向超自然的东西。实际上,这种超自然的东西乃是他的生活中的一个如此经常的因素,以至它能使他对一切事物作(做)出十分迅速而合理的解释,正如我们诉诸自然的可认识的力量一样。"[①]"原始人的思维本质上是神秘的。这个基本特征决定了原始人的思维、感觉和整个的行为方式。"[②]事实上,复仇主题中的神祇和英雄被赋予了超自然能力是从现实到神话转变过程中所体现出的最主要特征。由于复仇主题中的主体都被赋予了超自然能力,那么他们就能够完成很多现实人类所无法完成的复仇事件,所以,神话传说中的复仇情节与现实生活中的复仇相比就更富有神奇色彩。如宙斯把那阴谋造反的赫拉吊上云端、波赛冬向拉俄墨冬复仇时派海怪前来扰害特洛伊城、神为了替珀罗普斯复仇使俄狄浦斯无论如何也无法逃脱弑父娶母的悲惨命运等,这些情节都笼罩着离奇的神幻光环,能令读者的想象力得到充分的满足,这些神话传说直至现当代还能为人们所普遍喜爱,就是因为其奇幻的情节迎合了人类一直在想象着要超越自身的无可指责的心性。

万物有灵论认为任何物体都有灵性,任何自然现象的背后都有灵性在发挥作用,它是由于原始人对于自然现象感到无能为力而产生的思维理论。神话就是古代人的万物有灵论的产物,他们把自然现象解释为有灵性的自然力在起作用,并把这种自然力设想成人的形态,其结果就是他们幻

---

　　① Rev. R. H. Nassau. *Fetichism in West Africa*, p. 277(1904). 见布留尔《原始思维》,第351页。

　　② 列维-布留尔:《原始思维》,丁由译,第412页。

想出了具有超自然力量的神,并赋予他们行为上的主动性。J·W.罗杰森在《神话:一个含糊的词》一文中说:"神话是出自科学动机的不正确的理解,是由于人类意识到对自然现象作(做)出解释的必要性,因而在没有科学知识的地方滋生出的理论。其结果之一就是自然力量的人格化。风暴、电闪、雷鸣都被视为由人引发的。野蛮的人们以他们自己的野蛮方式对待这些超自然的人格,于是就引起了关于神们粗野行为的神话。"①

神祇高于人类的一个显著特征就是他们拥有这种超自然的力量。正是有了这种能力,他们对人类的各种复仇才得以完成,他们正是运用这种能力,致使得罪的人类遭受失明、发疯、变形和毁灭等重创,这种复仇,绝大多数都是非正义性质的。此外,"我们被告知,史诗《伊利亚特》将要描述恐怖而野蛮的战争进程,在这其中,相当多的生命和勇敢的灵魂将被摧毁,它们将变成凶禽猛兽所掠食的腐肉——所有这些都是宙斯的愿望。……人类生命的可怕浪费是神的愿望使然。"②养尊处优的神利用自己的超自然力量折磨和毁灭人类,这向我们充分展示了神的邪恶的非正义的一面,也就是早期人类所感受到的外在环境与之为敌的一面。

坎普斯在《荷马导言》一书中说:"超自然力量无处不在地起着作用,这种力量经常出现在荷马史诗中,现代人所认为由已知的物质原因或人物性格或简单的偶然性所引发的事情在那里都被归因于这种超自然力量。……如果一支箭幸运地射中了一个战士身体的保护得最严密的部位,就会被认为是有一位友善之神在引导这支箭。如果一个人的弓弦在关键时刻断了,或者他盔甲的系带开了,就会被认为是一位心怀敌意的神祇在捣鬼。一次打击或一次心脏病发作,一场传染病,海上的一场暴风雨,一次掠夺者的入侵,所有这些都会被当作有一位或多位神祇在指使。……以这种方式看待和解释事件的一种偶然结果,就很少能强烈感觉到可能与不可能的差别,而现在我们则把绝大多数事件的发生归为人为的或物质的原因,其余的则归因于运气。按照那时的看法,假如有一位神祇在操纵的话,一个人便能够不被人看见而穿过岗哨和紧闭着的门,这样的事情人们会认为并没有什么可奇怪之处。"③事实上,这些超自然力量都是早期人类幻想的结果,他们想完成一些不可能的事,或者想轻而易举地完成某些难以完

---

① 阿兰·邓迪斯编:《西方神话学论文选》,朝戈金、尹伊、金泽等译,上海文艺出版社 1994 年版,第 87 页。

② I. C. Johnston,*The Ironies of War:An Introduction to Homer's Iliad*,p. 37.

③ W. A. Camps,*An Introduction to Homer*,p. 8.

成之事,或者想把某些事情做得更好,于是便幻化出了具有超自然能力的形象,而且在那个争于力的时代,苦难深重的人类也都普遍地愿望自己能成为这样的形象,只要拥有了超自然的力量,至少他们在复仇、抵御复仇和反复仇过程中就会占有绝对优势。但这种愿望不可能实现,于是他们就只有让幻化出的神在复仇事件中助自己一臂之力了。这样,这些神的身上便具有了浓厚的早期人类的特征。同时,这种超自然因素的介入又具有补偿功能,即补现实故事之不足,它不仅使复仇与抵御复仇的双方战斗更具神奇色彩,而且还可以将人类的罪责推诿于神。

超自然力量基本上有以下几方面的特征:

第一,能轻而易举地完成一件常人很难完成的事,是超自然力量的十分明显的重要特征。"神在力量上也胜过人类。他们的威力、荣誉和力量都要更大更高一些,这就使得他们能够轻易地去做所有事情。"①阿喀琉斯发怒后,忒提斯前去请求宙斯要先让特洛伊人获胜,然后再由阿喀琉斯出面拯救希腊军队的局面,以此来给她的儿子以光荣。宙斯答应了她的请求,之后他就让特洛伊人连连获胜,对此埃阿斯(the Great Ajax)不禁叫道:"甚至一个傻瓜也能知道是宙斯自己在帮着特洛伊人。他们所有的投掷物都能中的,不管那投手是伟大的还是弱小的战士,是宙斯在引导着这些投掷物,而我们所投出的武器却都毫无效果地落在了地上。"②在战争中,一个凡人的战斗力十分有限,在茫然中他被迫听命于神秘命运的捉弄,神话传说可以说是早期人类使生存方面的无能为力在文学上获得了一厢情愿的解释的结果。

在特洛伊战争中起关键转折作用之一的就是阿波罗对帕特洛克罗斯施展了超自然力量:"福玻斯·阿波罗(Phoebus Apollo)从上面击打他(指帕特洛克罗斯)的头盔(折断了他的矛,解开了他的甲胄,扔掉了他的盾牌),愚钝攫住了他的心,他原本灵活的四肢现在失去了力量,他茫然地站在那里。(16.786)……神秘、力量和不费吹灰之力一齐表明是有神祇在介入……"③此外,阿波罗很多向人类复仇的例子都证明了他行动的不费吹灰之力。

这种轻而易举的特征在众神身上普遍地存在着:"……阿佛洛狄忒的暗中威胁及(人类的)立刻而默默的服从,或者愤怒的阿波罗在背地里给以

① Jasper Griffin, *Homer on Life and Death*, p. 188.

② See 17. 629—631.

③ Jasper Griffin, *Homer on Life and Death*, p. 153.

超自然的一击,或者他像黑夜一样前来进行不可抵御的杀戮直到他满意为止,或者父亲宙斯远离神与人而做出一个超人的举动,这举动不仅会使山岳摇动,而且能决定未来。"①可见,不管大事小情,只要神愿意,他们发挥起超自然威力来,要达到目的也就非常轻松容易了。

在俄底修斯回到伊塔刻(Ithaca)要向求婚者复仇之前,雅典娜先让他扮成乞丐,而且使他光彩顿失,面色土灰,以免被求婚者识破。而当他要与乞丐伊洛斯(Irus)决斗时,雅典娜却使他恢复并增加了超常的膂力,他轻而易举地击败了对方,这也为他向求婚者复仇做好了准备。这是神运用超自然能力帮助凡人很容易就能达到目的的例子。

我们也看到,"那时,神祇公开地干预人间事务,正是由于他们热情的关切和亲自参加,才使得英雄事件颇具意义"②。在这种干预中,他们往往会对自己喜爱的英雄予以多方帮助。"《伊利亚特》从阿波罗的愤怒开始,到神祇引导普里阿摩去阿喀琉斯那里,并命令阿喀琉斯把赫克托耳的尸体交还给普里阿摩而结束。《奥德赛》从俄林波斯山开始,到雅典娜使俄底修斯和被他杀戮的求婚者的亲属们之间相安无事而结束。地上的行动与天上的行动、决定和冲突相伴随,男女神祇介入到人类世界之中。《伊利亚特》的情节由神祇的不断介入而组织在一起,而俄底修斯则由女神雅典娜护送着回到了家乡,没有她的帮助,他就不能在开始的时候离开卡吕普索(Calypso),最后也不可能杀死众求婚者。"③在荷马的两部史诗中,人类虽然是其中的主角,但他们的行事都是在神的安排下进行的,人类在这里的所有举动,都是在完成神早就拟定好了的庞大计划中的细节。神有时远离旁观,有时亲自参战,但无论何时,他们头上都因具有超自然的力量而总是笼罩着一种炽人的光环。在特洛伊战场上,英雄们不时地会发现站在自己面前的是一位神祇,就是因为在神祇的举手投足之间随处都能透露出一种超自然的特征。萨耳珀冬2死时宙斯降下了血雨;帕特洛克罗斯死后,宙斯用黑暗掩盖了帕特洛克罗斯的尸体以防被特洛伊人抢走(宙斯自己从前就以黑暗作掩护曾采摘过该亚种下的决定巨人与神战争胜负的魔草)。帕里斯与墨涅拉俄斯决斗失败就要被杀之时阿佛洛狄忒救走了他,埃涅阿斯(Aeneas)在有生命危险时被波赛冬救走,因为波赛冬考虑到埃涅阿斯早已被决定将成为未来罗马城的缔造者,以及赫克托耳被大埃阿斯重伤后被阿

---

① Jasper Griffin, *Homer on Life and Death*, p.158.

② 同上,p.81.

③ 同上,p.144.

波罗医好又返回战场等,这些都是神的超自然力量的发挥。从中我们可以看到,所谓的超自然力量,就是在当时当地不可能或很难发生的事情,神却让它们轻而易举地发生了,这是早期人类通过想象进行夸张以希望实现某种目的的结果。

因为拥有超自然力量的神在干预一切、安排一切,参加这次战争的战士在神的面前往往会有很强烈的宿命感也就很好理解了。"当他(指大埃阿斯)要前往特洛伊之时,他的父亲叮嘱他首先要用矛进行战斗,但是也必须有神的帮助。大埃阿斯回答说:'有了神的帮助即使是懦夫也会取胜。'之后他好像从盾牌上去掉了雅典娜的神像,由此而招致了这位神祇的愤怒。"①此外,阿喀琉斯对普里阿摩所说的那一大段话,也充满了对神的怨艾,同时也是对人类命运可悲性的深刻认识。

神会运用超自然力量以各种方式帮助或者反对人类,但归纳起来,这些方式无外乎两种:"神对人的行动的影响典型地采取两种方式之一,那就是在物质或精神上的直接干预。进行物质干预,神会引导一根矛或一支箭正中目标或偏离射击的对象……"②"而比物质干预更为复杂的,就是神对人的精神和情感会发生突然而具有决定性的好的或坏的影响。"③赫克托耳被杀死后,普里阿摩等人只能眼睁睁地看着阿喀琉斯每天在残酷地折磨着赫克托耳的尸体,只有当神告诉普里阿摩可以去阿喀琉斯那里赎回儿子的尸体时,普里阿摩才敢鼓起勇气冒险前往,在路上赫耳墨斯出面相助,他才进一步增强了信心,之后赫耳墨斯又提醒他及早地离开阿喀琉斯的营帐。可以说,没有神在精神上的支持,普里阿摩是无法索要回赫克托耳的尸体并对它进行合乎礼仪的安葬的。再如海伦和帕里斯的例子,"海伦认识到她与帕里斯无法对他们所做的事情进行控制或负责,……帕里斯在性格方面别无选择,神已经使他成了他现在的样子,他与其他人都必须接受现实"④。这表面上是爱神阿佛洛狄忒运用自己的超自然能力在向帕里斯报恩,实质上她却毁灭了帕里斯和海伦。神的行事是不计后果的,再说,人类毁灭的结果对神来说并不会产生什么深刻影响。阿佛洛狄忒是在特洛伊战争中帮助过特洛伊一方,但她既无力改变特洛伊要被毁灭的命运,她更要对整个事件的起因负责,至少按照一种说法是这样的。因为墨涅拉俄斯

---

① Pierre Grimal, *The Dictionary of Classical Mythology*, translated by A. R. Maxwell-Hyslop, p. 29.

② I. C. Johnston, *The Ironies of War: An Introduction to Homer's Iliad*, pp. 46—48.

③ 同上, pp. 46—48.

④ 同上, pp. 46—48.

向帕里斯寻仇,其根源就在于阿佛洛狄忒先前的安排。我们也看到,一个神要轻而易举地发挥超自然力量,其首要前提是不能与宙斯的整体计划相抵牾,否则这种力量的发挥就要受到影响,或干脆就无法发挥出来。可见,神做起事来确实轻而易举,但并不是完全可以随心所欲的。

第二,超自然力量是人们通过想象虚构而出的。赫卡柏生帕里斯之前梦见自己生下一只熊熊的火炬,把整个特洛伊城烧成了灰烬。在早期人类的思想中,"梦永远被视为神圣的东西,梦被认为是神为了把自己的意志通知人们而最常用的方法"[1]。赫卡柏的梦就具有明确的预言性,也留下了明显的人为加工的痕迹。人们也可以在虚构中让非人的东西开口说话。阿耳戈(Argo)英雄们在危急时刻他们的船居然开口说了话,对他们的航程给出了明确的指引。帕特洛克罗斯死后,他所驾驭的阿喀琉斯的马也开口对阿喀琉斯道出了它们的无能为力,而且向阿喀琉斯预言了他的迫近的死亡。这些与后来的拟人手法并不完全相同,拟人手法是明确地把动物拟作人类,而上面所举的会讲话的船和马,被认为它们本身就具有讲说人类语言的才能,因为那马本是神马,那船是雅典娜帮助建造的,这里的船和马都是神意的直接传达者。同时,这也印证了一种理论,那就是创造神话传说时期的人类因对世界所知甚少,却因此具有最发达的想象力。

第三,神祇超自然力量的发挥有时是通过一些中介来完成的。英雄传说中的重要事件都有神谕、征兆和梦提前预示。布留尔说道:"作为其他表象的结果而必然引出来的另一表象,在原始人的意识中常常具有结论的性质。所以,如我们将要见到的那样,朕兆几乎永远被认为是原因。"[2]而所有这些奇异现象都要由具有特殊才能的预言家破解。提瑞西阿斯(Tiresias)和卡尔卡斯(Calchas)是希腊神话传说中最有名的预言家。此外还有卡珊德拉和拉奥孔(Laocoon)。"在诗(指《奥德赛》)中,正像宙斯在开篇所言,人类的痛苦都是没有听从神示的结果。埃癸斯托斯曾被众神警告不要去谋杀阿伽门农,他不顾这样的建议,'现在他付出了完全的代价'。俄底修斯的同伴曾被警告不要去碰太阳神的牛群,但是他们最后没有服从,所以'他们由于自己不计后果的愚蠢而死掉了'。阿开亚人在从特洛伊返回途中遇到了灾难,有很多人失去了性命,因为他们在围城过程中犯下了罪过……神以征兆反复地警告求婚者们他们的行为是错误的,雅典娜毁灭了他

---

① 列维-布留尔:《原始思维》,丁由译,第49页。
② 同上,第104页。

们,他们的命运被看作神的公正性在起作用。"①所有这些情况,神都没有直接现身,他们总是通过一些中介的征象来传达自己的意旨,人们不顾这些征象的警示,于是便为自己招来了毁灭性的结果。

这种中介有时也有明确的物质体现。雅典娜(一说是阿波罗)派两条蛇去缠绕拉奥孔父子三人与赫拉派两条蛇去进攻婴儿赫剌克勒斯一样,这都是神祇运用超自然力量对人类所进行的复仇。七将攻忒拜的途中,泉水、河川和湖泊都已干涸,在保姆许普西皮勒(Hypsipyle)带着他们去找水时,大蛇吞食了她所照看的幼儿俄斐尔忒斯(Opheltes,涅墨亚〔Nemea〕首领吕枯耳戈斯之子),这些都是神要借助一些中介物来告知七将此行必败的前途。看来在希腊神话传说中与圣经中一样,蛇都有着其特殊的作用,上面的例子中,蛇是以神祇发挥超自然力量的中介物的身份出现的,它们相当于神祇针对人类的便利杀手。此外,特洛伊城墙建成后,爬过城墙的蛇预言了此城未来要被围攻和毁灭的命运。希腊军队在奥里斯(Aulis)祭神时,从祭坛下窜出一条大蛇,它爬上树吞食了九只鸟(一只大鸟和八只小鸟),这被卡尔卡斯解释成要到第十年才能攻陷特洛伊城。这里,蛇又成了神意的代言人。其实,许多神的早期半神形象就是以蛇形或人身蛇尾的形象呈现的,即使是在成了纯粹的神之后,关于他们的画像中也经常会伴随着蛇的图案。

宙斯的电火与霹雳是神话传说中最具威慑力的重创或毁灭其他神祇与人类的中介物。赫耳墨斯与喀耳刻(Circe)都有神奇的魔杖,被它们触摸到的人或动物就会迷失了自己。赫耳墨斯给俄底修斯魔草以对付喀耳刻的魔法,这也是对超自然力量进行想象的结果。

有中介物不是必需的,神有时也会直接现身。阿喀琉斯在发怒时本欲拔剑杀死阿伽门农,雅典娜制止了他,因为让阿伽门农在此次战争中死去并不在神的计划之中,否则的话,《伊利亚特》也要重新写过了。这里,我们不能指责阿喀琉斯的愤怒,负全责的该是安排这一切的神。因为神祇的原因,"正像不能简单地判断荷马所写的战争是好是坏一样,我们也不能对其中的战士进行普通的道德评判,他们的行为与战争一样都起因于相同的命定而外在的并具有讽刺意义的宇宙干预者的冲突"②。

第四,没有死亡的威胁。"神有权力,有地位,不会死亡,也不用惧怕事

---

① Jasper Griffin, *Homer on Life and Death*, p.164.

② I. C. Johnston, *The Ironies of War: An Introduction to Homer's Iliad*, p.50.

情的后果,凡人也想这样。"①神的有权力、有地位和不会死亡都是神的超自然力量的重要体现,其中最明显的就是可以超脱死亡,可以永久地享受生活的快乐,虽然赫丽生将这种状态称作"天上肆无忌惮、了无生气的永恒"②。人却总要面临死亡的威胁,所以如果有神使哪个凡人成为不死之身,于凡人那便会是一项殊荣。雅典娜本欲使堤丢斯(Tydeus)永生,可他却做了劈开敌人墨兰尼波斯 1(Melanippus)的头生喝其中脑浆的恐怖而令人恶心的行为,于是女神放弃了原来的打算,这一向被认为是堤丢斯很丢人的事。与此相对照,阿喀琉斯结束了人间生命后被接到福地(the Elysian Field)生活,他这实际上也是在享受着永生的待遇,这虽然不如赫剌克勒斯升天为神那般光荣,不过对凡人来说也已经是梦寐以求的事了。而卡吕普索提出,如果俄底修斯肯留下来,她也将使他成为永生的,俄底修斯居然为了对家乡和妻子的眷恋而拒绝了这一他人求之不得的神女的赐予,这才使他的忠贞与坚定的性格更醒目地让人感动。据赫西俄德说,去参加特洛伊战争的英雄"生还无几。但是,诸神之父、克洛诺斯之子宙斯让另一部分人活下来,为他们安置了远离人类的住所,在大地之边。他们无忧无虑地生活在涡流深急的大洋岸边的幸福岛上,出产谷物的土地一年三次为幸福的英雄们长出新鲜、香甜的果实。远离不朽的众神,克洛诺斯王统治着他们,因为人类和众神之父释放了克洛诺斯。这些结局一样光荣和受崇敬"③。而后来更多的说法认为阿喀琉斯、海伦等人是死后被送往幸福岛的,同时,其中关于阿喀琉斯的说法又与《奥德赛》中俄底修斯见到他在地狱中作为鬼魂领袖的说法相冲突。

此外,传说中的英雄也并不和普通人一样,他们往往被称为半人半神。"他们对我们来说是一个范例,与我们有着明显的不同。他们有机会、有能力和勇气去冒死赢得光荣,我们却不能,……他们像许多比喻向我们展示的那样,他们与狮子和狼一样都不是真正的人,……他们比我们更富有力量……""总之,他们与神并肩,神适时地会以直接的接触来帮助他们,这对我们却是不可想象的。"④也就是说,这些英雄因为是半人半神,他们身上也有着超自然力量的存在,只不过其程度不如神那样巨大,从他们难逃一死这一点来看,他们又与普通人有着相同之处。可以说,传说中的英雄是通

---

① Jasper Griffin, *Homer on Life and Death*, p. 168.
② 赫丽生:《古希腊宗教的社会起源》,谢忠坚译,第 290 页。
③ 赫西俄德:《工作与时日·神谱》,张竹明、蒋平译,第 6 页。
④ M. S. Silk, *Homer:The Iliad*, pp. 71—72.

过文学的方式虚构出来的介于神和普通人类之间的一种特殊人类。"他们不受空间、时间、季节、天气和对手庞大人数的限制；他们能'像洪流一样席卷平原'，从而荡除所有的敌军。他们一旦受伤，也能迅速痊愈；他们从来不害病：只有普通的战士才会遭受瘟疫之灾。"①这样，如果说成为神是英雄们的理想的话，那么，成为英雄则是普通人的理想，这也正是这些传说所表现出的无穷魅力所在。英雄的超自然力量的发挥往往也离不开神的佐助。帕特洛克罗斯死后，特洛伊人开始逐渐逼近希腊人的营地，阿喀琉斯发出了三声怒吼，雅典娜在远处进行呼应，这致使特洛伊人及其盟军三次陷入异常的混乱，十二位最好的战士被自己的马车和武器毁灭。这里，神赋予了这位英雄以某种程度的超自然能力，从这里我们看到了夸张手法的运用，同时由于阿喀琉斯轻而易举地就吓退了敌人，这使他身上具有了某种神性的特征。再者，他的神奇盔甲可以说是超自然的杰作，是当时的人力所不可为的，赫淮斯托斯制造了它们，它们也具有了超自然的能力，在战场上对特洛伊一方带来了惊人的震慑和恐慌。而赫淮斯托斯自己又制作出了能扶它走路的机器人，这在当时就是超自然能力的体现。而现在我们的时代已经真正地制作出了类似的机器人。可见，随着时代的变化、科技的发展、人们能力的增强，某些超自然能力也会变成自然能力。

第四节　复仇情节的构成四要素

按照结构主义的分析方法，任何复仇的个案情节我们都可以分解出四个构成要素：复仇的主动者或复仇行动的发出者即主体、复仇行动的对象即客体、复仇的原因和复仇的结果（次要成分还有程度和时期等）。掌握了这些要素，对任何复仇情节我们便都很容易概括和分析了。

例如伊诺（Ino）因阿塔玛斯（Athamas）娶了忒弥斯托（Themisto）而向忒弥斯托复仇的情节我们就可以分解为：

---

① M. S. Silk，*Homer：The Iliad*，pp. 71—72.

主体	客体	原因	结果
伊诺	忒弥斯托	阿塔玛斯得到不可靠的消息说,他的妻子伊诺已死,于是娶了后者,后来他得知前者还活着,就秘密派人去请她,后者决定报仇,要害死前者的孩子们,为此嘱咐一个女奴给前者的孩子们穿上黑衣,而给自己的孩子们穿上白衣,以便在黑夜里能够辨认	那女奴就是前者假扮的,她互换了孩子们的衣服,结果后者弄死了自己的孩子们,真相大白后后者自尽

上面的例子也可作为复仇未遂的典型个案。

这样的归纳具有自我调节性即不绝对性,几个相关的复仇事件既可以各自单列,又往往可以列入这种复仇个案中的一项,如赫拉向伊诺复仇、阿塔玛斯向伊诺复仇的情节就可以概括成一次综述:

主体	客体	原因	结果
赫拉	伊诺	后者是狄俄倪索斯的姨母,她曾秘密哺育狄俄倪索斯	前者使后者的丈夫阿塔玛斯发疯,他在疯狂中用箭射死了自己的一个儿子勒阿耳科斯,因为他把他当成了一只鹿(一说他把他当作一头幼狮扔下了悬崖);一说阿塔玛斯知道了后者所犯的要杀死他与前妻涅斐勒生的儿子佛里克索斯和女儿赫勒的罪恶,于是他要杀死后者,不料却错误地杀死了儿子勒阿耳科斯,后者因此带着另一个儿子墨利刻耳忒斯投海自尽;一说赫拉使他们夫妻都发了疯,伊诺把墨利刻耳忒斯扔进了开水锅里,同时阿塔玛斯用长矛杀死了勒阿耳科斯,因为他把儿子当成了鹿,一说墨利刻耳忒斯也是他扔进开水锅的。伊诺抱着墨利刻耳忒斯的尸体投了海。这对母子被海中神女变成了庇护遇难船舶的海神,从此,母亲叫琉科忒亚,儿子叫帕莱蒙

(里面涉及的人名的英文是:Learchus、Nephele、Phrixus、Helle、Meli-certes、Leucothea、Palaemon)(下同,包括地名)

事实上,这里就概括了赫拉向伊诺复仇的情节、赫拉向阿塔玛斯复仇的情节和阿塔玛斯向伊诺复仇的情节,而这些情节同时又可以各自单列。姑且以阿塔玛斯向伊诺复仇的情节为例,列陈如下:

主体	客体	原因	结果
阿塔玛斯	伊诺	后者要除掉前者与先妻涅斐勒生的孩子佛里克索斯与赫勒,一次发生灾难的时候,她贿赂了去询问神谕的人,要他说只有把这两个孩子献祭给拉菲斯提俄斯的宙斯才能结束灾难,于是两个孩子被拉上了祭坛(但在献祭的时候,宙斯派一只长着金毛的羊把这两个孩子驮走了,赫勒中途落海而死,佛里克索斯逃到了科尔喀斯。作为回报,佛里克索斯把金羊献祭给了宙斯,把羊毛送给了科尔喀斯的首领埃厄忒斯;一说,埃厄忒斯杀死了佛里克索斯,因为神谕警告他他将死在埃俄罗斯后代的手里)	前者要杀死后者,不料却错误地杀死了儿子勒阿耳科斯,后者因此带着另一个儿子墨利刻耳忒斯投海自尽,这母子被海中神女变成了庇护遇难船舶的海神,从此,母亲叫琉科忒亚,儿子叫帕莱蒙

(Laphystius,Colchis,Aeetes,Aeolus)

这项复仇也可以只用一句话简单地概括为:伊诺是狄俄倪索斯的姨母,曾秘密哺育过狄俄倪索斯,赫拉使伊诺一家遭受了不幸。

我们再以下面伊阿宋和美狄亚向珀利阿斯复仇的主题为例:

主体	客体	原因	结果
伊阿宋和美狄亚	珀利阿斯	后者杀死了伊阿宋的父亲埃宋(他被允许选择死法,于是他以喝公牛血的方式毒死了自己),伊阿宋的母亲阿尔刻墨诅咒完后者也自缢身亡,她留下的一个小儿子普罗玛科斯也被后者杀死。或是因为后者想通过让伊阿宋去取金羊毛来毁灭前者,不料四个月之后他却成功地回来了(一说取金羊毛是赫拉的主意,她想假美狄亚之手向后者复仇,因为他曾把躲在她神庙里避难的西得洛拖出并杀死,之后他还一直对赫拉不敬;一说前者向后者复仇是因为后者僭夺了本应该属于伊阿宋的首领之位)	美狄亚在后者的女儿们面前把一只老羊切成碎块扔进一口大锅里煮,立刻,老羊变成了一头羔羊。后者的女儿们想使父亲返老还童,于是如法炮制,也把她们的父亲即后者砍成几块,放在锅里煮,结果她们杀死了父亲,她们因此而纷纷自杀,后者的儿子阿卡斯托斯则把前者驱逐出伊俄尔科斯

(Medea,Jason,the Golden Fleece,Argos,the son of Phrixus built the Argo,Pelias,Acastus,Iolcos,Aeson,Promachus,Alcimede or Polymede)

这个主题可以简化为:

主体	客体	原因	结果
伊阿宋和美狄亚	珀利阿斯	后者杀死了伊阿宋的父亲和兄弟	美狄亚教唆后者的女儿们把她们的父亲即后者砍成几块,放在锅里,好使她们的父亲恢复青春,结果她们杀死了父亲,前者被驱逐出境

我们还可以从中分出珀利阿斯后代的反复仇,他儿子阿卡斯托斯继承首领之位后对伊阿宋和美狄亚进行了驱逐。

为了努力穷尽希腊神话传说中的复仇主题,书中不厌其详地叙述了复仇的细节,在第二、三、四章后还保留了按照复仇四要素列出的相应的补充细表。

第五节　复仇概念的界定与分类

在对一个主题进行探讨之前,若不对核心概念进行界定,便往往会偏离正题。这部分内容易出歧义,但考虑到其实属必要,这里便只好勉为其难了。

一、复仇概念的界定

关于复仇概念的界定,我们主要是要努力澄清报复、惩罚与复仇三者之间的关系,以免很多不属于复仇性质的个例被收入其中。

(一)报复与复仇

复仇是报复中比较严重的一种形式。报复有轻有重,如一个人无意中撞了别人,而被撞者以更重的力量回撞了撞击者,这是程度较轻的报复;而拉伊俄斯因为拐走了珀罗普斯的儿子克律西波斯(Chrysippus),导致了克律西波斯的自杀,结果珀罗普斯诅咒拉伊俄斯,并请求宙斯替他向拉伊俄斯报复,最后让拉伊俄斯被自己的儿子俄狄浦斯杀死,俄狄浦斯之后又出于无知娶了自己的母亲伊俄卡斯忒(Jocasta)为妻,这就是珀罗普斯对拉伊俄斯的程度较重的报复,即复仇。复仇较程度为轻的报复,区别在一个"仇"字,就看当初的侵害行为是否上升到了结仇的严重程度。

(二)惩罚与复仇

力量相差不多的两者之间所发生的报复行为在力量相差悬殊的情况

下往往表现为惩罚。惩罚,通常意义上是掌有权力的人对犯有过错的人进行一定的处罚,希望他以后不会重犯类似的过错。

惩罚的种类有:

(1)体罚,使犯有过错的人在肉体方面遭受一定的痛苦,但程度较轻,不至于导致其毁灭或部分毁灭(如失明等残疾);

(2)使其遭受精神上的折磨,但不至于发疯;

(3)在经济上对其处以一定数量的罚金。

惩罚往往程度较轻,它含有警示的作用,以防止或减少犯错者本人或他人再犯类似的过错。如黑铁时代的人类全然是罪恶的,父亲不爱儿子,儿子不爱父亲;宾客憎恨主人,朋友也憎恨朋友;守约、良善、公正的人得不到好报应,而为恶和硬心肠的渎神者则备受光荣,于是,"直到此时还常来地上的至善和尊严的女神们,如今也悲哀地以白袍遮蒙着她们美丽的肢体,回到永恒的神祇中去。留给人类的除了悲惨以外没有别的,而这种悲惨且是看不到边际的!"[①]这是神祇对不义人类的惩罚,人类并无意得罪他们,他们也就没有理由对人类进行复仇,他们所能做的事情便只是不再给予人类任何庇佑而已。再如,美狄亚杀死了弟弟阿普绪尔托斯(Apsyrtus),于是宙斯把阿耳戈英雄的航船吹离了航向,直到喀耳刻为凶手净罪后这种惩罚才算结束。假如宙斯毁灭了阿耳戈英雄,那么,惩罚就会变成了是宙斯替死去的阿普绪尔托斯在进行复仇了。

若是主体带着强烈的个人怨仇的成分,这时惩罚往往就变成了复仇。这类复仇对客体的惩罚往往会超过其所应有的限度,从而发生了质变,其结果往往是使犯错者失明、发疯或消灭犯错者及与其相关的人,或使其变形为其他动物,从而不再为人类,这样对犯错者本人或其他被杀死及被变形的人来说就不再会有多少警示作用。同时希腊神话中的神又不同于基督教中的上帝耶和华,他在夏娃(Eve)和亚当(Adam)偷食了智慧的禁果后只是把他们赶出了伊甸园(Eden),从此他们要靠自己的双手劳动来维持生活,妇女要忍受生育之痛,人类自此一出生便背负上了原罪;对那引诱夏娃堕落之蛇,上帝使它以后要用腹部行路,食尘土为生。这些明显都是惩罚之举。希腊的神祇却与人同形同性,人所具有的如心胸狭隘、轻易地就能结仇等一切人性方面的弱点这些神也无不具有,所以他们在进行复仇行为时除了有时使用超自然力量外,往往与人同样的行为并无二致,换言之,这些神祇身上有着更多人性的东西。如阿耳卡狄亚(Arcadia)首领吕卡翁 2

---

① 古斯塔夫·斯威布:《希腊的神话和传说》,楚图南译,第 21 页。

对神不敬,他被宙斯变成了狼,他的房屋被雷电击毁,宙斯又用洪水消灭了这个种族中除丢卡利翁(Deucalion)和皮拉(Pyrrha)①等人以外的全部人类。这种只是由于自身的尊严受到了一些冒犯就将犯错者及与其相关的人类几乎全部消灭的行为,与发生在力量对比悬殊的两个部落之间其中一方被完全消灭的行为实际上是一回事,这就是宙斯身上的心胸狭隘、专横跋扈的人性一面的显露,这时就不再是惩罚,而只能将其归为复仇。同时,阿佛洛狄忒让厄洛斯(Eros)的情人普赛克(Psyche,以前译为普赛策,阿佛洛狄忒让她捡各类豆子、取羊毛、去地府取"美丽")历尽艰辛的故事就只能是对她接受小爱神的爱情进行惩罚的例子。

弗洛姆说:"不仅流血复仇是复仇的表现,一切惩罚(从原始时代到今天)都是复仇的表现。……惩罚是神对人的复仇,因为人不听它的诫命。"②他这话说得非常绝对,但也不无道理,只是复仇在程度上有轻有重而已。我们在本文中只把较重的惩罚当作复仇,以与较轻的惩罚之间略作区别,也就是从轻重程度上对惩罚和复仇两个概念示以区分。波伊涅(Poine)是报复或惩罚的人格化,她有时被当成复仇女神(Erinyes or Furies),事实上她是复仇女神的随从。从这个次要神祇在希腊神话中的作用我们就可以看出报复、惩罚与复仇三者之间错综复杂的关系。

(三)复仇的定义

严格意义上的复仇,是指本人或他人人身或利益或荣誉或自尊受到伤害,本人或其亲人、朋友、其他不相干的人前往报复的行为。"复仇"的"复"字在这里就意味着第二次动作,它是针对第一次的伤害行为而言的。在英语中这个"复"字体现在"revenge"一词的词头"re"上,若只有"venge"便只是指报复。

同时,复仇往往有一定的时间间隔或事先准备,但这一点并不是绝对的,有时伤害行为一经发生,复仇行为就紧随其后。如一些乡村牧羊人嘲

---

① 丢卡利翁和皮拉是普罗米修斯的儿子和儿媳,他们提前得到了父亲的预言,一说他们热情地招待过宙斯。后来希腊(Hellas)人的名称就来源于丢卡利翁和皮拉的儿子希腊(Hellen),"在丢卡利翁的儿子希腊以前,希腊这个名字根本就不存在,不同的部落都有着不同的名称,前面再冠以'皮拉斯基族'(Pelasgian)的统称。当希腊和他的儿子们在福提俄提斯(Phthiotis)有了强大势力以后,其他部落纷纷请他们加盟,这些独立的部落因为与希腊家族的联系之后便都被叫作'希腊人'(Hellenic)了。"From Thucydides, *History of the Peloponnesian War*, translated by Rex Warner with an Introduction and Notes by M. I. Finley, p. 36.

② E. 弗洛姆:《人类的破坏性剖析》,孟禅森译,第 337 页。

笑仙女们（她们叫作厄皮墨利得斯，Epimelides）的舞蹈，并与她们比赛跳舞，结果被变成了树，夜里树干中便发出牧羊人的呻吟声。这里伤害的行为只发生在仙女们单独跳舞以及之后牧羊人与她们比赛这个时段里，但假如仙女们不是当即把牧羊人变成了树，她们所受的伤害还会持续下去，这里重要的是一个动作的往复过程。而两个阿耳戈英雄厄里包忒斯（Eribotes）和肯托斯（Canthus）要偷刻法利翁（Cephalion，一说是卡佛洛斯〔Caphaurus〕）的羊（一说是牛）来给饥饿的同伴吃，结果被刻法利翁杀死。这里伤害者厄里包忒斯和肯托斯的伤害行为还没有发生，即被刻法利翁杀死，这只能算是刻法利翁为了保护自己的财产而采取的自卫行为，并不是复仇。关键的是第一伤害行为没有发生，也就无复仇之"复"可言了。而接下来阿耳戈英雄们为被杀死的同伴报仇，他们杀死了刻法利翁，这就是复仇之举了。再如哈耳帕吕刻（Harpalyce, or Harpalycus）的父亲吕科斯（Lycus）是一个暴虐的首领，他被起义者推翻统治之位后逃往山林，由女儿哈耳帕吕刻陪伴着，每日靠女儿打猎和袭击邻近的牛棚、羊圈维持生活。哈耳帕吕刻如此成功，以致牧人们深受其害。于是牧人们像对待野兽一样设下陷阱，终于捕捉到了哈耳帕吕刻，并且杀死了她。这里哈耳帕吕刻的侵害行为已经发生，牧人们又是经过了准备才杀死了哈耳帕吕刻，这时牧人们的行为就不再是事前自卫，而应该是事后复仇。

二、复仇的分类

在复仇的分类方面，本书着重探讨血亲复仇、荣誉复仇和爱情复仇等主题，这些都是按照受侵害的具体对象予以划分的。除了这些复仇外，被侵害的对象也可能是财产，于是就会发生财产复仇。财产复仇是指因本人、亲人、朋友或不相干的人的财产受损或被剥夺而引发的复仇。像波赛冬、阿波罗和赫剌克勒斯等人未能如约得到拉俄墨冬的报酬而进行的复仇就可以归入财产复仇一类。

复仇还可以按照不同标准进行如下划分：

第一，按照因果关系，复仇可以分为复仇、反复仇、再复仇、再反复仇等类，随着复仇而来的，可能是复仇对象对复仇行为的抵御，我们称之为抵御复仇。

复仇的例子如：阿尔克迈翁（Alcmaeon）是斐勾斯（Phegeus）的女婿，后来他又娶了卡利洛厄（Callirhoe）为妻，为了得到项链和面纱，他对第一个妻子阿耳西诺厄（Arsinoe，一说是阿尔菲西玻亚〔Alphesiboea〕）进行了欺骗。

阿耳西诺厄的两个哥哥阿革诺耳 1(Agenor)和普洛诺俄斯(Pronous)(一说是忒墨诺斯〔Temenus〕和阿克西翁〔Axion〕)向阿尔克迈翁复仇,他们杀死了他。妹妹阿耳西诺厄怪罪他们杀死了自己的丈夫,他们又把妹妹装在一只木箱里送走,使她悲惨地死在异地。这是复仇扩大化所带来的后果。

反复仇是复仇对象或与之相关的人针对复仇的行为而反过来进行的复仇行为。如阿革诺耳 1 和普洛诺俄斯杀死了阿尔克迈翁后,阿尔克迈翁的两个儿子在阿伽珀诺耳(Agapenor)家里遇到了他们,遂把他们杀掉,一说阿尔克迈翁的妻子卡利洛厄祈求宙斯,让她的两个儿子突然长大,他们前去杀死了阿革诺耳 1 和普洛诺俄斯,并进而杀死了斐勾斯及其妻子。

可见,反复仇是针对第一复仇行为的一种逆方向的复仇。在上面的例子中,第一复仇中的主动者阿革诺耳 1 和普洛诺俄斯在反复仇中变成了复仇的对象,而第一复仇中复仇对象的儿子在反复仇中变成了复仇的主动者,即动作发出者。反复仇因第一复仇而起,第一复仇是反复仇之因,没有第一复仇就没有反复仇。有的复仇因为过于彻底,达到了斩草除根的程度,所以一般并未发生反复仇。再者,复仇的主体与客体之间力量对比悬殊,一般也不会发生反复仇,如神对人复仇之后就极少发生人对神进行反复仇的行为。

有时,在复仇对象进行反复仇后,问题并未就此解决,复仇主体针对反复仇可能会进行再复仇,之后会引起对方的再反复仇,循环复仇就是由很多再复仇与再反复仇的过程组成的。

抵御复仇,如七将攻忒拜(Thebes)时忒拜人就对这一复仇行动做出了拼死抵御;再如,希腊大军向特洛伊复仇时,赫克托耳率领特洛伊人也进行了长期的艰苦抵御。

第二,按照复仇主体和复仇对象的不同,复仇主要分为神祇之间的复仇(双方都是神祇及仙女)、神祇对人类的复仇(复仇者是神祇或仙女,对象是人类)、人类的复仇(双方主要是人类,或一方是人类,另一方则是动物及鬼魂,或复仇主体是人类,复仇的对象则是神)。

神祇之间的复仇如:厄俄斯(Eos)或奥罗拉(Aurora,黎明女神)曾屈服于阿佛洛狄忒的情人阿瑞斯的求爱,阿佛洛狄忒使她变成了色情狂,她无法自制地陷入了对俄里翁的爱情,她把俄里翁带到得罗耳(Delor),但是她只享受到了很短的幸福时光。①

神祇对人类的复仇如众神对厄律西克同（Erysichthon）所进行的复仇。厄律西克同是"忒萨利亚（Thessaly）的英雄。他采伐了得墨忒耳（Demeter）圣林中的树木盖房子（一说他砍倒一棵为得墨忒耳的宠人——护树神女托身的柞树）。他因亵渎神灵而受到众神的惩罚，永远遭受无法消止的饥饿之苦，最终他吃了自己的五脏而死。他的名字（希腊语意思是'掘地者'）可能同刨除森林的树根以扩大耕地有关"②。这则神话体现了早期人类对保护生态环境的模糊认识。

双方都是人类的复仇按照主体和对象方面的不同标准分为英雄复仇和普通人类的复仇，男性复仇和女性复仇等，这里就不再赘述。

此外，替他人复仇、向自身复仇、误解复仇以及人类和动物、鬼魂之间的复仇属于边缘性复仇，这些复仇处于复仇接近非复仇的边缘，或不在复仇的主要种类之列。

替他人复仇的行为往往由不相干的人做出，有的是毛遂自荐式的主动替他人复仇，有的是受人之邀而替他人复仇的。如吕喀亚（Lycia）首领伊俄巴忒斯（Iobates）让柏勒洛丰去杀掉经常袭击他领土的半羊半狮形状的怪物喀迈拉（Chimaera），柏勒洛丰在神马珀伽索斯（Pegasus）的帮助下成功地杀死了这个怪物。但更多的是行为人在主观上并未想替他人复仇，但在客观上，他的行为结果就是替他人复了仇。如赫剌克勒斯剿灭强盗和野兽的行为就是这方面的明显例子。再如忒修斯，他长大的时候，赫剌克勒斯正在吕底亚为翁法勒（Omphale）服役，所以到处又是强盗为害。忒修斯在去雅典寻父的路上杀死了强盗珀里菲忒斯（Periphetes）、扳松贼辛尼斯（Sinnis），还有克洛米翁（Crommyon）的已经杀了许多人的残酷的儿子，他到了斯喀戎岩石（Scironian Rocks）处，又杀死了强盗斯喀戎，之后杀死了角斗者刻耳库翁③、铁床贼普罗克鲁斯忒斯（Procrustes）。这些行为从主观上来说都属于个人自卫的性质，但在客观上都是为以往的受害者复了仇。

---

① 因为俄里翁被阿耳忒弥斯杀死了，或者是因为他要与阿耳忒弥斯进行铁饼比赛，或者是因为他要强暴阿耳忒弥斯的随从许珀耳包瑞亚的童贞女俄皮斯（Hyperborean Opis），他还要强暴阿耳忒弥斯，结果她派了一只蝎子咬在了他的头部，最后这只蝎子和俄里翁都被变成了星座，即蝎子星座和猎户星座。一说俄里翁要把阿耳忒弥斯强迫离家作她陪伴的俄皮斯绑架回去，于是阿耳忒弥斯派一只蝎子咬死了他。

② 鲍特文尼克、科甘、帕宾诺维奇等编著：《神话辞典》，黄鸿森、温乃铮译，第107页。

③ 有时斯喀戎和刻耳库翁被合在一处，前者被当作地名，后者被当成强盗。参见本书第23页注释⑥。

　　向自身复仇，是由于复仇者对自己产生了极端的愤恨或懊悔，于是进行自伤、自残或自杀的行为，这时，他既是复仇主体，又是复仇对象。埃托利亚（Aetolia）首领厄威诺斯（Evenus）是阿瑞斯与得墨尼刻（Demonice）生的儿子，他有个女儿叫玛耳珀萨（Marpessa），他总是把女儿的求婚者杀死后用他们的头骨来装饰波赛冬的神庙。波赛冬给了伊达斯一辆有翼的战车，使伊达斯成功地拐走了玛耳珀萨（一说玛耳珀萨被父亲当作战车竞赛的奖品，输了的对手都被他一一杀死了，直到伊达斯赢了他），厄威诺斯无法追上他们，就杀死了自己的马匹后投进吕科耳马斯河（Lycormas）里自尽。之后这条河就以他的名字命名了，这也是一则关于名字起源的传说。再如：库阿尼波斯（Cyanippus）是一个伟大的猎手，他与琉科涅（Leucone）结婚之后仍然不肯放弃这一嗜好，他早出晚归，十分劳累，回到家里后倒头便睡，琉科涅感到受了冷落，她很好奇究竟森林里的什么东西能这样深深地吸引丈夫。一天，丈夫出猎后她悄无声息地跟在后面，很快她就走进了深深的灌木丛中，她丈夫的半野的猎犬们扑了过来，把她撕成了碎片。当丈夫发现她的尸体的时候，他陷入了绝望之中，他建了一个火葬柴堆，把妻子放在上面，然后把他的狗全部杀死并扔在了火葬柴堆上，他自己最后自杀。他之所以自杀，是悔恨自己的疏忽导致了妻子的怀疑，直至惨死，他不堪继续苟活在过于沉重的悔恨重负之中，于是通过自杀替妻子向自身复了仇。

　　所谓的误解复仇，就是指由于怀疑、误解或误会表面现象所导致的复仇，之后却发现是复仇者自己弄错了。父亲忒斯提俄斯（Thestius）从西库翁（Sicyon）回到家里时，发现自己妻子与儿子卡吕冬（Calydon）躺在一起，他以为他们发生了乱伦关系，便杀死了儿子和妻子。当他认识到自己的错误后便跳河自尽了。① 忒斯提俄斯明知那是自己的儿子，却怀疑存在着事实上并不存在的母子乱伦关系，于是铸成了大错。

　　人类和动物之间的复仇又分为人类向动物复仇和动物向人类复仇。人类向动物复仇的例子如：伊达斯与伊阿宋他们一起远航的时候，预言家伊德蒙（Idmon）被一头野猪杀死了，伊达斯为他的同伴复仇，杀死了这头野猪。下面的例子是用以解释知识来源的人类向动物复仇：提罗斯（Tylus）在赫耳莫斯（Hermos）河岸上行走时，他偶然地触碰到了一条蛇，这条蛇咬了他的脸，他立刻死了。他的妹妹莫里亚（Moria）在不远处看到了哥哥的

---

　　① 一说卡吕冬是阿瑞斯与阿斯堤诺墨（Astynome）的儿子，他因看见了阿耳忒弥斯沐浴而被变成了石头。

可怕命运，就召唤大地的儿子巨人达玛森（Damasen），达玛森连根拔起一棵树把那条蛇打死了。那个蛇的配偶钻到附近的森林里去了，回来时嘴里衔着一根草，它把草放在了死蛇的鼻孔里，那条蛇马上活过来，立刻双双逃掉了。莫里亚见此情景，也弄了根这种草，她也用它把提罗斯救活了。这种草被叫作巴利斯（balis）。摩尔根说："古典时代的诗人笔下所描写的人类部落正居住在树丛中、洞穴里和森林中，他们为了占有这块栖息之所而与野兽作斗争。"[①]而我们看到，这种斗争在早期人类生活中一直持续了很长时间。[②]

　　动物向人类复仇的如：格劳科斯（Glaucus）在珀利阿斯（Pelias）的葬礼战车比赛中被伊菲克勒斯（Iphicles）的儿子伊俄拉俄斯（Iolaus）击败，然后他被自己的变疯了的马吃掉了，因为为了让马跑快些，格劳科斯拒绝喂马，这惹起了阿佛洛狄忒的不快，于是她让马发疯（一说是格劳科斯无意中让马喝了一口魔井里的水才致使它们发疯的），它们在疯狂中向虐待它们的主人复了仇。

　　人类和鬼魂之间的复仇又分为鬼魂向人类复仇和人类向鬼魂复仇。

　　鬼魂向人类复仇的如：福科斯（Phocus）有一个女儿叫卡利洛厄（Callirhoe），有三十个人向她求婚，但她父亲不断延误为她选婿的时间。最后他宣布，按照得尔斐的神谕（Delphic oracle），这件事需要动武解决。这些求婚者于是杀死了福科斯。卡利洛厄逃跑了，当求婚者追她的时候，一些农民把她藏在了谷物磨房里。在波俄提亚联盟（Boeotian federation）举行的节日上，卡利洛厄以乞援人的身份来到雅典娜·伊托尼亚（Athena Itonia）神坛指控求婚者对她父亲的杀害。求婚者们先是逃到了俄耳科墨诺斯（Orchomenus），后又逃到了希波泰（Hippotae），但波俄提亚人包围了他们，强迫他们屈服了，然后用石头砸死了他们。他们屈服的前一天晚上，他们听见福科斯的声音从山里传来："我在这里。"再如海伦的鬼魂使诗人斯提西科罗斯（Stisicolus）失明，因为后者吟唱过关于她罪恶的诗，诗名是《海伦》或《伊利昂的陷落》，直到这位诗人又吟唱了一首名为《帕利诺迪亚》（*Palinodia*）的诗，推翻了先前论调，他的眼睛才得到复明。克吕泰涅斯特

---

　　①　摩尔根：《古代社会》，杨东莼、马雍、马巨译，第 19 页。
　　②　人向怪物复仇也可以归入这一类，如克瑞翁（Creon，此名原意为"统治者"）的儿子海蒙（Haemon）被鸟首狮身的怪物斯芬克斯吞食了，克瑞翁为儿子复仇，他许诺：谁若能使忒拜城摆脱这个怪物的危害，他就把首领之位让给谁。俄狄浦斯做到了这一点，于是就成了忒拜城的首领（一说海蒙是在克瑞翁把安提戈涅〔Antigone〕活埋在拉伯达西得斯〔Labdacides〕的坟墓里后自杀身亡的）。

拉的鬼魂也曾督促复仇女神为她向儿子俄瑞斯忒斯复仇。

人类向鬼魂复仇的如拳击高手欧提摩斯(Euthymus)向波利忒斯(Polites)的鬼魂复仇的故事。波利忒斯曾是俄底修斯的同伴,但他们在忒墨萨(Temesa)停留时波利忒斯醉酒后强奸了当地的一位年轻姑娘,他因此被当地居民用石头砸死。但他的鬼魂开始用各种方法折磨当地居民,要他们为之建祭坛,每年都要献祭最美丽的姑娘。欧提摩斯向波利忒斯的鬼魂挑战并击败了它,然后强迫它离开了这个国家。这里,居民用石头将波利忒斯砸死,是第一复仇行为,这引起了波利忒斯鬼魂的反复仇,之后欧提摩斯向波利忒斯的鬼魂进行的复仇当属再复仇的层次。

第三,从复仇效果来说,绝大部分复仇达到了目的,但也有一小部分的复仇因为主客观的原因并未达到目的,这些就是复仇没有成功或自愿放弃复仇的行为。其中,复仇不成功往往是因为客观的原因造成的,自愿放弃复仇则往往是因为复仇者主观方面的原因所引起的。

如普忒瑞拉斯(Pterelas)对厄勒克特律翁(Electryon)所进行的复仇就是不成功的例子。普忒瑞拉斯是珀耳修斯的后代,塔福斯(Taphos)城的首领,厄勒克特律翁是密刻奈首领,普忒瑞拉斯的儿子们向厄勒克特律翁索要密刻奈,因为这是他们曾祖父墨斯托耳(Mestor,厄勒克特律翁的哥哥)的国土,厄勒克特律翁拒绝了他们的要求。普忒瑞拉斯的儿子们进行复仇,偷了厄勒克特律翁的牧群,厄勒克特律翁的儿子们向他们挑战,在战斗的过程中,双方几乎全部被杀,普忒瑞拉斯只剩下儿子欧厄瑞斯(Everes),厄勒克特律翁只剩下儿子利库弥俄斯(Licymius),厄勒克特律翁计划去与普忒瑞拉斯战斗,但在出发之前他却死掉了,是忒拜的安菲特律翁(Amphitryon)组织了这次征讨,这是出于他对厄勒克特律翁的女儿阿尔克墨涅的爱情。但是神谕说,只要普忒瑞拉斯活着,就没有人能够占领塔福斯,因为普忒瑞拉斯有一根波赛冬所赠的能保证他不死的金色头发,普忒瑞拉斯的女儿科迈托(Comaetho)爱上了安菲特律翁,她掐掉了父亲头上的魔发,父亲死了,安菲特律翁占领了塔福斯。这里,普忒瑞拉斯的复仇不但没有成功,反而招致了全家毁灭。

自愿放弃复仇的如:赫拉生下赫淮斯托斯后,发现他身体羸弱,容貌丑陋,便把他从俄林波斯山上扔了下去。赫淮斯托斯在海洋女神忒提斯那里生活了十九年,后来制造了一个宝座送给赫拉。但赫拉一坐上去就被暗设的机关绑缚住而无法离开了,直到狄俄倪索斯(Dionysus)以朋友的身份把赫淮斯托斯灌醉,他才肯让赫拉离开了宝座。这属于放弃继续复仇的行为。放弃复仇也有在进行复仇之前就自动放弃的,这主要是出于力量对比悬殊等方面的考虑，这里就不再赘述。

第四，按照复仇的程度，复仇可以分为等量复仇（复仇时重创对象的程度与复仇主体原来所受的侵害在量上基本相当）和扩大化复仇。这里重点说一下扩大化复仇。

所谓扩大化复仇，就是由一点矛盾触发而进行的与原因不成比例的大规模复仇，扩大化复仇往往会造成与复仇对象相关的人惨死。神祇对人类的复仇往往带有扩大化的性质。"往往有甚至因一个坏人作恶和犯罪而使整个城市遭受惩罚的，克洛诺斯之子（指宙斯）把巨大的苦恼——饥荒和瘟疫一同带给他们。因此，他们渐渐灭绝，妻子不生育孩子，房屋被奥（俄）林波斯山上的宙斯毁坏而变少。宙斯接着又消灭他们的庞大军队，毁坏他们的城墙，沉没他们海上的船舰。"[1] 这里宙斯的惩罚就是扩大化复仇的性质。再如因尼俄柏 1（Niobe1）的骄傲她的七个儿子和七个女儿都被阿波罗和阿耳忒弥斯射杀、希腊人因帕里斯一人之错而最终对特洛伊进行屠城、神祇因拉伊俄斯一人之过而使忒拜连遭不幸等都是扩大化复仇的典型例子。

进行扩大化复仇的目的往往有两个方面，一个是为了充分泄愤，正如王立所说的："借助于复仇方式的残忍、对已经丧失生命的仇人的作践，复仇者伸冤泄愤的情绪冲动的确得到了充分的排遣，怨愤之怀得到了补偿平衡，胜利的炫耀中还使自尊心、好胜心乃至兽性野性有了相当程度的满足宣泄。"[2] 进行扩大化复仇另一方面的目的是对复仇对象斩草除根，以绝后患。如希腊军队攻占特洛伊城之后杀死了那里所有的男婴，就是为了这个目的。

以上的复仇分类，由于是从各种角度进行划分的，所以各个种类之间往往不是排他关系，而是交叉互补关系，同一个复仇主题往往会有很多因素含杂其中，所以往往可以冠之不止一种复仇之名。这里举珀琉斯对阿卡斯托斯（Acastus）复仇的例子略作一下说明。阿卡斯托斯的妻子阿斯提达米亚（Astydamia）勾引帕琉斯不成，便送信给帕琉斯的妻子，说帕琉斯要抛弃她另娶，使她自缢身亡。她又向丈夫阿卡斯托斯反诬珀琉斯要非礼她，因为珀琉斯是客人，阿卡斯托斯不能直接杀死珀琉斯，他就与珀琉斯一起去打猎，趁珀琉斯在山上熟睡之机，阿卡斯托斯把珀琉斯的剑藏在了粪堆里，希望他被野兽吃掉，但就在马人们要杀死珀琉斯的时候，喀戎（Chiron，菲吕拉，Philyra，之子）救了他，一说是赫淮斯托斯（Hephaestus）在关键时

---

① 　赫西俄德：《工作与时日·神谱》，张竹明、蒋平译，第 8 页。
② 　王立：《中国古代复仇文学主题》，第 190 页。

刻把剑递给了他。珀琉斯后来在伊阿宋和狄俄斯库里兄弟（Dioscuri）的帮助下对阿卡斯托斯及其妻子进行了残忍的复仇，他攻下了伊俄尔科斯城，杀死了阿卡斯托斯，把阿斯提达米亚砍成了碎块，撒遍全城。这里，首先可以在大范围内把它划作人类的复仇，其中阿斯提达米亚对珀琉斯进行的是爱情复仇，而阿卡斯托斯向珀琉斯进行的是误解复仇，珀琉斯的复仇首先属于反复仇，他的反复仇与阿斯提达米亚的复仇一样由爱情事件引起，所以也属于爱情复仇的范围。伊阿宋和狄俄斯库里兄弟这里是在帮助他人复仇，因为助他人复仇在本书中没有另列，而这种复仇又与替他人复仇最为切近，我们可以把他们的行为归入替他人复仇一类。最后，阿卡斯托斯听信了妻子阿斯提达米亚的谗言而对珀琉斯产生了误会，这种误会完全可以通过言语等和平手段予以解决，珀琉斯却杀死了阿卡斯托斯，这与阿斯提达米亚对珀琉斯妻子所做的一样都属于扩大化复仇行为，这种行为经常会发生。

　　除了复仇种类外，还可以就复仇的层次进行划分，如特洛伊战争的主复仇是要夺回海伦和被帕里斯劫掠的财产，并毁灭特洛伊城，再复仇都是次复仇。俄底修斯的主复仇是杀死求婚者，其余的是次复仇，等等，这里就不再展开论述。

第二章　血亲复仇主题

人类的亲属关系分为血亲和姻亲，其中血亲又可分为直系血亲和旁系血亲，这两种血亲关系都可能成为进行血亲复仇的重要基础。神话传说中的血亲复仇又是以现实生活中的血亲复仇为依托而产生的。

第一节　血亲复仇的特征

血亲复仇，是指复仇主体因与自己有血缘关系的人被杀死或被伤害或其财产受到侵害而进行的复仇，护种本能是这种复仇主要的内驱力。无论是在古希腊现实生活中，还是在希腊神话传说里，因血亲被杀死而进行的复仇都是复仇最主要的表现方式，而且其结果也最为惨烈。正因如此，后世以血亲复仇为题材的悲剧便尤能显出其剧烈的冲突。"如果自己的家庭、宗族或部落中有一个分子被杀，家庭、宗族或部落的分子便有神圣的义务去报血仇，把凶手所属的单位中的一分子杀死。这种复仇跟单纯的惩罚是不一样的，因为后者是惩罚凶手或与凶手有关的人之后，罪恶便消除；流血复仇却永无止境。复仇的行为又变成了一次新的仇杀，结果引起被复仇的一方再复仇，如此循环，永无终斯。在理论上说，血仇是无尽的连环，事实上有时会导致家族或更大的团体的绝灭。"[①]这里所说的复仇会引起被复仇的一方"再复仇"应该是"反复仇"。"雅库人便说：'一个人的血如果洒了，便需补偿。'雅库人如果父母被杀，子女可以向凶手的子女复仇到第九代。"[②]这些都是关于原始血亲复仇的方式和残酷性的描述。

---

①②　E.弗洛姆：《人类的破坏性剖析》，孟禅森译，第 336—337 页。

一、血亲复仇的主客体特征

血亲复仇的复仇主体可能是神，也可能是人；神的复仇对象有时是神，但主要是人，而人却往往无法向神复仇，所以人的复仇对象几乎完全是人。这些神话传说，因为是阶级分野出现后历经加工才由先前的零散状态而呈现出了系统化的，所以它们被加工时代的阶级关系在这些神话传说中都获得了不同程度的反映。因为"流传下来的古希腊文化主要是奴隶主的文化"①，所以复仇主题中，复仇主体和客体往往都是统治阶级之间关系的形象反映，其中存在着等级上的不同，却绝少出现普通人的个体形象。"人在满足直接生活需要而有余力时，才进行自由的艺术活动"②，而在古希腊，只有统治阶级才有余力进行艺术享受，艺术作品以统治阶级之间的争斗为中心题材进行创作从而为统治阶级服务也就是理所当然的事情了。

（一）神的血亲复仇

神的血亲复仇又可以分为神对神的复仇和神对人类的复仇两部分。

1. 神对神的复仇

神对神进行的血亲复仇，往往是在复仇主体的儿子或其他有血缘关系的神或人被杀死或被伤害了的情况下发生的，这只是人类复仇在神话中的一种折射性的反映，与现实生活相比照，这可以说是统治阶级内部矛盾在文学上的升华性反映。由于统治阶级内部的关系与普通人类之间的关系相比更受最高权力等多种复杂因素的制导，所以其错综迂回的特征在神话中也得到了反映，那便是主神之间的血亲复仇的悲剧中被杂糅进了一些喜剧式的色彩，其复仇往往不能尽兴，表现出了既强烈愤怒又无可奈何，最后只得委曲求全的特征。但神话与现实生活之间最明显的不同之处在于，神话中的血亲复仇无论其过程还是结果都表现出很大程度的超自然特征，这使这些复仇颇富奇幻色彩，从而辉映出神话所特有的无穷魅力。

扎格柔斯（Zagreus）是宙斯化作蛇与女儿珀耳塞福涅生的儿子，被认为是第一个狄俄倪索斯（the first Dionysus）。宙斯预料到赫拉会嫉妒，就把婴儿扎格柔斯交给阿波罗和库瑞忒斯（the Curetes），他们把他在帕耳纳索斯（Parnassus）山上养大，既然赫拉无法直接向宙斯进行爱情复仇，她就让

① 朱光潜：《西方美学史》，人民文学出版社 1979 年版，第 30 页。
② 同上，第 36 页。

提坦们向扎格柔斯复仇。赫拉设法找到了扎格柔斯的藏身之处,她让提坦们去绑架他,扎格柔斯变成各种形状进行躲避,但当他变成一头公牛的时候,提坦们终于抓到他,并把他撕碎,部分煮了吃,部分生吃了,等到宙斯前来救助时,已经太晚了,于是他用闪电击毙了这些提坦。"他们(指提坦)的尸灰构成了凡人的躯壳,人的灵魂则由扎格瑞乌斯(即扎格柔斯)的鲜血凝成。"①宙斯又命令阿波罗把扎格柔斯剩下的零碎尸块收集到一起,把它们埋在得尔斐的三脚桌附近,帕拉斯(Pallas,一说这个帕拉斯就是雅典娜)又拿来了扎格柔斯仍在跳动的心,宙斯把它吞下,然后与塞墨勒再次生下扎格柔斯,从此把他叫作伊阿科斯(Iacchus)。②

　　这里,宙斯为被杀害的儿子扎格柔斯向提坦们进行了血亲复仇,他用闪电击毙了他们。宙斯与赫拉在这则神话中深层的微妙关系在于,宙斯的新神神系刚刚建立,姐姐兼妻子赫拉在这个神系中处在至关重要的地位,所以宙斯呈现出了妥协之势,而他与女儿珀耳塞福涅生下了扎格柔斯更是暴露出了他对婚姻屡屡不忠的理亏之处,因为珀耳塞福涅本就是他与农业女神得墨忒耳之间私情的产物,更何况他还能使儿子扎格柔斯再生,于是他就没有去追究那真正的元凶赫拉,而只是拿一些次要的神祇即不久前刚被镇压过的提坦来泄愤以权且维护一下他暴君式的权威罢了。同样,宙斯作为刚刚崛起的诸神的统治者,其势正盛,赫拉不与他直面对峙还是明智之举;再者,也只有作为妻子的赫拉最能深刻地体会到宙斯创业之艰辛,所以她无论内心冲突多么激烈,她的心底里还是不愿意真正伤害宙斯的,所以也只能拿扎格柔斯聊作强烈的嫉妒情绪的发泄对象,这些就使宙斯与赫拉之间的复仇蜕变成了一场爱情游戏。这里,宙斯杀死提坦时以闪电为武器,既体现了早期人类面对频仍的战争时对具有超强威慑力武器的企望,又表现出了那时人们非凡的想象力,扎格柔斯的再生也是人们借助这种想象力以表达一种天真理想,那就是希望能够起死回生,从而摆脱令人困窘的死亡。

　　与宙斯迁怒他神以向赫拉复仇不无类似的是阿波罗向宙斯所进行的复仇,区别只在于阿波罗的儿子被杀死后并没能复活:阿波罗的儿子阿斯克勒庇俄斯救活了很多死人,宙斯担心自然秩序会被打乱,便用雷电把阿

　　①　吉尔伯特·默雷:《古希腊文学史》,孙席珍、蒋炳贤、郭智石译,第67页。
　　②　一说得墨忒耳重组了扎格柔斯剩下的部分从而使他得以再生;一说宙斯强迫塞墨勒吞下扎格柔斯的心,然后生下了第二个狄俄倪索斯,埃斯库罗斯把扎格柔斯叫作下界的宙斯(an under-world Zeus),把他与哈得斯联系在了一起;也有人认为"狄俄倪索斯"从词源学上说是"倪萨山的宙斯",也有人称之为"小宙斯"。

斯克勒庇俄斯击毙,阿波罗无法为儿子之死向宙斯本人复仇,他便杀尽了为宙斯锻冶电火的独眼巨人库克罗普斯,结果被宙斯惩罚为首领阿德墨托斯(Admetus)放牧牲口七年。毕竟,宙斯处在正常秩序维护者的地位,阿斯克勒庇俄斯的所为确实是对这种正常秩序的破坏,他最后被击毙也属于咎由自取。阿波罗心里也诚然觉得理亏,他知道宙斯的行为是理所当然而无可指责的,更何况从力量上说他也确实不是父亲宙斯的对手,在这种情况下阿波罗也只能向别处泄愤了。阿斯克勒庇俄斯是古希腊确实存在过的药剂师,因医术异常高明曾被后世奉为医神,至于他曾救活过很多死人,则是人们进行夸张性想象的结果。而说闪电是独眼巨人们锻造出来的,更是人们对其所畏惧的自然现象形象式的解释。

从上面的两个例子中我们不难发现,主要神祇相互之间并不存在真正的直接复仇,他们的复仇往往是以他神或他人的牺牲为代价的。而且,这些神祇的形象都是现实社会中统治阶级形象的象征,神话传说总体上又是以赞誉这些神祇为主要基调从而达到为统治阶级服务的目的的,所以其中能够严重暴露神祇缺点的神与神之间进行血亲复仇的例子并不多见。

2.神对人类的复仇

若说神对神的复仇是上层统治阶级内部复仇的折射反映,那么,神对人类的复仇就是占绝对优势的统治阶级对其下级或普通人民进行欺压的反映,因为传说中的人类一般都是英雄的形象,他们或为一部落的首领,或为与统治者有着密切关系的人,所以把这些人类看作上层统治者的下级或氏族贵族更为合适,这是神话传说属于贵族文学的又一明证。神所占据的优势,事实上就是上层统治阶级所希望获得的绝对领导权,但在神话传说中往往表现为神在对人类进行复仇时所使用的超自然手段。

海洋女神忒提斯向儿子阿喀琉斯说出了他的命运,他或者在家乡颐养天年,或者参加战争而死在特洛伊的阿开亚城门(the Achaean gate)前,阿喀琉斯选择了后者;一说神谕告知,如果他杀死了阿波罗的一个儿子,他就将死在特洛伊,结果他在泰涅多斯(Tenedos)岛杀死了阿波罗的儿子泰纳斯(Tenes,一说泰纳斯是库克诺斯1〔Cycnus〕的儿子),后来又杀死了阿波罗所保护的赫克托耳和许多特洛伊人,于是阿波罗从云端射中了阿喀琉斯易伤的脚踵,阿喀琉斯在又杀死了很多特洛伊人之后终于死去;一说是阿波罗指引帕里斯的箭射中了阿喀琉斯的脚踵;另一说法是阿波罗在追赶阿喀琉斯时,喀戎为了使阿喀琉斯能快步如飞曾给他安置的巨人达弥索斯(Damysus)的脚骨脱落,于是阿波罗得到了机会把阿喀琉斯杀死。

阿喀琉斯的命运是先前已经由神派定了的，他有所选择，但他选择了英雄不容回避的命运，所以这里阿波罗的行为只是把阿喀琉斯的命运具体化了，阿喀琉斯成了阿波罗替儿子泰纳斯进行血亲复仇的牺牲品。同时，阿波罗在特洛伊战争中一直站在特洛伊一方，这样他的行为还可以被看作替被阿喀琉斯杀死的特洛伊人和他们的领袖赫克托耳复仇了，这种看法多少能掩盖一些他单纯为儿子复仇所表现出来的赤裸裸的私心。其中，他指引帕里斯的箭射中阿喀琉斯唯一能够致命的脚踵，这是阿波罗超自然能力的显现。正因为他有了这种超自然能力，与阿喀琉斯相比，他就占据着绝对的优势，可以说这里的复仇主体和复仇对象之间的力量是严重不成比例的。阿波罗先前曾与阿喀琉斯几次遭遇，但因为宙斯的参与，他不敢杀死阿喀琉斯。但到了宙斯答应忒提斯要给阿喀琉斯以光荣的话得以兑现之后，宙斯便不再去管阿喀琉斯，这时，阿波罗便可以随意杀死这位英雄了，于是他轻而易举地就杀死了他。阿喀琉斯的生命就好像是神暂时寄托在他这里的一件物品，只要神愿意，想什么时候取走就可以什么时候取走，这就是上层统治者的肆意妄为在神话传说中的曲折反映。在神面前，英雄的命运尚且如此，可想而知，那些普通人类的命运往往就要更加悲惨了。

　　神进行血亲复仇未必要有充足的理由，唯一重要的前提就是他们的血亲受到了伤害或被杀死；而复仇的对象一旦是凡人时，复仇便会显得尤其残酷。宙斯的儿子卡斯托耳（Castor）与波鲁克斯（Pollux）即狄俄斯库里（Dioscuri）兄弟去抢劫堂兄弟们即阿法柔斯（Aphareus）之子伊达斯与林叩斯的新娘琉西皮代（Leucipidae）姊妹，即希拉厄拉（Hilaera）和福厄柏（Phoebe），伊达斯在搏斗中杀死了卡斯托耳，波鲁克斯在杀死了林叩斯后自己也受了伤；一说琉西皮代姊妹是嫁给了狄俄斯库里兄弟，而在这兄弟俩迎接前往斯巴达的埃涅阿斯和帕里斯的宴会上伊达斯和林叩斯指责他们的堂兄弟们没有给妻子通常的嫁妆，于是发生了械斗，波鲁克斯杀死了林叩斯，宙斯用雷电将伊达斯烧成灰烬，又把卡斯托耳和波鲁克斯接到了天上；一说卡斯托耳和波鲁克斯与堂兄弟伊达斯和林叩斯一起偷了阿尔卡狄亚的牛群，但回来途中因分赃问题发生了厮杀；一说只有波鲁克斯是宙斯的儿子，波鲁克斯受伤后被父亲接到了天上，在他的请求下，宙斯又把卡斯托耳也接到了天上，但这样他们就要每两天中有一天在下界度过。

　　这是宙斯因个人的感情在替被杀死和受伤的儿子们向其他人类进行复仇，林叩斯被波鲁克斯杀死了，宙斯则毅然决然地消灭了剩下的伊达斯，在宙斯的复仇怒火中，伊达斯是毫无逃生的希望的，毕竟力量相差过于悬殊了。与向神祇复仇一样，宙斯这里用的仍然是超自然的武器闪电，而伊达斯与那同样被宙斯所毁灭过的提坦们相比,就显得更是不堪一击了。与扎格柔斯一样,宙斯在这里的儿子仍然是不死的,但假如是人类伤害了他们,就比神祇伤害了他们更让宙斯所无法容忍。若说在替扎格柔斯向其他神祇复仇时宙斯还有所顾忌的话,那么在向人类复仇时,宙斯便没有了任何顾忌,他直截了当地把得罪者烧成了灰烬。与神对神进行的血亲复仇相比,神对人类的复仇因为少了这种顾忌又能轻而易举地完成,所以其在神话传说中的数量要远远多于神对神的复仇,这表现出了与人同形同性的神祇身上所具有的恃强凌弱的特征。同时我们也看到,即便是宙斯也必须遵守具有更大力量的自然规律,所以卡斯托耳和波鲁克斯都被接到天上后还要每两天中有一天在下界度过。这是宙斯身上统治者特征的又一次显现,即无论他们如何飞扬跋扈、肆无忌惮,他们在心里还总是要畏惧命运的,他们只能对力不如他们者逞威,而对那统御一切的命运之神他们却只有规避的份了。

(二)人类之间的复仇

若说神对神的血亲复仇是人间统治者内部复仇的变形反映,神对人类的血亲复仇是上层统治者对下级和普通人类复仇的折射性反映,而其中的神的形象又是人们借助想象力对自然现象和自然规律的人格化产物的话,那么,人类之间的血亲复仇就是现实生活中的复仇在神话传说中的直接搬演,这种复仇与现实原型相去不远,我们基本上可以从中看出古代人们生活的实貌。同时,因为这些神话传说为氏族贵族阶级服务的主旨所在,人类之间的血亲复仇的主角仍是各种各样的统治者,他们之间因权力、地位、财产、荣誉、爱情等相互残虐,他们的子嗣或其他亲人在这种残虐中被杀死或遭到了伤害,于是血亲复仇便在护种等本能的驱使下异常猛烈地展开了。

波吕多洛斯(Polydorus)是普里阿摩与拉俄托厄(Laothoe)生的儿子,在特洛伊战争期间,因为他年纪小普里阿摩不让他上战场,但他自恃跑得快而去攻击阿喀琉斯,结果阿喀琉斯把他杀死了,并剥去了他银质的胸甲。阿喀琉斯死后,忒提斯把这胸甲送给了阿伽门农。这是荷马传统的说法。后来,特别是悲剧家、亚历山大里亚学者(Alexandrine)和罗马(Roma)诗人们则认为波吕多洛斯是普里阿摩与赫卡柏生的儿子,波吕墨斯托耳(Polymestor)①在阿喀琉斯的要求下把波吕多洛斯杀死后将尸体扔进

---

① 色雷斯(Thrace)首领,普里阿摩的女婿。

了海里,后来海浪把这尸体冲上了特洛伊海岸,被赫卡柏或她的一个仆人看见了,她正在为献祭给阿喀琉斯的波吕克塞娜(赫卡柏与普里阿摩的女儿)的葬礼仪式去海里取水,赫卡柏认出了这是自己儿子的尸体,她得到了阿伽门农的允许,把这尸体埋在了波吕克塞娜的旁边。之后赫卡柏向波吕墨斯托耳进行了复仇。据悲剧作者说,是普里阿摩的长女伊利俄涅(Ilione)为弟弟波吕多洛斯之死向丈夫波吕墨斯托耳复了仇。普里阿摩当初把儿子波吕多洛斯交与伊利俄涅抚养,她把自己儿子得伊皮罗斯(Deipylus)与弟弟进行了调换,以确保他们中一人死了另一人还可继承首领之位。特洛伊陷落后,阿伽门农为了对普里阿摩家族斩草除根,就以把女儿厄勒克忒拉(Electra)嫁给波吕墨斯托耳为条件要求他杀掉波吕多洛斯,于是他就错把自己的儿子得伊皮罗斯当作波吕多洛斯杀掉了。伊利俄涅先弄瞎了波吕墨斯托耳,然后把他杀掉。一说是普里阿摩在特洛伊陷落前夕派幼子波吕多洛斯携带特洛伊的珍宝到色雷斯姐姐伊利俄涅那里,不料波吕墨斯托耳贪图财物而将波吕多洛斯杀死,并投尸入海,母亲赫卡柏听到了儿子被杀的消息后便杀死了波吕墨斯托耳的儿子得伊皮罗斯,并弄瞎了波吕墨斯托耳本人。一说当时忒拉蒙(Telamon)的儿子埃阿斯即大埃阿斯,正在践踏色雷斯刻耳索涅索斯(Chersonesus)这个地方,所以波吕墨斯托耳把波吕多洛斯和他的很多金银财宝交给了埃阿斯,埃阿斯和希腊军队想用这孩子换回海伦,但遭到了特洛伊方面的拒绝,于是希腊人把他在特洛伊城下用石头砸死了。

多数说法都认为波吕多洛斯被杀死了,而杀死他的主要凶手就是波吕墨斯托耳。他或者是为了在希腊军队的威胁下保全自己的一席之地,或者是为了吞没波吕多洛斯所带去的特洛伊数量不菲的财宝,或者是为了获得厄勒克忒拉的爱情,他或者是直接杀死了波吕多洛斯,或者是把波吕多洛斯交给了希腊人,最后致使他惨死于希腊人的毒手,他对波吕多洛斯的死都负有无法推卸的主要责任。对波吕多洛斯的死,他的家人为他向波吕墨斯托耳复了仇,或是姐姐伊利俄涅亲手弄瞎了丈夫,然后把他杀死了,或是母亲赫卡柏把波吕墨斯托耳弄瞎了。赫卡柏对女婿进行复仇心里是特别矛盾的,她既要为死去的儿子波吕多洛斯复仇,又要为女儿伊利俄涅保留丈夫,最后折中的结果就是把波吕墨斯托耳弄瞎了了事。对于波吕多洛斯的死,他的家人按理说还应该向间接凶手希腊人复仇,但希腊人刚刚毁灭了特洛伊城,赫卡柏本人也成了希腊人的奴隶,力量对比实在悬殊,所以她与女儿便只能向直接凶手波吕墨斯托耳复仇了。在阿喀琉斯杀死了波吕多洛斯的说法中,当时特洛伊城虽尚未陷落,但普里阿摩一方也是无力向阿喀琉斯复仇的,所以只好放弃了这种复仇。

从上面这个例子我们可以看出,在人类之间的血亲复仇中,几乎没有超自然因素的介入,这就使之更接近于现实。但是偶然的巧合还是存在的,如赫卡柏去河边取水恰巧发现了儿子漂流过来的尸体,这就使传说与现实有了距离。而占主要地位的情节,如阿伽门农答应以女儿嫁给波吕墨斯托耳作为交换波吕多洛斯的条件、希腊人以波吕克塞娜向死去的英雄献祭、希腊人用石头砸死了波吕多洛斯等,这些都是在当时的现实社会中真正能够发生的事情,所以这则传说主要还是对现实生活的直接反映。

二、血亲复仇的原因

血亲复仇往往是复仇主体因与自己有血缘关系的人被杀死或受到了伤害而进行的复仇。这种复仇往往是被杀者或被伤害者得罪杀人者或伤害者在先,于是招来了复仇,之后被杀者或被伤害者的亲人又进行反复仇性质的血亲复仇。其中,还可以细分为被杀者或被伤害者先是主动得罪他人和被动得罪他人两种情况。

希腊神话传说中的血亲复仇很多属于被杀者主动得罪杀人者在先这种情况。

如瑙普利俄斯(Nauplius)为了儿子帕拉墨得斯向俄底修斯等希腊人进行血亲复仇的例子。俄底修斯因为当初不在海伦的求婚者之列,所以他想逃避参加对特洛伊的战争,于是他赶着一头驴和一头牛犁地,向地里种盐,以此装疯。帕拉墨得斯把俄底修斯的小儿子忒勒玛科斯放在犁前,俄底修斯忍受不住这种考验,于是停了下来,以免杀死了儿子。一说帕拉墨得斯用剑威胁小忒勒玛科斯,俄底修斯才放弃了装疯。为此,俄底修斯永远不会原谅帕拉墨得斯,因为后者曾以小忒勒玛科斯的生命安全来威胁他。从这个意义上说,他后来对帕拉墨得斯进行的复仇也可以算作血亲复仇。但他向帕拉墨得斯复仇的更重要的原因,是他在被迫的情况下参加了特洛伊战争,这使他失去了舒适的和平生活条件。在战争期间,他虽然建立了非同寻常的光荣功业,但他备受战争之苦,他在战争结束之后返乡过程中的漂泊之苦与他妻子珀涅罗珀(Penelope)所受的长期被求婚者纠缠之苦也应该记在帕拉墨得斯的名下,"珮耐洛泊(即珀涅罗珀)因为聪敏的屋里赛思(俄底修斯的罗马名字尤利西斯的另一种译法)的别离而苦痛"①,只是这些

---

① 奥维德:《爱经》,戴望舒译,光明日报出版社2001年版,第56页。

苦难在俄底修斯向帕拉墨得斯复仇之前尚未完全成为现实罢了。这里，在帕拉墨得斯与俄底修斯结成的矛盾中，帕拉墨得斯属于主动得罪他人在先的一方。

俄底修斯在特洛伊战争期间向帕拉墨得斯复了仇。他抓到了一名特洛伊俘虏，强迫他写了一封信，假托是普里阿摩所写，里面称帕拉墨得斯主动向敌方泄露希腊人的秘密。之后俄底修斯又买通帕拉墨得斯的一个奴隶，让他把金子藏在帕拉墨得斯的床垫下面。最后他把那封假信扔在营地里，这封信被阿伽门农拾到了，他派人逮捕了帕拉墨得斯，并把他交由众人用石头砸死，俄底修斯扔下了第一块石头。一说是俄底修斯和狄俄墨得斯说服帕拉墨得斯下到了一个坑里面，然后扔下石头把他砸死了。有人认为这是不公正死亡的典型例子，是邪恶的人阴谋陷害更有价值的人的结果，正义的保护神涅墨西斯（Nemesis）曾为帕拉墨得斯被误判死刑而向希腊军队复仇，她使其在达到心愿的紧要关头遭受挫折。不过，我们也看到，俄底修斯的所作所为也是有着相当充分的理由的。同样，瑙普利俄斯之后为儿子帕拉墨得斯而向希腊军队复仇也是有着极其充分的理由的，这可以说就是黑格尔在讨论悲剧时所说的对立双方都有着各自足够理由的情况吧，因为以阿伽门农为首的军队领导集团没有识破俄底修斯的诡计，于是造成了帕拉墨得斯的被误判和冤死。包括荷马在内的古希腊诗人普遍都能突出地揭示矛盾双方各自所具有的尽可能充足的理由，他们很少偏袒矛盾冲突中的任何一方，而是努力地为双方分别去寻找他们各自行动的尽可能充分的依据。默雷说："希腊人禀赋中一个最特出的才能，也许是对冲突双方的感情世界有体察入微的本领。也就是这种希腊精神，使荷马、埃斯库罗斯、希罗多德、欧里庇（匹）得斯（Euripides）、修西的底斯（即修昔底德）找到他们的近亲，使雅典能够创作戏剧。"[①]也就是说，这种杰出的才能最后在古典时期的戏剧中发展到了顶峰。

瑙普利俄斯是典型的旅行英雄，自从儿子帕拉墨得斯被希腊军队以背叛罪用石头打死后，他的生活就变成了专门为儿子复仇。帕拉墨得斯有个弟弟叫俄阿克斯（Oeax），他们兄弟俩一起参加了特洛伊战争。俄阿克斯把哥哥冤死的经过写在了一只船桨上然后抛进了海里，他相信总在航海的父亲早晚会发现这只船桨。瑙普利俄斯得到消息后，着手于说服尚未归来的英雄们的妻子都找了情人。最成功的是他对阿伽门农的妻子克吕泰涅斯特拉（一说是俄阿克斯劝说克吕泰涅斯特拉杀死阿伽门农的，他自己后来

---

① 吉尔伯特·默雷：《古希腊文学史》，孙席珍、蒋炳贤、郭智石译，第44页。

也被俄瑞斯忒斯或皮拉得斯所杀)、狄俄墨得斯的妻子埃癸阿勒(Aegiale)
和伊多墨纽斯的妻子墨达(Meda)的说服。当希腊军队要返航的时候,瑙普
利俄斯于夜里在暗礁上点燃了一大堆火,希腊军队以为接近港口了,就向
火光行驶,于是纷纷撞毁了船只。就是在这过程中,俄伊琉斯(Oileus)的儿
子埃阿斯(Ajax,即小埃阿斯)死了(有时他的死因被归为雅典娜的复仇)。
当瑙普利俄斯谎称俄底修斯已在特洛伊城墙前战死,而要把珀涅罗珀投入
求婚者的怀抱时,他受了俄底修斯母亲安提克勒亚(Anticleia)的欺骗,她谎
称瑙普利俄斯的儿子们全都已经死了,在悲伤中他自杀而死。安提克勒亚
之后也绝望地自杀了,珀涅罗珀投海自尽,却被一些海鸥救起。从总体上
说,瑙普利俄斯为儿子向希腊军队进行的血亲复仇是成功的,唯一不成功
的地方,就是他没有能够杀死那杀死他儿子的凶手俄底修斯,因为俄底修
斯一直受着宙斯和雅典娜的保护;更重要的是,从身体力量和足智多谋方
面来说,瑙普利俄斯也无法与俄底修斯对敌。而以俄底修斯向帕拉墨得斯
所做的血亲复仇为参照,瑙普利俄斯向希腊人进行的血亲复仇就该属于反
复仇的性质。

先主动得罪他人,之后被他人伤害,最后引起了血亲复仇的如波吕斐
摩斯的例子。俄底修斯及其伙伴在返乡途中曾造访波赛冬与仙女图萨生
的儿子独眼巨人波吕斐摩斯处,想从他那里获得大量的食物补给,却未能
如愿。波吕斐摩斯属于库克罗普斯巨人族,他白天在岛上放牧山羊,夜晚
住在山洞里,主要以羊奶制品为生。发现了俄底修斯他们之后,在两天的
时间内他共吃了俄底修斯的六个同伴,俄底修斯与剩下的同伴用烤过的木
桩将波吕斐摩斯的独眼刺瞎后才得以逃脱。后来波赛冬为儿子波吕斐摩
斯复仇,俄底修斯的同伴全部遭到了毁灭,俄底修斯本人也在归途中历尽
磨难。最后俄底修斯到了淮阿喀亚人居住的斯刻里亚(Scheria)岛,那里的
人以航海著称,他得到了首领阿尔喀诺斯(Alcinous)及其妻子阿瑞忒
(Arete)和他们的女儿瑙西卡(Nausicca)的帮助,他们送给了俄底修斯大量
的礼物,又派人用船只把俄底修斯送回家乡伊塔刻(Ithaca),但送俄底修斯
的船一回到斯刻里亚岛就被波赛冬变成了石头,城市本身也被一座大山封
锁住从此不再有港口了。至此,波赛冬为儿子波吕斐摩斯向俄底修斯所进
行的血亲复仇才告结束,只是由于不想违背宙斯的意愿,波赛冬才没有杀
死俄底修斯。

被动地得罪了他人招致被杀,于是引起了血亲复仇这种情况在希腊神
话传说中也为数不少。

希腊军队第一次出征特洛伊时在密西亚(Mysia)登陆,希厄拉(Hiera)

是该岛首领忒勒福斯(Telephus)的妻子,她率领这个地方的妇女们向入侵的希腊军队进攻。这里,希厄拉的行为属于被动防御,她却因此被希腊军队中的尼柔斯(Nireus)杀死。忒勒福斯为她复仇,杀死了希腊军队中的一些将领,但他本人也被阿喀琉斯的长矛刺中。[①] 后来希厄拉与忒勒福斯的儿子欧律皮罗斯(Eurypylus)作为特洛伊人的盟军在特洛伊城墙前为被杀死的母亲和被伤害过的父亲向希腊人进行了血亲复仇,他杀死了尼柔斯,还杀死了玛卡翁(Machaon)。玛卡翁的哥哥波达利里俄斯(Podalirius)对弟弟的死感到悲痛,他当即想服下毒药自杀,结果被涅斯托耳(Nestor)劝止了。欧律皮罗斯还杀死了许多希腊人,他自己则在与涅俄普托勒摩斯 1 决斗时被对方所杀。一说是珀涅琉斯(Peneleus)为死在了忒勒福斯家中的首领(即提萨墨诺斯〔Tisamenus〕的父亲)复仇而杀死了忒勒福斯的儿子欧律皮罗斯。

如果说主动得罪他人者最后被杀存在着咎由自取的因素的话,那么被动得罪他人者的最后被杀就更多地带有无辜的偶然性质了。至于进行血亲复仇者,他往往已不再考虑自己被杀的亲人先前主动还是被动的责任,他往往只认定一个事实,那就是自己的亲人被杀了,此仇不报不休,于是便拼力进行复仇,而复仇的结果往往是自己也付出了生命的代价,像上面例子中的瑀普利俄斯和欧律皮罗斯都属于这种情况。假如复仇的主体和对象双方还都有亲人尚存的话,那么这些亲人就会将血亲复仇继续下去,其亲人的被杀本是原先复仇的结果,此时却演变成了继续复仇之因,继续复仇的结果接下来又成了后人再继续复仇之因,于是陷入了难以自拔的恶性循环式的复仇之中。这种循环式的复仇,直到复仇双方中的一方被彻底根除,不再留有任何亲人存活下来的时候才会最终结束。

希波达米亚 2 的父亲俄诺玛俄斯只同意把女儿嫁给在战车比赛中赢过他的人。每次比赛的终点都是波赛冬的祭坛,求婚者出发后俄诺玛俄斯要先向宙斯献上一只公羊,因为他的赛车为阿瑞斯所赠,他很快就能追上求婚者,并把他们接连地杀死。珀罗普斯一出现,希波达米亚 2 就爱上了这个漂亮的年轻人。她请求父亲的御者密耳提罗斯帮忙,密耳提罗斯也爱着她,就把俄诺玛俄斯战车车轮上的销栓换成了蜡做的。这样,在比赛中,

---

① 阿波罗预言只有伤他的矛才能治愈他,于是他就来到了奥利斯(Aulis)港,主动为希腊军队领路,作为交换条件,阿喀琉斯用矛尖上削下的铅屑治愈了他;据欧里匹得斯说,忒勒福斯是接受了克吕泰涅斯特拉的计谋,从摇篮里抓起小俄瑞斯忒斯,威胁要杀死他。无奈,希腊人只好让阿喀琉斯治愈了他。一说希厄拉是带领妇女们在忒勒福斯身边战斗时被希腊将领尼柔斯杀死的。

俄诺玛俄斯的赛车出了问题,他被绊在了缰绳里,受了致命伤,珀罗普斯把他杀死,终于赢得了希波达米亚 2。但珀罗普斯答应过密耳提罗斯,如果他成功的话,他会让密耳提罗斯与希波达米亚 2 过上一夜(一说这是希波达米亚 2 自己答应的),一说他许诺事成后分给密耳提罗斯一半领土,但事后他却食言了,并把密耳提罗斯推入海中。一说在与珀罗普斯和希波达米亚 2 一起旅行的时候,趁珀罗普斯去找水之机密耳提罗斯要强暴希波达米亚 2,珀罗普斯回来后把密耳提罗斯从悬崖上推进了海里,这当属爱情复仇。一说是珀罗普斯不在的时候,希波达米亚 2 引诱密耳提罗斯,却遭到了密耳提罗斯的拒绝,待珀罗普斯回来后她就诬陷密耳提罗斯要强暴她,于是他杀死了密耳提罗斯,但密耳提罗斯在临死之前诅咒整个珀罗普斯家族。再加上密耳提罗斯父亲赫耳墨斯(他把密耳提罗斯变成了御夫星座)的愤怒,可怕的灾难就落到了珀罗普斯的子孙头上。这里,赫耳墨斯所做的属于血亲复仇,其中殃及了珀罗普斯的子孙,这属于扩大化复仇。从此,这一家族内部几代人之间开始了错综复杂的互相残杀,直至俄瑞斯忒斯死后,这个家族的灾难才告结束。这种复杂的复仇并不是经过一次复仇和反复仇之后就告终止,而是要经过复仇、反复仇,再复仇、再反复仇,再复仇、再反复仇……的多次较量。

对这种循环复仇,王立说道:"这里,已分不清谁是被害苦主,谁是仇主,双方都付出了惨重代价。"① 而究其所举案例的根源,复仇是由朱谦之母亲的坟被族人朱幼方燎火焚烧了,朱谦之长大后刺杀朱幼方开始的;之后,幼方之子朱恽反过来又刺杀了谦之,这就是反复仇;接下来谦之的哥哥选之又刺杀了朱恽,这就该归为再复仇。

希波达米亚 2 曾与儿子阿特柔斯(Atreus)和堤厄斯忒斯(Thyestes)一起杀死了珀罗普斯与仙女阿克西俄克(Axioche)所生的儿子克律西波斯(一说他是被拉伊俄斯拐走后羞愧自杀的),因为她怕首领之位会落在外人手里。于是珀罗普斯杀死了希波达米亚 2,并诅咒儿子阿特柔斯和堤厄斯忒斯,从此兄弟俩产生了仇恨。这兄弟俩之后的相互复仇属于最残酷的血亲复仇种类,即发生在血族内的血亲复仇,他们各自以家庭为单位,复仇之火愈燃愈烈。

珀罗普斯死后,哥哥阿特柔斯与弟弟堤厄斯忒斯之间展开了一系列的复仇、反复仇、再复仇、再反复仇行动。堤厄斯忒斯通过勾引阿特柔斯的妻子埃洛珀(Aerope)而将阿特柔斯的有着金毛的牡羊盗走。阿特柔斯为此

---

① 王立:《中国古代复仇文学主题》,第 180 页。

进行了扩大化的复仇,他杀死了堤厄斯忒斯的两个儿子坦塔罗斯 1(Tanta-
lus)(一说他是被阿特柔斯的儿子阿伽门农杀死的)和普利斯忒涅斯(Plis-
thenes),①并做成盛馔宴请堤厄斯忒斯,他又把妻子埃洛珀投入大海。后
来阿特柔斯国内因他所犯的罪行而遭到荒旱和饥馑,这是神祇在为被谋害
的堤厄斯忒斯的儿子们复仇。

　　堤厄斯忒斯逃到了西库翁,他的女儿珀罗皮亚(Pelopia)住在那里。他
请求神谕,神谕说只有他与自己女儿生的孩子才能为他复仇。于是他就在
黑夜中与自己女儿珀罗皮亚发生了乱伦关系。珀罗皮亚不知道他是谁,在
黑夜中她从对方身上夺下了一柄宝剑。这乱伦的结果就是珀罗皮亚生下
了儿子埃癸斯托斯。阿特柔斯以不计前嫌、兄弟和好为借口,把在外面流
亡的堤厄斯忒斯传召回来,待堤厄斯忒斯回来后阿特柔斯却把他关在了监
狱中,以确保自己的安全。后来,阿特柔斯娶了珀罗皮亚为妻,她的私生子
埃癸斯托斯跟着她。待埃癸斯托斯长大后,阿特柔斯让他去狱中杀死堤厄
斯忒斯,就在埃癸斯托斯要下手之际,堤厄斯忒斯认出了埃癸斯托斯手中
拿着的宝剑,于是父子相认,埃癸斯托斯返身回去杀死了阿特柔斯,把首领
之位给了父亲堤厄斯忒斯。这是堤厄斯忒斯对阿特柔斯的极富戏剧性的
反复仇。②

　　这个复仇主题中,早期的阿伽门农是复仇的主动者,后来则成了复仇
的对象。

―――――――

　　①　一说阿特柔斯共杀了堤厄斯忒斯的三个儿子,即阿格劳斯(Aglaus)、卡利勒翁(Callileon)
和俄尔克墨诺斯(Orchomenus)。

　　②　这个复仇主题中还应该包括一个传说非常复杂的人物,那就是普勒伊斯忒涅斯(Pleis-
thenes)。他时常被认为是珀罗普斯与希波达米亚 2 生的儿子,所以是阿特柔斯和堤厄斯忒斯的弟
兄。一说他是珀罗普斯与别的女人生的孩子。一说他是阿特柔斯与狄阿斯(Dias)的女儿克勒俄拉
(Cleola)生的孩子;一说他的母亲是埃洛珀,一说埃洛珀是他的妻子。虽然阿伽门农和墨涅拉俄斯
通常被当作阿特柔斯的儿子,别的传说则认为他们的真正父亲是普勒伊斯忒涅斯,这后一种说法特
别为悲剧家们所认可。他们认为,普勒伊斯忒涅斯是阿伽门农和墨涅拉俄斯的真正父亲,普勒伊斯
忒涅斯自己是阿特柔斯的儿子,他天生身体虚弱,很年轻就去世了,于是把这两个儿子与女儿阿那
克西比亚(Anaxibia)一起托付给了他们的祖父阿特柔斯抚养,这就是阿伽门农和墨涅拉俄斯经常
被称作阿特里代(Atridae)的由来。许吉诺斯(Hyginus)总结了各种说法,认为普勒伊斯忒涅斯是
堤厄斯忒斯的儿子,是坦塔罗斯 1 的弟兄,普勒伊斯忒涅斯和坦塔罗斯 1 都要向堤厄斯忒斯复仇
的阿特柔斯杀掉了,即普利斯忒涅斯就是普勒伊斯忒涅斯。一说普勒伊斯忒涅斯是阿特柔斯的儿
子,堤厄斯忒斯抚养着他,因为他相信这是自己与埃洛珀私通而生下的儿子。他要向阿特柔斯复仇
的时候,却误杀了普勒伊斯忒涅斯,他为此后悔不迭。在整个珀罗普斯家族的复仇系列中,其他的
传说都比较具有稳定性,只有阿特柔斯与堤厄斯忒斯兄弟间的复仇在细节上说法比较混乱,这应该
是人们根据这兄弟俩的前代和后代的著名传说对他们兄弟之间的模糊传说进行推测的结果。

　　阿伽门农为阿特柔斯之死对堤厄斯忒斯进行了再复仇,他杀死了堤厄斯忒斯和他的儿子坦塔罗斯 1 及坦塔罗斯 1 与克吕泰涅斯特拉新生的儿子,之后阿伽门农娶克吕泰涅斯特拉为妻,一说是克吕泰涅斯特拉的弟兄即狄俄斯库里兄弟强迫阿伽门农娶她为妻的。而埃癸斯托斯对阿伽门农的再反复仇是发生在阿伽门农去远征特洛伊期间和他返回之后。

　　阿伽门农出发去特洛伊后,埃癸斯托斯就为父亲堤厄斯忒斯之死开始向阿伽门农进行了再反复仇。埃癸斯托斯开始与阿伽门农之妻克吕泰涅斯特拉(如前面所说,她本是坦塔罗斯 1 之妻,埃癸斯托斯自己的嫂子)同居。特洛伊战争结束后阿伽门农回来时,埃癸斯托斯与克吕泰涅斯特拉一起将他杀死,同时杀死了阿伽门农的情人卡珊德拉和御者欧律墨冬 1。一说阿伽门农是在埃癸斯托斯安排的宴会上被杀的,一说他是在沐浴时穿上了妻子特意缝制的脖领与袖口都被封死了的衣服后被妻子用斧头砍死的,一说他是在献祭时与卡珊德拉一起被杀的。克吕泰涅斯特拉参与这次谋杀有着多重原因。一是因为阿伽门农曾杀死了她第一个丈夫坦塔罗斯 1,她要进行爱情复仇;阿伽门农还杀死了她和坦塔罗斯 1 的新生儿子,她因此对他一直怀恨,这属于血亲复仇;一是因为阿伽门农不顾警告地把女儿伊菲革尼亚献祭给阿耳忒弥斯,她当时就曾扬言要替女儿复仇,这也是血亲复仇;一是因为阿伽门农带回了情人卡珊德拉,她听从俄阿克斯(在阿伽门农下令后希腊军队用石头砸死的帕拉墨得斯的兄弟)之说,相信阿伽门农带卡珊德拉回来是要取代她的位置,这燃起了她的妒火;同时,阿伽门农与阿喀琉斯在战争中为争夺女人而引起了不和的丑闻也早已传回了家乡,这也在某种程度上加剧了她的愤怒;更主要的原因是她惧怕自己与埃癸斯托斯的奸情败露,阿伽门农对他们绝不会轻饶,于是她就索性先下手为强;对埃癸斯托斯来说,这主要是在为他以前被杀死的哥哥们和父亲在进行血亲复仇。他们杀死卡珊德拉,对克吕泰涅斯特拉来说,属于爱情复仇,对于埃癸斯托斯来说则是扩大化复仇。至于御者欧律墨冬 1 的被杀则纯属扩大化复仇的结果,其目的在于保守住谋杀的秘密。

　　之后克吕泰涅斯特拉与埃癸斯托斯还要杀死她与阿伽门农生的儿子俄瑞斯忒斯以绝后患,结果俄瑞斯忒斯被姐姐厄勒克特拉及时救走(另说是被一个保姆或一个家庭教师或一个年老的家臣救下),送到了得尔斐亚(Delphia)城附近喀拉(Cirrha)的姑父斯特洛福斯(Strophus,他娶了阿伽门农的妹妹阿娜克西比亚〔Anaxibia〕)家去抚养,直至成人。这期间,克吕泰涅斯特拉与埃癸斯托斯共同统治密刻奈达七年之久。

　　俄瑞斯忒斯后来回到家乡密刻奈为被谋杀的父亲进行了血亲复仇,他杀死了克吕泰涅斯特拉与埃癸斯托斯。在他为复仇女神所追逐外出净罪期间,埃癸斯托斯的儿子阿莱忒斯继承了密刻奈的首领之位。俄瑞斯忒斯最后回来把阿莱忒斯也杀死了。直到此时,这个家族内两个家庭的几代人之间的恶性血亲复仇才得以彻底告终,也只有到了此时,最后复仇的结果才不再成为继续复仇之因。对于这种恶性循环的血亲复仇,默雷举埃斯库罗斯的悲剧为例阐明了其遗传性的根源:"奥(俄)瑞斯提(忒)斯是个女凶手的儿子,同时也是个'杀人不眨眼的家伙'。他的祖先都是骄傲横暴的酋长,他们的狂热情绪往往使他们易于铸成罪恶。但罪恶本身也是遗传的。……地面上的旧血尚未干,急须用新血来洗涤,先人造孽,后代作恶,代代相传,轮回不绝。"①这种因果复仇的结局,只能是导致种族灭绝。

三、血亲复仇的方式

血亲复仇,绝大多数是由被杀者的亲人亲自向杀人者进行复仇,我们称之为直接复仇。在少数情况下,由于被杀者的亲人力不从心等原因,所以只得求助于他人或神代之复仇,我们称之为间接复仇;间接复仇还有一种情况,那就是复仇者无法对杀人的元凶直接复仇,便只好迁怒于他人。

(一)直接复仇

直接复仇者往往自己拥有能够独立完成复仇的力量,也有力量不济却受责任义务感的驱使而直接进行复仇的现象,但其结果往往会遭到惨败。

赫剌克勒斯曾向斯巴达首领希波科翁(Hippocoon)和他的二十个(一说十二个,一说几个)儿子复仇。因为希波科翁的儿子们曾打死赫剌克勒斯的侄孙(一说是舅父;一说是他的表弟,即他的舅父利孔纽斯〔Licymnius〕的儿子)兼好友俄俄诺斯(Oeonus)。这个孩子经过希波科翁宫殿前面时,里面冲出一条恶狗要咬他。他用石头打了这条狗,结果希波科翁的儿子们马上冲出来把他打死了。这是赫剌克勒斯向希波科翁进行复仇的主要原因,同时希波科翁曾经拒绝为赫剌克勒斯净罪,这也是引起赫剌克勒斯进行复仇的部分原因。赫剌克勒斯在复仇中将希波科翁和他的儿子们全部杀死。赫剌克勒斯是英雄中的英雄,他是力量的象征,所以直接复仇对他来说是轻而易举的事情;而且,他的复仇体现出残酷彻底的一面,即把复仇对象全部杀死,用多人的血来偿还他失去的一个亲人的血。

① 吉尔伯特·默雷:《古希腊文学史》,孙席珍、蒋炳贤、郭智石译,第241页。

　　直接血亲复仇也可能发生在血亲之间,这就会显得尤其惨烈,如母亲阿尔泰亚(Althaea)对儿子墨勒阿革洛斯(Meleagros)所进行的复仇。墨勒阿革洛斯杀死了阿尔泰亚的兄弟们,[①]阿尔泰亚于是烧毁了象征墨勒阿革洛斯生命的木片,墨勒阿革洛斯随即死去。阿尔泰亚杀死儿子时内心十分矛盾,但有一点最后变得十分明确,那就是杀死了儿子她可以再生儿子,而弟弟死了她就永远失去了弟弟。于是她毅然决然地为弟弟们复了仇,这是人类早期阶段血亲观念异常浓重的反映,毕竟,儿子的血管中只有一半的血是她的,而弟弟们的血却与她的完全相同。阿尔泰亚之后并没有真的再生儿子,她在墨勒阿革洛斯死后也自缢身亡了,这从另一个方面反映了这位母亲对血亲观念的重视,她终究无法原谅自己亲手杀死了儿子。墨勒阿革洛斯的姊妹们(Meleagrides)为兄弟之死而极度悲伤,痛哭不止,直到阿耳忒弥斯见怜,把她们变成了珠鸡。她们的悲伤不是因为失去了母亲,而是因为失去了兄弟墨勒阿革洛斯,这与阿尔泰亚一样,都证明了那个社会阶段手足之情重于母子母女之情的血亲观念。

(二)间接复仇

　　间接复仇可以分为复仇主体借助他人力量进行复仇和被迫改变复仇对象两种。

　　墨伽拉首领墨伽柔斯(Megareus)的儿子厄威波斯(Evippus)被喀泰戎(Cithaeron)山的狮子撕碎后,这位首领声称:谁能替死去的少年报仇,就把女儿欧埃克墨(Evaechme)嫁给谁,并且还享受首领继承权。阿尔卡托俄斯(Alcathous)主动来做这件事,他杀死狮子,娶了欧埃克墨。这是借助他人力量进行复仇的例子。

　　间接复仇从某种程度上说显现出了神或人对复仇意念的执着,不管用什么方式,他们总是千方百计地要达到复仇的目的,尤其是血亲复仇,一般是不会轻易放弃的。阿佛洛狄忒在与阿多尼斯(Adonis)欢爱之前洗澡时被阿波罗的儿子欧律曼托斯(Erymanthus)看见了,她弄瞎了欧律曼托斯的眼睛。阿波罗无法为儿子直接向阿佛洛狄忒复仇,他只得把自己变成了一

---

　　① 在墨勒阿革洛斯组织的围猎野猪的过程中,为他所仰慕的女射手阿塔兰塔(Atalanta)第一个射中了野猪,最后,他把野猪的皮、头和獠牙都献给了勇敢的阿塔兰塔,这引起了两个(一说几个)舅舅的不满,他们把猪头和猪皮抢了去,并出言侮辱阿塔兰塔,墨勒阿革洛斯愤而杀死了他们。其实,墨勒阿革洛斯的分配并没有什么不公,只是锦标被一个女人夺得使男猎手们感觉荣颜尽失。据布留尔说,土人们认为"头一个打伤羚羊的人有权得到这只羊,即使打死它的是另一个人。打死这羚羊的人只可说是找到了头一个猎人的猎物"。参见《原始思维》,第362页。

只野猪,用獠牙将阿多尼斯乱刺致死。阿波罗这种复仇行为属于迁怒,从而造成了复仇对象的转嫁。

但也不是绝对没有放弃进行血亲复仇的例子。狄俄墨得斯是忒耳西忒斯的同族兄弟,阿喀琉斯打死了忒耳西忒斯后,狄俄墨得斯欲拔剑与阿喀琉斯决斗,结果被几位高贵的英雄拦阻住了。之后,狄俄墨得斯不仅放弃了为忒耳西忒斯进行直接复仇,他也没再向阿喀琉斯进行任何间接复仇,这不是因为他与阿喀琉斯之间力量对比悬殊,而是狄俄墨得斯以大局为重,不想破坏希腊人向特洛伊人复仇的整体计划;同时也因为忒耳西忒斯只是他的同族兄弟,虽然也存在着血缘关系,但与亲兄弟相比毕竟有着一段距离,况且,他与忒耳西忒斯之间还存在过族内的仇隙。忒耳西忒斯并不像以往文学史上所说的是平民的代表,参加特洛伊战争时他只是没有带船只而已。他与吕科剖斯(Lycopeus)、昂刻斯托斯(Onchestus)、普罗托俄斯(Prothous)、刻琉托耳(Celeutor)和墨兰尼波斯2都是阿格里俄斯(Agrius)的儿子,他们曾将他们的祖父或是伯伯俄纽斯(Oeneus)驱逐出卡吕冬(Calydon),之后把首领之位给了自己的父亲,后辈英雄们(the Epigoni)攻打完忒拜后狄俄墨得斯和阿尔克迈翁秘密地从阿耳戈斯出发,阿格里俄斯的儿子中除了昂刻斯托斯和忒耳西忒斯事先逃往伯罗奔尼撒外全部被狄俄墨得斯和阿尔克迈翁杀死,此时俄纽斯已老,领土就给了娶了他女儿乔治(George)的安德莱蒙(Andraemon),后来俄纽斯到了伯罗奔尼撒,结果被存活下来的昂刻斯托斯和忒耳西忒斯设埋伏杀死。所以,在特洛伊战争期间,面对外人的时候,狄俄墨得斯不能不承认忒耳西忒斯这个同族兄弟,否则就会是很不光彩的事情,他会被指责为懦弱从而损坏其整个家族的荣誉,但因以往血族内的矛盾所在,他欲向阿喀琉斯复仇并不可能是完全真心情愿的。

四、血亲复仇的程度和结果

弗洛姆说:"复仇现象固然到处可见,程度却很不相同。"[1]血亲复仇缘于护种本能,复仇的程度最为惨烈,其结果往往是杀死复仇对象,有时则是进行扩大化的复仇,复仇者把复仇对象及其家属或其他相关的人全部杀死。

哈利耳罗提俄斯(Halirrhotius)是波赛冬与仙女欧律忒(Euryte)生的

---

[1]　E.弗洛姆:《人类的破坏性剖析》,孟禅森译,第339页。

儿子,他曾在雅典的阿斯克勒庇俄斯泉附近要强奸阿瑞斯与阿格劳洛斯
(Aglauros)生的女儿阿尔西珀(Alcippe)。阿瑞斯杀死了他①,这是他在替
女儿阿尔西珀向哈利耳罗提俄斯复仇。虽然哈利耳罗提俄斯并未实际伤
害到阿尔西珀,但阿瑞斯的复仇是残酷的。可以说,有力量的神在进行血
亲复仇时,其手段是无所不用其极的。

　　人类的血亲复仇也是如此,以牙还牙、血债血偿在当时来说完全是天
经地义的事。如埃皮托斯(Aepytus)向波吕丰忒斯(Polyphontes)所进行的
复仇。波吕丰忒斯通过叛变杀死了埃皮托斯的父亲和兄弟们,从而夺取了
墨塞涅(Messene)的首领之位,之后又强娶了埃皮托斯的寡母墨洛珀(Mer-
ope)为妻。埃皮托斯长大后在母亲的帮助下杀死了波吕丰忒斯,夺回了首
领之位,并惩治了先前参与叛变的墨塞涅的富人们。埃皮托斯通过为父兄
复仇而杀死了波吕丰忒斯,这则传说暗含了对他复仇行为的肯定意味。可
见,杀死杀人者就是当时通行的道德规范,舍此埃皮托斯便不会成为身披
荣誉的英雄。可以推想,假如波吕丰忒斯还有儿子的话,埃皮托斯也会将
他们一并杀死。

　　我们在涅俄普托勒摩斯1身上可以十分明显地看到扩大化血亲复仇。
涅俄普托勒摩斯1的参战属于为父亲阿喀琉斯的死向特洛伊人及其盟军
进行再复仇的层次。他先是杀死了忒勒福斯的儿子欧律皮罗斯。之后,涅
俄普托勒摩斯1也藏在木马里进入特洛伊城,在最后的战斗中他杀死厄拉
索斯(Elasus)和阿斯提诺斯(Astynous),他还在普里阿摩面前杀死了普里
阿摩与赫卡柏的儿子波利忒斯(Polites)②,之后他抓住了普里阿摩的头发,
把他从神坛上拉出割断了喉咙(一说他把普里阿摩拖到了城外阿喀琉斯的
墓地,在那里杀死了他),也是他把赫克托耳的儿子阿斯提阿纳克斯从塔顶
抛下摔死了(而据后世悲剧家的演绎,说他把这个孩子和母亲安德洛玛克
一起带回了希腊)。为了纪念父亲的荣誉,他把普里阿摩的女儿波吕克塞

----

　　① 一说哈利耳罗提俄斯看到父亲在与雅典娜争夺对雅典的监护权时失败了,他就举起斧头
去砍雅典娜送给雅典人的那棵橄榄树,结果斧头却神奇地飞离了他的手,反而砍掉了他自己的脑
袋。这种说法,我们可以推知是雅典娜杀死了哈利耳罗提俄斯,因为在特洛伊战争中我们就多次看
到她使用这种神奇的力量使希腊战士的矛屡屡中的,同时使特洛伊人的矛偏离方向,这是属于荣誉
复仇的范围。
　　② 据维吉尔(Virgil)说,波利忒斯有个儿子叫普里阿摩斯(Priamus),在安喀塞斯(Anchises)
的葬礼上出现过。以往的国内翻译总是把普里阿摩惯译为普里阿摩斯。

娜放在阿喀琉斯的坟墓上献了祭。① 我们也可以看到，涅俄普托勒摩斯 1
在为父亲复仇的过程中，他杀死的人越多，他所获得的荣誉也就越多，他用
自己的力量证明了自己不愧为无人匹敌的将领阿喀琉斯的儿子。

　　有时复仇对象的亲属被杀，并不属于扩大化复仇，因为这些亲属本身
也参与了迫害复仇者的行动，所以他们的被杀也就是咎由自取。如赫剌克
勒斯的后代（Heraclids）对欧律斯透斯进行的复仇。赫剌克勒斯死后，欧律
斯透斯竭力追杀赫剌克勒斯的后代，他们最后逃到了雅典，得到了忒修斯
或他的儿子们的庇护。待欧律斯透斯攻来时，预言家说必须有一个赫剌克
勒斯的后人被献祭，才能保证雅典城的安全，并拯救赫剌克勒斯的其他后
人。赫剌克勒斯的女儿玛卡里亚（Macaria）自愿做了牺牲。之后赫剌克勒
斯的儿子许罗斯（Hyllus）带兵来到，在战斗中，欧律斯透斯和他的五个儿
子被杀。这里，欧律斯透斯和他的五个儿子都该算作复仇对象，他们的被
杀带有"自作孽，不可恕"的性质。② 欧律斯透斯的头被带到赫剌克勒斯的
母亲阿尔克墨涅处，她用纺锤把他的眼珠刺了出来。这是杀死对方之后复
仇行为的进一步延伸，其目的是充分泄愤。

　　这种复仇的延伸，还表现在杀死对方后对其尸体施虐。据说，特洛伊
战争中忒萨利亚人（Thessalian）米狄阿斯（Midias）的儿子欧律达玛斯（Eu-
rydamas）杀死了特拉绪罗斯（Thrasyllus）。特拉绪罗斯的弟弟西蒙（Si-
mon）为哥哥复仇，杀死了欧律达玛斯，然后绕着哥哥的坟墓拖拽欧律达玛
斯的尸体。这就是忒萨利亚人绕着受害者的坟墓拖拽杀人者尸体风俗的
来源。阿喀琉斯绕着帕特洛克罗斯的坟墓拖拽赫克托耳的尸体也是出于
这种风俗。这项义务一般都是由受害者最好的朋友或最近的亲属来完成。

　　有的血亲复仇其结果并不成功，复仇者知道自己力不如人，但受着强
烈义务感的驱使又不能不以死相拼，以卵击石的结果是自己也被对方杀
死。伊菲达玛斯（Iphidamas，安忒诺耳〔Antenor〕的儿子之一）被阿伽门农
杀死后，他的哥哥科翁（Coon）替他复仇却同样被阿伽门农杀死。对科翁来
说，这种无谓的死亡却充满着神圣的意味，亲爱的手足被杀死了，自己是绝
对不能苟且偷生的，所以宁可在尽自己全力的复仇中壮烈地死去。这里，
再一次证明了早期人类血亲观念的无比重要性，兄弟之间虽不是同日生，

　　① 一说希腊军队曾答应过阿喀琉斯的鬼魂要用最美的战利品向他献祭，所以最后选中了波
吕克塞娜；一说是波吕克塞娜自愿被献祭的，因为她在特洛伊城墙上第一次看到阿喀琉斯时就爱上
了他。

　　② 一说是年迈的伊俄拉俄斯杀死了欧律斯透斯，为了做到这一点，他请求宙斯和赫拉给了他
一天的力量和青春。

但愿同日死。

血亲复仇的结果并不总是杀死对方,如果对方并未危及复仇者血亲的生命,复仇者有时也会手下留情。如宙斯为赫剌克勒斯向卡律布狄斯(Charybdis)进行复仇的例子。卡律布狄斯在地上生活时十分贪婪,当赫剌克勒斯赶着革律翁(Geryon)的牛群经过时,她偷了其中的一些牛吃掉。宙斯用雷电打击卡律布狄斯,然后把她扔进了海里,她变成了一只海怪。在那个争于力的年代,赫剌克勒斯既然夺得了革律翁的牛群,这就成了赫剌克勒斯的财产,在赶着牛群返回的途中,为了维护这份财产赫剌克勒斯曾亲自杀死很多企图偷抢牛群的人,宙斯也一直在以各种方式庇护着他,对企图掠夺儿子财产的对象从不手软,但将对象变形总算比杀死对象程度为轻。

阿喀琉斯杀死了阿瑞斯的女儿彭忒西勒亚(Penthesilea),阿瑞斯欲使希腊军队完全毁灭,结果被宙斯用一阵暴风雨骇退,这是被迫放弃血亲复仇而不是主动放弃复仇的例子。

第二节　俄狄浦斯的复仇主题

从古希腊到现当代,俄狄浦斯的主题一直受着诗人学者们的非同寻常的关注,但直到今天,每当人们提到这一主题时,往往会陷入一个误区,我们试图在这一节里努力就这一主题进行一下简要综述。

一、仇恨的缘起

关于俄狄浦斯,各个时代的人们所关注的焦点往往集中在为俄狄浦斯鸣不平,觉得他不该承受过于残酷的弑父娶母的悲惨命运。但他的命运完全是由他父亲拉伊俄斯的过错引起了珀罗普斯的血亲复仇所导致的,而且这种悲惨的命运还一直殃及俄狄浦斯的后代。这种扩大化的复仇在神话传说中确属司空见惯之事。

(一)珀罗普斯的诅咒

拉伊俄斯在年轻时候曾因行为上的瑕疵而被仄托斯(Zethus)和安菲翁(Amphion)驱逐离开忒拜,他投奔到珀罗普斯那里后却以怨报德,在涅墨亚赛会(Nemean games)中劫走了珀罗普斯与仙女阿克西俄刻所生的儿子克律西波斯,使克律西波斯含羞自杀身亡。珀罗普斯为此对拉伊俄斯进行诅咒，并请求宙斯为他复仇。于是宙斯假命运女神之手设计让拉伊俄斯死在自己儿子手里，后来俄狄浦斯在不相识的情况下杀死了自己的父亲拉伊俄斯；另一说法，是维护道德纯洁的女神赫拉派斯芬克斯去惩罚拉伊俄斯（也就是替珀罗普斯向拉伊俄斯复仇），并确定由他的儿子俄狄浦斯杀死他。神在这里依照血债血偿的原则替人类伸张正义是无可厚非的，既然拉伊俄斯使珀罗普斯失去了儿子，那么神让拉伊俄斯的儿子犯下深重的罪孽之后又饱受痛苦也是情理之中的事。这些说法，使拉伊俄斯的过错到俄狄浦斯的噩运成了一个系统。

（二）俄狄浦斯的弑父娶母

拉伊俄斯与伊俄卡斯忒婚后很长时间内未曾生育，于是他去寻问得尔斐的神谕，神谕告知："拉伊俄斯，拉布达科斯（Labdacus）的儿子！你会有一个儿子。可是你要知道，你命中注定，将丧命于你的亲生儿子手上。这是克洛诺斯族人宙斯的命令。他听信了珀罗普斯的诅咒，那是因为你抢夺了他的儿子。"①这样，就像特洛伊城一样，它将陷落的命运在帕里斯出生之前已然确定，在俄狄浦斯出生前他就已被命定为杀死父亲的凶手，这体现了早期人类对命运无常和神意不可违背的看法。

拉伊俄斯知道神谕所说的自己的儿子将杀死自己，于是俄狄浦斯一生下来就被装在了一只篮子里抛进了海中，他被科林斯（Corinth）首领波吕波斯（Polybus）的妻子珀里波亚（Periboea）发现并抚养长大；一说他被扔在了忒拜附近的喀泰戎山（Mount Cithaeron）上，被正在那里放羊的科林斯的牧羊人发现后带给了他们的首领波吕波斯，因为他们知道他们的首领没有孩子又很想要孩子；按照索福克勒斯（Sophocles）的说法，拉伊俄斯让仆人把这孩子扔掉，这仆人却私下把他交给了科林斯陌生的牧羊人墨利波俄斯（Meliboeus）。不管哪种说法，他的养父总是波吕波斯，虽然他是科林斯的首领还是西库翁或安忒冬（Anthedon）或普拉塔亚（Plataea）的首领说法并不统一。俄狄浦斯被抛弃的情节后来到了希罗多德的手里成了关于居鲁士被奉命抛弃他的牧人保下了性命的演绎依据。②

最老的传说，俄狄浦斯离开科林斯是为了寻找被偷的马群，路上却不

---

① 古斯塔夫·斯威布:《希腊古典神话》，曹乃云译，第260页。
② 因为收养居鲁士的牧人米特拉达铁斯（Mitradates）的妻子叫库诺（Cyno），即希腊语中母狼的意思，于是便传说居鲁士被抛弃了之后曾受到母狼的抚养。从这里我们可以看出希腊神话传说中受野兽抚养的人或神的故事的来源。

幸遇到了自己真正的父亲拉伊俄斯。后来的悲剧家引进了更复杂的心理原因,那就是一次俄狄浦斯与一个科林斯人发生了争吵,那人为了侮辱他便说出了真相,说俄狄浦斯并不是波吕波斯的亲生儿子,而是一个捡来的弃儿。俄狄浦斯去问波吕波斯,波吕波斯说尽管他一直保守着秘密,但事实确是如此。俄狄浦斯然后去得尔斐寻问神谕,想知道自己的真正父亲究竟是谁。之后他在路上遇到了拉伊俄斯。在俄狄浦斯去找马的传说中,他们相遇的地点或者在拉菲斯提翁(Laphystion),或者在波特尼埃(Potniai),或者在福喀斯(Phocis),总之是在一个十字路口上,路边有很多大块岩石,留下可通过的地方很窄。当拉伊俄斯的传令官波吕封忒斯(Polyphontes)或波吕波厄忒斯(Polypoetes)命令俄狄浦斯为拉伊俄斯让路的时候,由于俄狄浦斯服从得慢了,波吕封忒斯就杀死了俄狄浦斯的一匹马,俄狄浦斯一气之下,把波吕封忒斯和拉伊俄斯全都杀死了。在最晚的传说中,俄狄浦斯去得尔斐寻问神谕,他被告知他将杀死自己父亲,并娶自己母亲。这里,在俄狄浦斯要亲手杀死父亲的噩运之上又增加了他要娶自己母亲的噩运,这就使珀罗普斯为儿子复仇的程度进一步加重了。俄狄浦斯以为自己是波吕波斯的儿子,所以恐惧之下他自愿流放,结果在前往忒拜的路上遇见了拉伊俄斯,或是仆人或是拉伊俄斯本人侮辱了俄狄浦斯,于是惹怒了俄狄浦斯,惨剧发生了。他杀死父亲的行为直接地是一种自卫行为,但客观上这却是神祇在替珀罗普斯复仇;同时我们也可以从这场悲剧中看出,随着历史脚步的迈进,杀死父亲取而代之为部落首领的古老做法已被否定。

至此,神为珀罗普斯所做的复仇还远没有结束。鸟首狮身的怪兽斯芬克斯在忒拜城外的西山上安家,它祸害那里的乡村,吞食所有它能抓到的过路人。它还让过路人回答谜语,他们答不上来,就被杀死。最奇怪的说法是斯芬克斯是拉伊俄斯的女儿,与神话比较起来,这可能更符合历史事实。斯芬克斯的谜语是:"什么动物有时用两条腿走路,有时用三条腿,有时用四条腿,与普遍规律相反,它用腿最多的时候也是它最弱的时候?"俄狄浦斯给出了正确答案说是"人";一说是另外一个谜语:"有两姐妹,第一个生出第二个,第二个又生出第一个。"俄狄浦斯回答说是"昼与夜"(在希腊语中"昼"与"夜"都是阴性名词,所以说是"两姐妹")。在俄狄浦斯到来之前忒拜没有人能回答上斯芬克斯的谜语,所以他们一个接着一个地被吃掉了。俄狄浦斯回答上了谜语之后,斯芬克斯自己从它所蹲栖的岩石上跳下摔死了;一说是俄狄浦斯把它推下去了。这既是珀罗普斯请神替他向拉伊俄斯复仇中的一个环节,同时俄狄浦斯使斯芬克斯致死也是一个替他人(以前被斯芬克斯吃掉的人)向怪兽复仇的例子。这种为民除害的例子,可以算作广义上的复仇。他杀死了怪兽解救了忒拜城,出于感激,忒拜人把拉伊俄斯的寡妻嫁给了他,并且拥立他为首领。一说拉伊俄斯死后克瑞翁先当了代理首领,他的儿子海蒙被斯芬克斯吞食后,克瑞翁为儿子进行血亲复仇心切,便许诺,谁若能使忒拜城摆脱这个怪物的危害,他就把首领之位让给谁。因为他感谢俄狄浦斯杀死了斯芬克斯从而为他的儿子海蒙复了仇,所以他自愿把首领之位让给了俄狄浦斯。这个传递首领之位的过程中明显地残存着文学改编前的嫡系亲属继承的历史痕迹。

俄狄浦斯杀死了自己的父亲拉伊俄斯,并娶了他的遗孀即自己的母亲伊俄卡斯忒为妻,于是复仇女神在忒拜城内降下瘟疫(一说是阿波罗降下了瘟疫,在索福克勒斯的悲剧里他则是把公元前 430 年—公元前 429 年发生在雅典的瘟疫实况写了进去[①])。布留尔说:"从占卜本身来考查,它是以同等程度注意到过去和未来的,它在犯罪行为的侦察中所起的重要作用说明了这一点。"[②]而俄狄浦斯这时用的不是占卜,而是神谕,神谕与占卜同样可以用来侦察犯罪或事件的起因,它们的区别之一则在于神谕只注重告知未来。神谕告知,必须查出那杀死拉伊俄斯的凶手,并予严惩,这场灾难才能够结束。俄狄浦斯不明真相,他发誓要为拉伊俄斯复仇。默雷说:"俄狄浦斯的品德,他那种不惜任何代价寻求真相的决心,他的那种完全不顾自己痛苦的行动,本身就是可歌可泣的。"[③]作为解开了斯芬克斯之谜的勇士,现在他要继续破解拉伊俄斯被杀之谜,俄狄浦斯要作为阿波罗的战士向杀害拉伊俄斯的凶手复仇,他认为谁杀死了拉伊俄斯,谁也可能正要杀死他本人,他要防卫他自己。他又唤起群众加入这场复仇,他告诉市民们要毫不手软,他们必须将罪犯驱逐出境,再不要与他讲话,不要为他提供居所,不要再让他的双手接触到圣水。抱着这样的决心,他也证明了他这次的解谜最后同样地获得了成功,他终于找出了杀死拉伊俄斯的凶手。他虽不自知,在客观上他却在为父亲进行着血亲复仇,富于悲剧意义的是这场复仇的对象却是他本人。最后,他杀父娶母的真相被揭露出来,俄狄浦斯刺瞎了双眼之后进行了自我放逐,这属于替父亲的被杀和与母亲乱伦向自身复仇的行为;伊俄卡斯忒也在羞恨之下自缢身亡。然而,拉伊俄斯所欠下的珀罗普斯家族的旧账并未就此了结,俄狄浦斯的子女也将接连着不幸地死去。

---

① Ruth Scodel, *Sophocles*.

② 列维-布留尔:《原始思维》,丁由译,第 281 页。

③ 吉尔伯特·默雷:《古希腊文学史》,孙席珍、蒋炳贤、郭智石译,第 258 页。

(三)俄狄浦斯的后代

按照俄狄浦斯传说的史诗传统,伊俄卡斯忒的死,并没有中断俄狄浦斯的统治。他继续做着首领,直到在与邻邦厄耳吉诺斯(Erginus)所领导的弥倪阿人(the Minyans)展开的战争中他被杀死。但在悲剧家们的作品中,他作为杀死拉伊俄斯的人而受到了诅咒,有的认为他不是自我放逐的,而是被忒拜人流放的,从此开始了漂泊的生活,他的女儿安提戈涅 1 跟着他,他的两个儿子波吕尼克斯和厄忒俄克勒斯却拒绝为他说话,他因此诅咒他们,他还预言在未来与雅典的战争中,忒拜城将战败。忒拜人驱逐俄狄浦斯,在客观上为拉伊俄斯的被杀复了仇,俄狄浦斯对忒拜城和儿子的预言性诅咒因此就是对这种复仇的反复仇行为了。

俄狄浦斯一共对两个儿子发出了三重诅咒。波吕尼克斯有时被认为是俄狄浦斯第二个妻子欧律伽尼亚(Eurygania 或 Euryganeia)的儿子,悲剧家们认为他是伊俄卡斯忒的儿子。厄忒俄克勒斯有时被认为是哥哥,有时被认为是弟弟。俄狄浦斯发现了自己杀父娶母的罪行后自己弄瞎了双眼,他的儿子们不但不同情他,反而侮辱他,波吕尼克斯还对父亲做下了被绝对禁止的事,他把祖先卡德摩斯(Cadmus)的银桌和金杯拿到俄狄浦斯的面前,他这样做是为了嘲笑父亲,提醒他高贵的家族起源,同时提醒他所犯下的罪行。俄狄浦斯为此诅咒他们弟兄两个,让他们生前死后都不能和平相处。后来在一次献祭的时候,这弟兄两个没有给父亲选送牺牲身上的一块好肉,而是给了父亲一块大腿骨头。俄狄浦斯把骨头掷在地上,这时他对两个儿子进行了第二重诅咒,预言他们将彼此杀死对方。他们之后把父亲锁在了偏远地方的地牢里,好让人们把他遗忘,而且拒绝给他任何他该享有的荣誉,这时俄狄浦斯给予了他们第三重诅咒,他预言他们将用剑来争夺继承权。更简单的说法是,当克瑞翁把俄狄浦斯从忒拜驱逐的时候,他的两个儿子没有进行任何救助他的行动,所以他诅咒了两个儿子。无论哪种说法,这都是一个家庭内部血亲之间自相残杀式的复仇,父亲通过诅咒把儿子置于死地,两个儿子在复仇与反复仇的战斗中相互杀死了对方,这可以说是血亲复仇中最为残酷的一种。①

---

① 后来索福克勒斯利用这一题材创作了悲剧《安提戈涅》(Antigone,约公元前 442 年),当时雅典各部分时有叛乱发生,索福克勒斯这一悲剧大受欢迎,并因此他被推选为前去平定萨摩斯(Samos)叛乱的将军。索福克勒斯喜欢这一题材的另一个原因可能就是他本人与儿子们不和,俄狄浦斯与儿子们的关系正好让他找到了共鸣。

　　在长期而痛苦的漂泊之后，俄狄浦斯与女儿来到了阿提卡的科罗诺斯（Colonus）村，他死在了那里。神谕曾说，他的坟墓在哪里，哪里就会得到神祇的保佑。如果说我们在《伊利亚特》中屡见战争双方争夺尸体的场面，那么我们在俄狄浦斯的故事中看到了他的亲戚在他还未死去的时候就已经开始对他的争夺了，谁若争夺到了他，对他将来的坟墓尽英雄崇拜的礼仪，他的鬼魂就会保护那个地方的平安。克瑞翁和波吕尼克斯都分别前来劝说临死的俄狄浦斯与他们在一起，但俄狄浦斯知道克瑞翁只是要他回到忒拜的地界里，并不想让他进城，以免他杀父娶母的噩运会污染了城池，于是俄狄浦斯拒绝回去，但面对使用暴力的克瑞翁他答应要让自己的鬼魂回去向驱逐过他的忒拜城复仇；儿子波吕尼克斯先前曾对他不孝，现在却为了确保自己战胜弟弟，便不择手段地把自己与父亲相比，认为二人都是处于同样的被流放的可怜境地，父亲也拒绝了他，但请求神在忒拜城里给这兄弟二人留有足够埋葬他们的地方，实际上就是对他们兄弟二人将在战场上相互杀死对方的又一次暗示。因为他受到了雅典首领忒修斯的礼遇，他决定把骨灰留在这里，以确保将来在与忒拜的战争中雅典能够获胜。俄狄浦斯的悲剧一生最终得到了神的补偿，他临死时神发出了象征着无上光荣的霹雳和闪电；但我们看到，这点补偿与他所遭受过的噩运比起来，实在难以达到抚慰人心的作用。

　　这个复仇主题中最有名的就是波吕尼克斯对厄忒俄克勒斯的复仇举动，这是血亲间的相互残杀。当时的社会制度是军事民主制，父亲退位后，人民参议员们[①]要在兄弟二人中间选出继承人，结果二人相约轮流执政，每人各执政一年，关于他们是谁先执政的有不同的说法，这决定于他们中谁是哥哥。一说波吕尼克斯先执了政，厄忒俄克勒斯却发动叛乱夺取了首领之位，并放逐了波吕尼克斯；一说厄忒俄克勒斯是哥哥，但他执政后便不再愿意让出首领之位，波吕尼克斯于是离开了忒拜，或是出于自愿，或是遭到了厄忒俄克勒斯的驱逐。波吕尼克斯依靠阿耳戈斯人组织了复仇大军，由七个将领统率着攻打忒拜城，欲夺回统治权，战争最后以兄弟二人决斗来了结，他们在忒拜城前互相杀死了对方。

　　摩尔根说："在希腊部落中，最近似于王国的是僭主政府，在早期时候，希腊各个地区到处都兴起僭主政府。它们是靠强力建立起来的政府，其所具有的权力并未超过中古时代封建国王的权力。……这样的政府同希腊人的观念太不相容，同他们的民主制度相去太远，以致没有一个僭主政府

---

① 参见埃斯库罗斯《七将攻忒拜》，第 1011 行。

能在希腊获得长久的立足之地。"①厄忒俄克勒斯应该就是一个这样的僭主,所以他执政后很快被杀也是符合当时的社会现实的。

摩尔根又说:"在这个事件之后,一个传令官说道:'我必须宣布我们卡德穆(摩)斯市即忒拜城人民参议员们的决议和善良愿望。他们已经决定'(参见埃斯库罗斯的《七将攻忒拜》)云云。一个会议能够在任何时刻制订命令,宣布命令,并期望民众能够听从,这个会议自握有政府的最高权力。"②摩尔根认为这是当时民主制度的反映。在当时的希腊,不管波吕尼克斯有着怎样的理由,他率领外人进攻自己的家乡,就已经把自己推向了让忒拜民众无法原谅的境地。所以最后人民参议员们决定只对厄忒俄克勒斯进行厚葬。我们现在同情的往往是波吕尼克斯一方,因为他以牺牲自身为代价铲除了一位僭主。而这时的僭主并不像后世国王那样专权,他们往往有一个由贤人组成的会议,来共商有关部落整体的大事,包括对波吕尼克斯不予埋葬也该是由参议员们集体决定的;后来索福克勒斯将此写成出于克瑞翁一人专权的结果,并不符合当时的事实。

黑格尔曾从个体与共体关系的角度来解释这兄弟二人之间的冲突:"事情如果从人的方面来看,那么两弟兄中没实际占有共体因而对这以对方为首的共体进行攻击的那一个,是犯法的;相反,懂得把对方视为仅仅是一个脱离了共体的个别人,并在对方这样被认为并无任何权力的身份下对他进行迫害的那一个,则是合法的;因为他所触犯的只是个体本身,不是共体,不是人的法权的本质。共体受空虚的个别性所攻击,又由空虚的个别性来保卫,共体本身是保持住了,两弟兄则由于互相攻讦而两败俱伤;因为个体性既然为了自己的自为存在而使整个共体陷于危险,实际上就已把自己排除于共体之外,并使自己消毁于自身之中。然而两弟兄之一,即站在共体这一面的那个人将受到共体给予的荣宠,而另一人,即扬言要踏平城墙的那个人,将受到政府亦即重新建立起来的共体的单一主体所施加的惩罚,被剥夺去最后的荣誉;谁敢于冒犯意识的最高精神,冒犯共体,谁就一定被剥夺去他整个的完全的本质所应享受的荣誉,被剥夺去那死亡了的精神所应享受的荣誉。"③这"惩罚"和被剥夺了的"最后的荣誉"就是指严令禁止埋葬波吕尼克斯,但"被杀害的死人,由于他的(生命)权利受了侵害,他就懂得如何使用与杀害他的势力同样现实和同样强有力的势力为工具以

---

① 摩尔根:《古代社会》,杨东莼、马雍、马巨译,第 252 页。
② 同上,第 245 页。
③ 黑格尔:《精神现象学》(下卷),贺麟、王久兴译,第 28—29 页。

从事复仇"①。这种势力，就是神替波吕尼克斯对克瑞翁所做的复仇。

据索福克勒斯说，安提戈涅 1 不顾克瑞翁的禁令，对哥哥履行了象征性的安葬仪式，克瑞翁对此恼羞成怒，把安提戈涅 1 关进了地牢，致使她在地牢中自缢而死。黑格尔说，安提戈涅 1 "知道除正义而外没有任何东西能算得了什么。但这样一来，行为者就抛弃了他的性格（Charakter）及其自我的现实，而完全毁灭了"②。安提戈涅 1 的死进一步加重了克瑞翁在神的眼中的罪孽，他"以更清楚的方式再次破坏了永恒规律，（他将安提戈涅 1 活着就关入了地下）颠倒了生者和死者所该有的合适的位置"③。提瑞西阿斯另外指出，那些专吃尸肉的飞鸟和野狗已经玷污了祭神的圣坛，他却遭到了克瑞翁的蛮横训斥。克瑞翁终于付出了代价——儿子海蒙在安提戈涅 1 身旁自杀殉情，克瑞翁的妻子听到儿子的死讯后也自缢而死，这进一步体现了神所依承的血债血偿的原则。克瑞翁有悔过的表现，但为时已晚，一切悲剧都不可遏制地发生了，他因自己的过错而毁灭了自己的家庭，神对他的惩罚与他所犯的过错比较起来显得有些过分，但神在替人复仇时往往会表现出这种扩大化的倾向。包括安提戈涅 1 在内的俄狄浦斯家庭成员的毁灭，也正是神在为珀罗普斯的诅咒而向拉伊俄斯的后人进行扩大化复仇的结果。

十年之后，这七个将领的儿子们即后辈英雄们再次出征忒拜，这仍然是血亲复仇的性质，即儿子们在为死去的父亲进行复仇。短暂的两兵相接之后忒拜人（Thebans）听从提瑞西阿斯的预言，先是休战，然后连夜弃城而逃。后辈英雄们把首领之位给予波吕尼克斯的儿子忒耳珊得罗斯（Thersandros），但他们中的埃癸阿琉斯（Aegialeus）在忒拜人抵御复仇的战斗中被厄特俄克勒斯的儿子拉俄达玛斯（Laodamas）杀死了。

俄狄浦斯的第三代后人是提萨墨诺斯，其父亲在希腊军队第二次远征特洛伊中途停在密西亚时死在了忒勒福斯家中。由于提萨墨诺斯还太小，无法亲自进行血亲复仇，是珀涅琉斯为首领之死复了仇，他杀死了忒勒福斯的儿子欧律皮罗斯。这里，珀涅琉斯为首领之死复仇的举动应是他作为属下的义不容辞的一种责任，同时也可以被看作是在替他人进行血亲复仇。

---

① 黑格尔：《精神现象学》（下卷），贺麟、王久兴译，第 30 页。

② 同上，第 26 页。

③ Ruth Scodel, *Sophocles*, p. 48.

二、俄狄浦斯悲剧的启示

索福克勒斯以俄狄浦斯为题材所创作的悲剧一直在世界上享有盛誉，然而随着文学创作在当代的极端探索，文学研究也被有些人推向了极度边缘，反传统的浪潮大有否定一切以往研究取向的势头。但我们注意到，后起的新的东西未必都是正确的，有的则大有哗众取宠之虞；同时，否定一切传统虽然能显示出一定的魄力，却无论如何也不会是可行的科学的研究方法。

（一）虚构与逻辑

希利斯·米勒在《解读叙事》中首先从解构主义的角度指责索福克勒斯的悲剧《俄狄浦斯》(*Oedipus Rex*，原译《俄狄浦斯王》)不合逻辑："……俄狄浦斯之妻伊俄卡斯忒或者皇宫里的其他人不可能不告诉他伊俄卡斯忒的前夫是如何死的。俄狄浦斯可能早就根据已知情况开始进行推断。然而，整部剧都取决于俄狄浦斯的无知。亚里士多德(Aristotle)告诉我们在这种情况下应该如何做，他的说法与后来柯尔律治(Coleridge)的'自愿暂停怀疑'(willing suspension of disbelief)如出一辙。"①

索福克勒斯在剧中确实让俄狄浦斯对自己杀死生父拉伊俄斯的事在很长一段时间内一无所知，否则他是不会与自己的母亲又生下四个孩子的，主人公的这种无知完全是出于文学虚构。同样，拉伊俄斯那么大年纪尚无其他子女与伊俄卡斯忒的旺盛的生育能力等矛盾在现实生活中都是值得怀疑的，但在文学中我们是允许这种虚构的存在的，也就是亚里士多德所说的把不可能发生的事写成好像是可能的，"从诗的要求来看，一种合情合理的不可能总比不合情理的可能较好"②。艺术创作"要揭示现象内部所含的普遍性与必然性，因此它的前提不妨是假设或虚构的，在历史事实上是不可能的，但是在这假定前提下，如果所写的都近情近理，令人看到就起逼真的幻觉，这就已尽了艺术的能事"③。而艺术家的创造性和主观能动性也就在这种创作中体现出来了。所以，"自亚里士多德以降，《俄狄浦斯》一剧已经因为其将主人公生活中不太可能的事件以或然律及必然律的原

---

① J.希利斯·米勒：《解读叙事》(*Reading Narrative*)，申丹译，第3页。
② 亚里士多德《诗学》第二十五章，转引自朱光潜《西方美学史》，第75页。
③ 朱光潜：《西方美学史》，第76—77页。

则成功地组织了起来而受到人们的推崇"①。就这部悲剧而言,这种虚构并没有影响它所造成的可贵的悲剧效果。我们可以说,其情节虽然不符合生活逻辑,却符合了有着自己特色的文学逻辑。俄狄浦斯所获得的神谕若按照现实生活的逻辑早就会与伊俄卡斯忒所知道的同一个神谕相遇,即相互揭示,但作者索福克勒斯有意回避,一直在努力拖延它们相互遭遇的时间。莎剧在这一点上也尤其明显。但过于明显的可疑之处我们也确实应该尽量避免,就像高尔基说过的,作品中不真实的东西出现得多了,读者就会抗议说这是不真实的。亚里士多德在《诗学》第十五章中也说过:"在所写的情节之中不应有任何不近情理的东西。"②

我们若努力去挖掘关于俄狄浦斯戏剧中的生活逻辑的话,也不会毫无所得。那就是珀罗普斯诅咒拉伊俄斯的传说在俄狄浦斯的悲剧中所具有的意义。拉伊俄斯拐走珀罗普斯的儿子克律西波斯,这证明他有同性恋的倾向,而这种同性恋的特征在希腊神话传说中的宙斯、波赛冬、阿波罗等神和赫剌克勒斯、弥诺斯、阿喀琉斯等英雄的身上都有不同程度的体现,也正因为如此,现在人们总是把超出常规的同性恋情溯源到古希腊。对拉伊俄斯来说,他的同性恋特征在他与伊俄卡斯忒婚后可能暂时减弱,故而他们能生下俄狄浦斯,之后拉伊俄斯的同性恋倾向再次占了上风,这是符合同性恋者的普遍感情规律的,其结果就是他与妻子再没有生下任何子女。而伊俄卡斯忒不知道现在的丈夫俄狄浦斯就是自己的儿子,所以她没有任何必要向他提起当初神谕的事;俄狄浦斯或是出于男性的寡言,或是不愿意让妻子了解他的过去,他都有理由不提他所获得的神谕的事,这样,两个相同的神谕在长时间内没有遭遇也就是情理之中的事了。

其次,米勒指责索福克勒斯的悲剧中存在着逻辑不清之处:"一部剧只有在完全被看明白的情况下才会合情合理。我们必须能从头到尾完整地记住它,此外,还必须能洞彻它,理解事情的来龙去脉。剧中不能有任何不合理的混沌之处。"③他认为俄狄浦斯并未有意犯下任何过错,那么为什么要让他遭受弑父娶母这样的可怕噩运呢?既没有过错,真相大白后俄狄浦斯为什么还要自己刺瞎双眼呢?伊俄卡斯忒的自缢身亡也是她该遭受的结果吗?"阿波罗神无缘无故地对他进行了可怕的惩罚。"④作者在《解读叙

① Ruth Scodel, *Sophocles*, p. 62.
② 朱光潜:《西方美学史》,第85页。
③ J. 希利斯·米勒:《解读叙事》(*Reading Narrative*),申丹译,第3页。
④ 同上,第7页。

事》一书中曾多次以愤愤不平的语气发出这种对阿波罗的诘问。"绝对神秘叵测、深奥难解的是,不知他为何会受到阿波罗如此残酷的惩罚。在他身上发生的一切都源于最初的神谕:拉伊俄斯之子将弑父娶母。俄狄浦斯和他父母竭尽全力,想防止预言成为现实,但悲剧依然发生了。为何会这样?假定天神是公正的,那么俄狄浦斯和他的父母又做错了何事?他们究竟犯了何法?他们如何得罪了天神?他们为何会受到如此可怕的惩罚?"① 他继而认为索福克勒斯所写的俄狄浦斯的悲剧"对神的正义性提出了挑战。……拉伊俄斯、伊俄卡斯忒和俄狄浦斯均未犯任何大错,不应如此受苦受难。……拉伊俄斯、伊俄卡斯忒和俄狄浦斯显然不是因为犯了罪而受到惩处。观众不明白为何要说他们的遭遇是天神对过失的惩罚"②。"天神对待这些男女就极其残忍和不公正,至少人们无法看到其理由和公正性。……天神的动机根本让人无法捉摸。"③"人们根本无法理解或看透这些天神,因为他们与'清晰明了'相去甚远。难以用词语对这些天神进行准确的描述。他们既谈不上善,也谈不上恶;正义与非正义,残酷与同情这类区分在他们身上完全失去了意义。"④"莫测的天神使俄狄浦斯一步步陷入他竭尽全力想摆脱的神谕。"⑤ 他所列举的这些理由确实往往成了人们指责神任意胡作非为的有力证据。米勒这些话显示出他根本不知道拉伊俄斯拐走克律西波斯因而受到了珀罗普斯的诅咒并求神替克律西波斯向拉伊俄斯复仇这样的神话背景,所以作者才发出了长达四十页的《亚里士多德的俄狄浦斯情结》整整一章的指责。并说:"要想弄明白该剧,只会白伤脑筋。毫无疑问,这是因为该剧抗拒逻辑性的智力分析或亚里士多德式的理性头脑。这不足为奇,因为构成该剧重要主题的乱伦和灭亲的欲望是大多数人想压制的东西。"⑥

米勒认为索福克勒斯当代的悲剧观众们也会与米勒自己同样糊涂,对悲剧的前因后果无法充分理解,这是不可能的。古希腊观众们的日常生活氛围就是浓厚的神话意识,索福克勒斯之所以没有在俄狄浦斯的剧中赘述拉伊俄斯所做的恶事,就是因为他深信台下的观众对此早已烂熟于心。"这个传说是古老的,在索福克勒斯创作这部悲剧之前这个题材已经被他

---

① J. 希利斯·米勒:《解读叙事》(*Reading Narrative*),申丹译,第 10 页。
② 同上,第 12—13 页。
③ 同上,第 14 页。
④ 同上,第 14—15 页。
⑤ 同上,第 18 页。
⑥ 同上,第 15 页。

人创作过许多次了。在某种程度上索福克勒斯的创作很可能就是要与前人们形成对照。"①埃斯库罗斯就利用拉伊俄斯家族的题材创作过悲剧三部曲《拉伊俄斯》(*Laius*)、《俄狄浦斯》(*Oedipus*)和《七将攻忒拜》(*Seven A-gainst Thebes*),现仅存其中《七将攻忒拜》的部分了。欧里匹得斯也创作过名为《专制者俄狄浦斯》的悲剧,其中俄狄浦斯杀死了伊俄卡斯忒,又想在杀死孩子们之后自戕而死,但他的侍从阻止了他,并弄瞎了他的眼睛。而与埃斯库罗斯和欧里匹得斯的主观演绎手法不同的是,索福克勒斯往往把原始故事的"内容原封不动地保留下来。……他着重描写了肉体上的痛苦,这是最古老的最野蛮的原始故事诗中流露出来的精神实质"。"他始终接受了英雄和英雄传说故事中人物的传统概念。"②"关于原来的英雄传说故事中,有不少不大可能发生的事件,但是,正如亚里斯(士)多德所说,这些事件没有写进剧本里。……任何随心所欲写出来的剧本,都可以让他(指俄狄浦斯)步着自己妻子的后尘(去死)的;但索福克勒斯受了英雄传说故事的约束,英雄传说故事中确定说俄狄浦斯仍旧活着,隔了很久之后弄瞎了自己的眼睛。"③而这些传统的英雄故事可以相当肯定地说是"每一个希腊雅典人从幼年时起就已熟知的"④。

　　米勒甚至意气用事地说:"该剧很可能旨在说明:'读书不要读得太明白,否则就会陷入困境。'"⑤"从剧中可以得到的唯一合理的结论是:天神没有理性,至少用人的理性作为尺度来衡量是如此。我们无法理解他们,无法透视他们的动机。这使俄狄浦斯、忒拜城的居民以及观众或读者陷入双重困境。"⑥我想作者的所有困境正是因为他对俄狄浦斯悲剧的前因后果没有彻底搞清所致,所以他这里得出对明白地读书和神的理性表示怀疑的荒谬结论是没有确实依据的。他最终认为这部剧不该被列入必读书目中的看法同样也站不住脚:"可以看到我们传统中的经典文本是多么出乎意料的怪异,对于广为接受的观念构成了多么大的威胁。在《诗学》中,亚里士多德根本没有完全征服《俄狄浦斯王》幽灵般的非理性在场。或许可以说,那个未被镇伏的幽灵使《诗学》无意之中充满了狂野的反讽性。该剧表明,亚里士多德所推崇并身体力行的追求理性知识之愿望会带来何等灾难性

①　Ruth Scodel, *Sophocles*, p.58.

②　吉尔伯特·默雷:《古希腊文学史》,孙席珍、蒋炳贤、郭智石译,第254页。

③　同上,第258页。

④　同上,第285页。

⑤　J. 希利斯·米勒:《解读叙事》(*Reading Narrative*),申丹译,第9页。

⑥　同上,第13页。

的后果。再者,既然《俄狄浦斯王》本身这么强有力地产生了未被净化、无法解释、无法表达的恐惧,我们也许不会轻易将它列入必读书目。"①

至于俄狄浦斯本人,我们可以肯定,他"在道德品质和正义上并不是好到极点,但是他的遭遇并不是由于罪恶,而是由于某种过失或弱点"②。他并未有意犯下过错却因为父亲的恶行而遭受了严重的摧残,正如前面所说,这是血亲复仇中要求血债血偿原则的体现。"在两部剧中,俄狄浦斯真实身份的揭晓都为市民(忒拜和雅典)带来了恐慌,其结果都有被流放的威胁。"③他生命不结束,便只能是苦难不止。不了解俄狄浦斯神话背景的人都会因为他的无辜受难而像米勒那样大加指责神的无端降罪,知道了神话背景之后我们便只会指责神的行为有些过分而已。宙斯替珀罗普斯进行血亲复仇,他假命运女神之手,设计让拉伊俄斯死在自己儿子手里,后来俄狄浦斯在不相识的情况下杀死了父亲拉伊俄斯。拉伊俄斯被杀死是他犯下过错后罪有应得,但为了增加复仇的残忍程度,就让他自己的儿子俄狄浦斯杀死他。这里,俄狄浦斯被无辜地牵涉进去,会让人为之深鸣不平,然而一个人作恶往往会带来整个家族的毁灭,这也是完全符合当时血亲复仇的逻辑的,那就是无所不用其极。正如前述,一说是维护道德纯洁的女神赫拉派斯芬克斯去向拉伊俄斯复仇,并确定由后者的儿子杀死他,这里所提到的拉伊俄斯所犯下的道德错误并不是指他是同性恋,而是指他在家乡犯了过错逃到了珀罗普斯这里,珀罗普斯很善待他,他却以怨报德,拐走了珀罗普斯的儿子克律西波斯。从这个角度来说,既然拉伊俄斯的恶行导致了珀罗普斯的儿子克律西波斯的最终含羞自杀,那么在复仇的时候让拉伊俄斯的儿子俄狄浦斯也不能幸免于难也就是在情在理的了。再者,就俄狄浦斯本人来说,他把拉伊俄斯作为一个陌生人杀死,这本身就属于防卫过当而犯了杀人罪,所以他不能幸免于难也是理所当然的,只是他杀死的是自己的血亲,不管这是不是神的有意安排,他都要为血亲之死付出代价。

文学研究中有时需要发挥一定程度的想象力,但想象力被极端地误用会产生让人难以接受的结果。米勒引用了古尔德(Thomas Gould)对弗洛伊德的俄狄浦斯恋母情结理论的极限性延伸:"古尔德还注意到了另一种令人毛骨悚然的对称,它进一步强调了弑父与乱伦的不可分离:俄狄浦斯

---

① J.希利斯·米勒:《解读叙事》(*Reading Narrative*),申丹译,第 38 页。

② 亚里士多德《诗学》第二十五章,转引自朱光潜《西方美学史》,第 85 页。

③ Thomas Van Nortwick,*Oedipus*:*The Meaning of a Masculine Life*,The University of Oklahoma Press,1998,p. 107.

在福喀斯的三岔路口杀害了拉伊俄斯及其随从，而俄狄浦斯插入其母亲身体的部位也是两条腿和身体的三岔交合点。"①若说弗洛伊德的研究含有可贵的科学精神，其后继者们却往往陷入了无耻的地步。

（二）从传说到悲剧

按照较早的神话说法，欧律克莱亚（Eurycleia）是拉伊俄斯的第一个妻子，俄狄浦斯的母亲，俄狄浦斯后来娶的是他的继母，即拉伊俄斯的第二个妻子伊俄卡斯忒，②这样俄狄浦斯就不是与亲生母亲发生乱伦关系了。关于拉伊俄斯妻子的名字还有其他很多说法。在《奥德赛》中她被叫作厄庇卡斯忒（Epicaste），这估计就是伊俄卡斯忒的原身；在关于俄狄浦斯的史诗中她是欧律伽尼亚或欧律阿纳萨（Euryanassa）；在其他的传说中又被叫作阿斯提墨杜萨（Astymedusa）③。

据《古典神话辞典》中说，欧律伽尼亚或者欧律伽涅（Eurygane）则是俄狄浦斯最早的传说中的妻子的名字，那里面没有提到他与伊俄卡斯忒的乱伦关系。按照这个传说，他是在母亲伊俄卡斯忒死后与妻子欧律伽尼亚生下了以下四个孩子的：厄忒俄克勒斯，波吕尼克斯，安提戈涅 1 和伊斯墨涅（Ismene）。④ 一说他与伊俄卡斯忒生的两个儿子拉俄尼托斯（Laonytus）和福拉斯托耳（Phrastor）都死于忒拜人与厄耳吉诺斯或俄耳科墨诺斯（Orchomenus）领导的弥倪阿人之间的战争。⑤ 欧律伽尼亚是他的第二个妻子，他们生下的四个孩子与上述说法一致，他的第三个妻子叫阿斯提墨杜萨。⑥ 而据默雷说，在一部英雄传说故事里，"俄狄浦斯发现他与伊俄卡斯忒的关系之后将她废弃，再和欧列格纳亚（即欧律伽尼亚）结婚，并无自挖眼睛失明之说，而且他的女儿都是欧列格纳亚所出"⑦。这里，我们可以看到在关于父亲拉伊俄斯与儿子俄狄浦斯的妻子的说法上有相互混淆之处，在一个历史时期，继任者要将死去首领的诸多妻室一同继承，这可能就是关于俄狄浦斯娶拉伊俄斯之妻传说的事实来源，于是也就滋生出了俄狄

---

① J. 希利斯·米勒：《解读叙事》（*Reading Narrative*），申丹译，第 25 页。

② Pierre Grimal, *The Dictionary of Classical Mythology*, translated by A. R. Maxwell-Hyslop, p. 157.

③ 同上，p. 248.

④ 同上，p. 157.

⑤ 同上，p. 243.

⑥ 同上，p. 251.

⑦ 吉尔伯特·默雷：《古希腊文学史》，孙席珍、蒋炳贤、郭智石译，第 232 页。

浦斯与母亲发生过乱伦关系的说法。默雷说:"赫拉(刺)克勒斯把旦安尼拉(即得伊阿尼拉,赫刺克勒斯先前还曾把第一个妻子墨伽拉〔Megara〕给予过侄儿伊俄拉俄斯〔Iolaus〕)给希(许)拉斯(Hylas)、俄狄浦斯娶前王寡后为妻,都是既定成俗的事件。"①后来俄底修斯死后,他与喀耳刻生的儿子忒勒戈诺斯(Telegonus)娶了珀涅罗珀为妻,俄底修斯与珀涅罗珀的儿子忒勒玛科斯娶了喀耳刻为妻都是这种风俗的体现。另一种传说说欧律伽尼亚是许珀耳法斯(Hyperphas)的女儿,她与俄狄浦斯生了那几个孩子,俄狄浦斯后来虽然也娶过伊俄卡斯忒,但他们并未生下任何孩子。②另一种说法,克律西波斯乃死于同父异母兄弟阿特柔斯和堤厄斯忒斯之手,他们是受了母亲的教唆,因为她害怕首领之位会落到外人手里。这种说法虽然对珀罗普斯的行为作出了说明,却无法解释俄狄浦斯悲苦命运的根源。"很可能在最早的传说中,俄狄浦斯结婚之后马上就发现了自己的身份,他的孩子们是他的二婚所生;他发现了自己的身份之后还继续做着忒拜的首领,他老死在忒拜之后,两个儿子才为继承首领之位的问题发生了纷争。索福克勒斯悲剧结束的时候关于俄狄浦斯流放的犹豫,可能就是对这些变异传说的暗示。"③"该剧的结尾问题并没有给出一个明确的结果,可能就是为了综合有关俄狄浦斯的各种传统说法而专门设计的。"④而将俄狄浦斯流放了的说法则是在索福克勒斯的另一部悲剧《俄狄浦斯在科罗诺斯》(Oedipus at Colonus)中继续获得了演绎的。

从上面的分析中我们不难看出,让俄狄浦斯与自己生母发生乱伦关系纯属后来传说诗人们为了加剧俄狄浦斯命运的悲剧程度而虚构出来的,这种虚构在文学史上确实产生了难能可贵的美学效应。而对索福克勒斯《俄狄浦斯》一剧,默雷的评价还是比较中肯的,他认为它"理应获得亚里斯(士)多德给予它的地位,毫无疑问,这是一部最高超的希腊悲剧的典范作品。剧本具有深邃的感情力量和崇高的思想内容,富有强烈联想的文字,刻划(画)得栩栩如生的人物,以及丰富的想象力;至于戏剧性的强度和技巧方面,任何其他剧本中找不出象(像)描述伊俄卡斯忒的结局一场那么哀悯动人了"⑤。

---

① 吉尔伯特·默雷:《古希腊文学史》,孙席珍、蒋炳贤、郭智石译,第 49 页。

② Pierre Grimal, *The Dictionary of Classical Mythology*, translated by A. R. Maxwell-Hyslop, p. 157—158.

③ Ruth Scodel, *Sophocles*, p. 61.

④ 同上,p. 72.

⑤ 同①,第 259 页。

(三)传统研究的进一步深化

与米勒相比,托马斯·万·诺威克(Thomas Van Nortwick)的研究要远为有价值得多。他在《俄狄浦斯——男性生活的意义》一书中认为,从俄狄浦斯的成长过程中可以看出包括我们在内的基本上所有男性的心理发展路程,那就是从一个踌躇满志、备爱挑剔的年轻人逐渐变成一个平心静气、从整体上能够接受和容忍这个世界的老年人的过程。诺威克对这一路程做了精当的概括:"我们年轻时总是觉得自己可能而且有责任做出一些英雄举动,当我们年龄逐渐变大,我们就会对我们自身和我们生活于其中的环境有个更清楚的认识,我们先前的思想也会随之而改变。到了中年时,我们接触到了艰苦的生活现实,我们早期关于生活确定性的思想就会有所动摇。而一直到了老年,我们所感觉到的才真正的是现实的一切。……索福克勒斯……在他的剧作(《俄狄浦斯》和《俄狄浦斯在科罗诺斯》)中对人的成长与变老的过程为我们做了微妙而丰富的描绘。"[①]《俄狄浦斯》一剧正戏剧化了这样的一位希腊男性英雄在寻找自己的生活意义的过程中不断斗争从而逐渐成熟的经历,它揭示了一条普遍的规律,那就是年轻人往往更爱挑剔世界的缺如之处,因此更富有革命性,老年人在世上磕绊得久了,被磨平了棱角,换个角度说,也就是感受到了现实生活之不易左右的复杂性,所以也就更容易与世界妥协。黑格尔的理论中也有这方面的阐述,但因在革命时代这种理论虽道出了事实却缺少革命性而受到了无情批判。

俄狄浦斯在神替珀罗普斯复仇的过程中弑父娶母是有罪还是无罪,"命运"在他的生活与考验中起复杂而至关重要的作用,盲目后他是否更具有真知灼见了,以及他的恋母等问题在西方文化生活中都占据着一个中心位置。"我是谁?我是怎么变成现在这样的一个人的?我的自我和我的生活中究竟有多少成分是我自己创造的,又有多少是我无力掌握的外部力量所铸成的呢?换言之,俄狄浦斯的生活……提出了这些问题:(1)自然,知识和自我的实现;(2)自我与外部宇宙的关系。"[②]黑格尔则从现实真相的隐蔽性阐述了这一过程:"现实总隐藏着认识以外的不知道的那一个方面,不把自己按照其自在自为的本来面目呈现于意识之前,——不让儿子意识到他所杀的那个冒犯者即是他父亲,——不让他知道他娶为妻子的那位皇后

①② Thomas Van Nortwick,*Oedipus：The Meaning of a Masculine Life*，Introduction，pp. 5—6.

即是他母亲。伦理的自我意识背后就这样地埋伏着一个畏惧光明的势力，一直到行为发生了以后，它才从埋伏中一跃而出。"①在俄狄浦斯得知了自己的真实身份之后，他最敏切地感觉到的就是自己在整个神的复仇和自己为父亲拉伊俄斯复仇的过程中受到了命运的捉弄，他的出生是他自己所无法控制的，他自身的原因就是后来他由于自己富于力量而很是自负、骄傲与飞扬跋扈。

　　关于俄狄浦斯，荣格也提出了颇具价值的理论，人的一生就是一个逐步达到意识和潜意识（集体无意识）最终和谐的过程。年轻时相信意识到的自我就是自我的全部，以为自己有足够自信的控制能力。到了中年以后，逐渐认识到了不可控制的部分，终于接受了潜意识。最后承认自己是宏观宇宙的一个组成部分，从而自我作为一个整体被认识到，自我认识终于完成。阿喀琉斯是在好友死后才完成了对自我的完整认识。俄狄浦斯在付出了巨大的代价之后最终完成了对完整自我的再造，他从作为神的后裔的英雄降为必死的人类，从对外界的敌对变为宇宙和谐的一部分。从某种意义上说，他越老便认识得越明晰，也便越接近神了，他最后终于被接到了天上。若说俄底修斯是第一个靠自己智慧存活下来的喜剧英雄，那么俄狄浦斯就是第一个悲剧性的智慧英雄。而悲剧与喜剧的区别正像约翰斯顿所分析的那样："悲剧的核心是人类必须积极地去面对生命中最可怕的部分，并且毫无折中地接受其结果。……不管付出多大代价，悲剧都要面对和接受极限；相对而言，喜剧却可以回避这种遭遇而寻求到一种妥协。"②俄狄浦斯越积极主动地想对外部世界施加自己的意志，他越无法自拔地陷入了一种悲剧命运之中，但同时他也越是进一步地认识了自己，在行动中再造了自我，最后达到了毕达哥拉斯（Pythagoras）学派所提出的"小宇宙"与"大宇宙"的和谐统一。

　　我国袁鼎生在这方面的研究也颇具深度："俄狄浦斯极力对抗命运而未果，但他没有逃避责任以保持自己的权位，而是为了城邦的生存，牺牲了自己，标举了正直与伟大。他也没有向命运屈服，而是以自残与请求放逐的方式与之进行了强烈的抗争，显示了尊严与勇毅，构成了熠熠闪光的壮美人格和不屈不挠的求索拼搏精神。正是这种壮美人格和求索拼搏，透露了人类把握自然、获得自由的历史趋势，表现了人类终将掌握自己的命运，摆脱受动性，把握主动性，实现以自己的意志为主导的与客观必然相一致

---

　　① 黑格尔：《精神现象学》（下卷），贺麟、王久兴译，第 25 页。
　　② I. C. Johnston, *The Ironies of War: An Introduction to Homer's Iliad*, p. 93.

的和谐理想,这是人类以自己为主体实现与社会与自然对立统一的和谐理想,有较高的壮美质和壮美值。"①

第三节　俄瑞斯忒斯的复仇主题

马克思发现了摩尔根的《古代社会》一书之后如获至宝,做了很多摘要,马克思去世后恩格斯据此摘要写出了经典著作《家庭、私有制和国家的起源》,在其序言里说俄瑞斯忒斯在雅典战神山法庭上的胜诉标志着父权制战胜了母权制,而仔细阅读摩尔根的原著,我们却只能得出完全不同的结论。这一节里,我们从血亲复仇的角度重点解决这一问题。

一、仇恨的缘起

阿伽门农被妻子克吕泰涅斯特拉伙同情夫埃癸斯托斯杀死了。从埃癸斯托斯的角度来说,这是珀罗普斯家族内部血亲复仇的继续。俄瑞斯忒斯长大后听从阿波罗的命令开始为父亲阿伽门农之死复仇(据索福克勒斯说,是一直与他保持联系的姐姐厄勒克特拉督促他为父亲复仇,他去征求阿波罗的意见,被告知这个复仇举动是可行的),毕竟,进行血亲复仇在当时被看作神圣的至高义务。阿伽门农虽然死了,但"他的个体性、他的血缘将在他家里继续活下去;他的实体有着一个绵延不绝的现实"②。这种血缘关系在俄瑞斯忒斯身上获得了体现。俄瑞斯忒斯行动了,他是为父亲阿伽门农之死在进行血亲复仇;同时这与埃癸斯托斯的复仇一样,也是珀罗普斯家族内部阿特柔斯和堤厄斯忒斯两兄弟间血亲复仇的延续;追本溯源,这也是珀罗普斯杀死赫耳墨斯的儿子密耳提罗斯之后引起了神祇扩大化复仇的最后部分。

弗洛姆说:"复仇是一种魔术性的行为。一个人如果犯了暴行,而我把他毁灭,则他的暴行也就解除了。"③俄瑞斯忒斯杀死母亲的行为就属于这种解除暴行的性质。他在表兄弟皮拉得斯(斯特洛福斯之子)的陪同下回到了阿耳戈斯。他先是到了父亲坟前,放下了一绺他的头发,之后来到这

---

① 袁鼎生:《西方古代美学主潮》,广西师范大学出版社 1995 年版,第 205—206 页。
② 黑格尔:《精神现象学》(下卷),贺麟、王久兴译,第 19 页。
③ E. 弗洛姆:《人类的破坏性剖析》,孟禅森译,第 338 页。

坟墓的厄勒克特拉认出了这绺头发,她知道弟弟已经回来了。但是当她回到宫里时,俄瑞斯忒斯假扮成一个来自福喀斯的过路人,他说俄瑞斯忒斯已在皮提亚赛会(the Pythian Games)上进行战车比赛时摔死。这个插曲意在说明这个家族的祖先珀罗普斯在战车比赛时所遭受的密尔提罗斯的诅咒依然是笼罩着这个家族的阴影。克吕泰涅斯特拉觉得再也不用惧怕自己的罪行被惩罚了,她命人去叫埃癸斯托斯。埃癸斯托斯一到,就先被俄瑞斯忒斯杀死了,听到埃癸斯托斯临死的叫声,克吕泰涅斯特拉跑了出来,发现她儿子手里拿着剑,她请求他饶了哺乳过他的人,俄瑞斯忒斯正想让步,皮拉得斯提醒他阿波罗的命令及这次复仇的神圣性质,俄瑞斯忒斯于是也杀死了母亲克吕泰涅斯特拉。这是埃斯库罗斯的安排,而索福克勒斯与欧里匹得斯也都各有安排。索福克勒斯介入了一个老年人的形象,他是俄瑞斯忒斯的仆人,是他向克吕泰涅斯特拉谎称俄瑞斯忒斯已在战车比赛时摔死了。索福克勒斯另外还让俄瑞斯忒斯把一枚阿伽门农以前的黄金戒指给姐姐看,他们才得以相认;索福克勒斯让俄瑞斯忒斯先杀死了克吕泰涅斯特拉,然后杀死了从外面回来的埃癸斯托斯。根据欧里匹得斯的安排,埃癸斯托斯是在花园里向仙女们奉献牺牲时被俄瑞斯忒斯杀死的,然后俄瑞斯忒斯向埃癸斯托斯的护卫们亮明了自己的身份,这些护卫们虽然想为自己的主人复仇,但是他们不愿与阿伽门农的儿子对抗。之后,俄瑞斯忒斯又去杀死了母亲。

复仇女神开始为克吕泰涅斯特拉向俄瑞斯忒斯复仇,她们使他发疯,阿波罗为他净罪也未能使他摆脱复仇女神的纠缠。直到在雅典战神山法庭上雅典娜投下了关键的一票,俄瑞斯忒斯才被宣布无罪。[①] 后来,他与姐姐厄勒克特拉再次返回密刻奈,杀死了埃癸斯托斯的儿子阿莱忒斯。皮拉得斯与厄勒克特拉结了婚,生下了两个儿子,墨冬(Medon)和斯特洛菲俄斯(Strophius)。这里,俄瑞斯忒斯的发疯被归因于复仇女神使然,我们摆脱了神话因素推论,他的发疯应该是自己亲手杀死了母亲后不堪严重的精神折磨而渐渐地变得失去了正常心态,而且即使他医好了疯病,在有生之年他也无法原谅自己的弑母行为,但我们看到他的处境是舍弑母便别无他法的,他受传统习俗的驱使被迫犯下了重罪,而自己却要承担那不幸的后果,这种两难境地就是关于他的题材一直极富悲剧性的原因。

---

① 按照阿耳戈斯的传说,俄瑞斯忒斯的审判不是在雅典举行的,而是在阿耳戈斯举行的。俄阿克斯和廷达瑞俄斯(Tyndareus)把俄瑞斯忒斯告上了法庭,阿耳戈斯人判处他死刑,而密刻奈人却仅仅判处他被驱逐。

他杀死阿莱忒斯，带有斩草除根的扩大化复仇性质；同时为了夺回首领之位，这种扩大化的复仇又实属必需，因为俄瑞斯忒斯被复仇女神追逐期间阿莱忒斯一直占据着阿耳戈斯的首领之位。

阿波罗的祭司克律塞斯还曾想向俄瑞斯忒斯和伊菲革尼亚复仇，这是由于阿伽门农在特洛伊战争期间曾拒绝归还克律塞斯的女儿克律塞伊斯所引发的血亲复仇。俄瑞斯忒斯虽然被净罪，但他弑母后受复仇女神的折磨所得的疯病并没有痊愈，阿波罗的神谕说，他要到陶立斯（Tauris，现在的克里米亚〔Crimea〕）去把阿耳忒弥斯的神像取回，他的疯病才能痊愈。于是他与皮拉得斯来到了陶立斯，在这里，他与当祭司的姐姐伊菲革尼亚相认后就和皮拉得斯三人一起共同离开了陶立斯。陶立斯首领托阿斯（Thoas）带人来追，俄瑞斯忒斯和伊菲革尼亚逃到了克律塞斯这里。克律塞斯想报当年阿伽门农得罪之仇，就想把他们交给追捕而来的托阿斯。但在关键时刻，克律塞伊斯坦白说小克律塞斯实乃她与阿伽门农所生，克律塞斯于是放弃了把他们交给托阿斯的想法，并在小克律塞斯的帮助下杀死了托阿斯。一说俄瑞斯忒斯离开陶立斯时，波赛冬把他们的船只抛回了岸边，托阿斯刚要将他们全部抓获，雅典娜出现了，她斥退了托阿斯。至此，原来因父亲阿伽门农使其落难的伊菲革尼亚现在被弟弟成功地带回了故乡，阿伽门农与克律塞斯在特洛伊战争期间所留下的旧恨也被一劳永逸地消除了。

俄瑞斯忒斯做了七十年首领，九十岁时他被毒蛇咬伤脚踵死去了。至此，珀罗普斯家族的罪恶才告了结，神祇也放弃了对这一家族的继续纠缠。

二、俄瑞斯忒斯的复仇与母权制

古希腊"悲剧之父"埃斯库罗斯的《俄瑞斯提亚》三部曲（包括《阿伽门农》〈Agamemnon〉、《奠酒人》〈The Choephori or The Libation Bearers〉和《福灵》〈Furies or Eumenides〉）向来被国内外学者们看作是表现了父权制与母权制之争，最后以父权制的胜利而结束的悲剧。下面的观点就比较典型："开审之后，有罪和赦免的票数相等，最后雅典娜投下决定性的一票，俄瑞斯忒斯获得赦免——这表明了民主改革后，父权战胜了母权。"①再如，

① 《关于奥（俄）瑞斯提亚三部曲》，见《奥瑞斯提亚》三部曲，灵珠译，上海译文出版社 1983 年版，第 11 页。书中所引该剧诗句，皆依据这个版本。

"埃司凯洛斯（即埃斯库罗斯）的戏剧《奥列斯特》（即《俄瑞斯提亚》）的主题可以理解成正处在衰败中的母权制在英雄时代与不断取得胜利的父权制的斗争。这就是恩格斯的《家庭、私有制和国家的起源》的序言中所介绍的母权制理论所阐述的'最精彩和最出色的地方'"①。事实上，所有这些说法都是源于恩格斯的《家庭、私有制和国家的起源》序言中的观点。而我们看到，"作为欧洲市民社会规范基石的基督教也好，文化教育的根基希腊文化也好，都是支撑着父权制原理的基石"②。难能可贵的是，"罗森伯格……强调日耳曼人没有经历过母权制的历史阶段。巴霍芬想象中的奥列斯特是完全错误的。他认为在同一民族（指包括希腊人在内的日耳曼人）中，没有母权制阶段和父权制阶段的斗争"③。但这一微弱的声音，由于希特勒对罗森伯格理论的共鸣，之后便不再为人所闻了。弗洛伊德的阐述也为我们提供了一定的参考价值："根据弗洛伊德的理论，……所谓原始的父性统治，是从人类起源开始就一直延续下来的，只要根据父亲和儿子的关系，把男性统治作为前提，就会认识到母权制只是人类漫长历史中的一种短暂的现象。"④仔细阅读《俄瑞斯提亚》一剧，其中连母系社会的影子都不可见，母权制又从何谈起呢？以往坚持父权制战胜了母权制论点的评论家都是依承恩格斯的说法，他们所犯的错误在于他们完全置《俄瑞斯提亚》一剧所涉及的神话传说情节在整个神话传说系统中的前后背景于不顾，而只盯住了三点：一个妻子偕同情夫杀死了丈夫；丈夫曾杀过一个女儿祭风；复仇神是女性，代表母权制。这种判定多含主观臆断、牵强附会的成分。下面就神话传说的大背景结合剧情对以往的观点试作驳论。

（一）宙斯神统，父权制已经确立

因为一般只有母性才能孕育，所以希腊神话中最早出现的有性别的神祇就是地母该亚。赫丽生说："在原始的母权社会，妇女是伟大的社会力量，更确切地说是社会的中心，而不是作为一个女人而存在，至少不是作为女性，而是作为母亲——养育未来部落成员的母亲。"⑤但是我们看到，该亚的母性正是她作为希腊神话中第一位神的前提，她的确繁育了第二位神，但她未必就会成为"社会的中心"。该亚生出天神乌拉诺斯，之后又与乌拉

---

① 上山安敏：《神话与理性》，孙传钊译，上海人民出版社 1992 年版，第 219 页。
② 同上，第 204 页。
③ 同上，第 239 页。
④ 同上，第 257 页。
⑤ 赫丽生：《古希腊宗教的社会起源》，谢世坚译，第 489 页。

诺斯生下六男六女,即所谓的提坦神族。这时的乌拉诺斯就已经"成为世界的主宰"①。乌拉诺斯说一不二,体现了强硬的父权特征:他因忌恨自己与该亚生的巨人儿子科托斯(Cottus)、布里阿瑞俄斯(Briareos)和古埃斯(Gyes)"超凡的勇气、惊人的美貌和高大的身材"②,他们一落地便被乌拉诺斯关在了地下。儿子克洛诺斯"是大地该亚所有子女中最小但最可怕的一个,他憎恨他那性欲旺盛的父亲"③,遂起而反抗,打败了乌拉诺斯,并对他进行了阉割,这是发生在血亲之间的残酷复仇。该亚虽策划了这次复仇,但复仇的实现却不是由该亚决定的,因为"无论在社会的什么阶段和什么情况中,总是由男子来承担战斗的任务"④。而且战斗的结果也是有利于男性的,克洛诺斯作为胜利者,理所当然地掌握了最高神权,"称雄世界"⑤。

克洛诺斯娶妹妹瑞亚为妻,又生下了新一代的子女,但因克洛诺斯的父亲曾预言他将被一个儿子推翻,所以他的子女降生后即被他吞掉,只有最小的儿子宙斯被瑞亚以一块石头换了下来。赫丽生以卡匹托尔山(Capitoline)上的浮雕(瑞亚生下宙斯后的庆祝仪式)为例,指出父亲克洛诺斯不在其中,认为这是母权制的标记。"这种传说所描述的是最初父亲尚未出现时的情景,后来,父亲出现后,他也并不受到强调。"⑥这种说法是对神话事实的故意回避,因为瑞亚是有意避开了克洛诺斯而去到克里特的山洞里生下宙斯,克洛诺斯自然不会在场。接下来,赫丽生又没有任何理由地说道:"克洛诺斯王代表古老的母权制时代,因而和该亚有着密切的联系。"⑦

宙斯长大后推翻了克洛诺斯,他在俄林波斯山上建立起了新一代的神统。据该亚和乌拉诺斯的预言,墨提斯为宙斯生下的儿子将推翻宙斯的统治,于是宙斯便将怀孕的墨提斯吞入了腹中,这是宙斯巩固自己统治地位的一个手段。假如该亚是母权制势力的影子的话,在宙斯再次打败由该亚发起的地狱中巨人们的反攻之后,宙斯就建立起了比较稳固的父权制的统治。

上山安敏说:"逐渐,母权制和父权制的斗争中,父权制取得了胜利,斗争中涌现了奥林匹斯的 12 个神,奥林匹斯神话也就成了父权制获得胜利

---

① ⑤　100 *Myths of Greece and Rome*. 陶洁等译,中国对外翻译出版公司、商务印书馆(香港)有限公司合作出版,1989 年版,Preface,vii.

②　赫西俄德:《工作与时日·神谱》,张竹明、蒋平译,第 45 页。

③　同上,第 30 页。

④　摩尔根:《古代社会》,杨东莼、马雍、马巨译,第 464 页。

⑥　赫丽生:《古希腊宗教的社会起源》,谢世坚译,第 489 页。

⑦　同上,第 491 页。

的报告。"①而我们从克洛诺斯推翻乌拉诺斯、宙斯打败克洛诺斯并相继取代父位的现象中,可以看到原始部落中年轻人打败年老体衰的酋长并取而代之的新陈代谢过程,这一过程的斗争往往在父子血亲之间展开,是父权制内部的一种权力更迭的方式。之后建立起的新神神系,正如赫丽生所说:"他们(指俄林波斯神)代表着一种我们非常熟悉的社会形态,即父权制家庭。宙斯是这个家庭的父亲和家长;虽然他和赫拉之间经常发生冲突,但他至高无上的地位是不容置疑的。赫拉生性妒忌,宙斯经常为此而恼火,然而最终他依然居于支配地位。"②

赫拉身上有着母权制的嫌疑,她实在忍受不住宙斯的傲慢与专横,就趁他熟睡之机,纠集起对宙斯也心怀不满的众神把他捆绑了起来,结果他摆脱捆绑之后就把赫拉吊上了云端,让她发誓永远不再反抗后才把她释放下来。他又以雷电威胁参与的众神,并对重点参与者进行了惩罚,以杜绝他们以后的反抗举动。若说存在过父权制与母权制之争,那么在击败了该亚所领导的巨人们的反抗之后又彻底地消除了赫拉的叛逆之心,这之后就可以说已经永远地解除了母权制的威胁,这时的宙斯便成了不可动摇的具有绝对权威的父权制的代表。赫丽生说:"宙斯作为天神,作为众神和万民之父,……(他)是一个北方人,……他不是真正的天神,他是北方父亲的化身。……赫拉是土生土长的,她代表的是母权制;她独自统治着阿耳戈斯(Argos)和萨莫(摩)斯;她在奥林匹亚的神庙跟宙斯的神庙有着明显的区别,而且比宙斯神庙早得多。她的第一任丈夫(或者说配偶)是赫拉(刺)克勒斯。作为征服者的北方人从多多(铎)那(Dodona)来到忒萨利(一译忒萨利亚)。在多多那,宙斯抛弃了他那形影不离的妻子狄俄涅(Dione),然后从忒萨利来到奥林匹亚。在奥林匹亚,像许多征服者的首领一样,他娶了赫拉——当地人的女儿。在奥(俄)林波斯,赫拉似乎只是一个生性妒忌、吵吵闹闹的妻子。在现实中,她代表的是本地一个刚烈的公主,她受到外族征服者的压制,但从来没有真正屈服过。"③而到了神话中,我们却能从赫拉的身上看到足够的屈服者的特征。

接下来,赫丽生做了一些自相矛盾、似是而非的论述。她说:"总是作为弱者的母亲居然是社会的中心,起着支配作用。但是我们必须时刻记住,这种原始的社会形态是母权制,而不是父权制。妇女是社会的中心,但

---

① 上山安敏:《神话与理性》,孙传钊译,第221页。
② 赫丽生:《古希腊宗教的社会起源》,谢世坚译,第486页。
③ 赫丽生:《古希腊宗教的社会起源》,谢世坚译,第486—487页。

不是作为支配社会的力量。如果个人的力量达到极致,社会就不可能存在,因为社会是靠合作、靠相互让步维持,而不是靠对抗。"①那"作为弱者的母亲"又如何维持母权制呢? 是"社会的中心",又不"作为支配社会的力量",这是怎样的一种力量呢? 这种"支配社会的力量"就必然要求"个人的力量达到极致"吗? 宙斯后来掌控了俄林波斯山,他的力量也并没有达到极致,他还要受命运女神的制约,但这并不影响他统治地位的存在。

赫丽生也认识到了自己的部分理论并不具有充分的说服力:"对神话学家来说,有足够证据表明,希腊经历过母权制社会,在这种制度下存在着部落成人仪式,因为这种社会结构清楚地体现在神话中。但是,对于一个用历史方法而非神话的方法进行研究的学者而言,这种证据就不那么具有说服力。"②

然而,她接下来的记述表明,她不是对赫剌克勒斯的传说知之甚少,就是同样地在有意回避神话事实。她这样记述了绪布里斯蒂卡节(Hybristi-ka)的情景:"女人穿上男人的宽大长袍和短鬓,男人则穿上女人的长外衣,披上女人的头巾。"她继而评价道:"这种男女互相换装的做法标志着从母权制到父权制的转变。在科斯(Kos)岛,赫拉(剌)克勒斯的祭司在主持祭祀仪式时要穿上女人的衣服(根据普鲁塔克的记述)。这促使人们做出以下推断:当地有一个叫作翁法勒(Omphale)的女神,她的祭司是一个妇女;当父权制取代母权制后,某个男祭司篡夺了女祭司的位置,但他依然穿着她原来主持祭祀时穿的服装。这种观点是很有见地的,其实哈利迪先生那个令人满意的观点就是据此提出的。"③我不知道她这种推断是如何做出的,但显然她不知道赫剌克勒斯为翁法勒服役而穿女装的传说。"阿喀琉斯装扮成一个女孩"④也被她用来作为母权制的证据,殊不知英雄此举完全是听从有预知能力的母亲忒提斯的安排,混迹女儿堆中是为了躲避未来特洛伊战争中的毁灭性的命运。她下面的理论也是似是而非的:"最初她(指大地女神狄剋,Dike)是出于自愿独自从地下(地狱)回到地上的,……后来,当她返回的意义不再为人所理解,当父权制取代了母权制的大地崇拜时,她的返回被赋予了与父权制有关的动机。她不再是自愿返回,而是由自己的儿子或情人接回地上。这样,我们便看到诸如此类的故事:珀耳塞

---

① 赫丽生:《古希腊宗教的社会起源》,谢世坚译,第489页。
② 同上,第493页。
③ 同上,第502页。
④ 同上,第503页。

福涅被哈得斯劫走,巴西勒(Basile)被厄克罗斯(Echelos)所劫,海伦被忒修斯和珀里托俄斯(Peirithous)抢走,狄俄尼(倪)索斯下到冥国接出自己的母亲塞墨勒(Semele),其中最晚也是最新的是俄耳甫斯和欧律狄刻(Eurydike)的爱情故事。"①这里,"珀耳塞福涅被哈得斯劫走"是与作者该提供的证据完全反方向的,他们不是来到地上,而是下到地下。

无论如何,我们在以宙斯为首的神话传说系统中是看不到母权制的任何存在过的痕迹的。在特洛伊战争进行当中,宙斯要给阿喀琉斯以光荣,于是便当众耍起了他作为父权制家长的权威:"听我说,男神们,女神们!你们别想违抗我的命令。谁要是胆敢帮助希腊人或特洛亚(伊)人,我就要用这霹雳火打他,或者把他抛进黑暗的塔耳塔洛斯……叫他知道我是众神之长! ……我是比任何人都强大。"②在关键的时刻,他只想一人掌握战争的形势,这表现了他作为父权制家长的凛然不可侵犯的权威。后来,赫拉和雅典娜看到希腊人的惨败实在忍受不住,便跨上战车,准备前往助战。宙斯见到此景,便让伊里斯(Iris,女神使,其所负职责相当于赫耳墨斯)前去恫吓:"你快去,告诉她们不许到我面前来,她们要是到我面前,就要吃苦的。我一定打断那几匹马的腿,把她们从车上扔下来,把那战车打成粉碎。……"两位女神无奈,只得又回俄林波斯圣山去了。之后宙斯也回来了,他再一次声明:"俄林波斯的众神没有一个能推翻我。"③他如此专横的言行,无疑就是明显的专制父权制特征的表露。而且他不只是对女神,对男神他也一样地居高临下。当他发现在自己瞌睡的时候赫克托耳被大埃阿斯用巨石打翻在地,口吐鲜血,他知道一定是哪位神参与了此事,他实在怒不可遏。看到他大动肝火的样子,波赛冬赶紧停止了干预,阿波罗则马上去恢复了赫克托耳的元气,让他重新走上了战场。宙斯在这里是一个地地道道的专制家长的形象,而他的家庭便是当时的整个社会,既包括众神的世界,又包括为众神所统辖的全部人类,宙斯就是这样的一个大家庭的自负而残暴的强硬父权制的化身。"宙斯享有事物的最终审判权和裁决权。当不和女神送来金苹果挑起宴会的纠纷时,只有宙斯才能出面裁决。所以,当宙斯命定帕里斯来裁判时,王子不敢违命。作出什么裁决是王子的自由,作不作裁决却不是王子的自由。当雅典娜和波赛冬为了奥(俄)德(底)修斯的命运争得不可开交时,也是宙斯作出最终裁决:让奥德修斯十

① 赫丽生:《古希腊宗教的社会起源》,谢世坚译,第519页。
② 丘尔契改写:《伊利亚特的故事》,水建馥译,中国青年出版社1957年版,第68页。
③ 同上,第74页。

年后返回故乡。所以,作为大洋神女的卡吕普索也不敢违旨。著名的德墨特(忒)耳与珀耳塞福涅事件最终也是由宙斯裁决的。"①我们看到,宙斯以父权制家长的身份裁决的还有阿佛洛狄忒和珀耳塞福涅争夺阿多尼斯的事件。可见,凡是神祇之间争论不清的事端,都得诉及宙斯那里以获得最终的解决,在宙斯的身上可以说已经表现出了父权制的一切特征。

(二)阿伽门农,处在稳固的父权制时代

阿伽门农属于后期英雄,而在他之先的珀耳修斯、赫剌克勒斯、伊阿宋和忒修斯等早期英雄们,也已无一不处于父权制社会中了。到了阿伽门农的时代,父权制无疑地进一步巩固了。

当以阿伽门农为首的希腊部落联军即将开赴特洛伊征战的时候,宙斯的新神神系已经统治很长时间了,阿伽门农本人据说也是宙斯的曾孙女的儿子。修昔底德说:"阿伽门农一定是当时最有权势的统治者,正因为如此,他才能够发动对特洛伊的远征,海伦的求婚者们听从阿伽门农的召唤并不是因为他们当初向廷达瑞俄斯(也译作廷达罗斯)所立下的誓言。……他们之所以参加特洛伊远征,主要是(对阿伽门农的)畏惧在起作用,而并不只是忠诚。"②这次出征各部落的将领都可谓是父权制社会的体现者——均系男性:阿特柔斯的两个儿子阿伽门农和墨涅拉俄斯;堤丢斯的儿子狄俄墨得斯和副将斯忒涅罗斯(Sthenelus);涅琉斯(Neleus)的儿子,统治过三代人民的老将涅斯托耳;伊塔刻首领拉厄耳忒斯(Laertes)的儿子俄底修斯;埃托利亚人托阿斯;克里特首领伊多墨纽斯和副将墨里俄涅斯(Meriones);来自罗得斯(Rhodes)岛的赫剌克勒斯的儿子特勒波勒摩斯(Tlepolemus);来自忒萨利亚的阿德墨托斯和阿尔刻提斯的儿子欧墨罗斯(Eumelus);还有最勇猛的大将阿喀琉斯和副将帕特洛克罗斯……介绍这些将领时多提到他们是哪个父亲的儿子,或是哪个部落的首领,这表明当时已是稳固的父权制社会。他们欲去抢夺回来的海伦也不是某个部落的女首领,而只是斯巴达首领墨涅拉俄斯的妻子。在特洛伊战争中,虽然有东方的阿马宗人的女性部队参战,但这也改变不了父权制已普遍牢固确立的社会结构。因为就像在没有女性的社会里就无所谓父权一样,在没有男性的社会里也就无所谓母权,至多只能称其为女儿国。

---

① 李咏吟:《原初智慧形态》,第111—112页。
② Thucydides, *History of the Peloponnesian War*, translated by Rex Warner with an Introduction and Notes by M. I. Finley, pp. 39—40.

　　征战的船队因海上无风而无法启航,作为部落联军首领的阿伽门农则责无旁贷地要为此愁肠百结:"国王阿伽门农正坐在奥里斯他的军帐中;……现在已经是过了午夜了,但国王阿伽门农并不曾睡,他正愁念着许多事。"①这些话表明了这已经是一个靠男子料理重大事务的父权制时代,而阿伽门农正是父权制部落——密刻奈的首领。作为部落联盟的军事首领,他必须以希腊部队的集体利益为重。为了获得顺风,他只好使用骗术让妻子克吕泰涅斯特拉把女儿伊菲革尼亚送到军中。当他不得不听从先知卡尔卡斯的话而在极度痛苦的心境下去杀死女儿以祭阿耳忒弥斯时,他又是出于一人决断,妻子的劝阻和哀求都属徒劳,这里表现了父权的绝对威严,女人只处于服从的次要地位。

　　按照传说,伊菲革尼亚当初并没有死,阿耳忒弥斯在最后一刹那用一只巨鹿代替了她。克吕泰涅斯特拉对阿伽门农的谋杀并不主要是为女儿复仇,她这里更主要的是因为移情别恋而引起的奸杀。克吕泰涅斯特拉原本是比萨(Pisa)首领坦塔罗斯 1 的妻子,阿伽门农杀死坦塔罗斯 1 及坦塔罗斯 1 与克吕泰涅斯特拉的一个新生儿后将她据为己有。这便埋下了祸根:她绝不是什么忠心的烈妇,所以后来才有与埃癸斯托斯通奸之举。她若主要因伊菲革尼亚的祭风而恨阿伽门农的话,那么当阿伽门农杀死她与坦塔罗斯 1 的新生儿时,她早就该恨他了。坦塔罗斯 1 的同父异母弟弟埃癸斯托斯则是以其人之道还治其人之身,从而报了家庭血仇:阿伽门农把坦塔罗斯 1 杀死后抢来了克吕泰涅斯特拉,他同样可以把阿伽门农杀死,而将克吕泰涅斯特拉据为己有。

　　阿伽门农在外征战十年,家中已是"风纪荡然"②,这也证明了在父权制社会中男人对于一个家庭的重要性。待攻克了特洛伊城后,提前回到阿伽门农家乡传达胜利消息的令使太尔西比斯说道(《阿伽门农》518—523 行):

> "万岁,先王的殿宇,亲爱的宫廷,
> 庄严的宝座,面向阳光的神灵!
> 对久别的君王表示正式欢迎。
> 阿伽门农归来了,诸位先生,
> 他在黑夜里带给你们以光明。"

---

① 郑振铎编著:《希腊神话与英雄传说》,人民文学出版社 1958 年版,第 562 页。
② 同上,第 575 页。

　　这里，令使把"殿宇""宫廷"和"宝座"都看作首领的私有财产而只是一味地在礼赞首领，根本没有想到要先向首领妻子致敬和问候。虽然克吕泰涅斯特拉在宫中一直在发号施令，但这只是一个男主人外出时妇女暂时当家的例子，只要阿伽门农一回来，她的地位也就立刻黯然失色了。

　　这里有个误区，就是克吕泰涅斯特拉除了阿伽门农外还有男人，这容易被误解为是母权制的特征。摩尔根说："女性在英雄时代的处境要劣于在我们对其情况要清楚得多的以后的年代中的地位。"①阿伽门农在外征战期间，他的死耗频频谣传到家乡，这时本就做不得命妇的克吕泰涅斯特拉不肯安守空房而接受了埃癸斯托斯的追求，也是符合这一人物的性格特征的。但事实上，若阿伽门农在家，她是断然不敢找情夫的。克吕泰涅斯特拉也只有在阿伽门农远征在外的时候，才得以与情夫埃癸斯托斯谋划杀死阿伽门农。她欲谋杀阿伽门农，也主要是她明白阿伽门农回来知道她的奸情后决饶不了她，所以只好先下手为强。这也属于慑于稳固的父权制的淫威之下不得已而为之的举动。这是"阿特拉思（即阿特柔斯）的儿子在地上脱逃了马尔斯（即阿瑞斯），在海上脱逃了奈泊都诺思（即波赛冬），终究做了他的妻子的不幸的牺牲者"②的根本原因。

　　另外，克吕泰涅斯特拉杀死阿伽门农还有一个火上浇油的因素，那就是女性的强烈嫉妒心理在作祟。奥维德对这个女子嫉妒的一面进行了分析，认为她对阿伽门农与阿喀琉斯争夺布里塞伊斯的事情早有耳闻，也正是这件可耻的事又继而导致了战争的长期拖延，更让克吕泰涅斯特拉无法容忍的是阿伽门农与卡珊德拉之间的暧昧关系，"那个胜利者倒反做了他的俘虏的俘虏了"③。也就是说，阿伽门农爱上了卡珊德拉，于是克吕泰涅斯特拉向丈夫进行了爱情复仇，"从此那登达勒思（即廷达瑞俄斯）的女儿便让谛爱斯带思（即堤厄斯忒斯）的儿子投到她心中，投到她床上了，她用一种罪恶去报复她的丈夫的罪恶"④。而一般的说法认为她与埃癸斯托斯是通奸在先的。这里，根本不能说克吕泰涅斯特拉为了通奸自由或为了嫉妒而杀死丈夫就是维护母权制，因为这种现象在我们当代也时有发生，而我们现在却连母权制的一点影子也找不到。当时的真实情况正像摩尔根所说，"至于荷马时代的希腊人，其家族虽是专偶制的，但却是低级形式的。

---

　　①　摩尔根：《古代社会》，杨东莼、马雍、马巨译，第 478 页。

　　②　奥维德：《爱经》，戴望舒译，第 18 页。

　　③④　同上，第 58 页。

丈夫用某种隔离的办法来要求妻子的贞操；但他却不承认有相应的义务。"[1]"在当时即使存在专偶制，那也是通过对妻子施以高压手段来实现的，而她们的丈夫在大多数情况下都不是专偶主义者。这样的家族中的偶婚制特点与专偶制特点，就数量而言是相等的。"[2]这应该是阿伽门农时代妇女的真正所处。也就是说，专偶是对女性提出的不平等要求，而处在统治地位的男性却可以任意地胡作非为。

克吕泰涅斯特拉杀死了阿伽门农，还要继续杀死年幼的儿子俄瑞斯忒斯以斩草除根。幸亏俄瑞斯忒斯被姐姐厄勒克特拉救走了，才免遭母亲的毒手。这进一步暴露出她杀阿伽门农的真正目的并不是为女儿复仇，否则她怎么会以杀死儿子为代价呢？克吕泰涅斯特拉的自私，在听到俄瑞斯忒斯假装过客谎报俄瑞斯忒斯已在赛车中死了时她所说的话中暴露无遗："我将说这件事的发生是不幸还是有幸呢？或者，这虽是一件不幸的事，却是有利于我的呢？这诚然是一件惨事，我乃在我自己的骨肉的死亡中觉得自己的安全。"[3]

当厄勒克特拉听到了俄瑞斯忒斯的死讯信以为真，要动员她的妹妹克律索忒弥斯（Chrysothemis）与她一同去杀死母亲与母亲的奸夫时，妹妹劝她："你知道不知道，你乃是一个妇人，并不是一个男子汉。"[4]这都可证明这是一个父权制社会，在这样的社会中，重大艰险的事情主要靠男子来完成，而一个弱女子所能做的却十分有限。

那么，克吕泰涅斯特拉原来欲杀俄瑞斯忒斯是要绝除父权制继承人而获得母权制胜利吗？根本不是，她只是怕他为父亲进行血亲复仇。在一个父权制社会里，一个父亲被杀死了的男性，即使尚是婴儿也意味着一种巨大的威胁。事实上，克吕泰涅斯特拉一直是处于男人的控制之下的。当初杀死阿伽门农的真正主谋并不是她，而是她的奸夫埃癸斯托斯。有长老的话为证（《阿伽门农》1612—1616 行）：

> "埃癸斯托斯，我不敬仰人幸灾乐祸，
> 你不是承认你有意杀害此人，
> 而这惨杀是你一手策划的么？

---

① 摩尔根：《古代社会》，杨东莼、马雍、马巨译，第 476 页。
② 同上，第 477 页。
③ 郑振铎编著：《希腊神话与英雄传说》，第 598 页。
④ 同上，第 602 页。

　　　　告诉你，到惩罚之日，你的头壳

　　　　难免被人民咒骂用石块敲破。"

　　之后，克吕泰涅斯特拉说的话也可以证明当时社会的父权制性质（《奠酒人》716—718行）：

　　　　"同时，我们把此事禀告一家之主，

　　　　因为我们并不缺乏朋友来策划，

　　　　让我们把我们的不幸磋商一下。"

　　这里的"一家之主"指的是埃癸斯托斯，杀了阿伽门农之后，是他而不是克吕泰涅斯特拉掌握了统治权。可以推想，假若他们真的杀死了俄瑞斯忒斯，那么篡夺首领之位真正执掌政权的也只能是埃癸斯托斯。

（三）俄瑞斯忒斯，父权制的继承者与维护者

　　假如当初伊菲革尼亚真的死了，同时俄瑞斯忒斯又不是太小的话（当时他只有三岁），他也不会对父亲杀死伊菲革尼亚的行为做出任何反应。假如阿伽门农回来后发现了克吕泰涅斯特拉的奸情而把她与奸夫一齐杀死了，作为儿子的俄瑞斯忒斯也不会为母亲去向父亲复仇。但现在俄瑞斯忒斯无论如何也无法接受他的母亲伙同奸夫把他心目中的偶像——父亲阿伽门农杀死这一事实，他对父亲的死感同身受，自己也感到了威胁，所以他要杀掉母亲与她的奸夫，以维护父权制的至高尊严，这便暴露了俄瑞斯忒斯内心里根深蒂固的男权至尊的父权制思想。而当地的法律也规定："如果一个人被暗杀了时，他的儿子必须对那个杀他的人报仇，不报不休。"①继而他又得到了阿波罗的神示为其佐助。

　　有论者认为，在俄瑞斯忒斯杀死了母亲之后一直在追逐他的复仇女神是母权制象征，她们最后在战神山长老会的法庭上投票失败而变成了雅典的保护神便宣告了母权制的失败和父权制的胜利。事实上，复仇女神在众神之中的地位实在是微乎其微，她们长久以来只能算是地祇，只有成了雅典保护神之后才升格为天神。而对下界神祇的崇拜祭牲是用黑色的，祭祀在夜间举行，奠酒只用蜂蜜加牛奶，祭坛是低矮的，这从一个侧面证明了其地位的低微。当俄瑞斯忒斯杀死母亲逃去后，复仇女神还在酣睡。克吕泰

---

　　①　郑振铎编著：《希腊神话与英雄传说》，第588页。

涅斯特拉的鬼魂将她们唤醒,她们开始欲去追赶,阿波罗却呵斥她们道:
"离开这个地方,你们可憎恶的东西。你们快快的离开去吧,否则将有一支
箭从这个弓弦上射出,射中了你们,要你们呕吐出你们所喝过的人血了!"
她们无奈地辩解道:"然而这乃是我们的被派定了的工作,要去紧随着杀死
了他母亲的人。"①黑格尔所说的"这种下界的正义同宙斯并列一起坐在宝
座上,并且同启示的和全知的神享受同等的尊敬和威望""两者都享受同等
的光荣"②等并不符合神话事实。

她们在这里是代表了一个母亲的利益,但凭她们位卑权轻的处境如何
能戴得起代表母权制这项重冠呢? 她们这里辩解说"这乃是我们的被派定
了的工作",所以她们只是在履行职责,而这种职责男性神也是可以去履行
的;如果因为她们是女性,便赋予她们代表母权制的重任,这似乎有些牵
强。事实上,她们只是代表了一种要求复仇的普遍愿望而已,并无什么母
权特征。一个明显的事实是,她们替女人复仇,也替男人复仇,她们所恪守
的一条原则就是:杀人者必须得到报应。所以她们代表母权制的说法不能
成立,从埃剧中也找不到作者这方面的意向。

再者,俄瑞斯忒斯的支持者和反对者在法庭上投票,双方的票数正好
持平,这时投下最关键一票而使俄瑞斯忒斯得以赦免的却正是一位女
神——雅典娜。而她在投下这一票时所说的话表明了她当时的心态(《福
灵》739—741行):

> "我并不重视杀死这个女人,
> 她结了婚,却杀害亲夫,一家之主;
> 俄瑞斯忒斯诉讼胜利。"

可见,在一个极其稳固的父权制社会里,她是要维护"一家之主"的至
上权威的,所以她赞成"一家之主"的继承者俄瑞斯忒斯的弑母行为。正如
汤姆逊所分析的那样:"雅典娜为什么投俄瑞斯忒斯一票? 因为她认为男
性比女性地位高,丈夫比妻子地位高。"③至少当时的社会现实已然如此。
据摩尔根说:"在荷马时代(这里应该是指英雄时代)的希腊人中,妇女在家

---

① 郑振铎编著:《希腊神话与英雄传说》,第 611 页。
② 黑格尔:《精神现象学》(下卷),贺麟、王久兴译,第 222 页。
③ 水建馥译:《埃斯库罗斯与雅典》,见陈洪文、水建馥选编《古希腊三大悲剧家研究》,中国社
会科学出版社 1986 年版,第 287 页。

族中处于与外界隔绝的地位，受其丈夫的统治，没有充分的权利，非常不平等。"①赫丽生也说："《复仇女神》中的三个奥（俄）林波斯神——宙斯、阿波罗、雅典娜——的联盟使我们想起一个有趣的问题。我们感到，他们的关系是不自然的；这三个神祇之所以共同站在一边，不是因为任何原始的联系，也不是因为共同的崇拜，而是因为他们象征着被推向极端的父权制。"②

　　我们从几位作者所写的悲剧《厄勒克特拉》（Electra）中看到俄瑞斯忒斯的姐姐厄勒克特拉站在宫廷外面也被当作是有伤风化，这一点就更能证明当时女性行为所受到的严格限制。与此形成鲜明对照的是那"一家之主"的绝对权威。摩尔根在讨论罗马的父权制家族时说："这种家族的核心及其得名的来由在于父亲具有生杀其子女、后裔和奴仆的权力，以及对于由他们创造的一切财富的绝对所有权。其家族之父（pater familias）虽非多妻，但他是一家之长，在他支配之下的家族就是父权制家族。"③他进而提到，希腊部落在低级阶段时就已经存在这种家族了，从阿伽门农对女儿伊菲革尼亚所持有的生杀予夺的权力便更可以证明这一点。摩尔根认为，在专偶制家庭产生之前的偶婚制家族中，父权制就已经作为一种微弱的势力开始出现；"随着家族愈来愈个体化，它在稳步地向前发展，最后在能够确认出孩子的父亲身份的专偶制下完全确立了父权"④。而且摩尔根还不止一次提到这种观点，可见他对这个问题的看法是何等的坚定不移。

　　在俄瑞斯忒斯这个案子的审判过程中，明显地存在着男女双方的矛盾，双方各代表了死去夫妻的鬼魂在进行诉讼。即使在当代，夫妻对簿公堂的情况也不少见，但这时即便是女方在争取一定的权力，那也只能是"女权"而已，却不可谓之为"母权"。"女权"是指女性该享受的与男子平等的权利，而"母权"则是要求女性全部或绝大部分地控制社会，从而使男子屈于普遍的服从地位。我们知道，即使当代有许多女性当家的实例，我们也无法称其为母权社会，更何况当时克吕泰涅斯特拉在家中实质上一直处在"二把手"的地位呢。

　　在《俄瑞斯提亚》一剧中，社会的发展变化是有所体现的，但绝不是父权制在困难重重中战胜母权制的过程，而是以较合理正义的复仇法则取代以无限制的自相残杀威胁社会集体的血族复仇法则的过程，是以民主公判

① 摩尔根：《古代社会》，杨东莼、马雍、马巨译，第 387 页。
② 赫丽生：《古希腊宗教的社会起源》，谢世坚译，第 496—497 页。
③ 同②，第 469 页。
④ 同②，第 470 页。

的方式取代了个人独裁的过程,在一定程度上也可以说是文明战胜了野蛮的过程。

事实上,古希腊人在法律成熟之前是十分信从血缘关系的复仇的,而这一现象并不独为母权制的特征,在父权制的社会背景下更是愈演愈烈。在《俄瑞斯提亚》一剧中,复仇女神强调克吕泰涅斯特拉与阿伽门农之间没有血缘关系,这在当时的希腊人观念中也确属信仰事实。剧中阿伽门农并不是因为他杀了母权制的继承人(像有人认为的那样)——他的女儿伊菲革尼亚才遭受到复仇女神指使的谋杀,只是因为女儿是他的血亲。这里即使他杀死儿子祭风,复仇女神照样也是要安排一场谋杀的。而俄瑞斯忒斯的弑母行为就更是很难原谅的罪行,事实上,他杀死自己的母亲与杀死父亲都一样要遭到复仇女神的追逐,这里强调的是血亲观念。所不同的是,他因为杀死了母亲,最后才由雅典娜判他无罪,他若是杀死了父亲(像俄狄浦斯杀死拉伊俄斯那样),恐怕就不会得到这样的宽恕了。这更进一步证实了在一个父权制的社会中父亲和母亲在地位上的不平等。因此,把母权制的观念强加在这部剧的剧情之上,实际上是掩盖了当时希腊人们浓厚的血亲观念。"报血仇的义务(后来转为到法庭控告凶手的义务)最初由被杀害者的氏族承担;但也由胞族分担,而成为胞族的一项义务。"①无论氏族还是胞族,都是以血缘关系结成的早期人类组织,不管杀人者是谁,被杀者的血亲必须要履行为之复仇的艰巨任务。

希罗多德说:"波斯人认为还没有人曾经杀死过自己的父亲或是母亲。而如果有这样的事情发生的话,他们就确信:一旦把这件事情弄清楚,就会发现干了这样的事情的孩子不是假儿子就是私生子。因为他们认为,儿子杀死自己的亲生父母,那是无法置信的事情。"②。而希腊人可能在观念上与波斯人有异,那就是对至上父权的极度推崇及对血亲复仇的严格规定。但即便如此,俄瑞斯忒斯的杀母传说也显示出了与常情伦理的剧烈冲突,这个传说因为这一点而备受后人关注也就是情理之中的事了。

这里需要做出进一步区分的是母权制和母系社会(亦称女性世系)的概念。母系社会是在群婚制的状态下父亲无法确认时所实行的一种确定儿女归属的制度,即使这时也是以男性掌权为主,不只是日常重体力劳动要由男子承担,而且对外战斗更是男性的天职。摩尔根在探讨首领一职时,认为它甚至产生于氏族存在之前,在氏族存在之后,这一职位也是"从

---

① 摩尔根:《古代社会》,杨东莼、马雍、马巨译,第239页。
② 希罗多德:《历史》,王以铸译,第71页。

本氏族男性成员中选举出来的"①。而我们看到，在特洛伊战争时期希腊就已经是处在父系社会了，摩尔根称之为高级野蛮社会，他说："在高级野蛮社会下的希腊部落（除了利契亚人以外）和拉丁部落（除了埃特鲁里亚人以外）也都已经改成男性世系了。"②摩尔根认为，希腊人的世系谱便足以证明这一点，世系仅由男性下传的前提就是父亲已可确认和财产观念的发展，"财产观念的发展和专偶制的兴起产生了强烈的动机，足以要求发生这样的变化，并能实现这样的变化，其目的是使子女属于父亲的氏族，而得以分享父亲财产的继承权"③。专偶制家庭是父亲可以确认的保障，而"当希腊部落初出现于历史舞台之时，即已有了专偶制家族"④。到了俄瑞斯忒斯的时代就连氏族首领之职也已开始父子世袭了，其情况很可能是"首领职位由本氏族人世袭，人选则由选举决定；但去世的首领的儿子最合乎被选的资格"⑤。"儿子可以承袭父亲的首领职位，如有几个儿子则由选举决定之。"⑥其形式只能是民主选举，假如当选的人出现不称职的现象，氏族成员拥有罢免权。只是由于埃癸斯托斯的僭越才使俄瑞斯忒斯继位的正常事理出现了变奏。再者，假如此时还处于母系社会的话，廷达瑞俄斯曾把海伦的女儿赫耳弥俄涅（Hermione）许配给克吕泰涅斯特拉的儿子俄瑞斯忒斯的做法便违背了族内禁止通婚的原则。所以我们只能得出结论，此时已确定无疑是父系社会，再谈什么母权制便根本无法为其寻得任何事实基础。

---

① 摩尔根：《古代社会》，杨东莼、马雍、马巨译，第 70 页。
② 同上，第 66—67 页。
③ 同上，第 231 页。
④ 同上，第 387 页。
⑤ 同上，第 153 页。
⑥ 同上，第 163 页。

补充细表　一

主体	客体	原因	结果
提坦诸神	以宙斯为首的天神	后者推翻了克洛诺斯的统治	后者获胜,一说阿特拉斯就是在这时被罚扛天的,他的女儿们因为父亲的被罚悲痛万分,全部自杀身亡,死后被接到天上(一说先被变成鸽子,后变成七姊妹星团),阿特拉斯后来被珀耳修斯用墨杜萨的头变成了石头。其他提坦战败后被关在塔耳塔洛斯深坑
巨人们	以宙斯为首的天神	提坦们被关在塔耳塔洛斯深坑,该亚生出前者向后者复仇	赫剌克勒斯在雅典娜的建议下把巨人阿尔库俄诺斯杀死后举在空中,因为他一接触大地马上就会复活,就这样直到他彻底死掉为止。波耳斐里翁攻击赫剌克勒斯和赫拉,宙斯使他对赫拉充满欲望,当他正在撕扯赫拉衣裙的时候,宙斯用雷电重击他,赫剌克勒斯用箭把他射死,一说波耳斐里翁与提丰一起死在了阿波罗的箭下。宙斯把俄菲翁压在了一座叫俄菲俄尼翁的山下;厄菲阿尔忒斯被阿波罗和赫剌克勒斯杀死,他们一个射中他的左眼,一个射中他的右眼;欧律托斯 2 被狄俄倪索斯用手杖打死;赫卡忒用火把杀死了克吕提俄斯;赫淮斯托斯用烧红的铁块杀死了米玛斯,米玛斯或是被宙斯用雷电击倒的;雅典娜用西西里岛压住了恩刻拉都斯,她又剥了帕拉斯的皮,并用它做成胸甲;波赛冬把波吕包忒斯追至科斯岛,然后把他压在尼绪戎岛下;赫耳墨斯戴着哈得斯的隐形头盔,杀死了希波吕托斯;阿耳忒弥斯杀了格拉提翁;莫伊莱用铜棒杀死了阿格里俄斯和托阿斯;皮科罗斯逃到了喀耳刻的岛上,他要把这位女巫从岛上赶出去,但喀耳刻的父亲赫利俄斯把皮科罗斯杀死了;狄俄倪索斯杀死了洛厄托斯;宙斯将前者中其余的人用雷电打晕,然后赫剌克勒斯用箭射死了他们

续　表

主体	客体	原因	结果
（Alcyoneus，Porphyrion，Typhon，Ophion，Ophionion，Mimas，Ephialtes，Clytius，Sicily，Enceladus，Pallas，Polybotes，Cos，Nisyron，Hippolytus，Gration，Agrius，Thoas，Picolous，Circe，Helios，Rhoetus）			
宙斯	刻耳弥斯	后者在前者很小的时候伴随着他，且很忠实，但后来他得罪了前者的母亲瑞亚	前者把后者变成了一堆钻石（一说是钢）
宙斯	阿耳卡狄亚首领科里克斯	后者的女儿帕拉俄斯特拉把自己两个兄弟普勒克西波斯、俄威托斯发明的角斗告诉了她的情人赫耳墨斯，赫耳墨斯以最快的速度学会了这一技艺，并以发明者自居把它教给人们。两兄弟向父亲即后者抱怨妹妹的不慎重，父亲却指责他们没有向赫耳墨斯复仇，所以有一天他们便乘赫耳墨斯在库勒涅山上睡着之机砍去了他的双手	赫耳墨斯向前者抱怨这件事，前者便剥了后者的皮，并用他的皮做了一只皮瓶子（一说帕拉俄斯特拉是刻法罗尼亚的潘多科斯的女儿，潘多科斯住在十字路口附近，他总是邀请过路人进到他的屋里，然后就杀死他们。一天赫耳墨斯正巧经过这里，他也得到了潘多科斯的邀请，但帕拉俄斯特拉爱上了年轻的赫耳墨斯，她警告他立刻杀死了潘多科斯）
（Palaestra，Cephalonia，Pandocus）			
宙斯	阿忒（错误的化身，她能使神在疯狂中犯下错误）	后者曾使前者不得不让他的儿子赫剌克勒斯去为懦怯无能的欧律斯透斯服役	发怒的前者将后者从俄林波斯山山顶扔了下去，从此阿忒失去了能使神疯狂的能力，只保有控制人的权力——迫使人做出疯狂的事情
（Ate）			
宙斯	埃冬	后者嫉妒以子女美貌而自豪的嫂子尼俄柏，决定要害死尼俄柏的一个儿子，但在黑暗中却误杀了自己的儿子伊堤罗斯	前者将后者变成了夜莺，使她永无休止地为亲手杀死的儿子而啼泣

续　表

主体	客体	原因	结果
波赛冬	雅典首领厄瑞该透斯	在一次雅典人与厄琉西尼亚人的战争中,厄琉西尼亚人的盟友即波赛冬与喀俄涅的儿子色雷斯人欧墨尔波斯被后者杀死	前者请求宙斯用雷电将后者击毙
复仇女神	阿尔克迈翁	后者杀了自己的母亲厄里费勒	前者使后者疯狂,后来普索菲斯首领斐勾斯为他净罪,并把女儿嫁给他。他虽然疯病已愈,却使他所居住的地方大旱,他又被迫开始漫游,后与河神阿刻罗俄斯的女儿卡利洛厄结婚,他回去向前妻索要项链和面网两件宝物,终被前妻的兄弟们即阿革诺耳和普洛诺俄斯杀死
海洋神女珀萨玛忒	珀琉斯	后者与忒拉蒙一起杀死了前者与埃阿科斯的儿子福科斯(可能是在埃阿科斯合法妻子的鼓动下)	前者派一只狼去捕食后者的牧群,后来在忒提斯的请求下前者才把那只狼变成了石雕

（Psamathe,Peleus,Telamon,Aeacus,Phocus,Thetis）

神祇	阿耳喀阿斯	墨利索斯是因为阿耳戈斯首领菲冬的暴政而逃到科林斯的阿耳戈斯人。到这里之后,赫剌克勒斯的后代之一即后者要强行绑架墨利索斯的儿子阿克泰翁,阿克泰翁在逃跑过程中死了,墨利索斯在请求前者为他儿子复仇之后自杀了	前者对科林斯降下饥荒与瘟疫,后者去请求神谕,结果被告知这场灾难是因为年轻的阿克泰翁的死亡,于是后者自愿流放。至此,这座城市才被解除了灾难

（Melissus,Actaeon,Phidon,Argos,Corinth,Heraclids,Archias）

主体	客体	原因	结果
阿波罗和阿耳忒弥斯	雷蒙	前者的母亲勒托在生他们之前曾到处遭到拒绝，他们决定复仇，于是来到伯罗奔尼撒的忒哥亚部落，阿波罗的儿子斯刻福罗斯接待了他们。他们正在秘密说话的时候，被斯刻福罗斯的哥哥即后者看见了，他以为斯刻福罗斯是在神的面前造他的谣，于是他杀死了弟弟	阿耳忒弥斯立刻用箭射死了后者，首领忒哥阿忒斯和他的妻子迈厄拉知道站在他们面前的是神，于是马上奉献了牺牲，但前者余怒未消，他们离开的时候留下了饥荒。通过寻问得尔斐的神谕，忒哥亚人为斯刻福罗斯举行了全仪葬礼。之后每年又设立了纪念他的节日
（Leimon，Peloponnese，Tegea，Scephrus，Tegeates，Maera）			
神祇	斯巴达人	琉克特拉的斯克达索斯有两个女儿，希波和莫尔皮亚，她们为斯巴达人福罗拉耳喀达斯和帕耳忒纽斯所辱后自杀了	斯克达索斯督促后者惩罚那两个罪犯，但是没有效果，他在对后者加以诅咒之后便也自杀了。前者为斯克达索斯和他的女儿们进行正义复仇，在厄帕米农达斯时期向后者降下了灾难
（Leuctra，Scedasus，Hippo，Molpia，Phrourarchidas，Parthenius，Epaminondas）			
珀罗普斯	希波达米亚	后者曾与儿子阿特柔斯和堤厄斯忒斯一起杀死了前者与仙女阿克西俄刻所生的儿子克律西波斯（一说他是被拉伊俄斯拐走后羞愧自杀的），因为她怕首领之位会落在外人手里	于是前者杀死了后者，并诅咒儿子阿特柔斯和堤厄斯忒斯，从此兄弟俩开始了仇恨。一说阿特柔斯和堤厄斯忒斯拒绝参与谋杀克律西波斯，后者就决定自己动手。这时正好拉伊俄斯在忒拜犯了过错，仄托斯和安菲翁把他驱逐出境，他来到了前者家里，后者就用拉伊俄斯的剑杀死了克律西波斯，之后把剑插在了受害者的尸体上，以嫁祸给拉伊俄斯。克律西波斯虽然被伤得很重，但他还是来得及在临死前说出了真相。结果后者被前者逐出了厄利斯，她逃到了米迪亚，最后死在了那里

续　表

主体	客体	原因	结果
（Atreus，Thyestes，Axioche，Chrysippus，Midia）			
伊俄拉俄斯	欧律斯透斯	前者是赫剌克勒斯的朋友，后者不断地迫害前者所保护的赫剌克勒斯的后代	前者祈求青春女神赫柏（赫剌克勒斯的妻子）赐给他青年人的气力，于是他成功地俘虏了后者，最后赫剌克勒斯的母亲阿尔克墨涅坚决地杀死了后者。一说别人杀死后者后阿尔克墨涅用纺锤刺出了后者的眼珠
（Iolaus，Heraclidae，Hebe）			
倪克透斯	女儿安提俄珀（一说是吕科斯的女儿）	后者为宙斯所爱后逃往西库翁首领厄波剖斯处（一说后者为厄波剖斯或厄帕福斯所辱）	前者绝望自杀，临死前要他兄弟吕科斯为他复仇，吕科斯杀死了厄波剖斯，在把后者带回忒拜的途中，后者生下了双胞胎安菲翁与仄托斯，他们被抛弃在山上后被牧人救起（据包萨尼阿斯说，前者是死于征讨西库翁的战斗中，厄波剖斯在同一战斗中受伤，不久后也死去了）
（Nycteus，Antiope，Sicyon，Epopeus or Epaphus，Lycus，Amphion，Zethus）			
反复仇：安菲翁与仄托斯	忒拜首领吕科斯和妻子狄耳刻	后者使前者的母亲安提俄珀受尽虐待（主要是因为她曾害死了自己的父亲即吕科斯的兄弟倪克透斯，再者也是因为狄耳刻嫉妒她的美丽而把她当作奴隶，一说安提俄珀是吕科斯的第一个妻子，她先是与厄波剖斯或厄帕福斯私通，然后又为宙斯所爱，所以被丈夫抛弃。之后吕科斯娶的狄耳刻却怀疑她与先夫关系未断，所以出于嫉妒便把她囚禁起来。但安提俄珀在宙斯的命令下却神奇地摆脱了绑缚，她逃到喀泰戎山上生下了前者）	前者攻下忒拜，杀死后者，狄耳刻死得很惨，她被活绑在牛身上，然后在岩石上把她拖成碎块，兄弟俩从此统治忒拜城，但狄俄倪索斯却因狄耳刻的死开始向安提俄珀复仇，他使她发疯，让她在全希腊四处游荡，直到她被福科斯治愈并嫁给了福科斯；一说前者并未杀死吕科斯，在赫耳墨斯的命令下他只是被驱逐出了家乡

续　表

主体	客体	原因	结果
（Epopeus or Epaphus,Dirce,Cithaeron,Phocus,Antiope）			
弥诺斯	尼索斯	前者的儿子安得洛革俄斯被埃勾斯杀死了,这事可能与作为墨伽拉首领的后者有牵连	前者围攻后者的城池,后者的女儿斯库拉爱上了前者,她要前者答应娶她,之后她剪掉了父亲头上一绺能保证他不死的紫色（一说金色）头发,前者占领了后者的城池后,对斯库拉的罪行感到恐怖,于是把她缚在船头上淹死了她,众神可怜她,于是把她变成了白鹭
（Scylla,Nisus,Minos,Megara,Androgeos）			
代达罗斯	弥诺斯	后者来追捕前者	前者逃到了西西里科卡罗斯处,后者设法找到了他,后者在洗浴时科卡罗斯让自己的女儿们用沸水把他煮死,沸水管道可能也是出于前者的设计。后来克里特人曾进行再复仇,征讨西西里以为弥诺斯复仇,但被击退,并被赶回到了船上
（Minos,Daedalus,Sicily,Cocalus,the Cretans）			
美狄亚	珀耳修斯	后者篡夺了前者父亲埃厄忒斯的科尔喀斯首领之位	前者杀死了后者,把首领之位又还给了父亲（一说前者被逐出雅典时,她与埃勾斯生的儿子墨都斯跟着她,但墨都斯被一阵暴风雨吹到了他叔祖父即后者的领土。曾有神谕警告后者要他提防埃厄忒斯的后代,墨都斯也知道这个神谕,于是他没有透露自己的真实身份,而说自己是克瑞翁的儿子希波忒斯,是为了父亲和姐姐的被害来找美狄亚复仇的,后者并未轻信他的话,还是把他关了起来,以做进一步的调查。这时这里发生了饥荒,前者乘着龙车来到,称自己是阿耳忒弥斯的女祭司,是来解除这里的饥荒的。后者相信了此话,就告诉前者他正关押着克瑞翁的儿子希波忒斯,前者让后者把希波忒斯交给她,一见面,她认出是自己的儿子,就把他拉到一旁给了他武器,他杀死了后者,自己做了这里的首领）

续　表

主体	客体	原因	结果
（Perseus，Aeetes，Colchis，Medus，Hippotes）			
狄俄斯库里兄弟	忒修斯	后者与庇里托俄斯发誓都要娶一个宙斯的女儿为妻，庇里托俄斯帮助后者拐骗了海伦	趁后者与庇里托俄斯去地狱绑架珀耳塞福涅之机，海伦的两个哥哥即前者攻占了雅典，他们找回了海伦，还将后者的母亲扣为人质。墨伽柔斯有好几个孩子，但大儿子提玛尔科斯帮助前者进攻阿提卡以夺回海伦的时候被后者杀了
（Megareus，Timalcus）			
忒墨诺斯的儿子们	忒墨诺斯	前者是得伊丰忒斯妻子许耳涅托的弟兄，他们看到得伊丰忒斯与岳父即后者在政务管理上非常密切，他们怕被剥夺继承权	前者趁后者即他们的父亲在河中洗澡之机攻击后者，后者重伤，前者逃逸，后者把首领之位传给得伊丰忒斯后就去世了。后来前者在外力的帮助下又夺取了阿耳戈斯的首领之位，得伊丰忒斯偕妻子许耳涅托和从未与他们为敌的年龄最小的内弟在厄庇道罗斯获得了皮提柔斯的首领之位。不久，他妻子的两个兄弟刻瑞涅斯和法尔刻斯把许耳涅托骗出城外后将她强拉上战车，得伊丰忒斯追杀了刻瑞涅斯，法尔刻斯则在杀了许耳涅托之后逃跑
阿德剌斯托斯	安菲阿剌俄斯	后者杀死了前者的父亲	前者把妹妹厄里费勒嫁给了后者，但前者约定两者再有争执时要由厄里费勒来裁定，后来后者被迫参加了七将攻忒拜的战斗，结果被大地吞没
安菲阿剌俄斯	提丢斯（狄俄墨得斯的父亲）	前者是个预言家，他知道自己在攻打忒拜的战斗中必然丧命，他被迫参加了这次远征，便寻机向内部的人复仇，而后者是这次远征的组织者之一	忒拜人墨兰尼波斯在七将攻忒拜时站在忒拜一方进行战斗。他杀死了阿德剌斯托斯的弟弟墨西斯透斯，致命地重创了提丢斯，然后他自己被安菲阿剌俄斯杀死，安菲阿剌俄斯知道雅典娜想使后者长生不死，便砍下了墨兰尼波斯的头，送给受了重伤的后者，后者把头劈开，喝了里面的脑子，雅典娜看到了他的令人恶心的残忍举动后放弃了当初的想法

续 表

主体	客体	原因	结果
(Amphiaraus，Tydeus，Diomedes，Melanippus，Adrastus，Mecisteus)			
阿耳戈斯的后辈英雄们	忒拜城	前者的父亲们曾在攻打后者的战斗中战死	后者的居民们弃城而逃，前者把首领之位给予波吕涅克斯的儿子忒耳珊得罗斯，但是阿德剌斯托斯的儿子埃癸阿琉斯在战斗中被厄特俄克勒斯的儿子拉俄达玛斯杀死
(Epigoni，Thebans，Thebes，Eteocles)			
儿子阿尔克迈翁	母亲厄里费勒	后者曾因受贿（接受了波吕尼克斯和他儿子忒耳山德罗斯所送的哈耳摩尼亚的项链和长袍）送丈夫安菲阿剌俄斯和前者去攻打忒拜城	父亲知道必死，临行前让前者（一说还有前者的兄弟安菲罗科斯）发誓向后者复仇。十年后，前者战胜回来杀死了后者
(Alcmaeon，Eriphyle，Polynices' son Thersandrus，Harmonia，Amphilochus)			
埃皮托斯	波吕封忒斯	他们都是赫剌克勒斯的后代，克瑞斯封忒斯与两个较长的儿子一起被后者杀死了，后者还违背克瑞斯封忒斯的遗孀墨洛珀的意愿而娶了她，但她救了小儿子即前者，把他送到埃托利亚去抚养，后者悬赏要杀掉他，以绝后患	前者长大后自称是忒勒封忒斯，他来到后者这里，对他说他已杀死了前者。墨洛珀夜间去到这个自称是忒勒封忒斯的人的房间，要把他当作杀害儿子的凶手杀掉。但知道真相的老仆人及时阻止了她，于是母子相认，并商量好了复仇计划。墨洛珀穿上了丧服，后者相信她的儿子真的死了，在这之前墨洛珀一直对后者很敌对，现在似乎与他和好了，好像她已经放弃了所有的希望和最后一份赌注。后者于是准备举行感恩的献祭仪式，他邀请所谓的忒勒封忒斯作为他的荣誉嘉宾亲手完成献祭。届时，这个年轻人杀的不是牺牲，却是后者，然后他继承了首领之位。一说克瑞斯封忒斯不是被后者杀死的，而是被起义民众杀死的
(Aepytus，Polyphontes，Cresphontes，Merope，Aetolia，Telephontes)			

续　表

主体	客体	原因	结果
阿斯堤吉忒斯	暴君墨利透斯	后者是宙斯的儿子，他要绑架前者的妹妹阿斯帕里斯，她在后者的士兵把她带走之前自缢身亡	前者换上妹妹的衣服，内藏一把剑，当他来到后者面前时杀掉了后者。当地的居民把后者的尸体扔进了河里，前者被推上首领之位
罗慕路斯和瑞慕斯（瑞亚的孪生儿子）	阿慕琉斯	后者僭夺了前者祖父努弥托耳的首领之位	前者推翻了后者并把他处死，把首领之位送归于祖父
阿提卡首领刻克洛普斯	欧波亚首领索科斯	后者把自己的儿子们（即枯瑞忒斯，或是二人，或是七人，或是九人，或不确定）和他们的母亲驱逐出境，使他们在全希腊到处流浪	前者替流浪者向后者复了仇，使他们返回了自己的领土
忒修斯	弥诺斯	后者是克里特首领，为了报复埃勾斯杀死了他的儿子安德罗戈俄斯而强迫雅典每九年向他们进贡七个童男七个童女。到第三次的时候，前者加入到被进贡的童男之列，据说阿里阿德涅给他的不是一个线团，而是一顶能发光的冠冕，这是狄俄倪索斯给她的结婚礼物，前者利用这顶冠冕发出的光才得以在迷宫中找到路	前者杀死了后者迷宫中的怪物米诺陶耳。返回途中在那克索斯岛上停留的时候，阿里阿德涅睡着了。当她醒来的时候，她看到了远处地平线上已经离去的前者的船的影子。前者是受到了神示，说阿里阿德涅要成为狄俄尼索斯的妻子，于是他便将她抛弃在那克索斯岛上。阿里阿德涅被抛弃后对前者发出诅咒，使他忘记按照与父亲的约定把黑帆换成白帆，结果他的父亲埃勾斯以为儿子已死，便投海自尽。神话学家们对前者离去的举动有很多种解释。有的认为狄俄倪索斯一看到阿里阿德涅就爱上了她，是他命令前者遗弃阿里阿德涅的；一说酒神在夜里绑架了她，至少是雅典娜或赫耳墨斯催促前者遗弃阿里阿德涅的，狄俄倪索斯然后与她结了婚，宙斯使她长生不老；一说前者爱着另一个女人，那就是福喀斯的帕诺剖斯的女儿埃格勒；一说阿里阿德涅和前者乘

续　表

主体	客体	原因	结果
			坐的船被吹到了塞浦路斯,已经怀孕了的阿里阿德涅因晕船而感到极其不适,于是下了船,前者把她送上岛后再度上船守卫,结果一阵狂风把船吹走了,岛上的妇女们怜悯这位被抛弃的妻子,便开始照顾她,并把前者的信件不断地带给她,其实这些信都是她们写来安慰阿里阿德涅的。阿里阿德涅死于难产。后来前者返回岛上,给了这些妇女一些钱,并以阿里阿德涅的名义举行了仪式,奉献了牺牲。当初前者前往克里特时曾与埃勾斯约定,若能成功归来,船上就挂白帆,否则就挂黑帆。结果由于牵挂阿里阿德涅,前者忘记把黑帆换成白帆了,埃勾斯从远处看见黑帆,以为儿子已不在人世,就投海自尽了,这片海域之后就以他的名字命名,叫爱琴海;一说他是看到了黑帆后从悬崖顶上摔了下来,被淹死了(或是被摔死了)

(Ariadne, the Labyrinth, Naxos, Naxos, Phocis, Panopeus, Aegle, Cyprus, the Aegean Sea)

主体	客体	原因	结果
忒修斯	帕兰提代	后者是帕拉斯的五十个儿子即前者的表兄弟,他们觊觎埃勾斯的首领之位,并阴谋叛乱以杀死前者	前者杀死了后者,之后他自愿与妻子淮德拉一起被流放到特洛曾一年

(Pallantidae, Pallas, Aegeus, Phaedra)

主体	客体	原因	结果
阿喀琉斯	庇西狄刻	前者去围攻勒斯波斯的墨提姆那城,后者是该城首领的女儿,她从城墙上一看到前者就爱上了他,她秘密地来到前者那里,说如果前者答应娶她,她就把城送给他,前者接受了这个条件	胜利之后,前者下令用石头将后者砸死了

续　表

主体	客体	原因	结果
（Pisidice，Lesbos，Methymna，Achilles）			
卡斯托耳	欧律摩斯	后者造前者的谣，被前者的孪生兄弟波鲁克斯听到后告诉了前者	前者用拳头将后者打死（一说波鲁克斯当场把后者打死）
（Castor，Eurymus，Pollux）			
妻子卡西福涅	丈夫忒勒玛科斯	前者是俄底修斯与喀耳刻所生的女儿，后者杀了前者的母亲喀耳刻（一说后者娶的是喀耳刻）	前者杀死了后者
阿斯提帕勒亚的居民	克勒俄墨得斯	后者在奥运会上杀死了拳击对手伊科斯，裁判以他未公平较量为由取消了他作为得胜者的资格，他疯了，返回家乡阿斯提帕勒亚后，他摧毁了支撑学校屋顶的柱子，约六十个孩子被砸死	前者追逐他，神谕告知他是活着的最后一个英雄，要建立对他的崇拜，这个崇拜从第七十二届奥运会开始举行
哥哥忒柔斯	得律阿斯（阿瑞斯的儿子）	前者通过神谕的手段得知他的儿子伊提斯将被一个亲戚杀死	前者认为这个亲戚就是后者，他杀死伊提斯好继承首领之位，于是前者提前杀死了后者，结果证明后者是无辜的，是普洛克涅（忒柔斯的妻子）杀死了伊提斯
（Tereus，Dryas，Itys，Procne）			
科尔喀斯的首领埃厄忒斯	阿耳戈英雄们和前者的外孙们（被当作了引狼入室者）	英雄们前来取金羊毛，前者欲用神牛和毒龙将伊阿宋杀死，之后再杀死自己的外孙们	前者的女儿美狄亚帮助了伊阿宋，并与伊阿宋一起逃跑，在追击中前者的儿子阿普绪耳托斯又被伊阿宋杀死，追击的人无一生还

续　表

主体	客体	原因	结果
蛇	品都斯的三个弟兄	吕卡翁的孙子品都斯一天去打猎的时候,碰到了一条巨大的蛇即前者,可是它并没有袭击品都斯。为示感激,品都斯此后经常把自己的一部分猎获物带给前者。前者终于对品都斯建立了友好关系。品都斯后来被三个嫉妒他的弟兄即后者杀死了	前者杀死了后者,并一直守护着品都斯的尸体,直到他的亲戚前来为他举行葬礼
（Pindus，Lycaon）			
塞壬女妖们	忒勒玛科斯	后者与喀耳刻生的儿子拉提诺斯(一说他是俄底修斯与喀耳刻所生)意外地杀死了俄底修斯	后来前者认出了后者便杀死他,为俄底修斯复了仇
（Sirens，Telemachus，Circe，Odysseus）			

第三章　荣誉复仇主题

　　荣誉复仇是指当神或人的荣誉、名誉与自尊受到了损害或权威受到了冒犯时所进行的复仇。希腊神话传说中的神和人都非常重视自己的荣誉，一旦荣誉受到伤害，他们就会进行复仇。荣誉复仇大多是因为复仇对象的怠慢、骄傲而发生了渎神或冒犯行为从而引起的复仇，有的则属于复仇对象在无意中伤害了神祇的荣誉或冒犯了其权威从而引起的复仇。神话传说中的荣誉复仇，同样包含着很多夸张的超自然特征。

第一节　凛然不容侵犯的神权

　　正如朱光潜所说，"神权是统治阶级麻痹被统治者的工具"①，所以在神话传说中，有相当一部分内容是关于神权凛然不容侵犯方面的训导的。神的荣誉，尤其是十二位主神的荣誉是至高无上的，不管是其他神还是人类伤害了主神的荣誉或者向主神的权威进行挑战，都会引起这些主神的毫不留情的复仇。这些主神所进行的荣誉复仇占据了希腊神话传说中复仇主题的绝大部分内容。赫丽生说："通常情况下，每逢举行神秘仪式，他们（俄林波斯神）总会不请自到，还要伸出他们贪婪的双手；仪式的意义因此而改变，变成了为他们而进行的'献祭'。"②这时的人们是不敢不献祭的，否则神就会感到自己的神权受到了挑战，这样，严厉的报复就会接踵而至，至少当时的人们是这样想的。

　　布留尔说："原始思维和我们的思维一样关心事物发生的原因，但它是循着根本不同的方向去寻找这些原因的。原始思维是在一个到处都有着无数神秘力量在经常起作用或者即将起作用的世界中进行活动的。如我

---

①　朱光潜：《西方美学史》，第 46 页。
②　赫丽生：《古希腊宗教的社会起源》，谢世坚译，第 285 页。

们已经见到的那样,任何事情,即使是稍微有点儿不平常的事情,都立刻被认为是这种或那种神秘力量的表现。……离开看不见的力量的支持,任何事情都得不到成功。假如没有好兆头,假如社会集体的神秘的保护者没有正式许诺自己的帮助,假如打算去猎捕的动物自己不表示同意被猎捕,假如猎具和渔具没有经过神圣化并带上巫术的力量,等等,这时,原始人就不去打猎或捕鱼,就不行军,就不去耕田或修建住宅。简而言之,看得见的世界和看不见的世界是统一的,在任何时刻里,看得见的世界的事件都取决于看不见的力量。用这一点也可以解释梦、兆头、上千种形形色色的占卜、祭祀、咒语、宗教仪式和巫术在原始人的生活中所占的地位。用这一点还可以解释为什么原始人忽视我们叫做自然原因的那种东西,并把全部注意力集中在那个似乎是唯一有效的神秘原因上。""他也可能发现他所关心的那个现象的一定的前件,而且,为了行动,他是十分重视自己的观察的。但是,真正的原因他将永远在看不见的力量的世界中去寻找,在我们叫做自然的那种东西以外的地方去寻找,在真正'形而上的'王国中去寻找。"①所以在他们的意识中,神祇左右着世间的一切,假如有人做了神祇所禁止的事情,这些事情就会被看作接下来发生的灾难的原因,这些灾难都会被看作伤害神祇的荣誉之后神祇对人类自然做出的惩罚或报复。在神祇与人类之间,神祇主要通过维护自己神庙、神像、崇拜、神谕和祭司的威严来维护自己的神圣权威。

一、神庙和神像

建筑神庙从荷马时代开始盛行。希腊人的"神话对于传说时代和有史时代的伟大成就曾起过很大的鼓舞作用,由此而产生的热情曾建造了近代人极为欣赏的神庙和装饰建筑"②。"希腊民族在自己国境内每一个山路转角的地方都修建神庙。"③这些神庙是希腊人宗教感情的集中所在(它们主要是神的居身之所,祭祀活动往往并不在神庙内进行,供祭祀用的圣坛随处可见),他们在此对各位神祇小心谨奉,为了维护神庙在人们心目中的崇高地位,围绕着神庙又进一步衍生出了更多的神话传说。

神话传说中人类有时无意中可能会对敬奉神祇的庙宇做出亵渎行为,

---

① 列维-布留尔:《原始思维》,丁由译,第 418—419 页。
② 摩尔根:《古代社会》,杨东莼、马雍、马巨译,第 240 页。
③ 吉尔伯特·默雷:《古希腊文学史》,孙席珍、蒋炳贤、郭智石译,第 63 页。

因为这些庙宇是神本身的象征，又是神接受人间敬奉的暂时栖身之所，所以神对人类的亵渎行为是绝对不会姑息的。阿塔兰塔和墨拉尼翁（Melanion，一说是希波墨涅斯〔Hippomenes〕）在一次狩猎途中进到宙斯（一说是库柏勒，Cybele）的神殿中，在这里他们做了疯狂的爱事，宙斯被他们的亵渎行为所激怒，把他们双双变成了狮子。这是宙斯对冒犯了他权威的人类做出的荣誉复仇，同时也是解释狮子来源的溯源神话。

神祇为了维护神庙的威严，有时还会进行扩大化的复仇。帕特拉斯（Patras）的居民墨兰尼波斯 3 经常与女祭司科迈托（Comaetho）在阿耳忒弥斯神庙中约会，从而犯下了渎神之罪。阿耳忒弥斯在这个地方降灾，人们在神谕的指示下把墨兰尼波斯 3 和科迈托献了祭，阿耳忒弥斯又让帕特拉斯的居民们每年都把城中一名最美丽的女孩和一名最漂亮的男孩向她献祭，神谕说这种献祭要一直持续到另一个地方的首领来到，后来密西亚的欧律皮罗斯来到这里，解除了这项讨厌的风俗。阿耳忒弥斯因一对男女之过，而向整个帕特拉斯地方降灾，之后又使男孩女孩们被无辜献祭，我们不能说她不是一位十分邪恶的女神，自此人们是必然再也不敢轻易得罪她的，但强压能否真的服众实在是令人生疑。

神祇更无法容忍在神庙中发生暴力行为，这是更严重的渎神行为。有的人类只是为了一试神是否真的存在便要勇敢地强行闯入神庙，结果在传说中遭到了神祇的无情毁灭。埃皮托斯（Aepytus）要强行闯入波赛冬在曼提涅亚（Mantinea）的神庙，波赛冬因此使他失明致死。这个传说，意在说明假如有人对神有埃皮托斯似的不敬行为，神对这种人就绝对不会容忍姑息。但如果人们真的能斗胆一试的话，就会发现神是虚妄的，这类传说也纯属骗人的鬼话。这样一试的结果，就会使对神不敬的行为越见其多，而神权的说教者为了维护神的绝对权威，就会随后创造更多的埃皮托斯似的神话以对狂妄者形成进一步的心理威慑，我想这就是很多这类神话之所以产生的心理根源。

这种暴力性的渎神行为，即使是由神祇的祭司做出的也绝对不会受到神祇的宽恕。玛卡柔斯（Macareus）是狄俄倪索斯在米提勒涅（Mytilene）的祭司，一个陌生人把金子托付给他，金子放在神庙中，玛卡柔斯却据为己有，当这位陌生人来索要时，玛卡柔斯在神庙中杀死了他。狄俄倪索斯让玛卡柔斯遭遇了一系列的灾难：在特里厄忒里得斯（Trieterides）节上，玛卡柔斯的两个儿子在做着模仿父亲宰杀牺牲的游戏，哥哥用刀刺进了弟弟的脖子，然后不顾弟弟的尖叫把弟弟拖到祭坛上去焚烧，母亲愤怒之下把大儿子击倒，玛卡柔斯则用手杖打死了妻子。这是酒神在进行扩大化的复仇,因为玛卡柔斯一人之过,他的两个儿子和妻子都死于非命,这里我们不能不说酒神的复仇行为过于失之人道了。同时,玛卡柔斯自己是酒神的祭司,他又是在酒神神庙中失信并杀死那个陌生人的,这些都有损于酒神的名誉,酒神的行为除了为自己进行荣誉复仇外,还有为他人复仇的成分。

不管神祇如何胡作非为,人类都不允许去破坏这些神祇的神庙,否则便只能招致被毁灭的后果。阿波罗拐走了卡安托斯(Caanthus)的妹妹仙女墨利亚(Melia),卡安托斯找到了他们却无法使他们分开,盛怒之下卡安托斯放火烧了阿波罗的神庙,结果他被阿波罗用箭射死。卡安托斯在这样的复仇中注定是没法取胜的。

神庙当中归神所有的物品即神物同样不容侵犯。瑞亚把婴儿宙斯藏在克里特山洞里的时候,她留下一只山羊给他喂奶,还留下一只有魔力的金狗守护着他。克洛诺斯被推翻以后,那只山羊被变成了一个星座,那只金狗则继续守护着克里特宙斯的圣地。可是,墨洛普斯(Merops)的儿子潘达瑞俄斯(Pandareus)偷了这只金狗,把它带到吕底亚的西皮勒山(Mount Sipyle)上,交托给坦塔罗斯 2 保管后他就离开了。当他回来向坦塔罗斯 2 索要金狗的时候,坦塔罗斯 2 却发誓从未见过这只金狗。这时宙斯出现了,他把偷窃的潘达瑞俄斯变成了一块岩石,把发伪誓的坦塔罗斯 2 则压在了西皮勒山下。一说那只金狗被交托给坦塔罗斯 2 之后,赫耳墨斯前来为宙斯取这只金狗,坦塔罗斯 2 是向赫耳墨斯发假誓说从未见过这只狗,赫耳墨斯却设法找到了它,于是宙斯把坦塔罗斯 2 压在了西皮勒山下。一说潘达瑞俄斯知道了坦塔罗斯 2 的遭遇后,就和妻子哈耳莫托厄(Harmothoe)带着女儿们逃跑了,他们先逃到了雅典,后来又逃到了西西里(Sicily),但是宙斯还是杀死了他们夫妻两个。他们的女儿们则被哈耳庇厄(Harpies)拐到地府送给厄里倪厄斯当了奴隶;一说潘达瑞俄斯的女儿们由阿佛洛狄忒养育。这里,宙斯为了丢失的金狗所做的复仇属于维护自己权威的荣誉复仇,而他对发伪誓者坦塔罗斯 2 的惩罚部分地含有替潘达瑞俄斯复仇的成分,他对潘达瑞俄斯的妻子和女儿所进行的属于扩大化的复仇。城门失火,殃及池鱼。一人犯错,他的亲人往往会遭受被复仇者的烈焰无辜焚毁的噩运。看来,假如有谁胆敢偷盗神的东西,那同时也就是对神的权威的一种冒犯。同理,刻琉斯(Celeus)、拉伊俄斯、刻耳柏洛斯 2 和埃格迪俄斯(Aegdius)要从宙斯所诞生的伊达(Ida)山的山洞里偷取蜂蜜,宙斯欲用雷电击毙他们,被命运女神(the fates)和忒弥斯阻止,因为在圣地是绝对禁止杀戮的,于是宙斯把那四个人全都变成了鸟,这些鸟因是从圣地飞出的,被看作吉兆。宙斯的行为既是维护自己权威的荣誉复仇,又像是人间的一个财产所有者在自己的财产面临被掠夺的危险时所必然做出的反应。他原来意欲击毙那四个人,后来听从劝阻,没有在圣地进行杀戮,但他又不甘心让冒犯者继续以人形存在,为了与命运女神的意愿达成折中,于是便把他们变成了象征吉兆的鸟。正因为有这样的神话存在,才保证了宙斯出生的山洞中的圣物未被掠夺一空,直到现代进行考古发掘时,那里仍然保存着不少圣物。

与神庙密切相关的就是神像了,人类被绝对禁止以任何方式对神像做出亵渎不敬的行为,否则就会遭到神的无情复仇。罗克里斯(Locris)的埃阿斯曾从雅典娜在特洛伊的神庙里强行拉走雅典娜的女祭司卡珊德拉(普里阿摩的女儿,一说他强暴了她),卡珊德拉当时正抱着护城神像(Palladium),埃阿斯拉卡珊德拉时也拉倒了神像(这样俄底修斯和狄俄墨得斯先前偷走的神像就变成了假的)。雅典娜在波赛冬的帮助下使埃阿斯在归途中毁灭;一说是她自己使用父亲宙斯的雷电毁灭了埃阿斯,进而她又对他的故乡罗克里斯降下了瘟疫,并使那里连年欠收。神谕说,罗克里斯人必须每年选出两名姑娘送到特洛伊去,才能使雅典娜高兴,这样的惩罚要持续一千年。这种惩罚既是在为卡珊德拉复仇,又是雅典娜荣誉复仇的延续。就像一贯支持阿喀琉斯的宙斯看到他在残忍地对待赫克托耳的尸体时也不免震怒一样,在特洛伊战争中原本支持希腊军队的雅典娜和波赛冬到后来由于希腊人的残忍与不敬都纷纷转向开始敌视希腊人了。这里,雅典娜不仅毁灭了埃阿斯,而且还对他的家乡进行了扩大化的复仇;波赛冬不仅在这里帮了忙,之后他还曾因为儿子波吕斐摩斯被返乡的俄底修斯刺瞎了独眼而差点毁灭了俄底修斯。在神祇面前,人类必须小心行事才对,否则就会从受神宠护的顶峰跌入遭神憎恨的低谷。

同样,其他神祇的神像也绝对不容亵渎。预言家兼祭司拉奥孔曾与妻子在阿波罗神像前睡过觉,这是一种渎神的行为;他又反对把木马拖入特洛伊城内,这再次激起了阿波罗的愤怒。特洛伊人让拉奥孔向波赛冬献祭,请求波赛冬在敌人船队回归的途中制造暴风雨,但当拉奥孔正要在海边献上一只很大的公牛的时候,阿波罗派两条巨大的毒蛇波耳刻(Porce)和凯里波亚(Chariboea)将拉奥孔和他的两个儿子厄特戎(Ethron)和墨兰托斯(Melanthus)或安提法斯(Antiphas)和提姆布拉欧斯(Thymbraeus)咬死。阿波罗在特洛伊战争中一直是在支持特洛伊人的,他支持哪一方本来就是众神之间的一场游戏,是很无所谓的事情,但拉奥孔与妻子在阿波罗神像前睡过觉这件事却严重地损害了阿波罗切身的尊荣,所以他是不报不休的。再者,既然父亲宙斯已经决定要让特洛伊城陷落,阿波罗便也只能执行父亲的意志了，所以他的行动进一步表明了人类的失败与毁灭对神来说是可以随意安排而无足重轻的，神根本不可能像人类那样遵守信誉和坚定立场。至于拉奥孔的两个无辜的孩子也与父亲一起惨死，这更是神的一贯行事方式，至此，人类对这样的神祇除了抱怨与愤恨便再无其他也是理所当然的事情了。

有时，人们面对神像诚惶诚恐，他们努力去维护神像的尊严，不料，祸患却不可避免地降临到他们身上，这之后，再遇到需要抉择的时候，人们往往会感到自己陷入了一种两难的处境。看来，神的行事方式是不能通过常规推理而被人们明确把握的，否则就会失去其神秘性，人们在任何时候只能在一种迷迷糊糊的状态中对神小心谨奉。阿耳忒弥斯的一座神像立在阿耳卡狄亚卡菲俄斯（Caphyes）镇附近的一处圣林中，一天，一群孩子把一根绳子勒在了神像的脖子上，好像要扼死它的样子，卡菲俄斯镇的一些人路经此地，看到此景惊恐万状，虔敬之心促使他们马上用石头把这些孩子打死。很快阿耳忒弥斯就降灾于卡菲俄斯镇，这里的妇女生下的都是死胎，神谕说他们打死孩子们惹怒了女神，于是他们虔诚地埋葬了这些孩子，并对女神的神像进行供奉，灾难才告结束。那些杀死孩子的人是出于对得罪女神会带来灾难性后果的恐惧才做下了杀人之举的，未曾想到杀死孩子本身也是女神所不允许的，他们没有这种预见也是理所当然的事，一贯对人类残忍无情、容忍不了些许冒犯的神祇关心起人类的孩子来，这种事着实在人们所能够期望的事情之外，对此摸不着头脑也就在情理之中了。但女神未必是真心地在意被杀死的孩子们，否则她就不会用杀死更多的未出生的孩子这种手段来进行复仇了。这里，最重要的是她的神像出现在这里了，那些孩子若不是已被别人杀死，我想她是会亲自杀死他们的，她没能杀死这些孩子，便耿耿于怀，直到杀死了很多尚在娘胎中的婴儿之后，又以替孩子复仇的借口进一步得到了人们的敬畏，她的心中块垒才稍得疏解，换言之，也就是直到此时她像复仇女神一样的嗜血之心才得到了满足。这反映了神的意趣的难以捉摸和难以迎合，同时这也反映出杀人祭祀风俗的解除，这也可以认为是神的人道主义精神的体现，只是其体现方式是极其不人道的，人们在这时候陷入了很难抉择的一种尴尬处境。类似的还有后来埃维尼欧斯（Eveneus）的例子，他看守阿波罗尼亚（Apollonia）地方的太阳神圣羊，在他睡着的时候，狼弄死了大约六十只羊，这在人们中间引起了恐慌，他们惧怕神祇怪罪，于是他们通过审判弄瞎了埃维尼欧斯的眼睛。不料，此后这里的羊群不产羔了，土地也不像先前那样生产谷物了，通过请求神谕，人们才知道他们弄瞎了埃维尼欧斯的眼睛是违背神意的，于是神降下惩罚,而且那咬死羊的狼就是神自己派来的。直到人们给了埃维尼欧斯两块最好的菜地和一处最好的住宅,神才停止为他报仇。这是由于圣物而引起的神人纠纷,人们在面对神的时候时常会陷入《第二十二条军规》式的两难处境,但人们对神祇还都只有小心谨奉的份,除此之外便别无他法。

也正是因为对神庙和神像的极其虔诚和尊敬,后来在希波战争中,失败的波斯人遣使到雅典要求缔结和约,雅典人非常坚决地抗拒说:"我们诸神的神象(像)和神殿被烧掉和摧毁,因此我们必须尽力为他们复仇,哪里还能够和干出了这样一些勾当的人们缔结协定。"①而后来雅典远征西西里之前,有人毁坏了竖立在街道上的赫耳墨斯神像,人们要求把嫌疑人阿尔西比阿得斯(Alcibiades)送交法庭审判,只是由于他当时军权在握,才未被制裁。对此,默雷曾说道:"他们对于未经认可擅自拆除神像一举,视为由来已久的渎神行为,竟至惶惶不可终日。"②

二、崇拜

人类是以月亮年开始计年的,之后才慢慢地演变出太阳年,因为人们崇拜月亮要远远比崇拜太阳为早。道理很简单,白天被太阳烤炙得没精打采的作物到了夜晚渐渐地又恢复了精神,人们以为这都是月亮的功劳。直到很久以后,人们才慢慢地发现太阳对作物生长的作用。赫丽生说:"现在,我们弄清了当时人们崇拜对象的发展顺序:大地女神、月亮女神、太阳神。让我们高兴的是——虽然我们对此不必感到惊奇:奥林匹亚人的崇拜顺序与德尔斐人的崇拜顺序完全相同,而且世界各地处于农耕文明的民族都经历过这一崇拜顺序。"③

崇拜是社会发展到一定程度之后的产物。布留尔说:"当我们把神话与作为它们的来源的社会集体的思维联系起来考察时,我们就会得出同一些结论。在个体与社会集体的互渗仍然被直接感觉到的地方,在一个集体与周围集体的互渗实际上被体验着的地方,亦即在继续着神秘的共生的时期中,神话的数量很少而且内容贫乏。相反的,在比较进步的一类社会状态中,神话的枝叶越来越繁茂。"所以希腊神话的异常繁荣是与当时希腊社会的超前发展分不开的。"只是在较进步的社会集体中我们才遇见了祖先

---

① 希罗多德:《历史》,王以铸译,第 620 页。
② 吉尔伯特·默雷:《古希腊文学史》,孙席珍、蒋炳贤、郭智石译,第 64 页。
③ 赫丽生:《古希腊宗教的社会起源》,谢世坚译,第 388 页。

崇拜,对英雄、神、神圣的动物等的崇拜。因而,我们所说的真正宗教的观念乃是一种来源于先前的智力活动形式的分化的产物。那个起初是靠神秘的共生和保证这共生的仪式来实现的互渗,以后则是靠了与崇拜的对象、真正宗教信仰的对象的结合,与祖先、神的结合来获得的。"①

　　崇拜是神话传说中神祇与人类发生关系的最直接方式,一个地方的居民若开始崇拜某神,也就等于在他们的神话系统中接纳了某神。与此相对应,很多神话传说都是反映神祇在各地方建立对自己的崇拜仪式的,这种推广的过程往往要付出艰苦的努力。对神祇的崇拜往往是通过为神祇建立神庙等方式开始的。

　　阿波罗曾向克拉尼斯(Clanis,一说是克里尼斯〔Crinis〕)复仇,原因不明,他通过诅咒使克拉尼斯的田地发生鼠灾。一天阿波罗来到克律萨(Chrysa),克拉尼斯的领头牧羊人俄耳得斯(Ordes)热情地接待了阿波罗,他平息了愤怒,解除了诅咒,并亲手射杀了老鼠,然后他让俄耳得斯告诉克拉尼斯为阿波罗建立一处神庙。阿波罗要求的就是人们对他的尊重和崇拜,所以可以推知,他原来之所以发怒,无外乎是克拉尼斯有过不敬的行为,阿波罗通过制造灾难的强制方法终于达到了自己推广崇拜的目的。

　　强盗福耳巴斯(Phorbas)常常在通往得尔斐(Delphi)的路上强迫旅客与他拳击,然后杀死失败的对手。一天阿波罗以一个小孩的面目出现,他向福耳巴斯挑战并击败了他。这是阿波罗替以往被福耳巴斯杀死的人在复仇。传说中这一复仇行为的结局说得简单而模糊,凭阿波罗一贯的行事方式,他是不可能只击败了福耳巴斯就会罢手,他或者会毁灭对方,至少也会要求对方为他建一处神庙,以此来推广对自己的崇拜。

　　希腊最负盛名的崇拜圣地当数得尔斐阿波罗神庙,它同时也是各种神谕传达的主要处所,人们往往为了一件事同时向几个神庙请示神谕,而在众神庙之中,得尔斐的神托(即神谕)往往被认为是"世界上唯一真实的神托"②。在庙前神像的底座上写着一句话:"认识你自己。"也就是说"要认清你在宇宙中的位置,不要发生僭越行为;要明智些,不要做出格的事"③。当阿波罗决定在离得尔斐不远的帕耳纳索斯(Parnassus)山脚建立圣地的时候,他在一条泉水附近发现了一条叫皮同(Python,原是得尔斐神庙的守护神)的龙,它总是在屠杀动物和人,阿波罗射死了它。它是地母(the Earth)

---

①　列维-布留尔:《原始思维》,丁由译,第435页。
②　希罗多德:《历史》,王以铸译,第24页。
③　D. Brendan Nagle, *The Ancient World*, p. 95.

的儿子,能告知神谕,所以阿波罗在得尔斐建神庙之前必须消灭这个对手。① 之后阿波罗建立起了得尔斐神庙。在神祇们建立崇拜的过程中,无论他们如何杀戮都是无足轻重的。除了得尔斐之外,多铎那、阿巴伊(Abae)等都是当时希腊很有名的崇拜圣所,而且当时这样的圣所可以说是遍布各地。

　　有时,对一位神祇的崇拜可能暂时被废止,之后重新恢复了这种崇拜,随之产生了恢复崇拜的神话传说。科伦塔斯(Coluntas)拒绝恢复对得墨忒耳的崇拜,同时还指责自己父亲不虔敬,得墨忒耳烧毁了科伦塔斯的房子。科伦塔斯的行为在得墨忒耳看来是对她的荣誉的一种侮辱,他不是对自己的行为反思悔过,而是指责信神的父亲。这里,得墨忒耳之所以只是毁了他的房子,并不主要是因为科伦塔斯只犯了轻度的渎神行为;更重要的是得墨忒耳要在这里恢复对自己的崇拜,她对人类宽容就好像是在对人类施恩,这是女神在恢复自己崇拜之时所持的谨慎态度。

　　在推行崇拜过程中遇到阻碍最多的莫过于起源于色雷斯的酒神狄俄倪索斯(在后来的神话传说中,他被认为是宙斯与忒拜首领之女塞墨勒之子)了,为此,他曾进行过大量的确立自己酒神权威的荣誉复仇。

　　年轻的狄俄倪索斯在一个岛上睡觉(一说他正站在海边),第勒尼安海(Dilenian Sea)上驶来了一艘船,船靠岸后海盗们抓住狄俄倪索斯把他拉上船(一说他们哄骗说要送他回家),并用铁链锁上了他,他们要把他卖到非洲(Africa)。但铁链自动从他的手脚上脱落了,船上到处飘洒着喷香的葡萄酒,空气中充满了酒香,接着船帆上长出绿色的葡萄藤,藤上挂着沉甸甸的葡萄串,深绿色的常春藤缠绕着桅杆,桨柄上也缠满了花瓣。狄俄倪索斯变成了一头雄狮,站在甲板上,可怕地怒吼着,双眼射出凶光;甲板上还出现一头毛茸茸的母熊,龇着牙,张着血盆大口。雄狮猛地纵身一跃,扑到最凶恶的船长身上,把他撕成碎块,其余的十九名海盗在绝望中纷纷跳海,他们都被变成了鱼(这是斯威布之说,另据奥利维亚·库利兹〔Olivia Coolidge〕说这些人是被变成了海豚),只有善良的舵手得到了狄俄倪索斯的饶恕。这里的海盗有的说是普通的船员,他们因一时的贪念而无意中犯下了渎神的罪过,于是引起了酒神的残忍复仇。这也是关于海豚由来的溯

---

　　① 据许吉诺斯说,皮同曾要杀死阿波罗的母亲勒托,但是波赛冬在宙斯的请求下接纳了勒托,并把她藏在了俄耳提吉亚(Ortygia)岛上,阿波罗诞生三天之后就杀死了皮同。若是这样,就和尼俄柏1的例子一样是阿波罗在替母亲复仇了。神的复仇有时属于代其他神复仇,如宙斯替赫利俄斯(Helios,俄耳甫斯〔Orpheus〕教称他为阿波罗)向杀吃了其神牛的俄底修斯的同伴所进行的复仇。一说皮同是阿波罗到来之前当地所崇拜的最原初之神。

源神话。酒神有着特别神奇的超自然力量，他还曾用这种力量向其他人类进行过复仇。狄俄倪索斯在推广崇拜的过程中主要依靠的也正是这种超自然的力量。

在欧里匹得斯《酒神的伴侣》中，彭透斯问狄俄倪索斯："你是在夜里还是在白天举行祭祀？"酒神答道："多半在夜里，因为黑暗更庄严。"（第485行）我们知道，在夜间祭祀的往往都是些次要的神祇。《神话辞典》中记录了酒神崇拜（the cult of Bacchus）的一般特征："在荷马史诗中，狄俄倪索斯并不在主要神祇之列；后来，对他的崇拜在贵族阶级中间也不很盛行，而在普通平民中间却大受欢迎。……参加狄俄倪索斯游行队伍的都是女人，……她们出游时吵吵闹闹，疯疯癫癫（狄俄倪索斯的别名布洛弥俄斯，意即吵闹的，可能由此而来）。他的伴侣们叫做酒神巴克科斯（Bakkhos，罗马的巴库斯〔Bacchus〕是他在希腊的这个别名的变体）的狂女、酒神的狂女迈那得斯（Maenades）……一些神话反映出狄俄倪索斯崇拜传入希腊之初，曾受到抵制。……这些具有秘密祭典特点的庆节常常变成狂欢秘祭，使人们突破习俗的禁忌。他的通用别名吕西阿斯（Lycias）——意思是放纵的，无拘束的——，大概是由此而来的。……狄俄倪索斯崇拜传入罗马之初，也曾遇到阻力。"[1]弗洛姆则从心理层次上分析了酒神崇拜兴起的根源："人由于察觉到自己的无能与隔离而痛苦，他要摆脱这种存在的重担，方法之一，便是投入催眠似的狂欢状态（'忘形'），由此在自己之内再重获合一，并且与自然重获合一。"但这种狂欢往往是以强烈的"愤怒与破坏性为中心"的。[2]因为酒后疯狂属于非理性的行为，所以一直受到广泛的抵制。《神话辞典》进一步记录了最优秀的歌手俄耳甫斯惨死的事件："他因为拒绝参加狂欢秘祭激怒了酒神的狂女迈那得斯而死在她们手里（一说是因为在妻子死后回避妇女而死的）。另一神话说，他的死因是得罪了狄俄倪索斯，狄俄倪索斯是由于他对阿波罗的礼拜表示虔诚，而对狄俄倪索斯的崇拜心存轻蔑而大发雷霆的（在这一神话中可以看出崇拜阿波罗和崇拜狄俄倪索斯两者之间的竞争）。这位歌手的头颅和肝脏被狂女们投入海中。"[3]俄耳甫斯教徒主张品行端庄，这无疑使他们成了酒神的对立面，可见，酒神崇拜与人类理性是不相为谋的。总之，狄俄倪索斯身上具有强烈的非理性色彩，酒神崇拜的狂野性质有使社会失去秩序的威胁，所以在其传播过程中遇到诸

---

[1]　鲍特文尼克、科甘、帕宾诺维奇等编著：《神话辞典》，黄鸿森、温乃铮译，第80—82页。

[2]　E.弗洛姆：《人类的破坏性剖析》，孟禅森译，第340—341页。

[3]　同[1]，第92页。

多阻碍也就是理所当然的了。人们对酒的副作用的认识,在酒文化开始推广的初期会显得尤其敏锐。

最强烈阻碍酒神崇拜推行的是一些在神话传说中处于反面角色的各地首领。吕枯耳戈斯是色雷斯厄多涅斯(Edones)地方的首领,得律阿斯 1(Dryas)的儿子,据悲剧作家说,当狄俄倪索斯要穿过色雷斯去进攻印度人(the Indians)时,吕枯耳戈斯拒绝让他通过,他还抓捕了跟随酒神的信徒和萨提耳(the Satyr)们。吕枯耳戈斯使狄俄倪索斯如此恐惧,以致他跳进了海里,他为忒提斯所救。被吕枯耳戈斯囚禁的酒神信徒和萨提耳们神奇地摆脱了锁链,吕枯耳戈斯发了疯,他把儿子得律阿斯 2 当作葡萄藤用斧头砍死了。他清醒后,土地开始贫瘠,神谕说,只有吕枯耳戈斯被杀死,这里的土地才会恢复肥沃。于是他的人民在潘勾斯(Pangeus,原译潘该俄斯)山上把他与四匹马绑在一起,他被撕碎了。据许吉诺斯说,吕枯耳戈斯把狄俄倪索斯及其随从(Bacchantes)(一说保姆们)逐出了他的领土。为此宙斯弄瞎他的眼睛,缩短他的寿命;一说宙斯使他的国土成为不毛之地,使他本人丧失理智,他在疯病发作时杀死了亲生儿子;他因犯杀子罪,被赶到潘勾斯山,在那里他的肢体被马撕碎。这一神话反映出宙斯自己是儿子狄俄倪索斯推行崇拜的直接后台。一说吕枯耳戈斯对狄俄倪索斯是否是神祇表示怀疑,于是把他驱赶出了他的领土。然后吕枯耳戈斯喝醉了酒,他要强奸自己的母亲。为了避免这种不体面的行为再度发生,他努力连根拔除所有的葡萄藤,但是狄俄倪索斯使他发了疯,他杀死了妻子和儿子,然后狄俄倪索斯让罗多珀(Rhodope)山上的一群黑豹把他吃掉了。据狄俄多洛斯说,吕枯耳戈斯是色雷斯与赫勒斯封(Hellespont)相连地区的首领,狄俄倪索斯想带着他的队伍从亚洲(Asia)进入欧洲(Europe),于是在与吕枯耳戈斯达成协议后,酒神的信徒们从水路来到了色雷斯,但在夜间,吕枯耳戈斯命令他的士兵杀死狄俄倪索斯和他的信徒。一个叫作开罗普斯(Charops)的人提前告了密,狄俄倪索斯非常害怕,他决定把绝大部分队伍留在亚洲,他自己也返回了亚洲,趁他不在的时候,吕枯耳戈斯袭击并处死了酒神信徒们。之后狄俄倪索斯带着队伍回来,击败了吕枯耳戈斯的部队,他抓到了吕枯耳戈斯,掏出了他的双眼,在让他受尽痛苦之后,把他钉死了。不管是哪种说法,吕枯耳戈斯都是最早认识到了酒的副作用的人,尤其在酒发明的早期,人们不能做到饮酒适度,往往会醉酒,之后便做出疯狂的事情,于是吕枯耳戈斯坚决抵制酒文化的传播,这在某种程度上是极具进步意义的。我们记得,为了减少酒后犯罪及闹事行为的大量发生,前苏联的戈尔巴乔夫(Mikhail Gorbachev)就曾坚决地在全国范围禁过酒,而且卓有成效,吕枯耳戈斯的行为当与戈尔巴乔夫的现代做法属同一性质。但在神话中,他的清醒而理智的行为却触怒了酒神及其父亲宙斯,吕枯耳戈斯最后被残酷地处死,这再一次证明了神喜欢的是盲信盲从者,不管神意具有如何邪恶的一面,神意都是不可违的,以身示神的勇敢者终将要被神无情地予以毁灭。

这样被毁灭的首领还有彭透斯(Pentheus)[①]。狄俄倪索斯征服了亚洲之后想回到故乡忒拜来建立他的崇拜仪式,并惩罚他母亲的姊妹们,尤其是忒拜首领彭透斯的母亲阿高厄(Agave)。阿高厄不信狄俄倪索斯是神的儿子,并扬言说他是她的姊妹塞墨勒与一个凡人生的儿子,而她自己怀了宙斯的孩子。狄俄倪索斯一到忒拜,就使这里包括阿高厄和她的女儿们在内的所有妇女发疯,她们穿着酒神信徒的衣服跑到山上去庆祝狄俄倪索斯的神秘仪式。尽管有来自卡德摩斯和提瑞西阿斯的警告,彭透斯"坚持理性与秩序,不愿承认这位'疯狂'的神"[②],他努力阻止这种狂暴仪式的传播,他把狄俄倪索斯叫作吹牛者和冒名顶替者,尽管他目睹了好几种奇迹的发生,他还是把狄俄倪索斯用锁链锁了起来,狄俄倪索斯自己摆脱了锁链,并使宫殿燃烧起来。他建议彭透斯爬到山上去偷看一下妇女们所沉溺其中的那种狂热。彭透斯接受了这个建议,就化了妆藏在一棵松树上。但是妇女们看到他后,就将树连根拔起,并把他当作狮子撕碎了。阿高厄把儿子的头钉在手杖上扛回忒拜,她还以为那是一个狮子的头而感到十分骄傲。她到了城里后,卡德摩斯帮她卸下了她所扛着的东西,这时她才看到她杀死了自己的儿子。这里面,酒神是依靠自己的超自然能力来传播他的狂暴仪式,他另一方面的用意则是向自己的姨母们疯狂地复仇,他非常残忍地让阿高厄亲手杀死儿子彭透斯,而彭透斯是一个奋不顾身、坚决与邪恶之

---

① 一说他本身就是"被撕成碎块的狄俄倪索斯",(335)"半神受到挑战、被撕成碎块、被宣布已经死亡,人们为之悲伤,他的碎尸被收集起来并被认出,最后他被作为复活的神出现在众人的面前。"(337)从这种酒神仪式后来演变出了悲剧。"当戏剧演变成大众娱乐的形式而不再作为宗教仪式时,人们觉得公开提及或者再现神的死亡是不恰当的。"(338)于是便用半神来代替神去受难。希波吕托斯、俄瑞斯忒斯、涅俄普托勒摩斯等也都是这样的半神。三位半神分别出现在《希波吕托斯》《奠酒人》和《安德洛玛克》中。"一般的年半神在出现后,势力越来越大,最终被同他一模一样的继承者杀死。但狄俄倪索斯并不会死去。他似乎死了,但实际上死去的是他的敌人——这个敌人穿着和狄俄倪索斯一样的衣服,有着近似的相貌;死去的是彭透斯或吕枯耳戈斯,狄俄倪索斯继续偷偷地活着。当大地似乎已经死亡,似乎失去他的时候,而他却长存在常春藤、柏树和其他常绿植物里;他是葡萄酒或其他酒类饮料包含的秘密生命或火。如果我们这样看待狄俄倪索斯,那么他就不仅仅被看作一个植物神或年半神,而且还代表某种秘密的或神秘的生命,总是能够保持永生,或者说总能死而复活。"(359)见赫丽生:《古希腊宗教的社会起源》,谢世坚译。

② 吉尔伯特·默雷:《古希腊文学史》,孙席珍、蒋炳贤、郭智石译,第 289 页。

神斗争到底,最后被酒神以狡猾的手段予以毁灭了的勇敢斗士形象。有人说:"这则神话被赋予了宗教意义:彭透斯是一个典型的无神论者,他的过分的骄傲为自己招致了惩罚。"①而我们看到,这里已不再是惩罚,彭透斯是酒神扩大化复仇的牺牲品,他的被毁灭反映了早期无神论者的斗争往往要付出巨大的代价,就像后世的布鲁诺(Bruno)。

　　另一位忒拜首领拉布达科斯也遭遇了与彭透斯同样的不幸。他也抗拒引入酒神崇拜,结果也被狄俄倪索斯的信徒们撕成了碎块。酒神的狂欢秘祭,使乡下到处充斥着仪式的叫嚣,妇女们都变得疯狂,她们的吵闹声好像她们已经被变成了乌鸦,她们甚至吞下自己正在哺乳的孩子们,这是吕枯耳戈斯、彭透斯和拉布达科斯等人反对酒神崇拜的最根本原因。同时,在民间流行的这种疯狂放纵的仪式确实为这些首领的统治带来了极其危险的不稳定因素,这是他们禁止酒神仪式传播的另一个重要原因。

　　狄俄倪索斯在推行崇拜过程中还曾向雅典人复仇。几个雅典牧人喝了狄俄倪索斯的门徒伊卡里俄斯(Icarius)所给的酒后大醉,这几个牧人以为伊卡里俄斯要毒死他们,便杀死了伊卡里俄斯。他女儿厄里戈涅(Erigone,狄俄倪索斯的情人,她与他生下了儿子斯达斐罗斯〔Staphylus〕)在父亲的狗迈厄拉(Maera)引导下找到了父亲的坟墓,她发现父亲已死自己便也自缢身亡。狄俄倪索斯向雅典降下鼠疫,直到人们尊奉伊卡里俄斯父女为英雄,狄俄倪索斯的愤怒才告平息;一说狄俄倪索斯使雅典的女孩在疯狂中纷纷自缢,按照神谕,雅典人处死了那几个牧羊人,并建立了纪念厄里戈涅的节日。这是酒神在替伊卡里俄斯父女进行扩大化的复仇,不管是他降下了鼠疫,还是使雅典的女孩在疯狂中纷纷自缢,都体现了神对人类态度强硬的一面,他是不可能平心静气地向人们讲清酒真正是什么东西,为什么那几个牧羊人醉酒后会对伊卡里俄斯进行误解复仇,他毫不留余地地要求人们在根本不明白酒为何物的情况下就必须接受它。而且他的复仇中还掺杂着他对厄里戈涅的个人感情成分,这样,他使很多无辜的人在他的复仇中悲惨地死去就更属不义了。

　　狄俄倪索斯在一个已经建立了崇拜的地方也可能进行荣誉复仇,这纯属是巩固自己权威之举。他觉得俄耳科墨诺斯(Orchomenus)地方的弥倪阿斯(Minyas)的三个女儿即弥倪阿得斯姊妹(Minyads)侮辱了他而曾向她们复仇。在一次他的节日(一说是秘密祭典)期间,这三姊妹留在家中忙于

---

　　① Pierre Grimal, *The Dictionary of Classical Mythology*, translated by A. R. Maxwell-Hyslop, p. 356.

织绣，而这里的其他妇女都像狄俄倪索斯的信徒一样在满山遍野地奔跑。狄俄倪索斯使常春藤和葡萄藤开始从这三姊妹坐着的凳子周围长出，牛奶和酒从屋顶流下，神秘之光在房间里出现，野兽的吼声夹杂着长笛和鼓声四处响起，这三姊妹被一阵神圣的疯狂所攫住，她们抓住琉西珀（Leucippe）的婴儿希帕索斯（Hippasus），把他撕碎。然后她们头上冠以常春藤做成的花环，加入了山上的其他妇女中间。据奥维德说她们被变成了蝙蝠。一说狄俄倪索斯先是扮作一个姑娘找到这三姊妹，训斥她们的冷淡，她们却反而讥笑他，于是在她们眼前，他变形为公牛、黑豹和狮子，同时牛奶和酒从凳子中流出来，然后她们发疯了，撕碎了希帕索斯。酒神认为这三姊妹的行为损害了他的荣誉，对他的崇拜的推行尤其不利，于是进行了恐吓式的复仇，同时他在复仇中造成了婴儿希帕索斯的无辜惨死，这实在属于草菅人命的行为。①

　　狄俄倪索斯还曾和阿波罗一起向拉刻代蒙（Lacedaemon，斯巴达所在的广大地区总称）首领狄翁（Dion）的女儿们复仇。狄翁有三个女儿，即俄耳斐（Orphe）、吕科（Lyco）和卡尔亚（Carya），一次阿波罗来到狄翁的家，狄翁的妻子安菲忒亚（Amphithea）对他表现了最大的尊敬，作为回报，阿波罗使狄翁的女儿们有了预言才能，前提是她们不要暴露神的秘密，也不要打听与自己不相关的事情。一次，狄俄倪索斯来到了狄翁的宫廷，他与卡尔亚建立了恋爱关系，当他再次造访时，俄耳斐和吕科企图发现他的事，狄俄倪索斯和阿波罗给予她们庄严的警告，但她们却异常固执地介入了姐姐卡尔亚和狄俄倪索斯的爱情关系之中。于是俄耳斐和吕科被变成了岩石，卡尔亚则被变成了多产的胡桃树。俄耳斐和吕科被变成了岩石是狄俄倪索斯和阿波罗所进行的荣誉复仇，卡尔亚则是因为同情姊妹才被变成了胡桃树的。看来，当初她们的父母接待两位神祇时就埋下了祸根，允许狄俄倪索斯与卡尔亚建立爱情关系就更是失策，之后这三姊妹被赋予了预言才能，正印证了"塞翁得马，安知非祸"那句话。反正，不管人做什么，神要降罪总是无法逃脱的，正所谓"欲加之罪，何患无辞"呢！

　　狄俄倪索斯与其他神比起来，他身上所具有的人的特征要更多一些，他屡次遭到攻击或被绑缚。巨人阿尔玻斯（Albus）通常在山路上等待着旅

---

　　① 为了巩固自己的权威，狄俄倪索斯还曾对部忒斯（Butes）复仇。因为部忒斯拐走了狄俄倪索斯的保姆科洛尼斯（Coronis），狄俄倪索斯使部忒斯发疯，他终于在疯狂发作时投井而死。表面上看，这是酒神在替他人复仇，但实际上他是在间接地维护自己的权威。他虽只是让部忒斯发了疯，但他对部忒斯的死仍然要负主要的责任。然而，对邪恶之神所犯下的任何罪行，人类都是无法惩治的。

行者,好用岩石把他们压碎之后吃掉。狄俄倪索斯也受到了他的攻击,酒神用手杖刺进了他的喉咙,他落入了海里。对狄俄倪索斯来说,这是一种自卫式荣誉复仇,但同时在客观上他也为以前遇害的其他旅行者复了仇。至此,他的行动还一直局限在地上,而不是在天上,他实际上就是一位酒的早期发明者和传播者的形象。早期人类觉得凡事都应该有神在主管,于是便把神的光环加在了狄俄倪索斯的头上。

珀耳修斯曾成功地抵御了狄俄倪索斯崇拜进入阿耳戈斯,他甚至与狄俄倪索斯战斗,并把狄俄倪索斯扔进了勒耳那(Lerna)湖,这样狄俄倪索斯就结束了他在地上的生活而上了俄林波斯山,在那里狄俄倪索斯终于与赫拉言归于好。据说在抵御狄俄倪索斯的战斗中,珀耳修斯还杀死了阿里阿德涅[①],一说他只杀死了阿里阿德涅,并没有把狄俄倪索斯扔进湖里。由于赫耳墨斯从中撮合,珀耳修斯后来与狄俄倪索斯和好了。这里,狄俄倪索斯与英雄珀耳修斯之间的关系,以及狄俄倪索斯娶人间女子阿里阿德涅为妻,这些都进一步证明了狄俄倪索斯身上所具有的凡人英雄的特征。

而与这些抗拒酒神崇拜的勇士们形成对照的则是弥达斯(Midas)。"弥达斯的形象是个保护狄俄倪索斯教的懦弱的国王,常在讽刺剧中出现。"[②]

事实上,酒神崇拜是后起的民间神话信仰。到了公元前6世纪,在它声势浩大的逼攻之下,以前一直坚决维护传统神话信仰的官方才被迫把酒神崇拜纳入了传统神话之中,并让狄俄倪索斯成了宙斯的儿子。但有关对抵制酒神崇拜的神话却记录下了这一崇拜在被同化之前所遇到的巨大阻碍。

三、神圣的献祭

在希腊人的早期宗教活动中,祭祀是一个重要组成部分。人们有所收获之时总要向神祇献祭,这主要表现在秋天收获的季节。平时有什么重大收获,他们也会向神献祭,这主要是那时的人们普遍认为,一切收获都是有神护佑的结果,所以神祇理应分得收获的一部分果实。作为这一基本活动的延伸,人们在进行战争、结婚等重大行动之前也习惯向神祇献祭,以此来祈求神祇佑助行动成功。一旦有人不按期献祭,或者答应过的献祭没有兑现,那么就会遭到神祇的残酷复仇。正是当时人们有着这样的观念,也就

①　而据赫西俄德说,宙斯已使她"长生不老"。见赫西俄德:《工作与时日·神谱》,张竹明、蒋平译,第54页。

②　鲍特文尼克、科甘、帕宾诺维奇等编著:《神话辞典》,黄鸿森、温乃铮译,第197页。

滋生出了与此相应的许多神话传说。

克里特首领弥诺斯曾答应把当年从海里收获的最好的东西献祭给波赛冬，波赛冬于是就派了一只极其美丽的神牛给弥诺斯，结果弥诺斯没能经得住考验，他想留下这只神牛，就把它混在了自己的牛群里，而用另一只牛来顶替献了祭。弥诺斯于是便遭到了波赛冬的复仇，波赛冬使神牛发疯，大肆蹂躏克里特岛，直到赫剌克勒斯把它捉住。这里的波赛冬与基督教中的上帝同样不义，全知全能的上帝难道不了解夏娃和亚当的心理是非常脆弱的吗？那么他为什么还要在伊甸园里放置智慧之树对他们进行考验呢？弥诺斯既然有那样的承诺，证明他是敬神的，爱美之心人皆有之，而神祇对敬神者的一时人性上的脆弱都不肯放过，那么弥诺斯还是不该敬神的好，如若那样，他就不会有那种献祭的许诺了，也就不会因此而遭到波赛冬的此般复仇了。神祇总是喜欢考验人和诱惑人，而凡人又经不住这种考验和诱惑，于是人类便遭遇了惨事。

一个人若向所有的神祇献了祭，唯独忘记了一位神祇，那么他必然要遭到这位神祇的残忍复仇，因为在这位神祇看来，这无疑是对他或她的神权的蔑视和变相侮辱。卡吕冬埃托利亚人首领俄纽斯（Oeneus）在收获结束时向所有神祇献祭，唯独忘记了列上阿耳忒弥斯的名字，阿耳忒弥斯派一只巨大的野猪去祸害卡吕冬的田地，整整一年卡吕冬的庄稼颗粒无收，牛羊全被咬死。阿耳忒弥斯的复仇并未就此结束，俄纽斯与阿尔泰亚生的儿子墨勒阿革洛斯（或叫墨勒阿革耳〔Meleager〕，一说他是阿瑞斯的儿子）组织来自附近各个城镇的猎手前去抓捕这头野猪，其中好几个猎手被这头野猪杀死了，最后它被墨勒阿革洛斯射倒。阿耳忒弥斯余怒未消，她挑起了埃托利亚人和库瑞忒人（Curetes）之间在分配野猪的皮和头问题上的争吵。墨勒阿革洛斯知道他会因这次战斗而死，所以他先是退出了战斗，后来库瑞忒人攻到了城下，墨勒阿革洛斯的妻子克吕奥帕特拉·阿尔库俄涅（Clyopatra Alcyone，伊达斯和玛耳帕萨〔Marpessa〕的女儿）看到城将陷落，便参加了战斗，墨勒阿革洛斯也只好重返战场，他杀死了敌方中自己的两个舅舅忒斯提阿得斯兄弟（Thestiades），于是母亲阿尔泰亚烧毁了墨勒阿革洛斯将生命寄托其中的木块，他也就死去了；一说墨勒阿革洛斯刀枪不入，站在库瑞忒人一方的阿波罗只好用箭把他射死。待情绪平静了一些之后，阿尔泰亚认识到了她的行动的后果，她先是吊死了墨勒阿革洛斯的妻子克吕奥帕特拉，然后自己也自缢而死。墨勒阿革洛斯的姊妹们（Meleagrides），对于墨勒阿革洛斯的死哭得过于悲伤，阿耳忒弥斯出于同情把她们都变成了几内亚鸟（guinea fowl）；狄俄倪索斯（Dionysus）把其中的乔治(Gorge)和得伊阿尼拉又恢复了人形,一说是狄俄倪索斯请求阿耳忒弥斯保留了她们的人形。墨勒阿革洛斯的姊妹们像赫利俄斯的女儿们(Heliades)一样,她们哭得泪珠都变成了琥珀。这一家人的惨烈遭遇就是因为俄纽斯对阿耳忒弥斯的一点点不敬从而惹来了这位女神的扩大化复仇,她的这种行为实在是难逃人类的指责。阿特柔斯和堤厄斯忒斯兄弟之间的长久不睦与几代人之间的厮杀据说也是由于阿特柔斯当初没有如约向阿耳忒弥斯献祭金羊,于是女神向他及他的亲族进行了残忍的扩大化的荣誉复仇。

人们在新婚之时,是绝对不能被欣喜之情冲昏头脑而淡忘向相关神祇献祭的,否则后果真是难以设想。阿德墨托斯与仙女阿尔刻斯提斯(Alcestis 或 Alceste)结婚时忘记向对他们有恩的阿耳忒弥斯献祭,阿耳忒弥斯于是让新娘在新婚之夜不翼而飞,并派一条蛇去闹洞房(一说她使婚床上盘着一条条蛇),阿波罗救了阿德墨托斯。阿耳忒弥斯本是一个争强好胜的女神,这在她早期神话中在宙斯面前屡次与阿波罗争宠,决不肯甘落其后的许多事例中就已经表现得十分明显了。但她毕竟还心存兄妹之情,所以这里阿波罗的介入,并没有惹得她恼羞成怒。同时我们也看到,神祇们身上往往会体现出施恩图报的特征。

同样,阿佛洛狄忒也会对那些理该向她献祭却没有献祭的人进行复仇。与阿耳忒弥斯不同的是,阿佛洛狄忒的复仇往往限制在自己的职权管辖范围之内。她曾帮助促成了阿塔兰塔和希波墨涅斯的婚姻,他们结婚时却忘记向阿佛洛狄忒献祭,阿佛洛狄忒使他们变成了一对狮子。阿塔兰塔和希波墨涅斯在这里是忘恩负义者,就这一点点儿忤逆便足以使他们丧失继续为人的权利,看来信奉这样的神祇所面临的危险性与中国所说的"伴君如伴虎"一语所道出的危险性是同样巨大的,只要人类略有疏忽,惹得神祇动怒,惨祸就会降临在人类的头上。这样,在两难之间,人们若选择不再继续信奉神祇,情况也不会变得更糟。从这里我们也可以看出,神祇对自己应该享受到的荣誉是非常看重的,他们容不得人们在这方面有些许的怠慢。

为了严格维护自己的荣誉,阿佛洛狄忒也绝不放过任何能进行扩大化复仇的机会。斯巴达首领廷达瑞俄斯忘记了向阿佛洛狄忒献祭,阿佛洛狄忒使廷达瑞俄斯的两个女儿——海伦和克吕泰涅斯特拉在婚姻上遭受不幸。这是扩大化的复仇,以此可以解释英雄传说中海伦和克吕泰涅斯特拉婚姻上的不幸,这不幸并不只是简单的痛苦,它包含了特洛伊战争中和阿伽门农的复仇主题中的无数杀戮。海伦和克吕泰涅斯特拉这两位妇女成了万夫所指的最坏典型,她们最终都遭遇了惨死,而这一切,都可说是阿佛洛狄忒一手造成的。

　　与主要神祇一样，次要神祇也会严格地维护自己在献祭方面该享受到的那份荣誉。有四个仙女在河神阿刻罗俄斯（Achelous）的河岸上向神祇们奉献牺牲，却忘了奉献给阿刻罗俄斯一份。于是阿刻罗俄斯愤怒地让河水上涨，将这四个仙女冲入海中，使她们都变成了海岛。这种荣誉复仇，与赫剌克勒斯在献祭之后没有吃到好肉所进行的复仇并没有本质上的差别。

　　人类对神祇的献祭存在着一个从杀人祭祀到以动物牺牲献祭的渐变过程。

　　神在早期是渴血的，他们喜欢人们以人为牺牲向他们献祭。当库提索洛斯（Cytissorus）到祖父阿塔玛斯（Athamas）这里来接受继承权时，当地居民正要把阿塔玛斯献祭给宙斯，库提索洛斯救了阿塔玛斯并把他重新推上首领之位。宙斯的愤怒殃及库提索洛斯和他的后代，每一代中最长的儿子都必须避开公共大会堂，否则就要被作为牺牲献祭。宙斯这里的行为带着强烈的个人仇怨情绪，同时这则传说里还保留着较早时代的神要求以人献祭的成分。

　　在野蛮阶段中期，人类开始把杀人祭祀当作结束灾难的一种手段。七将攻忒拜（Seven against Thebes）的时候，提瑞西阿斯预言若是克瑞翁把儿子墨诺叩斯（Menoeceus）献祭以平息阿瑞斯的愤怒，忒拜城就会得救。① 有的传说则把杀人祭祀以结束某种灾难当作神谕的内容。库阿涅（Cyane）被她的父亲强奸了，神祇降下瘟疫，神谕要求必须把有乱伦关系的人献祭，库阿涅和她的父亲都畏罪自杀了。这里，乱伦行为招来了神祇的扩大化复仇，结束这一灾难的办法就是依照神谕杀人献祭。② 这些要求以人祭祀的神谕，都反映了当时祭司对以人献祭风俗的一种坚持。

　　杀人献祭中以谁献祭的问题往往会在人类中间引起争端，这种争端会造成更多的人无辜丧命，毕竟，一个正常的人谁也不愿意轻易地就失去自己的骨肉，其自我保护的行为往往会使结果更为惨烈。首领得米封（Demi-

---

　　① 在后辈英雄们进攻忒拜的时候，提瑞西阿斯建议忒拜人休战，连夜逃出城去，这样避免了一场普遍的杀戮。他与女儿曼托（Manto，据说是荷马的老师）随同忒拜人一起逃走，一天早晨停在了忒尔福萨（Telphoussa）泉水处，他感到很渴，就喝了一口极冷的泉水，然后就死了。一说他与女儿留在了城内，被入侵者俘虏，然后被送往得尔斐要献祭给后辈英雄们的保护神阿波罗，途中，年纪太大的提瑞西阿斯力竭而死。这些传说都反映了当时杀人祭祀的风俗非常盛行。
　　② 再如，科瑞索斯（Coresus）是狄俄倪索斯的祭司，他爱上了卡利洛厄（Callirhoe），却遭到她的无情拒绝。科瑞索斯向狄俄倪索斯抱怨他的痛苦，酒神便使那里的人们发疯，神谕告知要以卡利洛厄献祭，或以他人代替，但当科瑞索斯要在祭坛上杀死卡利洛厄时，他为对她的爱情所征服，他放弃了决心自杀身亡，卡利洛厄也羞愧自杀。

phon)和贵族玛斯图西俄斯(Mastusius)之间的复仇、反复仇和再复仇就是这方面的例子。得米封按照神谕,每年从贵族的女儿们中选出一人祭祀以结束瘟疫,但他从未把自己的女儿列入被选人之中,于是玛斯图西俄斯提出,得米封若不把女儿列入其中,他也不让自己女儿被列入。得米封恼羞成怒,于是做出了复仇的举动,他未经拈阄就杀掉了玛斯图西俄斯的女儿祭祀。玛斯图西俄斯决心向得米封反复仇,他后来邀请得米封和他的女儿们去观看献祭,得米封的女儿们先到场,玛斯图西俄斯把她们全部杀掉,并把她们的血混在酒杯里端给得米封喝。得米封得知真相后,将酒杯与玛斯图西俄斯一起抛进了海里,这是得米封的再复仇。

在拉俄墨冬时代,这种以人献祭的风俗仍然存在着,只是神所要求的是把人献祭给海怪让它吞食而已。在波赛冬和阿波罗降灾特洛伊城时,福俄诺达玛斯(Phoenodamas)建议把拉俄墨冬的女儿赫西俄涅(Hesione)献祭给海怪。[①] 这里的海怪,实际就是神的意志的执行者,向海怪献祭被海神当作向拉俄墨冬复仇的一种方式。中国河伯娶妻的传说也是这种人祭的表现。

这种向怪物献祭人类和向神祇献祭人类的现象甚至在一个时期内同时存在或合二为一。埃勾斯看到弥诺斯的儿子安德洛革俄斯在泛雅典娜节竞技会上得胜,出于嫉妒把他害死。弥诺斯向埃勾斯挑战,神祇也使这个地方遭到荒旱和瘟疫,按照古老的预言,埃勾斯以许阿铿提兹(Hyacinthids,一些女孩名)献祭,但未见效,最后埃勾斯以每九年(一说每年,另一种说法是每三年)向弥诺斯进贡七个童男七个童女(一说五十个童男五十个童女)[②]的方式求和,这些童男童女被关在迷宫里饥渴而死,或被怪物米诺陶耳吃掉。再如一条龙要求试拜每年向它献祭一个年轻人,克勒俄斯特拉托斯(Cleostratus)被选中了,他的朋友墨涅斯特拉托斯(Menestratus)为他制作了一副金属胸甲,上面布满了铁钩,这个青年穿上它之后让龙把自己吃掉,之后龙死了,这项残酷的献祭从此解除。这里的龙,当是早期地方上崇拜的神祇形象。

我们看到,在早期希腊各地区之间的发展是不平衡的,有的地方可能

---

① 拉俄墨冬为此向福俄诺达玛斯进行了复仇,他让船员们把福俄诺达玛斯的女儿们带到西西里荒野扔给野兽吃掉,阿佛洛狄忒却使这三位姑娘逃脱了一死。另一种说法是福俄诺达玛斯的一个父辈与拉俄墨冬争吵,结果其家族的所有男性成员都被拉俄墨冬杀了,他不愿杀死这个家族中的女性,就把她们交给了一些商人,她们于是来到了西西里。这种说法更接近现实一些。

② 而据普鲁塔克《忒修斯传》说,忒修斯把七个少女带到克里特,但其中两个是男扮女装的少年。见赫丽生:《古希腊宗教的社会起源》,谢世坚译,第 308 页。

已经不再有杀人祭祀的风俗,而在发展滞后的地区这种风俗依然存在,而且他们往往是以过路的陌生人献祭。如赫剌克勒斯的例子,他在去赫斯珀里得斯姊妹(Hesperides)的果园途中经过埃及时,埃及首领部西里斯(Busiris)要将他作为外乡人杀掉献祭,他挣断绳索,杀死部西里斯和他的儿子伊菲达玛斯(Iphidamas,一说是安菲达玛斯〔Amphidamas〕)、传令官卡尔波斯(Chalbes)及所有的围观者。关于这一传说,希罗多德认为"荒唐无稽",他认为"这种说法却证明希腊人完全不知道埃及人这个民族的性格和风俗习惯。埃及人除去限于清净的豚、牡牛和牡牛犊以及鹅之外,甚至连家畜都不用做牺牲的,怎么还能相信他们用人来作(做)牺牲呢?"[①]我想,希罗多德是根据他所生活的当代情况来发表这一番议论的,这时已距早期的人祭时代有了一定的时间间隔了,而希罗多德所惯用的手法又是我们当代所说的解构主义的东西,于是歧义便自然地产生了。这里,赫剌克勒斯之所以险些被献祭,是因为当时埃及大旱九年,有人对部西里斯说,只要在宙斯的"祭坛上浇上一个异乡人的血就好了"[②]。这些以外乡人献祭的例子应该是人祭风俗的晚期情状,此时,一般不再以本地人献祭,而只以外乡人献祭,其目的就是为了消灾。

塞里福斯(Seriphos)岛也应该是这样发展滞后的地区。那里的暴虐首领波吕得克忒斯(Polydectes)要强暴珀耳修斯的母亲达那厄,达那厄只好与狄克提斯(Dictys)[③]一起躲在祭坛上,一说因为达那厄不从所以被拉去献祭。珀耳修斯回来后用墨杜萨(Medusa)的头把波吕得克忒斯和他的随从都变成了石头,之后他们母子俩返回阿耳戈斯;一说达那厄与狄克提斯结了婚,狄克提斯接替了塞里福斯岛的首领之位。这些都是对较晚时期杀人祭祀风俗有所反映的传说。

这种杀人祭祀的风俗一直到较晚的传说中还有所残留,不过已经开始逐渐出现以动物牺牲代替人祭的现象了。阿伽门农以女儿献祭的故事为人们所熟知。在希腊大军集结起来出发远征特洛伊之前的一次狩猎中,阿伽门农(一说是墨涅拉俄斯)杀死了阿耳忒弥斯的一只赤牝鹿,还夸口说即

---

① 希罗多德:《历史》,王以铸译,第 131 页。

② 奥维德:《爱经》,戴望舒译,第 31 页。陶立斯也应该是将这种杀人祭祀风俗一直保持到很晚的地区,有一种说法是墨涅拉俄斯与海伦到陶立斯去搜寻杀死了克吕泰涅斯特拉的俄瑞斯忒斯,结果双双被伊菲革尼亚在阿耳忒弥斯的祭坛上献了祭。毕竟,伊菲革尼亚当初被献祭就是由这对夫妻的缘故而起。后来,俄瑞斯忒斯和皮拉得斯也险些被伊菲革尼亚当作外乡人献了祭。

③ 狄克提斯是波吕得克忒斯的哥哥,在埃斯库罗斯的萨提耳剧《撒网人》(Dictyulci)中,是狄克提斯从河里打捞上了装有达那厄母子的箱子,之后他就娶了达那厄。

使是女神自己也不能射得这么准确。① 布留尔说："在整整一生中,不管涉及神圣的东西还是世俗的东西,不论我们的积极意志如何,任何影响都要引诱我们去运用逻辑功能,但在原始人那里却唤起了一种限制行动的复杂而常常是神秘的回忆。"② 这就是禁忌,阿伽门农说了不该说的妄言,就是违犯了禁忌,他注定要受到来自神的残酷的报复。为了向阿伽门农的狂妄复仇,阿耳忒弥斯使海上无风,这样阿伽门农统帅的军队无法远征,阿伽门农被迫依从预言家卡尔卡斯的预言,以女儿伊菲革尼亚献祭。阿耳忒弥斯在这里的复仇是残忍的,后来她心生怜悯,在祭坛上以一只巨鹿换下了伊菲革尼亚,并把她带到陶立斯做了自己的女祭司,这当是神以动物牺牲代替以人献祭的开始。探究起来,伊菲革尼亚本身并无罪过,但她因父辈所犯过错而被牵怒,于是差点成了无辜的牺牲品,这再一次透露出了神祇复仇的邪恶性质。而阿伽门农以女儿献祭一事,就此隐埋下了家庭惨剧的祸根,这是后来克吕泰涅斯特拉杀死他的部分原因,至少也构成了她的谋杀的一个十分有力的借口。从现实的角度讲,阿伽门农在群众情绪的压力下被迫以女儿献祭的传说也是当时军事民主制度的反映,此时他并不具有高高地凌驾于其他将领之上的绝对特权,假如他触犯了众怒,其后果是异常危险的。

从吕卡翁 2 的例子中我们也可以看到神祇对杀人奉神的做法开始表现出了不赞成的态度。宙斯要试验一下阿耳卡狄亚首领吕卡翁 2 对神不敬的程度,就装扮成一个农民的样子来到吕卡翁 2 这里,吕卡翁 2 想知道他的客人是否是一位神,就拿杀死的人质的肉招待宙斯。③ 吕卡翁 2 被宙斯变成了狼,他的房屋被雷电击毁,被杀的人的肢体被收集在一起重新复活。宙斯又用洪水消灭了这个种族中除丢卡利翁和皮拉等人以外的全部人类;一说宙斯是用雷电一一击毙了吕卡翁 2 和他的儿子们,但该亚及时介入,保住了最小的尼克提摩斯,他接替了父亲的首领之位。吕卡翁 2 等人当是较早对神权持怀疑态度的人,神话中让这种人遭到毁灭,无非就是想通过这些例子来确立早期希腊社会对神崇拜的思维模式之统治地位。不论神

---

① 一说是阿特柔斯没有把金羊献祭给阿耳忒弥斯,另一说是阿伽门农早在伊菲革尼亚诞生那一年就应诺过要把当年最好的收成献祭给阿耳忒弥斯,结果他却没有兑现。

② 列维-布留尔:《原始思维》,丁由译,第 103 页。

③ 一说被杀死的是吕卡翁 2 的孙子阿尔卡斯(Arcas),即宙斯或潘(Pan)的儿子,一说是吕卡翁 2 的儿子尼克提摩斯(Nyctimus);一说是吕卡翁 2 的大儿子迈那罗斯(Maenalus)建议父亲用煮过的孩子的四肢当作平常的肉来试验宙斯的;一说吕卡翁 2 与他父亲珀拉斯戈斯(Pelasgus)一样是敬神的,所以众神经常到他那里去做客。但是有一天,他的儿子们想知道这些陌生人究竟是不是神,所以他们就杀了一个小孩,并把他的肉混在了为宴会准备的其他肉食里面,众神都十分恐惧,就让一阵旋风掀翻了宴席。

权的最高体现者宙斯，还是现实社会中的任何统治者，都是不欢迎对自己的权威持怀疑态度的人，这是一些潜在的危险，他们都同样地会急不可待地对其予以铲除，就像基督教中的上帝对该隐一样。而丢卡利翁和皮拉从另一侧面应该说是神话所给出的所谓理想人类的楷模，他们奴性十足，却从来都会是备受统治者喜爱的子民。再者，神意本身确实是很难捉摸的，他们最初是喜欢人类杀人祭祀的，吕卡翁2可能正处于从杀人祭祀改为以动物代替人做牺牲的转折时期，他也许是错误领会了神的意图，以为这些神虽然从人道主义考虑，声明不再喜欢人肉，但骨子里他们还是最喜欢吃人肉的，于是他公开地献媚，于是做出了蠢事。

　　正如李咏吟所说："神不在乎人的幸福和安宁。神很喜欢发怒。人不能知道神的意图，而神又要人的行动合乎他的目的。这样，人的悲剧是不可避免的。……神高高在上，并不顾及人类。"①与吕卡翁极其类似对神不敬从而遭到了神的最残酷的复仇的可能要数坦塔罗斯2了。坦塔罗斯2是宙斯与普路托（Pluto）生的儿子，一说在坦塔罗斯2窝藏潘达瑞俄斯从宙斯庙里偷来的金狗并且没有遵守誓言之后宙斯原谅了他，因为他毕竟是宙斯自己的儿子，宙斯为他净了罪，并把他带到天上。神祇们对他也很友好，经常邀请他一起饮食，但他很虚荣，他开始向凡人泄露诸神在他面前自由谈论的秘密，他又从俄林波斯圣山上偷窃蜜酒和仙丹送给凡人。最让神祇们无法容忍的是他杀了自己亲生儿子珀罗普斯为诸神预备酒席，以考察他们是否明察一切（一说他的国家正缺少肉食，为了表达对神的尊敬，他就把儿子杀了用来款待众神）。其他众神都厌恶地转过了脸去，只有得墨忒耳在女儿珀耳塞福涅丢失后心不在焉，她吃了珀罗普斯一块肩头肉，所以珀罗普斯被重新恢复生命之后又补了一块象牙做成的肩（一说得墨忒耳吃到嘴里后又恶心地吐了出来，一说是阿瑞斯或忒提斯犯了这个过失）。为了所受的诸般侮辱，众神开始向坦塔罗斯2复仇。他死后受着最酷烈苦痛的折磨：他站在地狱的大湖中央，湖水没到了脖颈，他焦渴时却喝不到一滴水，因为他一伸嘴湖水就自动退去；他头顶上方生长着各种水果，饥饿时却吃不到一点，因为他一抬胳膊果实就远避到他无法触及的地方；一说有块巨大的石头悬在他的上方，永久地威胁着要将他压碎。这里，我们可以看到，神祇可以暂时原谅人类的过错，但得罪者再有进一步的亵渎之处，新账与旧账就会遭到一齐清算。奥维德说，"不谨慎的唐达鲁斯（即坦塔罗斯2）不

---

① 李咏吟：《原初智慧形态》，第71—72页。

能取得那悬在他头上的果子，又在水中渴得要死，那简直是活该。"①同时，我们也看到，在坦塔罗斯 2 的时代，至少杀人奉神的风俗已然过时。但在发展滞后的美洲阿兹特克人中，一直到 15、16 世纪还在"捕捉俘虏作为祭神的牺牲"②。"蒙昧人和野蛮人自远古以来的习俗就是杀俘虏以施报复，把俘虏的生命用以供神，这是僧侣制度初步阶段的一种崇高观念。"③

在希腊传说中较晚以人献祭的当数阿喀琉斯，他活捉了十二个特洛伊青年为帕特洛克罗斯在葬礼上献祭。这里，接受献祭的已不再是神祇，而是死去的人类。阿喀琉斯死后，也有将普里阿摩的儿女特洛伊罗斯（Troilus）和波吕克塞娜向阿喀琉斯献了祭的传说。看来，在以动物牺牲代替杀人向神献祭之后，以人类向死者献祭或为死者进行陪葬的风俗还延续了相当长的一段时期。一直到希波战争期间，还有居鲁士将十四名吕底亚少年烧死献祭的记载。

荷马史诗中已经出现了很多对奉献动物牺牲场面的描述。事实上，这种以动物作为牺牲向神祇献祭的做法，在更早的赫剌克勒斯、俄狄浦斯的传说中就已经出现，只是当时尚未形成主流风俗而已。而杀人献祭的风俗一直是落后部落中最触目惊心的景象，这种风俗甚至一直持续到 18、19 世纪："从前堪萨部族（Kansa）有一个风俗，就是把被杀死的敌人的心挖出来扔到火里，以此来向四方的风献祭。"④这应该是直接杀人献祭风俗的一种演绎性延续。

直到人们停止了人祭，甚至停止了以动物献祭，这时的人类才真正地变得有些文明了。比如战前以舞蹈的方式来祈求胜利就是这种文明的表现。布留尔说："战舞也象（像）是一种预先以戏剧形式表演的目的在于确定胜利属于谁方的战斗的准备或者献礼。"⑤这相比先前杀人或者杀死动物献祭以祈求战争胜利的形式无疑是一种进步。

四、神谕、祭司与神誓

早期的希腊人，由于对灾难和死亡的恐惧，在重大行动之时，他们要首先询问神谕，这是早期宗教的一部分。神谕所反对的行动，人们若知其不可为

---

① 奥维德：《爱经》，戴望舒译，第 66 页。
② 摩尔根：《古代社会》，杨东莼、马雍、马巨译，第 194 页。
③ 同上，第 213 页注⑩。
④ 列维-布留尔：《原始思维》，丁由译，第 210 页。
⑤ 同上，第 283 页。

而为之,内心里就已经被失败的阴影所笼罩着了,所以其结果往往也就会落得个惨败,七将攻忒拜就是这方面的明显例子。假如神谕认为行动可取,那么人们就会满怀胜利的信心去参加战斗,其结果往往是能够凯旋。那些不事先询问神谕的人,会被当作在蔑视神本身,便会受到神的无情报复。①

阿里斯托得摩斯(Aristodemus)在准备征服伯罗奔尼撒之前没有询问得尔斐的神谕,阿波罗请宙斯用雷电击毙了阿里斯托得摩斯。这样传说的目的就在于告诫人们在重大行动之前一定要征求神意,这明显是早期宗教人员为了自己的利益借题附会而成的。但这种意识形态对后世人们的行动产生了深远影响。据修昔底德《伯罗奔尼撒战争史》记载,一直到伯罗奔尼撒战争期间,当自感经济基础比较薄弱的斯巴达要向雅典宣战之前,也不得不先去寻问神谕,结果神谕告知,假如斯巴达人尽全力的话,他们就会获得战争的胜利。斯巴达人因此增强了信心,历经二十七年,终于取得了战争的最后胜利。而我们看到,在第二次世界大战中苏联与希特勒开战之前,斯大林与苏联士兵一起在红场上进行宗教祈祷以求在战争中获胜,这种举动的意义就与上面的传说创造时的最初动机极其切近。

神谕出于神庙祭司之口,这些祭司因此也就被当作神祇的忠仆,神是不会让这些忠仆受到其他人类欺侮的。阿伽门农拒绝交还阿波罗的祭司克律塞斯的女儿克律塞伊斯,阿波罗就以神矢向希腊军队射击,造成大规模瘟疫,战士大量死去,足足九天,直至阿伽门农交还了克律塞伊斯。究其灾难的根源,就是对阿波罗祭司的不尊重,便等于对阿波罗本神不敬,这场典型的扩大化复仇既是阿波罗在替自己的祭司复仇,又可以理解为是他在为自己的神圣权威遭到轻慢而进行的复仇。《伊利亚特》"第一章开始于阿波罗的荣誉受到了损害和他所进行的复仇,然后写他的复仇(对希腊军队)所造成的伤害和他的要求最终获得了满足。这个系列——荣誉受到损害,复仇,伤害,问题的解决——预先勾勒出了整部史诗的结构;阿喀琉斯自己的荣誉受到损害和复仇紧随其后。"②而无论是阿波罗的复仇,还是阿喀琉斯的复仇,克律塞斯和克律塞伊斯都成了其中关键性的人物,而且这两个

---

①　与此同类性质的就是占卜。摩尔根说,古代人"在战场上也完全与在城中一样,每逢交战的前夕都必须举行占卜"(《古代社会》,第315页)。占卜该是对已定命运的先知先觉,神谕则是把神明确地放在安排或预知命运的首要地位。布留尔说:"就是在文化发展的最低阶段上,也已经在应用占卜了,至少是在利用梦卜。……在巴西西部的一个部族里,在与敌人交战的前夜,首领的要务是对他的部下训话,告诉他们,每个人都必须记住这天晚上必将作(做)的梦,并且尽量只作(做)有吉兆的梦。"(列维-布留尔:《原始思维》,丁由译,第281页。)

②　M. S. Silk, *Homer: The Iliad*, p. 44.

人物在后来俄瑞斯忒斯的传说中又曾经再度出现。战争结束后雅典娜为女祭司卡珊德拉向小埃阿斯所做的复仇也是这种维护祭司的尊严同时也是在维护神的权威的性质。

祭司作为神的代言人,他们往往被人们当作半神,一般都会普遍地受到人们的尊重,但也总会有一些对宗教将信将疑的人,他们对祭司构成了实质性的威胁,于是祭司们便编造了一些侵犯祭司人身而遭神报复的神话传说来警示世人。墨利萨(Melissa)是一位年老的女祭司,一些妇女让她泄露一些得墨忒耳的秘密,但她一直保持沉默,结果被这些妇女撕成了碎片,于是得墨忒耳对她们降下了瘟疫,蜜蜂从她们的尸体中诞生,"墨利萨"就是希腊语"蜜蜂"的意思。这是得墨忒耳替他人即自己的女祭司复仇的例子,也是关于蜜蜂由来的溯源神话。其中蜜蜂的诞生应是墨利萨复活再生的象征性形式,其中的寓意在于说明神的忠仆终归会受到神的保护和善待的,而那些迫害神的忠仆的人则将万劫不复。

除了祭司以外,预言家也被当作神的代言人。因为古希腊人把意外的死亡、瘟疫、灾荒和军事上的失利等都当作神对人类不敬行为的惩罚,于是每当有这些事件发生,就需要预言家来对神意进行解读。因此这些预言家在神话传说中也往往会受到神的保护,那些胆敢伤害预言家的人也定然会遭到神祇的无情报复。有一个叫卡耳诺斯(Carnus)的预言家来到了赫剌克勒斯的后人们中间,他们误把他当作敌人即伯罗奔尼撒人派来专门给他们带来坏运气的魔法师,他们中的希波忒斯1(Hippotes)用长矛杀死了他。神祇为此开始替卡耳诺斯向赫剌克勒斯的后人们复仇,一阵暴风雨摧毁了他们的船队,同时饥荒也在瓦解着他们的军队。一说是阿波罗降下了瘟疫。神谕说,杀害卡耳诺斯的凶手必须被流放十年,于是希波忒斯被流放了。一说又为阿波罗建了一处神庙,这一切灾难才告结束。同时,预言家若不按照神意进行预言,也会招来神祇的复仇。菲纽斯(Phineus)滥用了阿波罗所给予的预言本领,所以阿波罗让他在晚年的时候变成瞎子,美人鸟不让他安静地饮食,直至仄忒斯与卡拉伊斯(阿耳戈的英雄)将它们驱走。而在现实生活中,希腊人往往把日食等天象直接当作神的预言,他们把太阳本身就看作预言者,①但关于这类预言的破解还是离不开人类预言家的中介的,所以预言家的神圣性往往会受到人们的维护。

同理,人类对神或对着神像及神物许下的誓言一定要恪守不移,否则

---

①　这应该就是人们把预言本领给予太阳神阿波罗的最根本原因,人们相信太阳高高在上,对世间万物能明察秋毫,其光辉无比,什么阴暗的事物在其光耀下都将形影毕现。

神会感到自己受了欺骗和愚弄，其结果就是神对不守神誓的人进行残酷复仇。阿尔西达玛斯（Alcidamas）曾摸着神圣的月桂树要阿波罗作证，他把女儿克忒许拉（Ctesylla）许配给了赫耳莫开瑞斯（Hermochares），之后阿尔西达玛斯却忘记了这庄重的誓言，又把女儿许配给了另一个人。克忒许拉和赫耳莫开瑞斯后来只得私奔，但阿波罗却让克忒许拉在难产中死去，她的尸体被变成了圣鸽。本来神对发伪誓的人进行惩罚是无可厚非的，但阿波罗却以扩大化复仇的方式使得罪者的女儿在难产中死去，这就有失公道了。再说，克忒许拉在阿耳忒弥斯神庙中也发过誓要嫁给赫耳莫开瑞斯，为了与他结合，她历尽苦辛，实在令人同情，她的结局虽被变成了圣鸽，但她毕竟被剥夺了人的生命，从中我们可以看出神的行为的任意性所带来的不公平，这样的传说多了，人们滋生了逐见其多的反叛意识也就是理所当然的了。这则传说意在说明要神为某事作证绝不可儿戏视之，不谨尊慎奉的人绝对不会有好下场。①

　　不仅誓言，甚至对神许下的诺言也不可违背，否则对神蔑视的结果就会引来神的疯狂报复。波赛冬曾被宙斯惩罚为特洛伊首领拉俄墨冬修建特洛伊城墙，阿波罗同时为拉俄墨冬放牧牛群，一年期满后拉俄墨冬却拒绝兑现当初答应给的薪水，波赛冬使一海怪来蹂躏特洛伊，阿波罗则降下鼠疫，直到拉俄墨冬同意将女儿赫西俄涅献给海怪，赫剌克勒斯杀了海怪，救了赫西俄涅。拉俄墨冬在灾荒中向希厄拉克斯（Hierax）求助，得到了小麦和大麦，使特洛伊摆脱了饥荒，但希厄拉克斯却被波赛冬变成了令别的鸟都憎恨的猎鹰。事情并未就此结束，特洛伊的保护神雅典娜也背弃了它，神谕告知特洛伊的后人帕里斯会给这座城带来毁灭，后来在特洛伊战争中波赛冬和雅典娜都加入了反对特洛伊的一方，在赫克托耳杀死了波赛冬的孙子安菲玛科斯（Amphimachus）后，波赛冬给予埃阿斯勇气，让他用

---

　　①　在神话中，监督神的誓言的是大洋神女斯提克斯（Styx），诸神往往会指着斯提克斯河发誓。据说神祇"若发了伪誓，他就会没有气息地躺上整整一年，永不起来尝那玉液琼浆，昏昏沉沉地躺在一张铺好的床上，恍恍惚惚，不言不语。漫长的一年病态结束后，接下来还有一段更苦的修行。"（赫西俄德《工作与时日·神谱》，第49页）恩拍多克利（Empedocles）也说，如果哪位神祇发了假誓，"他就得离开天国，随着岁月的推移，变成各式各样的生物，历尽千辛万苦的生活折磨。以太（这里指火）以其巨大的威力把他逐到海上，海水滔滔，又把他冲回大地。大地又把他抛进赫利俄斯的火焰中，赫利俄斯又把他抛进以太的旋风里，一个个地接待了他，又一个个地厌弃了他。"（吉尔伯特·默雷《古希腊文学史》，第78—79页）据赫西俄德说，不和女神曾"生了誓言女神，如果世人存心设假誓欺骗别人，她会纠缠不止。"（《工作与时日·神谱》，第33页）但在希腊神话传说中，这誓言女神并未占下一席之地，没有产生关于她的具体神话传说，甚至赫西俄德也没有给出她的名字，而其他的神祇却往往自己就有报复发伪誓者的能力。

巨石将赫克托耳打昏。

波赛冬和阿波罗虽然遭到了宙斯的放逐,让他们为凡人服役,但他们心里仍然知道自己是神,他们的处境只是短暂的屈辱而已,所以这时如果有凡人胆敢因此而轻视他们,他们还是会毫不犹豫地把对宙斯的怨气也一齐发泄出来的。不明智的拉俄墨冬就是这样不幸的凡人,他还因此牵连了自己的子民、后人及好友希厄拉克斯,使之成了波赛冬和阿波罗扩大化复仇的可悲的牺牲品。从雅典娜对特洛伊的背弃中我们可以看出神神相护的关系,不管平时各位神祇之间如何矛盾重重,但是假如有凡人敢表现出对神不敬的话,他们就会不约而同地转而对付凡人。其中的道理十分明显,那就是假如一个神祇遭到了凡人的轻慢,那么别的神祇就会感同身受,感到自己也岌岌可危了,设身处地地这样着想之后,他们就会一致地来对付凡人,以确保神的权威不会遭到任何削弱。而一旦这些神的凡人儿孙如安菲玛科斯若被杀死,这些神就更会因为自身的权威受到了挑战而进行疯狂复仇。这里赫克托耳若不是因为宙斯对整个战局早有安排,他定然会死在波赛冬的手下。波赛冬在希腊神话传说中总体上是一介武夫的形象,他好与其他神争斗却经常失败,与人类的关系也因其心胸狭隘、性格暴躁而十分恶劣,他因此在神祇和人类中间都很少受欢迎,这是早期人类对海洋喜怒无常的凶暴特性的一种神话式的反映。

五、残暴可鄙的神祇

神祇只不过是人类形象的夸大反映,可以说人所具有的缺点神祇无不具有,在神话传说中神祇往往是心胸狭隘、任性妄为的形象,有的神祇在神话中甚至是以被丑化了的形象出现的。"像英雄们一样,他们热切地维护着自己的荣誉,他们互相争斗"[1],更主要的是他们在人类面前是以凌驾之势来维护自己的绝对权威的。

在各位主神之中,神之父宙斯的荣誉和权威尤其不可侵犯,在他与人类的矛盾中,假如有哪位神祇胆敢介入,他也必定要大吃宙斯的苦头。普罗米修斯的遭遇就是这方面的例证。普罗米修斯是宙斯的表兄,是提坦伊阿珀托斯(Iapetus)的儿子,"当初神灵与凡人在墨科涅(Mecone)发生争执"[2],普罗米修斯出面仲裁,欲偏袒人类。他杀了一头公牛,分成碎块,摆

---

① M. S. Silk, *Homer: The Iliad*, p. 31.

② 赫西俄德:《工作与时日·神谱》,张竹明、蒋平译,第 42 页。

成两堆,其中一堆放着牛肉、内脏和脂肪,用牛皮包裹起来,另一堆全是骨头,但浇上了熬过的牛油,看上去高大饱满,分外诱人,一说前一堆是牛皮包裹的牛肉和肠,上面放着内脏,后一堆则是由脂肪包裹着的骨头,"智慧无穷的宙斯看了看,没有识破他的诡计,因为他这时心里正在想着将要实现的惩罚凡人的计划。"①他挑选了后一堆,因此被愚弄(一说他是故意被欺骗的,以找机会整治过于偏爱人类的普罗米修斯)。宙斯先收回了人类的火,普罗米修斯并不甘心,他用大茴香长茎从太阳火焰车上偷偷点燃后把火又带回地上,一说他是从赫淮斯托斯的作坊里盗得了天火。对普罗米修斯这种冥顽之举,宙斯忍无可忍,他派潘多拉(Pandora)通过普罗米修斯之弟厄庇米修斯(Epimetheus,后知之神)给普罗米修斯宠爱的人类带去各种灾难。潘多拉带往人间的盒子里装着各种灾难,潘多拉无意中打开了盒子,所有的灾难于是便开始在人类中间散播。② 然后宙斯仍然觉得尚未洗尽自己所受的深刻侮辱,就开始了对普罗米修斯本神进行残酷的荣誉复仇。他让赫淮斯托斯与暴力神比亚(Bia)、强力神克拉托斯(Cratos)将普罗米修斯绑缚在高加索(Caucasus)悬崖,每日有一只鸶鹰(厄喀德那〔Echidna〕和提丰〔Typhon〕的后代)来啄食他的肝脏。普罗米修斯也进行了反复仇,他知道一个预言,宙斯将被自己的一个儿子推翻,他拒绝说出这个预言。后来赫剌克勒斯射死了那只啄食普罗米修斯肝脏的鹰,解救了普罗米修斯,宙斯也未加反对,因为这增加了他儿子的荣誉,但他仍强迫普罗米修斯戴着一枚由绑缚他的钢链制成的环子,上面系着一小块他原来被绑缚其上的岩石,以此象征他仍然还被绑缚在岩石上。喀戎意外地被赫剌克勒斯的箭所伤,但他是不死的,为了免除痛苦,他必须找到一个神或人肯接受他

---

　　① 赫西俄德:《工作与时日·神谱》,张竹明、蒋平译,第43页。
　　② 潘多拉是赫淮斯托斯和雅典娜按照宙斯的命令制作的,其他众神也都帮了忙。一说这是大地女神的形象,她的"'诞生'与'成长'只不过是大地在春天获得新生在神话中的体现"。(赫丽生《古希腊宗教的社会起源》,第328页。)一说那盒子里装着宙斯赠予的各种祝福,这是宙斯所送的新婚礼物,但潘多拉打开盒子后所有的祝福又重返了天国,只有希望还和人们在一起,带给人们一点点安慰。而普遍被接受的都是潘多拉为人类带去了祸患的传说。据赫西俄德说,"潘多拉""意思是:奥(俄)林波斯山上的所有神都送了她一件礼物——以五谷为生的人类之祸害"。(《工作与时日·神谱》,第3—4页)潘多拉打开盒子,所有灾难都飞向了人间,人类从此开始有了不尽的灾祸。当她急忙关上盒子时,却把希望留在了盒子里。对此,人们一贯解说,人类虽然在遭受着痛苦,但是还留存着希望。这里明显地存在着一个谬误,灾难从盒中飞出去和人类在一起了,那么没有飞出去的希望就不该是和人类在一起了,这也就是遭受苦难的人类没有得救希望的意思。假如说没有从盒中飞出的希望是和人类在一起的,那么飞出去的灾难就不该是和人类在一起的,但这不是神话传说的事实。所以这个细节只能解释成遭受苦难的人类从此不再有获救的希望。也就是赫西俄德所说的"没有任何可躲避宙斯意志的办法"。(同上,第4页)

不死的权利,普罗米修斯接受了这个权利,喀戎才得以死去。这里有个疑问,普罗米修斯本身就该是具有不死的权利的。一说普罗米修斯后来还是说出了预言,那就是假如宙斯与忒提斯生下一个儿子,这个儿子将推翻宙斯而统治天庭(一说是忒提斯拒绝宙斯的求爱,因为她不想对不起抚养她长大的赫拉,所以宙斯一气之下把忒提斯嫁给了凡人珀琉斯)。作为扩大化的复仇,宙斯还安排普罗米修斯的哥哥阿特拉斯(Atlas)"用不倦的头颅和双臂无可奈何地支撑着广大的天宇"①,普罗米修斯的另一位哥哥墨诺提俄斯(Menoetius)也由于"十分傲慢,过于放肆"②而遭到了宙斯霹雳的轰击,被抛入厄瑞玻斯(Erebus,黑暗)之中。

如果说俄林波斯众神身上有着极其明显的统治阶级特征的话,那么宙斯就是这个阶级中极度威严的最高主宰。凡是统治者,最注重的都是他们自身,那些胆敢为人民真心办事的人,也就惹上了哗众取宠的嫌疑,他们的正直就无形中衬托出了统治者的自私与丑陋,所以现实中这样的臣子都难得善终,统治者会毅然决然地将其从自己的眼前铲除。普罗米修斯就是因为这种缘故遭到了宙斯毫不留情的报复,他因此遭受了长期剧烈的痛苦。关于宙斯,他总是在以"惩罚者"之名,来行"压迫者"之实,同时这也透露出他的神的形象背后的人类统治者的特征。难怪 M. 李普曼把他称为"惩罚者"和"压迫者",并概括说"宙斯似乎具备了人类的一切弱点,他从来也没有光明磊落过"③。这些我们从宙斯对人类所进行的诸多复仇中便可以得到证实。

这里重要的是"火"的意义,它是人类文明开始的象征,赫拉克利特(Heraclitus)把火认作地水风火四大世界构成元素的核心不是没有其一定的道理的,而普罗米修斯为了人类重获文明之火不惜自己做出了巨大的牺牲。马克思因此在他的博士论文序言里把普罗米修斯称为"哲学的日历中最高尚的圣者和殉道者"。后世欧洲有十几位作家和诗人继续以普罗米修斯的题材进行创作,强调的也都是他崇高的方面,正如袁鼎生所说:"宙斯锁住了普罗米修斯,后者却掌握了前者未来命运的奥秘;前者在物质力量上压倒了后者,后者在精神气概上超越了前者。"④"剧作家把普罗米修斯肉体的痛苦转化为精神上的豪迈,使他在与宙斯的精神较量中成为强者,成为矛盾对立的主导方面,并在对宙斯的精神压倒中,形成了对立统一的和

①② 赫西俄德:《工作与时日·神谱》,张竹明、蒋平译,第 42—43 页。

③ M. 李普曼编:《当代美学》,邓鹏译,光明日报出版社 1986 年版,第 537 页。

④ 袁鼎生:《西方古代美学主潮》,第 15 页。

谐,形成了雄浑勇毅刚烈的壮美。普罗米修斯在精神上压倒宙斯的矛盾斗争趋势,体现了正义战胜邪恶的壮美前景。"[①]同时,我们看到在普罗米修斯与宙斯的复杂矛盾中,他也显露出了对最高统治权威的足够蔑视。[②]

作为最高的统治者,宙斯要求其他各位主神也必须对他绝对服从,不允许出现丝毫的忤逆,同时他的性格中又有着极其暴戾的一面,所以一次赫拉、阿波罗和波赛冬等众神将宙斯捆绑了起来,忒提斯这时找来百手巨人解救了宙斯,宙斯遂将赫拉吊在了云端,阿波罗和波赛冬也被判处流放人间服役;一说是赫拉煽动北风玻瑞阿斯反对赫剌克勒斯而得到了这样的惩罚,赫淮斯托斯也因为母亲求情结果被宙斯抛下山去,自此变成了跛脚。忒提斯则因解救宙斯有功,所以在特洛伊战争中她能使宙斯为她受辱的儿子阿喀琉斯向阿伽门农出一口恶气。宙斯的气势是不可一世的,在他身上深刻体现着"顺我者昌,逆我者亡"的统治哲学。虽说"暴行最易引起强烈的愤恨与复仇心"[③],但在宙斯的绝对威势面前,神或人对他的复仇都是难以实现的。

宙斯的所作所为,也反映出他建立统治之初其地位还极不稳定,他必须采用强硬而残暴的手段来一步步地去巩固自己的权威。从宙斯所进行的诸多荣誉复仇的神话中,我们能够非常明显地看到他运用了很多的超自然力量,他或者对神进行超现实的惩处,或者以雷电为武器毁灭不敬的人类,或者将亵渎的人类变成各种动物。正是这些超自然力量的存在,才造成神话与现实迥然有别。

俄底修斯的同伴,要么吃掉赫利俄斯的神牛充饥,要么等着被饿死,他们选择了前者,于是引来了宙斯的残忍复仇,他们在归途中全部丧生。这里,神把人逼迫到了一个两难的境地,不管如何选择,其结局都只有一死,而选择了吃掉神牛,反倒可以暂时延缓死亡的到来。神祇往往就是这样作为人类的敌对势力而存在着的。正因如此,才使得宙斯更具人类特征,我们常说"人无完人",也就无法苛求神当是完神了,神毕竟是现实中人类形

---

①　袁鼎生:《西方古代美学主潮》,第 204 页。

②　同时,我们不容回避,普罗米修斯也有着他狡诈的一面,这也是宙斯向人类复仇的部分原因,"愤怒的宙斯不让人类知道谋生之法,因为狡猾的普罗米修斯欺骗了他。"(赫西俄德《工作与时日·神谱》,第 2 页)只是他的欺诈是为了达到一种善良的目的,人们便不就此对他予以指责。此外,普罗米修斯还具有预言能力,他不仅能预言宙斯的命运,在潘多拉到来之前他还曾对弟弟厄庇米修斯发出过事先警告,后来宙斯用洪水毁灭人类之前,普罗米修斯还提前告诉自己的儿子丢卡利翁带着妻子皮拉赶快离开。

③　E.弗洛姆:《人类的破坏性剖析》,孟禅森译,第 337 页。

象的升华,这决定了神与人类无法相去过远。

默雷说:"宙斯和赫拉都不大受人尊敬。伊里斯好似欧里庇(匹)得斯的'鲁莽无礼的使者'。阿瑞斯显然为人当作一个嗜血成性的色雷斯的懦夫加以憎恶。……在原始叙事诗中,雅典娜是位好战的女人,虽然她善于跟人合作,但生性奸诈,背信弃义。"①这基本上道出了神祇所普遍体现出的邪恶性质。从总体上说,早期的人类对神只有敬畏的份,后来随着希腊哲学中怀疑成分的日益增多,人们便发出了越来越多的对神的诘问。

(一)输不起的神祇和赢不起的神祇

神祇之间的争端本应由主神宙斯自己裁决,他却往往要牵扯上次要的神祇或不幸的人类去做仲裁,这是一个狡猾的转嫁矛盾的策略。结果,失败的神祇必然会觉得自己在次要神祇或人类面前有失颜面,遂会做出向次要神祇或人类复仇的残暴举动。

这方面最明显的例子是赫拉、雅典娜和阿佛洛狄忒争美的传说,宙斯指定由帕里斯作为裁判,结果帕里斯本人和他所在的特洛伊城都因此被毁灭了。在这个传说中,失败的赫拉和雅典娜是输不起的形象。这里,阿佛洛狄忒本是爱与美之女神,无疑她是最美的。在这场裁决中,帕里斯并没有依据客观标准去裁判,他所依据的是三位女神所许诺给他的东西哪个更能投他所好,结果他喜欢阿佛洛狄忒答应给他的美丽的女人,于是阿佛洛狄忒被帕里斯主观地裁决为最美的女神,这与客观上该有的结果并无二致。所以他最终所遭受的复仇并不是因为他裁判的不公允,无论他如何裁决,都必定有两位女神是这场争美中的落败者,一旦落败,她们就必然会向帕里斯复仇,即使阿佛洛狄忒失败了她也必然会向帕里斯进行残酷的报复,这位女爱神同样并不是什么输得起的形象。在软弱的人类面前,事实上是不存在输得起的神祇的。而失败的神祇无处泄愤,遭殃的便只有人类了。看来,从帕里斯被宙斯指定为仲裁者那一时刻,他的噩运就已然注定,无法再更改了。他被宙斯用作了实现自己计划的一个小小的棋子,那就是要通过特洛伊战争来削减地上的过剩人口。

俄耳浦斯是歌者、音乐家和诗人的典型。当阿佛洛狄忒与珀耳塞福涅争夺阿多尼斯的时候,宙斯让俄耳浦斯的母亲卡利俄珀(Calliope,一个仙

---

① 吉尔伯特·默雷:《古希腊文学史》,孙席珍、蒋炳贤、郭智石译,第35—36页。

女)裁判,她判处阿多尼斯在两位女神处各待每年的二分之一的时间①,这惹怒了阿佛洛狄忒,但她没法向卡利俄珀复仇,于是就向卡利俄珀的儿子俄耳浦斯复仇。俄耳浦斯到地狱寻找妻子欧律狄刻(Eurydice,最初为大地女神,角色如该亚〔Gaea〕)失败而返后,阿佛洛狄忒让色雷斯的妇女爱上他,因为这些女人谁也不想旁观而让别人占了便宜,于是她们就把他撕碎了,②她们私分了这些碎块,剩下的抛到了河里,被带进大海。很快在色雷斯全境爆发了瘟疫,神谕说只有找到俄耳浦斯的头并赋予它应有的荣誉,灾难才会结束。人们到处搜寻,最后几个渔民在墨勒斯(Meles)河口找到了,它还像活着时一样在唱歌。俄耳浦斯死后,他的竖琴被接到天上变成了星座,他的灵魂则被带往福地,为那些有福的人(the Blessed ones)唱歌。在阿佛洛狄忒向俄耳浦斯复仇的说法中,俄耳浦斯确实是无辜的。用现在的道德标准衡量,一个人若如此迁怒他人他就没法被称作正直,但在传说中,复仇主体阿佛洛狄忒是一位神,这就意味着她有为所欲为的权力,只要有可能的话,她可以让任何无辜者惨死。神是习惯于让杰出的人类都终有一个惨死的传说的,不止俄耳浦斯如此,阿喀琉斯、赫剌克勒斯、忒修斯、珀耳修斯、俄狄浦斯、阿伽门农、俄底修斯等无不如此。阿佛洛狄忒在俄耳浦斯的传说中是借向俄耳浦斯复仇来间接地向卡利俄珀复仇,在这个复仇整体中又包含着妇女们向俄耳浦斯所做的复仇和神祇为俄耳浦斯之死向色雷斯地方所做的复仇。

小爱神厄洛斯(Eros)也有输不起的神话。仙女珀里斯忒拉(Peristera)是阿佛洛狄忒的随从,一天厄洛斯与阿佛洛狄忒比赛看谁能采到更多的花,阿佛洛狄忒落后了,这时珀里斯忒拉上前帮助阿佛洛狄忒赢了这场比赛。厄洛斯愤怒之下把珀里斯忒拉变成了一只鸽子,阿佛洛狄忒为了补偿她,把鸽子当作了自己的圣物。这与赫拉对伊印克斯(Iynx)施予的行为一

---

①　一说阿多尼斯的时间被分成三份,他与两位女神各待三分之一的时间,剩下的三分之一时间他自愿选择与这两位女神中的任何一位分享,结果他总愿意与阿佛洛狄忒在一起,即使这样,阿佛洛狄忒也认为自己输了。

②　一说这些女人是痛恨俄耳浦斯因对妻子欧律狄刻的忠实而对她们表示冷淡,所以她们杀死了他;一说俄耳浦斯对女人毫无兴趣,他总是和一些小伙子在一起,他是鸡奸的发明者,他的男伴是包瑞阿斯的儿子卡拉伊斯(Calais);一说他从地狱返回后就组织秘密集会,来讲述他在地狱里的经验,但是这种集会拒绝女人参加,男人们在一个锁着的屋子里会集,把武器都留在外面,一天夜里怀恨的女人们拿走了武器,当男人们出来的时候,她们杀死了俄耳浦斯和他的亲密同伙;一说俄耳浦斯因泄露了神的秘密而被宙斯用雷电击死,事实上,俄耳浦斯从寻妻开始到他最后的惨死,他始终都是神祇所具有的超自然力量的玩弄对象。据说俄耳浦斯是荷马和赫西俄德的祖先。

样,是对多事者的复仇,①不同的是这里厄洛斯对珀里斯忒拉所施予的行为该被归入荣誉复仇一类。珀里斯忒拉的行为不只破坏了阿佛洛狄忒和厄洛斯之间竞赛的欢乐,更重要的是她冒犯了厄洛斯的权威。

波赛冬也是输不起的神祇典型。他与雅典娜争夺对雅典的监护权,阿提卡首领刻克洛普斯(Cecrops)被指定作为见证人,他证明是雅典娜第一个在雅典种下了橄榄树,致使雅典娜获胜。波赛冬因此使洪水漫布了刻克洛普斯的领土。这里,刻克洛普斯只是客观地说出了实情而已,却遭到了心地褊狭的波赛冬的复仇,可以说波赛冬在这里是一个任性的统治者的化身,在他进行荣誉复仇的例子中,他几乎总是扮演着这种很没有荣誉的角色。与此极其类似的是,波赛冬与赫拉争夺对刻菲索斯(Cephisus)河河谷的庇护权发生纠纷时伊那科斯(Inachus)担任仲裁,裁决的结果是赫拉获胜,波赛冬于是使伊那科斯地方的河流干涸。海神波赛冬极好争斗,却往往以失败告终,他对对手无可奈何,就只好迁怒于力量微弱的人类。这些传说中饱含着人们对神祇不义行为的不满情绪。

阿波罗同样也有输不起的时候。一天,阿耳忒弥斯、阿波罗和赫剌克勒斯三位神祇请牧羊人克拉伽琉斯(Cragaleus)裁判他们谁应该监护安布拉喀亚(Ambracia)城,克拉伽琉斯判定这城该归赫剌克勒斯监护,阿波罗就地把他变成了岩石。这当是较晚出现的神话,因为这是主要以英雄事迹著称的赫剌克勒斯成了神祇以后的事情了。

若说神祇们每每因比赛输了恼羞成怒才向人类泄愤还多少可以让人理解的话,那么最让人觉得不可思议的是神祇在比赛获胜了之后也向不敬的人类进行残忍的报复,因为与他们比赛或对他们的比赛进行评议本身就意味着对他们权威的怀疑和冒犯,这时他们就可谓是赢不起的神祇典型了。

阿波罗最不原谅与他比赛音乐技艺的人。马人玛耳绪阿斯(Marsyas)拾到雅典娜扔掉的长笛,用它与阿波罗比赛音乐技艺,结果赛输了,阿波罗活剥了他的皮,把它挂在树上,一有笛声,那张皮便随着颤动。之后阿波罗对自己的发怒又感到后悔,于是摔坏了竖琴,并把玛耳绪阿斯变成了一条河。玛耳绪阿斯拾了雅典娜扔掉的长笛去与阿波罗比赛,这里面便对玛耳

① 伊印克斯是一神女(潘和厄科〔Echo〕即回声的女儿),她用魔法为伊俄(一说为自己)赢得了宙斯的爱情(一说她给了宙斯一种春药,使他爱上了伊俄),这引起了赫拉的愤恨,赫拉把她变成了一只歪脖鸟,它总要加入到恋爱者们的密谋之中;一说赫拉把伊印克斯变成了一尊石像。这是赫拉又一个爱情复仇的故事,仔细推敲起来,伊印克斯被变成歪脖鸟当是对多事者的复仇,被变成一尊石像则是针对伊印克斯为自己赢得了宙斯的爱情而做出的复仇。

绪阿斯赋予了贬义成分,但从中我们却可以看出人类对自身价值的充分肯定,阿波罗是很少有的能够悔过之神,于是他做出了摔坏竖琴,又把牺牲者变成了一条河的举动。据希罗多德说,到希波战争时,玛耳绪阿斯的皮还挂在凯莱奈(Celaenae)。喀倪剌斯(Cinyras)也曾勇敢地与阿波罗比赛音乐,阿波罗处死了他。阿波罗是主管音乐之神,凡人要与他比赛并且希望在比赛中获胜就是对他音乐才能表示怀疑,他的至尊地位容忍不了受他人怀疑,于是他进行了无情复仇。与此极其相似的是著名音乐家利诺斯(Linus)的命运,他首先用动物的内脏替代了亚麻来做竖琴琴弦,他要与阿波罗比赛唱歌,阿波罗杀死了他。本来神对人类的发明就很少持赞许的态度,而利诺斯又进一步挑战神的权威,这是为神所绝对容忍不了的,他因此遭到了毁灭。在这些比赛中,阿波罗总体上体现出了气度狭小、残酷无情、任意使用暴力的性格特征,这些使人不得不怀疑他是内心怯懦、底气不足,所以才经常地以权势压人。①

阿波罗所辖的缪斯也是赢不起的典型。有九位来自色雷斯的庇厄里亚姑娘(Pierides),她们拥有特别优美的歌喉,她们想胜过缪斯,就来到缪斯的家乡赫利孔山(Mount Helicon)向缪斯挑战,结果被缪斯战胜。据奥维德说,之后她们全部被缪斯变成了鹊;据尼坎得耳(Nicander)说,她们被变成了各种鸟②。同样,塔密里斯(Thamyris)是一名色雷斯歌手,有时被认为是荷马的老师。据荷马叙述,塔密里斯也曾与缪斯比赛音乐,并且请求如果他获胜他将连续获得每位缪斯的爱情。之后他失败了,缪斯使他双目失明,并使他失去歌喉和演奏竖琴的技艺,塔密里斯在绝望中把已经没用的竖琴扔进了巴利拉河里(the Balyra river),后来的神话说他下了地狱。从庇厄里亚姑娘们的例子中我们就可以得知,即使塔密里斯没有提出过分的请求,他最后也必然会不得善终的,他的非分请求只是为缪斯的复仇提供了一个更加有力的借口而已。

赢不起的神祇还有赫耳墨斯。色雷斯人斯屯托耳(Thracian Stentor)

① 阿波罗也容忍不了在自己音乐比赛获胜之后有人类会提出异议。阿波罗与潘比赛音乐,阿波罗获胜,但弥达斯却认为潘的音乐更好听,阿波罗因此大怒,他用力向上拉弥达斯的耳朵,从此弥达斯的耳朵就变成了长长的驴耳朵。一说阿波罗在与玛耳绪阿斯的比赛中,裁判特莫罗斯(Tmolus)已经宣布了阿波罗是胜者,并没有人征求弥达斯的意见,弥达斯却认定裁判是不公平的,玛耳绪阿斯才应该是优胜者;一说弥达斯是几个裁判之一,只有他一人认为玛耳绪阿斯该是优胜者,这激起了阿波罗的愤怒,所以他让弥达斯长上了一对驴耳朵。这明显是阿波罗在为个人私愤而复仇,他容忍不了一点儿有伤自己威严的自由言论,这是一个盛气逼人的专制暴君的形象。

② 与此相同的还有阿卡兰提斯(Acalanthis)九姊妹,她们向缪斯挑战唱歌,失败后她们也被缪斯变成了各种鸟,其中阿卡兰提斯被变成了荆棘鸟(goldfinch)。

的喊声能抵得上五十个人,于是他与赫耳墨斯进行呐喊比赛,结果输了,赫耳墨斯处死了他。这个故事在《伊利亚特》中提到过。从前面的例子中我们可以看到,人类与神比赛的本身,就是对神的绝对权威的怀疑和动摇,所以神是绝对不能容忍此种事情发生的,他们或者在比赛之前毁灭对手,或者在挫败了对手之后将其毁灭。这些胆敢与神比赛的人都往往具有超常的本领,也就是说在才能上更接近于神,这就对神造成了实质性的威胁,这是神要尽速将其毁灭的根本原因。

(二)残酷的女神

希腊神话传说中,女神的卫生条件很差,在俄林波斯山上她们连私人沐浴的场所都没有,于是便不得不经常到人间的山溪泉水或湖中洗澡,而人类又没有得到通知说什么时候什么地方有女神在沐浴,于是这些人类尤其是猎人们便往往会误入这些地方,无意中看到或者有意偷窥了女神的身体,便引起了这些女神恼羞成怒之后的残酷复仇。他们不是被女神变成女人或者变得失明,就是更加悲惨地被彻底毁灭了。据希罗多德记载,在当时的现实生活中,"在自己裸体的时候被人看到,甚至对于男子来说,都被认为是一种奇耻大辱"①。这应该就是关于女神这类神话的现实基础。

阿耳忒弥斯和雅典娜都是处女神,她们洁身自好,都没有爱情复仇的神话,她们进行的主要是荣誉复仇。

一次阿耳忒弥斯脱了衣服刚要沐浴,被出猎的阿克泰翁(Actaeon)无意中看见(一说故意偷看),阿耳忒弥斯大怒,把阿克泰翁变成了一只鹿,并让他被他自己的猎犬撕成了碎块。② 阿克泰翁死后,他的猎犬们找不到主人,就一连数日在山上丛林中狂吠着寻觅,后来马人喀戎见怜,就做了一个假的阿克泰翁立在山洞外面,这才使那些猎犬安静下来。阿耳忒弥斯向阿克泰翁复仇这一主题曾被后世用来作为雕刻的题材。与此相似,克里特人西普洛厄忒斯(Siproetes)看到了阿耳忒弥斯完全赤裸地在泉水中洗澡,他于是被变成了一个女人。这些神话里面,都包含着女神对超自然能力的运用,否则,作为一个普通女性,她是很难伤害一个男性的,尤其是一个猎人,她也更无法使他人变形。可以说,正是有了这种超自然能力,才使得神祇

---

① 希罗多德:《历史》,王以铸译,第5页。
② 一说是他自诩狩猎技艺比阿耳忒弥斯高明,女神因此发怒;一说阿克泰翁由于追求塞墨勒而死于宙斯之手。

们能够为所欲为。①

　　阿耳忒弥斯不仅自己保持着处女之身，她还要求自己的随从也同样守身如玉，哪个随从若丧失了贞节，阿耳忒弥斯是绝对不会轻饶她的。如她的随从卡利斯托（Callisto）甘愿被宙斯引诱，阿耳忒弥斯把卡利斯托变成了一只母熊；一说在赫拉的要求下，阿耳忒弥斯用箭射死了卡利斯托；一说是宙斯把卡利斯托变成了母熊，以逃避赫拉的嫉妒。不管哪一种说法是最早产生的，其中的罪魁祸首都应该是宙斯才对，而宙斯在这里却毫发无伤，被剥夺了人的生命权的只是卡利斯托，她的被引诱和被变形或被处死都是无法自主的，她一直被玩弄在神的股掌之中，可以说生而为人本身就是一场不幸。②

　　阿耳忒弥斯疯狂地向失去了贞节的随从进行复仇，从某种程度上可以说是一位不正常女子的变态行为。波吕丰忒（Polyphonte）是阿瑞斯与河神斯特律蒙（Strymon）的女儿忒瑞涅（Tereine）所生的女儿，她瞧不起阿佛洛狄忒的才能，所以她跟从了阿耳忒弥斯。阿佛洛狄忒使波吕丰忒爱上了一只公熊，阿耳忒弥斯发现波吕丰忒为了一只熊而丧失了童贞之后就让山上所有的野兽都来追逐波吕丰忒，吓坏了的波吕丰忒逃到了父亲阿瑞斯处，生下了两个孩子阿格里俄斯（Agrius）和俄里俄斯（Orius）即野人（Wild Man）和山居者（Mountain Dweller）。这两个孩子长大后具有超人的蛮力，他们既不怕神也不怕人，遇到陌生人时他们就把他拖进房里吞掉。宙斯认为他们是恐怖之物，就派赫耳墨斯去惩罚他们（这种惩罚客观上就是在为遇害的人复仇），赫耳墨斯决定砍掉他们的手脚，但是他们的祖父阿瑞斯使他们逃避了这种惩罚，他把他们都变成了鸟，阿格里俄斯被变成了一只猎鹰，俄里俄斯被变成了一只秃鹫，波吕丰忒也被变成了一只夜间活动的鸟。这里，阿佛洛狄忒和阿耳忒弥斯进行的都是为了维护自己权威的荣誉复仇，由于阿瑞斯的参与，阿耳忒弥斯和赫耳墨斯都减轻了复仇的程度。阿

---

　　①　阿耳忒弥斯不只容忍不了凡人窥看她的裸体，她有时甚至不允许凡人看到她的神像。斯巴达人阿斯特拉巴科斯（Astrabacus）和阿罗帕科斯（Alopacus）两兄弟在灌木丛中找到了丢失的阿耳忒弥斯的神像，因为他们看到了神像，所以阿耳忒弥斯使兄弟俩发疯，并且之后每年斯巴达人中的年轻人都要被带到神像前毒打，直至流血为止。看来，阿耳忒弥斯在这里只允许神职人员看到自己的神像，在别处她并不是这样的，后来她还曾让俄瑞斯忒斯去到陶立人那里把她的神像带回了阿耳戈斯，而俄瑞斯忒斯却并非神职人员。这里她可能是不想让人们看到她被遗弃之后的落魄样子，这就体现出她有着过强的虚荣心，而且她的复仇还殃及了之后的斯巴达年轻人，这就更有失公允了。

　　②　同样不幸的是仙女迈厄拉（Maera），她与宙斯私通，这惹怒了阿耳忒弥斯，她用箭射死了迈厄拉。

耳忒弥斯本人一直保持着贞节,她也把自己的意志强加给她的每一位随从,只要她们未经许可而失去了贞节,阿耳忒弥斯都会使她们落得一个十分悲惨的下场。

　　阿耳忒弥斯对那些婚后拒绝继续为自己服务的随从也绝不手软。神女厄忒墨亚(Ethemea)嫁给墨洛普斯(Merops)后不再为阿耳忒弥斯服务,阿耳忒弥斯十分生气,想把厄忒墨亚射死,珀耳塞福涅救了厄忒墨亚,在她活着的时候就把她送到冥国,墨洛普斯悲痛万分,赫拉怜悯他,把他变成了天鹰星座。

　　雅典娜①洗浴的传说曾被用来解释预言家提瑞西阿斯变成盲人的由来。雅典娜与仙女卡里克罗(Chariclo,提瑞西阿斯的母亲)正在赫利孔山上马泉里面沐浴时提瑞西阿斯看到了雅典娜的身体,雅典娜立刻使他失明。当卡里克罗指责她时,她说任何凡人违背神的意愿看到神的身体的时候都必须失明,但作为补偿,她给了提瑞西阿斯一根山茱萸手杖,借助它他与能看到一样可以行走自如,她还使他能够听懂各种鸟的声音,从而做出预言,并且这种预言能力到死后在冥府中还会一直保持下去。提瑞西阿斯在忒拜圈子里的作用与卡尔卡斯在特洛伊圈子里的作用相同。通过他的父亲欧厄瑞斯(Everes)可得知,他属于斯巴达种族(the race of the Spartoi)。一说他曾两度看到蛇交配,第一次被变成女人,第二次又被变同了男人。宙斯与赫拉请他裁判,在性生活中男性和女性谁获得的快乐多,体验过两种性别的提瑞西阿斯说若把快乐分成十份,女人得到的是九份,赫拉为此大怒,使他失明,这里,赫拉再一次扮演了输不起的女神形象。为了补偿提瑞西阿斯,宙斯给了他预言的能力,并给了他七代人那么长的寿命。他死后也保留着预言的本领,《奥德赛》中俄底修斯就到地狱中向他请教过未来的事情。这就是一个少有的著名预言家的一生大事录,他之所以能如

------

　　①　雅典娜虽是一个处女神,她却也曾经生育过。她曾把赫淮斯托斯与她生的婴儿厄里克托尼俄斯(Erichthonius)装在一个篮子里托付给刻克洛普斯的三个女儿,即赫耳塞(Herse)、阿格劳洛斯(Aglaurus)和潘得洛索斯(Pandrosus),她们却不顾警告打开篮子偷看了里面,雅典娜于是使她们发疯,她们在疯狂中跳下了阿克洛波利斯(Acropolis)悬崖死去了(一说被蛇勒死);雅典娜一直保持着处女之身,厄里克托尼俄斯是赫淮斯托斯要强暴她时把精液滴在了她的裙子上而诞生的,她不想人们知道此事而怀疑她的清白,但刻克洛普斯的三个女儿正好揭开了女神的疮疤,于是遭到了女神的残忍复仇。关于厄里克托尼俄斯雅典娜不想辩解,她怕越描越黑,所以刻克洛普斯的三个不听话的女儿便成了女神为了遮羞的牺牲品。一说这行为是阿格劳洛斯一人做的,而赫耳塞是赫耳墨斯的情人,雅典娜为了向阿格劳洛斯复仇,便煽动她狂热地追求赫耳墨斯,后因嫉妒赫耳塞而被赫耳墨斯化成了石头。不管哪种说法,都表明脆弱的人类是轻易地就会成为恼羞成怒的女神的牺牲品的。

此著名,主要是遭受过雅典娜或赫拉的复仇,之后又受到了雅典娜或宙斯的补偿。可想而知,假如他的母亲不是仙女卡里克罗的话,他多半会遭到雅典娜或赫拉的毁灭。从这个角度看,两位女神的复仇都降低了其正常限度,之后提瑞西阿斯又得到了补偿。

雅典娜的复仇有时也呈现出扩大化的倾向。希腊军队集结在奥利斯港,海上无风,其中有个叫俄耳倪托斯(Ornythus)的人想返回家乡。雅典娜变成了俄普斯(Ops)的儿子墨拉斯(Melas)的样子劝说俄耳倪托斯留下来,俄耳倪托斯大怒,他刺伤了雅典娜的大腿后返回了家乡阿耳卡狄亚城。女神带着伤腿在他梦中出现,他从此得病,身体日见虚弱,城中也爆发了饥荒。按照多铎那神谕的指示,人们建造了一座雅典娜神像,受伤的大腿上绑上了一块紫色的绷带,灾难才告结束。这是雅典娜在向人类进行伤害复仇,是维护她女神权威的荣誉复仇,同时也是一则溯源神话,用以解释腿上绑着绷带的雅典娜神像的由来。

有时女神发怒的原因并不为人类所知,但她们进行的复仇却是极度残忍的,而且往往会带有明显的扩大化倾向。

如阿耳忒弥斯曾向阿多尼斯复仇,原因不明。她让阿多尼斯在一次狩猎中被一头野猪咬伤致死(一说是阿瑞斯或者是阿波罗派了或自己变成那头野猪)。阿多尼斯死后,他的同伴墨罗斯(Melus)在一棵苹果树上吊死了,墨罗斯的妻子珀利亚(Pelia,阿多尼斯的亲戚)也在同一棵树上吊死了。阿佛洛狄忒同情这对夫妻,把墨罗斯变成了一只苹果,把珀利亚变成了一只圣鸽,在哀悼阿多尼斯之死时,阿佛洛狄忒(也叫阿斯塔忒,Astarte)取了个巴比伦的名字(Babylonian name)萨朗波(Salambo,福楼拜《萨朗波》中的同名主人公的名字应该就是来源于此)。这里复仇的原因可以大致推定是经常狩猎的阿多尼斯得罪了狩猎女神,于是引起了她维护权威的荣誉复仇。这复仇的结果导致了墨罗斯和珀利亚夫妻俩的惨死,对此阿耳忒弥斯是难辞其咎的。她之所以未因此受到反复仇,就是因为她高高在上是一位女神,人类是拿她无法可施的;同时她又是宙斯的得意女儿,所以本性软弱的阿佛洛狄忒也就只有悲伤的份了。

阿佛洛狄忒虽为女爱神,她进行最多的还是荣誉复仇。当然,她进行荣誉复仇的手段主要是利用自己职权所管,即利用爱情手段去毁灭或折磨那些得罪或伤害了她的人类,她惯于采用使人类陷入变态爱情从而自食恶果的手段来向人类复仇。

阿佛洛狄忒曾向密耳拉(Myrrha,或斯密耳娜〔Smyrna〕)复仇,原因不明。她强迫密耳拉与父亲忒伊阿斯(Theias)乱伦,在第十二夜父亲得知真相后开始追杀密耳拉，密耳拉被变成了没药树，十个月之后，阿多尼斯从树干中诞生。密耳拉成了阿佛洛狄忒复仇的牺牲品，阿佛洛狄忒的这项复仇本身是不人道的，而她却从其中享受到了甜蜜的胜利果实，那就是之后备受她宠爱的阿多尼斯。可以说，密耳拉是正在复仇的阿佛洛狄忒的掌中玩物，而阿多尼斯之后则成了阿佛洛狄忒发泄放荡情欲的玩偶。①

阿佛洛狄忒在自己的职权之上再加上超自然能力，其复仇的结果便尤其显得可怕。楞诺斯（Lemnos）岛的妇女们因怠于阿佛洛狄忒的祭祀而得罪了这位女神，阿佛洛狄忒于是向她们复了仇，她让她们身上发出难闻的气味，以致男人们都厌恶她们，她们感到受了侮辱，遂纷纷杀死自己的丈夫。据说她们杀死丈夫的原因是丈夫们在厌恶她们之后又从别处带回了妇女。这里，楞诺斯岛的妇女们向丈夫进行的复仇包括在阿佛洛狄忒的复仇之内，而且是她复仇的结果，不管这些惨烈复仇情节如何曲折变化，这些仇杀事件的元凶还都是阿佛洛狄忒。楞诺斯岛的妇女中只有许普西皮勒私下放走了父亲即原来的首领托阿斯，许普西皮勒之后做了该岛的首领，别的妇女知道她放走了父亲的事情之后将她卖给吕枯耳戈斯做女奴，直到后来她被儿子们解救出来。

怀疑女神的神圣性也必将受到女神的报复。普洛波厄提得斯姊妹们（Propoetides）是阿玛同塔（Amathonta）的年轻姑娘，她们敢于否定阿佛洛狄忒的神圣性，阿佛洛狄忒使她们充满了永远无法满足的欲望，据说她们是第一批妓女，最后被变成了石雕。情欲本来就容易对人类造成伤害，而阿佛洛狄忒却残忍地增加普洛波厄提得斯姊妹们的情欲，这样，她就把她们作为人类勉强可以保留下来的一点儿自尊也给剥夺了，最后她们还被变成了石像。据说直到近代，希腊的女性都必须在阿佛洛狄忒的神庙里做三年左右的神妓，向外乡人出卖肉体，把赚来的钱全部捐给神庙，然后她们才能获得成婚的资格，有的是成婚之后必须进行一次卖淫，也许这种风俗的神话背景就是普洛波厄提得斯姊妹们的故事。

---

① 琉喀波斯 1（Leucippus）也曾引起过阿佛洛狄忒的愤怒（原因不明），阿佛洛狄忒使他陷入了对自己妹妹的无法遏制的感情之中，他请求母亲可怜他，母亲成全了他，他成了妹妹的情人，但他妹妹的未婚夫知道了此事，于是便带人前来质问琉喀波斯的父亲克珊提俄斯（Xanthius），他父亲不明真相，便到女儿的房间进行搜查，琉喀波斯的妹妹害怕父亲便急忙躲藏起来，克珊提俄斯以为抓到了罪犯，便一剑刺去，不料却杀死了自己的女儿，这时琉喀波斯冲了进来，他不知道袭击者是自己的父亲，便杀死了他。之后，琉喀波斯自愿流放到了克里特。这与阿佛洛狄忒向密耳拉进行的复仇有着类似的地方。琉喀波斯的故事中，琉喀波斯的妹妹和他的父亲克珊提俄斯都属于无辜而遭受了女神陷害的"小人物"形象，这里进一步暴露了神有时与人类为敌的特征。

有的神祇在向人类复仇的时候并不立刻就将其置于死地,折磨其时间越久,他感到的痛楚也就越烈,其结局虽然也不过一死,但这种毁灭对方的方法似乎更能令神惬意,就像猫玩老鼠一样,我们不能排除其中包含着某种程度的变态成分,而且这是最少同情的一种复仇方式。厄律西刻同不敬神而且充满了暴力,他根本不顾神祇们的愤怒,他决定砍倒献给得墨忒耳的一片圣林,无论神祇怎样警告也无法让他放弃这种渎神行为。结果得墨忒耳让他忍受永久的饥饿,几天内他就吃掉了自己所有的财产,他的女儿姆涅斯特拉(Mnestra)曾从波赛冬那里得到能随意变形的本领,于是她就把自己一次次地变卖来赚钱为父亲买吃的东西,厄律西刻同最后精神失常,终于把自己吃掉了。可以说这是让一个最彻底的反对神权的斗士悲惨牺牲的神话。

女神相互间的复仇也往往会使人类成为牺牲品。狄俄墨得斯在特洛伊战争中刺伤了阿佛洛狄忒的手臂,阿佛洛狄忒使狄俄墨得斯的妻子埃癸阿勒与许多英雄私通,狄俄墨得斯一回到故乡就发现自己陷入了险境,他只好逃到西地中海的赫斯珀里亚(Hesperia)。① 神容忍不了自己的荣誉受到人类的损害,他们更无法容忍自己的肉体受到凡人的伤害,而狄俄墨得斯居然敢在雅典娜的教唆下用矛刺伤阿佛洛狄忒的手臂,阿佛洛狄忒无法向这伤害的主谋雅典娜直接复仇,但执行雅典娜意志的凡人狄俄墨得斯是绝对不可逃脱女神的复仇的,否则以后不是所有的凡人都可以逞一时之勇来伤害神祇了吗?! 看来狄俄墨得斯的痛苦无非是两个女神为了金苹果的宿怨而进行复仇与反复仇时被当作了利用工具而已,他本人在神的心目中是无足轻重的;但作为一个凡人,他所遭遇到的又是人类诸多不幸中尤其不幸的了。

在众女神之中,让人神共同嫌恶的就数不和女神厄里斯了。她对珀琉斯和海洋女神忒提斯所做的复仇就能说明这种嫌恶的原因。珀琉斯和忒提斯结婚时没有邀请厄里斯,于是她来到婚宴上扔下了一个金苹果,这个金苹果最终导致特洛伊战争的爆发,珀琉斯和忒提斯的儿子阿喀琉斯在这次战争中被杀。这个例子中复仇对象处于一种十分无奈的境地,他们若请了厄里斯,婚礼上就会出现不和的场面;他们为了避免不快,于是就有意地淡忘了这位不和女神,结果更加悲惨。对于厄里斯,赫西俄德说道:"只是

_____

① 一说瑙普利俄斯为了替被希腊人用石头打死的儿子帕拉墨得斯复仇,他就四处散播谣言说英雄们都要从特洛伊带回情妇以取代他们妻子的位置,所以他们的妻子才产生复仇之心,一说狄俄墨得斯是逃到了意大利(Italy)道诺斯(Daunus)首领的宫廷。

因为永生天神的意愿,人类不得已而崇拜这种粗厉的不和女神,实际上没有人真的喜欢她。"①

但这些女神并不总是以百分之百的邪恶面目出现,她们偶尔也会做出貌似正义的举动。如阿尔喀诺厄(Alcinoe)雇用一位妇女为她织布,之后拒绝如约付给报酬,这位妇女发出诅咒,并请求纺织女神雅典娜惩罚阿尔喀诺厄,雅典娜使阿尔喀诺厄发疯,她在疯狂中爱上了一位来自萨摩斯的叫作克珊托斯(Xanthus)的陌生客人,她舍弃了丈夫和孩子们去追求他,她在中途清醒过来,于是呼唤着丈夫和孩子们的名字投海自尽。这是神祇替凡人复仇的例子,客观上雅典娜造成了阿尔喀诺厄的惨死,按照现实逻辑,雅典娜只让阿尔喀诺厄付给那位被雇妇女报酬就完全可以解决问题了,但正类似于我们平时所说的"官大脾气长",神因为拥有特权,所以行事往往有些夸张,而这种夸张的结果往往也就是荼毒人类的生命。这个复仇主题表面上雅典娜是在主持正义,但我们却从上面的分析中看到了其不正义的一面。

(三)极易动怒的神祇

弗洛姆说:"复仇之情在程度上的不同,可以用一条线来说明:在线的一端,是那些不论什么事情都不足以激起复仇之情的人,⋯⋯在线的另一端则是一点点小伤害便足以引起强烈复仇欲的人。"②神祇们就属于后者,他们往往为了人类一次小小的得罪就会动起雷霆之怒,他们就像沙漠中的干柴,遇到一点点火星,就会立现猛燃之势。这种大动肝火,显示出了神祇们心胸狭隘、不可一世、绝少容人的专制残暴特征,很多凡人因此而成了神祇们的牺牲品。"进攻狄俄倪索斯的吕枯耳戈斯被生活安逸的神祇们致盲并杀死了;向阿波罗挑战射箭的欧律托斯(Eurytus)和向缪斯挑战唱歌的塔密里斯也都落得了个悲惨的结局;胆敢与勒托相比的尼俄柏1看到她所有的孩子都被阿耳忒弥斯和阿波罗杀死了,她终于被变成了石头,还在继续沉思着神祇们给她制造的苦难;那要进攻俄林波斯山的俄托斯(Otus)和厄菲阿尔忒斯(Ephialtes),虽然他们是'继著名的俄里翁之后最美也是最健壮的人类',他们还是在年轻的时候就被阿波罗杀死了。"③这些在神话中一直被否定的英雄,都像扑火的飞蛾一样,以他们要与神祇相抗衡的极其

---

① 赫西俄德:《工作与时日·神谱》,张竹明、蒋平译,第1页。

② E.弗洛姆:《人类的破坏性剖析》,孟禅森译,第339页。

③ Jasper Griffin, *Homer on Life and Death*, pp.168—169.

微弱的声音在传说中谱写下了人类社会早期的反对神权的壮丽篇章。埃斯库罗斯《被缚的普罗米修斯》中的歌队这样唱道："奥（俄）林波斯现在归新的舵手们领导，旧日的巨神已经无影无踪。宙斯滥用新的法令，专制横行。"（第150行）"宙斯性情暴戾心又狠，他压制乌刺（拉）诺斯的儿女们。"（第164行）宙斯对神尚且表现出残酷无情的一面，对人类又该是多么不可一世就更是可想而知了，而且这种残暴对他的手下新神具有病毒一样的传染性。

　　人类的轻微怠慢就会为自己招来彻底毁灭的横祸。佛律癸亚人（Phrygians）中除了包喀斯（Baucis）和菲勒蒙（Philemon）这一对老夫妇外都拒绝招待乔装成凡人的宙斯和赫耳墨斯，宙斯和赫耳墨斯于是用暴风雨毁灭了佛律癸亚人，只留下了那对老夫妇，他们曾请求宙斯让他们夫妇俩能一起死去，所以他们的结局是以宙斯的祭司的身份一起老死了，之后被变成了连理树。在传说中的时代，人们时刻提防着外乡人的侵扰，这也是很正常的心理，他们贫穷得无力待客也可能是当时的物质现实，然而这却无意中得罪了天神，整个地区可以说是被无辜地毁灭了，这体现了神的心里轻易地就能产生仇恨，他们的神经过敏到了神经质的地步。包喀斯和菲勒蒙是极其幸运的愚忠者，只有他们被保留下了生命，从中我们不难看出神的喜好。

　　一个凡人嘲笑得墨忒尔向人类传授的耕种技艺，结果被女神变成了蜥蜴。这反映了早期人类对耕种的重要性还没有形成充分的认识，但这是一个时间问题，绝不是把一两个人变成非人就能解决了的，得墨忒耳的做法与其他神祇一样，显得简单而粗暴，极易动怒，他们毁灭一个人就像人类毁灭一只蚂蚁一样显得毫不犹豫，与其他神祇所不同的是，她在这里的用意对人类总体来说还算是好的。① 像这样获罪的还有厄琉西斯（Eleusis），他同样无法了解女神的奇怪想法。得墨忒耳把厄琉西斯的儿子特里普托勒摩斯（Triptolemus）放在火炉里烧烤想使他脱俗，厄琉西斯看见后惊惧得大

---

① 神祇在轻易降罪方面甚至连小孩子都不放过。得墨忒耳在寻找女儿珀耳塞福涅的途中经过阿提卡时，她感到很渴，一位叫密斯墨（Misme）的妇女拿水给她喝，因为她喝得很急，这位妇女的小儿子阿斯卡拉波斯（Ascalabus）发出了大笑声，这惹恼了得墨忒耳，她把剩下的水泼在了阿斯卡拉波斯身上，他被变成了花斑蜥蜴（一说他被变成了猫头鹰）；一说因为他的出现，珀耳塞福涅慌忙中吞下了石榴核，这使她不得不重返地府，于是得墨忒耳把他压在了一块大石头下面，赫剌克勒斯去地府时搬开了这块石头，于是阿斯卡拉波斯又被得墨忒耳变成了乌鸦。为了女儿珀耳塞福涅的事得墨忒耳当时的心情很坏，不管是哪种传说，还少不经事的阿斯卡拉波斯都成了得墨忒耳坏心情的出气筒，她在使这孩子失去人形时是不会考虑到孩子的母亲拿水给她喝这一善举的。这也是关于花斑蜥蜴、猫头鹰和乌鸦等动物由来的溯源神话。

叫,得墨忒耳恼怒之下杀死了厄琉西斯。为了感谢厄琉西斯的热情接待,得墨忒耳便想用使他的儿子脱俗的方法来回报他,不料不幸的厄琉西斯却误解了神意,结果遭到了女神的毁灭。得墨忒耳的这种行为是典型的以怨报德,她的行为准则是,神的秘密是不可以被凡人窥见的,神的善意也是不容凡人进行曲解的。① 看来,神的行为都具有神秘性,它们是不可以告知凡人的,否则这个问题就完全可以通过与凡人沟通而获得解决。

轻微的得罪本该受到惩罚,但易怒的神祇往往会将惩罚变成残忍的复仇。勒托生下阿耳忒弥斯和阿波罗后想在泉水或池水里给孩子洗浴,但附近的牧羊人阻止她这样做,她把他们变成了青蛙;一说是勒托在到处流浪之时感到口渴,她要在非洲的一个湖里饮水,附近的农人们阻止她这样做,还进到水里用脚把水搅浑,于是他们被勒托变成了青蛙。这些都是关于青蛙来源的溯源神话。

有时神祇也会要求凡人为其保守秘密,但因这些凡人受着忠厚诚实的传统道德规条的束缚,他们是不愿意撒谎的,结果就会泄露了神祇的秘密,对这种凡人,神祇也绝对不会轻饶。老人巴托斯(Battus)没有保住赫耳墨斯诞生后即偷盗了阿波罗正在放牧的牛群的秘密,赫耳墨斯把巴托斯变成了一块岩石。事实上,赫耳墨斯因为这次偷盗阿波罗正在放牧的牛群,阿波罗拉着他去见宙斯,在共同的父亲面前他们很快和好了,从此两位神祇还经常互换礼物,关系十分融洽。但赫耳墨斯偷盗时曾警告过目击者巴托斯不许说出实情,他没有服从,为了图诚实的虚名和一时的口舌之快,便遭到了毁灭的命运,阿波罗也没有出于感激前来搭救。关键的问题在于,人类是绝对不能知道神所干的坏事的,假如像巴托斯那样是无意中看到的,便也只能自认倒霉了。假如他按照赫耳墨斯所命令的那样不说出真相,就能相安无事吗? 这一点是很值得怀疑的,他的存在就构成了赫耳墨斯的一块心病,所以无论如何他也不会有什么好结果的。

有时神祇的降罪有着无理取闹的成分。宙斯与赫拉举行婚礼时,赫耳墨斯邀请了所有的神祇、人类甚至动物参加,但刻罗涅(Chelone)误留在家里,赫耳墨斯把她连同她的房子扔进了水里,她被变成了与她的房子(甲壳)永不分离的乌龟。这是赫耳墨斯为宙斯复仇的例子,这则神话同时也

---

① 类似的行为也曾发生在忒提斯和珀琉斯之间,忒提斯想使儿子阿喀琉斯成为不死的,就夜里在火中烧烤他(这样的试验并不能保证成功,阿喀琉斯的五个哥哥就在这样的试验中丧了命),结果被珀琉斯看见了,他赶紧冲上去救下儿子,自此忒提斯回到了海洋,她与珀琉斯永远分居了。一说忒提斯是提着阿喀琉斯的脚跟在冥河里浸才使他成为不死的,但未被浸到的脚跟却成了他身上的致命弱点。

体现了神祇的专横跋扈，被邀请的必须前去捧场，否则就会像刻罗涅一样被降罪。再说刻罗涅并不是故意在违拗神意，她只是误解了赫耳墨斯的话，便被剥夺了人的生命，看来人类世界出现了神祇以后，人类的生活就每天都要小心得如履薄冰了，与其这样，人类宁可没有神祇。从另一个角度看，神祇也是人类发明出来威吓自己的，其存在是为了告诫人们要时刻地小心从事。此外，这也是一则关于乌龟由来的溯源神话。

六、对抗神祇威权的骄傲而勇敢的人类

古希腊人的生存环境与生存意识，正如袁鼎生所说："西方古代海上贸易发达，战争连续不断，陶铸了人们的冒险意识和斗争精神，使他们着意关注矛盾对象相互对抗、相互否定的一面，形成了偏于对立的社会存在与社会意识。"①人们对神的情感就主要体现在这种相互对抗、相互否定的一面，这种情感就像布留尔所描述的人们对待化为神灵之后的祖先那样的感觉："在祖先引起的复杂情感中，恐惧是主要的。祖先们都是苛求的，永远也不能相信他们有心满意足的时候。为了使他们能听见对他们提出的请求，必须用丰盛的祭品来加强祷告的力量。一切都进行得就象（像）购买他们的垂青那样。"②否则，他们就会给人和牲畜降下疾病、旱灾、饥饿和死亡。但他们的祷告"很难说是有礼貌的""无论如何它们是绝对不恭敬的。……但是，假如遇到了灾难，假如国家遭到饥荒和旱灾，祷告就变成热烈而谦恭的了。"③因为这时，力量薄弱的人们除了祷告便别无他法了，假如祷告最终没有效果，便加强了人们心中蕴积已久的对抗情绪。布留尔说："假如村里有人生病，长子就开始颂扬死去的父亲……儿子（也）指摘自己的父亲说：'说到我们，我们可能死去。你要关心谁呢？我们大家都死吧，那时看你进谁家去哩。要是你毁了你自己的村子，你除了吃蝗虫，什么也不会有，哪儿也不会请你去的。'"④他们还会诅咒道："神呵，你们真是不中用，你们只是给我们找麻烦。我们给你们送了这么多的礼，可是你们根本不听我们的！我们什么都没有！……你真是可恨极了！你不让我们发财。"⑤

我们在古希腊人身上也可以看到他们对待神祇又敬畏又怨恨责备的

①　袁鼎生：《西方古代美学主潮》，第5页。
②　列维-布留尔：《原始思维》，丁由译，第401页。
③　同上，第403页。
④　同上，第398页。
⑤　H. A. Jounod, *The Life of a South African Tribe*, ii. p. 368. 见布留尔《原始思维》，第403页。

这种矛盾态度。在希腊神话传说的复仇主题中,这种对抗的力量是极不均衡的,神从总体上是与人类为敌的,就像统治者往往与人民为敌一样,在神与人的矛盾中,神是强者,往往构成迫害的力量,人是弱者,是受神欺凌的一方。但可贵的是,很多勇敢的人类能以各种各样的方式对神发出强烈的抗议和谴责,人类对自己与神祇的关系也会有比较清醒的认识,认识越清醒,便越油然而生对神的鄙夷之情,其傲然视神的结果会进一步招来神祇的疯狂复仇,然而人类倔强地反抗神祇的斗争并未因此而止息过。

在希腊神话传说中,宙斯是人和神之主,具有至高无上的权威,但因当时产生这些神话传说的古希腊还处于尚武少文的时代,希腊人的现实生存环境决定了其对抗性的斗争连绵不断;同时仅有的线形文字 B(Linear B)还未被用来进行文学创作,更没有被用来制定法律法规,"早期希腊的多神教既不统一,也未成系统,不见神圣的文本规约,也没有有组织的牧师团体,也不存在抽象的神学理论来使之秩序化"。[①] 于是在神话传说中宙斯便没有像《圣经》一样的成文法典来约束和指导人类的行动,以至于在希腊神话传说中出现了较多的对抗因素,很多人类渎神最后不得善终的恐吓性神话传说便因此应运而生了,而我们从这些对抗神祇的骄傲人类身上,却可见出其异常勇敢的一面。后来,哲学家赫拉克利特给这种对立的斗争赋予了更高的哲学意义,称之为"万物之父""万物之王"[②]。

特别是对早期的人类,宙斯从总体上是持敌视态度的。据说白银世纪的人类粗野而傲慢,他们不再向神祇表示敬意,宙斯把这个种族从大地上消灭,他们死后作为魔鬼在地上漫游,赫西俄德则说他们死后"被人类称作地下的快乐神灵,尽管他们品位低一级(黄金种族的人类死后成为地上神灵),但仍然得到人类的崇敬"。[③] 这些人类是传说中最早敢于否定神的绝

---

① M. S. Silk, *Homer:The Iliad*, p. 29.

② 汪子嵩、范明生、陈村富等:《希腊哲学史》,第 481 页。

③ 赫西俄德:《工作与时日·神谱》,张竹明、蒋平译,第 5 页。

对权威的勇士,他们以自身的毁灭为代价发出了最早的人本主义宣言。①

　　人类与神祇对抗的结果往往是处于弱势的人类遭到惨败,但其后并未杜绝效尤,侵犯神祇威权的人类依旧层出不穷。对于神祇来说,最无法容忍的当数人类中的首领自己以神自居,而以宙斯自比的人类就尤其是犯了罪中之罪。

　　萨尔莫纽斯(Salmoneus)是萨尔莫涅(Salmone)首领(一说他是厄利斯〔Elis〕的统治者),他十分狂妄,在他夸大的心中,容忍不下人们敬神比尊敬首领还厉害。他想模仿宙斯,就用铜修筑了一条路,之后驾驶着带有铜(或铁)轮的战车,后面拖拽着链子,以求模仿霹雳的声音。一次人们正在举行敬神的重大仪式时,萨尔莫纽斯穿了首领衣袍,戴了首领之冠,在万众的眼前,乘了四马的车长驱过桥。正当车迹马蹄转踏过铜桥上时,他大叫道:"我便是雷神!看你们的神,你们百姓们,在他面前跪下,否则,他便要以他的电火灼焦你们了!"②他说着话,撒开了一阵熊熊的火炬,这些火炬是用秘密的方法制成,会发出青焰及硫黄味。于是所有的百姓便跪下去崇拜他。但立刻,这种不敬行为使宙斯极其恼怒,空中轰的一声,雷霆大作,那电火正击中萨尔莫纽斯的额前,他倾跌到车下死了,成了一具焦黑的尸首,他的人民和城池也一并被雷电摧毁了。据说萨尔莫纽斯极不受欢迎,他的人民都抱怨他把燃烧着的火把向他们抛掷,人民是无辜的,这里却被一起毁灭了。萨尔莫纽斯对神谐谑的背后体现着人本主义的要求,他对人民的鄙视也是对盲目崇拜的一种抗议。我们看到,他可谓是较早的迷信活动的反对者。事实上,在神话发展的过程中,由于人们一直没有亲眼见过神的模样,所以也就一直有人在提出对神的存在的质疑。这些质疑的故事又被编入了神话之中,再加入神使不敬的人类惨遭毁灭的情节,以切实增加人们对神的敬畏。

----

　　① 此外,青铜世纪的人类残忍而粗暴,习于战争,总是互相杀害,宙斯使这个种族也完全灭绝(赫西俄德说他们死于黑死病,这该是现实性的说法),他们死后被降到地府的黑暗中去。按照关于特洛伊战争起源的说法,战争应该是神为了剪除地球上的过剩人口而有意安排的,青铜世纪的人类之间的战争若不是这种性质,也该是早期初民们必然的生存方式才对,直到文明产生之后,战争才在某种程度上得到了避免,而就在我们的当代,战争也没有净脱残忍而粗暴的特征,对那些早期的人类提出更高的要求实在是有些不切实际。在这里可以看出,宙斯所希望的理想人类就是对神俯首帖耳、唯命是从者,他之所以消灭这批人类更主要的是他们在敬神方面太让宙斯失望,欲加之罪,何患无辞,"习于战争"可能只是宙斯暴行的一个比较说得过去的借口而已。与这些人类同样不幸、被宙斯以类似的恶名除灭的还有大西洋神岛上的居民,那里的阿特兰特人(Atlantes)桀骜不驯,宙斯下令将此岛沉入大洋。这些都是宙斯对不敬者残忍复仇的例子。

　　② 郑振铎编著:《希腊神话与英雄传说》,第6页。

　　一个首领也可能因为政绩显赫而受到人们的爱戴,人们于是把他当作神来敬奉,不料,这却对神造成了侵权。珀里法斯(Periphas)是阿提卡(Attica)的早期领袖,以公正与虔诚著称。他特别献身于阿波罗崇拜,人们把他当作神一样地服从他,并以宙斯的名义为他建了一处神庙,这惹怒了宙斯,他本欲将珀里法斯及其房屋用雷电化为灰烬,但阿波罗的请求打动了他,他就亲自造访珀里法斯,把他变成了一只鹰,把珀里法斯的妻子变成了鸦鹰,为了回报珀里法斯的虔诚,宙斯使鹰成了群鸟之王,而且规定以后把鹰与自己的崇拜联系起来。人们以宙斯的名义为珀里法斯建造了一处神庙,这种侵权行为是当地的人们做出的,但宙斯却归罪于珀里法斯本人,这里明显地有失公正。他本欲毁灭珀里法斯及他的家庭,但由于阿波罗的介入,宙斯改变了初衷。可见,他是很在乎自己儿子阿波罗的感觉的,遂将一种严厉的复仇换作了一种稍显平和的复仇。[①]

　　若依照按罪量刑的原则,有时人类应该受到的是某种惩罚,但他们却被宙斯毫不犹豫地毁灭了,神对不敬的人类往往遵循从重处刑的原则,希望通过消灭不敬者来一劳永逸地达到警戒其他人类的目的,而就在这样做的过程中我们看到了有失公平之处。分析起来,人类对神祇的轻视往往是由神自身所暴露出的不能超凡的庸俗的一面所引起的,但人类如若有所反抗,便往往会被加以骄傲、狂妄之名而遭到毁灭。神祇们这种恼羞成怒的暴行并没有真正达到以儆效尤的目的,人类中的反抗依然此起彼伏。卡帕纽斯(Capaneus)以死亡为代价表达了对神祇的极端蔑视。他是进攻忒拜的七个将领之一,他十分狂妄,以致发出渎神言语,他先是夸耀自己可以和战神阿瑞斯匹敌,后又说即使宙斯也不能阻止他将忒拜城夷为平地。但当他登上忒拜城头时,宙斯用雷电将他击毙,卡帕纽斯的妻子埃瓦得涅(Evadne)投身到火葬堆中殉情而死。埃瓦得涅的行为既表现了面对神的

---

　　① 同理,海摩斯(Haemus)和罗多珀(Rhodope)如此大胆,以致他们建立了对自己的崇拜,并分别自称为宙斯和赫拉。宙斯把他们变成了高山,这是宙斯对僭权者进行的荣誉复仇。这里明显地留有神庙祭司们加工过的痕迹。宙斯进行的荣誉复仇有的也被用来解释某种鸟的来源。阿尔库俄涅(Alcyone)和刻宇克斯(Ceyx)生活非常幸福,他们变得很骄傲,竟然把自己比作宙斯与赫拉,宙斯与赫拉把阿尔库俄涅和刻宇克斯都变成了鸟,阿尔库俄涅被变成了潜水鸟,刻宇克斯被变成了翠鸟;一说刻宇克斯是乘船遇难先被淹死,妻子发现尸体后非常绝望,然后被变成了鸟,丈夫也被变成了同样的鸟。前一种传说是宙斯和赫拉在对狂妄者进行荣誉复仇,后面的说法则体现了神的仁慈,这种仁慈在神的身上是很少出现的,所以我们大致可以推断前一种说法是传说的较早形式。在传说中,绝大部分时候神是作为人类的对立面而出现的。

强权时人类所感觉到的无奈，同时也是一种对神权之暴虐的极端抗议形式。①

　　若说卡帕纽斯对神的蔑视还停留在逞口舌之快上的话，阿罗阿代兄弟即俄托斯和厄菲阿尔忒斯则直接勇敢地向神祇宣战。他们是一对巨人，波赛冬的儿子，十分狂妄，他们要登到天上，分别娶赫拉和阿耳忒弥斯为妻，还要把海移到干旱陆地中去，他们还恼怒于阿瑞斯杀死了狩猎中的阿多尼斯，从而把他捆绑起来扔在了大铜缸里，直到三个月之后赫耳墨斯解救了他。阿瑞斯在希腊神话中是一个力量很不确定的战神，他有时力量远在凡人之上，他的怒吼令凡人胆战心惧；有时他又十分怯懦无能，他还曾被狄俄墨得斯刺中肚腹，在痛苦不迭中还要忍受父亲宙斯的奚落。他生性好斗，到处惹是生非，但像波赛冬一样却很少在战斗中获胜，尤其碰到女战神雅典娜的时候，他就必然地要甘拜下风。在特洛伊战争中，雅典娜不只让狄俄墨得斯刺中阿瑞斯的肚腹，在众神大战中她还亲手用巨石将阿瑞斯打倒在地，并进而对他进行一番言语侮辱。即使这样，宙斯也容忍不了凡人对神祇不恭，他用雷电击毙了阿罗阿代兄弟（一说是阿耳忒弥斯变成了一只鹿，在阿罗阿代兄弟狩猎时在他们二人中间穿过，他们同时掷出矛枪，结果互相杀死了对方），他们在地狱中继续受着惩罚，他们被用蛇绑在一根柱子上，并永远听着猫头鹰的尖叫。不管是宙斯，还是阿耳忒弥斯，其行为是典型的维护神的绝对权威的荣誉复仇。从阿罗阿代兄弟的狂妄中，我们看到了人类对神的权威的蔑视。在特洛伊战争中，狄俄墨得斯在雅典娜的帮助下还曾伤过阿佛洛狄忒的手臂，这与阿罗阿代兄弟捆绑阿瑞斯一样，都是人本主义要求的体现，同时也证明了神的身体与人的身体同样都是能够被伤害的，这是神的身上人性的又一表露。

　　波赛冬的权威也遭到过人类的挑战。开纽斯（Caeneus）最初是个姑娘，名叫开尼斯（Caenis），波赛冬爱上了她，应她的请求，将她变成刀枪不入的男子，开纽斯认为自己已经安然无恙，就不再敬奉神灵，他把他的矛立在市场上让人们像对待神那样来崇拜它。波赛冬（一说是宙斯）使开纽斯在跟马人的战斗中丧命。从这个例子中我们可以进一步看出，神自身的许多

---

　　①　宙斯进行的荣誉复仇有时也会难得地体现一定的正义性因素。赫利阿得斯（（Heliades，老太阳神赫利俄斯的女儿们）未经赫利俄斯的同意就把他的车马给了法厄同（Phaethon，一说是太阳神赫利俄斯自己把车马给了儿子法厄同），结果给地球造成了灾难性后果。宙斯把赫利阿得斯变成了白杨树，这既是宙斯在替地球上的人类进行复仇，同时又是维护神的威权的荣誉复仇。这种为他人着想而进行的复仇在宙斯来说实属不易，因为他的绝大多数复仇事件都局限于为了自己或自己儿子们的个人恩怨而复仇的范围之内。

弱点实在是让人禁不住要蔑视他们,所以一旦有机会,这种蔑视便会流露出来。开尼斯虽然在这种蔑视的举动中最终遭到了毁灭,但我们却从她的行事中看到了对神的愚弄。

正像古语所说的,一个人从天神手中得到一个好处,他必定也要从他们手中受到两个坏处。卡德摩斯在寻找姐姐欧罗巴的途中,建立了卡德墨亚(Cadmea)城。他又娶了阿瑞斯与阿佛洛狄忒的女儿——哈耳摩尼亚(Harmonia)为妻。但因他杀死了阿瑞斯的护林龙,另一种传说说他杀死的是一条蛇,这引起了阿瑞斯的荣誉复仇。卡德摩斯与哈耳摩尼亚的后代——他们的女儿塞墨勒和伊诺(Ino)及他们的外孙阿克泰翁和彭透斯便都不幸地死去了。卡德摩斯在绝望中说道:"既然众神对一条蛇的生命如此看重,我倒不如就是一条蛇吧。"①结果他话音刚落,他就真的被变成了一条蛇。他妻子哈耳摩尼亚亲见了这情景,便请求神把她也变成一条蛇,神在这个时候是慷慨异常的,于是她也被变成了蛇。卡德摩斯的话是人本主义的抗议之声,他接受不了在神的眼里人居然不如一个畜生;哈耳摩尼亚的请求,实际上是对神的恶行的一种变相的怨恨和指责。

还有一种凡人,是因自己的超凡技艺而欲与天神一比高低,结果落得个可悲的下场。阿拉克涅(Arachne)就曾自恃她的纺艺无人能敌,并扬言说连纺织女神雅典娜她也不怕,只要雅典娜敢比试,她是无所畏惧的。比赛时,阿拉克涅在她的织物里织进了反映神的缺点和错误的图案。其中有一个图案,表现的是宙斯化作天鹅去引诱勒达(Leda)的情节;还有一个图案,表现的是美丽的达那厄被父亲关在一座铜塔里(因为神示告诉他,他将死在他女儿所生的孩子的手里),但宙斯却化作了一道金雨从铜塔的天窗进入而使达那厄怀了孕(这可能就是基督教中圣母玛丽亚受灵光感孕故事的由来);另一个图案则反映宙斯化作一只公牛去引诱欧罗巴的过程。雅典娜见了这些图案之后忍无可忍,终于恼羞成怒,她撕毁了阿拉克涅的织品,然后用梭子打击她(一说她用手指去触摸达那厄的前额,以让她认识到自己的罪过与无耻),阿拉克涅无法忍受这种屈辱,便上吊了。但雅典娜却不让她死,她再次触摸了阿拉克涅一下,把她变成了蜘蛛,让她继续吊在空中织网,直到丝尽为止。看来,阿拉克涅之所以轻视神祇,与神祇所犯下的诸多恶行是密不可分的,这并不是一个简单的人类骄傲的故事,她的所作所为透露出了对神权神圣性的否定和抗议。雅典娜在这里是神权的维护者,主要是父亲宙斯名誉的维护者,阿拉克涅说的是真话,但神往往是不允

---

① 100 *Myths of Greece and Rome*. 陶洁等译, p.45.

许人类说真话的。同时,这也是关于蜘蛛由来的一则溯源神话。

当然,凡人对抗神祇,也不完全都是失败,下面就是一个凡人对抗阿波罗,并取得了胜利而与自己心爱的女子结合的故事。伊达斯为一个求救的声音所惊,他跳了起来,看见一个黑发的少年正要把玛耳珀萨劫抱而去。他大声叫道:"放下了那位女郎,阿波罗,因为她是我的正式的妻。立刻放下了她,我说,否则,你将后悔了,虽然你是一个神。……对于像你这样的夜劫者,有二十个我也要抵抗着。"阿波罗愤怒地说道:"不要误会了我,伊达斯。玛耳珀萨是我合法的获得物,因为她是我在我的庙中发现的。"伊达斯喊着,执着刀向他冲去。二位正要拼个你死我活,这时宙斯对阿波罗说道:"在这样的一个案件之中,乃以你的神力和一个凡人的腕力相敌,是对的么? 你使俄林波斯山的神人在凡人之前成为暴力和不正直的代名词,乃是一件小事么? 那我不能忍受,所以且让这位女郎自己选择她到底要谁,你或伊达斯。"这里让我们觉得,任何法官在处理与自己无关的案件时都可能公正一些,无论他平时多么贪污腐败。宙斯他本人诱惑人间女子时让她们自己选择过吗? 他那么好色,这里未与儿子争情人也就算万幸了。总之,他在这里所说的一番话与他一贯的作风不符。但无论如何,他说了这一番话,阿波罗只好放下了他的弓,以比他自己金琴的乐声还要谐耳合律的语声,向玛耳珀萨求婚。他诉说,嫁了一个神之后,她将多么地快乐,她将如何地不知劳作或痛苦,永远不会因丈夫或儿子的丧亡而哭泣,终身安舒快活地过日子;她将住着比任何人间的妻子都要弘丽、美好的房屋,穿着戴着连赫拉自己见了也要妒忌的衣服珠宝。他说出他的热情的爱,立誓永不背她。于是,当然地,那女郎红了脸,叹息着,那祈求的声音那么温柔,那针对着她眼光的视线那么甜蜜。但当阿波罗停止了话,她却毫不踌躇地答道:"所有这一切都不能诱惑了我,当我想到以后的光阴时。你现在看我美貌可取的年华,便爱上我,但你,永远年青(轻)的,却会当我的年华已逝,气血已衰,白发杂生的时候也仍爱着我么? 那时,我不是独自孤寂的住着么? 或者,更坏的,看见时间所不能萎老的你从它所给予我的不可爱的变化中逃避了去? 不,我是一个凡间的妇人,我还是找一位和我一同老大的男人吧。他的朦胧的老眼将看不见我额前的皱纹,他的倾侧不定的足将和我的足不前不后,一同走下人生旅途的斜坡。如果我们俩一同担受忧愁痛苦,那有什么关系呢? 至于说到快乐,在丈夫与儿子的爱情之外,你所允许的快乐更于何有呢? 啊,但愿命运允许我过一个妇人的真实的美好生活! 现在,娶了我,伊达斯,我将我自己给了你。"①阿波罗碰了一个软钉子,当那两个人向彼此走去时,他转身匆匆地走开了,一个朦胧的余憾的阴影笼罩在他的不朽的前额。这里,伊达斯为了自己的利益勇敢地向银弓之神发出了挑战,玛耳珀萨的判断更是指出了神的生活的虚妄,这是人本主义思想的朴素表白。

另一个对抗过神祇而未遭到任何不幸的就是大力士赫剌克勒斯。他也曾与阿波罗对敌过,他也曾用三头箭射在赫拉的胸口上,他还在地狱的门边打过哈得斯,但这一切最后都不了了之。因赫剌克勒斯是宙斯最宠爱的儿子,所以他与众神对抗便不会受到任何追究,而一般的凡人往往不会有这样的幸运,他们常常被众神玩弄于股掌之间却奈何众神不得。

早期人类对农业的重要性有一定的认识,这就导致了对大地女神的崇拜尤其盛行,同时对其他神祇的崇拜相形之下就会有所轻视。欧墨罗斯(Eumelus)和他的女儿比萨(Pisa)、墨洛皮斯(Meropis)及他的儿子阿格隆(Aglon)只崇拜大地女神而不顾其他神祇,他们进而还侮辱阿耳忒弥斯、赫耳墨斯和雅典娜,这些神祇将欧墨罗斯及其子女全部变成了鸟。从这里可以看出,神祇在维护自己的尊崇地位方面往往会受一致利益的驱使而联手对付不堪一击的人类。神行事若此,我们也只能将那些敢于侮辱他们的人类称为勇士了。我们看到,人与神的对抗,都是人类中较出众者与高层统治者对抗的象征,他们以正面或反面的对抗方式表达了他们各自对统治秩序的质疑。

希腊神话传说中很重要的一部分内容就是女性由于骄傲从而引起了神祇复仇的题材。这些女性骄傲的故事事实上就是人本主义要求的一种变相表达。

安德洛墨达(Andromeda)的母亲卡西俄珀(Cassiopia)长得异常美貌,她也因此而十分自傲;她夸说,她自己比之时游于海岸上的海中仙女们即涅柔斯(Nereus)的女儿们(Nerides)还要美丽。不仅如此,她还禁止自己的女儿和城中的女郎们依照着向来的风俗献花于仙女们的海边神坛上;她说,她自己比之仙女们更值得受此光荣。于是,仙女们便向她们伟大的宗人波赛冬控诉了卡西俄珀。波赛冬便涌起一片洪流泛滥大地,随后派了一只逢物便吞的海怪来危害卡西俄珀所在的部落的土地,使她不得不如神示所指出的,把自己的女儿安德洛墨达作为牺牲献给海怪来平息海中仙女们的怒气。路过的珀耳修斯杀死海怪解救了安德洛墨达,卡西俄珀被变成了

---

① 郑振铎编著:《希腊神话与英雄传说》,第175—178页。

一个星座。在强力面前，卡西俄珀被迫屈服了，是的，也许她真的比仙女们美，但本来就嫉妒成性的神是容忍不了人类那么去夸口的，否则，她们就会用尽办法去摧残、消灭这种美丽，结果也只能如此。这里，若说卡西俄珀是表达了人本主义要求的话，那么英雄珀耳修斯就是这种人本主义的实际捍卫者。

神的容貌是不允许人类与之相提并论的，假若有谁胆敢妄越雷池半步，他或她就只能自己承担这种妄越所带来的恶果，而且往往还要连累其家人，但这并未能阻止人类的大胆挑战。喀俄涅（Chione）同赫耳墨斯生奥托吕科斯（Autolycus），同阿波罗生歌手菲拉蒙（Philamon），她自称比阿耳忒弥斯更美，于是她死于阿耳忒弥斯的箭下，之后她的父亲代达利翁（Daedalion）非常伤心，阿波罗就把他变成了凶猛的鹞鹰。看来，人间女子的骄傲只能引起女神的疯狂复仇，男神总体上还是欣赏这种女性的美丽的。

赫拉为了维护自己的权威和虚荣心也进行了一些荣誉复仇。从复仇对象身上，我们可以看到人本主义的充分显现，由于赫拉的性格所致，她复仇的对象绝大部分是女性，这里就显露了赫拉与养尊处优又颇具褊狭、狠毒性格的人间女子并无二致，她在复仇的时候所表现出的残酷程度又与复仇女神无异。赛德（Side1）是俄里翁的妻子，她胆敢与赫拉比美，赫拉把她扔进了冥府。赫拉的争强好胜在后来对金苹果的争夺中暴露得最为赤裸，赛德的故事则更早地揭露了赫拉这方面为人所不齿的弱点。① 空虚的神祇本就觉得自己的生活不如人类虽艰苦却非常幸福的生活充实，这时，假若有人类把神的这种自卑以骄傲的方式揭露出来的话，神祇定然会恼羞成怒。埃冬（Aedon）和她的丈夫波吕忒克纽斯（Polytechus）因为自己的好运

---

① 同理，皮格米族（Pygmies）是生活在南埃及或者印度（India）的矮人族，他们中的俄诺厄（Oenoe）是一个很美丽的年轻姑娘，她很骄傲，轻视众神，对赫拉和阿耳忒弥斯尤其不敬。赫拉把俄诺厄变成了鹤。另一位女子格拉娜（Gerana）因受皮格米人的崇拜而轻视神祇，赫拉也把她变成了鹤，她在变形之前生过一个儿子叫墨普索斯（Mopsus），她变形后还想回家去看儿子，但群鹤按照赫拉的意愿正在与皮格米人进行战争，她无法去到儿子身边，这进一步加深了她的痛苦。女性神祇对人类因美丽而滋生的对神不敬都十分恼怒，其结果往往是使不敬者遭受灭顶之灾。从这些故事中我们也可以看到人类本身对美丽的认可和崇拜。赫拉还曾向普罗厄托斯（Proetus）的女儿们，即普罗厄提得斯（Proetides）复仇，她使她们发疯，假如不是墨兰波斯（Melampus）治好了她们，她们定会如同其他这样的女子一样最终以在疯狂中自杀而结束自己的生命。这里虽然复仇起因不明，但可以推断不外乎是这些女子骄傲、不敬神之类。安提戈涅2是普里阿摩的姊妹，她很骄傲于自己的美发，声称比赫拉的头发还要美，这激起了赫拉的愤怒，她把安提戈涅2的头发都变成了蛇，众神怜悯安提戈涅2，把她变成了鹳——蛇的天敌。

而变得骄傲,他们夸口说自己比赫拉与宙斯结合得还要亲密。赫拉唆使不和女神厄里斯在埃冬和波吕忒克纽斯之间挑起竞赛,结果波吕忒克纽斯输了,他要如约送给埃冬一位侍女,他就去岳父家骗妻妹刻利冬(Chelidon)说要带她去和姐姐生活在一起,路上却强暴了她,然后让她穿上奴仆的衣服,剃掉了她的头发(一说割掉了她的舌头),并以死威胁她不许告诉姐姐她是谁。后真相暴露,姐妹二人把埃冬与波吕忒克纽斯生的儿子伊堤斯(Itys)杀死,并把他的肉端给波吕忒克纽斯吃,他发觉了自己吃的是什么之后,就追杀姐妹二人,不料却被她们抓住,身上抹满了蜜,放在草地上,忍受苍蝇的叮咬,后埃冬不忍,赶走了苍蝇,她的兄弟和姊妹却因此要杀死她。宙斯怜悯这个破碎的家庭,把他们全变成了鸟。这里不只是得罪神的埃冬和她的丈夫波吕忒克纽斯遭到了赫拉的百般折磨,连同他们的儿子伊堤斯也做了赫拉这场复仇的无辜牺牲品。宙斯本来也是赞成赫拉的复仇的,假如赫拉没做出举动,他自己也会亲自复仇的,直到后来他才产生了些许的怜悯之心,使那悲惨的一家人解除了痛苦。

有时人类对神祇的抗议只停留在愤怒的层面上。阿喀琉斯对自己的命运心知肚明,他迟迟不愿重返战场也是在延缓着自己的死期,这基于他对命运和人类生死的深刻认识。杀死了赫克托耳之后,阿喀琉斯也命定活不了多久了,他的栗色马向他预言说:"你的末日近了。可是这不是我们造成的,乃是宙斯和那支配一切的命运造成的。帕特洛克罗斯(阿喀琉斯的最好朋友,有人认为是他的同性恋对象)的死也不是由于我们的缘故;乃是阿波罗杀死了他,给了赫克托(耳)光荣。而你也将同样会死在一个天神和一个凡人的手里。"[①]如此观来,人就如同天神手中的玩物,任你如何作为,你的成败生死却全凭天神的兴之所至来决定。在接下来的战斗中,阿波罗为了替特洛伊人争取时间,便变作特洛伊人阿革诺耳 2 把阿喀琉斯引开。当阿喀琉斯发现受了骗时,便大骂阿波罗道:"你把我骗到这么远来,你这伟大的弓手,最会作恶的天神!要不是你把我骗开,我不知早已杀死了多少特洛亚(伊)人。现在你抢走了我的光荣,救走了你所喜欢的人(指阿革诺耳 2)。假如我有力量向你报复,定叫你为这一场骗局付出一笔重大的代价!"[②]是的,年轻的阿喀琉斯从伊菲革尼亚的献祭等一系列事件中已经发现了人是无力对抗天神的,但是他对天神还是十分愤怒。他自己最后也确实如栗色马预言的那样死在了阿波罗所指引的帕里斯的箭下,他对自己这

---

① 丘尔契改写:《伊利亚特的故事》,水建馥译,第 153 页。
② 同上,第 167 页。

样的命运心中早已是一清二楚,但无论心里怀着怎样的抗议,他是不愿与神做无谓的抗争的,所以当宙斯派人去告诉他要把赫克托耳的尸体还给他的父亲时,他便乖乖地答应了。

第二节　古希腊英雄的荣誉观

希腊神话传说中,除了神祇进行了大量的荣誉复仇外,英雄们进行的荣誉复仇也为数不少,而且与现实生活还要相接近。

一、为荣誉而生,为荣誉而死

荣誉的概念所能囊括的范围很广,例如,"从海伦对帕里斯的轻视和安德洛玛克对赫克托耳的热爱的对比中,我们看到一个女人需要男人所具有的是能抵抗住她的诱惑而去到长矛的飞雨中的那种力量"①。男性英雄由于自己在战争等男性事业中所表现出的力量从而在女性心目中获得了至高的推崇,这就是荣誉。这也能解释何以历来男性在女性面前尤其愿意并且容易表现出干事业的勇气和力量的现象了。

正是这种保护女性的本能,使阿喀琉斯被俄底修斯识破了身份。俄底修斯在斯库洛斯(Scyros)发现了阿喀琉斯。他装成一个商人,来到首领吕科墨得斯(Lycomedes)的妇女们的住处,阿喀琉斯就藏在这里。俄底修斯把一些布料和武器混在质量较差的商品中向妇女们兜售,他敲起战鼓,结果妇女们以为有人入侵便纷纷逃跑,只有阿喀琉斯抓起了武器做出准备战斗的姿态,这样,他就暴露了自己的真实身份。于是,阿喀琉斯半是被迫半是出于自愿地参加了对特洛伊的复仇战争,并成了这场战争中的主角。正是由于重视荣誉,阿喀琉斯才脱去了女人的装束,与在家乡颐养天年比较起来,在复仇战争中获得荣誉才该是一个英勇男子的至高追求。奥维德说:"那时阿凯赖斯(即阿喀琉斯)(假如他听了他母亲的请求,那是多么的羞耻啊)把自己的男性隐藏在妇人穿的长衫里。你做什么啊,艾阿古斯(即埃阿科斯)的孙子? 纺羊毛不是你的本分。你应当从葩拉丝(即帕拉斯·雅典娜,Pallas Athena)的另一种艺术(即战争的艺术)中找出你的光荣来。这些女红篮子你管它干吗? 你的手是注定拿盾的。为什么你手拿着梭子?

---

① Jasper Griffin, *Homer on Life and Death*, pp. 6—7.

难道要用这个扑倒海克笃尔(即赫克托耳)吗?把这个纺锤丢得远一些,你的手是应该举起贝利翁(Pelion)山的矛来的。"①阿喀琉斯的抉择,体现了中国人所说的"宁为玉碎,不为瓦全"的道理。这种荣誉观在希腊人中间一直到很久之后还保持着。据希罗多德记载,在希波战争之初,吕底亚首领克洛伊索斯(Croesus)曾梦见儿子阿杜斯(Atys)被铁制的尖器刺死,于是他从此禁止儿子出门作战或狩猎,儿子便感到了羞辱,于是抗辩道:"父王,在先前,对我们来说,最美好和崇高的事情总不外乎征战和狩猎,并在这些事情上面为自己赢得荣誉;现在您却不许我干这两样事情的任何一种,⋯⋯现在我到市场上去或是从那里回来的时候,我必须带着怎样的面色呢?市民们以及我的新婚妻子会怎样看我呢?她又会认为她是和怎样的一个丈夫生活在一起呢?"②结果他终于出猎了,并被同伴的铁矛误射而死。"死了儿子的克洛伊索斯整整两年都沉浸在非常的悲痛之中,什么事情也没有做。"③即便是这样,阿杜斯也是绝对不愿留在家里委曲求全的,这与阿喀琉斯的抉择是一个道理。

在特洛伊战争中,阿开亚人在力量上占上风,后来的希腊人把《伊利亚特》当成是胜利的希腊主义的表达,但它"更基本的是一种英雄的意识形态的表达,其中阿开亚人和特洛伊人都受到了平等对待"④。这种英雄的意识形态,我们在赫克托耳和阿喀琉斯身上都同样可以看到。当安德洛玛克请求赫克托耳为了她和孩子留在城里时,他能怎样做呢,像一个懦夫一样躲起来他会感到羞耻的,他的教养和性格倾向都告诉他一直要战斗在队伍的最前面,以为他父亲和他自己去赢得最大的光荣。荷马史诗中经常提到"荣誉"(honour)和"光荣"(glory)的字眼,M. S. 西尔克对此区分道:"荣誉主要是一个人所生活的当代在形象方面所给予他的尊重,而'光荣'是一个人通过取得非常成就而获得的能超出他的生命界限以外的东西。阿喀琉斯退出战斗是因为他的荣誉受到了伤害,他返回战斗是为了赢得光荣。"⑤一个人可以不去争取光荣,但他必须要努力确保自己的荣誉不受伤害,这一点在英雄时代和在我们的当代都是一样的。这些热爱荣誉或说追求光荣的英雄往往不受团队纪律的约束,"特洛伊人是在为公共利益而战,阿开亚人为雪民族耻辱而战,但绝大部分时候两边的英雄都是作为个体在战

---

① 奥维德:《爱经》,戴望舒译,第 33 页。
② 希罗多德:《历史》,王以铸译,第 18 页。
③ 同上,第 21 页。
④⑤ M. S. Silk, *Homer:The Iliad*, pp. 71—73.

斗,他们所追逐的也是个体的光荣。这样,个体死亡的决定性时刻的突出意义在于:他的光荣得到了最后的确认"①。从逻辑学的角度分析,荣誉与光荣应是一组交叉概念,一个人所取得的光荣总会增加他的生前荣誉,一个人的至高荣誉也往往就会成为构成他光荣的重要部分,而且我们看到,一个人死后尸体的安葬也是他荣誉的一个重要组成部分,他是否获得了符合身份的葬礼往往就是对他是光荣地死去还是羞辱地死去做出了一个最后的评定。

当人类的荣誉受到伤害或侵害时,人类往往也会像神祇一样去坚决复仇,只是在人类的荣誉复仇中绝少超自然力量的显示罢了。俄瑞斯忒斯杀死克吕泰涅斯特拉和埃癸斯托斯主要是为父亲阿伽门农进行的亲人复仇,此外这里面还有为夺回合法的首领之位继承权而进行荣誉复仇的成分。乞丐伊洛斯在求婚者们的宴会上欺凌假装成乞丐的俄底修斯,二人决斗,俄底修斯一拳将伊洛斯打成了重伤。俄底修斯的这种行为中包含有自卫的成分,但主要是在为自己所受的侮辱进行荣誉复仇。与神祇的荣誉复仇比较起来,人类进行荣誉复仇的传说更接近现实生活,有的则几乎是现实生活的写真。关于荣誉,王立曾说道:"复仇,从肉体上摧毁了仇主,也从精神上解脱了主体自身的情感重负;它不仅维护了主体个人的自尊,也是对其家族乡邦利益名誉的自觉捍卫,而这种维护捍卫是无可替代的。"②

被帕特洛克罗斯杀死的萨耳珀冬曾对生死和荣誉有着深刻的认识:"如果今天能幸免一死我们就会永远不死,那么我就不应该战斗;但我们总有一死,所以还是让我们到战场上或者是为自己赢得光荣,或者是通过自己的死为他人带来荣誉。"③这表现了那时的英雄对荣誉尤其看重,毕竟,"英雄"的称号与浓重的荣誉感是密不可分的。他们不仅自己要努力争取和保持荣誉,而且一般来说他们也很尊重他人的荣誉,在荣誉受到伤害的时候,甚至连懦夫也往往会拼命,而那些不去维护荣誉的人,则必然地会成为人们鄙视的对象。

布伦丹·纳格尔说:"荷马的贵族喜欢争斗,……是因为争斗能使他在与他人的对比中充分验证自己的勇气、力量和能力。在这种争斗中获胜能够证明他的出色,也是对他在集体中地位的一种辨明过程。……后来的希腊人往往对荷马的战士们会因为一位被拐走的新娘发动战争而大惊小怪,

①　M. S. Silk, *Homer:The Iliad*, pp. 71—73.
②　王立:《中国古代复仇文学主题》,第492页。
③　See 12.321—28.

但对《伊利亚特》中的英雄们来说这却是理所当然的事情,即一个贵族的任何拥有物被剥夺了,为了荣誉考虑,他都必须把它加倍地夺回来,否则就是承认了失败,而这在荷马的思想中是让人无法接受的。"①

二、拥有物与荣誉

在物质条件比较匮乏的情况下,希腊英雄尤其看重自己的拥有物,因为"拥有物与'荣誉'的观念密不可分,事实上,'荣誉'这个词经常被简单地用作表示'礼物'或'拥有物'"②。古希腊的朋友之间存在着互赠礼物的风俗,"接受者因此获得荣誉,赠送者则获得了对方未来的支持"③。《伊利亚特》中格劳科斯(Glaucus)之所以和狄俄墨得斯在阵前拒绝交手,就是因为他们的祖辈曾是要好的朋友,他们二人也相互交换了礼物,作为保持先辈友谊的见证。甚至极其敌对的主将赫克托耳和大埃阿斯也曾在战场上互赠礼物,作为相互欣赏对方英勇的表示。而先前帕里斯却违背了朋友之间需要忠实的信条,他作为墨涅拉俄斯的客人,却诱拐了朋友的妻子海伦,并掳走了大批财物,于是导致了特洛伊战争的爆发。

希腊传说中最著名的人类荣誉复仇就是阿喀琉斯所拥有的女奴布里塞伊斯被统帅阿伽门农抢去后所引发的阿喀琉斯的荣誉复仇,阿喀琉斯的愤怒构成了荷马史诗的主题。围城进入了第十年,在联军统帅阿伽门农和战场上最具威慑力的阿喀琉斯之间发生了争吵。阿伽门农取走了早些时候分给阿喀琉斯的荣誉奖品女奴布里塞伊斯,这样,阿喀琉斯的荣誉遭到了严重的冒犯。阿喀琉斯欲拔剑杀死阿伽门农,被雅典娜制止,他本来就是一个自愿参加战争的人,这时他"感到自己的荣誉受到了损害,愤怒的阿喀琉斯和帕特洛克罗斯率领他们的所有军队退出了战斗,并向他的女神母亲忒提斯发出请求,忒提斯通过说服宙斯支持特洛伊人来替阿喀琉斯复仇。一场争论马上又在宙斯和支持阿开亚人的赫拉之间展开了,但是这场争论被赫拉的儿子匠神赫淮斯托斯平息了下来"④。宙斯利用希腊人的大败使阿伽门农丢了脸,希腊所有最勇敢的英雄都相继受伤躺在了船上:狄俄墨得斯和玛卡翁受到箭伤,俄底修斯和阿伽门农被矛刺中,特洛伊军队

---

① D. Brendan Nagle, *The Ancient World*, p. 91.

② Jasper Griffin, *Homer on Life and Death*, p. 15.

③ M. S. Silk, *Homer: The Iliad*, p29.

④ 同上, p. 33.

一直攻到希腊人的船边。阿喀琉斯对阿伽门农派使团提出的归还布里塞伊斯并给以丰厚的物质补偿的和解条件没有应允,他荣誉受到损害之后的极端愤怒很难化解。直至阿喀琉斯的好友帕特洛克罗斯在杀死了宙斯的儿子萨耳珀冬后又被赫克托耳杀死,阿喀琉斯对阿伽门农的复仇才告结束。阿喀琉斯的母亲忒提斯请求宙斯要让希腊军队遭受重大的挫折,然后由阿喀琉斯出面挽救败局,这样就增加了阿喀琉斯自己的价值(荣誉),因为人们会认识到他的威力是不可或缺的。阿喀琉斯对阿伽门农的复仇是典型的荣誉复仇。这里,关键的并不是被阿伽门农抢去的女奴布里塞伊斯本身具有如何的重要价值,而是布里塞伊斯本是希腊军队对阿喀琉斯攻城略地的奖品,她代表着一种至高的荣誉,阿伽门农的行为恰恰严重损害了阿喀琉斯的这种荣誉。拥有女奴能够增加荣誉,我们从大埃阿斯扩大化复仇的行为中也可窥见一斑。他曾攻入佛律癸亚,杀死那里的首领透特拉斯(Theutlas),掠得其女儿忒克墨萨(Tecmesa)为奴。阿喀琉斯和埃阿斯进攻特洛伊周遭地区,其实际动机是为长期的战争提供给养(为了维持供给,希腊军队还在军营附近进行农耕),他们所做的事实际上都属于海盗行为,但"在那时,这种行为远不会被认为是可耻之事,而往往被当作无上光荣之举"①。当有人问那些乘船到来的陌生人他们是不是海盗时,这些陌生人是不会羞于回答自己是海盗的,听到回答的人也不会因此指责他们。海盗在当时是一个光荣的职业,抢掠到的东西越多,就会被人们当作越伟大的英雄。所以我们在荷马史诗中看到,只有最具伟力的英雄阿喀琉斯和埃阿斯才被着重介绍有这方面的突出业绩。后来到了北欧的《萨伽》里面,其记载的内容主要是关于海盗行为的一曲曲英雄颂歌。

阿喀琉斯的复仇实际上构成了《伊利亚特》结构的中心线索,第一至九章,从写阿喀琉斯与阿伽门农的争吵开始,到阿伽门农派使团前往阿喀琉斯处求和结束;第十至十七章写在阿喀琉斯未参战的情况下特洛伊人节节胜利,直到帕特洛克罗斯被赫克托耳杀死;最后第十八至二十四章写阿喀琉斯自愿与阿伽门农和解,他重返战场,杀死赫克托耳为朋友帕特洛克罗斯复了仇,到普里阿摩从阿喀琉斯处赎出了赫克托耳的尸体并为之举行葬礼而结束。这里,无论阿喀琉斯是在为自身所受的伤害复仇,还是为死去的朋友复仇,这些都是与荣誉密不可分的。也正是出于对英雄荣誉方面的考虑,荷马总是说"捷足的"或是"伟大的"阿喀琉斯,他并没有用这个人物

---

① Thucydides, *History of the Peloponnesian War*, translated by Rex Warner with an Introduction and Notes by M. I. Finley, p. 37.

所具有的脾气暴躁又非常固执等性格特征去称呼他,正像在提到一艘船时荷马总是说它是"快速的"或"平稳的",他并不去考虑它的脆弱而危险的方面一样。阿喀琉斯对要求和解的使团中的俄底修斯所说的要返回家乡的话并不代表他对英雄荣誉标码的一种排斥,那些话并不是出自他的内心,否则他当初就不只是退出战斗,而会是直接返回家乡了;他对俄底修斯说完这些气话之后也并没有真的返回家乡,否则他就会荣誉尽失,他一样是留下来在静观战局的发展,以等待着合适的出战时机。他最初退出战斗是想以此种方法去平复自己受创了的荣誉,他后来重返战斗虽然不是为了荣誉而是为了替帕特洛克罗斯复仇,但其客观结果却确实使他获得了更大的荣誉。

一个首领的权杖往往就是他所享有的荣誉的象征。阿伽门农的权杖是宙斯给了阿伽门农的祖先的,当宙斯把它给了一位首领的时候,他也就给了这位首领荣誉和特权,而且这种荣誉和特权可以世代承袭。涅斯托耳告诉阿喀琉斯不要与阿伽门农争斗,"因为他有着无可比拟的更大的荣誉,他是宙斯给了光荣的有权杖的首领"①。这话就是当时人们意识形态的反映。

在解除部队内部混乱方面,阿伽门农的权杖曾发挥过奇异的功效。战争进行到第十年,希腊的战士都疲惫不堪,阿伽门农这时想测试一下军心,他建议停止战争,返回本土,结果出乎意料,战士们听到阿伽门农的话之后都欢呼雀跃,迅速整理行囊开始奔向海边的船只,其情形大有一发不可收拾之势。"……受雅典娜的启示,俄底修斯行动了。'他走向阿特柔斯的儿子阿伽门农,从他那里拿过那件永久的拥有物——古老的权杖';用这权杖他击打那些主张返乡的低等级的人,用它他痛打了不听话的忒耳西忒斯,他拿着它进行了重振士气的演说,赢得了军队的一片喝彩声。"②俄底修斯之所以能力挽狂澜,主要是靠阿伽门农的权杖发挥了无与伦比的威慑力。

关于阿伽门农担任联军统帅有着多方面的理由,但他行事的方式往往会引起争议。"阿伽门农的麻烦和灾难是因他的地位而起;他是优越的(他有着权杖),但他不是最伟大的英雄。这样他的地位就有着不稳固性,终于导致了他与阿喀琉斯的争吵。荷马用那根权杖强调了这一点。"③他身为统帅,却往往表现得犹豫、懦弱、任性而且自私,这种性格倾向与他作为统帅

---

① See 1.278.

② Jasper Griffin, *Homer on Life and Death*, pp. 10—11.

③ 同上。

的身份是不相称的,若不是那根权杖表明他是宙斯有所喜欢的人又有雅典娜予以制止的话,他对阿喀琉斯表现出非礼的时候便早已被阿喀琉斯杀死了。他后来在军队中的处境十分尴尬,毕竟他所享有的至高荣誉与他的真正实力是不成比例的,他与阿喀琉斯的关系使他心神不安,这也动摇了他的自大心理,他最后不得不提出重价赔偿以求能与阿喀琉斯和解,却没有获得成功。

勇敢战士的盾牌也会成为荣誉的一种象征。"涅斯托耳的盾牌很重要,赫克托耳想获得它并不是他想获得一件优越的武器,而是因为这个盾牌有着一种公共声誉和名望,赫克托耳要获得它主要是为了把他纳入自己的收集之中。"①有的英雄想拥有一件武器是看重实用价值和收藏价值两方面的,有的则各有侧重,赫克托耳这里只是想通过收藏涅斯托耳的盾牌从而增加自己作为著名英雄的价值。

摩尔根把是否会炼铁当作人类从中级野蛮社会进化到高级野蛮社会的标志,②而我们看到,希腊英雄们的武器主要以青铜(铜加锡或再加铅)打造,也有金银制品,铁器已经开始出现,但还属于稀罕之物,他们在葬礼竞赛中经常以铁块或铁制品当作获胜的珍贵奖品,获奖者往往要用铁块去制作犁头,而不是用来打制武器。

古希腊人非常重视个人的荣誉,他们总要在比赛竞争中做到最好。"这个'最好',暗示着相互的认可。……他们相互认可的最主要标准就是不要在同事面前丢脸。"③忒拉蒙的儿子大埃阿斯对希腊军队的复仇就是因为他要获得希腊集体认可的努力被不合理地拒绝了,他觉得自己在同事面前丢尽了脸,于是在内心里他产生了无法遏制的仇恨。他的复仇与阿喀琉斯对阿伽门农所做的复仇一样也属于为争夺拥有物而引发的荣誉复仇。所不同的是,阿喀琉斯从未缺少过神助(雅典娜和忒提斯,甚至宙斯),而大埃阿斯是"唯一的一位没有神祇直接帮助的主要英雄"④。也正是因为他要靠个人的力量去夺取光荣,而拒绝来自神祇的任何帮助,才引起了雅典娜的忌恨,最后遭到了这位女神的残忍报复。从大埃阿斯巨大的身形和他所使用的与身体同高的盾牌来看,他是被写进了特洛伊战争的早期英雄的形象,他所生活的年代当比特洛伊战争早得多。有人认为正因为如此,史诗

① I. C. Johnston, *The Ironies of War: An Introduction to Homer's Iliad*, p. 82.
② 摩尔根以美洲土著人为例,说:"他们只缺少一项发明,一项最重大的发明,即熔化铁矿的技术;有了这项发明就能把他们推进到高级野蛮社会了。"(《古代社会》,第36页)
③ M. S. Silk, *Homer: The Iliad*, p. 29.
④ Ruth Scodel, *Sophocles, Chronology*, p. 12.

作者才让大埃阿斯在与俄底修斯对阿喀琉斯的盔甲和盾牌的争夺中早早地死去(有的认为特洛伊城陷落时大埃阿斯仍然活着)。阿喀琉斯死后,大埃阿斯与俄底修斯竞争阿喀琉斯的盔甲和武器,最后俄底修斯不公正地得到了这些盔甲武器①,于是大埃阿斯开始向做出了不公正裁判的希腊军队复仇。但雅典娜偏爱俄底修斯,她往往会为了自己所偏爱的人而让其他人蒙羞,于是她使大埃阿斯发了疯,"结果(他)象(像)堂吉诃德那样把牛羊当作敌人进袭。"②清醒后他感到又一次受了侮辱,于是伏剑自尽,他没有获得受人尊敬的火葬礼仪,而只是被放在棺材里埋掉了。对此,默雷称女神为"恶魔似的雅典娜",称希腊军队为"邪恶的斯巴达人"③不是没有道理的。这里,大埃阿斯的荣誉受到了三重伤害:一是他被剥夺了他本该拥有的东西,这是最严重的伤害,也是其他两重伤害的前提;二是雅典娜对他的愚弄使他几乎名誉尽失,他因此成了被同胞嘲笑的对象,也被当成了在荣誉方面彻底失败的典型;三是他曾为希腊军队做出过仅次于阿喀琉斯的巨大贡献,他因向内部人复仇而没有得到他本该得到的光荣葬礼,而只是被草草地用棺材埋掉了事,这是他在荣誉方面的最后失败。而我们能从大埃阿斯的荣誉受到伤害当中感觉到非常明显的不公平。也正因为如此,关于他的传说才更富有悲剧性,这也许就是埃斯库罗斯、索福克勒斯和品达(Pindar)都相继以大埃阿斯的题材进行创作的根本原因。

王立在《中国古代复仇文学主题》中不公正地说道:"埃阿斯为雪耻而采取的过激行为并非全无理由,毕竟提出了一个缺少充分理由就复仇及其滥杀的问题,开启了西方文学中写复仇并不全是正义动机的源头(当然这也与西方文化并不全肯定复仇有关)。而埃阿斯事后能对自己的行为反省、自责,以致引咎自杀,这在中国古人这里是不可想象的。"④事实上,像我们在上面已经说过的,希腊英雄传说中大埃阿斯的复仇是有着充分的理由的,那就是希腊军队不公正地把阿喀琉斯的盔甲和武器判给了俄底修斯,这极大地损害了大埃阿斯的荣誉;他的自杀也并不是因为"反省、自责,以致引咎自杀",而是因为雅典娜使他发疯,他在疯狂中把羊群当成了希腊军队从而进行了虚假复仇,这并非是有意滥杀,他是忍受不了雅典娜对他进

---

① 阿伽门农和墨涅拉俄斯让被俘的特洛伊人做裁判,这些俘虏痛恨敌人中最富有抵抗力的大埃阿斯,所以把这些盔甲武器判给了俄底修斯,以挫败大埃阿斯,并引起希腊军队内部的不和。阿伽门农和墨涅拉俄斯这里是在转嫁矛盾,所以最后的不公平裁判他们是难辞其咎的。

② 吉尔伯特·默雷:《古希腊文学史》,孙席珍、蒋炳贤、郭智石译,第 259 页。

③ 同上,第 260 页。

④ 王立:《中国古代复仇文学主题》,第 6—7 页。

一步的侮辱又无可奈何才含恨自杀的。也正是因为他的不公正的死,到希波战争期间,获胜的希腊人还把缴获的波斯人战船在撒拉米斯(Salamis)地方奉献给埃阿斯。

从大埃阿斯的传说中我们可以看出希腊英雄对荣誉特别看重。"荣誉感是至为重要的,因为一个人对自身价值的感觉自然地要受他人的评判所影响;对自我价值的信心,就英雄而言,就是使他的生命本身富有了价值。一个人的权利受到了侵害,或者他的合理的期盼遭到了拒绝,例如已经完成的有偿服务未能兑现,或者正当的要求未获准予,这些都会有损于一个人的荣誉。"①"有偿服务未能兑现"从而使荣誉受到伤害的例子如拉俄墨冬和奥吉亚斯(Augias 或 Augeas)对赫剌克勒斯所做过的。大埃阿斯没能得到阿喀琉斯的盔甲和武器,这属于"正当的要求未获准予",他感觉到自己的价值被否定了,"他人的评判"对他产生了十分不利的结果,他感觉到生命在很大程度上已经失去了意义,这最终导致了他的自杀。

这种深刻的侮辱感源于这些古代英雄浓厚的荣誉观念,而拥有物就尤其是这种荣誉的标志。"拥有最著名的盔甲、没有其他人能够投掷的长矛或者大量从敌人那里夺取的武器,标志着一个人是具有特殊价值的战士。例如,……伊多墨纽斯(Idomeneus)就很看重长矛(特别引人注目的他知道自己的长矛的精确总数),他把它们醒目地陈列在住处,因为它们既具有实用武器的巨大价值,同时又是他在战士中的价值的标志。……在《伊利亚特》中没有关于拥有武器的虚假的谦虚,而且对这些武器能表明拥有者的身份的细节介绍起来作者更是津津乐道。……将领们可能会为谁该拥有最好的武器争论不休,但是他们不会在对最好的武器的评定和拥有最好武器的重要性方面存在异议。而像格劳科斯所做的那样,他用自己的好武器去换狄俄墨得斯的坏装备,一定是脑子进水了。"②对阿喀琉斯所遗留下的盔甲和武器的价值是无人怀疑的,而在分配它们的问题上却产生了争议,按理说应该由英雄集体对争夺者大埃阿斯和俄底修斯两人在战争中的贡献来做一个客观的评判,但这个英雄集体为求客观,就决定让外人来参与,他们建议由所掠得的特洛伊战俘来做这种评判,他们的这种做法实际上是在逃避责任,转嫁矛盾,而这些战俘又出于为特洛伊复仇之心想挫败希腊军队中最有力量对他们曾伤害最甚的英雄,于是他们让大埃阿斯彻底地失败了,希腊的英雄集体对这种结果居然还予以承认了,因为这种结果也正

①　W. A. Camps, *An Introduction to Homer*, P. 7.
②　I. C. Johnston, *The Ironies of War: An Introduction to Homer's Iliad*, pp. 80—81.

好与他们的主观喜好相符。这种评判并不是客观做出的,而是希腊英雄集体和特洛伊战俘两方面由于主观上的原因而造成了偏颇,于是产生了最终的悲剧后果。

大埃阿斯对阿喀琉斯的盔甲和武器的执着是深厚的集体心理因素在个体身上的反映。在当时,"……拥有武器非常重要,因为它们能宣明一个战士的身份,也是他的力量的明证。有时在葬礼竞赛中会对同伴显示出的恶意态度,在战车比赛中所表现出的粗暴脾气以及拼命的方式,我们可能认为这与奖品的内在价值不成比例,然而这恰恰表明了这些人是多么渴望获得能提升自己公共价值的东西。在某种意义上,我们甚至可以说,《伊利亚特》中的战士互相攻击主要是为了多获得一些能增加他们荣誉的好的战利品。"①这种说法虽不全面,却也道出了参加这场战争的绝大部分人的心理事实,很多战士就在剥取被杀死的敌人的盔甲时反而被敌人杀死了。我们看到,在阿喀琉斯重返战场之前,在最关键的时刻,总是大埃阿斯力挽狂澜,才避免了希腊军队的彻底失败,但由于当时的希腊主要将领纷纷受伤,战争的前景十分堪忧,并没有人对大埃阿斯所做出的贡献予以奖掖。他与俄底修斯争夺阿喀琉斯的盔甲和武器的时候,敌方主将赫克托耳已死,希腊一方将胜已成定局,这时候大埃阿斯想通过争夺奖品获胜的方式来对自己在战争中所做出的贡献予以确认也是理所当然的事情,他争夺的失败也就意味着他的价值的被否认,他在战争中所做的一切都被人们忘记了,同胞们这种忘恩负义的行为使大埃斯产生了强烈的复仇之心。正如弗洛姆所说,"当神的权威或世俗的权威未能发挥效用的时候,人似乎以复仇的方式把正义拿到自己手中"②。假如埃阿斯对希腊军队的复仇成功了,这会在一定程度上对他的被损害的荣誉予以补偿,但他却在雅典娜邪恶的干预下不该有地失败了。他为了维护同胞的荣誉参加了这场战争,而付出的代价却是使自己丧失了所有的荣誉后惨死在异乡。在这里,最该为大埃阿斯出面说话的是阿伽门农和墨涅拉俄斯两兄弟,但他们自私且处事圆滑,为了不得罪俄底修斯,他们没有这样做,在大埃阿斯死后的安葬问题上,他们还表现得特别严苛,最后还是俄底修斯假仁假义地说了一些好话,总算使大埃阿斯获得了埋葬。在《奥德赛》中,俄底修斯探访地狱时遇见大埃阿斯的阴魂,他仍然怀恨在心,拒绝同俄底修斯说话,这也是理所当然的事情。默雷在评价品达时曾说道:"他脑海里深印着嫉妒和阴险奸诈的势力——狡

---

① I. C. Johnston, *The Ironies of War: An Introduction to Homer's Iliad*, pp. 80—81.

② E. 弗洛姆:《人类的破坏性剖析》,孟禅森译,第 338 页。

猾的爱奥尼亚（Ionia）的奥德修斯（即俄底修斯）战胜了诚实的埃厄细特·阿伊亚斯（即大埃阿斯）。"①可见，为大埃阿斯鸣不平者后世大有人在。毕竟，大埃阿斯的受辱与阿喀琉斯遭受的不公正待遇都是因为被剥夺了能代表荣誉的奖品。"……拥有物与荣誉是不可分的，被剥夺了奖品就是一件丢脸的事……"②

大埃阿斯的悲剧还是传统文化深刻影响的结果。"《伊利亚特》中的物质对象也能从它们所包含的传统文化底蕴中获得意义。既然艺术的重要功能之一，尤其在与《伊利亚特》中的战士群体一样保守的社会中，是为了铭记和传接过去的确定价值，那么，战士的拥有物既能确定他在群体中的地位，也能使他与过去的著名首领甚至是神本身联系起来也就毫不奇怪了。"③阿喀琉斯死后，在勇气和力量方面仅次于他的大埃阿斯是他的衣钵理所当然的继承者，只有他有资格拥有阿喀琉斯的装备，他拥有了这些装备之后，他会时刻心怀阿喀琉斯的形象，以之自勉，这样，他无疑会成为阿喀琉斯第二的。但事与愿违，这些装备旁落他人之手，它们只是增加了俄底修斯的一些虚荣而已，之后便永远地沉寂了。所以与大埃阿斯一样，这些装备的命运中也有着同样的悲剧性。

这些装备对拥有者来说能带来至高的荣誉，但拥有它们的人往往会遭遇不幸。"它们既能带来荣誉，也能带来灾难。……在特洛伊战争的整个故事中，阿喀琉斯的盔甲就是以这种方式几乎毁灭了所有穿着它和企图拥有它的伟大英雄：帕特洛克罗斯，赫克托耳，阿喀琉斯本人和忒拉蒙的埃阿斯。"④这些装备最后落入了俄底修斯之手，由于他的不公正的获得，他的形象因此被涂上了浓黑的一笔。他要对大埃阿斯的冤死担负主要责任，在后世读者心中，这件事与他对帕拉墨得斯的陷害构成了他形象上可供指责的主要污点。

单就盔甲而言，它与武器一样，既是荣誉的标志物，又确实具有实用的价值。"武器之美在文化上的重要性通过对有特色的盔甲的描绘最能清晰地显现出来，英雄们既能以这些盔甲来宣明他们自己的人的价值，同时在战争的极度危险中它们又可以防护他们脆弱的躯体。"⑤阿喀琉斯的盔甲由于出自匠神之手，精良而坚固，所以在防护功能上更胜其他盔甲一筹。当时战争还没有结束，大埃阿斯也是一个易受伤害的凡人，他急于拥有它还

---

① 吉尔伯特·默雷：《古希腊文学史》，孙席珍、蒋炳贤、郭智石译，第 119 页。

② Jasper Griffin, *Homer on Life and Death*, p. 27.

③④⑤ I. C. Johnston, *The Ironies of War：An Introduction to Homer's Iliad*, pp. 82—87.

　　有重要的实用性方面的考虑。假如他的个人安全得到了保证,那么希腊军队就会因此而确保了其整体上的安全。

　　在武器方面,其功能主要是杀人,武器的进化随着时代的进步愈见其杀人速度之快,杀人数量之多,杀死对象的距离在逐渐拉远,随之引起杀人者的怜悯与恐惧之情日微。但任何时代在制造武器方面都从不回避其外观上的精美,这或许可以增加杀人者杀人行动中的愉悦之感,或许是人类要通过这些虚伪的精美外表来隐匿杀人凶器的血腥用途,或许简单地只是这些武器的制造者在制造过程中会因自己的造物之美而感到自足自乐。"甚至在今天,我们自己对现代战争机器的个人反应也时常表明我们能继续在武器中发现重要的文化价值,那就是在这些致命工具中的美丽外形和致死功能的永久性结合。"①"荷马描述了很多武器的细节,他特别注重它们结构上的艺术性质,从而引出这些物品的文化价值,这也总是引出了战士文化中具有讽刺性的矛盾。"②

　　荷马在史诗《伊利亚特》第十八部中对阿喀琉斯的出自神手的防护工具——盾牌进行了详细的描绘。阿喀琉斯是史诗中最有威力的战士,至高的艺术家匠神赫淮斯托斯为他制作了盾牌,而"阿喀琉斯要以此把他的英雄主义推向极致和极限之外"③。他靠这个神盾为朋友帕特洛克罗斯进行了血腥复仇,他也是拿着这个神盾迎来了自己人生的悲剧性结局。

　　赫淮斯托斯在阿喀琉斯的盾牌上,做出天空、陆地、海洋,还有日月星辰。这表明人类的生活包含在整个宇宙的框架之内。他还做出两个城市,一个是一片升平气象,另一个却在进行战事。"在盾牌上没有出现的便不是生活的组成部分;我们在盾牌上所看到的表现了生活的所有可能性,同时也认识到了神圣艺术的完美。"④这个盾牌既体现了实用价值与艺术价值的完美结合,更重要的是它上面的内容对现实生活具有极强的概括力,赫淮斯托斯用有力的艺术神笔简洁地勾勒出了人类现实生活的基本轮廓。"史诗向我们展示的是战争,但是却通过比喻尤其是通过阿喀琉斯的盾牌让我们看到了被战争所破坏了的和平世界。"⑤所以,那盾牌上的和平场面远多于战争情景,这是对企盼和平理想的一种表达。同时,因为战争与和平是人类生活的永恒主题,它充斥于任何时代的任何一天,战争与和平构成了人类生活的主旋律,所以在过去、现在和将来都是艺术表现的永恒常新的主题。托尔斯泰在 1865 年 9 月 30 日日记中所列的写作计划的第二项

---

　　①②③④　I. C. Johnston, *The Ironies of War:An Introduction to Homer's Iliad*, pp. 82—88.
　　⑤　　M. S. Silk, *Homer:The Iliad*, p. 29.

明确写到,他要以《奥德赛》和《伊利亚特》为范本写一幅"置基于历史事件之上的风俗画"。其结果就是把他正在写作的作品命名为《战争与和平》,其中战争与和平的场景相互交错,而在结构上,这部鸿篇巨制正与阿喀琉斯盾牌的结构形成了巧合。我们也看到,和平年代的不见硝烟、不见流血的战争有时会更加残酷。战场上的战争消灭的是肉体,同时会给人以光荣,而和平生活中的战争往往在摧残心灵、戕杀精神,结果也往往悄无声息。埃阿斯的死就是这方面的明证,他对阿喀琉斯盾牌所象征的荣誉的认识就足以令他付出生命代价去全力抗争了。

布伦丹·纳格尔在《古代世界》一书中说:"荷马社会中,一位英雄因勇气、慷慨和战斗中的突出战功而获得的荣誉,对于他的集体有着特殊的防御功能,一旦他表现出了虚弱的一面,他马上就会失去自己的地位,邻人们也就会来侵吞他的领土。所以,对侮辱所表现出的孩子般的敏感和好斗,无论在口头上还是在实践中,都是荷马英雄的突出特征。……后世的人们(往往)无法理解荷马时代将领们拥有物或荣誉的丧失的真正意味。"[①]我们很难祛除的就是那种过分夸张的感觉,但只要真的能把当时人们的生存环境与价值观念紧密结合在一起进行考虑的话,当时英雄们的那种特有的荣誉观还是能够被理解和接受的。

三、葬礼与荣誉

死后获得合乎身份的葬礼也是英雄们很重要的一种荣誉,未获得合适的葬礼也就等于被剥夺了这种荣誉。

从大埃阿斯死后希腊将领处理他后事的态度上,我们能很明显地认识到,对一个战士来说,最光荣的是像阿喀琉斯、帕特洛克罗斯和赫克托耳那样能够获得隆重的火葬,继之再举行盛大的葬礼竞赛。大埃阿斯最后只得到了极其简单的土葬,这对他来说没有多少光荣可言,甚至这举动是他死后继续在对他进行侮辱。布留尔说:"'葬仪的任何详细描写都不能被看成是适用于一切部族或者即使是一个部族,有些死者的年龄、声望或者地位必须得到比一般人更恭敬的对待。'正因为死人继续活着,所以每个死

---

① 　D. Brendan Nagle, *The Ancient World*, p. 76.

人都要根据不同的等级、性别、年龄而受到不同的待遇。"①也就是说,不存在细节上完全相同的葬礼,但总会出现大体上相似的葬礼,按照"等级、性别、年龄"的标准为死者举办不同葬礼的原则一般都会被广泛而持久地遵守着。

但最惨的则是根本不能获得埋葬,像克瑞翁想对波吕尼克斯所做的那样,暴尸野外,让禽兽尽食其肉。布留尔说:"'如果告诉犯人,把他处死后,将不给他的尸体举行葬礼,这对他来说比死还要可怕:因为死只是把他转到另一个环境中去,他在那里还继续干他在这里干的事,而剥夺葬礼则会使他想到各种各样无名的恐惧。'"②不进行埋葬,就意味着不能顺利地过渡到另一个世界,所以我们看到帕特洛克罗斯的鬼魂在不断地督促着希腊人对他的尸体进行安葬。即使是现在,人们在安葬死者的时候意识也是非常复杂的,许多人根本就不愿真心地相信"人死如灯灭"的说法。"我们可以认为这些仪式的总的趋向是神秘的,它们的目的是要给死人确定一个既让他满意也让活人得到安宁的地位。"③

克瑞翁不埋葬波吕尼克斯尸体的行为触怒了神祇,神祇决意要让他牺牲掉一个骨肉,结果克瑞翁的儿子海蒙在未婚妻安提戈涅 1 自缢后也伏剑自杀。这里,不埋葬死者就违反了神祇为人类所订立的一个最基本的法则,用现在的话说就是违背了人道主义原则。一般地说,对有地位的人往往实行火葬,普通人则进行土葬,安提戈涅 1 并未要求为哥哥举行隆重的火葬,她只求哥哥能获得最起码的土葬,但是就这一点也被克瑞翁过分地拒绝了。用黑格尔的话说:"弟兄的丧亡,对于姐妹来说是无可弥补的损失,而姐妹对弟兄的义务乃是最高的义务。"④于是安提戈涅 1 就亲自去履行神所订立的神圣原则,她接连两次避过看守者的耳目向哥哥的尸体上撒了土,这是一种极其神圣的象征性仪式。即便如此,克瑞翁仍然恼羞成怒,他把安提戈涅 1 活着就关进了地下的洞穴,这就等于活埋,克瑞翁的这种行为比不埋葬波吕尼克斯更违背了神要求人类所谨奉的人道主义原则,于是他遭到了神的惩罚,他的儿子海蒙因此而死,他的妻子也在儿子死后绝

---

① 列维-布留尔:《原始思维》,丁由译,第 298 页。引文中的引文另见 Brough Smyth, *The Aborigines of Victoria*, i. p. 114. I. C. Johnston, *The Ironies of War: An Introduction to Homer's Iliad*, p. 93.

② A. B. Ellis, The Ewe-speaking Peoples, p. 159. 见列维-布留尔:《原始思维》,丁由译,第 306 页。

③ 同①,第 306 页。

④ 黑格尔:《精神现象学》(下卷),贺麟、王久兴译,第 15—16 页。

望地自尽了。换个角度，这可以说是神替波吕尼克斯和安提戈涅 1 向克瑞翁进行了荣誉复仇。

　　像克瑞翁那样禁止埋葬仇敌是他固执的个人意识使然。"不给死者以坟墓，就是要净除对他的记忆，就好像他从来也没有存在过似的；在荷马史诗中特别看重一个人死后能留下一座坟墓，好让其子孙知晓这个人先前的存在与意义。从帕特洛克罗斯的鬼魂我们也可以得知，未获埋葬的死者无法渡过冥河而跨入地府之门，它只能被与别的鬼魂分隔开来而被迫'不断地游荡'。"① 所以不埋葬死者的做法在神话传说中首先是冥王哈得斯所不能同意的，而众神也都在共同维护着对死者所该尽的这项礼仪。而去掉神话因素，安葬死者则主要是为了达到一种纪念的目的。"合适的葬礼仪式非常重要；越是伟大的英雄，他的尸体就越会受到群体的重视。帕特洛克罗斯的鬼魂为了度过死亡之门阐述了埋葬仪式的必要性，但是这种仪式最重要的作用是纪念已死英雄，以确保他的一生不致被忘记"②。

　　"从某种意义上说，死人的尸体还继续是这个人本身，它不仅是敌人泄愤的目标，他们侮辱它，不让它安葬，而且朋友对它也怀着热切的情感，他们为它战斗，冒生命危险，甚至在夜间单独来到可恨的杀人者面前以使它得以安葬。"③ 克瑞翁在波吕尼克斯死后对着他的尸体继续泄愤，其甥女安提戈涅 1 面对着死亡的威胁坚决要为哥哥尽一份同胞礼仪，而普里阿摩为了使儿子赫克托耳获得安葬，冒死来到了那可恨的杀人者阿喀琉斯的面前，跪地请求他交还赫克托耳的尸体。

　　在特洛伊战争中，史诗里重点写了英雄的尸体，为争夺萨耳珀冬、帕特洛克罗斯的尸体，战争双方都付出了巨大的代价。在战争过程中，双方总是威胁要把对方的尸体扔给野鸟和野狗吃。如赫克托耳对大埃阿斯所说过的，"当你在阿开亚的船边倒下去的时候，特洛伊的野狗和飞鸟将吃饱你的肥油和肉"。④ 再如阿喀琉斯对赫克托耳也说过，"你认为你杀死了帕特洛克罗斯之后可以逃脱，但是有我在这里为他复仇呢，你将可耻地被野狗和禽鸟撕碎，但是对他，阿开亚人将会举行葬礼"⑤。这种话也可能是一位将领对逃避战斗的手下的一种威胁言辞，如阿伽门农就说过，"任何逃避战

① Jasper Griffin, *Homer on Life and Death*, pp. 46—47.
② I. C. Johnston, *The Ironies of War: An Introduction to Homer's Iliad*, p. 168.
③ 同②, p. 160.
④ See 13.831.
⑤ See 22.335.

斗的阿开亚人，从此之后将没有希望逃脱野狗和凶禽的捕食"①。也就是这些人死后将不会获得埋葬，其尸体将被弃掷荒野，任由野狗和凶禽猎食。

虐待死者的尸体就等于让死者再死一次，甚至让他比死更惨，包括中国古代盛行的伍子胥等人的鞭尸风俗也是出于这种目的。赫克托耳在杀死帕特洛克罗斯之后继续毁损他的尸体，也是在为被帕特洛克罗斯杀死的同伴进行反复仇的行为。而赫克托耳自己，"他(指赫克托耳)临死前请求阿喀琉斯不要虐待他的尸体，这明显是对习惯仪式的最后请求，也就是请求获得赠予死在战场上的人的传统荣誉，但这临终请求没有见效。当阿喀琉斯对赫克托耳的临终请求提出拒绝的时候，就再次证明了这位胜利者已距正常的行为准则相去甚远，他已不受群体期待的左右，赫克托耳因此也就只能发出最后的绝望无力的警告，说阿喀琉斯如果行为失当的话可能会受到众神的惩罚"。② 阿喀琉斯在杀死赫克托耳后也同样对他的尸体继续为帕特洛克罗斯进行了多天的复仇。但侮辱尸体要是做得太过分了，就会遭来神怒，像七将攻忒拜过程中堤丢斯痛饮死了的敌手的脑浆(这应该是一种原始野蛮信仰的残存表现，喝了敌人的脑浆，就意味着自己便会拥有了敌人的勇力和智慧，后来基督徒分食面包和酒以代表耶稣的肉和血与此不无相通之处)就引起了雅典娜的恶心和愤怒，她因此剥夺了堤丢斯永生的权力。宙斯也容忍不了阿喀琉斯对赫克托耳尸体进行百般虐待，于是向他发出警告，要他把尸体迅速还给普里阿摩，他又鼓励普里阿摩前往阿喀琉斯处索要回了儿子的尸体。

阿喀琉斯对死去的赫克托耳的父亲普里阿摩非常尊重，"海克笃尔(即赫克托耳)的尸体之所以能还给泊里阿摩思(即普里阿摩)，也就为那老人的恳求动了阿岂赖斯(即阿喀琉斯)的心。"③面对着这个前来索要儿子尸体的风烛残年的老人，他情不自禁地想起了自己远在家乡年迈的父亲，自己在赫克托耳死后也马上要横尸在异乡的荒野，他的父亲即将失去他这个儿子，他对赫克托耳的死形同身受，于是他认识到了对死者所应该给予的礼遇，他把尸体还给了普里阿摩，而且还答应休战十一天，以使得赫克托耳的尸体能获得充分的安葬。

一直到希波战争的时候，两军还在为抢夺尸体而尽最大的努力。希罗多德就曾在《历史》中描写了斯巴达人与波斯人为了争夺斯巴达将领李奥

---

① See 2. 393.

② I. C. Johnston, *The Ironies of War：An Introduction to Homer's Iliad*, p. 100.

③ 奥维德：《爱经》，戴望舒译，第 22—23 页。

尼达(Leonidas)的尸体和波斯骑兵统帅玛西司提欧斯(Masistius)的尸体而发生了激烈的冲突。后来当埃吉纳(Aegina)人兰彭(Lampon)建议斯巴达人帕乌撒尼亚斯(Pausanias)去凌辱波斯军队指挥玛尔多纽斯(Mardonius)的尸体时,结果遭到了帕乌撒尼亚斯的严词拒绝,因为他认为凌辱敌人的尸体是极其不正当的行为,这里也可以看出意识形态较神话传说时代的些许进步。

在伊阿宋去取金羊毛的传说中,埃厄忒斯前往追逐伊阿宋一行,但是他的诡计多端的女儿美狄亚却带上了弟弟阿普绪耳托斯,她杀了他,并把他肢解了,把他的尸块撒在了海面上。埃厄忒斯首先要收集起儿子的这些尸块,所以不得不让伊阿宋逃掉了。埃厄忒斯在心理上被女儿的计谋摧毁了,他伤心至极,于是放弃了对伊阿宋的追逐。从这里面我们也可以看出,安葬死者是要摆在其他一切事情前面的头等重要的事,中国所说的"死者为大"的话中也蕴含着与此相类似的道理。几乎在任何时代的任何民族中,安葬死者都是人类文明生活的重要组成部分。"刻克洛普斯(阿提卡的首领)教人们如何去建造城市,如何去埋葬死者。他有时也被说成首创了书写和人口普查的方法。在和平主义者刻克洛普斯的统治下,阿提卡的文明程度第一次得到了确实的进步。"[1]在文明生活的各种构成方式中,安葬死者都是无法回避的重要部分,因为任何人都终有一死,所以在对待死者的问题上也就容易在大体上达成一致,那就是在给死者光荣的同时,生者也会因此而产生一种重要的荣誉感。

从特洛伊战争中我们也可以看到,对于普通战士,在每次重要的战斗之后,双方都要暂行停战以掩埋各自一方战死者的尸体,那就是在天亮后双方同时辨认,然后将其装上大车,进行集体火化。在埋葬尸体的问题上,战争的双方很容易达成一致,不管战争形势如何紧迫,双方如何敌视,但在埋葬尸体的问题上他们还是互相尊重的。他们随时可以相约停战,以便能及时地安葬死者。在顾准所写的《希腊城邦制度》一书中也提到了"为发还对方阵亡者尸体而协议休战"[2]等希腊古典时期的惯例,也就是说,战争双方在埋葬尸体问题上很容易达成默契的习惯一直到很晚还保留着。由此我们也能够明白,在拿破仑进攻之时,在奥斯特里茨暂时战败的库图佐夫为什么可以请求拿破仑替他埋葬战亡俄国士兵的尸体了。

---

　　① Pierre Grimal, *The Dictionary of Classical Mythology*, translated by A. R. Maxwell-Hyslop, p. 93.

　　② 顾准:《希腊城邦制度》,第18页。

综上所述,我们可以概括出荣誉复仇所表现出的如下特征:

1. 荣誉复仇具有非理性色彩

古希腊的神祇不是绝无理性,但他们的理性色彩表现得十分微弱,他们在绝大多数时候都是非理性的体现。他们就像一大堆干柴,一旦其荣誉受到了人类的些许损害或权威受到了半点冒犯,他们就立呈猛燃之势,他们对人类进行的复仇绝对不会停留在适可而止的程度,在几近疯狂的非理性情绪的支配之下,他们会对人类极尽荼毒之能事。阿克泰翁是凡人,他却无法在凡人所生活的山林湖泊间自由地狩猎,在偶然间他窥见了正在洗浴的女神的裸体,他被极其残忍地毁灭了,难道女神不知自己到人间来洗浴会有被凡人撞见的危险吗? 这里,我们根本无法用理性的标准去衡量,我们也只能把神祇们总体上归入不可理喻的一族。

古希腊英雄也一样极度热爱自己的荣誉,他们身上尚未浸染上过多的理性色彩,他们更多的是表现出率性而为的非理性特征,当荣誉受到损害之时,他们也会同神祇一样失去理性,克瑞翁在自己的禁令遭到了破坏之后把安提戈涅 1 活着就关进了地下的不理智行为在这里可以获得解释,阿喀琉斯愤而退出战斗从而使希腊同胞蒙受重大损失,最后连他的好友帕特洛克罗斯也因此殒命同样可以在这里找到其真正原因,这也是大埃阿斯能把畜群当作希腊军队而对之进行疯狂复仇的深刻悲剧根源。与神祇不同的是,人类在进行荣誉复仇之时往往会因非理性行为而最终陷入悲观主义的结局,从而为英雄传说染上了浓重的宿命论色彩。

2. 神与人所进行的荣誉复仇,由于力量对比悬殊,其程度和结果也表现出了不平衡性

神对人进行的荣誉复仇往往表现出无限扩大化的特征,小至因一人之过而毁灭其整个家族、甚至城池,大至因一些人的不虔敬而毁灭掉整整一个时代的人类。他们对自己的超自然能力有恃无恐,他们也很是为自己这种能力的淋漓尽致的发挥而孤芳自赏,面对弱力的人类,他们表现出了绝对冷酷的凌驾之势。

人类绝少会对神祇进行荣誉复仇,即使雅典娜为了使她所崇爱的英雄在竞赛中获胜而使那不幸的对手满面粪污,人们除了无奈地咒骂之外便别无他法;但在神话传说中卑微的人类向神祇发出绝望式的抗争还是为数不少的,这是人本主义的表达,也是日后愈见发展的怀疑主义初露的萌芽。

人类之间的荣誉复仇不像神祇对人类的复仇那样颇具声势,阿喀琉斯向阿伽门农所做的复仇最后只得不了了之、以无奈的和解告终,大埃阿斯对希腊军队所做的复仇也是毫无结果,最后也只得以他极其屈辱地死去而

告结束。但我们看到，人类的荣誉复仇的声音即使过于微弱，但其中的悲壮色彩却足以达到惊天地、泣鬼神的震撼效果。

3.荣誉复仇具有阶段性特征

神祇在推广自己的崇拜之初，对冒犯其权威的人类往往尚呈宽容之态，他们一般只要求人类为其建造一处神庙便告了事。待崇拜已经建立了之后，其神圣权威日见巩固，此时再出现有侵害其荣誉之事发生，神祇们便会凶相毕露，对人类大开杀戒，至少也是要求以活人献祭，待这些无理要求屡遇阻碍之后，他们感到了人类的反抗之心日增，于是态度重新趋向于缓和，开始出现了以动物牺牲代替人祭，这实际上也是神庙祭司的非理性要求遇到了其他人类的日见其多的反抗之后做出了妥协之势在神话传说中的反映。

人类的荣誉复仇从总体上可以分为杀人补偿阶段和实物或货币补偿阶段。人类的荣誉感是随着私有物的产生而产生并逐渐增强的，在荣誉复仇的初级阶段，他们往往杀死得罪者以恢复自己受损了的荣誉。随着文明的进步、生活物质的日见丰富，他们渐渐地开始放弃杀人的野蛮行为，而往往愿意接受得罪者所提供的物质方面的补偿。而这种发展趋势又不是整齐划一的，有时荣誉受损到了非常严重的程度，或是被得罪者主观上异常固执，物质补偿在此便失去了效用，最后还是以杀人来求得问题的最终解决，这其中的深层原因就是人类难以祛除的非理性心理在作祟了。若不是雅典娜的干预，那愤怒的阿喀琉斯定然会杀死刚愎自用的阿伽门农；之后阿伽门农派使团前往求和，提出对阿喀琉斯给予实物、金银货币外加奴隶的补偿，这被阿喀琉斯断然拒绝了；若不是帕特洛克罗斯的意外惨死，阿喀琉斯对阿伽门农所进行的这场荣誉复仇还真不知道到什么时候才会结束。这也体现出了荷马史诗中不同时代的生活方式杂糅一处的特征。同时，在早期的荣誉复仇中，曾存在过虐待敌人尸体的现象，这种现象到了现代基本上已被完全弃绝了。而现代杀人等案件中的"私了"就是一种货币或物质补偿形式的延续，同样，这种方式在情况严重之时也未必见效。

补充细表　二

主体	客体	原因	结果
克洛诺斯	仙女库诺苏拉和赫利刻	后者抚养过婴儿宙斯	前者追捕她们的时候，宙斯把她们分别变成了大熊星座和小熊星座
(Cynusyra, Helice)			
宙斯	珀罗普斯	后者复活后为波赛冬所爱，波赛冬到天庭里就带上他作为侍酒，但是不久他就很不体面地被送回了地上，因为坦塔罗斯1总利用他偷窃蜜酒和仙丹送给凡人。波赛冬仍然是他的保护神，他还送给他一些有翼的飞马，后来他就是用这些飞马赢得希波达米亚的。后者的罪过在他前往夺得希波达米亚之时再度加深。后者后来把他的敌人——阿尔卡狄亚首领斯廷法罗斯杀死了，他又残忍地肢解了他的尸体，并把他的肢体撒满了各地	这引起了前者的愤怒，前者因此使希腊的土地变得贫瘠
(Stymphalus, Hippodamia)			
宙斯	柏勒洛丰	后者非常骄矜与狂妄，欲骑飞马珀伽索斯上到俄林波斯山去参加诸神集会	当后者飞到空中时，前者派一只牛蝇去叮咬飞马，后者被摔了下来，跌成跛子，双目失明，他在一个极其荒凉的地方孤独地度过余生
(Bellerophon or Bellerophontes, Pegasus)			
宙斯	刻耳科波斯兄弟俩	后者一贯过着抢劫生活，这使前者十分愤怒	前者把后者变成了猴子
宙斯	俄底修斯的同伴	后者曾不听提瑞西阿斯预言中的警告而在极其饥饿的情况下杀吃了太阳神赫利俄斯的神牛	前者替赫利俄斯复仇，他在俄底修斯他们的归途中掀起暴风雨，又用雷电轰击他们的船，后者与船只都被毁灭，只有俄底修斯一人脱险，因为他没有参与杀死并吃掉神牛的对神不敬行为

续　表

主体	客体	原因	结果
雅典娜	特洛伊一方	帕里斯把金苹果判给了阿佛洛狄忒	狄俄墨得斯在前者的帮助下对特洛伊军队造成了重创,甚至支持特洛伊人的阿佛洛狄忒也被他的枪尖刺伤了手上的皮肤,鲜血直流。阿瑞斯则在特洛伊战争中被狄俄墨得斯刺伤了小腹,被迫暂时退出了战斗。在前者的帮助下,阿喀琉斯才得以最终杀死赫克托耳
(Diomedes)			
狄俄倪索斯	巨人阿尔玻斯	后者通常在山路上等待着旅行者,好用岩石把他们压碎之后吃掉。前者也受到了他的攻击	前者用手杖刺进了后者的喉咙,他落入了海里
缪斯	九位庇厄里亚姑娘	后者来自色雷斯,她们拥有特别优美的歌喉,她们想胜过前者,就来到前者的家乡赫利孔山向前者挑战,结果被前者战胜	据奥维德说,后者被前者全部变成了鹊;据尼坎得耳说,她们被变成了各种鸟
(Muses,Pierides,Thrace,Mount Helicon,Ovid,Nicander)			
缪斯	塔密里斯	后者是一名色雷西亚歌手,有时被认为是荷马的老师,据荷马叙述,后者曾与前者比赛音乐,并且请求如果他获胜他将连续获得前者中每位女神的爱情	后者在比赛中被击败,前者使他双目失明,使他失去歌喉和演奏竖琴的技艺,后者在绝望中把已经没用的竖琴扔进了巴利拉河里,后来的神话说他下了地狱
(Thamyris,Homer,the Muses,the Balyra river)			
缪斯	阿卡兰提斯九姊妹	后者向前者挑战赛歌	前者在愤怒之中将后者都变成了飞鸟,阿卡兰提斯被变成了荆棘鸟
阿耳忒弥斯	西普瑞托斯	后者偶然看到了前者在裸体沐浴	前者立刻将后者变成了女人

续　表

主体	客体	原因	结果
阿耳忒弥斯	特莫罗斯	后者是阿瑞斯与忒俄戈涅的儿子，吕狄亚首领，他杀死了前者的一位随从阿里珀	前者使后者被一只暴怒的公牛杀死
(Tmolus,Theogone,Arripe)			
阿耳忒弥斯	法莱科斯	后者是安布拉喀亚的暴君	前者带后者去打猎，有意在他的路上放一幼狮，后者捕获了这头幼狮，这时母狮出现把他撕碎了。为了感谢前者除去了暴君，安布拉喀亚居民为她塑了一尊雕像，并以引导者阿耳忒弥斯的名字崇拜她
(Phalaecus,Ambracia,Artemis the Guide)			
阿耳忒弥斯	一个腓尼基妇人	后者曾帮助腓尼基商人拐走了绪里亚岛的首领之子欧迈俄斯（即后来俄底修斯的牧猪人，一说这个妇人是欧迈俄斯的保姆）	前者用神矢射死了后者
库柏勒	阿提斯	后者是前者神庙的守护人，他没有按照前者要求那样保持贞节，而是爱上了仙女萨伽里提斯	前者砍倒了那位仙女的生命寄托其中的那棵树，并使后者陷入疯狂，后者在一次剧烈的痉挛中自行阉割
海神特里同	米塞诺斯	后者是赫克托耳的随从，赫克托耳死后，他成了埃涅阿斯的鼓手，后来陪伴他旅行。当船队在坎帕尼亚海岸停留的时候，后者向所有的神挑战，扬言他们中的任何一位在敲鼓方面也胜不过他。前者平时敲的是贝壳鼓	前者使后者失去知觉，并把他推入海中淹死
(Triton,Misenus,Campania)			

续　表

主体	客体	原因	结果
仙女们	忒兰玻斯	后者说一天波赛冬为了追求前者中的狄俄帕特拉而让其他仙女暂时生根变成了白杨树,待他的欲望得到满足后他才又恢复了她们的原形	很快,霜冻开始,山上降下了很大的雪,后者的羊群消失不见了,只有后者一个人留在山上,然后前者把他变成了吃树木的甲虫,这种昆虫经常被孩子们用作玩具,他们将砍掉它所拥有的竖琴形状的大角

(Terambus,Diopatra)

主体	客体	原因	结果
神祇	阿克里西俄斯	后者祖先埃古普托斯和达那俄斯曾得罪前者	前者使后者被他自己的外孙(女儿达那厄的儿子)珀耳修斯在竞赛掷铁饼时误伤致死。之后珀耳修斯深深地悲悼死者,将他安葬在城外,并卖出自己所继承的领土,复仇女神也终止了对他的迫害

(Acrisius,Danae,Perseus)

主体	客体	原因	结果
神祇	特洛福尼俄斯	后者与伽墨得斯兄弟俩是建筑师,他们在建许里俄斯宝库时,把一块石头砌成活的,可以轻而易举地把它从墙上抽出来,他们在夜间就利用这个洞孔窃取宝物。伽墨得斯落网后,特洛福尼俄斯为了不被揭发,就去砍掉兄弟的头并带走	前者因后者的暴行使他被大地吞没(一说兄弟二人在建成得尔斐神庙后请求阿波罗付给报酬,阿波罗答应在第七天支付,可是在到期的头一天夜里,兄弟俩在睡觉时死去)
神祇	利莱俄斯	后者是印度的一个牧羊人,在众神之中他只尊重月亮女神塞勒涅,这惹起了其他神祇的愤怒	前者派两头狮子去吃掉了后者,但塞勒涅把他变成了利莱翁山

(Lilaeus,India,Selene,Lilaeon)

主体	客体	原因	结果
神祇	克里萨弥斯	从海里上来了一只巨大的鳗鲡,它偷食了后者最美的羊,后者将它杀死	前者托梦后者要他掩埋鳗鲡的尸体,但后者对此置之不理,于是前者让他死掉了

续　表

主体	客体	原因	结果
神祇	俄库洛厄	后者是喀戎与仙女卡里克罗生的女儿,她生来就具有通神的才能,但她错用了这种才能,她违反前者的命令向小阿斯克勒庇俄斯泄露了神的秘密	前者使后者变成了马,她从此取名叫希波
(Ocyrrhoe,Chiron,Chariclo,Asclepius,Hippo)			
河神斯卡曼德耳洛斯	阿喀琉斯	前者是宙斯的儿子,他很恼怒于自己的河道里塞满了尸体,河水被人血染红	前者决定为后者设置障碍,河水冲出河道,后者过于桀骜不驯,于是河神想淹死他,直到赫拉让赫淮斯托斯用火烧的办法强迫他又回到了河道里,才接受了中立的立场
(Scamander)			
珀耳修斯	首领阿特拉斯	后者恐怕宝物被偷,拒绝前者留宿	前者用墨杜萨的头颅将后者变成了石头
阿耳戈斯人	阿德墨忒	后者把赫拉神像带往了萨摩斯,前者让海盗们去把神像偷回,以让萨摩斯人严处后者	海盗们无法把神像装上船,只好把它留在海岸上,又被后者与萨摩斯人寻回;一说赫拉神像是由阿耳戈英雄们带到萨摩斯的
(Argos,Admete)			
拉庇泰人	马人	后者侮辱了前者首领珀里托俄斯	后者的一部分被前者杀死,另一部分被驱逐迁往厄皮洛斯边境的品都斯
(Centaur,Lapiths,Peritous,Epiros,Pindus)			
阿耳戈英雄们	巨人们	后者用巨大的石块封堵港口	前者对后者进行了大肆射杀
阿耳戈英雄们	厄喀德那	后者是一个长着女人身形和一条蛇尾的怪物,它时常吞食来往过客	前者杀死了后者

续　表

主体	客体	原因	结果
（Echidna）			
阿耳戈英雄们	柏布律刻人	后者总是对邻居玛里安第尼进行掠夺，还杀死了那里首领吕科斯的弟弟俄特柔斯	前者杀死了后者的首领阿米科斯，后来赫剌克勒斯从阿玛宗人那里返回途中还帮助吕科斯进行过对抗后者的战争，并杀死了阿米科斯的弟弟米格冬，又把后者领土的一部分分给了吕科斯
（Argonauts，the Bebryces，Mariandyni，Amycus，Lycus，Otreus，the Amazons，Mygdon）			
珀琉斯	马人	在拉庇泰人与后者的战斗中，前者最喜爱的战士克兰托耳被后者用树打死	前者为克兰托耳向后者复了仇
赫剌克勒斯	涅米亚的狮子	后者经常为害乡野，吞食居民和牲畜	前者杀死了后者，把它的皮披在了身上，狮子头则被他当成了头盔
（The Nemean Lion）			
赫剌克勒斯	许德拉	后者是带有剧毒的九头怪蛇	后者的头一被斩下就即刻长出新头来，前者就让他的侄子伊俄拉俄斯用火去灼烧它刚被砍下头颅的刀口处，这样新头就再也无法长出（一说是前者让侄子生起了火，是他自己拿燃烧的木炭烧灼刀口的）。他杀死了后者后，把自己的箭放在了它的毒液或血液里面浸泡，从此他的箭便带上了剧毒
（Iolaus）			
赫剌克勒斯	欧律曼提	后者是头野猪，为害乡野	前者除掉了后者

续　表

主体	客体	原因	结果
（Eurymanthian Boar）			
赫剌克勒斯	马人们	前者到了马人福罗斯那里去做客。狄俄倪索斯曾给过福罗斯一坛酒，告诉他用这酒来招待前者。另一种说法是这坛酒是马人们的公共财产，他们相约只有所有马人都在场的时候才能打开来喝。但前者吃完肉后坚持要喝酒，福罗斯只好打开酒坛，与他喝了起来。马人们闻到了酒香，纷纷愤怒地涌来，他们拿着火把、石头和连根拔起的树向前者进攻	前者杀死了十四个马人，其中也有福罗斯，他是在葬自己的同伴时好奇地从同伴身上拔下了前者的箭，无意中掉落在脚上而中毒身亡的。喀戎也中了前者的毒箭，但是因为他是不死的，后来他把永生权给了前者所解救的普罗米修斯，他才得以死去
（Centaur Pholus）			
赫剌克勒斯	刻律涅亚的赤牝鹿	后者体形比普通的牛还要巨大，它四处祸害庄稼	后者奔跑迅速，前者追后者花了整整一年的时间才射伤了它，然后就轻而易举地活捉了它
（The Hind of Ceryneia）			
赫剌克勒斯	斯廷法罗斯湖边的怪鸟	后者数量众多，猎食邻近田地里的果实并糟蹋所有的庄稼，有的传说甚至认为它们也吞食居民，至少它们经常用羽毛射伤它们所见到的人类	前者用震耳的响板把它们从湖边的密林中赶出，然后用箭把它们射死。有一种说法认为它们是一个叫斯廷法罗斯的英雄的女儿，她们的父亲因不愿接待前者却愿意接待前者的敌人莫利俄尼得斯（奥吉亚斯的两个侄子）而被前者杀死，她们想为父亲来向前者复仇而未遂
（Molionides）			

主体	客体	原因	结果
赫剌克勒斯	厄利斯首领奥吉亚斯	后者答应如果前者能在一天之内打扫完他的牛圈的话，他就分给他领土的一部分，有的说是后者答应分给前者畜群的十分之一。这是一项艰巨的任务，因为这些牛圈不只数量众多，而且已多年未经清扫，但前者引来了阿尔福斯和珀诺斯两条河的河水，一天之内就把这些牛圈冲洗干净了。奥吉亚斯却食言了，他知道前者是奉命来完成此事的之后就拒绝给他先前答应过的报酬，而且把他驱逐出境	后者毁约后，前者发动了两次复仇性征讨。第一次，后者让他的两个侄子欧律托斯和克忒阿托斯带兵，他们使前者的孪生兄弟伊菲克勒斯受了重伤。后来前者在一次厄利斯的庆祝会期间设埋伏杀死了这两个人，然后他又发动了第二次征讨，此次他攻下了城池，后者和他的儿子们都被前者杀死，其厄利斯领土也被前者送人（一说前者让后者的儿子菲勒乌斯继承了后者的首领之位，一说后者到了极度的老年才自然死去，他的人民把他尊奉为神）。同时，前者还向后者的外甥勒普柔斯即卡俄孔与后者的妹妹阿斯提达米亚生的儿子复了仇。当初他曾劝后者不要给前者打扫牛圈的报酬，还建议把他关押起来。前者后来去向后者复仇的时候，他要求卡俄孔惩罚勒普柔斯，阿斯提达米亚却与前者达成了协议，要他与勒普柔斯比赛吃东西和掷铁饼，这两项前者都获胜了，勒普柔斯被激怒了，他拿起了武器，于是两个人开始决斗，最后前者杀死了勒普柔斯

主体	客体	原因	结果
(ElisThe Stables of Augias, the Alpheus, the Peneus, Eurytus, Cteatus, Phyleus, Lepreus, Caucon, Astydamia)			
赫剌克勒斯	克里特的野牛	后者为害乡里	前者捉住了后者，欧律斯透斯把这头牛奉献给赫拉，但她不愿接受前者所征服的东西，就把它放掉了，此后它就成了马拉松野牛，后来又为忒修斯所征服
(The Cretan Bull, The Bull of Marathon)			
赫剌克勒斯	色雷斯首领狄俄墨得斯	后者每天用人肉喂他的吃人的马，它们一共有四匹：波达耳戈斯、兰朋、克珊托斯和得伊诺斯	前者以其人之道还治其人之身，他把后者喂给这些马吃掉
(Diomedes, Podargus, Lampon, Xanthus, Deinus)			
赫剌克勒斯	帕罗斯岛的强盗	在去阿玛宗的途中，前者经过帕罗斯岛，那里居住着弥诺斯与仙女帕里亚生的儿子欧律墨冬、涅法利翁、克律塞斯和菲罗拉俄斯，还有安德罗戈俄斯（弥诺斯的另一个儿子）的儿子阿尔叩斯和斯忒涅罗斯。他们杀死了前者的两个同伴	前者杀死了他们，并从弥诺斯的孙子中挑选了两人来替补他被杀死的同伴，这两人便是安德罗戈俄斯的儿子阿尔叩斯和斯忒涅罗斯
(Amazon, Paros, Paria, Eurymedon, Nephalion, Chryses, Philolaus, Androgeos, Alceus, Sthenelus)			
赫剌克勒斯	阿玛宗女性部落	前者奉命去取回阿玛宗部落女首领希波吕塔的腰带	到了阿玛宗之后，希波吕塔自愿把腰带送给了他，但赫拉假扮成一个阿玛宗人，她使前者的同伴们与阿玛宗人发生了争吵，战斗随即展开。前者以为希波吕塔背叛了他，于是杀死了她。一说前者一登陆战斗就开始了，前者俘虏了希波吕塔的一个朋友墨兰尼珀，女首领只好拿出腰带换回了她的朋友

续　表

主体	客体	原因	结果
(The girdle of Queen Hippolyta，Melanippe)			
赫剌克勒斯	拉俄墨冬	在从阿玛宗返回途中，前者在特洛伊停了下来，当时这座城镇正在经受着因拉俄墨冬的失信而招致的阿波罗和波赛冬愤怒的折磨，拉俄墨冬正准备把女儿赫西俄涅送给怪物（一条毒龙）吞食。如果前者杀了这怪物，后者答应送给他宙斯在拐走了伽尼墨德（美少年，后者之子）之后所赠的神马。但在前者杀了这怪物之后，后者却毁约了	在完成了十二件大功之后，前者与忒拉蒙一起，带领各配有五十个桨手的十八条船，攻下了特洛伊。前者杀死了后者和他的除波达耳刻斯（即后来的普里阿摩）以外的所有儿子。他把赫西俄涅送给了忒拉蒙为妻（后来帕里斯就是在要去找回姑姑赫西俄涅的途中拐走了海伦）。前者的同伴俄克勒斯在这次进攻特洛伊的过程中带领一小队士兵担负看守船只的任务，结果后者前来袭击，俄克勒斯被杀死。赫拉在战后掀起了一阵暴风雨，把前者的船队吹到了科斯海岸。当地的居民以为是来了海盗，便向他们抛掷石头。夜里，他们攻下了此城，杀死了波赛冬与阿斯提帕拉亚所生的儿子，即首领欧律皮罗斯和他的儿子们。从科斯岛，前者去了佛勒格拉，在那里他参加了众神对抗巨人的战斗
(Hesione，Ganymede， Telamon，Podarces， Priam，Oecles，Cos，Astypalaea，Eurypy-lus，Phlegra)			

续　表

主体	客体	原因	结果
赫剌克勒斯	斯特律蒙河	前者先是夺来了革律翁的牛群。他先用狼牙棒打死了革律翁的牧羊人欧律提翁和硕大的牧羊狗俄耳忒洛斯。革律翁也被他用箭射死。在返回途中，他杀死了许多企图抢劫牛群的人。赫拉又让牛蝇去叮咬牛群，大部分牛因发疯而逃散。在他追赶牛群的过程中，后者阻止过他	前者把河道里填满了石头，使它从一条能通航的河变成了一条无法通过的溪流

(The cattle of Geryon, Eurytion, Orthrus, Strymon)

| 赫剌克勒斯 | 吕科斯 | 前者下到地狱里牵回了地狱看门的三头猎狗刻耳柏洛斯。由于宙斯让赫耳墨斯和雅典娜来帮助他，这件事他办得十分顺利，他还顺便解救了被扣押在地狱中的忒修斯。在前者去下界的时候，从欧波亚来的后者杀死了克瑞翁，僭夺了忒拜的首领之位，他正要杀死墨伽拉及其孩子们（这时，前者与墨伽拉已生下了好几个孩子，或三个，或四个，或五个，或七个，或八个）的时候，前者回来了 | 前者杀死了后者，这时，赫拉让他发疯，他杀死了自己所有的孩子，另外还杀死了伊菲克勒斯的两个孩子，他也杀死了墨伽拉（一说他把妻子墨伽拉嫁给了侄子伊俄拉俄斯）。他要么是用箭射死了他们，要么是把他们扔进了火里。他甚至要杀死安菲特律翁，在关键时刻，雅典娜用一块巨石打在了他的胸部，这使他陷入了深深的睡眠之中 |

(Lycus, Cerberus, Euboea, Iolaus)

| 赫剌克勒斯 | 厄玛提翁 | 门农是埃塞俄比亚人首领，他的兄弟即后者推翻了他 | 前者在前往赫斯珀里得斯姊妹圣园的途中杀死了篡位者，把首领之位归还了门农 |

(Emathion, Ethiopia, Hesperides)

| 赫剌克勒斯 | 欧律斯透斯的儿子们 | 前者完成了十二件大功后，欧律斯透斯奉献了一头牺牲，他对之模仿前者的英雄行为，但在分肉的时候，后者分给了前者比别人都小的一块。这引起了前者的愤怒 | 前者杀死了后者 |

续　表

主体	客体	原因	结果
赫剌克勒斯	厄律克斯	后者试图从前者手中夺走革律翁牛群中的一头牛	后者死于前者之手
赫剌克勒斯	阿勒比翁和得尔库诺斯兄弟	当前者赶着革律翁的牛群从里古利亚境内经过时，后者想把牛群偷走	后者被前者杀死
赫剌克勒斯	拉喀纽斯	当前者从厄律提亚返回在克洛同处做客的时候，其邻居即后者企图偷盗前者所带着的革律翁的牛群	前者杀死了后者，但在搏斗中他也意外地杀死了克洛同

(Lacinius，Erythia)

主体	客体	原因	结果
赫剌克勒斯	利古斯	当前者带着革律翁的牛群返回经过高尔南部时，后者带着利伽里亚人来袭击前者，企图占有牛群	前者箭用完的时候，他请求父亲帮助他，宙斯送来了大堆的石头，他以此打败了敌人，现在克劳平原上还有这件事的证据，那里到处是石头和众多的岩石

(Ligys，Ligarians，Gaul，Crau)

主体	客体	原因	结果
赫剌克勒斯	琉卡斯皮斯	后者是西库翁的一位首领之子，当前者带着革律翁的牛群返回经过西西里时，后者向前者发动了攻击	后者和许多贵族都在与前者的战斗中被前者杀死

(Leucaspis，Sicyon，Sicily)

主体	客体	原因	结果
赫剌克勒斯	首领拉俄葛拉斯	前者与得伊阿尼拉被迫离开卡吕冬时，他们带着大儿子许罗斯。在经过得律俄珀斯境内时，许罗斯饿了。前者看到当地首领忒伊俄达玛斯正赶着两头牛犁地，他就上前向他要吃的，但忒伊俄达玛斯拒绝给他吃的，前者于是从犁上卸下了一头牛，杀了牛与妻子、儿子吃掉了。忒伊俄达玛斯返回城里后带着战士前来进攻前者，得伊阿尼拉也被迫武装战斗，前者终于把忒伊俄达玛斯杀死了。同时他拐走了	前者杀死了后者

主体	客体	原因	结果
		忒伊俄达玛斯的儿子许拉斯,他爱上了这个美少年(许拉斯在与阿耳戈英雄去取金羊毛途中在阿斯卡纽斯湖或泉或河边取水时被水中仙女掳走,前者就是为了寻找他才被阿耳戈扔下的)。后来得律俄珀斯的另一个首领即后者又曾在阿波罗的一处圣地大摆宴席	

(Deianeira,Hyllus,Dryopes,Theiodamas,Laogoras)

主体	客体	原因	结果
赫剌克勒斯	埃及首领部西里斯(波赛冬的儿子)	前者在去赫斯珀里得斯姊妹的果园途中经过埃及时,后者要将他作为外乡人杀掉献祭给宙斯。一说后者派一些强盗去袭击赫斯珀里得斯的牛群,并绑架了她们姊妹,路遇前者,他杀死了强盗,劫回赃物,释放了赫斯珀里得斯姊妹,把她们交还给她们的父亲阿特拉斯,作为回报,阿特拉斯给了他想要的金苹果。一说他以替阿特拉斯扛了一会儿天的代价由阿特拉斯替他取回了金苹果	前者挣断绳索,杀死后者和他的儿子伊菲达玛斯(一说是安菲达玛斯)、传令官卡尔波斯和所有的围观者。在埃及他还杀死了强盗安泰俄斯,他是波赛冬的儿子,他总是杀死过路人,然后把抢劫来的东西献给波赛冬。埃及的小人国皮格米人想向前者复仇,就趁他睡觉之时想要杀死他,结果他及时醒来,看到这些小矮人他不禁大笑,他一把将他们全部抓住,然后塞进狮子皮里也一并带回给了欧律斯透斯。在这期间他与阿瑞斯和他的儿子库克诺斯进行过战斗,他杀死了库克诺斯。他对普罗米修斯的解救也是在这期间完成的。前者射死了吞食普罗米修斯肝脏的鹰,这次解救也是宙斯的意愿,他希望以此来增加儿子的声誉

续 表

主体	客体	原因	结果
(The Busiris，golden apples of the Hesperides，Atlas，Antaeus，The Pygmies，Cycnus)			
赫剌克勒斯	厄耳吉诺斯	后者是弥倪阿人首领，在翁喀斯托斯地方举行的波赛冬节期间他的父亲克吕墨诺斯被忒拜人墨诺厄叩斯的战车御者珀里俄瑞斯用石头打死了。于是后者征募一支军队去讨伐忒拜，在杀死了许多忒拜人之后他与忒拜首领定下了和约，之后二十年中忒拜每年向厄耳吉诺斯进贡一百头牛	后者的传令官一次去收取贡赋途中，碰上了猎杀喀泰戎山狮子回来的前者，前者割掉了传令官的耳朵和鼻子，并把它们挂在他们脖子上，让他们以此去向后者交差。接下来是后者再复仇未遂的例子：他再次攻打忒拜，忒拜城的首领克瑞翁准备投降，但前者率领忒拜城的年轻人与后者展开了战斗，他用洪水冲击平原击败了后者，但安菲特律翁却在战斗中丧生；于是前者进行了再反复仇性质的战斗：他杀死了后者，为了奖励他的胜利，克瑞翁把女儿墨伽拉嫁给了他。一说前者并未杀死后者，而是与他订立了和约，要弥倪阿人交纳以前忒拜人所交纳的两倍的贡赋
(Erginus，Minyans，Onchestus，Clymenus，Menoeceus，Perieres，Megara)			
赫剌克勒斯	喀泰戎山上的狮子	后者一直在给安菲特律翁（赫剌克勒斯的人间父亲）和忒斯庇俄斯的畜群造成巨大的危害	前者花了五十天的工夫，终于杀死了后者
(Cithaeron，Thespius)			

续 表

主体	客体	原因	结果
赫剌克勒斯	利提厄耳塞斯	后者是弥达斯的儿子——佛律癸亚的厉害的收割者，他总是让从他那里过境的外乡人与他一起收割，如果他们拒绝，他要么就杀掉他们，要么先用暴力强迫他们为他干活，然后在收割了一天之后，他割掉他们的头，把他们的尸体放在稻谷堆中。有时他强迫他们与他进行收割比赛，他总是赢家，于是便割掉他们的头	前者在为翁法勒服役期间经过后者的农庄时接受了这个无赖的挑战，前者用歌曲对后者进行了催眠，然后割掉了他的头。他之所以杀死后者，是因为后者扣押了达佛尼斯为奴，而达佛尼斯正在寻找他的爱人品普勒亚
(Omphale, Midas, Phrygia, Lityerses, Daphnis, Pimplea)			
赫剌克勒斯	绪琉斯	前者杀死伊菲托斯后被卖给了后者和翁法勒为奴。后者是个葡萄园园主，他总是强迫过路人为他干活，然后处死他们	前者来了之后不是给他干活，而是干了如撕毁葡萄藤等粗暴的事，然后他用锄头杀死了后者
(Syleus)			
赫剌克勒斯	忒耳墨洛斯	据普鲁塔克说，后者是一个强盗，他总是以与过客撞头的方式杀死他们	前者杀死了后者
(Termerus, Plutarch)			
赫剌克勒斯	菲拉斯	后者是得律俄珀斯人的首领，他领导他的人民攻击了得尔斐的圣地	前者向他们发动战争，杀死了后者，把得律俄珀斯人驱逐出了他们的领土，他把这些领土给了玛利亚人
(Phylas, Dryopes, Malians)			
赫剌克勒斯	萨俄洛斯	后者是厄利斯的强盗，他总是抢劫过路的旅客	前者杀死了后者
(Saurus, Elis)			

续　表

主体	客体	原因	结果
赫剌克勒斯	卡莱斯和仄忒斯（玻瑞阿代兄弟）	在阿耳戈英雄去取金羊毛的途中经过密西亚岛时，许拉斯失踪前者去寻找他，他还没有回到船上后者就建议船只离开了（一说是会说话的阿耳戈船不愿意运载过重的前者，所以拒绝他登船）	后来，当前者参加完珀利阿斯葬礼回到泰诺斯岛时杀死了后者
（Calais，Zetes，Boreadae，Argo）			
赫剌克勒斯	波吕戈诺斯和忒勒戈诺斯兄弟	后者是普洛透斯（伴随波赛冬的一位次要神祇）和托洛涅的儿子，他们俩总是向过路人挑战，然后杀死他们	前者杀死了后者
（Polygonus，Telegonus，Proteus，Torone）			
赫剌克勒斯	拉庇泰人	后者极近地威胁着多里亚人，他们的首领埃吉缪斯就向前者求助	前者很容易地就击退了后者，但他没有接受埃吉缪斯如约送给的领土的三分之一，而是请这位首领先为他的后代保存着
（Lapiths，Dorians，Aegimius）			
赫剌克勒斯	阿敏托耳	后者是俄耳米尼翁首领，他曾禁止前者从他的国土上经过。而据狄俄多洛斯说，前者是想要后者的女儿阿斯提达米亚，却遭到后者拒绝	前者攻占了后者的领土，杀死了后者，绑架了阿斯提达米亚，与她生下了一个儿子叫克忒西波斯
（Amyntor，Orminion，Astydamia，Ctesippus）			
赫剌克勒斯	菲罗克忒忒斯	后者没能保守住前者葬身处所的秘密。当别人一再请求他的时候，他就去俄塔地方，也就是前者火葬过的地方，他用脚踩地的方式指出了前者的葬身之地。这样，虽然没有用言语明说，他还是破坏了当初对前者发的誓	后来，已成天神的前者让前往特洛伊的后者的这只泄密的脚被毒蛇严重咬伤，以让他忍受被抛弃在楞诺斯岛上十年的痛苦。一说他根本不是被毒蛇咬伤的，而是被前者给他的毒箭所伤，前者让这支箭偶然从箭袋中掉出，给后者的那只脚造

续　表

主体	客体	原因	结果
			成很难治愈的创伤。一说后者被抛弃并不是他的伤口发出实在难闻的恶臭，而是因为他疼痛时无法抑制的叫声破坏了正在举行的奉献牺牲仪式的宁静。他的伤口一说是到了特洛伊战场上才被玛卡翁治愈；一说他之所以被放在楞诺斯岛上，是因为那里有一处赫淮斯托斯神庙，那里的祭司特别能医治蛇伤，后来赫淮斯托斯的叫皮利俄斯的儿子确实治好了他的伤
		(Oeta，Machaon，Pylios)	
忒修斯	强盗们	后者中的普罗克鲁斯忒斯或叫达那斯忒斯或叫波吕珀蒙住在从墨伽拉去雅典的路边，他有两个铁床，一长一短，他常常强迫个高的过路人躺在短床上，然后砍掉他们的脚，而让个矮的人躺在长床上，然后把他们拉长。另一个叫斯喀戎的强盗是珀罗普斯或波赛冬的儿子，他总坐在沿海道路附近的斯喀戎岩石上，强迫过路人为他洗脚，当他们为他洗脚的时候，他就把他们推进海里，让一只巨大的乌龟把他们撕碎。角斗者刻耳库翁总是强迫路过的人与他角斗，并总是杀死失败的对手。辛尼斯也是一个强盗，波赛冬的儿子，住在科林斯地峡，他具有惊人的蛮力，绰号"扳松贼"，因为他常常把两棵树弯到地面，然后把过路人绑在上面，再松开手，被绑上的不幸的人就在树反弹的过程中被撕碎，一说他是让被他抓到的过客帮助他弯松树，然后他松开手，让过客被松树弹到远处再掉在地上摔死	前者在去雅典的路上以其人之道还治其人之身地分别杀死了后者（有人认为有的功业是前者过了很长时间登上了首领之位之后才完成的）

续 表

主体	客体	原因	结果
（Theseus，Athens，Procrustes，Danastes，Polypemon，Megara，Sciron，Scironian Rocks， Cercyon，the isthmus of Corinth，Sinis，the bender of pinetrees）			
西绪福斯	科林斯人	科林托斯被他的人民即后者杀死了	前者为科林托斯复了仇，并继他之后统治科林斯
阿喀琉斯	特洛伊人	帕里斯拐走了希腊人海伦，俄底修斯在斯库洛斯找到了前者。他装成一个商人，来到首领吕科墨得斯的妇女们的住处，前者就藏在这里。俄底修斯把一些布料和武器混在质量较差的商品中向妇女们兜售，他从前者挑选武器时热切的样子认出了他。另一种说法是，他敲起战鼓以看前者的反应，结果前者暴露了自己的真实身份。于是，前者半是被迫半是出于自愿地参加了这场复仇战争，并成了这场战争中的主角	前者乘复仇之机曾对特洛伊附近地区进行了掠夺，他从海上攻破并掳掠了十二个城镇，又从陆上征服了十一个城镇，所掠得的奴隶中有阿波罗祭司克律塞斯的女儿克律塞伊斯，吕耳涅索斯首领兼祭司布里塞斯在前者攻入时自缢身亡，其女儿布里塞伊斯被掠为奴，他还杀死了赫克托耳的岳父厄厄提翁及其七个儿子。科罗奈首领库克诺斯作为特洛伊的盟友率军前来偷袭希腊军队，前者用战盔的皮带把他绞死了。特洛伊军队杀死了帕特洛克罗斯之后还要烧毁希腊人的船只，前者发出吼叫，雅典娜也附和着一起吼叫，特洛伊军队闻声溃乱，其中有十二个勇敢的英雄在混乱中跌倒在地，被自己的战车碾死或为枪矛刺死。吕卡翁是普里阿摩与拉俄忒生的儿子。一天夜里他正在果园里砍树枝的时候被前者捉到了，前者把他卖到了楞诺斯，但伊姆布罗斯的厄厄提翁把他买了回来，秘密地让他重返

续　表

主体	客体	原因	结果
			特洛伊。然而在他返回的第十二天,在斯卡曼德耳河边他又被前者捉到了,尽管他答应给一大笔赎金,前者还是残忍地杀死了他。在前者为帕特洛克罗斯复仇的战斗中,他先后杀死了特洛伊军队及其盟军中的伊菲提翁、得摩勒翁、希波达玛士、得律俄普斯、拉俄戈诺斯和达耳达诺斯兄弟、特洛斯、摩利俄斯、丢卡利翁、里格摩斯、阿瑞托斯、阿斯特洛派俄斯和另外七个派俄尼亚人,并杀伤得摩科斯,又活捉了十二个特洛伊青年为帕特洛克罗斯在葬礼上献祭。赫克托耳是杀死帕特洛克罗斯的直接凶手,前者在雅典娜的帮助下杀死了赫克托耳,并用战车拖拽他的尸体奔回船舰,然后前者又如此地拖拽着赫克托耳的尸体在帕特洛克罗斯的坟墓周围驰驱三匝,之后每天都重复着这样的举动,直到宙斯干预,让他把尸体归还给赫克托耳的父亲普里阿摩。埃塞俄比亚人门农是黎明女神厄俄斯与普里阿摩的哥哥提托诺斯生的儿子,在特洛伊战场上,门农援助特洛伊人,杀死很多希腊战士。

主体	客体	原因	结果
			他威胁涅斯托耳的生命时,涅斯托耳喊他的儿子安提罗科斯前来救助,安提罗科斯在救下了父亲之后被门农杀死了。之后前者为安提罗科斯复了仇,他在命运女神的帮助下杀死了门农,但厄俄斯请求了宙斯,她把门农的尸体带到埃塞俄比亚又救活过来。特洛伊罗斯是普里阿摩和赫卡柏最小的儿子,一说实际上阿波罗是他的真正父亲。有一个预言说,如果特洛伊罗斯长到二十岁,特洛伊城就永远也不会被攻破。但是希腊军队到达后不久他就被前者在特洛伊城外杀死了。一说他是一个晚上带着马到距离斯开亚城门不远的地方去饮水时被前者杀死的;一说前者在泉边一看到他就爱上了他,特洛伊罗斯恐惧地逃到了提姆布瑞亚的阿波罗神庙里避难,前者怎么劝说他也不肯出来,前者终于失去了耐心,就用长矛把他杀死在了神庙里;一说他被捉为俘虏,在前者被帕里斯和阿波罗联合射死后做了向他献祭的牺牲。前者死后,帕里斯欲剥取前者的盔甲,大埃阿斯用巨石击碎了帕里斯的战盔,使他受伤倒地

续 表

主体	客体	原因	结果
（Scyros，Lycomedes，Colonae，Cycnus，Lycaon，Priam，Laothe，Imbros，Eetion，Memnon，Eos，Priam，Tithonus，Nestor，Antilochus，Troilus，the Scaean Gates，Thymbrean Apollo，Patroclus）			
墨涅拉俄斯	特洛伊人	后者中的帕里斯拐走了前者的妻子海伦	战争进行到了非常疲惫的程度，前者与帕里斯二人欲通过单独决斗的方式来解决他们之间的问题，即若帕里斯战败，就把他劫走的前者的妻子海伦和财产送还给前者；如果前者战败，希腊军队就立刻撤走。前者在决斗中把帕里斯打得大败，但阿佛洛狄忒从战场上救走了帕里斯。他们这种解决问题的方式有悖于宙斯的整体安排，于是宙斯派雅典娜到军队中破坏了双方决斗前的约定。潘达洛斯是普里阿摩吕喀亚盟军的领袖，他的箭术为阿波罗本人所教。雅典娜扮成特洛伊人拉俄多科斯，她鼓动潘达洛斯向前者射了一箭，和约被破坏，战争再行继续。潘达洛斯被狄俄墨得斯所杀。前者在战争中杀死了斯卡曼德里俄斯（特洛伊人，斯特洛菲俄斯的儿子）、皮珊得洛斯、许珀瑞诺耳、多罗普斯、托阿斯、欧福耳玻斯、波得斯和得伊福玻斯。波得斯是赫克托耳的亲密朋友，他是在抢夺帕特洛克罗

续　表

主体	客体	原因	结果
			斯的尸体时被前者杀死的。帕里斯死后,前者肢解了他的尸体。得伊福玻斯是普里阿摩的儿子,帕里斯死后他娶了海伦。特洛伊陷落后,海伦把他交给前者,前者将他杀死并且糟蹋他的尸体。前者是藏在木马中的战士之一。因为前者是宙斯的女婿,所以死后被带到了福地。还有一种说法是前者与海伦到陶立斯去搜寻俄瑞斯忒斯,结果双双被伊菲革尼亚在阿耳忒弥斯的祭坛上献了祭

(Pandarus，Lycia，Laodocus，Scamandrius，Strophius，Pisandrus，Hyperenor，Dolops，Thoas，Euphorbus，Podes，Deiphobus，the Elysian fields)

主体	客体	原因	结果
阿伽门农	特洛伊人	前者是远征特洛伊的希腊部落联盟的统帅	前者遣使到特洛伊城时,安提玛科斯曾接受帕里斯的贿赂而劝阻别人交出海伦,前者在战争中杀死了安提玛科斯的两个儿子,根本不管他们许给的重额赎金,他又砍掉他们的武器,再砍去了其中一个人的头颅,使其躯干像石鼓一样滚过战场。墨涅拉俄斯则比较心软,他更容易被感动,他刚想放了求饶者阿德瑞斯托斯,前者却赶

续　表

主体	客体	原因	结果
			了过来,指责他这是在犯错,墨涅拉俄斯把求饶者推开,前者上去杀死了他。伊菲达玛斯被前者杀死了,他哥哥科翁伤到了前者的手臂,前者又杀死了科翁,他死在了弟弟的尸体上面,前者然后退出了战斗。当初是宙斯派梦精灵俄涅伊洛斯去欺骗了前者,所以他才盲目乐观地以为神祇是在帮助希腊人,于是贸然出战,结果使包括他自己在内的希腊将领纷纷受伤
(Iphidamas,Coon,Oneiros)			
俄底修斯	特洛伊人	为希腊复仇	前者带着十二只船组成的船队参加了特洛伊战争。他和狄俄墨得斯曾对特洛伊军营进行夜间偷袭,在这过程中除了杀死特洛伊一方所派的侦察员多隆外,还杀死了特洛伊的盟军——十二个特剌刻人及其首领瑞索斯,并抢夺走了马匹。瑞索斯是在战争第十年前来帮助普里阿摩的色雷斯英雄,他只参加了一天的战斗。但在这一天中他已给希腊军队造成了足够的恐慌,之后他就被前者和狄俄墨得斯杀掉了。一说神谕告知瑞索斯,如果他与他的马能喝

主体	客体	原因	结果
			到斯卡曼德耳河里的水，他就会战无不胜，并在暴风雨中占领希腊军营。为了防止这个神谕实现，赫拉和雅典娜赶紧建议前者和狄俄墨得斯连夜偷袭，趁瑞索斯和他的马还没有喝到那条河里的水之前杀掉了他。前者让安得莱蒙的儿子托阿斯用鞭子抽他，使他不可辨认，然后他穿上破衣服以一个被遗弃者的身份混进了特洛伊城。在城里他找到了已经改嫁给了得伊福玻斯的海伦，说服她背叛特洛伊城。他在战争中杀死了得莫库恩，凯拉涅，阿拉斯托耳，克洛纽斯，阿尔坎得耳，哈利俄斯，诺蒙，普律塔尼斯，皮第忒斯，莫利翁，希波达摩斯，许珀洛科斯，得伊俄皮忒斯，图恩，厄诺摩斯，刻耳西达玛斯，卡洛普斯和索科斯。尽管赫卡柏在早些时候曾饶过前者一次命，但在处死她的时候，他首先扔下了第一块石头

(Dolon, Rhesus, Andraemon, Thoas, Democoon, Caerane, Alastor, Chronius, Alcander, Halius, Noemon, Prytanis, Pidytes, Molion, Hippodamus, Hyperochus, Deiopites, Thoon, Ennomus, Chersidamas, Charops, Socus, Hecuba)

续　表

主体	客体	原因	结果
特洛伊人	希腊人	前者对后者的复仇进行抵御复仇	战争中,帕里斯杀死了墨涅斯透斯、欧刻诺耳(他的父亲波吕伊杜斯曾向他预言他有两种命运可以选择,或者病死家中,或者死在特洛伊战场上,他选择了后者,这与阿喀琉斯的选择类似)和得伊俄科斯。他伤了狄俄墨得斯、玛卡翁和欧律皮罗斯。阿波罗导引帕里斯射的箭射中阿喀琉斯;一说是阿波罗装成帕里斯的样子射死了阿喀琉斯。一说阿喀琉斯爱上了普里阿摩的女儿波吕克塞娜,为此他想背叛希腊军队,他甚至想在特洛伊一边作战。正是利用了这一点,特洛伊人把他引进了埋伏圈,帕里斯把他杀死了。这场埋伏发生在提姆布拉亚的阿波罗神庙里,帕里斯躲在阿波罗神像后面射死了阿喀琉斯。这就解释了赫克托耳的临终预言:阿喀琉斯将被帕里斯和阿波罗联合杀死。菲罗克忒忒斯射中了帕里斯的腹股沟。普洛泰西拉俄斯是希腊军中第一个登上特洛伊海岸的人,他被特洛伊人阿凯提斯杀死了。埃涅阿斯杀死了希腊军队中的普洛忒西拉俄斯;埃涅阿斯还在阿瑞斯的帮助下

主体	客体	原因	结果
			对希腊军队给予了重创。墨涅拉俄斯杀死了特洛伊人欧福耳玻斯的兄弟许珀瑞诺耳，欧福耳玻斯向墨涅拉俄斯投枪，未能刺中，自己却被墨涅拉俄斯举枪刺中喉咙，即刻死去。忒拜人首领勒伊托斯杀了特洛伊人菲拉科斯，他自己被赫克托耳所伤。阿喀琉斯用枪刺中了赫克托耳幼小的弟弟，使之在地上挣扎，赫克托耳为弟弟反复仇。但由于雅典娜的介入，他投矛无法中的；同时由于阿波罗在帮助赫克托耳，阿喀琉斯的反击也未能伤及他。帕特洛克罗斯死后，阿喀琉斯穿着赫淮斯托斯为他重新打造的盔甲拿着盾牌终于再度出战了。赫克托耳一人留在城外想单枪匹马地保护特洛伊城，但他一看见阿喀琉斯就不禁在本能的驱使下逃跑了，阿喀琉斯绕城追赶着他，直到雅典娜变成赫克托耳的弟弟得伊福玻斯才引诱他停止了逃跑，他于是被阿喀琉斯杀死。特洛伊城最后被希腊军队使用木马计攻陷了，特洛伊人的悲惨命运直接归因于帕里斯惹下的祸害，而在整个神话系统中却是出于神的安排

续 表

主体	客体	原因	结果
（Menestheus，Euchenor，Polyidus，Deiocus，Eurypylus，Polyxena，Thymbraean Apollo，Leitus，Phylacus）			
替他人复仇：			
俄底修斯	菲罗墨利得斯	后者是勒斯波斯首领，他强迫来到他的岛上的过路人与他角力，然后把失败的对手杀死	希腊军队前往特洛伊途经勒斯波斯时，前者杀死了后者（一说前者与狄俄墨得斯一起杀死了后者）
（Philomelides，Lesbos）			
其他希腊人	特洛伊人	帮助墨涅拉俄斯复仇	涅斯托耳在儿子安提罗科斯和特拉绪墨得斯的陪伴下，带着九条船组成的船队参加了对特洛伊的战争，他在这场战争中发挥着希腊军队智囊的重要作用。普洛忒西拉俄斯是这次远征中第一个跳上亚洲海岸的希腊人，他也第一个被赫克托耳杀死。透刻耳是忒拉蒙与赫西俄涅（拉俄墨冬的女儿，普里阿摩的姐姐）生的儿子，他是希腊军队中的最佳射手，在战争中他接连射死了俄耳西罗科斯、俄耳墨诺斯、俄菲勒斯忒斯、达伊托耳、克洛弥俄斯、吕科丰忒斯、阿莫帕翁、墨兰尼波斯、戈耳吉提翁、阿耳喀普托勒摩斯、伊姆布里俄斯、普洛托翁、珀里菲托斯和克利托斯，他还射伤了格劳科斯，他自己也为赫克托耳所伤，但被他的同父异母兄弟大埃阿斯救

主体	客体	原因	结果
			了。他后来也藏在木马里，战后他去了西班牙，在那里他建立了未来的伽泰基。斯刻狄俄斯是海伦的求婚者之一，他与弟弟厄庇斯特洛菲俄斯（他们都是伊菲托斯和希波吕忒的儿子）带领一支福喀斯的队伍参加了对特洛伊的战争，他被赫克托耳杀死，骨灰被带回了福喀斯的安提库拉。皮莱墨涅斯与儿子哈耳帕利翁是帕福拉戈尼亚人，他们是特洛伊人的同盟，哈耳帕利翁被墨里俄涅斯杀死了，皮莱墨涅斯也被墨涅拉俄斯或阿喀琉斯杀死了。皮莱克墨斯是前来帮助普里阿摩的派俄尼亚分遣队的首领之一，他杀死了帕特洛克罗斯的侍从欧洛多洛斯，他自己则被帕特洛克罗斯或狄俄墨得斯杀死，埋在了特洛伊。普律利斯是来自勒斯波斯的一位预言家，他是赫耳墨斯与仙女伊萨生的儿子。他被帕拉墨得斯的礼物所说服，向阿伽门农透露了只有用木马才能攻下特洛伊城。在雅典娜的帮助下，希腊军队终于造成了木马。希腊人留下了西农，之后他们佯装撤退，乘船离开了，他们躲在忒涅

续　表

主体	客体	原因	结果
			多斯岛后秘密地等待。西农是俄底修斯的表兄弟,他谎称自己是帕拉墨得斯的亲戚,自己也遭到了俄底修斯的陷害,他在被作为牺牲献给众神之前逃出来了。他说那木马是献给帕拉斯·雅典娜的。特洛伊人相信了他的谎话,把木马拖进了城里,深夜,西农打开了木马门,放出了里面的希腊将领,大批沉睡的毫无防备的特洛伊人遭到了屠杀;同时西农在城的最高处点火,向海上的军队发了信号,船队返回,大军攻进特洛伊城。据斯密耳纳的俄印托斯说,西农被带到普里阿摩面前好长时间不说话,直到被割掉了耳鼻,他才说出了自编的一套谎话。所以他成了为了集体的利益而甘愿牺牲自我的古典英雄的楷模。而在这种说法之前,维吉尔曾把西农写成了叛徒。厄喀翁是第一个从木马中跳出的希腊英雄,但他一出木马就摔倒了,结果被特洛伊人杀掉

续　表

主体	客体	原因	结果
(Nestor，Antilochus，Thrasymedes，Protesilaus，Asia，Carthagena，Teucer，Hesione，Orsilochus，Ormenus，Ophelestes，Daitor，Chromius，Lycophontes，Amopaon，Melanippus，Gorgythion，Archeptolemus，Imbrius，Prothoon，Periphetus，Clitus，Glaucus，Ajax，Spain，Schedius，Epistrophius，Iphitus，Hippolyte，Pylaemenes，Harpalion，Paphlagonians，Meriones，Pyraechmes，Paeonian，Eurodorus，Patroclus，Prylis，Lesbos，Sinon，Tenedos，Pallas Athena，Smyrna，Ouintus，Echion)			
涅俄普托勒摩斯和菲罗克忒忒斯	特洛伊人	阿喀琉斯死后，一说是海伦诺斯（普里阿摩的儿子，因在帕里斯死后未能娶到海伦而赌气离开了特洛伊城），一说是卡尔卡斯做出预言，没有涅俄普托勒摩斯（或称皮洛斯，阿喀琉斯的儿子）和菲罗克忒忒斯（当初希腊军队前往特洛伊时，他被毒蛇咬伤，伤口恶臭难闻，所以在俄底修斯的建议下被中途遗弃）的参战就无法攻下特洛伊城，于是希腊军队就设法前去寻找这二人。希腊军队派由俄底修斯、福尼克斯和狄俄墨得斯组成的使团到斯库洛斯去寻找涅俄普托勒摩斯，他外祖父吕科墨得斯反对他去参加战争，但他忠实于父亲阿喀琉斯的传统，所以就跟随使团回来了。途中经过楞诺斯岛（一说是在克律萨附近的一个小岛）时，涅俄普托勒摩斯在俄底修斯和福尼克斯的帮助下说服了菲罗克忒忒斯一同前往特洛伊。据索福克勒斯说，是俄底修斯与涅俄普托勒摩斯二人前往楞诺斯岛的；而据欧里匹得斯说，是俄底修斯与狄俄墨得斯二人前往的，还有的说是俄底修斯一人前往的。不管哪种说法，在使菲罗克忒忒斯前往特洛伊这件事上，俄底修斯总是使用了诈术	涅俄普托勒摩斯1的参战属于为父亲阿喀琉斯的死向特洛伊人及其盟军进行再复仇的层次。他先是杀死了忒勒福斯的儿子欧律皮罗斯。之后，涅俄普托勒摩斯1也藏在木马里进入特洛伊城。在最后的战斗中他杀死厄拉索斯和阿斯提诺斯，他还在普里阿摩的面前杀死了普里阿摩与赫卡柏的儿子波利忒斯，之后他抓住了普里阿摩的头发，把他从神坛上拉出割断了喉咙（一说他把普里阿摩拖到了城外阿喀琉斯的墓地，在那里杀死了他），也是他把赫克托耳的儿子阿斯提阿纳克斯从塔顶抛下摔死了（而据后世悲剧家的演绎，说他把这个孩子和母亲安德洛玛克一起带回了希腊）。为了纪念父亲的荣誉，他把普里阿摩的女儿波吕克塞娜在阿喀琉斯的坟墓上献了祭，帕里斯被菲罗克忒忒斯当作这场战争的祸根用毒箭射中，他最终死于毒发

续　表

主体	客体	原因	结果
（Helenus，Calchas，Neoptolemus or Pyrrhus，Phoenix，Lycomedes，Scyros，Chrysa，Sophocles，Elasus，Astynous，Polites）			
俄底修斯	女巫喀耳刻	前者的同伴曾到过后者的岛上，但除了前者的一个亲戚外其他人立刻都被后者变成了猪。前者的这个亲戚回到船上把他在远处偷窥到的情景告诉了前者，前者决定为同伴复仇	赫耳墨斯给了前者一种魔药，这样后者对他便无计可施。后者又对他表示了爱意，并把他的同伴变回了原来的人形，前者也就停止了向她复仇。前者在离开后者岛上之前，还曾在后者的指引下下到地狱去向提瑞西阿斯的鬼魂寻问过他将来归途中所要发生的事情，这对前者来说特别重要
（Circe）			
喀孔涅斯人	俄底修斯及其同伴	后者在特洛伊战争结束后返乡途中大肆掠夺了前者所在的地方，杀死了那里的许多居民	前者因此为同胞进行了复仇，他们击败了后者，使他们每一只船牺牲了六个人
（Cicones）			
狄俄墨得斯	道诺斯	前者帮助后者击败敌人，后者却拒绝兑现许诺过的报酬	前者诅咒后者，使其土地只有由前者的同伴即埃托利亚人耕种才能结出果实。通过这种方式前者占领了后者的土地，但后来后者反戈相击，杀死了前者，其同伴被变成了鸟，这些鸟遇到希腊人就驯服，遇到其他人就极其凶猛
（Euthymus，Polites，Temesa）			
阿耳戈斯人	俄克吕摩诺斯	后者杀死了前者的一个亲戚	前者对后者进行追踪，忒勒玛科斯搭救了他。后者在后来俄底修斯向求婚者复仇时站在俄底修斯这一方

主体	客体	原因	结果
父亲西同	女儿帕勒涅	后者被前者用作两个求婚者得律阿斯和克勒伊托斯战车比赛的奖品,她爱着克勒伊托斯,她的老教师设计贿赂得律阿斯的御者拔掉主人战车车轮的销栓,这样得律阿斯就在车祸中丧生	前者发现后者参与了这场阴谋,他决定处死她。他为得律阿斯准备了一个大火葬堆,并说服女儿爬到上面去。可是神祇及时介入,阻止了这场谋杀。或是阿佛洛狄忒亲自出现对后者发出了警告,或是一场大雨使火葬堆无法点燃。当地居民认识到这是神的意愿,恳请后者原谅,于是后者与克勒伊托斯结了婚

(Sithon, Pallene, Dryas, Cleitus, Aphrodite)

第四章　爱情复仇主题

　　爱情复仇的起因往往是爱情遭到失败或遭受了挫折,从而引起了嫉妒或愤恨的情绪。希腊神话传说中的爱情复仇,从总体上说,其内容不如血亲复仇和荣誉复仇丰富,复仇的程度也往往不如血亲复仇和荣誉复仇那样惨烈,但因为存在着嫉妒的赫拉、壮美凶残的美狄亚和大规模的特洛伊战争的故事,这部分内容也可谓举足轻重。

第一节　女性复仇与男性复仇

　　因为在爱情关系中,女性往往处于被动状态,这就增加了她们受伤害的可能性,所以希腊神话传说中爱情复仇的主体以女性居多,她们要么是女神及仙女,要么是爱情失意的人间女子。

　　在女神的身上,虽然她们也处在被伤害的一方,但她们往往比人间女子更富有复仇的力量。涅里忒斯(Nerites)是海神涅柔斯与多里斯(Doris)生的儿子,他是一个很漂亮的年轻人,阿佛洛狄忒在海中的时候爱上了他,但当阿佛洛狄忒飞往俄林波斯山的时候,即使她给他安了一对翅膀,他还是拒绝跟着她,这使阿佛洛狄忒恼羞成怒。阿佛洛狄忒使他变成了贝,它贴在岩石上而不能移动,阿佛洛狄忒把翅膀给了厄洛斯,因为他愿意做她的同伴。① 看来为阿佛洛狄忒所爱并不是什么幸事,为她所爱就得服从她的安排,否则就会遭来仇恨。厄洛斯跟随阿佛洛狄忒也大受其苦,他的情人普赛克就曾饱受阿佛洛狄忒的折磨。人类被神祇爱上往往意味着灾难的临近,神祇的爱情是专横而残暴的,一不遂意,他们就会

---

　　① 　一说涅里忒斯为波赛冬所爱,他们四处行走,太阳神赫利俄斯嫉妒涅里忒斯能迅速地穿越波涛,就把他变成了贝,这当属于荣誉复仇,这是在众神之中时有发生的事,但实在是难登大雅之堂。

大发雷霆。

　　处于被动地位的女性其行为往往具有无奈的性质。伊达山上的仙女俄诺涅（Oenone）是河神刻伯伦（Cebren）的女儿，帕里斯与她生下了儿子科律托斯（Corythus），之后为了海伦他曾抛弃俄诺涅。俄诺涅知道未来会发生的事，她努力劝阻帕里斯，但他不听她的话，她只好告诉他将来受伤的时候回来找她，因为只有她能治愈他，因为以她的童贞为代价，阿波罗曾给了她通晓草药的才能。几年之后，帕里斯为菲罗克忒忒斯（Philoctetes）的箭所伤，在绝望之中他想起了俄诺涅，于是来到她这里，她却拒绝相救，帕里斯因此毒发而死，这是俄诺涅在自己力量所及的范围内对帕里斯进行的爱情复仇。然而帕里斯受到拒绝走了之后俄诺涅又后悔了，她带着解药去追赶帕里斯，希望他还活着。然而他已经死去，之后俄诺涅也殉情而死，一说是自缢，一说是投身到了帕里斯的火葬堆上。这是在万般无奈的情况下进行的向爱人复仇之后又向自身复仇的例子。

　　女性复仇不同于男性复仇之处，在于她们往往不能直接实现目的，而是常常采取一些间接手段，或者假他人之手，或者通过某一中介物，在力不如人的情况下多是通过计谋来达到复仇的目的，这可名之为曲折复仇。

　　希腊传说中作为爱情复仇主体的女性往往是刚烈多情的，人间妻子向负心丈夫复仇的要首推美狄亚的故事。为了与伊阿宋结合，美狄亚得罪了父亲埃厄忒斯，又亲手杀了弟弟阿普绪尔托斯（一说是她设计使伊阿宋杀死了阿普绪尔托斯），她可谓是付出了巨大的代价。之后她又替伊阿宋向珀利阿斯（Pelias，他杀死了伊阿宋的父亲埃宋，又逼死了伊阿宋的母亲阿尔喀墨得〔Alcimede〕或波吕墨得〔Polymede〕）复了仇，之后他们因此被逐出了伊俄尔科斯（Iolcos），他们来到了科林斯。过了十年，伊阿宋开始喜新厌旧，欲抛弃美狄亚而娶科林斯首领克瑞翁（一说他是科任托斯〔Corintus〕首领）的女儿格劳刻（Glauce，一说叫克柔萨〔Creusa〕）为妻。美狄亚以一件毒袍和同样有毒的首饰杀死了克瑞翁父女（一说她放火烧了宫殿，从而把父女俩一起烧死了），她又在赫拉的神庙里亲手杀死了自己与伊阿宋生的儿子们，①之后驾着太阳神赫利俄斯(美狄亚的祖父)给她的龙车逃到雅典，当地首领埃勾斯收留了她(一说娶她做了妻子)。克瑞翁的儿子希波忒斯 2 为父亲和姐姐进行血亲复仇，把美狄亚告上了雅典法庭，但美狄亚被宣告无罪。美狄亚后又企图谋害埃勾斯的儿子忒修斯而终遭驱逐。美狄亚是一个来自蛮邦的性格暴烈的女子，但即使是她，也不得不主要借用巫术等手段以衣袍为中介物来实现复仇的目的，这是女性复仇所特有的迂回曲折的方式。奥维德认识到了进行爱情复仇女性的凶狠程度："那当被猎人放出猎犬去追的时候的狂怒的野猪，那正在哺乳给小狮子吃的牝狮，那旅人不小心踏着的蝮蛇，都没有(这些)女子那样地可怕。她的狂怒活画在她的脸上：铁器，火，在她一切都是好的；她忘记了一切的节制，……丈夫的罪恶，结发夫妻的背誓，一个生在法西斯(Phasis)河畔的野蛮的妻子(指美狄亚)在她自己儿子身上报复了。……那最适当的配偶，最坚固的关系便是这样断裂的：一个聪明的男子不应当去煽起这种妒忌的暴怒。"②关于美狄亚爱情复仇的悲剧意义奥维德也有所认识："谁不曾将眼泪洒……在那染着血的杀了自己的孩子的母亲身上？"③对这个凶狠的女子我们之所以还会给予深彻的同情，就是因为她的罪恶是在处于弱势之时不得已而做出的举动。

女性爱情复仇中继母追求继子失败后向继子进行爱情复仇的例子也很醒目。如继母菲罗诺墨(Philonome)向继子泰涅斯所做的复仇。菲罗诺墨爱上了泰涅斯，泰涅斯没有反应，菲罗诺墨就向丈夫即泰涅斯的父亲库克诺斯 1 诬告泰涅斯曾要对她非礼，吹笛手欧摩尔波斯(Eumolpus)为她作证。库克诺斯 1 把泰涅斯及其妹妹赫米忒亚(Hemithea)装进箱子里任他们顺海漂流，他们安全地到了琉科福律斯(Leucophrys)岛。而库克诺斯 1 认识到自己受骗了之后，就把欧摩尔波斯用石头打死，并活埋了菲罗诺墨，他又去与儿子和好，但被拒绝(一说他与儿子和好了，之后住在由琉科福律

---

① 据悲剧家们说他们有两个儿子，即斐瑞斯(Pheres)和墨耳墨洛斯(Mermerus)；据狄俄多洛斯说是三个，忒萨罗斯(Thessalus)，阿尔喀墨涅斯(Alcimenes)和提珊得洛斯(Tisandrus)；而据较早的赫西俄德说，美狄亚是被迫"屈从于伊阿宋，嫁给了他，和他生了一个儿子墨多斯(Medeus)，菲吕拉之子喀戎在山中养大了他"(赫西俄德《工作与时日·神谱》，第 56 页)，别人则说他们只有一个女儿厄里俄皮斯(Eriopis)。较早的说法是他们的儿子是被科林斯人用石头砸死的，因为是这些孩子把衣服和首饰送给克柔萨的。欧里匹得斯第一个说他们是被母亲杀死的。一说墨耳墨洛斯是在父亲伊阿宋杀死珀利阿斯之后跟随父亲一起被流放到了科耳库拉(Corcyra)，但在厄庇洛斯(Epirus)狩猎时被一头母狮咬死。

② 奥维德：《爱经》，戴望舒译，第 57 页。

③ 同上，第 18 页。

斯而改名的泰涅多斯，后来为阿喀琉斯所杀）。这桩复仇中，虽然菲罗诺墨是主动追求者，但她爱情成功与否的主动权是掌握在继子泰涅斯手里的，所以菲罗诺墨的行为有着很大程度的被动性，她虽以计谋向泰涅斯复了仇，最后她还是无法逃脱被悲惨地活埋，这进一步显露出了地位卑微的女性即使能进行某种程度的复仇，但其行动还是存在着很大的局限的。这种继母爱上了继子未能如愿以偿便向继子复仇的事例在希腊传说中共有十几处之多。奥维德就曾举希波吕托斯（Hippolytus，忒修斯的儿子）受淮德拉勾引并陷害的例子说明"妇人中无羁的热情的放荡"比男人"还热烈，还奔放"①。

这种为世俗所不容的爱情遭到失败之后所引发的复仇也可能发生在婶婶与侄子之间。如传说中得墨狄刻（Demodice）爱上了佛里克索斯（Phrixus），但佛里克索斯毫无反应。得墨狄刻向丈夫克瑞透斯（Cretheus）诬告佛里克索斯要强暴她，克瑞透斯说服弟兄阿塔玛斯（即佛里克索斯的父亲）要把佛里克索斯处死，但佛里克索斯的母亲涅斐勒（Nephele）送给佛里克索斯一只金羊，他骑在它的背上飞走了。② 这是一个女性进行曲折的爱情复仇没有成功的例子。

传说中也有女主人向自己所爱的客人复仇的故事。如克勒俄波亚（Cleoboea，有人把她称作菲莱克墨〔Phiraechme〕）是弥勒托斯（Miletus）首领福比乌斯（Phobius）的妻子，安透斯（Antheus）是他们的客人，克勒俄波亚爱上了安透斯，安透斯不从。于是克勒俄波亚将一金杯扔进了深井里，让安透斯下去取，待安透斯下到井底时，克勒俄波亚扔下了一块巨大的石头把他砸死，之后克勒俄波亚在痛苦中自缢身亡。若在现代或拉辛的时代，克勒俄波亚一定会被当作道德败坏的恶劣典型；但在古代希腊，勇敢地追求爱情正是奔放热情的自由显现，而这种热情一旦遇到阻碍无法实现，追求者便会感到自己受到极大的侮辱，于是，情绪由爱情的极端转向憎恨的极端，残酷的复仇发生了。复仇者所依据的原则之一是自己得不到的美好东西就去将其毁灭。

在传说中也有女性因反对乱伦式的爱情而进行复仇的故事，如来自埃

———

① 奥维德：《爱经》，戴望舒译，第19页。
② 一说是佛里克索斯的继母伊诺要除掉继子即佛里克索斯及其妹妹赫勒（Hele），他们被从祭坛上救出，妹妹赫勒中途从金羊身上掉进海里淹死，之后此海就被命名为赫勒海。

及的达那俄斯(Danaus)的五十个女儿达那伊得斯(Danaides)①向五十个堂兄弟所做的复仇。这五十个男子因为觊觎达那俄斯的财产而欲强行与五十个堂姊妹结成乱伦式的婚姻,结果达那俄斯带领女儿们从埃及逃到了阿耳戈斯,最后在绝望的情况下这些女子假装允婚,而在新婚之夜她们纷纷杀死了自己的新郎,只有一个女子放走了自己的新郎。这杀死新郎的四十九位女子被罚在地狱中反复徒劳地用竹篮在河中取水。摩尔根说,"关于达瑙斯(即达那俄斯)的女儿们的传说故事从远古流传下来,它的重要意义就在于那禁止这种婚姻的习俗力量。这个传说及其情节的转折点就在于她们对法律和习俗所禁止的求婚怀着由来已久的反感。"②默雷曾就这个问题发表过相反的意见:"达那厄特兹(即达那伊得斯)对追求者感到的恐惧,无法说明这是出于害怕乱伦的原因。在希腊和罗马,堂兄弟姊妹之间通婚司空见惯。"③我们考虑到这则传说的埃及来源,也许可以用地区性文化差异来为乱伦的说法辩护,舍弃这种说法,便剩下那五十个堂兄弟要借婚姻吞占堂姊妹们财产的普遍说法了。而默雷所引的埃斯库罗斯悲剧《乞援人》(*The Suppliants*)中的内容也与他上述的观点自相矛盾:"她们的逃亡证明了在那个时期嫡亲堂兄弟姐妹结婚被认为是乱伦的。……达那(俄)斯宁愿一死了之,而不愿搞乱伦,命他的女儿在洞房花烛的夜里将丈夫刺死,女儿都遵照父亲的命令行事,只有许珀麦斯特拉(Hypermestra or Hypermnestra,她私下放走了丈夫林叩斯,因为他当夜没有破坏她的童贞,后来他们生子阿巴斯〔Abas〕,林叩斯为弟兄们进行反复仇,杀死了达那俄斯)因违父命,以不孝罪问审,结果阿佛洛狄忒帮助她无罪获释。"④

有的女性是因为其不可告人的爱情秘密被揭穿从而导致了复仇。如妻子欧俄皮斯(Euopis)对丈夫狄莫厄忒斯(Dimoetes)所进行的复仇。欧俄皮斯是狄莫厄忒斯的侄女,又是妻子,但她爱自己的哥哥,狄莫厄忒斯发现后就告诉了欧俄皮斯的父亲特洛曾(Troezen)。欧俄皮斯恐惧与羞愧交加,她对狄莫厄忒斯发出了各种各样的诅咒之后自缢而亡。不久,狄莫厄忒斯在岸边发现了一具被波浪冲上来的漂亮女尸,他强烈地爱上了它,他和它躺在了一起,但它很快就腐烂了,他为它建造了一处庄严的墓地,他难

---

① 另据赫丽生说:"达那伊得斯姊妹……是水泉神女,同时还是古老的造雨仪式的化身,她们抬水的目的是为了造雨。她们的劳动也是无休止的、周期性的。她们是大自然永恒的秩序(狄刻)的一部分。"见《古希腊宗教的社会起源》,第526页。
② 摩尔根:《古代社会》,杨东莼、马雍、马巨译,第352页。
③ 吉尔伯特·默雷:《古希腊文学史》,孙席珍、蒋炳贤、郭智石译,序言第22页。
④ 同上,第230—231页。

以克制失去它的悲伤,遂在墓上拔剑自刎。这应该归入被文明所禁止的血亲间的变态爱情所导致的复仇。欧俄皮斯之所以会感到羞愧难当,就是因为在她的时代兄妹之间的爱情已不再能为社会所认可。她无力直接向丈夫复仇,便只得通过临死前的诅咒来实现复仇,这在传说中是可能实现的一种复仇方式,若在现实生活中,这种复仇就会变得非常苍白无力。

除了女性的爱情复仇外,传说中男性的爱情复仇也很有特征。为报夺妻之恨而进行了大规模复仇的当推墨涅拉俄斯所发动的特洛伊战争,这一点我们将在下文详细探讨。与此类似的还有因爱人的不忠实而引起的复仇。如一位科林斯暴虐首领对拉狄涅亚(Rhadinea)所进行的复仇。拉狄涅亚被许配给了一位科林斯首领,但她却爱着一个年轻的同乡勒翁提科斯(Leontichus),当拉狄涅亚从海路前往科林斯成婚的时候,勒翁提科斯从陆路跟随着她。科林斯首领杀死了拉狄涅亚和勒翁提科斯,把他们的尸体用一辆战车送回,然后又对自己的残忍感到后悔,他专门划出一块地方把他们合葬在一起。到斯特拉伯(Strabo)时代,不能如意的恋爱男女还都到这里来祈求幸福。看来,嫉妒绝不只是女性的特权,男性因为富有力量,其嫉妒的表现方式便更直接而残暴。

正是因为男性也会嫉妒,这种爱情复仇也可能发生在父子之间。如父亲帕里斯对儿子科律托斯所做的复仇。科律托斯是帕里斯与俄诺涅所生,他长得比帕里斯更美,海伦与他之间发生了爱情关系,帕里斯杀死了他。

男性神与凡人一样,也会因嫉妒而进行爱情复仇。琉喀波斯2爱上了达佛涅(Daphne),便男扮女装加入了她的女伴行列,她喜欢上了他,与他形影不离。阿波罗十分嫉妒,便鼓动达佛涅和她的同伴们去山泉里洗澡,看见琉喀波斯2扭扭捏捏,同伴们便强迫他脱下衣服,于是发现了真相,遂纷纷拿着标枪扑向他,但神祇们使他消失了(一说她们杀了他),阿波罗冲上前来抓达佛涅,她跑开了。最后无奈,她请求宙斯(一说她请求父亲珀纽斯,Peneus)把她变成了月桂树。阿波罗为了一己嫉妒,不择手段,他在这里的行为没有半点光明磊落可言,简直与行为卑鄙的凡人无异。一对很相配的人间伴侣就这样被他泛滥的情欲给毁灭了,这样的神祇不由得不遭人忌恨。无奈,在神话传说中,当凡人与神同时爱上一位人间女子时,神往往认为自己有优先的特权,假如神的目的不能按他们所希望的那样达到,凡人就会遭遇到被毁灭的命运,我们从这里面可以看到神所具有的破坏人类幸福的专横跋扈的邪恶之处。

男性神更是无法容忍其人间情人对自己的背叛。伊斯库斯(Ischys)是阿波罗情人科洛尼斯(Coronis)的情人(一说伊斯库斯娶了已经怀有阿波罗孩子的科洛尼斯），阿波罗将伊斯库斯与科洛尼斯一起杀死，当科洛尼斯躺上了火葬堆就要被火化的时候，阿波罗从她的腹中掏出了自己与科洛尼斯的儿子阿斯克勒庇俄斯。神可以任意抢夺人类的妻子，却不允许自己的人间情人有比自己更切实际的人类伴侣，这显得既自私又霸道，所以人类为神所爱往往会是一件十分不幸而悲惨的事，他们即使不被毁灭，也要遭到难以忍受的重大折磨。

　　然而心胸狭隘的男性神却容忍不了人间女子嫉妒之情的存在。阿格劳洛斯嫉妒姊妹赫耳塞为赫耳墨斯所爱，于是被赫耳墨斯变成了石像。嫉妒之心对于神都是难以避免的，这里阿格劳洛斯却因嫉妒而被变成了石像，难道赫耳墨斯是要求人类比神还要圣洁吗？嫉妒本来就是人的天性，再说这里阿格劳洛斯的嫉妒证明她也很爱赫耳墨斯，赫耳墨斯可以不回报她的爱情，但如此去毁灭爱他的人有点夸张得不近人情了。

　　在爱情复仇中，除了嫉妒复仇外，还有愤恨复仇的情况。如阿波罗向阿耳戈斯人（Argolid）所做的复仇。阿波罗与阿耳戈斯首领克洛托普斯（Crotopus）的女儿普萨玛忒（Psamathe）生了一子利诺斯 2，克洛托普斯知悉后活埋了自己女儿，又让他的狗吃掉了婴儿利诺斯 2。于是阿波罗派怪物玻俄涅（Poene）来吞食阿耳戈斯人的孩子们，一个叫科洛俄波斯（Coroebus）的青年杀死了这个怪物。但是另一种灾难又降临了，按照神谕，阿耳戈斯人放逐了克洛托普斯，又建立了对普萨玛忒和利诺斯 2 的崇拜。直至此时，阿波罗才完成了他的充分泄愤，阿耳戈斯人的灾难才告结束。这是阿波罗在为自己所失去的情人复仇，但我们可以看到，克洛托波斯之所以活埋女儿，是因为他觉得女儿未婚先孕破坏了传统的伦理道德，他对传统道德原则的维护虽然有些过分，却是无太多可非议之处的。上面的传说体现了神的行为与人类道德不相为谋的一面。[①]

　　有时，神祇遭到了其他神祇的爱情复仇，其羞怒之情无处发泄，便只好发泄到普通凡人身上，这是神祇邪恶品质另一角度的显露。阿瑞斯与阿佛

---

　　① 再如，阿波罗与卡珊德拉（有时被叫作亚历山德拉，Alexandra）相约，他先教她预言术，然后她接受他的追求，卡珊德拉在骗取了预言才能之后却没有履行承诺。阿波罗在卡珊德拉的口中唾了一下，从而使她的预言无法让人相信。预言术是每个凡人都理所当然地想拥有的技能，但阿波罗这里却提出了强人所难的苛刻条件，这使得卡珊德拉被迫使用诈术，但神又是绝对容忍不了自己被任何凡人欺骗的，于是阿波罗便复了仇。卡珊德拉最后成了阿伽门农的情人，她与阿伽门农一起被克吕泰涅斯特拉伙同情人杀死，这似乎更加重了她曾经欺骗过阿波罗所造成的恶业；然而假如我们的同情是在她这一边的话，我们就会看出阿波罗具有的把自己的意志强加在他人身上、达不到目的就会进行残忍复仇的那种邪恶品质。

洛狄忒偷情时让阿勒克特律翁（Alectryon）放哨，阿勒克特律翁竟然睡着了，结果太阳升上天空后赫利俄斯看到了阿瑞斯与阿佛洛狄忒的秘密，并将此事告诉了阿佛洛狄忒的丈夫赫淮斯托斯，①阿瑞斯与阿佛洛狄忒受到了赫淮斯托斯的羞辱，于是他们把阿勒克特律翁变成了一只公鸡。这则神话表明了阿瑞斯与阿佛洛狄忒之间的暧昧关系，他们的这种关系在神话中被经常提到，比如阿多尼斯之死，就被认为是阿瑞斯出于嫉妒所为；再者，这里的阿佛洛狄忒代表着泛滥的情欲和女性裸体之美，因为她与阿瑞斯双双被捉在网中，很多男性神都很羡慕阿瑞斯所处的位置，他们帮忙解救，后来都得到了阿佛洛狄忒的爱情回报，波赛冬和赫耳墨斯首当其冲；这也是一则展现赫淮斯托斯奇异发明的神话，那张捉奸的网很富有神幻色彩，他所进行的当属爱情复仇。据奥维德说，阿佛洛狄忒经常在阿瑞斯面前模仿赫淮斯托斯的跛脚来取乐，这就让我们看到了那位嫉妒丈夫的复仇是有着足够的理由的。阿瑞斯无法向赫淮斯托斯进行反复仇，便只好降罪于阿勒克特律翁。可见，神与神相争，只有力量微弱的人类受苦，这里面的唯一牺牲者就是阿勒克特律翁，他遭到了变形，这也是关于公鸡由来的溯源神话。

　　男性中同性恋者的复仇当属于爱情复仇中的一种边缘性现象，这类复仇不止一次地出现，其结果往往也很惨烈。如普罗玛科斯（Promachus）对琉科卡玛斯（Leucocamas）所做的复仇。他们是克里特克诺索斯（Cnossos）的两个青年，普罗玛科斯爱着漂亮的琉科卡玛斯，但是琉科卡玛斯对他十分残酷，并让他去做各种不易之事，普罗玛科斯努力去完成这各种事，但他赢得琉科卡玛斯的愿望却无法实现，最后琉科卡玛斯让他去获取一个头盔，这是一件特别难做到的事情。普罗玛科斯取回头盔后就在琉科卡玛斯的眼前把它给了另一个更富同情心的年轻人，这是对琉科卡玛斯所施行的复仇行为，琉科卡玛斯彻底被击败了，他用自己的剑自刺身亡，这在某种程度上是对普罗玛科斯的反复仇。

　　值得注意的是，希腊神话传说中的宙斯、波赛冬、阿波罗、西风仄费洛斯（Zephyrus）或北风玻瑞阿斯等神和拉伊俄斯、赫刺克勒斯、弥诺斯、萨耳珀冬 1、阿喀琉斯等英雄都有着同性恋的倾向。其现实社会原因，就是古希腊把男性之间的友谊视作人类的最高理想，于是男性之间长期厮守蔚然成风，他们不只在一起讨论一些有关社会集体的政事，而且还在一起进行歌

---

　　①　一说赫淮斯托斯的妻子是美惠三女神中年龄最小的阿格莱亚（Aglaia），也许这是偶婚制时代人类婚姻状况的反映，即赫淮斯托斯与阿佛洛狄忒无法继续维持婚姻之时，他便另娶了阿格莱亚。

唱、演奏等娱乐活动。"在这样的社会中,同性恋现象自然滋生了出来,只是还不存在我们现在所说的离弃现象。"①而在神话传说时代,人们只是把同性恋行为当作"小过失"而已。后来,欧里匹得斯虽在《克律西波斯》(*Chrysippus*)一剧中"谴责了成年男子与男孩子的不正常关系"②,他在另一部剧《圆目巨人》(*Cyclopes*)中却又对这种行为进行了容忍。

宙斯是众神之首,他的同性恋轶事在数量上也算是最多的。现且举他所追求的对象之一欧福里翁(*Euphorion*,一译欧福良,后来被歌德写进了《浮士德》〔*Faust*〕中)为例。欧福里翁是阿喀琉斯与海伦在福地结合后所生的儿子,俊美绝伦,为宙斯所喜爱,他却为了摆脱宙斯而出走,他被宙斯在墨罗斯岛(Melos)抓到后用雷电击毙,该岛的神女们埋葬了他,宙斯大怒,于是把她们变成了青蛙。这里就暴露了同性恋者宙斯赤裸裸的自私心理,而且在盛怒之下还使复仇扩大化了,连埋葬欧福里翁的神女们也被变成了青蛙。这与奉行"顺我者昌,逆我者亡"的人间暴君无异。这则复仇神话当属在较晚的时期产生的。

波赛冬则是因为自己的同性恋对象被他人杀死从而进行了复仇。提瑞西阿斯变成女人后生活在特洛曾的时候,波赛冬所爱的格吕菲俄斯(Glyphius)曾要强暴提瑞西阿斯,提瑞西阿斯为了证明自己比他更强壮就杀死了他。波赛冬为格吕菲俄斯复仇,他请求莫伊莱(Moirai 或 Moirae)又把提瑞西阿斯变成了男人,并取走了他的预言能力。这是波赛冬在为自己的同性恋情人格吕菲俄斯复仇,但因提瑞西阿斯是神定长寿的,无奈波赛冬的复仇只得变成了惩罚。

传说中弥诺斯的故事里既包含了女性复仇的成分,又有男性复仇的因素。女性复仇是指帕西淮爱上了波赛冬送给弥诺斯的神牛,她嫉妒那些得到了这个神牛爱情的牝牛们,于是就百般折磨它们,最后又把它们一个个地杀掉献祭。这当是爱情复仇的边缘性例子。男性复仇是指因为代达罗斯制作了木牝牛帮助帕西淮获得了神牛的爱情,产下了半牛半人的怪物,这带给了弥诺斯以莫大的侮辱,于是他向代达罗斯复了仇。代达罗斯在以羽翼逃跑过程中因其子伊卡洛斯(Icarus)从空中坠入海里淹死了,之后他又向追踪前来的弥诺斯进行了反复仇,趁弥诺斯洗澡之机,代达罗斯设置机关用沸水烫死了弥诺斯。

---

① M. I. Finley, *The Ancient Greeks*, p. 107.
② 吉尔伯特·默雷:《古希腊文学史》,孙席珍、蒋炳贤、郭智石译,第281页。

第二节　宙斯的爱情与赫拉的嫉妒复仇

赫拉因嫉妒而向女神和人间女子进行的爱情复仇在希腊神话传说中占据着一个特别醒目的位置。为了对赫拉这方面的复仇进行有效的探讨，我们有必要先来看一下宙斯与赫拉等众女神之间的婚姻关系。"如果说人类依次经历过蒙昧时代、野蛮时代、文明时代三个时代，那么血婚、伙婚等群婚制家庭是与蒙昧时代相适应的，而偶婚制家庭产生于蒙昧时代与野蛮时代交替的时期，一夫一妻制家庭则出现在野蛮时期的中级阶段和高级阶段的交替时期，它的产生是文明时代来到的标志之一。"①摩尔根也说："在专偶制家族之前还有更古老的家族形态，那些家族形态曾普遍流行于蒙昧阶段，并经历野蛮阶段初期而下达野蛮阶段中期。"②我们看到，宙斯与赫拉等众女神之间的婚姻关系体现了蒙昧时代、野蛮时代、文明时代各个阶段的特征。根据神话记载，宙斯的第一个妻子是墨提斯③，第二个妻子是忒弥斯（Themis）④，第三个妻子是狄俄涅（Dione）⑤，第四个妻子是欧律诺墨（Eurynome）⑥，第五个妻子是姆涅莫绪涅（Mnemosyne）⑦，第六个妻子是勒托⑧，赫拉是第七个妻子⑨，第八个妻子是得墨忒耳⑩。宙斯与众女神的婚姻中有着血婚制（同辈姐弟之间的婚姻，宙斯的妻子全部是他的姐姐或表姐、堂姐）、偶婚制（一个男子与一个女子过不稳定的婚姻生活。一个男子在许多妻子中有一个主妻，赫拉后来成了宙斯的主妻）和个体婚（确立了一夫一妻的婚姻关系，一个男子与一个女子相结合的比较牢固的婚姻家庭形

---

① 邓伟志、徐榕：《家庭社会学》，中国社会科学出版社 2001 年版，第 22 页。
② 摩尔根：《古代社会》，杨东莼、马雍、马巨译，第 381 页。
③ 宙斯把墨提斯吞入腹中，然后从他的头颅里诞生了雅典娜。
④ 忒弥斯与宙斯生下了三位霍莱（Horae，即时序女神欧诺弥亚〔Eunomia〕、狄刻〔Dike〕和厄瑞涅〔Eirene〕），三位莫伊莱（即命运女神克洛索〔Clotho〕、拉赫西斯〔Lachesis〕和阿特洛珀斯〔Atropos〕）和童贞女阿斯特莱亚〔Astraea〕）。
⑤ 宙斯与狄俄涅生下了阿佛洛狄忒，一说阿佛洛狄忒是乌拉诺斯被阉割的生殖器漂流海上时所生。
⑥ 欧律诺墨与宙斯生下了美惠三女神阿格莱亚、欧佛洛绪涅（Euphrosyne）和塔利亚（Thaleia）。
⑦ 姆涅莫绪涅与宙斯生下了九位缪斯。
⑧ 勒托是福柏（Phoebe）与科欧斯（Coeus）之女，她与宙斯生下了阿耳忒弥斯和阿波罗。
⑨ 赫拉与宙斯生下了青春女神赫柏（Hebe），生育女神埃利提亚（Eilithyia）和战神阿瑞斯。
⑩ 得墨忒耳与宙斯生下了珀耳塞福涅。

式,到了神话后期,宙斯只与赫拉之间存在婚姻关系了,摩尔根称这种婚姻形态为专偶制)等几方面的特征,也就是说,在宙斯与众女神的婚姻关系中,融合进了人类早期历史中相当长的一段时期各种婚姻形式的特征。至于宙斯与女儿珀耳塞福涅之间的乱伦关系,这是希腊神话中极其少有的早期异性关系的残存反映。而在希腊神话中,宙斯除此之外再未与其他女儿发生过类似的关系,他保持得更多的是文明大大进步了之后的一个尊严父亲的形象。传说中的许多父女乱伦的现象已经被认为是必须予以否定的,甚至神祇也对这样的父女进行了毁灭,这些都该是文明进步以后的事情了,这时已经非常明确地认为乱伦是严重地违背了道德原则的行为。

同时,宙斯与塞墨勒、阿尔克墨涅、达那厄、埃癸娜(Aegina)、普鲁托(Pluto)、伊俄、欧罗巴、卡利斯托(仙女)、尼俄柏 2、泰戈忒(Taygete)、勒达和拉米亚(Lamia)等人间女子或仙女之间都发生过爱情。我们看到,宙斯与这些人间女子之间并不存在婚姻关系,存在着的只是短暂的偷情而已。这些偷情故事构成了宙斯爱情神话的重要内容。

然而,这些人间女子的不幸可以说是宙斯一手造成的,我们从其中感觉到更多的是一场场残暴爱情的悲剧。后世不时有人会强调这些爱情故事的浪漫情调,这种强调往往会表现出一定的片面性:"宙斯的爱欲处处充满一种浪漫的情调。神学诗人们把宙斯的爱欲升华为抒情的诗篇。……宙斯与人间美女的爱欲故事都充满了戏剧性。"[①]"希腊神学诗人对宙斯这个至上神爱欲的强调,实际上表达了希腊人对生命的热爱,对性的崇拜,对生命力量的崇拜,对男女生殖和爱情的颂赞。古希腊神学诗人们以温柔浪漫的曲调赞颂这一切,更使爱欲问题具有神圣的意义。人因为爱欲创造着一切,热爱着一切,给生命带来了无限的欢歌。因而,积极意义上的爱欲被大力歌颂,恰好体现了希腊文化的健康思想和自由精神。从爱欲的角度渲染宙斯的浪漫多情,实际上也是对至上神王权的一种高度强调。"[②]

而我们从宙斯的爱情故事中看到更多的是愤怒的抗议,他的这些爱事给人间女子的亲人们造成了极大的痛苦。如河神阿索波斯(Asopus)诅咒宙斯拐走了他的女儿埃癸娜,并努力向宙斯复仇。宙斯用雷电打击阿索波斯,后来在阿索波斯河的河床中就产生了大量的煤。这里,在阿索波斯一方是复仇,在宙斯一方,则是非正义性反复仇的典型例子。宙斯与人间女子发生的诸多恋爱故事,最初是人们为了把早就传播在各地的零散的小神

---

① 李咏吟:《原初智慧形态》,第 115—116 页。
② 同上,第 118 页。

话组构在一起而依次创想出来的,这样,这些神话就通过宙斯这一中心轴线建构成了一个庞大的希腊神话系统。我们看到,正是因为爱情的连接,使得传说中的主要英雄都成了宙斯或其他神祇的直接或间接的后裔,俄狄浦斯、阿伽门农、阿喀琉斯和海伦等都是这样,这反映了古希腊人要为自己创造一位高贵祖先的企图。

然而宙斯的一晌贪欢,每每会给人间造成父亲痛失女儿的悲剧。阿革诺耳3并没有说错,宙斯就是屡屡在扮演着一个会幻化的魔物的角色。但即便如此,神的诸多缺点是决不允许凡人去暴露和指责的。宙斯这种行为不管如何不正义,假如有谁胆敢抗议的话,就会使宙斯恼羞成怒,他对抗议者的复仇往往以毁灭对方而告结束。这与人间的暴虐统治者的强权行为并无二致,生为不幸的人类便也只有哀叹自己不幸的份了。尽管如此,向神祇的强权发出挑战的仍不乏其人。伊那科斯(Inachus)是阿耳戈斯的首领,伊俄的父亲,宙斯引诱了伊俄后,伊那科斯感到极大的痛苦,他愤怒地去追逐宙斯,要求宙斯放下伊俄。宙斯认为这严重地损害了他的尊严,便让命运女神(一说是复仇女神)提西福涅去折磨伊那科斯,伊那科斯在无法忍受的情况下投进了哈利亚克蒙(Haliacmon)河,之后这条河就以伊那科斯的名字命名,他成了这条河的河神;一说宙斯用雷电打击他,造成了河床枯干。①

宙斯在这些爱情故事中都不可改变地是一个强行掠夺者的形象,这也许是人类社会早期抢婚风俗在神话中的变相反映。关于抢婚风俗摩尔根曾说,早期人类“在寻求妻子的时候,他们并不限于在自己的部落,甚至不限于在友好的部落中寻求,而是可以通过武力从敌对的部落中俘获妇女为妻”②。这也是攻击时杀死敌人中的男性而保留其女性的重要原因。从哈得斯的神话中我们也可以见到这种抢夺新娘风俗的痕迹。绪拉克斯(Syra-cuse)的仙女库阿涅(Cyane)曾企图阻止哈得斯拐走珀耳塞福涅,哈得斯一气之下把库阿涅变成了一湾像海一样深蓝色的池水。这是一个盛行抢婚

---

① 一说伊那科斯的女儿是密刻奈;一说伊俄的父亲是伊阿索斯(Iasus)或是皮伦(Piren),而据希罗多德说,伊俄的父亲确实是阿耳戈斯首领伊那科斯,只不过她不是被宙斯抢走的,而是被一些腓尼基人(Phoenicinas)捉到船上,之后带到埃及去了;腓尼基人自己则说他们在带走伊俄时并未使用过任何强暴手段,而是伊俄与他们的一个船长私通,之后有了身孕,又羞于把这事告诉自己的父母并害怕被他们发觉,便在腓尼基人离开的时候心甘情愿地随着他们一同乘船去了埃及。为了复仇,希腊人到腓尼基的推罗(Tyre),劫走了那里国王的女儿欧罗巴;作为恶性循环复仇的结果,帕里斯又从希腊劫走了海伦。

② 摩尔根:《古代社会》,杨东莼、马雍、马巨译,第463页。

风俗的时代的侧面反映,在那个时代,抢夺新娘是被许可的,为了抢夺成功,抢夺者不得不消除一切阻碍力量,库阿涅就是这种抢夺中的必然牺牲品。而从珀耳塞福涅本是哈得斯的侄女这种关系我们基本上可以推知,这则神话产生的社会背景应是母系社会,此时哈得斯与侄女按世系应属可以通婚之列。

宙斯的爱情故事也可能是对希腊买卖婚姻习俗的反映。在这种习俗盛行时期,"妻子都是出钱去买来的,有一个漂亮的女儿,犹如获得一头'母牛'那样宝贵,因为求婚者必须付出一笔代价,才能把她娶来"①。而若有女儿,却被宙斯空手抢走了,这无疑会给生养这个女儿的家庭带来一笔不小的损失。于是在传说中,这些女儿的父亲在宙斯面前除了悲愤以外,往往还有不顾死活的直面对抗。

宙斯爱情自由的权威受到挑战的还有西绪福斯(Sisyphus)②的例子,其中充分暴露了勇敢人类对神祇的蔑视和神祇面对智慧人类时的无能为力。西绪福斯是凡人中最狡猾至少是最细心的人,他对包括宙斯在内的神祇们犯下了很多欺诈行为,最主要的是他为了城中得到一股清泉便向河神阿索波斯透露了宙斯拐走埃癸娜的秘密。宙斯立刻用雷电打击西绪福斯,并把他扔进地狱(the Underworld),让他在那里永远滚着巨大的石头上山,每次要到达山顶时,石头就又滑落下来,他还要重新开始;在《奥德赛》中,说是哈得斯先派了死亡精灵塔那托斯(the spirit of Death Thanatos)前来索西绪福斯的命,但是西绪福斯却趁塔那托斯不备把他用锁链绑了起来(一说他让塔那托斯试戴手铐,结果把塔那托斯铐了起来),以至于有一段时间没有人死亡。宙斯不得不介入,强迫西绪福斯放了塔那托斯(一说是阿瑞斯释放的他),好让他继续执行索命的任务。之后第一个牺牲品自然是西绪福斯,但他并没有顺从地接受命运。他告诉妻子墨洛珀(Merope)不要埋葬他的尸体,到了地狱之后,他向珀耳塞福涅抱怨他妻子的不敬,没有对他进行安葬,于是他得到了珀耳塞福涅的允许重返人间去料理后事。可是一旦回到了阳间,他就再不愿回到地狱了,一直活到很老的年龄才又死去(一说他很快被赫耳墨斯捉回了地狱)。但是他死了之后下界的神祇又担心他会逃跑,于是让他不停地推着石头,这样他就不会有空余的时间,也

---

① 吉尔伯特·默雷:《古希腊文学史》,孙席珍、蒋炳贤、郭智石译,第34页。
② 赫丽生说:"西绪福斯是古老的提坦神,事实上他就是太阳神。他的劳动(无休止地把巨石推上山)并不是对他的惩罚,那是狄刻的轨迹,是永久的周期性义务。"见《古希腊宗教的社会起源》,第526页。

就不再有逃跑的可能了。宙斯自恃是神人之父,便觉得自己有可以胡作非为的特权,西绪福斯居然敢泄露他的丑闻,于是便遭到宙斯的复仇。宙斯在这里是一个放荡且尽施淫威、睚眦必报的强权形象。西绪福斯则是难能可贵的一个以智慧对抗众神的英雄形象,神屡遭他的捉弄,神的形象因此显得又可气又愚蠢,西绪福斯的斗争在很大程度上是成功的,他毕竟因此而在阳间一直生活到老,直到死后,他对神祇还存在着精神上的折磨,他们担心他再次脱逃,于是让他不停地滚着石头,这就证明在对付西绪福斯的时候,神祇们尽显了他们的无能。欲与神对抗略有成功,要么需要超凡的智慧,要么要有非同一般的勇力,西绪福斯就属于前者。

从总体上说,后来的希腊人是把自己的祖先能追溯到神话中的宙斯当作一件十分光荣的事情。如克里特岛的萨耳珀冬 1 和弥诺斯相传是宙斯与欧罗巴所生的儿子就是一例,在他们还处在女性世系父亲无法确认的情况下把一位至高无上的神祇当作父亲自然是一件无比光荣的事情。但在神话中,由于宙斯风流艳事颇多,赫拉又嫉妒成性,所以她进行了一系列的爱情复仇,这构成了希腊神话复仇主题中的一部分重要内容。

到了神话后期,赫拉是一个明显的嫉妒妻子的形象。"作为一种心理因素,'嫉妒'不可能对婚姻关系和家庭形式的客观演变过程起决定性的作用。同时,人的嫉妒心是随着婚姻关系的演变而逐渐发展起来的心理特征。嫉妒心是受着人们的社会生活制约的,在生存都面临着威胁的条件下,嫉妒心必将受到压抑和限制"[①]。在血婚制阶段,嫉妒是不存在的。到了偶婚制阶段,赫拉产生了对女神勒托的嫉妒,这是婚姻进入了自觉状态的表现。赫拉嫉妒宙斯爱女神勒托,便设难不让勒托找到生育的地方,直到宙斯相助,俄耳提吉亚浮岛接受了勒托,她才生下阿耳忒弥斯和阿波罗。赫拉不让勒托在任何太阳照得到的地方生育,按照宙斯的命令,北风玻瑞阿斯把勒托带到波赛冬处,波赛冬用波浪造成了一道彩虹遮住了俄耳提吉亚浮岛,这样勒托才得以生育。但勒托还是忍受了九天九夜的痛苦,除了赫拉和生育女神埃利提亚外所有的女神都前来帮忙,直到女神派伊里斯前去答应给埃利提亚一条用黄金和琥珀做成的九腕尺长的项链,勒托才得以生下那一对孪生姊弟。之后为了逃避赫拉的迫害,勒托化成了一条母狼,带着两个新生儿漂泊到吕喀亚地方。后来在特洛伊战争中赫拉又曾以打阿耳忒弥斯耳光的方式来羞辱她。嫉妒是女人的天性,也是赫拉这位天后身上人性成分的鲜明体现。赫拉的一切嫉妒都因宙斯而起,她却无法直接

---

① 邓伟志、徐榕:《家庭社会学》,第 170 页。

向宙斯复仇，便只得将强烈的愤怒情绪转移到其他弱者身上。①

到了个体婚阶段，赫拉的嫉妒则是对自己与宙斯之间的婚姻关系进行有意识维护的体现，宙斯与人间女子或仙女的偷情故事使他成了负心丈夫的形象，赫拉进行爱情复仇的对象也主要是这些来自婚姻之外又严重地削弱了婚姻神圣性的不稳定因素，即那些不幸的人间女子，赫拉的嫉妒对这些人间女子造成了残酷的折磨。

赫拉的复仇都明显地带着女性复仇的曲折特征。提堤俄斯（Tityus）是宙斯与厄拉瑞（Elara）生的巨人，这引起了赫拉的嫉妒，于是赫拉煽动提堤俄斯狂热地追求女神勒托，提堤俄斯因此遭到宙斯雷电的轰击，并被打入地狱。在那里，他伸开双臂躺在地上，有两条蛇或两只鹰或两只鸢不断啄食他的肝脏，随着月亮的不断变圆，他的肝脏会再次长好，然后再被啄食，这与普罗米修斯所受的复仇一样；一说提堤俄斯是被勒托的子女阿波罗和阿耳忒弥斯用箭射死的。女性身体纤弱，她们的复仇往往便采取智慧的间接方式，赫拉也不例外，她这里避短就长，成功地运用了借刀杀人之术。不管是借宙斯之手，还是借阿波罗和阿耳忒弥斯之手，都没有改变这种性质。赫拉还曾把伊俄变成小母牛（一说是宙斯把伊俄变成了小母牛，试图以此来逃避赫拉的嫉妒），并派遣百眼怪物阿耳戈斯看管它。阿耳戈斯被赫耳墨斯奉宙斯之命杀死后赫拉又让牛蝇（一说是赫拉自己变成的牛蝇）去叮咬这只母牛。后来伊俄恢复了人形，在尼罗河边生下了厄帕福斯（Epaphus，埃及的第一任首领，赫剌克勒斯的祖先），赫拉又派库瑞忒斯把厄帕福斯拐走藏了起来，宙斯对此极其愤怒，他用雷电杀死了库瑞忒斯，伊俄死后被变成了一个星座。赫拉只能对伊俄百般变相地折磨，她却不敢违背宙斯的意愿杀死伊俄，她对厄帕福斯的行为则是对伊俄进行爱情复仇的延续。②

赫拉与人间的女性一样，在进行爱情复仇的时候往往疯狂而残酷，宙斯往往对他的婚外恋爱对象还有一些责任感，他虽未尽其所能但总还是采

---

① 再如，厄科同好嫉妒的赫拉说话，转移了赫拉的注意力，宙斯趁机到女神那儿去做客，赫拉因此大怒，她使厄科从此不再能讲话，她只能重复别人所讲的话的最后一个词；一说潘徒劳地爱上了厄科，厄科却爱上了一个躲避她的萨特耳，于是潘使一些牧羊人在疯狂中将厄科撕成了碎片。这也是关于回声这种自然现象的溯源神话。

② 再如，塞墨勒是卡德摩斯与哈耳摩尼亚的女儿，为宙斯所爱，赫拉化作塞墨勒的老乳母来到她面前，别有用心地给她出主意，要她设法使宙斯以常见的面目出现，结果宙斯的电火把塞墨勒烧成灰烬，宙斯将即将出生的狄俄倪索斯救出，他长大后从冥国接出母亲塞墨勒，使她成为长生不老的神，塞墨勒在天上的新名字叫提俄涅（Thyone）。这里，赫拉进行的是爱情复仇，她仍是采用曲折的手段毁灭了对方即塞墨勒。之后赫拉又对照顾过狄俄倪索斯的人不依不饶。

取一些措施在抵御着赫拉的复仇，这显示了他一定程度的人情味，但无论如何，受苦的总是他的那些恋人。拉米亚是伯罗斯（Belus）与利比亚（Libya）的女儿，宙斯爱着她。赫拉使拉米亚每次生下的孩子都死掉，拉米亚藏身在一个孤独的山洞里，她绝望之中变成了一只嫉妒的野兽，她抓到那些比她幸运的母亲们的孩子，并且把他们吞食掉。赫拉又使拉米亚无法入睡，但宙斯可怜拉米亚，给了她一种特殊的能力，使她可以取出自己已经疲劳的眼睛，随时都可以替换新的。

赫拉的复仇往往具有扩大化倾向。如她向阿尔克墨涅（赫剌克勒斯的母亲）及其女仆伽兰提斯（Galinthias，一说她是阿尔克墨涅的朋友）和赫剌克勒斯进行的复仇。赫拉因嫉妒宙斯对赫剌克勒斯母亲阿尔克墨涅的爱情，从而对赫剌克勒斯进行的复仇在他还没有出生之前就已经开始了，之后又贯穿他的一生。当阿尔克墨涅要生赫剌克勒斯时，赫拉①将双手合握，延缓了她的产期，而伽兰提斯谎报赫拉说，阿尔克墨涅已经分娩，赫拉听后大为伤心，举起双手一拍，延缓分娩的法术失去作用，赫剌克勒斯呱呱坠地。赫拉为此把伽兰提斯变成了伶鼬。因为她是从口中说出谎话的，赫拉就让她通过口腔生育，女神赫卡忒（Hecate）可怜她，就把她当作自己的仆人和圣兽。赫拉对赫剌克勒斯的复仇则表现出不依不饶的特征，赫剌克勒斯本名阿尔喀得斯，赫剌克勒斯是他在成了赫拉的契约奴隶之后阿波罗通过皮提亚的祭司给他起的带有神秘性的名字。赫拉与雅典娜在人间行路，发现了路边有一个被遗弃的婴儿，雅典娜知道这是赫剌克勒斯，就劝赫拉给他喂奶，但赫剌克勒斯吸奶时过于用力，这咬痛了赫拉（一说是赫拉发现自己究竟是在给谁喂奶了），她把他又扔开了，但雅典娜很高兴，现在他吃了天后的奶已经变成不死的了（这与赫剌克勒斯后来一度死去存在着矛盾）。她把赫剌克勒斯送还给阿尔克墨涅，告诉她再不必害怕，把孩子养大就是了。②

赫拉记着宙斯说过的话，所以她设法使其先出生的欧律斯透斯成了理所当然的统治者，赫剌克勒斯要受他奴役，为他完成十二件艰险的功业，其

---

① 一说赫拉是派她的女儿即生育女神埃利提亚和命运女神莫伊莱去延缓赫剌克勒斯的诞生的，她们九天九夜守在门口，阻挠赫剌克勒斯的出生，伽兰提斯是阿尔克墨涅的朋友，她担心阿尔克墨涅会因痛苦变疯，便出去对埃利提亚和莫伊莱说孩子已依宙斯之命生下来了，埃利提亚和莫伊莱一慌，改变了交叉手脚的姿势而站了起来，这样赫剌克勒斯就真的生下来了。埃利提亚和莫伊莱把伽兰提斯变成了鼬鼠。

② 一说是赫拉在睡觉的时候，是赫耳墨斯把婴儿赫剌克勒斯放在她的怀里的，她醒来时把他推开了，而从她奶头喷出的奶撒落空中形成了银河（the Milky Way）。

中往往一项就足以夺去普通凡人的性命，但赫剌克勒斯有宙斯的支持，这些功业的完成却给他带来了不朽的名声。①赫剌克勒斯死后被接到了天上，总管神祇们的厨房事宜。至此，赫拉也结束了她的复仇举动，她让赫剌克勒斯从她的裙下钻过以模仿一种生育仪式，之后她就把赫剌克勒斯当作自己生的儿子了。像这种赫拉先是进行扩大化的复仇、最后又与复仇对象和解的例子在神话传说中并不多见。

为了防止宙斯发生婚外恋，有时赫拉不惜采取任何手段。厄里诺娜（Erinona）因纯洁与聪慧而得到了雅典娜和阿耳忒弥斯的友谊，但阿佛洛狄忒想让宙斯爱上厄里诺娜，为了防止这件事发生，赫拉让阿多尼斯强奸了厄里诺娜。宙斯用雷电杀死了阿多尼斯，在阿佛洛狄忒的请求下，宙斯让阿多尼斯的影子在赫耳墨斯的护送下返回世间；厄里诺娜被强奸后，阿耳忒弥斯把她变成了孔雀，之后又使她返还了人形，厄里诺娜与阿多尼斯结了婚，并生下一子塔琉斯（Taleus）。这是关于阿多尼斯之死的各种说法中的一种。阿佛洛狄忒想让宙斯爱上厄里诺娜，这引起了赫拉的仇恨，于是她进行了爱情复仇，她既要通过厄里诺娜被辱从而阻止宙斯的爱情，同时又要对这场阴谋的策划者阿佛洛狄忒复仇，她不能对阿佛洛狄忒有所作为，便让阿佛洛狄忒的情人阿多尼斯来充当替罪羔羊，使他遭到宙斯雷电的毁灭。但由于阿佛洛狄忒的请求，宙斯又成全了厄里诺娜与阿多尼斯，这样看来，赫拉这里的复仇可以说只是获得了部分成功，也就是阻止了宙斯对厄里诺娜的爱情。宙斯用雷电杀死阿多尼斯的情节也属于爱情复仇，只是这一复仇被包括在了赫拉的复仇之中而已，阿佛洛狄忒在这里扮演了一个赔了夫人又折兵的角色。

除了宙斯与赫拉之间纠缠不清的爱情与复仇的神话传说外，宙斯还有一些为了维护自己的爱情而向人类复仇的故事。伊克西翁（Ixion）娶妻子狄亚的时候，曾答应给岳父得伊俄诺斯（Deioneus）一些聘礼，但当岳父前去向他索要时，他把岳父推入炭火熊熊的大坑烧死。这样，他不只发了伪誓，而且杀死了家族内部的人，宙斯宽恕他这些暴行，请他上俄林波斯山，在那里伊克西翁却竭力追求赫拉，这样他就犯下了新的罪恶。宙斯把一朵云幻化成赫拉的模样，使伊克西翁与之睡觉，结果生下了萨陶洛斯（Centaurus），这就是后来马人们（Centaurs）的父亲，宙斯最后使伊克西翁下到地狱塔耳

① 另据亚历山大里亚诗人狄俄提摩斯（Alexandrine poet Diotimus）说，赫剌克勒斯本是欧律斯透斯的同性恋情人（赫剌克勒斯身上确有同性恋特征），他是自愿去实现欧律斯透斯的任何古怪念头的，于是有了这十二件大功。这是历史性的说法，它更贴近现实，但与神话却不相为谋。

塔洛斯之中待在其他最严重的罪犯身边,他被缚在一个火轮上,这个火轮永转不停,因为宙斯给他喝过一种能让他不死的魔液,所以他的痛苦也永无终止。偶显仁慈的宙斯难得地给了伊克西翁一次悔过的机会,他却没有领悟到神的用意,在犯下了新的罪过后,宙斯对他与前罪并处,并且变本加厉,于是他便领受到了极端的痛苦,他虽未被变形,也没有被剥夺生命,但他所承受的比迅速地死去还要更加痛苦。①

第三节　夺妻之恨引起的人间复仇

夺妻之恨所引起的人间复仇,首先是特洛伊战争爆发的例子;其次,俄底修斯向众求婚者的复仇也属于这一范畴。

一、特洛伊战争的起因

关于特洛伊战争的起因,众说纷纭。一说是当大地(Earth)无力负担增长过快的人类的时候,她请求宙斯减少人口数量。宙斯于是为人类降下战争,这首先是忒拜战争(the Theban War)。但这并不足以解决问题,宙斯就考虑用雷电把人类击毙,或用洪水把人类全部淹死。但莫摩斯(Momus,讥讽〔Sarcasm〕的人格化)向他提出了一个有效的建议:他应该把忒提斯嫁给一个凡人,她会及时地生下一个女儿(海伦),这个女儿将造成亚洲和欧洲彼此敌对。这是关于特洛伊战争起因的一种解释。这虽然与之后的神话内容不甚相符(海伦并非忒提斯所生),但它体现出神话时期的人类所有

---

① 类似的还有欧律墨冬 2 和伊阿西翁(Iasion)的故事。欧律墨冬 2 是一个巨人,他还是孩子的时候就强暴了赫拉,从而生下了普罗米修斯。宙斯对欧律墨冬 2 非常愤怒,这导致了欧律墨冬 2 与他所统治的巨人们的灭亡。这是普罗米修斯诞生的另一种说法。伊阿西翁(Iasion)爱上了得墨忒耳,却得不到女神的爱情,于是他就努力去伤害女神(或是去伤害这位女神的一种幻象),这激起了宙斯的愤怒,他用雷电杀死了伊阿西翁。一说"聪明的女神德墨特(忒)尔(耳)在富饶的克里特一块新犁过三次的休耕地上与英雄伊阿西翁欢乐结合,生下一位好心的神祇普路托斯(Plutus,财神)。"(赫西俄德《工作与时日·神谱》,第 55 页)伊阿西翁的死使得墨忒耳悲痛万分,于是众神让他又返回人间。人类忍受怎样的痛苦神是并不关心的,他们只关心不能因为人的原因而引起神的痛苦,所以这里的伊阿西翁和后来的阿多尼斯的返回人间,都是为了满足神(分别是得墨忒耳和阿佛洛狄忒)的感情需求而已,在这后一种传说中,得墨忒耳已不再是宙斯的妻子,她只是农业女神,否则宙斯是无论如何也不可能让伊阿西翁重返人间的。这里,伊阿西翁和阿多尼斯应该是丰产半神的形象。

福祸之事都要从神祇那里去寻找原因的思维模式。与此类似的是埃斯库罗斯的说法,他说普罗米修斯的母亲忒弥斯,作为公正或永恒规律的人格化反映,她是宙斯的参谋,有时她被认为是发动特洛伊战争的提议者,以此来削减地球上的过剩人口。

赫洛菲勒(Herophile)被称作第二个西比尔(Sibyle)①。她的第一个预言就说:特洛伊城将因一个在斯巴达长大的女人而陷落,这表明特洛伊城要陷落的命运早已注定。

阿喀琉斯的父母即珀琉斯和忒提斯结婚的时候没有邀请不和女神厄里斯,于是厄里斯在婚宴上扔下了一个金苹果,上面写着送给最美的女神,她欲以此引发一场战争,她要让珀琉斯和忒提斯的儿子(即未来的阿喀琉斯)在这场战争中丧生。这金苹果在赫拉、雅典娜和阿佛洛狄忒之间引起了纷争。宙斯让她们去找特洛伊的帕里斯(他也叫亚历山大,Alexander)裁决,于是她们就在赫耳墨斯的引领下来到了帕里斯正在放羊的伊达山麓。当初赫卡柏身怀帕里斯时曾做了一个梦,梦见自己生了一个熊熊燃烧的火球,烧毁了特洛伊城。普里阿摩与前妻阿里斯柏(Arisbe,墨洛普斯〔Merops〕的女儿,之后普里阿摩为了娶赫卡柏而把她送给了许耳塔欧斯〔Hyrtaeus〕)生的儿子埃萨科斯警告说,赫卡柏将要生下的这个孩子会造成特洛伊城的毁灭。在请帕里斯裁判金苹果时,赫拉许给帕里斯整个亚细亚的统治权,雅典娜答应给他战斗的胜利与光荣,阿佛洛狄忒则要给他人间最美丽的女子。他把金苹果判给了阿佛洛狄忒,于是阿佛洛狄忒帮助帕里斯获得了海伦的爱情,其结果就是引发了特洛伊战争。

具体情况是,普里阿摩派帕里斯去援救当初被赫剌克勒斯掳走的赫西俄涅,赫卡柏和卡珊德拉都预言帕里斯去希腊会带给特洛伊城以毁灭的后果,但没有人听她们的话。帕里斯途经墨涅拉俄斯的领土斯巴达,适逢男主人外出去参加外祖父卡特柔斯(Catreus)的葬礼,阿佛洛狄忒给了帕里斯以非凡的漂亮,她又鼓动起海伦的非分情欲,让她带上所有她能带上的有价值的东西,与帕里斯于夜间私奔了,留下了九岁的女儿赫耳弥俄涅在家里。墨涅拉俄斯回来后遂组成希腊联军进行复仇,欲夺回海伦和被掠夺的财产。这往往是关于特洛伊战争直接起因的叙述,但在整个神话大背景中,这关于不和女神厄里斯投放的金苹果的裁判故事只能算作这场战争的一根导火线。

---

① 西比尔是神话中最著名的通晓阴阳的神巫,她曾导引埃涅阿斯游历地府,以让他了解未来罗马的事情。

一说斯巴达发生了瘟疫，大地贫瘠，按照神谕，墨涅拉俄斯前往特洛伊向普罗米修斯的两个儿子吕科斯（Lycus）和喀迈柔斯（Chimaereus）的坟墓敬献牺牲。在特洛伊，帕里斯招待了他。后来帕里斯偶然杀了人，来到斯巴达寻求避难，墨涅拉俄斯为他净了罪，而且热情款待他。但在墨涅拉俄斯去参加外祖父卡特柔斯的葬礼时，帕里斯拐走了墨涅拉俄斯的妻子海伦，并拐走了大批财物。伊里斯把这消息告诉了墨涅拉俄斯，于是发生了对特洛伊的复仇战争。与上面的说法比较起来，这种说法应该含有更多的现实成分。"人类的存在处境……使他的防卫侵犯比动物繁多。人，像动物一样，如果生存利益受到威胁，会保卫自己。但人的生存利益却比动物的生存利益广泛得多。人不仅在生理上必须生存，在心理上也必须生存。"①假如墨涅拉俄斯不对夺妻之恨进行复仇，在心理上他会深刻地感到自己生活得很不荣誉，于是复仇便成了必不可免的事情。

奥维德说："在伊达山上，那个女神（指阿佛洛狄忒）已经对她的敌人唱凯旋歌，已经报偿了称她最美的人了，一个新媳妇已经从远地里来到泊里阿摩思（即普里阿摩）的家中了，而在伊里雍（Ilium）的城垣中已关进了一个希腊的妻子了。全希腊的王侯都发誓为受辱的丈夫报仇：因为一个人的侮辱已变成大家的侮辱了。"②于是向特洛伊复仇的大军迅速地组建了起来。一说当初这些将领向海伦求婚时已经依俄底修斯的建议相约，所有的人要永远保护那被海伦所选中的人，于是他们现在都纷纷前来为墨涅拉俄斯效力。

二、残酷的复仇战争

当复仇的船队停靠在泰涅多斯的时候，墨涅拉俄斯和俄底修斯作为使者前往特洛伊，想以和平的方式要回被帕里斯拐走的海伦和财物，这也是希腊军队开始出征的最初动机，但是遭到了拒绝。关于此点，奥维德说："这海伦，美奈拉乌思（即墨涅拉俄斯）啊，你索取她是理应正当的，而你，抢她的特洛伊人啊，你不放她亦是有理由的。"③至此，和平解决问题已变成了不可能，于是这场远征便演变成了扩大化的复仇战争。弗洛姆说："所谓战

① E.弗洛姆：《人类的破坏性剖析》，孟禅森译，第245页。
② 奥维德：《爱经》，戴望舒译，第33页。伊里雍即伊利昂，是特洛伊的古称。"伊利亚特"的意思应该就是"关于伊利昂的故事"，就像"奥德赛"就是"关于俄底修斯的故事"、"伊尼德"就是"关于埃涅阿斯的故事"一样。
③ 同上，第86页。

争,即是让敌人服从我们的意志所采取的暴力行为。"①"人虽不能永远保护自己不受他人伤害,可是在他复仇的心愿中,他却想扫除他已经受到的伤害。"②宙斯在整体上掌握着这场战争的发展步骤与结局,他不只诱导其中人类的行动,而且还直接决定众神的参与程度。赫拉、雅典娜、波赛冬和赫耳墨斯帮助希腊人一方,阿佛洛狄忒、阿波罗、阿耳忒弥斯、阿瑞斯和勒托帮助特洛伊一方,在荷马史诗中还出现过这些神祇相互对垒的众神大战场面。在这里,神祇既是在帮助人类复仇或抵御复仇,同时每位神祇又都有着自己的一份私心。

希腊一方按胞族和部落分编军队,"同一氏族参加军队的成员人数太少,不足以成为军队编制的基础;如将胞族和部落这样较大的结合单位作为基础就足够了"③。同时,特洛伊与其友邦军队也都各成单元。若把早期人类社会的政权观念分作三个发展阶段④的话,此时的希腊军队中应该是处在第二阶段,阿伽门农作为联军统帅时常会召开由各部落首领参加的议事大会,但还不存在有足够权力的人民大会。

战争进行到了非常疲惫的程度,墨涅拉俄斯与帕里斯二人欲通过单独决斗的方式来解决他们之间的问题,即若帕里斯战败,就把他劫走的墨涅拉俄斯的妻子海伦和财产送还给墨涅拉俄斯;若墨涅拉俄斯战败,希腊军队就立刻撤走。墨涅拉俄斯在决斗中把帕里斯打得大败,但阿佛洛狄忒从战场上救走了帕里斯。他们这种解决问题的方式有悖于宙斯的整体安排,于是宙斯派雅典娜到军队中破坏了双方决斗前的约定。潘达洛斯是普里阿摩吕喀亚(Lycia)盟军的领袖,他的箭术为阿波罗本人所教。雅典娜扮成特洛伊人拉俄多科斯(Laodocus),她鼓动潘达洛斯向墨涅拉俄斯射了一箭,和约被破坏,战争再行继续。潘达洛斯被狄俄墨得斯所杀,这被看作破坏和约者的罪有应得。从这个事件中可以看出,神的意图是决定这场战争发展势态的最关键所在。

弗洛姆说:"当一个人自己或他所认同的团体中的分子受到强烈而不公平的伤害时,复仇的破坏性便自发地反映出来。它跟通常的防卫侵犯有两点不同:(1)它是在受到伤害之后才发生的,因此不是对威胁性的危险所起的防卫。(2)它比防卫侵犯强烈,往往是残忍的、渴欲的、不知足的。一

---

① E.弗洛姆:《人类的破坏性剖析》,孟禅森译,第 532 页。

② 同上,第 338 页。

③ 摩尔根:《古代社会》,杨东莼、马雍、马巨译,第 238—239 页。

④ "一权"阶段,只存在着酋长会议;"两权"阶段,除了酋长会议之外还有一个最高军事统帅;"三权"阶段,在"两权"的基础上又增加了人民大会。

般的语言也表示出复仇的特质：'报仇心切''不共戴天'。"①"战争是一种暴力行为，其行使没有任何界限；一方的暴力，不能不引起另一方的以相应的暴力与之对抗。"②特洛伊战争中，无论是复仇行动还是反复仇行动都类似地表现出极其残酷的特征：有的战士"被刺中了背部，他躺在尘土里，双手朝朋友们的方向伸去；有的伤在了膀胱处，他蜷缩着呼出了最后一口气，然后伸直了身子躺在地上像一条虫子一样；有的被一根矛刺进了一只眼中，他倒下了，胳膊伸展开来，杀死他的人砍下了他的头拿在手中挥舞着；有的脸朝天地躺在尘土里，咽下了最后一口气，吃过的食物从伤口处流到了地上；有的痛苦地怒吼着死去了，双手攫住满是血污的大地，或是咬着刺中了他的舌头的冰冷的铜制兵器，或者被伤在了肚脐和生殖器之间，这对凡人来说是最疼痛的地方，他像一头被拴住了的公牛一样手握住了那根致命的矛在翻腾；有的被刺出的眼珠，带着血掉在了他脚前的尘土里；有的或者是在求饶的举动中被刺死，肝脏流出来了，鲜血染红了他的膝头；有的是矛被投进了嘴里，刺穿了他的白骨，眼窝里充满了血，这血又涌到了他的鼻子和嘴上；有的被击中了头部，血液和脑子一起从伤口处涌出；有的被伤在了胳膊上，无助地等待着杀他的人到来，看着他人就死在他的眼前；有的求饶被拒绝，他松开了抱着敌人膝盖的胳膊，等待着致命的一击"③。难怪宙斯曾经慨叹在地上的所有生物当中，人类是最悲惨的，而这种悲惨在神话中却是神一手造成的，人类在此无异于神掌上的玩物。而在现实中，只要发生战争，无论古今，悲惨都是大同小异的。在这种战争中，"对于一个失去双腿或手捂着流出肚腹的肠子的士兵来说，这一切只意味着一件事：生命浪费了"④。

普律利斯(Prylis)是来自勒斯波斯(Lesbos)的一位预言家，他是赫耳墨斯与仙女伊萨生的儿子。他被帕拉墨得斯的礼物所说服，向阿伽门农透露了只有用木马才能攻下特洛伊城。在雅典娜的帮助下希腊军队终于造成了木马。希腊人留下了西农(Sinon)，之后他们佯装撤退，乘船离开了，他们躲在泰涅多斯岛的后面秘密地等待。西农是俄底修斯的表兄弟，他谎称自己是帕拉墨得斯的亲戚，自己也遭到了俄底修斯的陷害，他在被作为牺牲献给众神之前逃出来了。他说那木马是献给帕拉斯·雅典娜的。特洛

① E.弗洛姆：《人类的破坏性剖析》，孟禅森译，第336页。
② 同上，第535页。
③ Jasper Griffin, *Homer on Life and Death*, p.91.
④ 德斯蒙德·莫里斯：《人类动物园》，周邦宪译，陈维正校，第93页。

伊人相信了他的谎话,把木马拖进了城里,深夜,西农打开了木马门,放出了里面的希腊将领,大批沉睡着的毫无防备的特洛伊人遭到了屠杀。同时西农在城的最高处点火,向海上的军队发了信号,船队返回,大军攻进特洛伊城。据斯密耳纳(Smyrna)的俄印托斯(Ouintus)说,西农被带到普里阿摩面前好长时间不说话,直到被割掉了耳鼻,他才说出了自编的一套谎话。所以他成了为集体利益而甘愿牺牲自我的古典英雄的楷模。而在这种说法之前,维吉尔曾把西农写成了叛徒。

三、关于海伦

希腊军队毁灭了特洛伊城,墨涅拉俄斯又夺回了妻子海伦。特洛伊城陷落后海伦被交给墨涅拉俄斯处死,但俄底修斯介入救下了海伦。一种更富戏剧性的说法是海伦在家庭圣坛处躲避,墨涅拉俄斯举着剑冲了进来,但他一看到海伦的美貌,就又深深地爱上了她,于是两人重归于好。另一种说法是海伦被判由众人用石头砸死,但众人看到了她的美貌,手中的石头都落了下来,于是海伦被免除了一死。墨涅拉俄斯与海伦离开特洛伊之后历经八年,终于回到了斯巴达。

一说墨涅拉俄斯是在埃及找到的真海伦。据希罗多德说,普里阿摩在战争开始前就曾告诉墨涅拉俄斯海伦并不在特洛伊,而在埃及首领普洛透斯(Proteus)①那里,墨涅拉俄斯不相信,于是战争爆发了。等到特洛伊被攻破之后,他们才认识到海伦真的不在这里,于是他们才来到普洛透斯的宫廷,普洛透斯很情愿地把海伦归还给了她丈夫。据欧里匹得斯说,帕里斯带往特洛伊的是赫拉制造的海伦的幻象,真正的海伦是在宙斯的命令下被赫耳墨斯从帕里斯那里拐走了送到普罗透斯那里的。一说海伦的幻象是普洛透斯用魔法幻化出了之后给了帕里斯的,当初帕里斯和海伦到达埃及时,首领普洛透斯留下了真海伦,帕里斯带走的只是用云做成的海伦的幻象。所以十年的战争一直是在为占有一块云雾而战,墨涅拉俄斯的爱情复仇在神话传说成分的冲击下变成了虚妄的战争起因,这背后的根本原因就是宙斯想通过战争来减少半神英雄的数量。当战争结束墨涅拉俄斯带着海伦的幻象来到埃及后,那幻象就消失了,墨涅拉俄斯终于找到了自己

① 据科农(Conon)说,普洛透斯统治的是比萨尔武斯,但是他和托洛涅(Torone)生的两个儿子波吕戈诺斯(Polygonus)和忒勒戈诺斯(Telegonus)总是向过路人挑战,然后杀死他们。最后赫剌克勒斯杀死了这两兄弟。一说普洛透斯是伴随波赛冬的一位次要神祇。

真正的妻子。根据希罗多德记载,普罗透斯曾在埃及孟斐斯(Memphis)地方为海伦建造了一座神殿,称之为外国人阿佛洛狄忒的神殿。当初帕里斯的船偏离了航向到了埃及地方,普罗透斯认为帕里斯作为一名客人,不仅拐走了主人的妻子,还掠夺了主人的财富,于是他要为希腊人墨涅拉俄斯复仇,便扣留下了海伦和那笔财富。

希罗多德认为荷马是知道这件事的,因为荷马在《伊利亚特》中提到过帕里斯和海伦的船曾被吹到腓尼基的西顿(Sidon),但因这一题材不太适合史诗,于是荷马便另从他说了。在《奥德赛》中也曾提到过海伦从埃及人那里得到药草的事,墨涅拉俄斯也曾向忒勒玛科斯说起他被羁留在埃及的经过,这就是战争结束后他去寻找妻子时发生的,神祇是因为他没有按时举行百牛大祭而发怒的。希罗多德说,墨涅拉俄斯在埃及还做出了不义之事,那就是他捉了当地的两个孩子,把他们做了牺牲,埃及人对他进行追捕却没有追到。希罗多德认为关于海伦在埃及的说法是值得相信的,假如海伦真的在特洛伊的话,特洛伊人是绝对不会答应为了帕里斯一人之故而使全城冒被毁灭危险的;即使他们当初答应了这样做,随着战争的展开,人员出现了重大伤亡之后他们包括普里阿摩在内也会同意交出海伦的,更何况帕里斯并不是首领之位的第一继承人。"然而事情的结果却正如他们所说的那样,因为特洛伊人那里并没有海伦可以交回,而且尽管他们讲了真话,希腊人却不相信他们"[1]。斯提西科罗斯也持类似的观点:"如果说仅仅为了迁就帕里斯而让特洛伊全城遭受毁灭之灾,那是万万难以令人相信的。如果说特洛伊人不愿放弃海伦,那一定是他们根本就不曾得到过她。"[2]

可见,说希腊人进攻特洛伊的真正目的是为了掠夺那里的财富并不是空穴来风,报夺妻之恨只是一种进行掠夺时比较说得过去的借口或合适机会而已。在提到奥利斯港时赫西俄德说道:"从前阿凯(开)亚人结集起一支强大的军队从神圣的希腊开往出产美女的特洛伊时,曾因遇到风暴而停留在这里。"[3]可见,希腊人并不真的是要去夺回美丽的"妻子"海伦,而反倒是为了去掠夺特洛伊的美女,战争的结果也的确证实了这一点。而据希罗多德记载,"波斯人说,在希腊人把妇女(指欧罗巴)拐跑时,他们亚细亚人根本就不把这当作一回事,可是希腊人却仅仅为了拉凯戴孟(即斯巴达所在的地区)的一个妇女而纠合了一支大军,侵入亚细亚并打垮了普利亚莫

---

① 希罗多德:《历史》,王以铸译,第161页。
② 吉尔伯特·默雷:《古希腊文学史》,孙席珍、蒋炳贤、郭智石译,第106页。
③ 赫西俄德:《工作与时日·神谱》,张竹明、蒋平译,第20页。

斯(即普里阿摩)的政权。自此以后,他们就把希腊人看成是自己的仇敌了。"①希罗多德在追溯后来爆发的希波战争的原因时,把希腊人发起了特洛伊战争当作了重要原因之一。波斯人认为"希腊人攻略伊利翁(即特洛伊),是他们敌视希腊人的开端"。②

四、与特洛伊战争相关的其他爱情复仇

为报夺妻之恨所引发的大规模的特洛伊战争,还有一些小的爱情复仇故事穿插其中。阿玛宗女首领彭忒西勒亚(Penthesilea)在一次狩猎中投矛误射了自己的姊姊希波吕忒(Hippolyte),复仇女神一直追踪着她,她被迫来到了特洛伊战场,她帮助特洛伊一方对希腊军队造成了重创,阿喀琉斯最后用矛刺入了彭忒西勒亚的胸部,把她刺死了,这时他爱上了这个美丽的牺牲品。忒耳西忒斯嘲笑阿喀琉斯的这份感情,他不仅用言语侮辱阿喀琉斯,还用矛尖将这已死女人的眼珠刺出。他被阿喀琉斯用拳头打死了,这该是阿喀琉斯在爱情受到嘲笑和伤害之时所做出的复仇举动。一说阿喀琉斯俘虏了彭忒西勒亚,并娶她为妻。这应该是后人敷衍的说法。

爱情复仇也曾发生在特洛伊一方的内部。喀拉(Cilla)是普里阿摩的妹妹,普里阿摩错误地理解了神谕的意旨,处死了喀拉。喀拉的丈夫提莫厄忒斯(Thymoetes)不能原谅普里阿摩,为了替妻子复仇,他是把木马拖进特洛伊城的人中的一个。这就像海伦诺斯(Helenus)在帕里斯死后未能娶到海伦而对特洛伊城所做的复仇一样,里面包含着一种绝望的疯狂愤怒情绪,这种情绪往往与复仇相伴。

另一组夺妻之恨所引发的爱情复仇发生在希腊人俄瑞斯忒斯和涅俄普托勒摩斯1之间。赫耳弥俄涅(墨涅拉俄斯与海伦的女儿)的外祖父廷达瑞俄斯曾把她许配给俄瑞斯忒斯,或者阿伽门农与墨涅拉俄斯在俄瑞斯忒斯和赫耳弥俄涅还小的时候就为他们订立了婚约,但墨涅拉俄斯为了向特洛伊复仇成功,却在战场上把女儿另行许配给了涅俄普托勒摩斯1。从陶立斯回来之后,俄瑞斯忒斯去拜访赫耳弥俄涅,此时涅俄普托勒摩斯1正在得尔斐,所以俄瑞斯忒斯就拐走了赫耳弥俄涅。在最简单的传说中,俄瑞斯忒斯是在福提亚(Phthia)或厄庇洛斯(Epirus)杀死了涅俄普托勒摩斯1。后来到了悲剧家的手中,情节变得十分复杂:一说涅俄普托勒摩斯1

---

① 希罗多德:《历史》,王以铸译,第2—3页。

② 同上,第3页。

与安德洛玛克（赫克托耳的妻子，特洛伊陷落后被分给涅俄普托勒摩斯1）
生下了三个儿子，莫罗索斯（Molossus）、皮厄罗斯（Pielus）和珀耳伽摩斯
（Pergamus）。由于嫉妒一个小妾能如此地丰产，未能生育的赫耳弥俄涅便
召唤俄瑞斯忒斯为她复了仇。俄瑞斯忒斯是在得尔斐杀死涅俄普托勒摩
斯1的。涅俄普托勒摩斯1是去得尔斐寻问神谕为什么他与赫耳弥俄涅的
婚姻没有孩子出生；一说他是去那里把从特洛伊带回来的一部分战利品献
给阿波罗的；一说他是去寻问阿波罗为什么指引帕里斯的箭射死了他父亲
阿喀琉斯。俄瑞斯忒斯发动了一场骚乱，在骚乱过程中涅俄普托勒摩斯1
被杀死了。这里的复仇是双重的，他不只为赫耳弥俄涅复了仇，这是在替
他人进行爱情复仇，他也同样杀死了从他手中抢走未婚妻的对手，这则属
于为自己进行爱情复仇的性质了。一说赫耳弥俄涅嫉妒安德洛玛克与涅
俄普托勒摩斯1生了莫罗索斯（Molossus；或莫勒索斯〔Mollessus〕；或莫罗
托斯〔Molottus〕），赫耳弥俄涅先对这母子俩进行迫害，安德洛玛克和儿子
莫罗索斯曾一度藏在忒提斯（孩子的祖母）神庙中，但被赫耳弥俄涅找到
了，她正要杀掉他们，珀琉斯（孩子的祖父）救下了他们。涅俄普托勒摩斯1
后来被俄瑞斯忒斯杀死了，忒提斯意识到莫罗索斯是埃阿科斯家族独存的
后人，于是就建议安德洛玛克把他带到厄庇洛斯去了。有的说涅俄普托勒
摩斯1一开始向安德洛玛克求爱赫耳弥俄涅就让人为她复了仇。涅俄普
托勒摩斯1死后被埋在了得尔斐神庙门槛之下。①

五、俄底修斯的爱情复仇

无论是帕里斯的例子还是阿伽门农抑或涅俄普托勒摩斯1的例子都
反映了一条必然性的规律：抢夺别人女人的人往往会不得善终。帕里斯在
特洛伊城被毁之前就已被菲罗克忒忒斯射死。阿伽门农不只从阿喀琉斯
处抢夺了布里塞伊斯，他先前还从堂兄坦塔罗斯1那里抢得了克吕泰涅斯

---

① 一说涅俄普托勒摩斯1死于得尔斐的祭司之手。得尔斐有一个传统，每次献祭后，牺牲的
肉绝大部分就被祭司拿走了，几乎什么也不给献祭的人剩下。涅俄普托勒摩斯1很恼怒于这种传
统，所以他想阻止祭司拿走他所献的牺牲。一个叫玛开柔斯（Machaereus）或达伊塔斯（Daitas）的
祭司把涅俄普托勒摩斯1打死了，以此来维护祭司们所享有的优越地位。还有一种说法是皮提亚
指挥得尔斐人杀死了涅俄普托勒摩斯1，是阿波罗对阿喀琉斯的愤恨迁怒到了第二代涅俄普托
勒摩斯1身上，这属于神祇扩大化的复仇。默雷说，"德尔福（即得尔斐）人利用不少知名人士的死
亡和坟墓来达到营利目的。"（吉尔伯特·默雷《古希腊文学史》，第92—93页）传说伊索就是被得
斐人杀害的。也就是说，他们不惜杀害名人，之后把被害人埋在那里供人瞻拜就能达到他们将来无
限牟利的目的。

特拉,这两次抢夺他人女人的行为终于合在一处,构成了克吕泰涅斯特拉最后杀死阿伽门农的重要原因。既然阿伽门农抢了阿喀琉斯的女人其结果悲惨若此,那么他们的后代反过来抢夺女人结果又会怎样呢?阿喀琉斯的儿子涅俄普托勒摩斯 1 抢了阿伽门农儿子俄瑞斯忒斯的女人赫耳弥俄涅,这可谓是对父辈行为的反向模拟,其结果也是一样,涅俄普托勒摩斯 1 最终因此被俄瑞斯忒斯杀死了。这条规律在下面珀涅罗珀的求婚者们身上同样适用。

俄底修斯最有名的复仇就是杀死了那一百零八个求婚者。这些求婚者一厢情愿地认定俄底修斯已死,便长期羁留在他的宫中向他的妻子珀涅罗珀求婚,同时挥霍他的财产,并曾预谋杀害他的儿子忒勒玛科斯。俄底修斯在雅典娜和儿子忒勒玛科斯及仆人欧迈俄斯(Eumaeus,牧猪奴)、多利俄斯(Dolius,园丁)与朋友的帮助下将这些求婚者全部杀死。其中,欧律玛科斯(Eurymachus)是很有名的珀涅罗珀的求婚者,当俄底修斯以一个乞丐面目出现的时候,他侮辱了俄底修斯,并抛掷板凳砸他。当预言家忒俄克吕墨诺斯(Theoclymenus)警告求婚者们笼罩他们的噩运时,他嘲笑这位预言家,并骂他精神错乱。试弓的时候,他因没有拉开而感到十分羞愧。安提诺俄斯(Antinous)被杀死之后,欧律玛科斯与俄底修斯讲和未遂,最后他拔剑对抗俄底修斯,结果被俄底修斯的箭射死。而俄底修斯这张弓是欧律托斯(Eurytus,赫剌克勒斯的射箭教师,一说是赫剌克勒斯的敌人,欧律托斯举行面向所有希腊人的射箭比赛,奖品是可以娶他的女儿为妻)之子伊菲托斯(Iphitus)所赠。①

俄底修斯还曾向十二个恶仆进行了扩大化的复仇,他们与求婚者们沟通,有的曾在俄底修斯返回后没有认出他的情况下几次侮辱过他。俄底修斯杀死了求婚者之后让这些仆人搬走尸体、打扫大厅,然后他让儿子忒勒玛科斯杀死他们,儿子把他们中的十一个全都吊死。仆人当中有多利俄斯的儿女墨兰提俄斯(Melanthius)和墨兰托(Melantho)兄妹。墨兰提俄斯是俄底修斯的牧羊人,当俄底修斯装作一个乞丐回到伊塔刻时,他侮辱俄底修斯,并站在求婚者一边。俄底修斯开始向求婚者复仇时,墨兰提俄斯想

---

① 俄底修斯杀死了求婚者之后,求婚者的亲戚们曾发动了对俄底修斯的反复仇。双方进行战斗,最后雅典娜使双方和解。对求婚者的亲戚们来说,这种和解中带有因对女神雅典娜的畏惧而被迫接受的成分。一说求婚者的亲戚们对俄底修斯进行了指控,最后由埃塞俄比亚(Ethiopia)的首领涅俄普托勒摩斯 2 来裁判,涅俄普托勒摩斯 2 想占有刻法罗尼亚(Cephalonia)这块地方,于是判处俄底修斯流放,据普鲁塔克(Plutarch)说是流放到了意大利。这些都是在《奥德赛》之后后人演绎的结果。

帮助求婚者们运送武器,结果被关在了武器库房里,其他仆人都被吊死后,他被带到院中,他的耳鼻被割掉喂狗了。墨兰托是珀涅罗珀从小养大的女仆,珀涅罗珀为了拖延答复求婚者,便说她一旦为公公拉厄耳忒斯织完了一个坎肩就在求婚者中挑选一位再婚,但她白天织成的部分夜晚就拆掉,如此持续了很长时间,直到墨兰托向求婚者告了密,珀涅罗珀才无法继续欺骗下去。墨兰托还成了求婚者欧律玛科斯的情人,她也侮辱了乞丐相貌的俄底修斯,最后她与其他女仆一起被吊死。有人认为俄底修斯在向仆人复仇方面显示了早期奴隶主的凶狠,但这种凶狠对在财产和荣誉方面都蒙受了巨大损失、在爱情上又受到了巨大威胁的俄底修斯来说也是情理之中的事。

传说中俄底修斯杀死众求婚者后还曾与厄威珀(Evippe,厄庇罗斯首领提里玛斯〔Tyrimmas〕的女儿)生下了儿子欧律阿罗斯(Euryalus;或勒翁托福戎〔Leontophron〕),这个儿子长大后到伊塔刻去认父,恰逢俄底修斯不在,珀涅罗珀知道丈夫与厄威珀外遇之事,待丈夫回来后她就说欧律阿罗斯是前来刺杀他的,于是俄底修斯亲手杀死了自己的这个儿子。这个传说也反映出珀涅罗珀作为女性不得不进行曲折复仇的特征。

若说俄底修斯对爱情不忠,这是符合这一人物的一贯性格的,但因为珀涅罗珀一直是忠贞妇女的象征,所以后世有容忍不了这种忠贞的人便编造了一些亵渎之说,有的甚至到了让人无法容忍的地步。首先可以查得对这一形象的忠贞发出了怀疑信号的是奥维德,他在告诉男子应该锲而不舍地去追求女性时说,"即使是珮耐洛珀(即珀涅罗珀),只要你坚持到底,日久她总会屈服于你"①。更有无耻之流说珀涅罗珀与一百二十九个求婚者轮流私通,于是生下了森林神潘,俄底修斯回来后发现了她的不忠实而把她驱逐了。她逃往斯巴达,从那里又逃到曼提尼亚(Mantinea),最后死在了那里。有的说俄底修斯杀死了珀涅罗珀,因为她与求婚者安菲诺摩斯(Amphinomus)私通,这一点倒更接近现实可能性一些,既不对珀涅罗珀的忠贞进行拔高,也不对她进行反面的诋毁。

①　奥维德:《爱经》,戴望舒译,第24页。

补充细表　三

主体	客体	原因	结果
宙斯	安喀塞斯	后者不顾阿佛洛狄忒的告诫,向人泄露了自己同这位女神的爱情关系	前者使后者双目失明;一说前者使后者精疲力尽,另一说前者用雷电把后者击成了跛脚

(Anchises, Aphrodite)

赫拉	赫剌克勒斯	后者是宙斯与人间女子阿尔克墨涅所生	当后者八个月或是十个月的时候,前者派两条大蛇进入后者和孪生兄弟伊菲克勒斯躺着的房间,它们把他们双双缠住,小伊菲克勒斯开始哭叫,后者却一手抓住一条蛇的喉部,把它们都扼死了
阿佛洛狄忒	阿那克萨瑞忒	青年伊菲斯无望地爱上了后者,后者对他极其冷酷,伊菲斯在绝望之中自缢于后者的门前,后者仍然无动于衷,她只是想观看在她窗下经过的为伊菲斯送葬的行列,这激怒了前者	前者把后者变成了石像,其姿势就是从窗口向外观望的样子
复仇女神之一提西福涅	喀泰戎	后者是一个美男子,前者爱上了他,却遭到了拒绝	前者把自己的一缕头发变成了一条蛇(有的认为复仇女神的头发本来就是一些毒蛇),它咬死了后者,以前的阿斯忒里翁山此后以后者的名字命名

(The Avenger of Murder, one of the three Erinyes, Cithaeron)

续　表

主体	客体	原因	结果
仙女诺弥亚	美男子达佛尼斯	后者曾发誓对前者忠实，但一天他被西西里首领的一个女儿灌醉之后失去了贞节	前者使后者失明了，一说她事实上是杀了他，一说他是从一高崖上跳入海里自杀的，一说他被变成了石头，一说他被父亲赫耳墨斯接到了天上，一说他爱的是仙女品普利亚或塔利亚，她被海盗抢去了。他在佛律癸亚找到了她，她已成了里提厄耳塞斯的奴隶。当他要解救她时，他像其他客人一样被强迫与里提厄耳塞斯比赛收割，若输了他就要被割掉头。但赫剌克勒斯杀了里提厄耳塞斯而救了他，并把这里给了他和品普利亚
缪斯	皮瑞纽斯	后者是道利斯首领，一次前者在回赫利孔山的途中遇到了暴风雨，后者邀请她们到他的宫殿里避雨，之后要强暴她们	前者飞走了，后者要跟她们飞向空中，结果掉在了一些岩石上摔死了

（Muses，Pyreneus，Daulis，Helicon）

| 女巫喀耳刻 | 庇库斯 | 前者爱上了后者，却遭到了拒绝 | 前者在愤怒之中把后者变成了一只绿色的啄木鸟 |

续　表

主体	客体	原因	结果
喀耳刻	斯库拉	据奥维德说，格劳科斯爱后者而轻视前者的爱情，这激起了前者的愤怒	于是前者向后者复仇，她把魔药撒在了后者正在洗澡的泉水里，后者的腹股沟处立刻长出了六个可怕的狗头；一说是波赛冬爱着后者，是嫉妒的阿佛洛狄忒说服前者使后者变成怪物的；一说后者爱格劳科斯而拒绝波赛冬的追求，于是遭受了这种祸害。有时认为后者曾死于赫剌克勒斯之手，当英雄从革律翁处返回经过南意大利时，后者吞食了他所赶着的许多牛，他于是与她战斗并杀死了她，可是据说福耳库斯以火把之光用魔术方法又使后者复活了

(Ovid，Glaucus，Scylla，Circe，Heracles，Italy，Geryon，Phorcys)

主体	客体	原因	结果
神祇	五十个达那伊得斯姊妹	后者被迫与五十个堂兄弟结婚，其中有四十九个在新婚之夜把丈夫杀死	她们死后被罚永无止境地往无底桶里或篮子里灌水
神祇	阿里斯泰俄斯	后者一天沿着河边追逐俄耳甫斯的妻子欧律狄刻，欧律狄刻在逃跑中被蛇咬死了	前者使病疫流播于后者的蜂群
神祇	欧诺斯托斯	后者弃绝科罗诺斯的女儿俄刻娜之爱	前者使后者死亡

(Eunostus，Colonus，Ochna)

主体	客体	原因	结果
神祇	特兰柏罗斯	后者非常绝望地爱着阿普利阿忒，以致最后把她扔进了海里（一说她是自己投海的）	前者很快替阿普利阿忒向后者复了仇

续　表

主体	客体	原因	结果
神祇	哈耳帕吕刻	后者与自己父亲克吕墨诺斯发生了乱伦关系	前者使后者变成了一种夜鸟（一说她自杀了，一说她被父亲所杀）
（Harpalyce，Clymenus）			
神祇	赛德 2 的父亲	赛德 2 的母亲死后，她父亲想占有她	赛德 2 在母亲的坟墓上自杀了，前者使一棵石榴树从她的血液中长出，同时把后者变成了一只鸢，这种鸟据说从来不停留在石榴树上。赛德的希腊语意思就是石榴
（Side，pomegranate，kite）			
帕克托罗斯	自身	前者本是坦塔罗斯 1 的人间父亲或者叔父，在阿佛洛狄忒的神秘庆节期间，前者不明智地夺去了妹妹得莫狄克的贞操	待他认识到自己所做的事情之后，他跳进了克律索洛阿斯河，这条河此后改名为帕克托罗斯，他成了这条河的河神。一般认为是宙斯与普路托生了坦塔罗斯 1
（Pactolus，Tantalus，Demodice，Chrysorhoas，Pluto）			
伊克西翁	福耳巴斯和波吕墨罗斯	墨伽拉拒绝后者的追求，结果被他们杀死了	前者后来为墨伽拉向后者复了仇
（Ixion，Phorbas，Polymelus，Megara）			
菲利斯	阿卡玛斯或得莫丰	前者是色雷斯一个首领的女儿，后者答应与她结婚（一说他们结了婚），在长期住在色雷斯之前他要返回雅典去处理一些事务。临行前，前者送给后者一个盒子，说里面是与女神瑞亚崇拜相关的圣物，并告诉他直到觉得没有希望返回色雷斯再打开这个盒子。到了他该返回的最后期限，他却没有回来。前者接连九次去到港口看后者的船是否出现，最后她相信后者再也不会回来了，她在绝望中自缢而亡	在前者自杀的同一天，在后者居住下来的克里特，后者正在与另一位女子举行婚礼。这位健忘的情人这时打开盒子，从里面出来一位精灵，后者的马受惊吓逃跑，后者摔下来，落在了自己的剑上被刺而死

续　表

主体	客体	原因	结果
(Phyllis，Thrace，Acamas or Demophon)			
菲纽斯2	珀耳修斯	前者认为后者夺去了他的未婚妻安德洛墨达	后者将前者的一部分随从杀死，然后用墨杜萨的头颅将前者及其剩余的随从都变成了石头
(Ethiopia，Andromeda，her mother Cassiopia，father Cepheus，uncle Phineus)			
克瑞乌萨	伊翁	前者以为后者是自己丈夫的私生子	前者派仆人用毒酒去毒死后者，后者因别人说了不吉利的话而没有喝这杯酒，后来真相大白，前者发现后者就是自己与阿波罗生的儿子
赫剌克勒斯	马人欧律提翁	前者在去厄利斯的路上，曾引诱过德克萨墨诺斯的女儿得伊阿尼拉，并答应回来后娶她。但在他回来之前，后者向得伊阿尼拉求婚了，德克萨墨诺斯害怕这个马人，所以不敢拒绝他的求婚	就在他们要举行婚礼的时刻，前者回来了，他杀掉了后者，自己与得伊阿尼拉结了婚。另一种说法是德克萨墨诺斯的女儿希波吕塔或谟涅西玛克被许配给了阿耳卡狄亚人阿赞，后者被邀请参加婚宴，在婚宴上他却劫持了新娘，前者及时赶到杀死了后者，把新娘又送还给阿赞
(Eurytion，Dexamenus，Deianeira，Hippolyta，Mnesimache，Arcadian Azan)			

主体	客体	原因	结果
赫剌克勒斯	欧律托斯	后者是俄卡利亚首领,他曾拒绝如约把女儿伊俄勒给前者,因为后者的儿子们(伊菲托斯除外)担心前者像从前一样在发疯时会杀死自己的孩子们。为了毁约,后者指责前者偷了他的牛	前者在临终之前向后者复了仇。后者及其三个儿子被杀,整个城池都被摧毁,伊俄勒被俘;一说前者确实偷了后者的牛,当伊菲托斯前去索要时,前者杀死了他,为此他被赫耳墨斯卖给翁法勒为奴,但后者拒绝接受前者把卖身所得的钱送给他作为他儿子被杀死的补偿,前者净罪后开始复仇;一说后者的牛实是奥托吕科斯所偷,伊菲托斯为了帮助前者摆脱偷窃的罪名就与他一起去找牛,途中,前者又一次犯了疯病,结果把伊菲托斯从提律恩斯的城墙上扔下摔死;另说后者是在要与阿波罗比赛箭术时被阿波罗杀死的。前者杀死伊菲托斯后,皮罗斯首领涅琉斯拒绝为他净罪。而且首领的大儿子珀里克吕墨诺斯(波赛冬是他真正的父亲)还曾帮助父亲把前者赶出了他们的领土。只有最小的涅斯托耳(涅琉斯与克罗里斯之子)提出应该为前者净罪,但却没人听从他的意见。一说涅琉斯和他的另外十一个儿子想掠夺前者的牛群,只有涅斯托耳没有参与此事。前者后来复仇的战斗主要是与

主体	客体	原因	结果
			珀里克吕墨诺斯之间的决斗。波赛冬给了珀里克吕墨诺斯变形的本领。当他变作一只蜜蜂后，雅典娜警告前者他所面临的危险，于是前者及时把珀里克吕墨诺斯杀死了。之后他杀死了涅琉斯和他的除了涅斯托耳之外的其他十个儿子。在这场战斗中，前者还伤害了包括赫拉和阿瑞斯在内的好几位神祇。一说涅琉斯并没有死，他后来在科林斯得病而死，并被埋在了那里

(Eurytus,Oechalia,Iphitus,Iole,Autolycus,Tiryns,Pylos,Neleus,Periclymenus,Nestor,Chloris,Corinth)

主体	客体	原因	结果
马人涅索斯	赫剌克勒斯	前者是伊克西翁和涅菲勒的儿子，他曾参加马人们和后者之间展开的战斗，被后者打退后他来到厄维诺斯河岸边，靠背人过河谋生，在这里他第二次遇到了后者。后者与妻子得伊阿尼拉来到了这条河边，后者自己先过了河，妻子得伊阿尼拉则由前者背着过河。但过到一半时，前者要强暴得伊阿尼拉。听到喊声，后者回身用毒箭射死了前者	在临死之前，前者把得伊阿尼拉叫到近前，让她从毒箭射入的地方收取凝结的血液（一说是血液与他要强奸时流出的精液的混合物），并欺骗她说，当后者有外心时，只要她用这些血液涂染他的紧身衣，那么她丈夫就会重新回到她的身边。那是从俄卡利亚带回伊俄勒之后，后者在向宙斯献祭之前，让利卡斯去向得伊阿尼拉要一件新的紧身衣。利卡斯告诉得伊阿尼拉说后者喜欢上了伊俄勒，得伊阿尼拉想挽回丈夫对自己的爱情，于

主体	客体	原因	结果
			是她就如前者所告诉的把这马人的毒血涂在了送给后者的紧身衣上。后者穿上这件衣服后，上面的毒性一遇到他的体热就开始散发，侵蚀他的肌肤，他向下撕衣服，他的皮肤就一块块地随着衣服被撕了下来。在难忍的疼痛之中，他把取衣服来的利卡斯扔进了海里（一说他抓住利卡斯的一条腿把他扔向天空，利卡斯被变成了石头，之后成了利卡狄亚岛，即贝壳上面的岛）。最后他爬上高大的柴堆，欲以自焚的方式来结束这种痛苦，但没人肯为他点火。波阿斯或他的儿子菲罗克忒忒斯终于点燃了柴堆，出于感激，后者把自己的弓和箭送给了菲罗克忒忒斯，但要他不要向任何人泄露自己的葬身之地。这样，前者用这一手段终于在死后杀死了后者，得伊阿尼拉得知真相后也用剑自杀。后者临死前把伊俄勒给了自己的儿子许罗斯

（Nessus，Ixion，Nephele，Pholus，Evenus，Lichas，Lichadian islands，Poeas，Philoctetes）

续　表

主体	客体	原因	结果
波吕克索	海伦	赫剌克勒斯有个儿子叫忒勒波勒摩斯,他在对特洛伊的围攻之中被萨耳珀冬杀死,他的妻子即前者为此向后者复了仇,因为此次战争毕竟是因后者而起	特洛伊战争结束后,墨涅拉俄斯带着后者从埃及返回希腊,看到罗得斯岛的时候他们要在那里登陆。知道了这个情况,前者召集岛上的居民拿着火把和石头聚集到海岸上,墨涅拉俄斯见状就放弃了在这里登陆的想法,可是海风又把他们吹到了岸边,无奈,他只好把妻子即后者藏在船上,然后让他最美的女仆穿上后者的衣服,把她送给罗得斯人让他们用石头砸死,他以这种办法救了后者。这些人的复仇心理得到了满足,也就允许墨涅拉俄斯一行人平安地离开了这里。一说墨涅拉俄斯死后,后者带着墨涅拉俄斯的两个私生子尼科斯特剌托斯和墨伽潘忒斯来到前者这里,前者假意热情地欢迎了他们,一天趁后者洗澡之机,前者让她的仆人们装扮成复仇女神突然抓住后者,把她吊死在了一棵树上,就这样前者为丈夫忒勒波勒摩斯复了仇。之后这棵树下长出一种有魔力的植物,可以医治蛇毒。一说后者是被尼科斯特剌托斯和墨伽潘忒斯驱逐出了斯巴达,于是她来到前者这里避难,前者让女仆扮成复仇女神吓唬后者,她被吓得歇斯底里后自缢身亡

续 表

主体	客体	原因	结果
(Polyxo，Tlepolemus，Rhodes，Rhodians，Nicostratus，Megapenthes，the Furies)			
弥诺斯	代达罗斯	后者曾为前者的妻子制一木牛，使她得以与神牛交配，后者还给了前者的女儿阿里阿德涅一个线团，使忒修斯得以逃出迷宫	后者与儿子被关进了他自己修建的迷宫，后来儿子伊卡洛斯在逃跑时从空中落入海里溺死
阿玛宗人	忒修斯	后者要遗弃从阿玛宗带回的安提俄珀，而决定娶淮德拉，安提俄珀这时已为后者生了儿子希波吕托斯	前者发动了进攻阿提卡的复仇行动，这次复仇就在后者与淮德拉结婚那天进行。安提俄珀率领阿玛宗人想攻入宴会大厅，但是客人们关上了门，并且杀死了安提俄珀。一说阿玛宗人进攻是为了解救安提俄珀，她却帮助后者与自己姐妹们作战，结果在战斗中被杀。按照这种说法，是在她死后后者才娶了淮德拉。一说按照神谕的命令，在战斗一开始后者就把安提俄珀作为牺牲杀死献给了恐惧之神福玻斯
(Antiope，Phaedra，Hippolytus，the god of Fear，Phobus)			
色雷斯首领林叩斯的妻子拉厄托萨	忒柔斯	后者的妻子普罗克涅是前者的朋友，而后者拐走了妻妹菲罗墨拉放在了前者处	前者向普罗克涅说明了后者所犯下的罪恶，并鼓动她向后者复仇。这时普罗克涅已为后者生下了一个儿子叫伊提斯，后者强奸了菲罗墨拉后割掉了她的舌头，因怕她泄露秘密。菲罗墨拉把自己的遭遇编织在衣服里告知普洛克涅，普洛克涅知道实情后杀死了儿

续　表

主体	客体	原因	结果
			子伊提斯,并把他炖了给愚蠢的后者吃,然后与妹妹迅速逃离。后者得知真相后手持斧头去追赶这姐妹二人,二人请求神祇救助她们,宙斯可怜她们,就把她们都变成了鸟,普罗克涅被变成了一只夜莺,菲罗墨拉被变成了一只燕子,后者也被变成了一只戴胜
(Lynceus, Thrace, Laethusa, Tereus, Procne, Philomela, Itys)			
女儿拉里萨	父亲皮阿索斯	后者是泰萨利的一位首领,他强暴了前者	一天,当后者正向一个大酒桶里看时,前者把他推进桶里淹死了
(Larissa, Piasus, Thessaly)			
哈耳帕吕刻	自身	她爱上了伊菲克勒斯,但遭到了拒绝	她自杀身亡
(Harpalyce, Iphicles)			
克里特人	一个传令官	当达达的丈夫萨蒙战死之后,达达让后者护送她到附近城市去,以图再嫁。途中,后者却强暴了她,达达满含羞辱地用丈夫的剑自刺而死	前者用石头把后者就地打死,此地之后命名为无耻之地
普洛托斯的妻子安忒亚(一叫斯忒涅玻亚)	柏勒洛丰	前者对后者引诱未遂	前者向丈夫诬告说后者企图引诱她,普洛托斯于是将后者派到岳父伊俄巴忒斯那里,想让岳父把后者杀死。其岳父迫害未遂,结果将他的第二个女儿菲罗诺厄或卡珊德拉或阿尔西墨涅或安提克勒亚嫁给了后者,他们生一女儿,叫拉俄达弥亚,她与宙斯生下萨耳珀冬 2

续　表

主体	客体	原因	结果
（Proetus，Antea，Stheneboea，Bellerophon，Iobates，Philonoe，Cassandra，Alcimene，Anticleia，Laodamia，Sarpedon）			
柏勒洛丰	斯忒涅玻亚	反复仇	前者从吕喀亚返回后决定为自己所受的灾难向后者复仇，但是普洛托斯及时安排后者骑着前者的飞马珀伽索斯逃跑了，她途中落马被摔进海里淹死；一说她一听说前者回来了就自杀而死
（Lycia，Pegasus）			
俄喀娜	欧诺斯托斯	前者热爱后者，但遭到拒绝，她便在兄弟们（包科罗斯、俄肯墨斯和利翁）面前反诬后者要强暴她	前者的兄弟们杀死了后者，在悲痛中前者说出了真相，她的兄弟们害怕后者父亲的威胁逃走了，她自己则自杀身亡
潘伽欧斯	自身	他是色雷斯英雄，阿瑞斯与克里托布勒的儿子，他无意间强奸了自己的女儿	他在一座山上用剑自刺身亡，之后这座山就以他的名字命名
（Pangaeus，Critobule）			
阿玛宗人	忒修斯	后者先前曾到过阿玛宗，前者送许多礼物给他，不料他却将送礼物来的女子希波吕忒拐走为妻	前者对后者进行征讨，作战中后者的妻子希波吕忒被杀，最后战争和平解决

续　表

主体	客体	原因	结果
哈得斯	忒修斯与拉庇泰英雄庇里托俄斯	后者的友谊是在忒修斯到了中年的时候结成的。一天,他们决定每人都娶一位宙斯的女儿,因为他们自己就是两位最伟大的神的儿子,忒修斯的父亲是波赛冬,庇里托俄斯是宙斯的儿子。他们先绑架了海伦,忒修斯那时五十岁,而海伦还没到结婚的年龄,他们两个是以抓阄的办法决定海伦该归谁所有的,同时约定得到海伦的人将帮助另一个人去绑架珀耳塞福涅,忒修斯得到了海伦,他把她留在了自己母亲埃特拉处看管。趁他们去地狱之机,狄俄斯库里兄弟即卡斯托耳和波鲁克斯找到了他们妹妹海伦,并俘虏了埃特拉。他们还安排厄瑞克透斯的重孙墨涅斯透斯做了雅典首领	后者受到了前者的热情接待,他摆宴席欢迎他们,但是他们一坐下就再也站不起来了。忒修斯后来被赫剌克勒斯解救了,而庇里托俄斯则永远留在了地狱中

（Lapith，Pirithous，Helen，Persephone，Aethra，Dioscuri，i. e. Castor and Pollux，Erechtheus，Menestheus）

主体	客体	原因	结果
淮德拉	希波吕托斯	前者是后者的继母,与后者同岁,她勾引后者不成	前者在极端恼恨中自缢,并留下一封信对后者进行诬陷,丈夫忒修斯看信后遂请求波赛冬把后者毁灭。当后者乘车沿着海岸奔驰时,波赛冬打发一头牛出海,使马惊车覆,后者当场摔死(一说他被阿斯克勒庇俄斯救活,以维耳比乌斯的名字开始新生;另一说法,他被化作了御夫星座)
许厄托斯	莫罗洛斯	前者现场抓到了自己的妻子与后者通奸	前者杀死了后者之后进行了自我流放。据说他是第一个向通奸者复仇的人

续 表

主体	客体	原因	结果
（Hyettus，Molourus）			
女儿哈耳帕吕刻	父亲克吕墨诺斯	后者爱上了前者，在前者保姆的帮助下他与女儿发生了乱伦关系，后来他把前者嫁给了阿拉斯托耳，之后又深感悔恨，于是把前者从她丈夫那里绑架回来，并公开地据为己有	前者杀掉了弟弟或者是后者与她生的儿子，并把他的肉端给后者吃，后者得知真相后杀死了前者，之后自杀（一说他被变成了鸟）
克吕提亚	琉科托厄	赫利俄斯先爱前者，后又爱上了后者而遗弃了前者	前者把后者的事告诉了后者的父亲，前者却因此被活埋而死，从此赫利俄斯再也没有光顾后者，后者在饱受爱的煎熬之后变成了向日葵
父亲阿萨翁	女儿尼俄柏	当后者的丈夫菲罗托斯在西皮罗斯山上被杀以后，前者要与后者发生乱伦关系，后者不从	前者邀请后者的二十个孩子前去赴宴，用火把他们全部烧死，后者绝望之中跳崖自杀，之后前者也发疯自杀
达那俄斯	埃古普托斯	二者是兄弟，前者有五十个女儿，后者有五十个儿子，兄弟二人发生了争吵，前者带领女儿们逃往阿耳戈斯，后者的儿子们追踪而至，要强娶前者的女儿们以霸占前者的财产	前者在极不得已的情况下假意允婚，在新婚之夜除了女儿许珀耳涅斯特拉（或许珀耳墨斯特拉）饶了丈夫林叩斯（因为他没有破坏她的童贞）外，其余四十九个新娘全部把新郎杀死。许珀耳涅斯特拉被带到父亲面前，但多亏阿佛洛狄忒的帮助，她得到了饶恕，她与林叩斯离开了，后来生子阿巴斯

（Danaus，Hypermestra or Hypermnestra，Danaids，Lynceus，Abas）

主体	客体	原因	结果
林叩斯	达那俄斯	后者唆使他的女儿们杀死了前者的四十九个弟兄	前者将后者和他的女儿们(前者的妻子许珀耳涅斯特拉除外)全部杀死,据说后者的女儿们即达那伊得斯姊妹在地狱中被罚永远在往漏底的桶里灌水
米勒托斯人许普西科瑞翁	那克索斯人	前者有个来自后者中的朋友叫普罗墨冬,前者的妻子涅阿厄拉爱上了他,一次趁丈夫不在的时候,她强迫他与她发生了暧昧关系。出于恐惧,普罗墨冬逃回了那克索,但涅阿厄拉跟着他	前者前去要求自己的妻子返回,涅阿厄拉却躲进了普律塔那翁神坛处,她拒绝跟丈夫回去。后者劝前者说服妻子,而不要使用暴力把她拉出圣地,前者因此感到受了后者的侮辱,他说服米勒托斯人对后者发动了战争

(Miletus, Hypsicreon, Promedon, Naxians, Neaera, Prytanaeum)

阿尔基拉俄斯	喀修斯	后者被敌人围住时许诺前者被救后会把女儿和首领之位都给前者,前者以单独决斗的方式结束了战斗,救了后者	之后后者听信谗言,不想履行诺言。为了不留下坏名声,他欲置前者于死地,为此他设下了燃着炭火的陷阱,但前者得人告密,他把后者扔进了陷阱
安忒诺耳	刻法罗尼亚	后者是一个暴虐首领,他要求年轻的姑娘在结婚前都要被带到他那里	后者的暴政一直持续到前者扮成一个姑娘,在床上用匕首将后者杀死,之后前者接替了首领之位

(Antenor, Cephalonia)

续　表

主体	客体	原因	结果
父亲阿敏托耳	儿子福尼克斯	前者是波俄提亚厄勒翁的首领，他有个姘妇叫福提亚或克吕提亚，前者的妻子即后者的母亲叫希波达米亚或克勒俄波拉或阿尔刻墨得，她嫉妒丈夫的姘妇，遂让后者去诱奸了这个女子（或福提亚引诱后者不成，遂在前者面前诬陷后者对她不轨）	前者弄瞎了后者的眼睛，后者然后藏到了珀琉斯处，珀琉斯把后者领到了马人喀戎处，喀戎使后者恢复了视力，珀琉斯然后使后者成了多罗皮亚人的首领，并把儿子阿喀琉斯交托给他。后者作为顾问与阿喀琉斯一起参加了对特洛伊的战争

（Phoenix，Amyntor，Eleon，Boeotia，Hippodamia，Cleoboula，Alcimede，Phthia，Clytia，Peleus，Centaur Chiron，Achilles，Dolopians，Troy）

赫洛	自身	勒安得耳爱着前者，他每天夜里游过塞斯托斯和阿比多斯之间的海峡前去与赫洛幽会。一夜，暴风雨把赫洛为他引路的灯吹灭了，结果他淹死了	前者后来也投海自尽

（Leander，Hero，Sestos，Abydos）

雅典的年轻人墨勒斯	自身	前者被住在雅典的外来人提玛戈拉斯所爱，但是前者轻视提玛戈拉斯对他的这份感情，他就想出各种怪事让提玛戈拉斯去做，他最后让提玛戈拉斯从阿克洛波利斯悬崖顶上跳下去，提玛戈拉斯毫不犹豫地跳下去了	墨勒斯为自己所干的事情感到恐惧，最后自己也从悬崖上跳了下去。据苏伊达斯所说，是墨利托斯爱着提玛戈拉斯，但遭到了他的拒绝，于是在绝望之中墨利托斯从悬崖上跳了下去，提玛戈拉斯也跟了下去，在墨利托斯的身上自杀了

（Meles，Timagoras，Acropolis，Suidas，Melitus）

埃俄罗斯的儿子玛卡柔斯	自身	前者与自己的姐姐卡那刻发生了乱伦关系，事情终于被发现	前者自杀身亡

（Aeolus，Macareus，Canace）

续　表

主体	客体	原因	结果
欧福拉忒斯	自身	有一天前者发现他的妻子旁边好像躺着一个陌生人,他就杀死了他	结果前者发现这是自己的儿子阿克索尔托斯。认识到自己的错误之后,前者绝望地跳进了墨罗斯河,之后这条河就以他的名字命名了
(Euphrates,Axurtus,Melos)			
忒勒斯托耳	密厄诺斯	后者是前者与阿尔菲西波亚生的儿子,后者的继母在忒勒斯托耳面前诬告说他对她怀着非分的情感	后者知悉后逃进了大山,前者带着一队仆人前去追捕,后者在绝望之中跳下了悬崖
(Myenus,Telestor,Alphesiboea)			
俄里翁	首领俄诺庇翁	前者与赛德1结了婚,赛德1非常可爱,但是她太骄傲了,她认为自己比赫拉还美,结果被赫拉投进了塔耳塔洛斯。前者失去妻子后,后者邀请前者去到喀俄斯,要前者为他除掉岛上的野兽。前者爱上了俄诺庇翁的女儿墨洛珀,但是后者反对他们相爱,前者一次酒醉后想强暴墨洛珀(一说是后者使俄里翁醉了酒)。后者趁前者在岸边熟睡之时向他复仇,他弄瞎了前者的双眼	前者去到赫淮斯托斯的铸造间找了一个叫刻达利翁的小孩,前者把他放在肩膀上为他指路,他们向着太阳升起的地方进发,这样赫利俄斯之光使前者重见了光明。他视力恢复后马上去找后者进行反复仇,但结果未遂,因为赫淮斯托斯为后者建了一间地下室供他藏身;一说后者的孩子们把他藏在井底,这样躲避过了发怒的前者
(Orion,Oenopion,Chios,Merope,Cedalion)			

第五章　余　　论

　　最后,我们来看一下希腊神话传说中复仇情节的异变、来自埃及和巴比伦方面的影响及复仇主题对后世的意义。

第一节　希腊神话传说中的复仇情节异变

　　关于希腊神话传说中的复仇情节异变,前面各章节已有所提及,标志是"一说""另说""有的说"等字样,这里我们再进一步详细地探讨一番,前面已提及的便不再赘述。

　　摩尔根说,希腊人的"氏族乃是古典世界那一套宏伟的神话所由产生的源泉"[①]。当初各个氏族有自己专奉的神祇和英雄,之后才渐渐融合,终于最后形成了整个希腊民族共同的神话传说体系。而在这一体系形成过程中和形成之后的流传过程里,最初的复仇情节可能适时适势地会发生多方变化。毕竟,各地有各地的信仰习惯,不同时代不同的人又随各自的异趣对原有复仇情节的细处进行变化多样的演绎,这样的过程也确实是在所难免。列维-斯特劳斯(Claude Levi-Strauss)说:"同一个神话从一种变体到另一种变体,从一个神话到另一个神话,相同的或不同的神话从一个社会到另一个社会——有时影响架构,有时影响代码,有时则与神话的寓意有关,但它本身并未消亡。因此,这些变化遵循一种神话素材的保存原则,按照这条原则,任何一个神话永远可以产生于另一个神话。"[②]这里指出了形式和内容两方面的变化,同时对变化中所遵循的一条重要原则进行了概括,那就是不管如何变化,原初的神话传说都会有重要的因素被保存下来,

---

　　①　摩尔根:《古代社会》,杨东莼、马雍、马巨译,第287页。
　　②　克劳斯·列维-斯特劳斯:《结构人类学》,陆晓禾、黄锡光等译,文化艺术出版社1989年版,第259页。

列维-斯特劳斯接下来又形象地称这种被保留下来的因素为音乐家叫作"旋律"的东西。

一、发生异变的几种要素

在神话传说形成的早期，由于口头创作有着很大的随意性，其所发生的变化也就异常复杂。这里，我们只能就几种主要的变化概括如下：

第一，在神话传说流传融合的过程中人物的名字和情节都可能发生异变。

根据赫西俄德说，阿瑞斯与珀罗皮亚（Pelopia）生的儿子库克诺斯2在去得尔斐的路上抢劫，赫剌克勒斯受阿波罗指使除掉了他。阿瑞斯因此替儿子向赫剌克勒斯复仇，雅典娜却使他投出的矛偏转方向，赫剌克勒斯则刺伤了他的大腿，他被迫逃回了俄林波斯山，这是阿瑞斯复仇没有成功的例子。据斯忒西科洛斯（Stesichorus）和品达说，赫剌克勒斯第一次发现自己面对着阿瑞斯和库克诺斯2，他就后退了，后来发现库克诺斯2只身一人的时候他就杀死了他，这里没有提到赫剌克勒斯伤害过阿瑞斯；另据阿波罗多洛斯（Apollodorus）所说，库克诺斯2是阿瑞斯与皮瑞涅（Pyrene）生的儿子，他被赫剌克勒斯杀死后，阿瑞斯来为他复仇，但宙斯用雷电把他们分开了，因为他们毕竟是同父异母的兄弟。首先看这则传说中人物名字发生的异变，赫西俄德说库克诺斯2的母亲是珀罗皮亚，而阿波罗多洛斯却说是皮瑞涅，这是在发音上出现了些许不同的结果。而在情节上，斯忒西科洛斯和品达关于赫剌克勒斯杀死库克诺斯的过程说得要更详细一些，而在阿瑞斯替儿子复仇的结果上，赫西俄德与阿波罗多洛斯在说法上却又出现了差异，相对而言，阿波罗多洛斯的说法相对要温和折中一些。劳里·杭柯在《神话界定问题》一文中说："赫西奥（俄）德在其《神谱》及荷马在其史诗（或这些著作的编纂者们）中都是传说的信徒和传播者，但他们大概都允许自己在阐释或诗化表达上有一些自由。"[1]我们看到，其他的诗人也同样广泛地拥有着这种自由。

雅典娜既是智慧女神（可能是从她与波赛冬比赛以智慧取胜而演绎出来的）、女战神（她在战斗中对阿瑞斯总是要略胜一筹），同时也是司纺织的女神，她的复仇主题也就体现着这些方面的特征。据某些作家说，巨人帕拉斯（Pallas）是雅典娜的父亲，他企图强暴自己的女儿雅典娜，结果雅典娜

---

① 阿兰·邓迪斯编：《西方神话学论文选》，朝戈金、尹伊、金泽等译，第 60 页。

杀死了他,并剥了他的皮自己穿上(一说用它制成了盾),她还取下了他的翅膀安在了自己的脚上。这比雅典娜是从宙斯的头中全副武装地诞生出来的神话更少一些神幻因素,也便更贴近于现实。从雅典娜杀死父亲帕拉斯的说法中我们也可以得出她具有尚武的倾向,这与她在神话传说中女战神的身份是相吻合的,估计这是较早的说法,也与她的全名帕拉斯·雅典娜相合拍,后来为了使整个希腊的神话系统化,才使雅典娜成了宙斯的女儿。一说帕拉斯是雅典娜一位女友的名字,她在玩耍中无意杀死了女友,便把女友的名字加在了自己的名字之上。

　　第二,关于复仇情节中的复仇主体往往也会说法不一。如关于俄里翁的传说就是这样。赫利俄斯的姊妹厄俄斯爱上了俄里翁,因此众神对俄里翁大发雷霆,他被阿耳忒弥斯用箭射死,一说阿耳忒弥斯是因为受了他的侮辱而杀死他的,一说他是被蝎子咬伤致命的。这则神话总体上的稳定性是美男子俄里翁年轻早逝了,我们不妨大胆地推测一下,"他是被蝎子咬伤致命的"是最初说法,后人推及原因,便把这原因归到了神那里;接下来是众神如何处死了他的问题,那就派阿耳忒弥斯用箭把他射死吧,因为即便他是美男子,对坚守处女之身的狩猎女神来说他引起的也只能是仇恨;接下来人们又进一步把他致死的原因归到了阿耳忒弥斯本身。从这则传说中我们看到,复仇情节的变化中具体的复仇主体的变化可能是经常发生的。再如科洛尼斯的传说。她与阿波罗相好,生了阿斯克勒庇俄斯。科洛尼斯的父亲佛勒古阿斯(Phlegyas)为此发怒,放火焚烧得尔斐的阿波罗神庙,因此被众神处死;一说他死于宙斯之手,一说他死于本族人之手,一说他在欧波亚(Euboea)被吕科斯(Lycus)和倪克透斯(Nycteus)兄弟二人杀死。他在地狱永受磨难:他坐在一块摇摇欲坠的巨石下面,时刻都有被砸烂的危险。一说是阿波罗发现科洛尼斯嫁给了伊斯库斯(一说只是与他有私情)而对他变心,于是用箭射死了她,或是阿耳忒弥斯因此射死了她,于是引起了科洛尼斯的父亲佛勒古阿斯的愤怒。这里面,复仇主体变化多端,这些变化同时引发了情节上的变化。在以上种种变化中,综合观之,无外乎都是以一基本情节为中心,而在行为主体上却出现了细微的差异。①

　　第三,复仇主题中涉及人物子女数量时往往会出现不同的说法。在人类社会早期人口缺乏的时代,具有旺盛的生育能力确实是一件值得骄傲的事情。尼俄柏1因子女众多而嘲笑女神勒托只有一儿一女,即阿波罗和阿耳忒弥斯,并禁止忒拜妇女向勒托奉献祭品,这实际上就是对生育能力低下的女神的公开蔑视。之后阿波罗和阿耳忒弥斯为母亲勒托复仇,阿波罗在喀泰戎山上射死了尼俄柏1的七个儿子,孩子们的父亲安菲翁(Amphion)为此自杀身亡(一说他在疯狂中要毁坏阿波罗的一处神庙,所以被阿波罗用箭射死),几乎同时阿耳忒弥斯在尼俄柏1家中将其七个女儿射死。尼俄柏1自己也被变成了石头,但是她还一直在哭泣,现在人们还能从这块岩石上看到泉水涌出,这里面含有溯源神话的成分。一说她一直在伤心哭泣,神祇终于滋生了同情,于是把她变成了石头。尼俄柏的孩子们被杀死后暴尸十天,在第十一天,阿波罗和阿耳忒弥斯亲自埋葬了他们。② 按照大多数神话学家的说法,尼俄柏1只生有七男七女,按照荷马传统(the Homeric tradition),他们生有六男六女,赫剌克勒亚的赫洛多洛斯(Herodorus of Heraclea)说是二男三女,而按照悲剧家们的说法,则是十男十女。其中一种说法认为,尼俄柏1是阿萨翁(Assaon)的女儿,阿萨翁把她嫁给了阿绪里亚人(Assyrian)菲罗托斯(Philottus),但菲罗托斯在狩猎时死了,阿萨翁迷上了自己的女儿,但尼俄柏1却拒绝向他屈服,于是阿萨翁宴请他的二十个外孙,即尼俄柏1的孩子们,在宴会期间,阿萨翁把宫殿点着,把这些孩子全部活活地烧死。阿萨翁难堪自责之情,他终于自杀而死,尼俄柏1

要么被变成了石头,要么跳崖自杀了。这种说法虽与传统说法有异,但却很可能是尼俄柏的神话所赖以形成的事实根基。在孩子数量上说法不一的还有伊阿宋和美狄亚的孩子及忒修斯向克里特奉献的童男童女,详见前文。

第四,复仇情节的异变也可能是时间或空间上的变化。阿兰·邓迪斯在《潜水捞泥者——神话中的男性创世说》一文中说:"神话的确发生变化,对某一个神话的若干个变化进行仔细的研究,可能会发现这些变化一般是以时空中某些具体点为中心的。即使比起神话的整个结构的稳定性,这些变化不算太大,仍然可以被视作表示文化发生变化的有意义的信号。"①

下面看时间上变化了的例子。涅琉斯和珀利阿斯是提洛(Tyro)和波赛冬(或河神厄里剖斯,Eripeus)的儿子,提洛嫁给了克瑞透斯(Cretheus),涅琉斯和珀利阿斯出生时被母亲抛弃了,他们长大后重新找到了母亲,发现她正被克瑞透斯的第二个妻子西得洛(Sidero,一说她是提洛的继母)残酷地虐待着。涅琉斯和珀利阿斯向西得洛进攻,开始的时候他们无法杀死她,因为她躲在赫拉的神庙里。然而珀利阿斯闯入禁地,就在祭坛上杀死了西得洛。后来这兄弟俩为忒萨利亚的统治权而发生了争斗,涅琉斯遭到了珀利阿斯的流放,他去了墨赛尼亚(Messenia)。一说他们杀死西得洛后,提洛才嫁给克瑞透斯,与他生下了三个儿子,即埃宋(Aeson,伊阿宋的父亲)、斐瑞斯(Pheres)和阿米塔翁(Amythaon)。在这则关于复仇的传说中,在提洛嫁给克瑞透斯的时间上出现了不同说法,一说是在杀死西得洛之前,一说是在这之后。这就引发了这则传说中人物身份上的变化。提洛若是在儿子们杀死了西得洛之后才嫁给了克瑞透斯,那么西得洛便不是克瑞透斯的第二个妻子,而该是第一个妻子,这时提洛或为女仆,或为奴隶,因其相貌美丽所以备受西得洛的虐待。只有在杀死西得洛之后,提洛才得以补缺而成为克瑞透斯的第二个妻子。而在西得洛是提洛继母的说法中,则是只有在杀死了这个严苛的继母之后,提洛才获得了嫁人的自由,这反映了当时继母已经对继子女有着足够的掌控权。

下面看复仇情节在空间上的变化。叫作忒尔喀涅斯(Telchines)的凶恶的海精们常常危害人和神,他们把冥河斯堤克斯河之水喷洒在罗得斯岛田野上,使全岛成了不毛之地。因此,海精们被阿波罗或宙斯杀绝;一说罗得斯岛被淹没,海精们迁往克里特岛、塞浦路斯(Cyprus)岛、吕喀亚和其他地方。在这则神话中,关于对海精们复仇的主体上有所不同,一说是阿波

---

① 阿兰·邓迪斯编:《西方神话学论文选》,朝戈金、尹伊、金泽等译,第60页。

罗,一说是宙斯;而在海精们迁徙到别处的说法中,便产生了地点即空间上的变异。若是我们现在把以上的不同说法进行概括的话,就会产生一种新的说法:叫作忒尔喀涅斯的凶恶的海精们常常危害人和神,他们把冥河斯堤克斯河之水喷洒在罗得斯岛田野上,使全岛成了不毛之地,宙斯因此淹没了罗得斯岛,于是海精们迁往克里特岛、塞浦路斯岛、吕喀亚和其他地方。而出生在罗得斯岛上的阿波罗追逐到了这些海精,把它们全部射杀了。可能是有人发现在克里特岛、塞浦路斯岛、吕喀亚和其他地方也存在过关于这种海精的传说,为了追求完备,于是便对原来的传说做了地点上的改变,这样就增强了这则传说的概括力。

二、发生异变的原因

与复仇主题有关的神话传说发生异变有着各种各样的原因,但无外乎都是为了满足随时随地的需要。这里,我们就引起这些异变的几种主要原因试析如下:

第一,不同的作者、不同的时代都是形成差异的原因。后代会有综合前代的倾向,这些作者会认为前代的说法甚至不合乎最起码的神话传说的逻辑,于是便舍弃了其中比较怪异之处。如关于阿喀琉斯的命运有两种说法。一种是他命定要死在阿开亚的城门之下;另一种有选择的余地:一是在和平生活中尽养天年,一是在战争中光荣而短命地死去。这后一种说法该是后产生的,它不仅更合理一些,而且它也可以把前一种说法包容在内,那就是阿喀琉斯如果选择参加战争,就一定会死在阿开亚的城门之下。雷蒙德弗茨在《神话的可塑性:来自提皮亚人的实例》一文中说:"同一神话的各种情节的差异,不仅是发挥想象进行创造的结果,而且还在某种程度上与讲述人的利害差异有关。……除了内部的或个人的其他特殊因素外,使神话有各种不同说法的原因乃在于组织神话和讲述神话中的不同美学兴趣。"[1]作者举提皮亚人的实例说明有的"神话是在应付挑战的情况下产生的:要想不失去地位或物质利益,就必须对事件做出证明或解释"[2]。后人将阿喀琉斯的命运改得更符合现实可能性了,从美学上说这更符合亚里士多德所提倡的原则,那就是文学作者应该把不可能发生的事情努力写成可能的,这对悲剧家、神话的创造者及后世的小说家来说都是更明智一些的

---

① 阿兰·邓迪斯编:《西方神话学论文选》,朝戈金、尹伊、金泽等译,第276—277页。
② 同上,第285页。

选择。

　　第二，神话传说会随着社会生活的发展变化而发生变化。"在早期发展阶段，神话短小、简陋，尚属原始，多针对某事某物而发，不可能有连贯的情节。伴随社会发展水平的提高，人们的思维方式有所发展和变化，神话也在发展和变化。"①我们看到更多的是，后代会将前代的神话传说情节演绎得愈见繁复而具体化了。这里举菲纽斯(Phineus)的传说为例。菲纽斯囚禁了先妻克勒奥帕特拉(Cleopatra)，又听信新妻伊达亚(Idaea，达耳达诺斯〔Dardanus〕的女儿)的谗言说他的两个儿子潘狄翁(Pandion)和普莱克西波斯(Plexippus)要强暴她，他于是弄瞎了自己两个儿子的眼睛；宙斯为此惩罚菲纽斯，让他在死亡和失明之间做出选择，菲纽斯选择了失明。赫利俄斯因为一个凡人居然愿意永远不见太阳而大发雷霆，打发哈耳庇厄到菲纽斯那里窃取和污损他的食物，于是这个不幸者就长受饥饿之苦(一说是宙斯派的哈耳庇厄)。后来阿耳戈英雄们的远航参加者卡拉伊斯和仄忒斯(玻瑞阿代兄弟)即菲纽斯前妻克勒奥帕特拉的兄弟们解救了克勒奥帕特拉，杀死了菲纽斯；一说是他们弄瞎了他的眼睛；一说菲纽斯的眼睛是被珀耳修斯弄瞎的；一说菲纽斯只是残酷地虐待他的两个儿子，是伊达亚挖出了他们的眼睛；一说是克勒奥帕特拉弄瞎了她的两个儿子以惩罚菲纽斯再婚。据另一说法，两个孩子是被两个舅舅弄瞎眼睛的。阿斯克勒庇俄斯使两个孩子恢复了视力，宙斯十分愤怒，就用雷电击毙了阿斯克勒庇俄斯。以上的说法纷繁复杂，应该都是后人进一步推演创造的结果。而根据广泛流传的神话传说，玻瑞阿代兄弟驱逐了哈耳庇厄，解救了菲纽斯，这应该是这则传说最原始的粗括模式。G·S.柯克在《论神话的界说》一文中说："如果故事的功用处在世代嬗替中变化，或者处在社会更迭中的神话发展过程里，这个故事的核心或情节，就必然得根据不同的习俗、需要和占主导地位的观念而允许有不同的重点和解释。从这个意义讲，神话总在变化之中……"②"正如已经指出过的那样，从故事讲述者方面来说，神话的不同功用取决于不同的兴趣、方法与不同类型的想象；……例如在埃斯库罗斯和赫西奥(俄)德笔下的普罗米修斯所扮演的角色有微妙的差别，而且可以推断，在神话肯定已经获得了发展的前文字时代，这一角色还是会有另外的

_____

　　① 魏庆征编：《世界神话珍藏文库》，北岳文艺出版社、山西人民出版社1999年版，总序第2页。

　　② 阿兰·邓迪斯编：《西方神话学论文选》，朝戈金、尹伊、金泽等译，第77页。

差别的。"①他的这种说法,对于神话和传说中的复仇主题在情节变异方面都同样适用。

再次,已有的神话传说情节往往会为类似情节发生演变时提供借鉴,而祭司往往会在这其中发挥至关重要的作用。阿罗伊代兄弟要登上天庭,普遍的说法是阿耳忒弥斯化为赤牝鹿从他们中间穿过,他们用矛刺鹿,彼此误伤致命;另一说法是阿波罗杀死了他们。另有神话说,兄弟俩死后仍然受着惩罚:他们在地狱被锁在一根大柱上,耳朵永受枭叫的折磨。这死后继续受着惩罚,估计是后人根据坦塔罗斯 2、西绪福斯的传说而加以演绎的。梵·巴仁在《神话的灵活性》一文中说:"神话的不可改变性虽然在理论上得到维护,但在实际中它是可能改变的,并且确实在发生着变化。当然,这种改变过程在无文字的文化中比在有文字记载的文化中要容易一些,因为在后一种文化中,若出现不符,是可以查对出来的。"②估计把向阿罗伊代兄弟复仇的殊荣加在阿波罗身上一定是后世信奉阿波罗的人所为,这出自阿波罗神庙的祭司之手的可能性最大,他们不只人数众多,而且因为拥有告知神谕的特权,多为阿波罗添加些荣誉对这些祭司自身十分有益。"由于祭司的苦心炮制,一种异常烦冗的神话应运而生;这种神话反映了祭司和统治阶级的需要"③。

第四,在复仇情节的演变中,最早的人道主义因素也发挥了作用。梵·巴仁说:"在远古时代第一次准备杀牲祭祀时,被带来准备杀死的奴隶,变成了一条水牛。神话的这一改动,使后来以水牛代替杀活人祭祀成为可能。""许多情况下神话的改变是外界影响造成的。""没有外界影响,神话也会改变。信仰调和只是可能的原因之一。我认为,这一改变过程的原因是在神话本身的特性之中。"④我想,最早的人道主义因素是使人们希望被杀掉献祭的不是人而是动物,在已经有了以动物代替活人祭祀的习俗上的变化之后原有的以人祭祀的神话才被后人进行了更多的改动。《伊利亚特》中写阿喀琉斯生捉了十二个特洛伊俘虏在帕特洛克罗斯的葬礼上做了祭品,这与希腊大军出发前以伊菲革尼亚献祭同样反映了当时浓厚的杀活人祭祀的习俗。但随着这项习俗的逐渐被废除,祭品慢慢地演变成了动物替代品,伊菲革尼亚在祭坛上被阿耳忒弥斯用鹿代替、她本人被女神救到

① 阿兰·邓迪斯编:《西方神话学论文选》,朝戈金、尹伊、金泽等译,第77—78页。
② 同上,第288页。
③ 魏庆征编:《世界神话珍藏文库》,总序第2页。
④ 同①,第290—292页。

了陶立斯人中的神话也就产生了。文字、印刷术产生了之后,有的演变很可能只是由于编者的马虎所致,如阿喀琉斯所捉的俘虏数在《古典神话辞典》中就由十二个变成了二十个,应该就是这种原因造成的。①假如我们不小心打印和校对的话,那么以后神话中的演变还不知道会发展到什么地步呢。梵·巴仁说:"在神话和现实世界之间出现冲突的情况下,一种作用力必须让步、改变或消失。""神话的特点不是趋于消失,而是,从我们所说的神话灵活性来看,要发生变化。""这个世界的现实是不易发生根本性变化的。因此,出现冲突时,总是神话要发生变化。"②塞壬姊妹本是美貌异常的海上姑娘,因为她们没有援救被哈得斯劫走的珀耳塞福涅,得墨忒耳发怒,下令在她们身上长出鸟脚,她们被变成了海妖;一说她们自己请求把她们变成鸟的形状,为了便于寻找自己的女友珀耳塞福涅。后一种说法应该是出现在人情味较浓的时代,于是神话发生了相应的改变。

　　有的说法,很可能是摆脱了神话学家们从主观喜好出发所推崇的一贯说法从而还原了最初的说法,如百手巨人埃该翁(Aegaeon)在俄林波斯山众神与提坦神族战斗的过程中不是与俄林波斯山联合,而是站在提坦一边,这虽与新神神族的利益不合,却往往可能是较早的说法。

　　最后,在由各地域神到最后形成统一的全希腊之神的过程中也一定会造成很多神话传说的改变。例如,"在厄利斯,珀罗普斯像神祇一样受到尊崇,人们用黑绵羊来祭祀。由此可以设想,他是当地的一位下界神祇,只是在确定全希腊性的众神以后才失去意义,降为英雄"③。再如美狄亚,"神话……说她是太阳神赫利俄斯的孙女,有起死回生的神奇法术;说他乘飞龙车飞行。这些都证明她本来是一位女神,后来才失去这种身份"④。

　　阿伽门农与阿喀琉斯本来都是希腊当地崇拜的神,后来分别为宙斯与阿瑞斯所取代。"阿伽门农在伯罗奔尼撒半岛和玻俄堤亚(Boeotia)的许多地方受到崇拜。这一事实表明:阿伽门农最初大概是当地尊崇的神祇,后来才让位于宙斯的。这一点,从宙斯祭祀用的一个别名——宙斯·阿伽门农可以得到证明。在艺术作品中,阿伽门农的形象颇似宙斯,手执权杖,神态安详而威严。"⑤关于阿喀琉斯,现藏巴黎名叫阿喀琉斯·玻耳革泽的阿

　　① Pierre Grimal, *The Dictionary of Classical Mythology*, translated by A. R. Maxwell-Hyslop, p. 7.
　　② 阿兰·邓迪斯编:《西方神话学论文选》,朝戈金、尹伊、金泽等译,第295—296页。
　　③ 鲍特文尼克、科甘、帕宾诺维奇等编著:《神话辞典》,黄鸿森、温乃铮译,第248页。
　　④ 同上,第194页。
　　⑤ 同上,第17页。

喀琉斯雕像被许多人当作阿瑞斯像,再加上他本人出奇地好战就是我们推理的依据。"可能只是由于荷马的史诗,他(阿瑞斯)才在奥林波斯山诸神中占一席之地。在希腊,对他的崇拜并不盛行,史料几乎没有提到敬奉他的地方。"①

同理,俄狄浦斯和埃勾斯也可能是从先前的受崇拜的神祇到后来才降格而为英雄的。"俄狄浦斯可能是希腊时代以前的神。希腊南部和中部还保留着古典时代对他的崇拜的余迹。"②"埃勾斯看见黑帆,以为儿子已死,绝望中投海自尽,这个海因此得名埃勾斯海(通译爱琴海,Aegean Sea)。这传说是一个推源论的神话,旨在说明这个海(在希腊时代以前)不可理解的名称。埃勾斯这个名字最初大概是波赛冬的地方性别名之一。随着爱奥尼亚人四处播迁,他们的部落神波赛冬便成了全希腊的海神,而埃勾斯则成了希腊神话中的独立人物。埃勾斯同这位海神的关系仍保留在波赛冬祭祀的别名——波赛冬·埃勾斯上面。"③同时,也体现在忒修斯的父亲或是埃勾斯或是波赛冬的两种说法上。"有些英雄、精灵、神女原先是独立的神祇,而在奥林波斯教中则处于从属地位。"④这是一条普遍规律。

埃及神话这方面的内容应该对我们上面所说的起到一定的佐证作用。在埃及,很多地域神后来都与太阳神拉(Ra, Re)合二为一了,如索贝克(Sobek)与拉合并后被称为"索贝克—拉"(Sobek Ra),阿蒙(Amon)与拉合并后被称作"阿蒙—拉"(Amon Ra),阿图姆(Atum)与拉合并后则称"阿图姆—拉"(Atum Ra),等等。⑤ 奥西里斯(Osiris)的崇拜传入阿比多斯后,与阿比多斯(Abydos)原有的大神亨提亚门提(Hentiamenti)合为一处,称为奥西里斯·亨提亚门提(Osiris Hentiamenti)。⑥ 这应该能够进一步提示我们,希腊的合成神名也必然有一部分是所崇拜之神或英雄合二为一的结果。毕竟,英雄死后渐渐地就可能被神化了。对此,弗雷泽说:"权力强大的斗士、酋长和国王,这些人的灵魂就比普通人的灵魂更受崇敬,因而也得到更多的敬意。只有当这种崇敬和敬意达到了非常高的程度时,也许才可以被看成是对死者的神化。大量证据表明,许多国家的死者就是这样被提

---

① 鲍特文尼克、科甘、帕宾诺维奇等编著:《神话辞典》,黄鸿森、温乃铮译,第 29 页。

② 同上,第 89 页。

③ 同上,第 39 页。

④ 同上,第 51 页。

⑤ 魏庆征编:《世界神话珍藏文库·古代埃及神话》,北岳文艺出版社、山西人民出版社 1999 年版,第 202—204 页。

⑥ 同上,第 219 页。

拔到神的行列里的。"①人们敬爱的结果,往往就是"死者被合乎逻辑地敬奉为神"②,或是先经历一个半神形象的过渡。

《神话辞典》中说,克律萨俄耳(Chrysaor)是"阿波罗、阿耳忒弥斯、得墨忒耳和卡里亚(Caria)的宙斯的别名"③。这根本不可能,几个神祇怎么可能使用同一别名呢?它们一定是以阿波罗·克律萨俄耳(Apollo Chrysaor)、阿耳忒弥斯·克律萨俄耳(Artemis Chrysaor)、得墨忒耳·克律萨俄耳(Demeter Chrysaor)和宙斯·克律萨俄耳(Zeus Chrysaor)的形式出现的,我们可以断定,克律萨俄耳是这些神祇的祭祀者或神庙的建立者。同理,克托尼俄斯(Chtonius)是"冥界或同冥界有关的神——哈得斯、狄俄倪索斯、赫耳墨斯等等的别名"。克托尼亚(Chthonia)是"该亚、得墨忒耳、珀耳塞福涅、赫卡忒的别名"④等说法也不可信。

有的名字也可能是供奉神祇的地名,如《神话辞典》中说铿提亚(Cinthia)是"阿耳忒弥斯的别名之一"⑤,而事实是,勒托在罗得斯岛的铿托斯(Cinthus)山生下的阿耳忒弥斯和阿波罗,无疑他们会在那里受到崇拜。当然,汉语中也有以地名入人名以表示某种纪念意义的,但一个人往往也只限一个地名或两个地名的合成,这些地名往往是人的出生地;这些神祇却不同,除了出生地外,凡在崇拜他们的不同地方,他们就被加上了不同的修饰语,看来这些修饰语是表示所属性质的,它们或者表明神庙的建立者、所有者、崇拜者,或者表明崇拜行为所在的地区。如《神话辞典》认为库忒瑞亚(Cytheria)是"阿佛洛狄忒的别名之一"⑥,探其究竟,却是这位女神的崇拜中心之一是在库忒拉(Cythera)岛。再如,赫卡厄耳戈斯(Hecaergus)和俄庇斯(Opis)把阿波罗和阿耳忒弥斯抚养长大,所以他们成了两位神祇的保护人,后来遂有了阿波罗·赫卡厄耳戈斯和阿耳忒弥斯·俄庇斯崇拜。类似地,在忒修斯去猎杀马拉松(Marathon)野牛途中,曾有一个叫赫卡勒(Hecale)的老妇人款待过他,他们在火边度过一夜,他离去后赫卡勒向宙斯献祭祈求忒修斯此行成功。忒修斯杀死野牛后返回时,发现老妇人已

① 詹·乔·弗雷泽:《永生的信仰和对死者的崇拜》,李新萍、郭于华、王彪泽译,江山、邱晨校对,中国文联出版公司1992年版,绪言第2页。
② 同上,第271页。
③ 鲍特文尼克、科甘、帕宾诺维奇等编著:《神话辞典》,黄鸿森、温乃铮译,第171页。
④ 同上,第174页。
⑤ 同上,第177页。
⑥ 同上,第178页。

死。为了纪念她,他建立了宙斯·赫卡勒伊俄斯(Zeus Hecaleius)崇拜。[①]
而瑞亚把装有婴儿宙斯的篮子给了伊托墨(Ithome),之后便有一块圣地叫
宙斯·伊托玛斯(Zeus Ithomas)。[②] 又如伊托诺斯(Itonus),有时他据说是
雅典娜·伊托尼亚(Athena Itonia)的崇拜地的建立者之一。[③] 珀拉斯吉斯
(Pelasgis)则建立了得墨忒耳·珀拉斯吉斯(Demeter Pelasgis)神庙。[④]赫丽
生认为还有一种情况就是英雄得名于地名:"有人说,刻克洛庇亚人
(Cecropidae)就是'得名于刻克洛普斯(Cecrops)',而厄瑞克忒亚人(Erech-
theidae)则得名于厄瑞克透斯(Erechtheus)。其实,恰恰相反,一个地名并
非得名于'名祖英雄',而是英雄因地方而得名。刻克洛普斯是刻克洛庇亚
人的化身,而厄瑞克透斯是厄瑞克忒亚人的化身;两者都不是真实的人,而
只是一个群体编造出来的祖先,这个祖先代表着一个统一的群体。""这一
点清楚地体现在伊翁(Ion)这个爱奥尼亚(Ionia)的'名祖英雄'身上。"[⑤]这
种说法并不可信。

第二节 来自埃及和巴比伦的影响

希腊人文化具有开放性特征,他们在发展自己文化的过程中吸收了很
多其他民族文化中的营养成分。"当希腊文化兴起的时候,在它邻近的西
亚和埃及,已有相当发达的文化;希腊文化是在西亚和埃及的影响下发展
起来的。"[⑥]正因为希腊接受了这些先进文化的影响,"才能够迅速发展,一
跃而登上当时文化的顶峰的"[⑦]。"远在西方还处在原始社会的时期,东方
的两河流域、埃及、印度等地都已建立了强大的国家。随着东西方贸易的
发展,战争的不断发生和大规模的移民,地中海沿岸各族人民在一定程度
上互相融合,促进了东方文化逐渐传入希腊。希腊人从东方汲取了拼音文
字,……还从东方各种原始宗教观念中吸取了很多东西,从而产生和丰富

---

① Pierre Grimal, *The Dictionary of Classical Mythology*, translated by A. R. Maxwell-Hyslop, p. 181.

② 同上,p. 239.

③ 同上,p. 239.

④ 同上,p. 351.

⑤ 赫丽生:《古希腊宗教的社会起源》,谢世坚译,第 260 页。

⑥ 汪子嵩、范明生、陈村富等:《希腊哲学史》,第 51 页。

⑦ 同上,第 62 页。

了自己的文化。正所谓东西对峙的美索不达米亚和埃及，好似两座灯塔，照耀着草昧未辟的西方世界"①。这里所说的"东方各种原始宗教观念"应该是以神话为主要方式传入希腊的。任何较成系统的神话传说，都必然要经历一个漫长而复杂的融汇整合的过程，希腊神话传说也不例外。在世界神话传说的海洋中，现在我们所看到的希腊神话传说可以说是较晚的产物，从埃及和巴比伦（Babylon）较原初的神话传说中，我们依稀可以探得其对后来的希腊神话传说产生了重要影响的成分。荷马在两部史诗中曾多次提到埃及。"荷马和赫西俄德（Hesiod）似乎非常明显地受着东方根源的影响；这种影响在'黑暗时代'（the 'dark age'）之前和之后都能被感觉到，只有'黑暗时代'与外邦的逃亡者（the Levant）没有接触，最近的学术研究表明这是一个比过去通常所认为的更短时间的断层。在神话的层次上，为诗人们所熟知的乌拉诺斯、克洛诺斯和宙斯的故事都来源于胡里族人（Hurrian）和希泰族人当中；对诗歌至关重要而又与后来的希腊宗教相异的众神聚集在俄林波斯山上的概念，与我们在美索布达米亚（Mesopotamia）和乌伽里特（Ugarit）的文学中所发现的场景非常类似"②。在这些影响之中，来自非洲和亚洲的"逃亡者"、流浪者发挥了非常重要的中介作用。而荷马史诗中最古的部分采用的是亚洲的伊奥利斯语（Eoliens），其他部分则保留着从伊奥利斯语改写成希腊爱奥尼亚语的痕迹，这就证明了史诗最早的亚洲起源。

　　希腊大陆与非洲和亚洲相互之间的早期经济往来也是神话传说传播的重要途径之一。"四五个世纪以来，希腊在'自立门户'的精神下殖民于东西南北，形成了经济、文化、语言、宗教上一致的一个大民族，吸收了古代东方文明，以跃进的速度把它的文明提高到古代世界所不知道的高度。"③受了东方深刻影响的希腊文明异军突起，呈现出一种后来居上的态势。"希腊文明本身也渊源于这些古老的东方文明，……在这几个世纪中，在经济、军事、科学、技术、文化、艺术等各个方面，充分吸收了东方古文明的遗产，加以消化，加以改造，并以跃进的速度加以提高。……这次战争（指希波战争）的结果，充分证明了创造和发展的希腊文明优于停滞不前的东方文明，虽然前者的历史远不如后者的优（悠）久。"④就神话传说来讲，现存的

①　陈恒：《失落的文明：古希腊》，华东师范大学出版社 2001 年版，第 3 页。
②　Jasper Griffin, *Homer on Life and Death*, Introduction xv.
③　顾准：《希腊城邦制度》，第 159—160 页。
④　同上，第 153—154 页。

古埃及和古巴比伦的神话传说都属于未能得到充分发展的早期神话传说，保存下来的极不完整，像埃及的神话传说需要后人加以构拟才能略显其轮廓，而最近一两个世纪以来出土的记载巴比伦神话传说的泥板由于多有残损，所以至今仍存在着大量无法填充的缺漏之处，而古希腊为我们留存下来的神话传说要远为系统完整得多，更难能可贵的是希腊神话传说还存在着一些理论方面的阐释。

一、来自埃及的影响

在索福克勒斯的悲剧《俄狄浦斯》中，俄狄浦斯曾说自己的儿子是受了埃及传统的影响；事实上，埃及文化对希腊造成了多方面的深刻影响，其中神话上的影响就很显著。希罗多德说，"埃及人最初使用了十二位神的名字，这些名字后来曾被希腊人借用了去。他们又最先给某些神设坛、造象（像）、修殿。"①希罗多德又说："可以说，几乎所有神的名字都是从埃及传入希腊的。我的研究证明，它们……较大的一部分则是起源于埃及的。"赫拉、波赛冬、忒弥斯、赫斯提亚（Hestia，灶神）等"神名都是在极古老的时候便为埃及人所知悉了"②。希罗多德进一步认为，在埃及和希腊之间有一个中介，那就是佩拉司吉（Pelasgi）人："他们从埃及学到了首先是其他诸神的名字，又过了很久，才学到了狄奥（俄）尼（倪）索斯的名字。于是他们立刻到多铎那的神托所去请示关于神的名字的事情。……（问）他们应否采纳从外国传来的名字时，神托命令他们采纳这些名字。从那时起，他们便在他们奉献牺牲时使用这些神的名字；后来希腊人又从佩拉司吉人那里学到了这些名字。"③"埃及的底比斯和多铎那的神托方式是相似的；而且从牺牲来进行占卜的方法也是从埃及学来的。"④此外希罗多德认为，希腊人举行祭日时的庄严集会、游行行列和法事也是从埃及学来的。关于传说，赫丽生说："雅典人敬奉的最古老的英雄是刻克洛普斯。刻克洛普斯是谁？古代的犹希迈罗斯主义者对刻克洛普斯有详细的描述。他出生于埃及，大约在公元前 1556 年他率领一群移民来到雅典，后来成为雅典的第一代国王（首领）。"⑤而且这种说法在观光指南上经常可以见到，并有其经典中的依

---

① 希罗多德：《历史》，王以铸译，第 111 页。
② 同上，第 133 页。
③ 同上，第 134 页。
④ 同上，第 136 页。
⑤ 赫丽生：《古希腊宗教的社会起源》，谢世坚译，第 254 页。

据和文物证据。

现代人种学上的证据也说明,克里特岛上的原始人口以来自亚非草原的移民为主。早在公元前 3000 年以前,埃及的文明便开始传入了克里特,又在公元前 1600 年左右由克里特传到了希腊大陆和爱琴海上诸岛,首先是密刻奈,因为"它虽然并不滨海,但是它和科林斯湾、萨洛尼克湾、阿各斯湾三个海峡的距离几乎相等,是一个交通中心。考古发掘证明,那里的文明比希腊北部如特(忒)萨利亚等地兴起得要早得多,也证明文明是从克里特岛传播过去的"①。而神话传说就是这传播的文明之中极其重要的一部分,其中,赫西俄德与荷马也起了重要的中介作用。希罗多德说:"从什么地方每一个神产生出来,或者是不是它(他)们都一直存在着,他们的外形是怎样的,这一切可以说,是希腊人在不久之前才知道的。因为我认为,赫西奥(俄)德与荷马的时代比之我的时代不会早过四百年;是他们把诸神的家世教给希腊人,把它(他)们的一些名字、尊荣和技艺教给所有的人并且说出了他们的外形。"②这一点后来得到了证实,正是从赫西俄德和荷马开始,希腊人才开始有了系统化的诸神。

这种传播并不是十分顺利的,当初传播到希腊本土的外来神话传说并未迅速形成系统。随着北方蛮族(其中之一被认为是赫刺克勒斯的后代多利士人)的入侵,希腊本土的居民纷纷逃至爱琴海上的各殖民岛屿和小亚细亚(Asia Minor)的各殖民城邦。在那里,这些神话传说与当地的神话传说相融合,终于形成体系,然后又传播回希腊本土。"荷马史诗写成(应是形成)于公元前九世纪,而且写成并长期传颂于小亚细亚诸殖民城邦,后来才传到希腊本土的。"③"希腊古代学术文化,首先兴起于小亚西(细)亚,那里是史诗、抒情诗、自然哲学、自然科学的故乡……"④"文明之出现,在亚细亚的希腊人中可以说始于荷马诗篇的写成,时在公元前 850 年左右;在欧洲的希腊人中始于希西阿德诗篇的写成,为时约晚一个世纪。"⑤"阿佛洛狄忒崇拜的某些特点表明这种崇拜来自亚细亚。对她的崇拜盛行于塞浦路斯岛、小亚细亚及其他海岛,后来才传入希腊大陆。"⑥在特洛伊战争中站在特洛伊一方的神祇往往都被当作来源于亚细亚。阿波罗的许多主要神庙

① 顾准:《希腊城邦制度》,第 31 页。
② 希罗多德:《历史》,王以铸译,第 134—135 页。
③ 同①,第 39 页。
④ 同①,第 173 页。
⑤ 摩尔根:《古代社会》,杨东莼、马雍、马巨译,第 216 页。
⑥ 鲍特文尼克、科甘、帕宾诺维奇等编著:《神话辞典》,黄鸿森、温乃铮译,第 14 页。

都在小亚细亚,他最初只是那里的一个门神。阿波罗传入希腊之前,希腊
崇拜的对应神祇可能是农神阿里斯泰俄斯(Aristaeus),人们对他的崇拜同
对阿波罗的崇拜颇为相似,大概是阿波罗传入后他的地位受到了削弱,便
使他在大的神话系统中成了阿波罗与神女库瑞涅(Cyrene)的儿子。也就
是说,来自埃及方面的影响,主要是在与来自亚洲方面的影响杂糅了之后
才对希腊神话传说的最后形成发挥了作用的。

　　下面,我们通过对照以挖掘希腊神话传说中与复仇主题相关的各种来
自埃及的可能性影响,希望这种工作能自有其价值。

　　古埃及神话比较丰富,相对而言,传说却为数不多,且多杂糅在神话之
中,所以我们这里的探究以神话部分为主。

　　古埃及神话中记载,"格卜(Geb)同努特(Nut)争执不休,他对努特把子
女们吞入腹中十分恼怒。于是,努特被称为'吞噬其幼仔的牝猪'"[①]。格卜
是男地神,努特是女天神,格卜的妻子,他们的身份正与希腊神话中的地母
该亚和天神乌拉诺斯的关系相对应,而天神和地神的性别在两种神话中正
好相反。同时,格卜和努特的故事却与瑞亚和克洛诺斯的故事相对应,古
埃及神话中是母亲努特吞噬众孩子从而遭到了父亲格卜的抵御,希腊神话
中是父亲克洛诺斯吞噬众孩子,最后母亲瑞亚设计使宙斯等子女向克洛诺
斯复了仇。埃及神话中,是借努特每日吞噬众子女再吐出以解释天上的星
辰昼隐夜显的天象的;希腊神话中,克洛诺斯吞噬众子女是为了防止乌拉
诺斯预言的实现,那就是克洛诺斯也将像乌拉诺斯自己一样要被自己的一
个儿子推翻。在这两种神话中,原初之神间发生的相似故事应该不是偶然
的巧合,而该是埃及神话对希腊神话进行了影响的结果。

　　据埃及神话,太阳神拉以眼泪造人,后来,"世人则为非作歹",拉对他
所从出的父神努恩(Nun)抱怨说,"看啊,由我之目所造的世人为非作歹,对
我不恭"。于是,在众神的支持下,拉派自己的女儿哈托尔(Hathor)前往消
灭逃进了沙漠的人类,嗜血的哈托尔杀死了太多的人类,拉对人类起了怜
悯之心,于是以像人血的红色之酒诱引哈托尔"喝得酩酊大醉,不辨世人",
以此而拯救了剩余的人类。[②] 在希腊神话中,也有宙斯向不敬的早期人类
复仇的故事,只是在宙斯毁灭这些人类的具体方法上更进一步地受了巴比
伦洪水神话的影响,而且复仇的残酷无情也更与巴比伦神话切近。

　　哈托尔又是埃及神话中的爱神,与希腊神话中经常进行荣誉复仇身体

---

① 魏庆征编:《世界神话珍藏文库·古代埃及神话》,第28页。
② 同上,第29—31页。

又极美的阿佛洛狄忒(即罗马神话中的维纳斯,Venus)形象相一致。在审判塞特(Seth,他长着狗一样的身躯、长脖子、上翘的尾巴和方耳朵)与霍鲁斯(Horus)一案时老年的拉受到了宇宙主宰奥西里斯(Osiris)的奚落,拉"十分沮丧""终日卧在其亭中,他的心中极度悲伤。"直至其女儿哈托尔来到她面前"赤裸裸地迎面而立",拉才"笑了起来",从此又振作了精神。[①]"哈托尔被视为爱情和欢悦之女神,希腊人将其与爱与美之女神阿芙(佛)罗(洛)狄忒相提并论。"[②]现在的问题是,各民族的神话中都有象征着旺盛情欲的爱神形象,那么,阿佛洛狄忒的形象究竟是从小亚细亚传入希腊的呢,还是由埃及传入希腊,之后辗转到小亚细亚,最后又传回希腊的呢,抑或是希腊本土所固有的呢?据研究埃及神话的学者说,这一形象与其他一些主要神祇的形象一样,都是希腊人把埃及的众神当作了自己的神的结果,至于这种说法是否就是真正的事实,还有待于我们去做进一步的研究和考证。

古埃及神话中,"智慧和书写之神托特(Thout),其形象为人体朱鹭首",是上埃及第十五诺姆的首府施穆努的主神,同时托特又往往充任神使的角色,希腊人因此"将托特与赫尔(耳)墨斯相混同,施穆努因而又被称为'赫尔摩波利斯'(Hermopolis)"[③]。希腊神话中,在提丰替该亚向宙斯复仇的过程中,赫耳墨斯因对提丰的恐惧而变成了一只朱鹭逃进了荒漠的说法也确实能证明他身上所残留的托特的成分。但在古埃及神话中,托特是几大主神之一,而在希腊神话中,赫耳墨斯却是众主神中的次神,其地位要较托特为轻。"阿庇斯(Apis)被视为神与人之中介,司传达普塔赫(Ptah)之神谕。"[④]这样,阿庇斯的职能就又与赫耳墨斯相接近了,主要来源于托特的赫耳墨斯的形象中或许也有一些阿庇斯的影子。"凯布胡特(Kebhut)是古埃及神话中的女水神,……相传,凯布胡特与丧葬礼仪有关,可助亡者去往福乐境域。"[⑤]而在希腊神话中,赫耳墨斯又身兼引渡亡者前往地府的职能,并无与可助亡者去往福乐境域的凯布胡特相对应的神祇形象。

古罗马时期的希腊学者普鲁塔克认为,埃及的五个大神都是克洛诺斯与瑞亚的子女,"据说,他们分别生于一年之中的最后五日中,奥西里斯生于第一日,哈鲁尔(即大霍鲁斯)生于第二日,提丰(普鲁塔克如此称埃及之

[①] 魏庆征编:《世界神话珍藏文库·古代埃及神话》,第78—79页。

[②] 同上,第311页。

[③] 同上,第118—119页。

[④] 同上,第339页。

[⑤] 同上,第361页。

神塞特）生于第三日，伊西丝（Isis）生于第四日，奈芙蒂斯（Nephthys）生于第五日"。① 塞特本是男地神格卜与女天神努特的四子女之一，与奥西里斯、伊西斯和奈芙蒂斯为兄弟姊妹。他在绘图中的造像为一驴首人躯者，身躯修长。普鲁塔克的这种说法，应该是要把埃及神话纳入希腊神话体系的一种尝试，而我们却能从提丰身上看到这一形象的埃及来源，那就是他一半是人，一半是怪物，这是埃及神话中各位神所普遍具有的人兽合成的早期神话特征的显现，就像希腊传说中的怪物斯芬克斯的明显的埃及来源一样。

　　传说奥西里斯是埃及的第一任首领，他的胞弟塞特趁他外出游访之机图谋作乱夺位，他与其七十二从者伴作隆重欢迎奥西里斯游访归来，当众出示一只制作精美的巨箱，宣称，谁之形体与此箱相称，便立即赠之。待奥西里斯也与其他众人一样入箱试身时，塞特及其从者迅即盖上箱盖，以钉封死，投入尼罗河（Nile）。后奥西里斯的妻子伊西丝寻得此箱，将它藏至尼罗河三角洲布托附近的沼泽中。但是，阴险狠毒的塞特跟踪而来，他从箱中取出奥西里斯之遗体，分割为十四部分，分别遗于埃及各地。伊西丝悲愤万分，踏遍埃及全境，寻找奥西里斯之碎尸，寻得一块便就地安葬。奥西里斯在世间的生涯便如此了结，他在位二十八年，死后成为冥王，后渐成为第一大神。据说，奥西里斯曾一度从冥世复返人间，培育其子霍鲁斯，以与塞特及其从者相搏复仇。经过长期殊死鏖战，霍鲁斯最终战胜顽敌，夺回了首领之位。另说，塞特并未将奥西里斯禁锢于箱内，而是直接将其身体分割为十四块，抛置于埃及各地。这应该就是提丰分割宙斯的神话来源。在希腊神话中，提丰是该亚的最小儿子，一说该亚不满巨人被击败，就对赫拉造宙斯的谣，赫拉于是去向克洛诺斯问寻复仇的手段，克洛诺斯于是给她涂上了自己精子的两个蛋，这两个蛋一被埋下，就能生出推翻宙斯的怪物，这个怪物就是提丰；一说提丰与赫淮斯托斯一样，是赫拉未经男性授精而自己生的孩子。提丰一半是人，一半是怪物，②他在形体与力量上都超过该亚的其他孩子，他比众山都高，他的头时常碰到星星。当他伸开胳膊的时候，他的手一只碰到极东的地方，一只碰到极西的地方，他长的不是手指，而是一百个龙头，齐腰之下都由毒蛇缠绕着，他身上长有翅膀，眼睛喷火，当众神看到他在进攻俄林波斯山，就都逃到埃及以动物的形态藏在了

---

① 魏庆征编：《世界神话珍藏文库·古代埃及神话》，第 217 页。
② 据赫西俄德说，提丰"是一条可怕的巨蟒，肩上长有一百个蛇头，口里吐着黝黑的舌头"（《工作与时日·神谱》，第 50 页）。

沙漠中。阿波罗变成了一只鸢,赫耳墨斯变成了一只朱鹭,阿瑞斯变成了一条鱼,狄俄倪索斯变成一只山羊,赫淮斯托斯变成了一只公牛,只留下了雅典娜与宙斯一起抗击提丰。宙斯从远处向他投掷雷电,在近战中就使用钢制的镰刀,这场战斗在埃及与阿拉比亚·珀特莱亚(Arabia Petraea)边界处的卡西俄斯山(Mount Casius)上展开。提丰割断了宙斯胳膊和腿上的所有筋脉,然后把失去了防卫能力的宙斯扛到西利西亚(Cilicia),把他藏在科律喀亚的山洞(Corycian Cave)里。他又把宙斯的筋和肉装在熊皮袋里交给母龙得尔斐涅(Delphyne)看管。赫耳墨斯和潘(一说是卡德摩斯)偷了这只熊皮袋,把筋肉又安在了宙斯的体内。宙斯重新恢复了力量,他坐着有翼的马拉的战车升到天上,然后开始用雷电打击提丰,提丰逃到了色雷斯,向宙斯扔掷山峰,宙斯又用雷电把这些山峰向提丰打回去,提丰被一劳永逸地击败了,他继续奔逃,他正越海向西西里(Sicily)进发,宙斯这时用厄特那山(Mount Etna)把他压碎了。希腊神话中大体保留了埃及神话故事的原貌,提丰对宙斯的战斗也是在埃及与阿拉比亚·珀特莱亚边界处的卡西俄斯山上展开。因对提丰的恐惧,阿波罗、赫耳墨斯、阿瑞斯、狄俄倪索斯和赫淮斯托斯都纷纷变形。希腊诸位神祇的这些变形,在埃及神话霍鲁斯与塞特相搏的过程中我们就好像看到了相同的一幕剧不同场次的搬演。而这些神祇在变形之后所逃进的荒漠也正是埃及的大沙漠。宙斯与提丰相搏的过程中,与奥西里斯一度重返人间教子不同的是,宙斯在被分割了之后又被重新组合从而完全复生了,他战胜提丰的过程就是霍鲁斯战胜塞特的过程。可见,在提丰与宙斯的故事中,是把埃及神话中奥西里斯、塞特和霍鲁斯三者之间两个阶段的故事改编成了提丰和宙斯两者之间前后连续的一个故事,提丰最后的逃跑过程也就是塞特在受到霍鲁斯追赶时的越海逃跑过程,提丰与塞特的最终结果也同样都是被战斗的对方(也是神话中所歌颂的正义一方)所毁灭。宙斯的形象应该是以埃及来源为主,通过克里特与北方来的多利士人所信奉的主神融合才得以最终形成的。

　　与普鲁塔克的做法一样,希罗多德说道:"埃及人在一年中间不是举行一次隆重的集会,而是好几次隆重的集会。在这些集会当中,最重要的同时也是举行得最热心的是布巴斯提斯(Bubastis)市的阿尔铁米司(即阿耳忒弥斯)祭。在重要性方面,次于阿尔铁米司祭的是布西里斯(Busiris)举行的伊西司(丝)祭。布西里斯城位于埃及三角洲的中央,在那里有伊西司神的一座最为巨大的神殿,伊西司在希腊语中是叫作戴美特尔(即得墨忒尔)。在撒伊司(Sais)举行的雅典娜祭是第三个最大的祭日;第四是黑里欧波里斯(Heliopolis)的太阳(即赫利俄斯)祭,第五是布头(Buto,即布托)的列托(即勒托)祭,第六是帕普雷米斯(Papremis)市的阿列(瑞)斯祭。"①而从上面的分析中我们看出,在希腊的神祇身上,确实存在着浓厚的埃及影响因素,虽然像提丰与宙斯那样从埃及神话中照搬的较具体的复仇故事我们所见寥寥,但在对应神祇的特征上我们还是有些痕迹可寻的。所以下面的说法也并不是完全的虚妄:

> "古希腊人将众多古埃及神视为自己之神,并赋之以希腊称谓。
> 古埃及之神与古希腊之神相混同,诸如:
> 哈托尔与爱与美之女神阿芙(佛)罗(洛)狄忒相混同。
> 霍鲁斯与太阳神和战神阿波罗相混同。
> 帕赫特(Pakhet)与狩猎女神阿尔(耳)忒弥斯相混同。
> 奈特(Neit)与智慧和征战女神雅典娜相混同。
> 拉与古太阳神赫利奥(俄)斯相混同。
> 普塔赫与工匠神赫菲(淮)斯托斯相混同。
> 赫里沙夫与主神宙斯的妻子赫拉相混同。
> 托特与神之使者赫尔(耳)墨斯相混同。
> 明(Min)与畜牧之神潘相混同。
> 努特与克罗(洛)诺斯的妻子瑞娅(亚)相混同。
> 塞特与魔怪提丰相混同。
> 奥努里斯(Onuris)与战神阿瑞斯相混同。
> 布托(Buto)与阿波罗之母拉托娜(勒托)相混同。
> 奥西里斯与植物之神狄奥(俄)尼索斯相混同。"②

这里,虽然作者把好战的阿波罗也称作战神并不符合希腊神话事实,但他的这些对比对我们寻求希腊神祇的埃及来源却颇具价值。

在《古代埃及神话》一书中曾再次提到,"古希腊历史学家希罗多德将古埃及之奈特与古希腊神话中之雅典娜相提并论""奈特同样是所谓两性神(既是男神,又是女神)"。③而雅典娜为父亲宙斯所生,在她身上也存在着较显著的男性特征,在战斗中甚至连男战神阿瑞斯都不是她的对手。可

---

① 希罗多德:《历史》,王以铸译,第136页。
② 魏庆征编:《世界神话珍藏文库·古代埃及神话》,第302—303页。
③ 同上,第310页。

见,认为雅典娜身上存在着埃及因素是自有其道理的。只是,奈特在埃及神话中的地位要远较雅典娜在希腊神话中的地位重要得多。

《古代埃及神话》一书中说,"伊西丝原为布托等地区所奉之神,后演化为奥西里斯的妻子与霍鲁斯之母。崇拜伊西丝之风,远布于古希腊罗马世界"①。作者把伊西丝与希腊神话中的得墨忒耳相提并论,原因在于伊西斯原来主要是丰产之神,但仅仅据此尚不足为凭,因为世界各民族都有自己的能主宰作物冬枯夏荣的丰产之神。然而,"据古希腊历史学家希罗多德所述,伊西丝曾教人们耕种。希腊人将她与女神得墨忒尔(耳)相混同"②。这就加大了这种说法的说服力度。关于那为宙斯所爱、但由于赫拉的迫害而逃到了埃及的伊俄,有一种说法是,"伊俄与她的儿子统治埃及达数百年,她死后,埃及人尊她为伊西丝女神"③。希罗多德也说,"这个女神(指伊西丝)的神象(像)的外形像是一个妇女,但是有牝牛的一对角,因而和希腊人想象中的伊奥(俄)神一样"④。这进一步证明了伊俄这一形象的埃及来源,显然是希腊人后来把埃及神祇纳进了希腊神话传说系统。至于说"崇拜伊西丝之风,远布于古希腊罗马世界",这种原名照搬的崇拜仪式,估计是盛行于希腊罗马相交的晚近时期,这时,希腊神话传说早已形成自己的成熟体系了。

"普塔赫又被视为手工艺者的佑护神,古希腊人将其与工匠神赫菲(淮)斯托斯相混同。"⑤在埃及神话中,普塔赫主要是造物主的形象,他曾造埃及始初八神、大地及大地上的一切,诸如人、动物、植物、城市、庙宇和艺术等等。他以心和言造物:心中思之,口中道出其所思,欲造之物便赫然而现。而在希腊神话中,赫淮斯托斯是火神和匠神,他打造的主要是一些宫殿、作战器械及一些日常用具,他的形象主要是一个作坊匠人,既不像普塔赫那样曾为众神之首,也不像普塔赫那样具有普遍的创造力,他的职能主要是自己制造器具,而并不是手工艺者的佑护之神。如果把手工艺活动当作艺术,那么手工艺者的保护神就该是阿波罗;如果把手工艺行为视为商业活动,那么手工艺者的保护神就该是赫耳墨斯。如此看来,假如说赫淮斯托斯的形象是由普塔赫的形象演变而来的,那么他也与原型相去甚远了,几乎到了无迹可寻的地步。

---

① 魏庆征编:《世界神话珍藏文库·古代埃及神话》,第272页。
② 同上,第389页。
③ 赛宁、沈彬和乙可:《希腊神话故事》,第29页。
④ 希罗多德:《历史》,王以铸译,第128页。
⑤ 同③,第316页。

　　"古希腊人将芭斯泰特(Bastet)与古希腊神话中之狩猎女神阿尔(耳)忒弥斯相混同。"①而综合观之,阿耳忒弥斯的形象主要被当作来源于埃及的狮形女神帕赫特,帕赫特素有"敏锐之目""利爪"之称,人们视之为东部沙漠的统御者。因为帕赫特经常与其他狮形女神的形象相混,所以才会进一步出现了原为狮形后为猫首人躯的欢悦女神芭斯泰特与阿耳忒弥斯的形象相混同的现象。

　　关于阿波罗形象,"在希腊罗马时期,赖舍普(Reshep)曾与古希腊神话中的阿波罗相混同"②。这该是后来的事情,在古埃及,被称作太阳神的神祇颇多,而且都是第一主神的形象,这与当时埃及人们对阳光的尤其重视有关,而在这众多的太阳神之中,一般认为阿波罗的形象主要与霍鲁斯的形象有关。前文说过,阿波罗的形象来源于小亚细亚的一个门神,而就阿波罗在希腊神话中的次重要地位推算,他该是埃及的主神霍鲁斯与小亚细亚的阿波罗相结合的结果。"阿波罗本来是埃及和小亚细亚都崇奉的太阳神和农业神,只是各民族有不同的说法而已。"③而在希腊神话中面对提丰时,阿波罗变成了一只鸢,这更证明了霍鲁斯形象的影响,因为霍鲁斯的形象即为鹰隼,或为鹰隼首人躯。

　　同理,面对提丰时,狄俄倪索斯变成了一只山羊,这也证明了他的奥西里斯来源,因为奥西里斯惯以羊角椎形冠冕、牧羊鞭为其标志。作为植物之神的奥西里斯的表征又多为莲花、稼禾、葡萄藤蔓,这在酒神狄俄倪索斯的身上便只剩下葡萄藤蔓了。同时,狄俄倪索斯的形象在希腊又融合进了来自色雷斯的影响因素。而奥西里斯的形象,到了希腊神话之中可能发生了多方裂变,他既是被肢解了身体的宙斯、酒神狄俄倪索斯,同时可能还是给人类带来了光明的普罗米修斯。"奥西里斯继位后,立其妹和妻伊西丝为后。他们治理埃及,使人们摆脱野蛮的生活方式和食人之俗,教人们播种谷物,培植葡萄,烤制食物,酿造美酒,开采铜矿和金矿。他还授予人们医术、建城术,并制定种种仪式。"④这里,我们从奥西里斯与埃及人的关系中或许能发现一些普罗米修斯与他创造的人类的相似关系,那就是施以教化、传播文明。

　　除了上面提到的相对应的神祇以外,"还有医神伊姆霍(赫)特普(Im-

---

① 赛宁、沈彬、乙可:《希腊神话故事》,第350页。
② 同上,第363页。
③ 汪子嵩、范明生、陈村富等:《希腊哲学史》,第18页。
④ 魏庆征编:《世界神话珍藏文库·古代埃及神话》,第347页。

hetep)……(希腊人将此神与古希腊神话中的阿斯克勒庇奥〔俄〕斯相混同)"①同时,塞拉皮斯(Serapis)也被埃及人"视为扶危济困者、预言休咎者、可使人逢凶化吉者、可医治疾病者(因而与古希腊神话中的医神阿斯克勒庇奥〔俄〕斯相提并论)"②。而伊姆霍特普、塞拉皮斯与阿斯克勒庇俄斯之间的传承逻辑关系我们却无法具体知晓。至于塞拉皮斯又"被视为丰饶之神和死者之神,从而与古希腊神话中的冥王哈得斯相提并论"③,我们更是无具体神话来加以详细考证。

最后,我们看一下希腊传说所受的古埃及传说的影响,埃及传说本来就少,而与复仇相关的传说就更是少而又少了。

希腊人以木马计攻陷特洛伊城的传说,与古埃及传说《尤帕的失陷》所记载的经过极其相似。在古埃及传说中,征服者杰胡提(古埃及法老图特摩斯三世的统帅)用计俘获了尤帕的统御者之后,在特制的二百个筐里面装入携带武器的二百个精壮武士,另派五百个武士运送。到了尤帕城前,被俘的统御者的御者按照杰胡提的吩咐对城上说,"我们捉获了杰胡提!"又说明被押送的就是杰胡提和他的妻子、儿女,于是城门大开。待到了城中,筐中的武士被放出,他们"立即给青年人和成年人戴上木枷并捆缚",就此"夺取了该城"④。这应该就是希腊传说中希腊人向特洛伊人进行复仇最后所使用的木马计所从出之处。从这一点我们可以进一步证实,希腊传说虽最早成形于小亚细亚,但里面留存着来自埃及的影响因素是很明显的。

古埃及传说中的"伊阿卢之野"(又称"福乐之野""芦丛之域"),与希腊传说中的"福地",都同样被认为是不平凡的人死后所去的享乐处所。"据信,名门望族和富有者,死后仍享荣华富贵,居于碧绿成荫之园林,奴婢簇拥,日以游猎为戏。"⑤无独有偶,在希腊传说中有一种说法,那就是阿喀琉斯死后被送往了福地,在那里他娶海伦为妻,过着无忧无虑的幸福生活。在这两种惊人相似的说法中,可能存在着某种难为人知的传承关系,因为必死的人类死后还有一个仅次于天堂的快乐去处这种说法在不同的神话体系中同样地存在并不是必然的,很可能是一方承受了另一方的影响之后才得以产生的。

在希腊传说中,前面说过阿耳忒弥斯向俄里翁复仇从而把他变成了猎

① 魏庆征编:《世界神话珍藏文库·古代埃及神话》,第307页。
② 同上,第376页。
③ 同上,第376页。
④ 同上,第163—165页。
⑤ 同上,第240页。

户星座的传说,而据古埃及传说,"萨赫(Sah)是古埃及神话中猎户星座的化身,……古希腊人称之为'奥(俄)里翁'"①。古埃及神话中又说,诸神都有其称为"芭"(ba)的灵,俄里翁——猎户星座,被视为奥西里斯之"芭"。看来,俄里翁这一希腊传说中的形象有着其深厚的埃及渊源,只是埃及的关于猎户星座的具体神话传说我们却不得而知。

在埃及神话中,阿克尔(Aker)是双首狮神,专司为法老打开进入冥府的大门。而在希腊传说中,赫剌克勒斯的十二件大功里的守护在地狱门口的三头猎狗刻耳柏洛斯估计便是由阿克尔的形象演变而来。至于赫剌克勒斯,希罗多德说,"实际上,海拉克列斯(即赫剌克勒斯)这个名字不是埃及人从希腊人那里得来的,而毋宁说是希腊人……从埃及人那里取得了这个名字;这件事我其实是可以提出许多论据来的,……即海拉克列斯的双亲阿姆披特利昂(即安菲特律翁)和阿尔克美(墨)涅都是出生于埃及的。……埃及的海拉克列斯是埃及人的一位古老的神。他们说,在阿玛西斯(Amasis)当政时期之前一万七千年,便由八个神变成了十二个神,而这十二个神当中的一位就是海拉克列斯"②。"在希腊人当中,海拉克列斯、狄奥(俄)尼索斯和潘恩(即潘,埃及的凯姆)被认为是诸神当中最年轻的。但在埃及,潘恩是诸神中最古老的,并且据说是最初存在的八神之一,海拉克列斯是第二代的所谓十二神之一,而狄奥尼索斯则被认为是属于十二神之后的第三代的神"③。希罗多德进一步认为这三位神不过是希腊的普通人而已,只是用比他们要古老得多的埃及神的名字来命名罢了。

希腊神话中的神祇基本上都已脱去了埃及诸神的动物形态而取得了人形,但传说中人类首领的头上有时还会戴上动物之角,以求拥有像雄性动物那样威风凛凛的效果,这已与埃及诸神动物之首的形象相去甚远了。

据希罗多德记载,埃及凯姆米司(Chemmis)人说希腊传说中为安德洛墨达的母亲尼俄柏3(一说是卡西俄珀)向神进行反复仇,从而杀死海怪的英雄珀耳修斯也是埃及人的后裔,而且珀耳修斯在利比亚割下了戈耳工(Gorgon)的头之后还曾返回埃及认亲,并命令在那里建立神殿对他进行崇拜,崇拜仪式与希腊的仪式极其相近,这应该是相互影响的反映。希罗多德认为美狄亚所从出的科尔喀斯人确定无疑是埃及人,因为他们皮肤黑,而且像埃及人那样行割礼。我们看到,传说中说美狄亚的父亲埃厄忒斯是

---

① 魏庆征编:《世界神话珍藏文库·古代埃及神话》,第 374 页。
② 希罗多德:《历史》,王以铸译,第 129—130 页。
③ 同上,第 175 页。

太阳神赫利俄斯的儿子,这估计就是根据他们的黑色皮肤而衍生出来的说法,这在某种程度上也就可以解释美狄亚性格中非常明显的异邦特征了。

关于预言术,则首先在埃及兴起,然后传入了希腊。希罗多德说:"在那里,有海拉克列斯、阿波罗、雅典娜、阿尔铁米司、阿列斯和宙斯的神托所,而最受尊崇的则是布头(托)城的列托的神托所。"①希罗多德对列托圣堂的建筑还进行了详细的介绍。但他听埃及人说,阿波罗和阿尔铁米司是狄奥尼索斯和伊西司的孩子,而列托则是他们的乳母和保护人。在埃及语中阿波罗是欧洛司,戴美特尔是伊西司,阿尔铁米司是布巴斯提斯。除了这些神祇以外,埃及的第一位国王明还曾在孟斐斯修建了赫淮斯托斯神殿。

根据希罗多德所说,埃及人第一个在宗教上规定,在神殿的区域内不得与妇人发生性行为,而在性行为之后未经沐浴,也不得进入神殿的区域之内。② 这一宗教禁令后来传入希腊,于是产生了在神殿中做下爱事之后引起了神祇残忍复仇的诸多神话传说。一直到希波战争期间,波斯人阿尔塔乌克铁斯(Artayctes)还因为这种渎神行为而被雅典人捉住之后活活钉死在了木板上。

二、来自巴比伦的影响

可与古埃及的影响相提并论的是古巴比伦的神话传说对希腊所造成的深刻影响。

首先,我们看一下与复仇主题有关的来自英雄传说方面的影响。陈恒说:"一些英雄题材,在迈锡尼(即密刻奈)时期也由东方传至希腊。例如,阿喀琉斯与帕特洛克勒(罗)斯,可同吉尔伽美什与其友恩基都(Enkidu,即恩奇都,或译恩启都)相比拟;奥德修斯(即俄底修斯)的漂泊,可与吉尔伽美什的游荡相比拟;深受爱慕的妻子失而复得(墨涅拉俄斯、俄底修斯的传说),这一题材同样见诸赫梯和迦南的叙事诗。"③

阿喀琉斯对命运的深刻认识,我们在公元前3000年已具雏形的古巴比伦史诗《吉尔伽美什》(*Gilgamesh*)中可以找到其影子。当吉尔伽美什与恩奇都要去除灭杉妖芬巴巴时,恩奇都做了一个预兆不祥的梦。他犹豫

---

① 希罗多德:《历史》,王以铸译,第145页。
② 同上,第138页。
③ 陈恒:《失落的文明:古希腊》,第8页。

了,于是:

> "吉尔伽美什开口,
> 把恩奇都勖勉:
> '我的朋友啊,谁曾超然入世升[上]了天?
> 在太阳之下永[生者]只有神仙,
> 人的(寿)数毕竟有限,
> 人们的所作所为,无不是过眼云烟!
> 你在此竟怕起死来,
> 你那英雄的威风为何消失不见?
> 让我走在你的前面!
> 你要喊:'不要怕,向前!'
> 我一旦战死,就名扬身显——
> '吉尔伽美什是征讨可怕的芬巴巴,
> 战斗在沙场才把身献,'
> 为我的子孙万代,芳名永传。"①

　　恩奇都在与吉尔伽美什一起杀死了芬巴巴后,由于吉尔伽美什严词拒绝了女神伊什妲尔的求婚,于是伊什妲尔在父亲也就是第一大神阿努(Anu)面前坚持要向吉尔伽美什复仇,阿努遂应女儿之请制作了天牛来危害人间,不料吉尔伽美什与恩奇都又杀死了天牛,伊什妲尔恼羞成怒,继而她向众神提出吉尔伽美什和恩奇都二人中必须死去一人,于是恩奇都被判处了死刑。至此,他早先梦中不祥的预感应验了,但他当初并未因为有这预感而放弃了英勇的行动,并且在吉尔伽美什见了芬巴巴后感到畏惧之时他还转而鼓起了吉尔伽美什的勇气。而在希腊英雄阿喀琉斯身上,融合了吉尔伽美什的勇敢和恩奇都的犹豫。

　　从吉尔伽美什与恩奇都的亲密友谊中,我们也能感觉到阿喀琉斯与帕特洛克罗斯之间的笃密深情。恩奇都死后,吉尔伽美什的哀痛场景让我们似乎看到阿喀琉斯失去了帕特洛克罗斯时的哀伤。下面我们把两个场景做一下对比,首先看一下吉尔伽美什在恩奇都死后的哀伤场面:

> "(他)就像狮子一样高声吼叫,

---

① 赵乐甡译:《吉尔伽美什——巴比伦史诗与神话》,译林出版社 1999 年版,第 27 页。[ ]中的内容是译者根据有关部分酌加的,( )中的内容是译者根据行文后加的。下同。

就像被夺走了仔狮的母狮不差分毫。

他在[朋友]跟前不停地徘徊，

一边[把毛发]拔弃散掉，

一边扯去、摔碎[身上]佩带的各种珍宝。"①

阿喀琉斯得到帕特洛克罗斯死讯后的反应是：

"他用两手抓起地上的泥土撒在自己头上，脸上和紧身服上。然后他扑在地上，直直地躺着，撕扯自己的头发。"②

所不同的是，阿喀琉斯在多天里不吃不喝，满面泥污。关于他的哀伤，荷马史诗中所记载的与吉尔伽美什的哀伤比较起来要远为丰富而详细得多，这对较晚时期的文学来说也是理所当然的事情，就像古希腊神话传说要远较早期的古埃及和古巴比伦的神话传说要完备而成系统一样。

阿喀琉斯哀悼的结果是向杀死帕特洛克罗斯的凶手赫克托耳进行了极其残酷的复仇，而吉尔伽美什不可能向判处恩奇都死刑的众神复仇，便只能长途跋涉去寻求长生不老之术了。"当他看到恩奇都的死，感慨已所不免时，英雄主义的价值观却增强了他对死亡的恐惧，于是，他就走上了追求永生之路，依据祖先崇拜的观念，寻访其先人。然而，虽历尽艰险，执着追求，也还是'神定生死，人而不免'。他失败了。而且，恩奇都的灵魂又给他提示了死后在冥界的归宿。这一悲剧性的结局，给这部本来是情调昂扬的史诗带来了沉重的消极和悲观。"③

而这种"消极和悲观"，我们在阿喀琉斯对命运的感慨中也一样能够充分地感觉得到，他知道自己继赫克托耳之后也很快就会死去，便对前来要赎回儿子尸体的普里阿摩说道："这是神祇们为人类所规定的命运，而他们却悠游自在。在宙斯的大门外有两只坛子，其一盛着灾祸，其一装着幸福。那些他从两个坛子里各赐给一些的人，常常忧喜交集，但是那些宙斯仅给予苦恼的人，任凭他走遍大地，到处都是忧愁攻心。对于珀琉斯（阿喀琉斯自己的父亲），神祇给予的赠礼固然是稀有的，富裕而有权威，甚至还有一个女神做他的妻子。但他也一样得到一份悲惨的命运，因他的独生儿子命定得早死，不能奉养他的晚年。现在我在这里，远离家乡，在特洛伊的城门外作战，……你也是全世界著名的人，使你和你的家族及众多的儿子们都

---

① 赵乐甡译：《吉尔伽美什——巴比伦史诗与神话》，第59—60页。

② See 18.23—27.

③ 同①，第356页。

很幸福,但现在俄林波斯圣山的神祇们使战争和毁灭降临到了你们的城池。"①这些"消极和悲观"的话语,充满了对人类可悲命运的深刻而现实的感悟。正像黑格尔所说的那样,"这个英雄却感觉到他生命的力量和华美遭受破坏,并且眼看着自己的死亡就要过早地到来而感到悲伤"②。在《奥德赛》中,俄底修斯下地府时见到了阿喀琉斯的鬼魂,它依然满怀着对现实生活的留恋,这也不禁会唤起人们对他英烈而短促一生的深刻同情。至于后来传说阿喀琉斯死后被接到了福地,继续过着幸福快乐的生活,这是人们有意要冲淡原有的"消极和悲观"气氛而故意编造出一则另说的结果。

在吉尔伽美什指责伊什妲尔的放荡时,他说的话中有这样几句:

> "还有你爱过的牧人,
> 他总是在你面前将面包、点心层层堆放,
> 而且天天宰杀幼畜把你供养,
> 你却打他,终于使他变成豺狼,
> 可是他的羊群的牧童把他驱逐,
> 他那群狗就咬住他的大腿不放……"③

从这些话里,我们能明显地找出阿耳忒弥斯与猎人阿克泰翁故事的原型,只是在具体情节上稍有变异,伊什妲尔是一位异常放荡的女神,阿耳忒弥斯却是力守贞洁的处女神,她被阿克泰翁窥得了正在洗浴,于是她就把他变成了鹿,让他自己的猎犬把他撕碎了。我想,两组传说中在牧人、猎人都由于女神的意志在变形后被自己所豢养的群犬撕碎这一点上不应该完全是出于巧合,而该是希腊传说直接或间接地受了巴比伦传说的影响才产生的结果。而其中女神的形象从放荡变为坚贞也是出于后人有意矫正的显现。

越是晚近时期的传说,其中出现的英雄越是与人类现实相接近。《吉尔伽美什》史诗中说吉尔伽美什"三分之二是神,三分之一是人",而较晚出现的希腊传说中的众英雄可谓"三分之一是神,三分之二是人",他们身上的现实人类特征更浓一些,他们与吉尔伽美什一样也难以逃脱死亡的命运,即使像赫剌克勒斯和阿喀琉斯这样的英雄也不免要经历地上的死亡。

---

① 　See 24.537—561.

② 　黑格尔:《精神现象学》下卷,贺麟、王久兴译,第 217 页。

③ 　赵乐甡译:《吉尔伽美什——巴比伦史诗与神话》,第 44—45 页。

从吉尔伽美什与恩奇都杀死天牛的举动中,我们也可以看到希腊的赫剌克勒斯等早期英雄向野兽复仇的类似之处;不同的是,在恩奇都死后,吉尔伽美什曾求访在洪水中成神的祖宗乌特纳庇什提牟(Utnapishtim),以探得长生不老之术,结果失败了,而赫剌克勒斯却实现了这一理想,他死后成了天神,阿喀琉斯也有死后去了福地之说。这里,吉尔伽美什求访祖宗的过程,相当于希腊传说中俄底修斯到地府向提瑞西阿斯请教归途中的命运,结果由于俄底修斯的同伴偷吃了太阳神的神牛,造成了这种提前警示部分地失败了。同样与希腊英雄一致的是,这些古巴比伦英雄也"不仅有独立的思考和活动,而且敢于批判神、对抗神"①。

在吉尔伽美什去寻找长生不老之术的途中曾路经马什山,巴比伦语"马什"意为"双生子",关于这马什山的传说我们不得而知,但在希腊传说中却有波赛冬与凡人爱洛依士的妻子孪生下的两个儿子俄托斯和依菲尔特士因蔑视天神而最后遭到了神的复仇,被变成了两座山的故事。

世界上很多民族都曾有过洪水传说,但在希腊的洪水传说和古巴比伦的洪水传说之间我们可以找出惊人的共通之处。"苏美尔(Sumer)的洪水传说,就其类型(如方舟救渡)而言,影响了许多民族。"②这里的苏美尔,就是后来的古巴比伦。所谓的共通之处,就是在两组传说中,都是由于善良的庇护神祇在暗中救助,才得以保留下了仅有的人种。在希腊传说中,神祇以洪水毁灭人类之时,丢卡利翁是受了父亲普罗米修斯的提前警告,并且普罗米修斯为他制作了一只小船,他和皮拉才得以存活下来。在古巴比伦传说中,洪水来临之前,敬神的乌特纳庇什提牟是得到了庇护神祇埃阿的暗中通知,并且埃阿为他设计出了救渡方舟的图形,他与妻子才得以存活下来。而且在两组传说中,神祇发现有人类存活下来了,也都最终因为他们的敬神而原谅了他们。这样的传说直接产生了后世的诺亚方舟的故事。

其次,我们看一下与复仇主题有关的来自神话方面的影响。

在巴比伦神话《埃努玛·埃立什》(Enuma Elish)中,母神蒂阿玛特(Tiamat)因不满子孙众神杀死了父神阿普苏,遂准备率众怪物向子孙诸神复仇,但在行动之前就被马尔杜克(Marduk)率众神杀败。该亚也曾因不满以宙斯为首的新神在推翻了克洛诺斯之后将众提坦关进了塔耳塔洛斯深坑,遂先后率众巨人和提丰向新神进行了大规模的复仇,最终在以宙斯为

---

① 赵乐甡译:《吉尔伽美什——巴比伦史诗与神话》,第357页。
② 同上,第104页。

首的新神神族面前也同样遭遇了惨败。这两组神话,由于复仇原因、复仇主体、复仇对象和复仇结果等几方面的酷似,也应该是存在着一定的传承关系的。"康福德在对巴比伦神话中的马尔杜克(Marduk)反对提(蒂)阿玛特(Tiamat)和希腊神话中宙斯反对堤(提)丰的比较中指出:希腊神话叙事受到了东方神话叙事的影响。韦尔南进而指出:'这些东方神谱和以它们为模式的希腊神谱一样,……讲述的是历代神祇和各种神力为统治世界而相互对抗的故事。王权的确立和秩序的建立是同一出神界悲剧不可分割的两个方面,是同一场斗争的赌注,是同一次胜利的果实……'"①

最后,我们从下面这则神话中可以看出希腊人要把巴比伦神话纳入自己系统的尝试。克利尼斯(Clinis)经常与阿波罗一起到极北族人(Hyperboreans)中去,在那里克利尼斯看到人们用驴子献祭,他就想把这种方法引进巴比伦,但阿波罗禁止他这样做,告诉他只用平常的羊、牛献祭,但克利尼斯的两个儿子吕西俄斯(Lycius)和哈耳帕索斯(Harpasus)却模仿极北族人的习俗把一头驴牵上了阿波罗祭坛,正要献祭时,阿波罗使驴发疯,驴把这弟兄俩、他们的父亲克利尼斯及闻声而来的他们家的其余人都撕成了碎块,阿波罗与其他神祇可怜他们,就把他们都变成了鸟。吕西俄斯被变成了一只乌鸦,乌鸦本来是白颜色的,自从吕西俄斯犯了错误以后就变成黑色的了。吕西俄斯觉得用驴献祭很好,阿波罗的禁止被他当成了阿波罗是在故意客气,于是他就这样做了,结果却毁灭了自己和家人。吕西俄斯的举动本来是为了讨好阿波罗,结果拍马屁拍错了地方,看来神意是凡人很难揣摩的。这是一则完全希腊化了的巴比伦的神话。

第三节　复仇主题对后世的意义

布留尔说:"抽象的和一般的概念一经形成,任何东西也不能阻止它们在自己身上保留着属于前一时期的仍然可辨的痕迹的因素。经验所无力破坏的那些前关联仍然继续保留着,神秘属性仍然为人与物所固有。即使在最进步的社会集体中,彻底清除了这一类的混合物的概念也是一个例外。因此,在其他社会中,这样的概念更是很难见到。概念仿佛是它的先行者——集体表象的'沉淀',它差不多经常带着或多或少的神秘因素的残

---

① 李咏吟:《原初智慧形态》,第 109—110 页。

余。"①所以,神话传说对后世的影响不仅在现在的日常生活中经常会得以
体现,而且还会持续到非常遥远的将来。布留尔又说:"我们的智力活动既
是理性的又是非理性的。在它里面,原逻辑的和神秘的因素与逻辑的因素
共存。"②这种思维属性决定了我们永远会在自己的思想里为神话传说留有
一定的空间,这应该就是神话传说能对后世发生深刻影响的最本质原因。
库利兹在提到阿喀琉斯等英雄的弱点时曾说过这么一段话:"当我们任性
地去做一些不明智的、愚蠢的或者错误的事情的时候,所有这些传说中的
人物就代表了你和我,所有这些神话中的形象就变成了我们自己,变成了
我们自己生活的象征,变成了我们正确或者错误欲望的象征。也许这就是
这些神话传说在这么许多世纪之后还能留存下来的原因——因为在它们
内部包含着生活本身的真理。"③这段话,也能够用来概括希腊神话传说中
的复仇主题对于后世的影响,正因为这些复仇的神话和传说所包含的真理
性的内容和其本身所具有的深刻的感染力,所以后世许多杰出作家直接以
之为题材创作出了大量的优秀作品。神话传说中的复仇纠纷及战争从多
方面影响着后世,在希波战争中,西西里人盖隆(Gelon)要与雅典人争夺希
腊联军一翼的领导权时,雅典人说:"诗人荷马就说,在所有到伊利翁来的
人当中,最善于整顿和安排军队的人就是雅典人。"④这表明,荷马关于那场
复仇战争的描写对后人的影响是广泛而深远的。

一、复仇主题的文学意义

　　希腊神话传说中的复仇主题对后世最直接的影响就是在文学方面。
在地域上,这种影响远远超出了希腊有限的领土,而向外扩展几乎影响了
整个世界范围的文学发展;按照历时性线索,我们发现,世界文学的过去和
现在都深深地受着源头性的古希腊文学这方面的滋养,而且在未来所受的
裨益更将是无法估量的。
　　在埃斯库罗斯创作了悲剧《俄瑞斯提亚》三部曲之后,欧里匹得斯也利
用阿伽门农家族的悲剧创作出了《俄瑞斯提亚》、《伊菲革尼亚在奥利斯》
(*Iphigenia at Aulis*)、《伊菲革尼亚在陶立斯》(*Iphigenia at Taulis*)、《厄

① 列维-布留尔:《原始思维》,丁由译,第446页。
② 同上,第452页。
③ Mary Ellen Chase, *Ancient Greek Ideals*, See *Greek Myths with Selected Episodes from The Trojan War*, by Olivia E. Coolidge, Houghton Mifflin Company 1964, xii.
④ 希罗多德:《历史》,王以铸译,第530页。

勒克特拉》(_Electra_),索福克勒斯则创作了《厄勒克特拉》。在这些创作中,俄瑞斯忒斯的命运与阿伽门农的命运紧密相连。据《神话辞典》说:"在近代,俄瑞斯忒斯的命运成为拉辛、克勒比利翁、伏尔泰(Voltaire)、阿尔菲爱里等人所写悲剧的题材。关于他的神话,也是奇马罗查、克莱采、塔涅耶夫的音乐作品《俄瑞斯忒亚》的主题。"①拉辛创作的是悲剧《伊菲革尼亚》,阿尔菲爱里则创作了悲剧《阿伽门农》。歌德则有诗作《伊菲革尼亚在陶立斯》(_Iphigenie auf Taulis_)和悲剧《自然之女》(_Die natürliche Tochter_)。此外,据《神话辞典》说,A.C.普希金在《曾经有过我们青年人欢乐的时候》一诗中还曾把率领欧洲各国君主出征巴黎的俄国沙皇亚历山大一世称为阿伽门农。②

俄狄浦斯的题材,索福克勒斯曾用来写作《安提戈涅》《俄狄浦斯》和《俄狄浦斯在科罗诺斯》等悲剧。在近现代,高尔奈尔(Corneille)、伏尔泰、德莱顿(John Dryden)、利(Nathaniel Lee)和纪德(André Gide)都创作了名为《俄狄浦斯》的悲剧,阿努伊(Jean Anouilh)创作了悲剧《安提戈涅》,雨果·封·霍夫曼斯塔尔(Hugo von Hofmannstahl)创作了《厄勒克特拉》,雪莱(Shelley)创作了讽刺剧《专制者俄狄浦斯或名肿脚的专制者》(_Oedipus Tyrannus or Swellfoot the Tyrant_)。斯特拉文斯基则写有叙事乐曲《俄狄浦斯》,罗马尼亚当代作曲家埃内斯库则利用这个题材创作了歌剧《俄狄浦斯》。

与俄底修斯有关的题材,索福克勒斯用来创作了《菲罗克忒忒斯》(_Philoctetes_)、《埃阿斯》(_Ajax_),近代霍普特曼则创作了《俄底修斯之弓》。

普罗米修斯的题材,则被埃斯库罗斯、卡里德朗、伏尔泰、赫尔德、雪莱、歌德、拜伦和雷列耶夫等十几位诗人作家用来进行了各种体裁的创作。③

古罗马时期,奥维德的《变形记》比较完备地收集整理了希腊神话传说中人类因遭受神的复仇而变形的故事。维吉尔的《埃涅阿斯纪》,则是荷马《伊利亚特》的续编,但在行文细节上努力模仿荷马史诗,最醒目的是,埃涅阿斯为朋友帕拉斯之死而向图尔努斯(Turnus)进行的复仇,就是对阿喀琉斯替帕特洛克罗斯向赫克托耳复仇场面的模仿。若说后世菲尔丁模仿荷

---

① 鲍特文尼克、科甘、帕宾诺维奇等编著:《神话辞典》,黄鸿森、温乃铮译,第98页。
② 同上,第17页。
③ 邱文龙:《神话原型的文学魅力——试论普罗米修斯形象的创造及其演变》,南昌职业技术师范学院学报,1990年第3期。

马史诗的作品《弃儿汤姆·琼斯的历史》与复仇关系不大的话,那么弥尔顿的《失乐园》《复乐园》和《力士参孙》则是关于复仇主题的力作,作者虽然选用的是《圣经》题材,但其行文却是直接得益于荷马、维吉尔和索福克勒斯的。"撒旦的'复仇'和骄傲与荷马的阿波罗和阿喀琉斯相对应;他被'逐出天国'则与维吉尔的埃涅阿斯从特洛伊城出逃恰成比对。"①那种认为弥尔顿只与基督教有关而与古希腊绝无关系的一贯看法是完全错误的。"《力士参孙》要利用基督教题材再度创作出希腊悲剧的努力是明显的,从弥尔顿所有的创作中都能看出索福克勒斯的影响。"②

除了以上的创作外,像后世欧洲文学史上的《威尼斯商人》《哈姆雷特》《奥赛罗》《麦克白》《熙德》《强盗》《高龙巴》《家族复仇》(巴尔扎克)、《希罗狄亚》(福楼拜)、《巴黎圣母院》《红与黑》《双城记》(从个人拓展到社会,后更有私仇到国仇)、《呼啸山庄》《德伯家的苔丝》、莫泊桑普法战争题材的一些短篇小说、《基度山伯爵》《莫比·狄克》、司各特苏格兰题材的创作等都是关于复仇主题的作品。这些作品的创作是否受了希腊神话传说中复仇主题的间接影响,还是值得我们去做进一步挖掘的。更重要的是,从这些作品的创作中我们看到了复仇主题研究无限延伸的可能性。只要法律不能从根本上解决人的感情和情绪方面的问题,复仇就将永远是一种难以根除的社会现象,所以这些作品产生的直接原因应该是其创作时代的社会影响所致,就像王立所说的那样,"尽管20世纪人类进入现代文明,法制社会遏制私自复仇,但在文学中,尤其是涉及历史题材的作品里复仇仍是屡写不厌的主题"③。其来自社会环境方面的影响,也正如王立所说,"法律虽然对复仇屡加严禁,但在礼教熏陶及人们种种复仇情绪心态的支配摇撼下,诗人们的咏叹却并不以此为忌,还常常以歌咏复仇为乐事,令人心旌摇荡,激动而神往"④。"因而再严厉地宣称要惩治私复仇者,也杜绝不了复仇犯法的根源,这个根源不光是社会的,更是心理上与文化传统上的。"⑤复仇行为带有着更多的感情和道德因素,而法律不可能完全解决这些方面的问题。从这个角度来说,法律很难有最终完善的一天,所以复仇行为也就很难能从现实生活中被彻底纺锤。

① M. S. Silk,*Homer：The Iliad*,p. 112.
② Ruth Scodel,*Sophocles，Chronology*,p. 126.
③ 王立:《中国古代复仇文学主题》,第519页。
④ 同上,第175页。
⑤ 同上,第179页。

二、复仇主题的社会学意义

无法回避的一个事实是，即使是在古希腊世界里，神话传说所造成的影响并不重在文学方面，而是以对社会文化和意识形态的影响居于首位。这些影响"主要是在古代文化的历史和意识形态方面，而不是在我们现在意义上的文学史方面"①。当时的人们并不对现实生活和神话传说的界限予以划分。一直到伯罗奔尼撒战争期间，人们还在信奉复仇比自我保存更重要，而且进行这场战争的人们都熟知特洛伊战争的故事，所以他们复仇的准备、围城、埋葬牺牲的战士及荣誉观等都与荷马史诗中所描述的相去不远。

从社会心理学的角度来讲，复仇心理终归是人类情感中与生俱来的一种自然倾向，"自然倾向就是生机，它要求宣泄，要求满足，否则心理健康就会受到影响"②。在现当代，攻击冲动也必须被有效地泄导，否则就会像犹他印第安人那样常常遭受神经质的痛苦。他们只许伤害他族的人，甚至杀人，却严厉禁止族内攻击，否则就要被迫自杀，已经攻击了族内人的人，对警察一定拒捕，在这种情况下警察若是开枪打伤了他，警察也要被迫自杀。而在其他人类集体中，就很少见犹他印第安人这种严禁族内攻击的规定了，所以在攻击冲动没有得到有效泄导的地方，随着人性在当代的日益扭曲，残酷的复仇会经常发生在一个家庭的兄弟、姐妹甚至父子、母子之间。究其本质原因，就是复仇行为中的非理性因素并没有因为文明的进步而得到根本净除。

"复仇带有的非理性特征同人的某些心理变态、情绪失常十分相似，因为复仇情绪使当事人本身，就带有一定程度的变态心理。何况这之中还残留原始心态及兽性野性的心理遗存。"③同时，这种复仇题材的盛行与读者的接受心理也密切相关，"模仿诗人既然要讨好群众，显然就不会费心思来模仿人性中理性的部分，……他会看重容易激动情感和容易变动的性格，因为它最便于模仿"。而对这种非理性部分模仿在古希腊所造成的后果按照柏拉图的说法是"破坏希腊宗教的敬神……又使人的性格中理智失去控

---

① M. S. Silk, *Homer：The Iliad*, p. 106.
② 朱光潜：《西方美学史》，第 94 页。
③ 王立：《中国古代复仇文学主题》，第 493 页。

制,让情欲那些'低劣部分'得到不应有的放纵和滋养"①,亚里士多德则认
为,"本能,情感,欲望之类心理功能既是人性中所固有的,就有要求满足的
权利;给它们以适当的满足,对性格就会发生健康的影响"②。他的理想的
人格是全面发展的人格。下面,我们着重从复仇所体现的非理性因素来对
希腊神话传说中的复仇主题对后世,尤其在当代的意义进行一番最后的
探讨。

洛伦兹在谈到动物的愤怒时说道:"这种使人痛苦的愤怒只能解释:部
分是由于双方认识太清楚以至于不象(像)陌生人一样害怕对方。人类也
是一样,同样的原因使特别恐怖的婚姻争吵发生。我相信,每一个真爱的
情况中有很高的攻击性潜伏着,通常为结所蒙蔽,一旦结破裂了,恐怖的现
象,如恨就出现了。没有一种爱没有攻击性,没有一种无爱之恨。"③美狄亚
对伊阿宋由爱生恨,在"结"破裂了之后,美狄亚为了向伊阿宋复仇,亲手杀
死了自己与伊阿宋生的儿子。阿特柔斯发现妻子埃洛珀与堤厄斯忒斯私
通之后便毫不留情地把她扔进了海里,这就是洛伦兹所说的爱情生活潜在
危险的爆发。特洛伊陷落后,海伦担心墨涅拉俄斯和其他的希腊人都不会
放过她,这是正常的本能反应,按她一定会被处死的,她最后能得到饶恕
纯属传说的创作者超现实想象的结果。阿伽门农被妻子谋杀,也是洛伦兹
所说的那种婚姻中的"恐怖现象"的典型体现。我们所提及的后母爱继子、
女主人爱客人,遭到对方抗拒之后便转爱为恨,遂通过诬陷的手段向对方
进行残酷的爱情复仇,也都可以在洛伦兹这段话中获得解释。事实上,那
诸多"恐怖现象",如美狄亚对伊阿宋、阿特柔斯对埃洛珀、海伦的担心、克
吕泰涅斯特拉对阿伽门农、继母对继子和女主人对客人,无一不是在发生
了婚外恋的情况下发生的。而且在当代,这种婚外恋仍然广泛地存在着,
这种在非理性的愤怒时所表现出的攻击性也就不可避免地在家庭内部,甚
至越出了家庭范围而成为严重威胁婚姻爱情生活的潜在危险。

复仇者身上的非理性从生理到心理都会有所表现。"有强烈情绪的任
何一个人,都可以从亲身经验体会到伴随着战斗性热心反应的一些主观现
象:身体从上而下都打战着。假若更仔细地观察,可以清楚地看到,两臂的
外侧也是如此,气势高昂地漠视一切日常生活的束缚。在这一个特殊的时
刻,准备放弃一切,唯独去迎接那个被认为是神圣的任务。途中所有的障

---

①　朱光潜:《西方美学史》,第53—54页。

②　同上,第81页。

③　康罗·洛伦兹:《攻击与人性》,王守珍、吴雪娇译,第222页。

碍都不再重要了,而且不幸的是,禁止伤害或杀死同胞的本能抑制力也大大地丧失了力量。此时,一切理性思考、批评和合理的争论都沉默下来。它们不只是显得势力单薄,而且是卑贱和不光荣的。人们在参与凶恶事件时,也会有正直的感觉,甚至感受到这种正直感的快乐。"①猩猩在保卫同伴或家族的时候,在身体上也会出现类似的夸张性的威吓姿势,猫也如此,只是人类的行为被误导了。"我们有理由可以祈望道德责任能控制原始的冲动。但是这个唯一的希望却落空了,因为战斗性热心是本能的反应,它的解放机能由物种进化决定。理性和责任督导唯一可以控制的是,反应与对象的条件化历程。"②更为复杂的是,无论过去还是现在,"我们最自由的意志是建立在严格的道德规条之下"③的,复仇主体在复仇之时,他感受到的是与法律不相为谋的另一种道德,那就是他认为自己若不去履行复仇职责,他就会受到身边人们的鄙夷和唾弃,这种思考可以说是在非理性过程中所体现出来的理性判断,他的行为在与社会责任背道而驰的同时,却确实是在履行神圣的家族等较小范围的责任。"假若放肆的战斗性热心被群众所传染,而且当他的高贵貌视了一切其他顾忌的时候,再也没有任何一个其他的本能可以比得上它的破坏效果。……他的动物特性可能使他有杀兄弟的危险……"④这就部分地解释了受群众热情所迫,阿伽门农终于不得不把伊菲革尼亚献祭了,因为在他身上,已经被向特洛伊人复仇的战斗热情所充溢,他被推上了统帅的位置更是使这种热情获得了空前高涨,所以任何阻挠也是无法令他放弃去进行这场所谓的伟大战斗的。而洛伦兹所描述的那种欲参加战斗者在身体方面的兴奋状态,我们在古希腊和我们当代的复仇者身上都同样能够轻易地寻见,人们在进行着非理性行为,他们同时却是在奉行着某种约定俗成的理性规条。

如今,以血族复仇的方式来解决社会问题的做法已经通过明文法律被取缔很多个世纪了,但在穷乡僻壤处我们还是不难发现这种血族复仇残存的实例。"进化的两大策动者总是以相同的方式解决问题:有用的、不可缺少的驱力保存不变。但在特殊情形中经证明而可能有伤害性的,则有一种特别的禁止机构产生特殊力量。"⑤这是就生理机构而言。同理,正是人类认识到了血亲复仇的有害之处,才在法律条文中很早就做出了取缔的规

---

① 康罗·洛伦兹:《攻击与人性》,王守珍、吴雪娇译,第281页。
② 同上,第284页。
③ 同上,第242页。
④ 同上,第287页。
⑤ 同上,第115页。

定,但因为攻击的本能冲动是人类行为的不可或缺的原动力,血亲复仇的行为从来也没有被彻底地消灭过。"纵然理性能够了解行动后的必然结果,假若没有感情的力量在带引着动机,则禁止或强制等事情也不可能发生的。有责任性的道德就象(像)是汽车里的动力驾驶盘,它引发精力,以便控制人的行为。"①从这个角度来说,法律的有效实施,法律条文能得到彻底的贯彻,也是离不开道德力量的佐助的,那就是通过道德来唤起对自己、对家人、对他人、对社会和对国家的一种责任感,从而达到对自己的破坏冲动给予充分有力的有效抑制。但道德抑制力总是有一定限度的,"古时的战士,有许多凶悍的邻居让他发泄攻击冲动,而且只有少数值得信赖的朋友使他去爱他们。他的道德责任不会负担过重,而且也不会在突发的怒气中,用自制的尖锐武器攻击同伴。……过多的朋友一定有害于友谊的联系"②。当一个人道德责任感负担过重时,他便很容易丧失抑制力,从而导致攻击性本能的暴露。哈姆雷特不是被对友谊的道德负担压垮了,是过重的对于家庭、社会和国家的责任感压垮了他,于是他最后绝望地参加了与雷阿提士的决斗。在这种攻击的冲动中,他杀死了父亲的杀害者克劳狄斯,自己也在这种冲动中被最后毁灭了。"顺其自然地,有社会行为的人平常几乎不需用到道德责任的控制机能。因此,一旦有困扰时,他有大量贮存的道德力量把他拉上来。反之,每天都必须时时动用他的道德力量,把自己的自然倾向抑制,以便在外表上像是正常的社会行为的人,一旦有额外的困扰就非常容易完全的崩溃。正常人与犯罪者的区别就像两个心脏病患者,前者可以通过补偿功能补救,后者却无法补救,因为在后者的情况下补偿功能很快就把精力用尽了。"原始人"绝不会发生由囤积的本能转变为贪厌的心理这种危险。……当时人类的天赋与需求配合得相当好,使得负责的道德工作能够非常容易地进行。"③而在当代,人类的囤积本能却往往会转变为贪厌的心理,所以道德的抑制力便不堪重负,道德滑坡的现象便时有发生,没有正当理由的血腥复仇也就在所难免。"这些变化之所以产生,是因为文化渐脱离一些人类本能行为在物种进化上所能适应的。现在这种脱轨现象不只是继续在增加,而且还以加速度的方式进行,这才是真正令人惊骇的。"④其最终结果就是人类的被物化,人类由心灵扭曲进而

---

① 　康罗・洛伦兹:《攻击与人性》,王守珍、吴雪娇译,第 258 页。
② 　同上,第 263—264 页。
③ 　同上,第 265 页。
④ 　同上,第 265 页。

变成麻木,于是便在随意性的复仇举动中变成了像机器人一样的毫无感情的冷酷杀手。

与法律对氏族、部落和城邦国家内部早期复仇现象的制约相比,发生在氏族、部落和城邦国家之间的复仇要更复杂得多,这主要是"争于力"的行为,法律对此约束起来就难上加难。厄耳吉诺斯是弥倪阿人首领,在翁喀斯托斯(Onchestus)地方举行的波赛冬节期间他的父亲克吕墨诺斯(Clymenus)被忒拜人墨诺厄叩斯(Menoeceus)的战车御者珀里俄瑞斯(Perieres)用石头打死了。于是他征募一支军队去讨伐忒拜,在杀死了许多忒拜人之后他与忒拜首领定下了和约,之后二十年中忒拜每年向厄耳吉诺斯进贡一百头牛。直到赫剌克勒斯解除了这项贡赋。克里特首领弥诺斯为了埃勾斯杀死了他的儿子安德罗戈俄斯,便出兵征讨,给雅典造成了毁灭性的打击,最后强迫雅典每九年向他们进贡七个童男七个童女。到第三次的时候,忒修斯加入到被进贡的童男之列,至此才结束了这项贡赋。这种性质的复仇,除了对复仇对象所在的团体造成大量的人员伤亡外,还要达成进贡的协定,复仇者在彻底毁灭对方城池之后总是要大肆掠夺一番。希腊人对特洛伊的复仇就是这样,特洛伊城最后被抢劫一空。因为当时并不存在着国际法之类的东西,所以这种复仇大可以肆无忌惮地进行。即使到了我们的当代,虽然有了国际公约之类的国际法,但它还极不完善,至少没有足够有力的法律执行机器在支持它,它形同虚设,因此也就没办法阻止美国对伊拉克的复仇杀人、大肆掠夺之举。

如果特洛伊战争的爆发有一种说法是因为人口过剩,那么现在的世界人口可谓是超级过剩了,日见紧张的生存空间促使人们在复仇战争中消灭这些过剩人口。同时,"每个养过狗的人也知道,丰富的食物并不能抑制热烈狩猎者的热情。同样的道理可以应用到猫捕食时的本能活动,燕八哥的盯视行为。这种行为几乎与鸟的饥饿程度无关地独行着。……所有这些一再重复的行为都有它自己的自发性……"[1]依此,我们无法指望富庶的美、德、日等好战国家不时常地在蠢蠢欲动,它们会像希腊人对特洛伊城一样,动以复仇为名便可能随意地向某个国家发动战争。本来,"任何一种行为如果不合乎礼仪也不合乎习惯性的特殊动作就会引起攻击,于是会强迫所有分子严格地遵行社会规范,不做同一行为的人则被区别为'局外人'"[2]。现在的情况是,一方面,有的这种不合礼仪的分子如美国已经达到

---

① 康罗·洛伦兹:《攻击与人性》,王守珍、吴雪娇译,第 93 页。

② 同上,第 85 页。

了别国很难约束的程度,谁也无法强制它在统一认可的行为规范中行事;另一方面,美国以强大的军事优势君临世界,它若想要向某国复仇,别的国家就要被迫与其联合,否则就会被判定为"局外人"而遭到惩治。此时,判定谁为局外人已丧失了其客观民主性,那真正的局外人却总是把自己装扮成远非如此的样子。

从人类武器发明的早期说起,"在人类的进化过程中,不曾需要借助禁忌来防止突发的屠杀,因为迅急的杀人事件无论如何也不可能发生。受难者有许多机会,可以用顺服的样子或劝解的姿态引起攻击者的怜悯。史前时代的人类没有淘汰的压力,因此也没有防止杀害同类的禁忌。直到突然间,人造武器发明,因此破坏了杀人的潜能与社会的压抑之间的平衡。当它发生后,人类所处的状况非常类似于鸽子借助奇异的自然戏法,突然获得了渡鸟的尖嘴。要不是发明与责任感都同样是人类问问题的特殊成就,人类真的可能早就被自己的第一个发明物所摧毁。""射杀时所持的距离相当于提供了杀人者一个有效的帘幕,遮蔽住刺激情境,否则这些情境会加强他杀人的抑制力。"①现在,人类战争武器,从石器到弓箭,到枪炮,再到导弹,杀人速度越来越快,杀人的距离越来越远,洛伦兹所说的那种"杀人的抑制力"也就随之而变得越来越微弱了。所以,洛伦兹所说的"假若人类是象(像)旧石器时代那样随着发展上的需要,厘定适当的社会标准,以便与环境妥协,则在紧要关头的时候,人类必定能实实在在地做出非常合宜的行为"②,这纯属是一厢情愿的理想性想象而已。而新式武器越来越具有的毁灭性,摩尔根在分析原始人的状况时就已经有所发现:"由于武器的改良和战争动机的增加,在野蛮社会中,战争对于生命的毁灭超过了蒙昧社会。"③随着时代的迈进,这种状况更是愈演愈烈,直至整个人类都开始面临了被新式武器全盘毁灭的威胁。还有一个雪上加霜的事实,那就是假如说古希腊时期还没有常备军队存在的话,那么现在这种高度专业化的杀人机器已经大量而普遍地存在着了,这就对人类的安全构成了一种常设的威胁。一旦大规模的战争爆发,"我们将会把人类文明全盘毁灭,这一事实正在日日逼近"④。

随着人类攻击武器的无限制进化,"破坏性的程度跟文明发展程度成

① 康罗·洛伦兹:《攻击与人性》,王守珍、吴雪娇译,第252页。
② 同上,第263页。
③ 摩尔根:《古代社会》,杨东莼、马雍、马巨译,第464页。
④ 德斯蒙德·莫里斯:《人类动物园》,周邦宪译,陈维正校,第115页。

正比"①,"弹药的发明、武器的日新月异的改进,这些事实充分说明,战争固有概念中所包含的消灭敌人的倾向,决未因文明程度而受到妨害或转移其方向"②。更高层次上更大规模的复仇战争时刻在酝酿着,这存在于大国与大国之间,大国与小国之间,也存在于小国与小国之间,甚至存在于更小的社会组织之间。洛伦兹曾担心,"人类发明了弓箭,不只他的子孙,而是他整个族群的人都继承这种学问,以及使用这些工具的技巧。他们保有它,就象(像)器官在他们身上那般地肯定。因此在一两代内,在正常的系统发展和不再受概念思想干扰的情况下,生态上适应的过程使人类变得全然不同,而跳上非常高的阶级。有人怀疑,社会本能的进化,以及更重要的社会压制,是否能跟得上发展迅速的传统文化,特别是物质文化的成长"③。现在看来,人类杀伤武器的迅速进步,再加上非理性因素的长久持存,已经把人类自身置于很容易地就能被从整体上毁灭的极端危险之下,这并不是危言耸听。我们不得不面对的一个事实是,即使全球性的战争不爆发,日益增多的核武器所"产生的环绕地球的放射性云层,(也终有一天)将使一切生命死于核雨雪之中"④。

---

① E.弗洛姆:《人类的破坏性剖析》,孟禅森译,第15页。
② 同上,第535页。
③ 康罗·洛伦兹:《攻击与人性》,王守珍、吴雪娇译,第249页。
④ 德斯蒙德·莫里斯:《人类动物园》,周邦宪译,陈维正校,第116页。

参考文献

中文部分

[1] 摩尔根.古代社会[M].杨东莼,马雍,马巨,译.北京:商务印书馆,1977.

[2] 列维-布留尔.原始思维[M].丁由,译.北京:商务印书馆,1981.

[3] 赫丽生.古希腊宗教的社会起源[M].谢世坚,译.桂林:广西师范大学出版社,2004.

[4] 吉尔伯特·默雷.古希腊文学史[M].孙席珍,蒋炳贤,郭智石,译.上海:上海译文出版社,1988.

[5] 顾准.希腊城邦制度[M].北京:中国社会科学出版社,1982.

[6] 徐轶民.简明外国法制史[M].北京:中央广播电视大学出版社,1987.

[7] 王立.中国古代复仇文学主题[M].长春:东北师范大学出版社,1998.

[8] 德斯蒙德·莫里斯.人类动物园[M].周邦宪,译.贵阳:贵州人民出版社,1987.

[9] E.弗洛姆.人类的破坏性剖析[M].孟禅森,译.北京:中央民族大学出版社,2000.

[10] 康罗·洛伦兹.攻击与人性[M].王守珍,吴雪娇,译.北京:作家出版社,1987.

[11] 希罗多德.历史(上、下册)[M].王以铸,译.北京:商务印书馆,1959.

[12] 黑格尔.精神现象学[M].贺麟,王久兴,译.北京:商务印书馆,1979.

[13] 李咏吟.原初智慧形态[M].上海:上海人民出版社,1999.

[14] 汪子嵩,范明生,陈村富,等.希腊哲学史[M].北京:人民出版社,1997.

[15] 赛宁,沈彬,乙可.希腊神话故事[M].北京:中国社会科学出版社,1994.

[16] 赫西俄德.工作与时日·神谱[M].张竹明,蒋平,译.北京:商务印书馆,1991.

[17] 鲍特文尼克,科甘,帕宾诺维奇,等.神话辞典[M].黄鸿森,温乃铮,译.北京:商务印书馆,1985.

[18] 古斯塔夫·斯威布.希腊的神话和传说[M].楚图南,译.北京:人民文学出版社,1958.

[19] 希利斯·米勒.解读叙事[M].申丹,译.北京:北京大学出版社,2002.

[20] 霍然.唐代美学思潮[M].长春:长春出版社,1997.

[21] 阿兰·邓迪斯.西方神话学论文选[G].朝戈金,尹伊,金泽,等,译.上海:上海文艺出版社,1994.

[22] 朱光潜.西方美学史[M].北京:人民文学出版社,1979.

[23] 奥维德.爱经[M].戴望舒,译.北京:光明日报出版社,2001.

[24] 古斯塔夫·施(斯)瓦(威)布.希腊古典神话[M].曹乃云,译.南京:译林出版社,1995.

[25] 袁鼎生.西方古代美学主潮[M].桂林:广西师范大学出版社,1995.

[26] 埃斯库罗斯.奥瑞斯提亚三部曲[M].灵珠,译.上海:上海译文出版社,1983.

[27] 上山安敏.神话与理性[M].孙传钊,译.上海:上海人民出版社,1992.

[28] 丘尔契.伊利亚特的故事[M].水建馥,译.北京:中国青年出版社,1957.

[29] 郑振铎.希腊神话与英雄传说[M].北京:人民文学出版社,1958.

[30] 陈洪文,水建馥.古希腊三大悲剧家研究[M].北京:中国社会科学出版社,1986.

[31] 邓伟志,徐榕.家庭社会学[M].北京:中国社会科学出版社,2001.

[32] 克劳斯·列维-斯特劳斯.结构人类学[M].陆晓禾,黄锡光,等,译.北京:北京文化艺术出版社,1989.

[33] 魏庆征.世界神话珍藏文库[M].太原:北岳文艺出版社,山西人民出版社,1999.

[34] 魏庆征.古代埃及神话[M].太原:北岳文艺出版社,山西人民出版社,1999.

[35] 詹姆斯·乔治·弗雷泽.永生的信仰和对死者的崇拜[M].李新萍,郭于华,王彪,泽.北京:中国文联出版公司,1992.

[36] 陈恒.失落的文明:古希腊[M].上海:华东师范大学出版社,2001.

[37] 赵乐甡,译.吉尔伽美什——巴比伦史诗与神话[M].南京:译林出版社,1999.

[31] M.李普曼.当代美学[M].邓鹏,译.北京:光明日报出版社,1986.

[39] 柏拉图.文艺对话录[M].朱光潜,译.北京:人民文学出版社,1963.

[40] 保罗·麦克金德里克.会说话的希腊石头[M].晏绍祥,译.杭州:浙江

人民出版社,2000.

[41] 北京大学哲学系外国哲学史教研室.古希腊罗马哲学[M].北京:商务印书馆,1961.

[42] 贝克尔.世界古代神话和传说[M].张友华,海力古丽,毕新惠,等,译.北京:中国青年出版社,2002.

[43] 陈同燮.希腊罗马简史[M].济南:山东教育出版社,1982.

[44] 丰华瞻.世界神话传说选[M].北京:外国文学出版社,1982.

[45] G.-H.吕凯,J.维奥,F.吉朗,等.世界神话百科全书[M].徐汝舟,史昆,李扬,等,译.上海:上海文艺出版社,1992.

[46] 古斯塔夫·施(斯)瓦(威)布.希腊神话故事[M].刘超之,艾英,译.北京:宗教文化出版社,1996.

[47] 哈里特·克劳福德.神秘的苏美尔人[M].张文立,译.杭州:浙江人民出版社,2000.

[48] 荷马.伊利亚特[M].陈中梅,译.北京:北京燕山出版社,1999.

[49] 荷马.奥德赛[M].陈中梅,译.北京:北京燕山出版社,1999.

[50] 简·沃科特.古埃及探秘:尼罗河畔的金字塔世界[M].吴岳添,译.上海:上海书店出版社,1998.

[51] K.K.卢斯文.神话[M].耿幼壮,译.太原:北岳文艺出版社,1989.

[52] 利奇德.古希腊风化史[M].杜之,常鸣,译.沈阳:辽宁教育出版社,2000.

[53] 列昂纳德·柯特勒尔.爱琴文明探源[M].卢剑波,译.成都:四川人民出版社,1985.

[54] 刘魁立,马昌仪,程蔷.神话新论[M].上海:上海文艺出版社,1987.

[55] W.D.罗斯.亚里士多德[M].王路,译.北京:商务印书馆,1997.

[56] 马林诺夫斯基.巫术、科学、宗教与神话[M].李安宅,译.北京:中国民间文艺出版社,1986.

[57] 尼·库恩.希腊神话[M].朱志顺,译.上海:上海译文出版社,1998.

[58] 皮亚杰.结构主义[M].倪连生,王琳,译.北京:商务印书馆,1984.

[59] 塞·诺·克雷默.世界古代神话[M].魏庆征,译.北京:华夏出版社,1989.

[60] 邵献图,周定国,沈世顺,等.外国地名语源词典[M].上海:上海辞书出版社,1983.

[61] 特伦斯霍克斯.结构主义和符号学[M].瞿铁鹏,译.上海:上海译文出版社 1987.

[62] 王蕾.众神之乡——追踪古希腊文明[M].重庆:重庆出版社,2001.

［63］修昔底德.伯罗奔尼撒战争史（上、下册）［M］.谢德风,译.北京:商务
　　　印书馆,1985.

［64］雪明.埃及神话故事［M］.北京:中国世界语出版社,1998.

［65］叶孟理.欧洲文明的源头［M］.北京:华夏出版社,2000.

［66］伊迪斯·汉密尔顿.希腊方式——通向西方文明的源流［M］.徐齐平,
　　　译.杭州:浙江人民出版社,1988.

［67］詹姆斯·鲍德温.特洛伊的陷落［M］.喻翔生,译注.昆明:云南人民出
　　　版社,1982.

［68］詹姆斯·乔治·弗雷泽.金枝［M］.徐育新,汪培基,张泽石,译.北京:
　　　大众文艺出版社,1998.

［69］郑振铎.希腊罗马神话与传说中的恋爱故事［M］.北京:外国文学出版
　　　社,1982.

英文部分

［1］ADRIAN POOLE. Tragedy：Shakespeare and the Greek Example
　　　［M］. Basil Blackwell,Ltd，1987.

［2］AESCHYLUS. The Oresteian Trilogy［M］. Translated by Philip
　　　Vellacott. Penguin Books. Made and printed in Great Britain by Hazell
　　　Watson and Viney Ltd，1965.

［3］ANDRE MICHALOPOULOS. Homer［M］. Boston：Twayne Publishers,
　　　a division of G. K. Hall and Co. ，1966.

［4］ANN NORRIS MICHELINI. Euripides and the Tragic Tradition［M］.
　　　The University of Wisconsin Press，1987.

［5］BERNARD EVSLIN. Cerberus［M］. Chelsea House Publishers，1987.

［6］BERNARD EVSLIN. The Cyclopes［M］. Chelsea House Publishers，1987.

［7］BERNARD EVSLIN. The Furies［M］. New York,Philadelphia：Chelsea
　　　House Publishers，1989.

［8］BRENDAN NAGLE, D. The Ancient World［M］. New Jersey：Prentice-
　　　Hall. ,Englewood Cliffs，1979.

［9］CAMPS, W. A. An Introduction to Homer［M］. New York：Oxford
　　　University Press 1980.

［10］CARTER，L. B. The Quiet Athenian［M］. Oxford：Clarendon Press,
　　　1986.

［11］DEBORAH LYONS. Gender and Immortality：Heroines in Ancient

Greek Myth and Cult[M]. New Jersey：Princeton University Press，1997.

[12] DONNA ROSENBERG. World Mythology—an anthology of the Greek Myths and Epics[M]. National Textbook Company，1986.

[13] DOUGLAS E. GERBER. Greek Poetry and Philosophy[M]. Chico：Scholars Press，1984.

[14] EASTERLING，P. E. Greek Tragedy[M]. 上海：上海外语教育出版社，2000.

[15] EGBERT J. BAKKER. Poetry in Speech：Orality and Homeric Discourse[M]. Cornell University Press，1997.

[16] EURIPIDES. Four Tragedies[M]. Edited by David Grene and Richmond Lattimore. London：The University of Chicago Press，Ltd. ，1955.

[17] EURIPIDES. Ten Plays[M]. Translated by Moses Hadas and John Mclean. Bantam Books，Inc. ，1960.

[18] FINLEY，M. I. The Ancient Greeks[M]. the United States of America：Pelican Books，1977.

[19] HERODOTUS. The Histories[M]. Reprinted from the English Edition by Penguin Books Ltd. ，1964. 北京：中国社会科学出版社，1999.

[20] HOMER. The Iliad[M]. Translated by Andrew Lang，Walter Leaf and Ernest Myers. Airmont Publishing Company，Inc. ，1966.

[21] HOMER. The Iliad[M]. Translated by Robert Fitzgerald. 北京：北京外语教学与研究出版社，1995.

[22] HOMER. The Odyssey[M]. Translated by Allen Mandelbaum. California：University of California Press，1990.

[23] HOMER. The Odyssey[M]. Translated by S. H. Butcher and Andrew Lang. Airmont Publishing Company，Inc. ，1965.

[24] HOMER. The Odyssey[M]. Translated by Walter Shewring. Oxford，New York，Toronto，Melbourne：Oxford University Press，1980.

[25] JAMES E. MILLER，JR. ROBERT O'NEAL，HELEN M. MCDONNELL. Literature from Greek and Roman Antiquity[M]. Glenview：Foresman and Company，1970.

[26] JAMES R. GILES. Violence in the Contemporary American Novel[M]. South Carolina：University of South Carolina Press，2000.

[27] JASPER GRIFFIN. Homer on Life and Death[M]. Clarendon Press，

1980.

[28] JOHN HART. Herodotus and Greek History[M]. Croom Helm, London and Canberra,ST: Martin's Press, 1982.

[29] JOHNSTON, I. C. The Ironies of War-An Introduction to Homer's Iliad[M]. University Press of America, 1988.

[30] KENNETH ATCHITY , RON HOGART AND DOUG PRICE. Critical Essays on Homer[M]. Boston: G. K. Hall and Co. , 1987.

[31] LOUISE WESTLING,STEPHEN DURRANT,JAMES W. EARL, STEPHEN KOHL, ANNE LASKAYA, STEVEN SHANKMAN OF THE UNIVERSITY OF OREGON. The World of Literature [M]. Prentice-Hall,Inc. , 1999.

[32] LOWELL EDMUNDS AND ROBERT W. Wallace. Poet,Public and Performance in Ancient Greece[M]. The Johns Hopkins University Press, 1997.

[33] MARGALIT FINKELBERG. The Birth of Literature Fiction in Ancient Greece [M]. Oxford: Clarendon Press, 1998.

[34] MARGARET BUNSON. The Encyclopedia of Ancient Egypt[M]. Facts on File,Ltd. 1991.

[35] MARGARET J. EHRHART. The Judgment of the Trojan Prince Paris in Medieval Literature [M]. Pennsylvania: University of Pennsylvania Press, 1987.

[36] MARK RINGER. Electra and the Empty Urn[M]. North Carolina: The University of North Carolina Press, 1998.

[37] MARY ELLEN CHASE. Ancient Greek Ideals. See Greek Myths with Selected Episodes from The Trojan War[M]. by Olivia E. Coolidge, Houghton Mifflin Company, 1964.

[38] MICHAEL LYNN-GEORGE. Epos: Word,Narrative and the Iliad [M]. the United States of America: Humanities International,Inc. , 1988.

[39] MICHAEL WALTON. J. Living Greek Theatre[M]. Greenwood Press, Inc. , 1987.

[40] MOSES HADAS. Greek Drama[M]. Bantam Classic edition, 1982.

[41] PIERRE GRIMAL. The Dictionary of Classical Mythology [M]. Translated by A • R • Maxwell-Hyslop. Basil Blackwell Publisher

Ltd. , 1985.

［42］ PLATO. Republic［M］. Translated by John Llewelyn Davies and David James Vaughan. 北京：北京外语教学与研究出版社,1998.

［43］ ROGER LING. The Greek World［M］. Elsevier-Phaidon-an imprint of Phaidon Press Ltd. , 1976.

［44］ RONALD P. LEGON,AND MEGARA. The Political History of a Greek City-state to 336 B. C.［M］. Cornell University Press，1981.

［45］ RUTH SCODEL. Sophocles［M］. Twayne Publishers，1984.

［46］ SHAKESPEARE. Hamlet［M］. 北京：北京外语教学与研究出版社,1997.

［47］ SHIRLEY DARCUS SULLIVAN. Aeschylus' Use of Psychological Terminology：Traditional and New［M］. McGill-Queen's University Press，1997.

［48］ SHIRLEY DARCUS SULLIVAN. Euripides' Use of Psychological Terminology［M］. McGill-Queen's University Press，2000.

［49］ SILK，M. S. Homer,The Iliad［M］. Cambridge University Press，1987.

［50］ SOPHOCLES. The Three Theban Plays［M］. Translated by Robert Fagles. the United States of America：the Viking Press，1982.

［51］ THOMAS BENEDIKTSON,D. Literature and the Visual Arts in Ancient Greece and Rome［M］. Oklahoma：University of Oklahoma Press，2000.

［52］ THOMAS VAN NORTWICK. Oedipus：The Meaninng of a Masculine Life［M］. Oklahoma：The University of Oklahoma press，1998.

［53］ THUCYDIDES. History of the Peloponnesian War［M］. Translated by Rex Warner with an Introduction and Notes by Finley，M. I. Richard Clay（The ChaucerPress）Ltd. , 1954.

［54］ VIRGIL. The Aeneid［M］. Translated by Allen Mandelbaum. Bantam Books,Inc. , 1971.

［55］ WARREN HOLLISTER，C. Roots of the Western Tradition：a short History of the Ancient World［M］. John Wiley and Sons,Inc. , 1982.

［56］ ZIMMERMAN，J. E. Dictionary of Classical Mythology［M］. Bantam Books，1964.

［57］ 100 Myths of Greece and Rome［M］. 香港：中国对外翻译出版公司，商务印书馆（香港）有限公司合作出版,1989.